ELIZABETH JOY ARNOLD | Einundachtzig Worte

Zum Buch

Chloe kennt Nate seit ihrer Kindheit. Damals eröffnete ihr der Nachbarsjunge mit seinen Geschichten eine neue Welt, erweckte in ihr die Liebe zu Büchern. Heute führt sie mit ihm gemeinsam die Buchhandlung, die ihr alles bedeutet. Nur in den weichen Sesseln zwischen den Bücherregalen fühlt sie sich geborgen, nur hier kann sie die Trauer über den Verlust ihres gemeinsamen Sohnes hinter sich lassen. Bis Nate eines Tages plötzlich verschwindet. Er ist in seine Heimatstadt zurückgekehrt, an einen Ort, den Chloe nie mehr besuchen wollte. Doch um Nate zu verstehen und ihre Liebe zu retten, muss sie sich auf eine schmerzvolle Reise in die Vergangenheit begeben – und dabei ein Geheimnis über ihren Mann erfahren, das ihr Leben noch einmal völlig aus den Angeln hebt …

Zur Autorin

Elizabeth Joy Arnold, aufgewachsen in New York, studierte am Vassar College und der Universität von Princeton. Sie lebt heute mit ihrem Ehemann in New Jersey und arbeitet an ihrem nächsten Roman.

ELIZABETH JOY ARNOLD

Einundachtzig Worte

Roman

Aus dem Amerikanischen
von Uta Rupprecht

Diana Verlag

Die Originalausgabe erschien 2013 unter dem Titel
The Book of Secrets bei Bantam Books,
an imprint of The Random House Publishing Group,
a division of Random House, Inc., New York

MIX
Papier aus verantwortungsvollen Quellen
FSC
www.fsc.org
FSC® C014496

Verlagsgruppe Random House FSC® N001967
Das für dieses Buch verwendete
FSC®-zertifizierte Papier *Holmen Book Cream*
liefert Holmen Paper, Hallstavik, Schweden.

Deutsche Erstausgabe 11/2015

Redaktion | Lisa Scheiber
Umschlaggestaltung | t.mutzenbach design, München
Umschlagmotiv | © Laura Blost/Trevillion Images
Satz | Leingärtner, Nabburg
Druck und Bindung | GGP Media GmbH, Pößneck
Printed in Germany

ISBN 978-3-453-35800-3

www.diana-verlag.de

Ich widme dieses Buch den vielen großartigen Schriftstellern,
die mich oft bis in die frühen Morgenstunden wach gehalten
haben. Durch sie lernte ich, die Welt und mich selbst
anders zu sehen, sie schenkten mir Inspirationen,
die mich zu einer besseren Autorin machten.
Immer wenn ich die Buchrücken in meinen
übervollen Regalen betrachte,
denke ich voller Glück an
die Welten, die hinter
ihnen schlummern.

Bücher können gefährlich sein. Auf den besten von ihnen sollte stehen: »Vorsicht, dieses Buch kann Ihr Leben verändern.«

Helen Exley

Die Geschichten aus der Kindheit hinterlassen unauslöschliche Eindrücke. Für ihre Autoren ist im Tempel der Erinnerung stets eine Nische reserviert, sie landen niemals auf dem Abfallhaufen der Dinge, aus denen man herausgewachsen ist.

Howard Pyle

Die Liebe stirbt nie eines natürlichen Todes. Sie stirbt, weil wir es nicht verstehen, ihre Quellen zu speisen. Sie stirbt an Blindheit, an Irrtümern und Verrat. Sie stirbt an Ermüdung und Abstumpfung und weil sie verwelkt. Aber sie stirbt nie eines natürlichen Todes.

Anaïs Nin

Ein Buch muss die Axt sein für das gefrorene Meer in uns.

Franz Kafka

Einsamkeit schenkt einen kristallklaren Blick in die eigene Seele, die Einsamen bedrängt nur die Angst vor dem eigenen Ich.

Keith Haynie

Teil I

Die Chroniken von Narnia

1

Wenn ich abends in unserer Buchhandlung sitze, kann ich die Geschichten hören. Oder besser gesagt, fühlen: Jane Austen, ordentlich, rund und weich mit ihren unwahrscheinlichen und unausweichlichen Liebesverwicklungen, Charles Dickens, breit und wuchernd mit mäandernden Erzählfäden, die sich wie zufällig verknoten. Was die Bücher ausstrahlen, stammt nicht nur aus dem, was sie erzählen, es spiegelt auch die Lebensgeschichten ihrer Verfasser wider: von John Steinbecks Realismus bis zu Haruki Murakamis Kubismus offenbart sich ein wahres Museum der Stimmen.

In Buchhandlungen mit einem Sortiment aus neuen Büchern, die alle lautstark um Aufmerksamkeit buhlen, ist das vermutlich anders. Aber wenn ich am Abend bei uns in dem abgewetzten Sessel am Kamin sitze, kann ich sogar die Geschichten der Menschen hören, die diese Bücher in Händen gehalten haben. Manche der Erstausgaben wurden von Generation zu Generation weitergegeben, ich stelle mir Frauen mit Petticoats und Männer in Kniehosen vor, die mithilfe der Lektüre der Traurigkeit oder Trostlosigkeit entfliehen wollten. Diese Bücher haben Seuchen und Kriege überstanden – zu einer Zeit, als die Kriege noch romantisch waren –, wurden bei Kerzenschein und beim Licht von Öllampen gelesen. All das verraten die Flecken und Schmutzränder dem Kundigen.

Und was verbirgt sich hinter ihnen allen? Unsere eigene Geschichte. Unser »Es war einmal ...«

Also ... Es war einmal ein Mädchen, das hieß Chloe und lebte mehr oder weniger allein in einem kleinen Haus am Waldrand. An seinem achten Geburtstag wurde es wach und musste feststellen, dass seine Mutter bereits zur Arbeit gegangen war, ohne Guten Morgen zu sagen, ohne Kuss, ohne Glückwunsch. Sie hatte Chloe vergessen. Aber da Chloe ein eigensinniges Mädchen war, machte sie sich selbst ein Geburtstagsgeschenk und schwänzte zum ersten – aber keineswegs letzten – Mal die Schule. Sie aß eine Schüssel Lucky Charms (ohne die Marshmallows) und schwang sich dann aufs Fahrrad, um sich ein bisschen umzusehen.

Und am Ende der Bayard Lane erblickte sie im Garten des größten Hauses im ganzen Staat, vielleicht sogar der ganzen Welt, zwei Mädchen in pastellfarbenen Kleidchen und einen Jungen in einem gebügelten weißen Hemd. Sie spielten miteinander, eine perfekte Familie, fast zu schön, um wahr zu sein. Und tatsächlich war das, was Chloe sah, auch überhaupt nicht wahr. Aber als sie das herausfand, liebte sie die drei schon seit vielen Jahren, und es spielte eigentlich keine Rolle mehr. Denn mit diesen verzauberten Kindern in einer Welt, die so ganz anders war als die von Chloe, begann ihr wahres Leben. Ihr achter Geburtstag war der Tag ihrer Geburt.

Während erst die Wochen und dann die Jahre vergingen, kam sie jeden Tag, um mit ihren neuen Freunden zu spielen. Später heiratete sie den Jungen, bekam und verlor einen Sohn, eröffnete einen Laden und gründete ein eigenes Reich. Bis das Reich zu bröckeln begann und der Junge ruhelos wurde und verschwand. Es war eben doch kein Märchen, und sie lebten nicht glücklich bis ans Ende ihrer Tage. Chloe war wieder allein.

Und in dieser neuen Stille tönte geradezu ohrenbetäubend das Echo der unerzählten Geschichten.

Geheimnisse. In dieser Hinsicht passten wir gut zusammen, denn Nate liebte Geheimnisse, und ich liebte Überraschungen. Wir waren beide davon überzeugt, dass man das Leben nur dann wirklich spürte, wenn man schockartig aus seinen Erwartungen gerissen wurde.

Die Buchhandlung war beides gewesen, eine Überraschung und ein Schock zugleich. Nate hatte das Haus vor mehr als zwanzig Jahren gekauft, von Geld, das ihm seine Mutter hinterlassen hatte, und von der Vorauszahlung für sein soeben veröffentlichtes Buch. Aber bis zu dem Tag, an dem er mir die Augen verband und mich bis vor die Eingangstür führte, hatte ich keine Ahnung davon, ich wusste nicht einmal, dass er aus unserer Wohnung ausziehen wollte. Nun zog er den Schal weg und rief: »Willkommen in deinem neuen Leben!«

Wir standen vor einer großen viktorianischen Villa mit einer Fassade aus brüchigen Holzschindeln und hohen Fenstern, von denen zwei mit Sperrholz vernagelt waren. Das Haus war eine alternde Schönheitskönigin mit Glatze, Zahnlücken und Humpelbein, und im ersten Moment begriff ich gar nicht, warum er mich hierher gebracht hatte. Zwar hatten wir davon gesprochen, eine Buchhandlung zu eröffnen, aber es war immer nur von »eines Tages« die Rede gewesen. Man überraschte seine Frau doch nicht mit einem Haus wie mit einem Strauß Rosen! Außer man war Nate.

Dann schloss er die Tür auf, und ich betrat ein Haus, das aus

Tausenden begehbaren Schränken zu bestehen schien, mit verschrammten Holzfußböden, ausgeblichenen, abblätternden Tapeten und einem durchdringenden Geruch nach abgestandenem schwarzen Tee. »Im Erdgeschoss richten wir die Buchhandlung ein«, sagte er, und seine Stimme war so hektisch wie die eines Kindes, das jemandem, der sicher viel zu alt dafür ist, die Wunder eines Videospiels oder eines Harry-Potter-Films zu erklären versucht. »An die Wände kommen Holzregale vom Boden bis zur Decke und davor hölzerne Schiebeleitern. Und diese kleinen Nischen, die aussehen wie Toilettenkabinen – wenn wir die mit Regalen auskleiden, wird das Entdecken der Bücher zu einem Abenteuer, einer Schatzsuche.«

Er führte mich durch den vorderen Flur, um mir zu zeigen, wo die Kasse hin sollte, und wo Platz war für einen »Leseraum«, in dem Käufer in den selteneren Büchern blättern und sie auf Stockflecken oder Wurmfraß prüfen konnten. Er hatte sich bereits alles überlegt, bis ins letzte Detail: die bequemen Sessel mit Fußschemeln, die runden Tischchen mit grünen Glaslampen, dazu Gemälde von Schriftstellern, die kaum jemand kannte, aber den Gebildeteren unter den Kunden das Gefühl von Belesenheit geben würden. »Schau dir diesen Kamin an!«, sagte er. »Ich glaube, unter der Farbe ist Marmor. Wir könnten im Winter Feuer anmachen und im Sommer ein paar Pflanzen davorstellen, und wenn wir da und dort noch ein paar Samtsessel platzieren, kommen sich die Leute tatsächlich vor wie in einer alten Bibliothek.« Dann führte er mich weiter ins Obergeschoss, um mir zu zeigen, wo auf der Rückseite des Hauses ein zweiter Eingang entstehen würde und welche Wände herausgerissen werden mussten, um aus einem Badezimmer und zwei Schlafzimmern ein Wohnzimmer mit offener

Küche zu machen. Er schaffte es, dass ich alles vor mir sehen konnte.

Aber Nate war ein begabter Geschichtenerzähler. »Ich lasse alle Passagen weg, die die Leute ohnehin überblättern«, hat Elmore Leonard einmal gesagt, als man ihn fragte, was seine Romane so packend machte. Nate hatte geschickterweise weggelassen, dass wir noch jahrelang die Schulden abzahlen und uns beim monatelangen Renovieren die Hände aufreißen und den Rücken krumm arbeiten würden. Der Gestank der Chemikalien, mit denen Boden und Wände abgelaugt wurden, die unendliche Langeweile beim Abschleifen von fünfzig Metern Zahnprofilleiste, beim Bleichen von uralten Flecken in Mörtelfugen und beim Verspachteln von Putzrissen, die im Verlauf von hundert Jahren entstanden waren – all das hatte Nate nicht erwähnt, um den Zauber seiner Geschichte nicht zu zerstören. Aber nachdem wir alles geschafft hatten, war es tatsächlich zauberhaft. Er hatte nicht gelogen, sondern nur ein paar nicht ganz so romantische Aspekte unterschlagen. Mit der Zeit war seine Geschichte wahr geworden, abgesehen von ihrem Schluss.

Der Zettel lag auf dem Küchentisch. Ich war beim Einkaufen und im Fitnessstudio gewesen und hatte beim Nachhausekommen überrascht festgestellt, dass der Laden geschlossen war. Es war gerade erst sechs Uhr abends, und an den Wochentagen hatten wir bis acht Uhr geöffnet. Aber ich machte mir keine großen Sorgen. Wir hatten beide ein hartes Jahr hinter uns, und Nate war es in den letzten Monaten nicht gut gegangen. Er hatte ausgesehen, als stünde er am Rande eines … keine Ahnung, eines Zusammenbruchs vermutlich, obwohl dieser Ausdruck viel zu simpel und klischeehaft klingt. Wie nennt man das, wenn man sich ständig wie auf Messers Schneide bewegt? Wie nennt man dieses Gefühl, ganz aus Glas zu bestehen und in scharfkantige Splitter zu zerspringen, wenn ein Fremder, der in den Fernsehnachrichten von der Sache erfahren hat, unschuldig fragt: »Kenne ich Sie nicht von irgendwoher?« Ich bin eine Frau, die Wörter über alles liebt, aber manchmal gibt es einfach kein passendes Wort.

Vielleicht musste Nate sich nur mal zurückziehen, vielleicht hatte er sich hingelegt, um in einem Buch oder einer Fernsehdokumentation über fremde Länder und Kulturen, in einer anderen Welt zu versinken. Und dafür hatte ich, so glaubte ich, genau das Richtige.

Wir hatten am Vormittag eine Kuriersendung bekommen, die amerikanische Erstausgabe von *Alice im Wunderland:* Oktavformat, roter Leineneinband, Goldschnitt und mit dem originalen dunkelgrünen Vorsatzpapier. Ein Mr. Ernie Howell hatte sie für seine zehnjährige Enkeltochter bestellt. Die Seiten waren vergilbt und fleckig, der Buchrücken ausgefranst und von der Sonne gebleicht. Seine Enkelin würde das Buch möglicherweise eklig finden und es, nachdem sie sich höflich bei ihm bedankt hatte, in die hinterste Ecke ihres Zimmers verbannen, ohne zu ahnen, wie viel es wert war. Neuntausendfünfhundert Dollar plus Mehrwertsteuer, um genau zu sein. Der Preis der Vergangenheit, aber ich fand es immer schon albern, Geschichte mit einem Preisschild zu versehen.

Als Kinder hatten wir den Roman gemeinsam gelesen. Auf dem Brokatsofa der Sinclairs hielten wir – ich, Grace, Cecilia und Nate – uns an den Schultern von Mrs. Sinclair fest, damit wir die Illustrationen betrachten konnten: die Raupe, die Wasserpfeife raucht, die Zähne der Cheshirekatze. Und jetzt gehörte das Buch zumindest ein paar Tage lang uns. Nate und ich würden nebeneinandersitzen, in den Seiten blättern und uns erinnern.

Auf dem Heimweg hatte ich auf meinem iPod die Beatles gehört und an den bevorstehenden Abend gedacht. Dabei hätte ich beinahe angefangen, zur Musik zu tanzen – wäre niemand in der Nähe gewesen, dann hätte ich es auch getan. So passte ich lediglich meine Schritte dem Rhythmus der Musik an und schob, wenn notwendig, ein paar zusätzliche Schritte ein, kleine Hüpfer auf den Zehenspitzen. Fast glücklich. Heute Abend würden wir einander mit Wein zuprosten und uns zu unserem Fund gratulieren, und vielleicht würden wir auch miteinander schlafen – das letzte Mal war schon ziemlich lange her. Sehr, sehr, sehr lange.

Aber Nate war fort. Und an seiner Stelle fand ich einundachtzig Wörter.

Irgendjemand, ich weiß nicht mehr wer, hat mal gesagt, das Leben sei eine schöne Melodie, die vom Text verkorkst wird. Erst heute habe ich verstanden, was damit gemeint ist. Es ist ganz plötzlich etwas passiert, etwas wirklich »Verkorkstes«, und ich muss heute Abend noch nach Redbridge fahren. Ich habe versucht, dich auf dem Handy zu erreichen, aber es war wohl ausgeschaltet. Wann ich wiederkomme, weiß ich noch nicht, es könnte eine Weile dauern.
Ich melde mich, sobald ich mehr sagen kann.
N.

Das war alles. In diesem Moment fiel mir nicht auf, wie seltsam der Brief geschrieben war, die knappen Sätze, das Zitat, mit dem er seine Abwesenheit zu erklären versuchte, der vage Ausdruck

»eine Weile«. Was mir Angst machte, war seine Rückkehr nach Redbridge.

In dieser Stadt hatte ich die ersten zwanzig Jahre meines Lebens verbracht, und man hätte annehmen können, ich hätte auch zwanzig Jahre an Erinnerungen, sowohl gute wie schlechte. Aber alles, was mir einfiel, war der Albtraum der letzten Wochen. Wie ein Film auf Endlosschleife, der immer wieder hängen bleibt. Ich bemühte mich mit aller Kraft, mich nicht zurücktreiben zu lassen zum Leben mit Gabriel, denn die Erinnerungsbilder waren wie Messerstiche: wie er in der Bibliothek laufen lernte, mit wackeligen Schritten zwischen den Regalen, wie er im Park mit beiden Händen einen Ball warf, der unweigerlich hinter ihm landete, was einen verwirrten Gesichtsausdruck und gleich darauf stolzes Händeklatschen zur Folge hatte. Es betraf sogar Orte, an denen Gabriel niemals gewesen war, wie die Eingangstreppe der Schule oder die kurvigen Wege durch die Redwoodwälder, denn ich hatte mir oft vorgestellt, eines Tages mit ihm dort hinzugehen. Ich wusste nun, das würde nie geschehen, daher konnte ich den Anblick nicht mehr ertragen.

Seit der Beerdigung meiner Mutter waren wir nicht mehr in Redbridge gewesen, und nicht einmal bei dieser Gelegenheit hatten wir das Haus der Sinclairs aufgesucht, wo Nates Schwester Cecilia und inzwischen auch sein Vater wohnten. Mit Cecilia telefonierten wir vielleicht einmal im Monat und erfuhren ausführlich und umständlich, was es in ihrem quälend ereignislosen Leben Neues gab. Aber seinen Vater hatte Nate seit fast fünfundzwanzig Jahren nicht gesehen. War jemand krank geworden? Das musste wohl der Fall sein, was denn sonst? Aber warum hatte Nate dann nichts davon geschrieben?

Erst nachdem ich geduscht hatte, kam ich auf die Idee, den

Anrufbeantworter meines Handys abzuhören. Vielleicht hatte er dort mehr hinterlassen. Außerdem konnte ich am Klang seiner Stimme feststellen, ob es ihm gut ging. Aber trotz seiner Behauptung, mein Telefon sei wohl ausgeschaltet gewesen, war es angeschaltet, und niemand hatte eine Nachricht hinterlassen. Und als ich anhand der verpassten Anrufe herausfinden wollte, wann ungefähr er weggefahren war, stellte sich heraus, dass es keine gab. Er hatte überhaupt nicht versucht, mich zu erreichen.

Aber warum nicht? Trotz allem verließen wir uns doch immer noch aufeinander. Wenn etwas geschah, was einen von uns aus dem Gleichgewicht brachte, half ihm der andere, wieder Boden unter die Füße zu bekommen. War das Verhältnis zwischen uns tatsächlich so schlecht geworden?

Nein, er musste sich wohl verwählt haben, ohne es zu bemerken. Wahrscheinlich hatte er seine Nachricht auf einem fremden Telefon hinterlassen. An diesen Gedanken klammerte ich mich, ich war mir sicher, so musste es gewesen sein.

Denn ich lebte noch immer in dem Märchen, das er erfunden hatte, um seine Geheimnisse zu schützen. Ja, Nate war wirklich ein begabter Geschichtenerzähler.

Es war einmal ein junger Mann, der ein Mädchen so tief, so innig liebte, dass er seine Familie verließ, um bei ihm zu sein. Er trotzte dem Zorn seines Vaters und übersah die Tatsache, wie unklug eine derart frühe Bindung war, und so reichten sie einander die Hände und schworen sich ewige Treue. Und sie lebten glücklich oder wenigstens so glücklich, wie das angesichts der Umstände möglich war. Bis das Glück sie verließ.

Es begann im vergangenen Jahr an den Weihnachtstagen.

Wie wohl die meisten Paare, die schon viele Jahre zusammen sind, hatten Nate und ich eine Reihe seltsamer Traditionen. So versteckten wir beispielsweise die groteske Wackelkopf-Buddhafigur, die ein Kunde irgendwann im Laden vergessen hatte, gelegentlich an Orten, wo der andere sie zwangsläufig finden musste. Oder Nate überreichte mir beim Essen von Kartoffelchips schweigend die gefalteten Exemplare, als enthielten sie geheime Liebesbotschaften. Und dann gab es noch unsere jährliche Marshmallow-Schlacht am Heiligen Abend. Diese Tradition hatte vor fünfzehn Jahren begonnen, als ich Nate wegen des Fadens geschmolzener Marshmallows an seinem Kinn neckte und behauptete, er könne einfach nichts Klebriges wie Pizzakäse oder Karamellsoße essen, ohne dass ihm hinterher ein Rest wie ein komischer halber Schnurrbart im Gesicht hing. Er antwortete, indem er mich mit einem Marshmallow beschoss, und ich warf natürlich ebenfalls eines. Bald war das ganze Wohnzimmer mit Marshmallows dekoriert, und seitdem kauften wir jedes Jahr eigens Marshmallows, um sie am Kaminfeuer zu rösten und uns damit zu bewerfen. Dabei kicherten wir wie Teenager, und oft endete der Abend damit, dass wir inmitten der klebrigen Reste miteinander schliefen.

Aber im vergangenen Jahr war Nate nicht recht bei der Sache gewesen. Er hatte eines dieser Stimmungstiefs, die ihn gelegentlich überfielen, und war überempfindlich und unleidlich. Gewöhnlich dauerten diese Launen nur ein oder zwei Tage, aber diesmal blieb er fast zwei Wochen lang gereizt. Um die Atmosphäre aufzulockern, hielt ich meine Zange mit einem gerösteten Marshmallow hoch und deutete auf die Brandflecke: »Schau mal, da ist das Gesicht von Jesus!«

Er zwang sich zu einem Lächeln, dann drückte er den Marshmallow zwischen Daumen und Zeigefinger platt und betrachtete ihn: »Jetzt ist er ein Schaf.«

»Du Trottel, wir hätten ein Vermögen verdienen können, wenn wir das Ding bei eBay verkauft oder unter einer Glasglocke aufbewahrt und Eintritt verlangt hätten!«

Worauf er antwortete: »Joel wird diese Woche aus dem Gefängnis entlassen.«

Das war wie ein Faustschlag in die Rippen, wortlos sah ich ihn an.

»Tut mir leid, ich wusste nicht, wie ich es dir sagen soll. Das war jetzt natürlich unpassend, aber ich dachte, du solltest es wissen.«

»Wieso denn?« Meine Stimme klang viel zu hoch. »Das kapiere ich nicht. Wieso können sie ihn rauslassen?«

»Er hatte fünfundzwanzig Jahre bis lebenslänglich, Chloe, und die fünfundzwanzig Jahre sind vorbei. Er kann wieder heim.«

»Aber – in eurem Haus wohnt doch Cecilia. Du meinst, er wird mit Cecilia zusammenwohnen?«

»Wo soll er denn sonst hin? Sie hat mich vor ein paar Wochen angerufen und wollte wissen, wie es mir damit gehen würde, und ich habe bloß gesagt, das sei ihre Entscheidung. Es geht mich nichts an, mit wem sie zusammenleben will.«

Dass Cecilia es überhaupt ertragen konnte, mit ihrem Vater im selben Zimmer zu sein! Ich empfand es als schlimmen Verrat, dass die Frau, die einmal meine beste Freundin war, bereit war, mit dem Mann zusammenzuleben, den ich verabscheute wie sonst niemanden auf der Welt. So viele Jahre lang hatte ich ihn in meiner Fantasie erwürgt, erschossen, erstochen, erstickt, von Rechts wegen hätte er einen langsamen und schmerzhaften

Tod erleiden sollen. Und da wollte Cecilia ihn bei sich wohnen lassen?

»Wie konntest du bloß sagen, dass es ihre Entscheidung ist? Es ist doch gut, dass er nirgendwo anders hin kann, er sollte auf der Straße sitzen!« Mit großen Schritten ging ich ins Schlafzimmer und schlug die Tür hinter mir zu, und als ich Stunden später wieder herauskam, weil ich mich danach sehnte, zu reden, zu weinen und gehalten zu werden, fand ich Nate – der so lange abstinent geblieben war – bewusstlos auf dem Sofa. Er roch nach Whiskey, später entdeckte ich die leere Flasche im Mülleimer.

Seitdem hatten wir nicht mehr darüber gesprochen, obwohl meine Wut über seine scheinbare Gleichgültigkeit jedes Gespräch überschattete. Inzwischen war es vermutlich passiert, sein Vater war aus dem Gefängnis entlassen und wohnte bei Cecilia. Aber ich fragte nicht nach, sprach nicht mit Cecilia, wenn sie anrief, und ohne es eigentlich zu wollen, hörte ich auf, mit Nate über irgendetwas Wichtiges zu sprechen.

Im Sommer hatte er mir zu unserem fünfundzwanzigsten Hochzeitstag ein Silberarmband geschenkt, in das die Worte *dieser winzige feste Punkt* eingraviert waren, ein Zitat von Jean de Sponde, aus einem meiner Lieblingsgedichte.

Was könnte unverrückbarer sein oder stärker,
immer sicherer werden, je länger und härter
die Schläge von Mühsal und Wechselfall?
Das ist dieser winzige feste Punkt, der hält
das Bewegen der schwankenden, wankenden Welt,
mit so einer Liebe wär's ihm geglückt.

Es war wohl ein Versuch der Versöhnung, als genügte eine in Worte gefasste Erinnerung an das, was wir einst hatten, um mich alles, was ich ihm vorwarf, vergessen zu lassen. Ich dankte ihm, schob das Armband auf mein Handgelenk und trug es danach nie wieder.

Und jetzt war Nate verreist, ohne mir den Grund dafür zu verraten, so als wäre ich eine Nachbarin, die nur die Pflanzen gießt oder die Haustiere füttert. Weder am Tag seiner Abreise noch am nächsten oder übernächsten Tag rief er an, obwohl ich es immer wieder auf seinem Mobiltelefon versuchte und zahllose Nachrichten hinterließ. Bei Cecilia rief ich lieber nicht an, weil ich nicht riskieren wollte, ihren Vater am Telefon zu haben, und so wählte ich mit wachsender Verzweiflung weiterhin die Nummer von Nates Handy. Bis ich am Samstagnachmittag Informationen über eine fehlende Werkausgabe von Victor Hugo suchte und herausfand, warum er nicht ans Telefon ging.

»Wie meinen Sie das, Sie wissen nicht, ob die Bücher schon bestellt wurden? Ich habe Ihnen den Auftrag vor sechs Wochen gegeben! Vielleicht hätte ich irgendwann nachfragen oder vor dem Bezahlen Fotos anfordern sollen, aber ich habe ihm vertraut! Es hat noch nie so lange gedauert.«

Lester Jarvis, der Mann, der vor mir stand, hatte auch dann ein rotes Gesicht, wenn er sich nicht aufregte. Nun erinnerte er mit dem hochroten Kopf, seiner unvorteilhaften Figur und seiner Neigung, Anzüge zu tragen, die ihm vielleicht vor zehn Jahren und mit fünfzig Pfund weniger gepasst hatten, auf beunruhigende Weise an eine Wurst kurz vor dem Platzen.

»Tut mir wirklich leid.« Ich klickte auf einen der Buttons in dem komplizierten Buchhaltungssystem, das unser Freund

Daniel uns letztes Jahr illegal besorgt hatte. Musste ich nach Lesters Namen suchen? Oder nach den Titeln der Bücher, die er bestellt hatte? Nach einem Datum?

Ich versuchte es mit »Victor Hugo«, worauf ein Pop-up-Fenster erschien mit der Information: *Eingabe nicht erkannt. Bitte geben Sie einen Zahlenwert ein!* »Tut mir leid, normalerweise kümmert sich Nate um die Bestellungen, aber er ist verreist. Ich werde eine andere Ausgabe besorgen.« Aber wovon sollte ich sie bezahlen? Inzwischen war mir klar geworden, dass von den dreitausend Dollar, die wir noch auf dem Konto hatten, mehr als die Hälfte von Lester Jarvis' Abschlagszahlung stammte. Und das bedeutete, das Geld gehörte ihm, bis er die Bücher in den Händen hielt. Eine neue Ausgabe würde Tausende von Dollar kosten; selbst wenn er noch die Restzahlung leistete, würde nichts übrig bleiben. Vielleicht weniger als nichts.

Er sah mich aufmerksam an. »Stimmt etwas nicht, Chloe?«

»Doch, doch. Ich bin bloß … na ja, ein bisschen müde.«

»Müdigkeit ist die Nebenwirkung eines erfüllten Lebens«, sagte Lester. Dann schwieg er und nickte schließlich, als gefiele ihm der Satz. »Obwohl ich selbst nur müde bin, weil ich an Schlaflosigkeit leide.« Er hielt den Blick auf mich gerichtet, als erwartete er etwas – Mitgefühl? Eine Schlaf fördernde Massage? Doch dann wandte er sich ab, vermutlich hatte er meinen Gesichtsausdruck bemerkt. »Schlaflosigkeit ist schon etwas Komisches. Man sollte meinen, dadurch hätte man mehr Zeit. Aber stattdessen nimmt sie mir noch die letzte Motivation, derzeit mache ich nicht viel mehr als zu essen und zu lesen. Apropos, ich werde mich jetzt mal umsehen. Ich brauche die Bücher bis Ende Oktober, Chloe. Da bekomme ich Besuch von einem bibliophilen Freund aus Sacramento, und mit diesem Hugo will ich ihn von meiner absoluten intellektuellen Überlegenheit überzeugen.«

Er marschierte quer durch den Raum zu einem Regal, in dem vor allem härtere Krimis standen, und ich sah ihm verstohlen nach. Es war doch immer wieder verblüffend, wie wenig man aus dem Äußeren eines Menschen darauf schließen konnte, welche Lektüre er in seiner Freizeit bevorzugte. Ich hätte in Lester Jarvis eher einen Leser von Gedichten vermutet. Oder von homosexuellen Erotica.

Ich sah wieder auf den Computerbildschirm und klickte die übrigen Buttons an, um herauszufinden, welcher davon die bestellten Bücher oder die angeforderten, aber noch nicht bestellten Titel anzeigte. Aber es gab zu viele Links, Kästen und Dropdown-Listen, und ich schob die Maus verärgert zur Seite. Zurzeit war ich so reizbar, dass es nicht viel brauchte, um mich an den Rand einer Explosion zu bringen. Den Blick auf Lester Jarvis' tweedumhülltes Hinterteil gerichtet, wählte ich Nates Nummer und flehte ihn innerlich an, endlich abzuheben. Und da hörte ich das Klingeln seines Telefons.

Ich erstarrte und drehte den Kopf aufgeregt nach links und nach rechts, als hätte Nate sich die ganze Zeit in irgendeiner Ecke versteckt, um nun überraschend hervorzuspringen. Das Klingeln hörte auf, als der Anrufbeantworter ansprang, und ich drückte den Aus-Knopf und wählte erneut. Dann folgte ich dem Klingelton hinaus in den Flur und in den sogenannten »Leseraum« mit dem langen Mahagonitisch, den Ohrensesseln und dem Glaskasten, in dem unsere wertvollsten Bücher lagerten. Auf einem der Sessel lag Nates Trainingsjacke. Ich wühlte in der Tasche und zog das Handy hervor.

Verblüfft sah ich es an. Hatte er tatsächlich sein Telefon hiergelassen? Plötzlich bemerkte ich, dass der Glaskasten einen Spaltbreit offen stand und der Schlüssel daneben auf dem Tisch lag. Dabei ließen wir den Kasten nie unversperrt. Nicht nur, weil es so fahrlässig gewesen wäre, als bewahrte man einen Stapel Tausenddollarnoten in einer offenen Kiste auf, sondern auch, weil der Kasten eine Steuerung für Temperatur und Feuchtigkeit besaß, die nur dann zuverlässig funktionierte, wenn er abgeschlossen war.

»Chloe, wo sind Sie?« Das war Lesters Stimme aus dem Nebenraum. »Kann ich zahlen, oder wäre es Ihnen lieber, wenn ich die hier einfach so mitnehme?«

Mit einem Kloß im Hals schloss ich die Tür des Kastens und versperrte ihn. Dann ging ich zurück zur Kasse, wo Lester mit einem Stapel Krimis von Raymond Chandler und Lawrence Block wartete. Ich kassierte und griff, als er den Laden verlassen hatte, zum Telefon und rief Daniel an. Als er abhob, zögerte ich einen Moment, dann sagte ich: »Hör zu, ich brauche deine Hilfe.«

Eine Stunde später erschien Daniel mit einer Flasche Pinot Grigio und den Zutaten für Burritos und zeigte mir eine Stunde lang, wie das Buchhaltungssystem funktionierte. Er erläuterte mir die wichtigsten Anwendungen, darunter auch die Seite, auf der Nate Lesters Auftrag hätte notieren sollen. »Also hat er die Hugo-Werkausgabe nicht nur nicht bestellt, sondern nicht einmal festgehalten, dass er sie noch bestellen muss oder dass er bereits eine Zahlung erhalten hat.«

»Das ist schon verrückt, oder? Normalerweise ist er doch geradezu überkorrekt, er schreibt jede Kleinigkeit auf.«

»Ich habe dir doch von seinem Brief erzählt«, sagte ich. »Meinst du, er wusste schon zu dem Zeitpunkt, als Lester die

Bücher bestellte, dass es mit seinem Vater oder mit Cecilia Probleme gab?« Kurz dachte ich, dass ich Daniel vielleicht nicht in diese spezielle Ecke unseres Lebens einladen sollte. Wobei es sich weniger um eine Ecke handelte als um einen Faden, der wie ein wirrer Haufen Spaghetti mit den Millionen Fäden aus unserer Vergangenheit verwoben war. Bislang hatte Daniel von diesem Gespinst nur die äußeren Fransen zu Gesicht bekommen, und Nate wollte sicherlich nicht, dass er mehr erfuhr, aber mein Hirn hatte gerade einen Kurzschluss. Ich brauchte Hilfe.

»Ich möchte dir etwas zeigen«, sagte ich, zog Nates Handy hervor und klickte mich durch die Anrufliste. »Ich wollte sehen, ob er wirklich versucht hat, mich an seinem Abreisetag anzurufen, oder ob er vielleicht eine falsche Nummer gewählt und seine Nachricht auf einem fremden Anrufbeantworter hinterlassen hat. Aber an diesem Tag hat er mit niemandem telefoniert, nur mit Cecilia. Sie hatte ihn eine halbe Stunde zuvor angerufen und eine Nachricht hinterlassen. Hör dir das an.«

Ich schaltete auf den Anrufbeantworter, klickte meine vielen verzweifelten Nachrichten weg und spielte dann über Lautsprecher Cecilias Botschaft ab. »Nate, ich bin's. Bitte hör zu, ich bin so durcheinander … Ach Scheiße, ich weiß gar nicht, wie ich das sagen oder was ich davon halten soll. Ich kann dir das nicht auf dem Anrufbeantworter erzählen, also ruf mich bitte an, sobald du die Nachricht abhörst. Ich habe Angst, dass nicht mehr viel Zeit bleibt.« Mit einem Klicken schaltete sich der Anrufbeantworter ab.

»Du hast nicht bei Cecilia angerufen und nachgefragt?«, wollte Daniel wissen.

»Das muss ich jetzt wohl tun. Erst einmal versuche ich damit klarzukommen, dass er mir etwas verschwiegen hat. Schau mal, hier.« Erneut durchsuchte ich die Anrufliste. »Vor sechs Wochen hat er bei Cecilia angerufen und dann noch einmal in der Woche darauf. Dabei hat er sonst *niemals* angerufen, Cecilia hat sich immer bei ihm gemeldet, damit er auf keinen Fall seinen Vater ans Telefon bekommt.«

»Du glaubst, dass vor sechs Wochen etwas passiert ist, von dem er dir nichts erzählt hat?«

»Möglicherweise ist es sogar noch länger her.« Ich sah zu Daniel auf. »Er war so – ich weiß nicht – komisch. Abweisend. Zwischen uns war es schon seit Monaten schwierig, das weißt du ja.«

Daniel berührte meine Hand mit der Rückseite eines Fingers, und ich hielt den Blick unverwandt auf den Bildschirm und den blinkenden Cursor gerichtet, als würde dieser eine Morsebotschaft senden. Mir sagen, wie das Leben sicher durch diese unübersichtliche Kurve kam und wieder in die richtige Spur fand. S-O-S-H-I-L-F-M-I-R.

»Pass mal auf«, sagte er, »ich koche uns jetzt was zu essen, und vielleicht rufst du währenddessen bei Cecilia an. Versuch mit ihm zu sprechen. Es ist albern, herumzurätseln, was passiert sein könnte, wenn du nicht einmal die Spur einer Ahnung hast. Also ruf an, und dann überlegen wir uns, wie wir damit umgehen, was immer es auch ist.«

Wir? Ich machte einen Rückzieher. »Ich hätte dich da gar nicht reinziehen sollen«, sagte ich. »Das ist eine Sache zwischen Nate und mir. Bestimmt möchte er nicht, dass du auch noch darin verwickelt wirst.«

»Derzeit ist es eine Sache zwischen Nate und *Nate,* oder? Und alles, was dich betrifft … na ja, das betrifft doch auch mich. Glaubst du denn, ich weiß nicht, wie schwer die vergangenen

Monate für dich waren? Es ging dir ziemlich elend in letzter Zeit, und dass er einfach weggefahren, davongelaufen ist, mit was für einem Geheimnis auch immer … Ist dir nicht klar, dass das ein Zeichen ist?«

»Was für ein Zeichen denn?« Hatte ich Daniel tatsächlich den Eindruck vermittelt, meine Ehe sei unwiederbringlich zerstört? Er begriff überhaupt nichts, aber konnte ich ihm deshalb einen Vorwurf machen, wenn ich es selbst nicht verstand? Ich fühlte mich schon seit zwanzig Jahren einsam, zeitweise sogar dann, wenn Nate dabei war. Obwohl ich wusste, dass wir einander liebten, aber das hatte das Gefühl des Alleinseins nur noch verstärkt. Denn das Gefühl war nicht körperlich, es wurde durch Zuwendung und Aufmerksamkeit nicht besser. Es befand sich lediglich in meinem Inneren, ganz unabhängig von Nate und unserer Beziehung, und nur ich konnte es wahrnehmen. Ich war allein in meiner Einsamkeit.

Und dort mitten hinein platzte Daniel. Ich hatte ihn vor acht Jahren kennengelernt, als er überlegt hatte, eine Buchhandlung in der Innenstadt von Truckee zu kaufen, und in unseren Laden gekommen war, um sicherzustellen, dass wir einander keine Konkurrenz machten. Was natürlich überhaupt nicht der Fall war, denn die Buchhandlung, die er im Auge hatte, ähnelte eher einem Ramschladen. Nachdem er festgestellt hatte, dass unsere Läden so wenig Ähnlichkeit miteinander haben würden wie Joan Didion mit Joan Collins, war er fest entschlossen, den Laden zu kaufen, und feierte das mit einem Abendessen, zu dem er Nate und mich ausführte.

Vom ersten Gespräch an hatte ich das Gefühl, ihn schon ewig zu kennen. Ich sah sein Leben genau vor mir: das vollgestopfte Ranchhaus, in dem er mit einem heiß geliebten Labradorwelpen wohnte, die fünf Zeitungen, die er jeden Sonntag voller Hingabe studierte, die Socken, die er trug, bis sie nur noch aus Löchern bestanden, und seine Zuneigung zu den Nichten und Neffen, deren Vater er gern gewesen wäre. Und es stellte sich heraus, dass alles zutraf, abgesehen von dem Welpen. Er war einer dieser Männer, die ein Leben in stiller Zufriedenheit führten, während sich die Welt draußen weiterdrehte. Manches fanden sie verwirrend, aber sie akzeptierten, was auch immer geschah.

Wir drei wurden enge Freunde. Gemeinsam betrauerten wir das Sterben von unabhängigen Buchhandlungen und beklagten die Schwierigkeiten, durchzuhalten, wenn der Gewinn vor Steuern niedriger war als die Lebensmittelrechnung. Daniel war gut aussehend und erinnerte mich ein bisschen an Jude Law. Er war einfühlsam, einfallsreich und ein durch und durch guter Kerl. Und wie sich herausstellte, außerdem in mich verliebt.

Das hatte ich vor acht Monaten entdeckt, als wir gemeinsam zu einer Buchhändlertagung nach New York fuhren. Wir saßen an der Bar des Hotels, als plötzlich James Taylors »Fire and Rain« aus den Lautsprechern drang und ich sofort mitzusingen begann – wenn auch miserabel. Er lächelte mir zu und nahm Blickkontakt zu dem Pärchen auf, das neben uns saß. »Völlig besoffen«, machte er ihnen mit bloßen Mundbewegungen klar, und ich versetzte ihm einen empörten Klaps. »Und dann schlägt sie mich auch noch«, ergänzte er und wandte sich wieder an mich: »Ich kenne eigentlich niemanden, der so ungeniert ist wie du. Du tust, wonach dir gerade ist, sollen sich doch die anderen zum Teufel scheren. Das finde ich großartig.«

Gerade wollte ich erwidern: »Nur dass du dich mit mir nicht in die Öffentlichkeit wagen kannst«, aber da wurde seine Miene ganz weich, und ich hielt inne. Schweigend legte er mir die Hand ans Kinn, lächelte und … ich küsste ihn. Ich war tatsächlich betrunken, aber bestimmt nicht so sehr, dass ich nicht mehr wusste, was ich tat. Es waren einfach dieser sanfte Blick und das Kerzenlicht in der Bar und dazu mein Lieblingslied, und daher hatte ich ihn geküsst, instinktiv, könnte man sagen. Ein Kuss, mehr war es nicht.

Aber natürlich hatte unsere Freundschaft damit eine ganz neue Wendung bekommen. Und das führte dazu, dass ich einen genaueren Blick in die Untiefen meiner Beziehung zu Nate warf und alles infrage stellte. Ich wusste, dass Nate Geheimnisse hatte. Auch wenn wir uns fast schon unser ganzes Leben lang sehr, sehr nahestanden, hatte es da doch immer etwas zwischen uns gegeben, so zart wie ein Schleier, eine Rauchwolke, bestehend aus dem, was wir voreinander verbargen.

Und je genauer ich diese Geheimnisse betrachtete, desto augenfälliger wurden sie, bis aus dem hauchdünnen Schleier eine feste Betonmauer geworden war. Wir stritten uns nicht, es fielen auch keine bösen Worte, aber ich gab mir keine Mühe mehr, hinter diese Fassade zu blicken. Noch immer küssten wir uns zur Begrüßung und zum Abschied, sagten »Ich liebe dich«, wenn auch immer flüchtiger, kochten einander Tee, ließen den anderen beim Scrabble schummeln und redeten über den Laden, die Nachrichten und die Bücher, die wir gerade lasen. Aber nicht mehr über uns beide.

Und dann, vor zwei Monaten … Nate war auf einer Auktion, und Daniel kam in die Buchhandlung. Er erzählte mir, bei seinem Bruder sei Leukämie festgestellt worden, und sank mir weinend in die Arme. Und während ich ihn festhielt, brach etwas in mir auf.

Ich schlief mit ihm, hier im Laden, auf der grünen Samtcouch, unter den Augen von Salinger, Vonnegut und Martin Amis. Es war viel leidenschaftlicher als mit Nate in den letzten Monaten, aber es war die falsche Leidenschaft. Ich empfand sie nur, wenn mir Daniel in die Augen sah, wie einen juckenden Ausschlag, den sein Blick verursachte. Wenn ich jetzt daran zurückdachte, konnte ich mich, wenn er bei mir war, einfach nicht am Kratzen hindern. Doch bei dem Versuch, mir das intensive Gefühl wieder ins Gedächtnis zu rufen, fiel mir nur ein, wie wir wohl ausgesehen hatten, mit unseren ineinander verschränkten Leibern, und was ich dabei gesagt hatte.

Eine Stunde, nachdem er gegangen war, hatte er angerufen und gesagt, er hasse sich selbst dafür und werde das nie wieder tun. Aber ich war es, die ihn erneut dazu brachte. Zwei weitere Male in den letzten Monaten, getrieben von Einsamkeit und vielleicht auch von dem rücksichtslosen Wunsch, die Sedimente aufzuwühlen, herauszufinden, ob sich dort unten in den schlammigen Tiefen tatsächlich etwas befand. In den Stunden, die ich mit ihm verbrachte, konnte ich mich wieder daran erinnern, wie es sich anfühlte, verliebt zu sein. Doch ich wusste immer noch nicht, was das alles zu bedeuten hatte, oder was daran eigentlich echt war.

Jetzt löste ich den Blick vom Computerbildschirm und sah Daniel an. Er war so ganz anders als Nate, so gut aussehend wie dieser, aber mit fast jungenhaften Zügen im Gegensatz zu den scharf geschnittenen von Nate, und mit sandfarbenen Haaren, während Nate dunkle hatte. In gewisser Weise erinnerte Daniel an den Nate, in den ich mich damals verliebt hatte: klug und aufmerksam, ohne misstrauisch zu sein, offen, auf fast naive Weise ehrlich und von einer herrlichen, schmerzhaften Unschuld.

Nate hatte sich mit undurchdringlichen Mauern umgeben, während ich tief in Daniels Inneres blicken konnte. Mit dem, was ich sagte, konnte ich seine Gesichtszüge modellieren, als wären sie aus Pappmaché. Eine solche Macht zu haben war entsetzlich, aber zu meiner Schande muss ich gestehen, dass ich es genoss.

»Wenn man dem anderen Teile seines Lebens nicht offenbaren will«, sagte er jetzt, »ist das fast immer ein Zeichen, dass etwas zerbrochen ist.«

»Daniel«, erwiderte ich sanft, so vorsichtig, als könnte ich auf diese Weise verhindern, dass das Pappmaché Risse bekam, »ich weiß schon, so muss es nach meinen Schilderungen für dich aussehen, aber dahinter steckt noch sehr viel mehr. Und ich habe keine Ahnung, wie ich damit umgehen soll.«

Sein Gesicht erstarrte; ich war erleichtert zu sehen, dass er wütend war und nicht am Boden zerstört. »Was machst du denn, wenn er wieder zurückkommt? Willst du dieses Doppelleben einfach weiterführen? Du hast uns beide, aber was bleibt dabei für mich und für Nate?«

Ein Doppelleben. Natürlich, für ihn war es das. Wenn er mit Nate am Esstisch saß und so tun musste, als wüsste er nicht, wie sich die Brüste seiner Frau anfühlten. Warum war es für mich längst nicht so schlimm? Wie konnte ich gelassen mit Nate im Laden sitzen und diese Couch ansehen in dem Bewusstsein, was auf ihr geschehen war? Indem ich mich davon zu überzeugen versuchte, dass der Sex mit Daniel nur eine tröstliche Ablenkung war und mit echter Liebe nichts zu tun hatte. Irgendwie dachte ich wohl, das wäre eher verzeihlich.

»Du hast recht«, sagte ich, »natürlich hast du recht. So kann es nicht weitergehen, wenn er wieder da ist.« Im Zimmer war es dunkel geworden. Es war Ende September, die Zeit des Jahres, in der die Sonne beunruhigend schnell untergeht und es innerhalb von Minuten stockfinster wird. Das einzige Licht stammte von den Straßenlampen vor dem Fenster und dem bläulichen Leuchten des Computerbildschirms, und auf einmal fühlte ich mich von der Dunkelheit eingesperrt. »Aber nicht einmal darüber kann ich zurzeit nachdenken«, fuhr ich fort. »Ich mache mir Sorgen um Nate und bin entsetzt über mich selbst, und dazwischen bleibt kein Raum für andere Gefühle.«

In Daniels Gesicht zuckte es. »Na gut«, sagte er, »ich hätte gar nicht davon anfangen dürfen.« Schnell stand er auf und reichte mir seine gekritzelten Notizen mit Hinweisen und Tipps zum Datenbankprogramm. »Ich sollte jetzt gehen und dich nach dem Hugo suchen lassen.«

»Geh noch nicht, Daniel, wir haben doch noch nicht zu Abend gegessen.«

»Eigentlich habe ich keinen sonderlichen Hunger. Die mexikanischen Zutaten habe ich nur mitgebracht, weil ich weiß, dass du so etwas magst. Ich lasse dir die Sachen da, aber wenn es dir recht ist, nehme ich den Wein wieder mit. Ich hatte mich nämlich darauf gefreut.« Er gab mir einen flüchtigen Kuss auf den Scheitel und ging nach oben in die Küche. Gleich darauf kam er mit der Weinflasche in der Hand zurück, lächelte mir noch kurz zu und verließ den Laden.

Ich hätte ihm gern etwas nachgerufen, ihm gesagt, dass es mir leidtue, aber was tat mir eigentlich leid? Dass ich Nate liebte?

Mein Blick fiel auf die hohen Regale neben dem Eingang, wo die Poe-Werkausgabe mit ihren geprägten roten Leineneinbänden stand, die Nate und ich vor zwei Jahren auf einem Flohmarkt entdeckt hatten. Wir hatten fünf Dollar pro Band bezahlt, aber wert war die Ausgabe leicht das Zehnfache. Danach waren wir mit den Einkaufstüten lachend zum Auto gerannt, als hätten wir Angst, erwischt zu werden und die Bücher zurückgeben zu müssen.

Ich kann mich erinnern, dass wir Hand in Hand dahinschlenderten, während wir nach Schätzen Ausschau hielten: ein türkisfarbener Handmixer, Spitzendeckchen für die kleinen Tischchen im Laden. Ein Leiterspiel mit einem Spielbrett genau wie das, mit dem wir als Kinder gespielt hatten. Aus purer Nostalgie spielten wir es noch am selben Abend, obwohl uns schon bei den ersten Zügen klar wurde, wie lächerlich monoton es war. Aus diesem Grund zeigten wir übertriebene Begeisterung, wenn wir Felder überspringen durften, und tiefste Verzweiflung, sobald wir zurückgeschickt wurden.

Jetzt stand ich auf und ging zu den Büchern hinüber. Erst ordnete ich sie alphabetisch nach Titeln, dann zog ich sie wieder aus dem Regal, um sie chronologisch nach dem Veröffentlichungsdatum zu sortieren. Mit obsessiver Genauigkeit verschob ich die Buchrücken, bis sie eine vollkommen gerade Linie bildeten; auf diese Weise hinderte ich mich am Grübeln. Ich wünschte mir, Daniel wäre nicht weggegangen. Ich wünschte, ich hätte die richtigen Worte gefunden – aber gab es da überhaupt richtige Worte? Mehr als alles andere wünschte ich mir allerdings, er hätte den Wein nicht mitgenommen.

Nach Ladenschluss ging ich hinauf ins Schlafzimmer und setzte mich neben das Telefon, das sich auf Nates Seite des Bettes befand. Auf seinem Nachttisch stand unser Hochzeitsfoto, das Einzige, das wir besaßen: Nate im Anzug ohne Krawatte und ich in einem weißen Kostüm, umrahmt von einem riesigen Lichterkettenherz.

Wir hatten in Las Vegas geheiratet. Die Vorstellung von einer Hochzeit in Las Vegas war absolut lächerlich, sie passte so wenig zu uns, dass wir sie unwiderstehlich romantisch fanden. Auf dem Foto sahen wir sehr glücklich aus. Wir hatten während der gesamten Zeremonie gelacht, geradezu hysterisch, über die Orgelmusik vom Band und den pathetischen Vortrag des Ehegelöbnisses. Bestimmt dachte jeder, wir wären stockbetrunken und würden die Ehe schon am nächsten Tag wieder annullieren lassen. Aber der wirkliche Grund für unseren Übermut, unsere explosive Fröhlichkeit, war, dass wir gerade der Hölle entkommen waren. In der Zeit davor hatten wir Schreckliches durchgemacht, und wir brauchten diesen Abend und die Nacht, um unser Leben neu beginnen zu können.

Auf dem Weg aus der Hochzeitskapelle schob Nate seine kalte Hand in meine und drückte sie. Ich sah ihn von der Seite her an, und er setzte ein gespielt ernsthaftes Gesicht auf und flüsterte: »Ich finde, das sollten wir von jetzt an einmal im Jahr machen.«

Ich blickte hinauf zum Deckengemälde, wo zwei Engelchen, so formlos wie Teigmännchen, in kurze goldene Hörner bliesen. Und ich dachte immer wieder *einmal im Jahr,* wiederholte die Phrase, bis ich zu lachen anfing.

Im Film hätte uns dieses spontane Manöver aus unserem gewöhnlichen Alltag gerissen, ihm wären Kurztrips ans Mittelmeer gefolgt und Bagatelldelikte und Verfolgungsjagden, bei denen wir nur knapp entkommen konnten. Auf diese Weise hätten wir uns so weit von unserer Vergangenheit entfernt, dass wir in der Lage gewesen wären, sie bewusst hinter uns zu lassen. Aber in der Wirklichkeit hat es uns hierher geführt, in ein ruhiges Leben zweier Menschen mittleren Alters, über dem jedoch dunkle Schatten hingen. Und der Ehemann war ohne jede Erklärung verschwunden.

Nun schaltete ich die Nachttischlampe an und nahm das Foto in die Hand. Mit einem Finger strich ich über Nates weiche, runde Wangen und dann über meine eigenen. Wir waren damals so jung gewesen, erst zwanzig und einundzwanzig, verletzte Kinder. Was für eine seltsame Sache ist doch die Erinnerung! Verwundert schaut man auf die weit zurückliegende Vergangenheit, als hätte man selbst diese Dinge getan, diese Entscheidungen getroffen, und fragt sich, ob man damals eigentlich zeitweise verrückt war. Dabei ist man inzwischen nur ein völlig anderer Mensch geworden.

Wäre ich als Fremde diesem Paar begegnet, was hätte ich den beiden wohl erzählt? Hätte ich der jungen Frau geraten, aufs College zu gehen, wie sie das immer vorgehabt hatte, sich selbst eine Zukunft aufzubauen, anstatt ihr Leben an das eines anderen zu binden? Hätte ich dem jungen Mann erklärt, dass Märchen niemals Wirklichkeit werden, besonders dann nicht, wenn man innerlich viel zu zerstört ist, um sich eine Märchenwelt zu erschaffen? Vielleicht, aber natürlich hätte das keine Rolle gespielt; wir hätten trotzdem geheiratet.

Ich vergrub meine Nase in seinem Kissen, um noch eine Spur von seinem Aftershave, seinem Shampoo zu erschnuppern. Doch an welcher Stelle ich auch roch – ich zog sogar den Bezug ab, um die Nase nah ans Kissen zu halten –, jeglicher Duft war längst verflogen.

Dann stellte ich das Bild zurück, warf das Kopfkissen wieder aufs Bett und griff nach dem Telefon.

2

Cecilia und ich waren einmal beste Freundinnen. Vom Charakter her waren wir sehr ähnlich, wir sprangen beide am liebsten aus hohen Bäumen oder suchten unter feuchten Holzscheiten nach unbekannten Käferarten, und so waren wir jahrelang viel enger verbunden als jede von uns mit Grace oder Nate. Aber offenbar hatten die Zeit und die Umstände Cecilia verstummen lassen. Sie heiratete, kurz bevor wir Redbridge verließen; zwei Jahre später war sie schon wieder geschieden und kehrte in ihr Elternhaus zurück. Ich stellte mir vor, wie verbittert sie sein musste, dass ihr Leben so verlaufen war, aber stattdessen wirkte sie lediglich mutlos.

Allerdings lag unser letztes Gespräch schon eine ganze Weile zurück. Nachdem wir weggezogen waren, hatte sie uns noch jeden Tag angerufen, weil sie sich angesichts dessen, was wir durchgemacht hatten, um uns sorgte. Sie wollte sichergehen, dass wir nicht restlos am Boden zerstört waren. Aber in den folgenden Monaten nahm ihre schwierige Ehe sie immer mehr in Anspruch, sie benötigte all ihre Energie, um sich im Sattel festzuklammern und nicht abgeworfen zu werden. Die Anrufe wurden seltener, und in den ersten Jahren nach ihrer Scheidung meldete sie sich fast überhaupt nicht mehr. Als der Schmerz – oder vielleicht auch die Verlegenheit – über ihre Lebenssituation nachließ, rief sie wieder etwas häufiger an. Aber bald geriet sie erst in die Fänge einer Depression und dann in die der

Kirche, und von da an bat sie nicht mehr darum, mit mir zu sprechen. Ich musste Nate gegenüber darauf dringen, ein paar Minuten mit ihr reden zu können. Aber seit ihr Vater im vergangenen Jahr nach Hause zurückgekehrt war, bestand ich nicht mehr darauf.

Nun saß ich vornübergebeugt auf dem Bett, erwartungsvoll und unruhig, und lauschte auf das Klingeln des Telefons. Erst nach dem achten Mal ging jemand an den Apparat, und bis zu diesem Moment hatte ich noch darüber nachgedacht, was ich um Himmels willen sagen sollte, falls Nates Vater am Apparat war. Vielleicht einen Werbeanruf vortäuschen. Oder schreien.

Aber es war Cecilia, sie klang außer Atem und ein bisschen beunruhigt. »Chloe!«, sagte sie. »Ich dachte mir schon, dass du es sein könntest.«

»Könnte ich bitte mit Nate sprechen?«, fragte ich, aber dann schüttelte ich schnell den Kopf, wie um die Worte zu löschen. »Tut mir leid, das war sehr unhöflich. Wie geht es dir?«

»Mir geht es gut, und das war nicht unhöflich. Du machst dir bestimmt Sorgen um ihn.«

»Also ist er bei dir? Es ist nur so, ich habe nichts mehr von ihm gehört, seit er weggefahren ist. Er hat mir nur eine sehr unverbindliche Mitteilung hinterlassen, und ich habe immer wieder versucht, ihn zu erreichen, aber jetzt hat sich herausgestellt, dass er sein Handy hiergelassen hat.«

»Wirklich?« Sie schwieg einen Moment. »Tut mir leid, ich würde ihn dir gern geben, aber er ist nicht da.«

»Nicht da?«

»Einkaufen und ein paar notwendige Dinge besorgen. Er kümmert sich um die Reparaturen am Haus, da ist in den letzten Monaten doch einiges zusammengekommen.«

»Ach so – dann hast du ihn gebeten, dich zu besuchen, um das in Ordnung zu bringen?«

»Na ja, zumindest teilweise. Hier ist so viel passiert, dass ich einfach nicht dazugekommen bin, und jemand muss sich ja um Dad kümmern.«

»Sich um Dad kümmern?« Ich verspürte ein leises Gefühl der Bedrohung. »Was ist los, Cecilia? Was ist denn passiert?«

»Hat dir Nate das gar nicht erzählt?« Eine kurze Pause. »Dad ist krank.«

In ihrer Stimme schwang ein merkwürdiger Ton mit, den ich nicht einordnen konnte. »Ist es …«, fragte ich. »Ist er …«

»Todkrank? Nein, jetzt noch nicht, aber er muss versorgt werden.«

»Ich habe die Nachricht gehört, die du Nate am Mittwoch auf den Anrufbeantworter gesprochen hast. Du sagtest, es ist nicht mehr viel Zeit. Was hast du damit gemeint?«

»Ach so. Na ja, ich habe über meinen Vater gesprochen. Weil wir es schon eine ganze Weile lang wissen und Nate zunächst nichts damit zu tun haben wollte. Aber ich sage ihm immer wieder, auch wenn Dads Gedächtnis allmählich verschwindet, so ist seine Seele doch noch vorhanden. Die Krankheit kann einen Menschen nicht seines spirituellen Reichtums berauben.«

Ich gab ein ersticktes Lachen von mir, und Cecilia sagte: »Ja, ich verstehe schon, dir muss das lächerlich vorkommen. Bei Nate war das auch so, seiner Ansicht nach hat Vater keine Seele. Aber irgendwann ist ihm wohl klar geworden, dass er ihn noch wenigstens ein letztes Mal sehen muss, nur um endlich das zu sagen, was er noch loswerden muss, ehe es zu spät ist.«

Ich starrte aus dem Fenster auf den Plattenweg, den wir vor vielen Jahren gelegt hatten und der jetzt vermoost und von harten Gräsern durchwachsen war. »Was hat er denn eigentlich?«

Sie schwieg, dann sagte sie: »Demenz, Chloe. Er hat Alzheimer.«

Ich erschrak. »Was?« Wie lange wusste Nate das schon? Warum hatte er mir das nicht erzählt?

»Rückblickend gesehen hatte er es wohl schon eine ganze Weile, noch bevor er nach Hause kam. Aber in den letzten Wochen hat es sich sehr beschleunigt. Inzwischen habe ich Angst, ihn allein zu lassen.«

Dass Joel Sinclair Alzheimer hatte, erfüllte mich mit Entsetzen. Nicht wegen dem, was das für ihn bedeutete – das und noch viel Schlimmeres hatte er verdient. Aber man wäre nie auf die Idee gekommen, jemanden wie Joel könnte so etwas treffen. Für mich war er der Inbegriff von Energie, eher eine Art Essenz als ein realer Mensch mit einem Körper, der von einer derartigen Krankheit befallen werden konnte. Außerdem wusste ich, welche Folgen das für Cecilia hatte. Nur deshalb half ihr Nate jetzt wohl. Aber wie lange konnte er es ertragen, mit seinem Vater zusammenzuleben? Er würde bald wieder nach Hause fahren, und Cecilias Leben – oder was noch davon übrig war – würde vergehen mit der Fürsorge für einen Mann, der das nicht wert war.

»Das tut mir leid«, sagte ich leise.

»Danke. Im Moment nehme ich jeden Tag so, wie er kommt.«

»Aber hast du dir schon überlegt, wie du das langfristig machen willst? Du musst ihn doch irgendwo unterbringen können. So etwas wie … du weißt schon … ein Heim.«

»Nein, Chloe. Tut mir leid, das war auch Nates erste Reaktion, aber ich will nicht, dass er gleich wieder eingesperrt wird.

Vielleicht in ein paar Monaten, kann sein. Aber solange Daddy weiß, wo er ist, behalte ich ihn hier. Nate kümmert sich um das, was ich bisher nicht geschafft habe, ich brauche ihn nur noch ein paar Tage.« Sie sprach jetzt merkwürdig schnell, so nervös, als wollte sie ein peinliches Schweigen mit Geräuschen füllen. »Wir hatten so viel zu tun, vielleicht hat er deshalb nicht angerufen. Er hat sogar angefangen, unsere Bücher zu katalogisieren, um festzustellen, welche davon etwas wert sind. Moms Geld ist fast aufgebraucht. Ich hätte mir davon eine Zukunft schaffen sollen, so wie Nate es getan hat, aber ich war so dumm. Ich habe ein paar schlechte Investitionen getätigt, und in der Finanzkrise habe ich fast alles verloren. Das Geld könnten wir also gut gebrauchen. Ich liebe unsere Bücher, aber den größten Teil der Zeit stehen sie doch nur auf den Regalen und sammeln Staub an.«

Wie war das wohl für Nate, mit seinem Vater zusammenzuwohnen? Waren die Blutsbande so stark, hatten sie ihn zurückgeholt und ihm Vergebung abgezwungen? Ich hätte zu ihm fahren sollen, das war mir klar, aber ich wusste auch, es würde mich umbringen, das Haus zu betreten, solange Mr. Sinclair dort war. Oder, was wahrscheinlicher war, mich dazu treiben, ihn umzubringen.

Aber ich könnte wenigstens in Nates Nähe sein. Ich dachte an eine Nacht vor vielen Jahren, als Nate verreist war und ich aus einem Traum über Gabriel erwachte. Darin war er zwei Jahre alt, redete aber zu mir mit einer Erwachsenenstimme und fragte, warum ich ihn nie besuchen käme. Das alte Schuldgefühl packte mich wieder, und als ich Nate schluchzend anrief, warf er sofort seine Kleider in eine Tasche, fuhr durch die Nacht und blieb am Telefon, bis sein Akku drei Stunden später aufgab.

Als ich am nächsten Morgen aufwachte, lag er neben mir im Bett und schlief. Er hatte sich schützend um mich geschmiegt, ohne vorher die Schuhe auszuziehen. Das war eine der Erinnerungen, die ich mir ins Gedächtnis rief, wenn ich wütend oder verletzt war. Damit konnte ich die ausgefransten Ränder unserer Beziehung wieder umsäumen.

Vielleicht sollte ich hinfahren und mich in einem nahe gelegenen Hotel einquartieren? Ich würde das Haus nur betreten, wenn Joel nicht da war, würde mein Hirn abschalten und mir alle Mühe geben, nicht an das zu denken, was in diesen Räumen möglicherweise geschehen war. Es wäre zumindest besser, als hier herumzusitzen und mir Nate bei seinem Vater vorzustellen. Ihn deshalb zu hassen.

»Ich könnte zu euch fahren und euch unterstützen«, sagte ich, »wenigstens für ein paar Tage. Ich sperre den Laden hier zu, und dann komme ich und helfe euch mit dem Haus oder beim Katalogisieren oder was sonst so anfällt.« Plötzlich sah ich das Haus vor mir, das ich als Kind so geliebt hatte, die warmen Farben, die edlen antiken Möbel, die dicken Perserteppiche und Damasttapeten. Das Vorbild für unsere Buchhandlung. Und sofort verspürte ich jene kindliche Aufregung, die mit ihren kleinen Füßen jedes Zögern niedertrampelte. So viele Jahre lang war ich viel zu panisch gewesen, um über eine mögliche Rückkehr überhaupt nachzudenken. Schließlich hatten mich bei der Beerdigung meiner Mutter vor fünf Jahren die Erinnerungen beinahe weggeschwemmt. Aber jetzt fragte ich mich, wie es wäre, wieder nach Hause zu fahren.

Aber Cecilias Antwort kam sofort. »Nein, Chloe, danke. Das ist außerordentlich großzügig von dir, ich weiß ja, wie dir das alles vorkommen muss. Aber du solltest das besser nicht tun.

Sagen wir so, wir konzentrieren uns zurzeit auf die vor uns liegenden Aufgaben und nicht auf Gefühle, und wenn du kämst, wäre das bloß schwieriger.«

»Du hast recht.« In meiner Brust verspürte ich ein Ziehen, das so etwas wie Enttäuschung sein konnte. »Was ist mit Grace? Weiß sie davon?«

Es dauerte lange, bis Cecilia meine Frage beantwortete, und dann klang ihre Stimme plötzlich brüchig, so viel schwang darin mit. »Ich habe wochenlang versucht, im Konvent eine Nachricht für sie zu hinterlassen; schließlich stand sie Daddy näher als wir, und sie war es, die er am dringendsten sehen wollte. Aber ich weiß nicht, ob sie meine Mitteilungen bekommen hat. Sie hat nicht darauf geantwortet, genauso wenig wie auf die Briefe und Nachrichten, die wir über die Jahre hinweg geschickt haben. Ich weiß nicht, ob die Klarissenschwestern eine so strenge Klausur halten, dass sie nicht einmal Briefe bekommen können, oder ob Grace unsere Mitteilungen einfach ignoriert, weil sie nicht mehr an das erinnert werden will, was sie hinter sich gelassen hat. Ich kann nur beten, dass sie ihren Frieden gefunden hat, was immer das für sie auch bedeutet, und dass sie sich mit allem, was geschehen ist, versöhnt hat.«

Wir hatten nicht mehr mit Grace gesprochen, seit sie sich eine Woche nach Cecilias Hochzeit vor fünfundzwanzig Jahren ins Kloster zurückgezogen hatte. Aber bestimmt war sie in der Lage zu begreifen, wie belastend das alles für Cecilia war. Gab es denn nicht Dinge auf dieser Welt, die wichtiger waren als ihr Bedürfnis, sich von allem abzuschotten? »Es tut mir leid, dass du das alles durchmachen musst, Cecilia. Zum Glück ist Nate bei dir.«

Sie schwieg noch einen Moment, dann erwiderte sie: »Ich danke dir.«

»Wie geht es ihm? Ich meine, wie hält er es aus, wieder zurück zu sein, bei eurem Vater?«

»Es ist hart.« Ihre Stimme zitterte ein wenig. »Er leidet, wohl noch viel mehr, als er mir zeigen will, aber du kennst ja Nate. Er ist unglaublich stark.«

»Ja, das ist er.« Ich dachte an die Jahre, nachdem wir Gabriel verloren hatten, wie er jedes Mal zusammengezuckt war, wenn ich die Fassung verlor, so als hätte ich mir gerade in einem unpassenden Moment das Hemd vom Leib gerissen. Und dann nahm er mich in den Arm, flüsterte mir zu, dass er bei mir sei – dabei hätte ich mir so sehr gewünscht, er würde ebenfalls in Tränen ausbrechen. Ja, er war stark, aber man konnte auch zu stark sein. Wenn man selbst Qualen leidet, empfindet man die »Stärke« von Menschen, die einen zu trösten versuchen, wie eine Mauer, von der jeder Schmerz abprallt. Was ich gebraucht hätte, war der Anblick meines Schmerzes, wie er sich im Gesicht eines anderen spiegelte. Dann hätte ich mich nicht so entsetzlich allein gefühlt. Aber so blieb mir nichts anderes übrig, als mich in das Leichentuch meiner Trauer zu hüllen, es so fest um mich zu wickeln, dass ich nichts anderes mehr wahrnehmen konnte. »Hör mal«, sagte ich, »könntest du ihn dazu bringen, dass er mich anruft?«

»Ja klar, ich bitte ihn darum.«

»Danke, Cecilia.« Ich hätte gern noch mehr gesagt, ihr gestanden, dass mir die Gespräche mit ihr fehlten, oder sie wenigstens gebeten, Nate zu sagen, dass ich ihn liebte. Aber die Tatsache, dass er mir nicht erzählt hatte, was mit seinem Vater los war, dass er seit drei Tagen bei seiner Familie war, ohne den Wunsch zu verspüren, mit mir zu reden – das alles gab mir das Gefühl, auf dem Abstellgleis zu stehen. So als wäre ich ein ziemlich unwichtiger Teil seines Lebens. Daher sagte ich nur: »Pass auf dich auf«, und legte auf, ohne eine Antwort abzuwarten.

Mit großen Schritten marschierte ich in die Küche, wo der Tisch mit Müll übersät war. Ich bemühte mich, das Gefühl von kratzender Stahlwolle unter meiner Haut abzustellen. Was ich empfand, war so umfassend und weitreichend, dass ich es nicht in Worte fassen konnte. Ich war ohnehin keine sehr sorgfältige Hausfrau, aber seit Nates Abreise war das Haus unaufgeräumter denn je. Im Spülbecken häufte sich das Geschirr in wackeligen Stapeln, obwohl längst ein Geruch herrschte, der an fauliges Fleisch erinnerte. Die Post hatte ich unsortiert auf den Tisch geworfen, als würden sich die unbezahlten Rechnungen auf diese Weise in Luft auflösen. Das Wohnzimmer lag voll mit alten Pizzaschachteln, Süßwarenverpackungen und Büchern, die ich nach der Lektüre der ersten Seiten weggelegt hatte. Ich griff nach der Stromrechnung und entfaltete sie auf dem Tisch. In einer Woche wurde die Gasrechnung fällig und dann die Grundsteuer. Wie sollten wir das alles bezahlen?

Ich schob die Rechnung zur Seite und ging wieder hinunter in den Laden. Dort schaltete ich den Computer an und begann, nach Werkausgaben von Victor Hugo zu suchen. In einem Geschäft in Manhattan fand ich eine Ausgabe: mit dem ursprünglichen braunen Leinenüberzug, geringer Abnutzung an den Rändern und an den Buchrücken. Fünftausend Dollar. Das bedeutete, dass – wenn ich annahm, dass Nate von Lester Jarvis eine zehnprozentige Provision verlangt hatte – fast das gesamte Geld auf unserem Konto von der Abschlagszahlung stammte.

Also musste ich die neue Ausgabe auf die Kreditkarte nehmen – es würde Monate dauern, bis wir das abbezahlt hatten.

Und weil noch Zinsen dazukamen, würden wir mit dem Geschäft auch noch Verlust machen.

Ich war so wütend, dass mir beinahe die Tränen kamen, und wollte den Computer schon herunterfahren, als ich sah, dass in dem Laden auch ein Exemplar von Hawthornes *The Scarlet Letter* aus der zweiten Auflage für tausend Dollar angeboten wurde. Wir besaßen eine Erstausgabe des Buches, die in gutem Zustand war, und schon nach kurzer Suche entdeckte ich eine Auktion, auf der eine Erstausgabe für achtzehntausend Dollar verkauft worden war.

Ich konnte meinen Blick nicht von dieser Zahl lösen, legte meinen Finger auf die Stelle am Bildschirm.

Wenn Nate bereit wäre, auch nur dieses eine Buch zu verkaufen, dann hätten wir genug Geld, um das Antiquariat wieder auf Vordermann zu bringen. Wir könnten neue Werbung schalten und einige der fast leeren Regale wieder füllen. Langsam zog ich meinen Finger weg und griff nach einem Notizblock, ohne genau zu wissen, was ich vorhatte. Ich schaltete das Licht in dem engen, fensterlosen Flur und hinten im Leseraum ein.

Aus meiner Hosentasche fischte ich den Schlüssel, den ich vorhin auf dem Tisch gefunden hatte, und schloss die Tür des Glaskastens auf. Darin befanden sich neben dem Hawthorne:

- Eine Ausgabe von Homers *Odyssee* von 1540, gebunden in fleckiges Kalbsleder mit marmorierten Buchdeckeln.
- Ein signiertes Exemplar der limitierten französischen Erstausgabe von Saint-Exupérys *Le Petit Prince.*
- *The Lion, the Witch and the Wardrobe* von C. S. Lewis, eine Erstausgabe in grünes Leinen gebunden, mit bebildertem Schutzumschlag und farbigem Vorsatzpapier.

- Eine limitierte Ausgabe von *The Picture of Dorian Gray* aus dem Jahr 1891, Exemplar Nr. 113 von 250, von Oscar Wilde signiert.

Üblicherweise kaufte Nate unsere Sammlerstücke auf Auktionen oder bei Haushaltsauflösungen, obwohl er auch schon welche für einen Bruchteil ihres Wertes bei Hinterhofverkäufen oder auf Flohmärkten entdeckt hatte. Das kam mir immer wie Diebstahl vor, aber Nate hatte, was die Gewinnerzielung im Einzelhandel anging, eindeutig weniger strenge Ansichten. »Der Preis, zu dem sie die Bücher verkaufen, entspricht dem, was sie ihnen wert sind«, sagte er immer, »und ich verkaufe sie eben für das, was sie *mir* wert sind.«

Die meisten seltenen Bücher erwarben wir im Auftrag von Kunden, die Nate damit betrauten, bestimmte Ausgaben für sie zu finden. Aber diese fünf Bücher hatte er vor vielen Jahren aus der Bibliothek seiner Mutter gezogen, an dem Tag, als er zum letzten Mal in seinem Elternhaus gewesen war. Nate weigerte sich, sie zu verkaufen, mit dem Argument, sie gäben dem Geschäft die notwendige Atmosphäre und würden den Kunden zeigen, dass Classics Corner kein Laden für gebrauchte Bücher, sondern ein Antiquariat war. Aber natürlich wusste ich, dass der wahre Wert dieser Bücher für ihn ein rein emotionaler war.

Er bewahrte sie in dem UV-gefilterten Glaskasten auf, jedes in einem eigenen Umschlag aus durchsichtiger Schutzfolie. Wenn er neue Kunden fand, die sich dafür interessierten, bat er sie in den Leseraum und reichte ihnen weiße Baumwollhandschuhe. Damit durften sie in den Büchern blättern und sie bewundern, eine Bewunderung, die er gerne auch auf sich bezog. Aber vielleicht bin ich ungerecht.

Die Bücher in dem Kasten waren alles, was ihm von seiner Mutter geblieben war. Sie waren seine Verbindung zu Sophia, als würde ihre Stimme durch ein Raum-Zeit-Portal reisen und mithilfe der gedruckten Worte zum Leben erwachen.

Ich zog die Handschuhe an, die neben dem Kasten lagen, holte die Bücher in ihren Schutzhüllen heraus und stapelte sie auf den Mahagonitisch. Dann machte ich mich daran, sie zu prüfen, wobei ich Zeichen der Abnutzung auf meinem Notizblock notierte. Nicht, dass ich selbst sie jemals verkaufen würde, natürlich nicht, aber wenn die Lage in den nächsten Wochen verzweifelt wurde, dann wäre es doch gut zu wissen, dass man einen Daumen – fünf Daumen – auf das Leck legen konnte. Ich würde bei Nate vorsichtig anklopfen, um herauszufinden, was er davon hielt, und wenn er mich nicht sofort schimpfte, wie ich nur auf so eine Idee kommen könnte, dann würde ich ihm den ungefähren Wert der Bücher aufzeigen. Mein entscheidendes Argument: *Was ist wertvoller für dich, diese Bücher oder der Laden?* Hinter dieser Frage lag auch die unausgesprochene Ergänzung: *Oder ich?*

Darüber dachte ich nach, als ich *The Lion, the Witch and the Wardrobe – Der König von Narnia* aufschlug. Ich erinnerte mich, wie wir die Geschichte szenisch dargestellt und für unsere erste Theateraufführung geprobt hatten. Grace war Aslan gewesen, denn sie verkörperte gern die Guten, Cecilia und ich als die Diener der Weißen Hexe hielten sie fest, damit Nate sie an Handgelenken und Knöcheln fesseln konnte. Grace führte auch Regie, so herrisch wie immer. Und Nate flüsterte erst etwas in Cecilias Ohr und dann in meines, und dann rannten wir drei in den Wald davon. Als wir Graces wütendes Geschrei hörten, krümmten wir uns vor Lachen. Grace hielt sich für die Anführerin, aber Nate war derjenige, der immer seinen Willen durchsetzte. Seine geschickten Manipulationen waren so unauffällig, dass sie fast nicht zu erkennen waren.

Aus dem vor mir liegenden Exemplar hatte uns Nates Mutter Sophia vorgelesen. Ich saß an einen ihrer Arme gelehnt, während ich das Abenteuer lebhaft vor mir sah, konzentriert auf den Klang ihrer Stimme und die widerstreitenden Gerüche von Kaffee und Deodorant, die sie verströmte. Und in dem Moment, als ich den vorderen Buchdeckel hob, begriff ich, warum diese Bücher für Nate so wertvoll waren. Jede Seite enthielt eine Erinnerung, die mich zurücktrug in eine Zeit, als das Leben noch hätte anders verlaufen können.

Das Gefühl, es endlich verstanden zu haben, hielt an, bis ich die erste Seite umblätterte und feststellen musste, dass ich in Wirklichkeit gar nichts begriffen hatte.

Das war nicht das Exemplar aus Sophias Bibliothek. Es war eine viel neuere Ausgabe, weniger als zehn Jahre alt, eines dieser Bücher, die nicht für echte Sammler bestimmt sind, sondern für Menschen, die gern so tun, als wären sie welche, und ihre Wohnzimmerregale mit Leinenumschlägen schmücken. Zwar war das Original unter Sophias Büchern gewesen, aber Nate hatte es durch diese Hülle ersetzt.

Die Seiten im Inneren des Buches waren bis auf einen schmalen Rand ausgehöhlt worden. Und in dem entstandenen Hohlraum lagen ein Moleskine-Notizbuch und eine Locke aus feinem rötlich braunem Haar, die von einem hellblauen Band zusammengehalten wurde.

Ich legte die Locke auf meine Handfläche. Nates Haar war dunkler, fast schwarz, und mein eigenes blond mit rötlichem

Schimmer. Von wem war dieses Haarbüschel? Ich schloss meine Hand zur Faust, als ich plötzlich mit düsterer Sicherheit zu wissen glaubte: Die Haare stammten von einer anderen Frau. Vielleicht hatte Nate das mit Daniel herausgefunden und sich – Auge um Auge, Zahn und Zahn – einer anderen zugewandt. Oder es hatte gar nichts mit Daniel zu tun, Nate hatte sie kennengelernt und sich in sie verliebt, und das war der Grund für seine zunehmende Distanz, die ich in den vergangenen Wochen immer deutlicher gespürt hatte. Ich ließ die Locke fallen und schlug das Notizbuch auf, blätterte um.

Mein Blick erstarrte.

Das Buch war etwa hundert Seiten dick, die in Nates Handschrift beschrieben waren, aber die Worte waren in einer Sprache, die ich nicht kannte. Mit dem Lateinischen konnte sie nicht verwandt sein, denn die Konsonanten und Vokale waren so merkwürdig verteilt wie vielleicht im Gälischen oder Finnischen. Ich blätterte durch die Seiten und stellte fest, dass sie alle mit unsinnigen Worten beschrieben waren, kapitelweise sorgfältig geschriebene Buchstaben.

Das ergab keinen Sinn. Warum hätte Nate sich die Mühe machen sollen, eine neue Sprache zu lernen? Wollte er, dass ich, falls ich das Notizbuch fand, das Geschriebene nicht verstehen konnte? Und was war das, was er vor mir verbergen wollte?

Esliweb areren Geinab marilel devini ergebu kirndt sertags diefeh sießt wenarp weterun susder sanechön dich munwü dunnsch tedluc ydudi esewär gestschich tescho nerzä halt gelnugtvo füner inemer inerl neberunisd nasgensi edan hantkön tenantest duls siewes dähriral send deserwak riechs geseneri wens gegendä dercht lunift sangrif rufefen!

Es war, als hätte er in Zungen geschrieben.

Ich stand auf und ging mit dem Notizbuch zum Computer. Dort suchte ich das erste Wort, *Esliweb*. Nichts. *Geinab* und *marilel*, auch nichts. Das konnte keine richtige Sprache sein, aber was zum Teufel war es dann?

Ich kehrte zu dem ausgehöhlten Exemplar von *The Lion, the Witch and the Wardrobe* zurück und betrachtete die Innenklappe und die noch vollständig erhaltenen Seiten, die Titelseite und das illustrierte Vorsatzblatt, ob sie vielleicht irgendwelche Hinweise enthielten. Und tatsächlich, da, unter den Schutzumschlag geschoben, fanden sich zwei zusammengelegte Zeitungsseiten. Ich entfaltete eine von ihnen.

Der Artikel beschäftigte sich mit Joel Sinclair und stammte aus dem letzten Jahr, als man ihn aus dem Gefängnis entlassen hatte. Lange blickte ich das Foto an, auf dem Joel misstrauisch, vielleicht auch verwirrt, in die Kamera blickte. Auf seiner Schulter lag die Hand eines Gefängnisaufsehers, der ihn führte. Unter seinem Arm steckte ein dickes Buch – die Bibel, vermutete ich, es sah aus wie die alte King-James-Bibel, aus der bei den Sinclairs vorgelesen worden war. Mit dem braunen Ledereinband und dem weinroten Lesebändchen, das sich über Sophias Knie schlängelte, wenn sie uns die Geschichten nahebrachte. Joel sah so viel älter aus und wirkte so gebrechlich. Und seine Augen, die einst so klar wie Spiegel gewesen waren, mit ihrem abwägenden, berechnenden Blick, waren auf diesem Foto trüb vor Erschöpfung.

Ich versuchte, das Böse in Joels Gesicht zu finden, jenen leblosen Zug, den man im Blick von Menschen sieht, die besonders seelenlose Verbrechen begangen haben, aber auf diesem Bild wirkte er einfach nur gebrochen. NACH MEHR ALS ZWEI

JAHRZEHNTEN AUS DEM GEFÄNGNIS ENTLASSEN, lautete die Schlagzeile, PASTOR SINCLAIR BEHAUPTET JETZT, UNSCHULDIG ZU SEIN.

Als ich das las, knüllte ich das Blatt zusammen und warf es in den Abfalleimer. Verflucht sollte er sein. Und auch dieser Alzheimer, der ihn alles, was er getan hatte, vergessen ließ. Die Krankheit erlaubte ihm, sich selbst zu verzeihen, und brachte offenbar auch Cecilia dazu, ihm zu vergeben. Es schien mir fast, als hätte er sich diese Krankheit gezielt ausgesucht.

Ich schlug den zweiten Artikel auf. Die Seite war stark vergilbt und an den Rändern fast orangefarben. Das abgebildete Foto zeigte das Haus der Sinclairs, Polizisten mit Beweismitteltüten stiegen die Vordertreppe hinab. Ich musste würgen. Schnell ließ ich das Zeitungsblatt fallen, sprang auf und marschierte hinaus auf den Flur. Warum hatte Nate diese Artikel aufgehoben? Wie konnte er solche greifbaren Erinnerungen ertragen, sie aufbewahren wie Eltern die Artikel über sportliche oder akademische Erfolge ihrer Kinder? Die Zeitungsausschnitte, die seltsame Sprache, die Haarlocke, was bedeutete das alles nur? Gab es zwischen den einzelnen Dingen einen Zusammenhang, oder bargen sie jeweils eigene Geheimnisse, die er vor mir verstecken wollte?

Ich lief von einem Ende des Flurs zum anderen, hin und her, und konzentrierte mich auf die Bewegungen meiner Beinmuskeln, um das Bild des alten Hauses abzuschütteln. Schon vor vielen Jahren war das Haus der Sinclairs reparaturbedürftig geworden, damals, als Sophia so krank wurde, dass sie sich nicht mehr darum kümmern konnte. Mir war das völlig entfallen, bis ich auf dem Foto die abblätternde Farbe an der Veranda und der Fassade und den von Unkraut überwucherten Garten sah.

Damals hatte ich ihn möglicherweise auch gar nicht wahrgenommen oder ihn aus Selbstschutz verdrängt – den Zerfall des Hauses, das ich so sehr liebte. Oder war ich zu sehr abgelenkt gewesen von der Tatsache, dass ich gerade dabei war, mich in Nate zu verlieben, um irgendetwas zu bemerken? Im Rückblick war es ein Symbol für den Zerfall der gesamten Familie, den ich ebenfalls nicht hatte sehen wollen.

Ich dachte nicht oft an die Vergangenheit. Nate und ich sprachen nie davon, meist taten wir voreinander und vor uns selbst so, als hätte unser Leben erst hier in diesem Haus, in dieser Stadt, begonnen – ein ruhiges, entspanntes Leben, das mit unseren Anfängen überhaupt nichts zu tun hatte. Bei den wenigen Malen, die ich mir einen Rückblick gestattet hatte, war ich hektisch und beiläufig durch meine Jugendjahre geeilt, um viel früher zu landen, an dem Zeitpunkt, als ich das Haus, Nate, Grace und Cecilia kennenlernte. So beeindruckend waren sie, sowohl das Haus als auch die Kinder. Geheimnisvoll und voller Magie. Ich war acht Jahre alt, als ich sie zum ersten Mal sah, noch jung genug, um an Zauberei zu glauben, aber bereits dabei, diesen Glauben zu verlieren. Und tatsächlich hatte ich an diesem Tag einen Zauber entdeckt. An dem Tag, der alles, was danach kam, verändern sollte.

Meinem Geburtstag.

Es war einmal ein kleines Mädchen …

Teil II

Wo die wilden Kerle wohnen

3

Ich lag im Bett, streckte und spreizte die Zehen, malte mit den Fingern Achter auf meine Kniescheiben und suchte nach Veränderungen. Ein Jahr älter werden, was hieß das eigentlich? Ja, natürlich wusste ich, dass ich in Wirklichkeit nur einen Tag älter geworden war, aber acht Jahre alt zu sein, das fühlte sich völlig anders an. Alles kam mir voller und kräftiger vor, so als wäre ich aus einer Art der Kindheit in die nächste gewechselt. Nie wieder würde ich sieben Jahre alt sein, so wie ich nie wieder meine Milchzähne verlieren würde. Meine Zehen lebten jetzt schon acht Jahre lang, genau wie meine Füße, meine Beine, mein Bauch und meine Arme, und selbst wenn sie nicht anders aussahen, so fühlten sie sich doch anders an. Es war, als hätte sich etwas verfestigt, als wäre ich endlich voll und ganz auf der Welt.

Das würde ich Mama sagen, wenn sie mich wecken kam, dass ich mich fühlte, als hätte ich mich verändert. Und meine Mutter würde lächeln, sich vielleicht aufs Bett setzen und mir erklären, ja, ich hätte mich tatsächlich verändert. Dann würde sie mir ein neues Muttermal oder einen bestimmten Muskel oder einen Zentimeter Wachstum zeigen, die mir noch nicht aufgefallen waren.

Und dann würde sie mir mit leiser, erinnerungsgeschwängerter Stimme erzählen, wie es gewesen war, als ich auf die Welt kam. Wie ich, nachdem das Fruchtwasser in meinem Hals abgesaugt worden war, zu brüllen begann und beim Waschen und Wiegen weiterbrüllte, wie ich protestierend strampelte, während mein Vater mich herumtrug. Bis ich schließlich in die Arme meiner Mutter gelegt wurde, wo ich aufseufzte und sofort einschlief. »Es war, als wäre dir plötzlich klar geworden, dass es doch kein so schrecklicher Fehler war, auf die Welt zu kommen«, sagte sie. »Du wusstest, dass wir zusammengehören.«

Ich schlug meine achtjährigen Augen auf, lächelte den purpurroten Fisch mit den spitzen Zähnen an, den ich im letzten Monat auf meine Tür gemalt hatte, und wartete.

Und wartete.

Nach etwa einer Minute fuhr ich mir mit den Fingern über die Brust, um herauszufinden, ob ich dort einen Unterschied feststellen konnte. So wie Sabrina Harris, die schon einen BH brauchte und immer pinkfarbenen Lipgloss in einer Glitzerhandtasche bei sich trug. Aber nein, da war noch überhaupt nichts passiert, was zugleich eine Enttäuschung und eine Erleichterung war.

Wie verblüffend, dass mein Körper solche Brüste eines Tages ganz aus dem Nichts erschaffen würde, dass er wissen würde, was zu tun war. Sie mussten da drinnen irgendwo sein, tief vergrabene Samenkörner, die darauf warteten, sich durch den Zaun meiner Rippen zu graben, aufzugehen und zu blühen. Ich dachte an die schweren, bleichen Brüste meiner Mutter, die von einem Netz aus Venen überzogen waren. Also doch kein Blumensamen, sondern eine Art Frucht oder Gemüse, wie Butternut-Kürbis.

Ich warf einen Blick auf den Wecker auf meinem Nachttisch und erschrak. Es war schon dreiviertel acht! Und im Haus war es so still, zu still, weder die Geräusche der Frühstücksvorbereitungen noch die Morgennachrichten waren zu vernehmen.

Momma hatte mich nicht geweckt, es musste einer ihrer schlimmen Tage sein.

Ich zog mir die Bettdecke über den Kopf.

Das Telefon begann zu klingeln, aber niemand hob ab. Es hörte auf und fing erneut an, und ich schlüpfte aus dem Bett, blinzelte in die Helligkeit und tappte barfuß durch den Flur. Mommas Tür stand offen, ihr Bett war nicht gemacht, ihr Scooby-Doo-Nachthemd und die Unterwäsche lagen in einem Haufen auf dem Boden. Ein schmerzhafter Knoten bildete sich in meinem Bauch, und ich rannte in die Küche, wo aus dem Knoten ein Stechen wurde. Denn dort auf dem Küchentisch befanden sich eine Schüssel und ein Löffel, eine Schachtel Lucky-Charms-Frühstücksflocken, ein Glas Saft und meine Vitamintablette. Und ein Zettel. Ich hob den Telefonhörer ab.

»Na, das hat ja ganz schön lang gedauert! Du hast aber nicht mehr geschlafen, oder? Ich rufe bloß an, weil ich vergessen habe, dir den Wecker zu stellen, und damit du Faulpelz nicht verschläfst. Der Bus kommt in fünf Minuten.«

Ohne zu blinzeln, sah ich auf die gegenüberliegende Wand. »Wo bist du?«

»Hast du denn meine Nachricht nicht gelesen? Sie haben mich angerufen, während du noch geschlafen hast, dass ich schon zur Frühschicht kommen soll. Mistkerle, aber wenigstens zahlen sie Überstunden. Hast du dir die Zähne geputzt?«

Ich starrte immer noch die Wand an. »Ja, ja.«

»Gut. Das Geld fürs Mittagessen liegt auf der Anrichte, vergiss es nicht. Du solltest jetzt aber gehen, hörst du? Und nimm deinen Mantel mit, heute Nachmittag soll es kälter werden.«

»Ja, ja«, sagte ich noch einmal. Mein Kopf schien sich vom Körper gelöst zu haben, es war, als würde er davonfliegen, zur

Tür hinaus und über die Hügel wie ein Geburtstagsballon. Vielleicht war das alles doch bloß ein Traum.

»Ich geh jetzt besser, ehe Merrick mir auf die Zehen steigt. Hab dich lieb, mein Schatz.«

»Hab dich auch lieb«, echote ich, aber Momma hatte bereits aufgelegt. Ich setzte mich an den Tisch und sah meine Schüssel an. Fuhr mit dem Finger an der Innenseite entlang, rundherum, rundherum, rundherum.

Vor zwei Jahren durfte ich bei McDonald's feiern. Mara und Jodi und Allison waren da, und Momma kaufte einen Eiscremekuchen, wir spielten in der Kinderecke, es gab Geschenke, und dann schauten wir uns noch *King Kong* im Kino an. Das war vielleicht der schönste Tag in meinem ganzen Leben. Aber dann zog Mara um und wechselte auf eine andere Schule, und Jodi und Allison waren nicht mehr meine Freundinnen. Eigentlich war niemand mehr meine Freundin, und ich wusste auch, wieso, ich hatte es auf dem Zeugnis gelesen. Meine Mutter hatte es in ihrer Sockenschublade versteckt, aber ich hatte es trotzdem gefunden. Mrs. Milton hatte geschrieben, ich sei außergewöhnlich gut in Mathe und sprachlichen Fächern, aber ich hätte Probleme, mich in die Gemeinschaft einzufügen. Was, wie ich wusste, bedeutete, dass mich die anderen komisch fanden.

Ich griff nach dem Zettel.

Gerade kam ein Anruf, dass ich eine Doppelschicht machen muss. Diese Idioten! Letzte Nacht habe ich vielleicht zwei Stunden geschlafen! Ich versuch noch anzurufen, bevor du gehst, um dir Guten Morgen zu sagen, bis dahin fühl dich von mir umarmt. Und ich wünsch dir einen tollen Tag!

Küsschen – Küsschen – Küsschen, Mom

Ich schlang die Beine auf dem Stuhl zum Schneidersitz, dann las ich den Zettel noch einmal. Schließlich faltete ich ihn einmal, zweimal und stand auf, um ihn in den Abfalleimer zu werfen. Genau in diesem Moment hörte ich den Schulbus vorbeirattern. Mit großen Augen stützte ich meine Handflächen auf das Fensterbrett und sah ihm nach, hielt den Atem an, bis die Rücklichter verschwanden. Und dann, ganz allmählich, lächelte ich.

Auf Socken drehte ich eine Pirouette und hüpfte wie eine Balletttänzerin zurück zum Tisch, wo ich mit dem Finger immer wieder an die Frühstücksflockenschachtel schnipste, bis sie umfiel. Lucky Charms waren bäh. Ich aß sie bloß, weil Momma mir damit etwas Gutes tun wollte – *Schau, was ich dir mitgebracht habe!* –, was es mir unmöglich machte, ihr die Wahrheit zu sagen. Aber eigentlich schmeckten sie bloß süß, und die Marshmallows quietschten zwischen den Zähnen, wenn man sie kaute, und wurden in der Milch schon nach einer Minute schleimig, wie Popel oder Knorpel im Fleisch. Aber was blieb einem übrig. Ich schüttete die Flocken in die Schüssel, sortierte sämtliche Marshmallows aus und aß nachdenklich kauend den Rest.

Als ich fertig war, betrachtete ich die kleinen Dinger, sortierte sie mit dem Zeigefinger und ging dann in mein Zimmer, um meine Meerglassammlung und ein Blatt rotes Bastelpapier zu holen. Das Blatt faltete ich einmal und strich mit Gummikleber eine Herzform darauf. Dann begann ich die Marshmallows aufzukleben, was sich als weitaus schwieriger erwies als gedacht, zumal der Sinn einer solchen Bastelarbeit ohnehin fragwürdig war. Der Klebstoff trocknete zu schnell, sodass ich ihn mit dem Fingernagel in langen Würmern abrubbeln musste –

so befriedigend wie das Abkratzen von Schorf –, um ihn dann erneut aufzutragen.

Aber als das Ergebnis – ein Herz aus Marshmallows – vor mir lag, war ich davon sehr angetan. Ich durchsuchte meine Meerglassammlung und sortierte braune, grüne und weiße Stücke aus. Diese Sammlung war eines meiner liebsten Besitztümer, bei jedem Besuch am Strand gesellten sich neue Teile dazu. Auf den ersten Blick schien so eine Scherbensammlung nicht besonders interessant zu sein, aber man musste sich nur vorstellen, wem das Glas einst gehört hatte und wie weit es gereist sein mochte. Vielleicht stammte es von Piraten, die im Südpazifik Bier getrunken hatten, vielleicht von Wein, den japanische Damen im Kimono ausgeschenkt hatten, oder es waren die Brillengläser eines Mannes, der mit der Titanic untergegangen war. Vielleicht hatte sogar mein Vater aus einer dieser Flaschen getrunken, wer konnte das wissen? Meine Mutter sagte zwar, das sei unwahrscheinlich, aber ich besaß Hunderte von Scherben, die von Hunderten von Flaschen stammten, also konnte es sehr wohl möglich sein.

Ich klebte dem Herz noch zwei grüne Meerglas-Augen auf, gab ihm eine orangefarbene Vitaminpillen-Nase und einen braunen Meerglas-Mund, dann faltete ich die Karte vorsichtig auf und schrieb *Liebe Chloe, alles Gute zum Geburtstag!* hinein. Doch obwohl ich sicher war, dass mich so eine Karte sehr glücklich gemacht hätte, verspürte ich doch ein merkwürdiges Ziehen in der Brust.

Was Momma wohl gerade tat? Ich hatte keine rechte Vorstellung davon, was sie machte, wenn sie in einer Fabrik, in der Propeller mit Anstrichen versehen wurden, als »Floormanagerin« arbeitete. Ich wusste nur, dass sie einen der wichtigsten

Berufe der Welt hatte, denn ohne diese Anstriche würden Tausende von Flugzeugen rosten und vom Himmel fallen. Ich stellte mir vor, wie sie inmitten von Flugzeugteilen auf einem Flugplatz stand und sie vielleicht in die Luft schoss, um festzustellen, ob sie flogen. Wahrscheinlich machte es ihr Spaß.

Eine Weile lang sah ich die Karte an, dann nahm ich sie wieder von der Kühlschranktür und stopfte sie in den Müll. Mit meinem Saftglas ging ich ins Badezimmer und baute mich vor dem Spiegel auf, damit ich mir zusehen konnte, wie ich es auf einmal austrank.

Danach versuchte ich strahlend zu lächeln, aber es fühlte sich künstlich an. Als müsste ich auf jeden Muskel achten, damit sich das Lächeln nicht auflöste. Ich stellte das Glas ab und beschloss, meine Zähne heute nicht zu putzen. Ich dachte an den ganzen Tag, der sich lang und leer vor mir erstreckte. Was für eine verrückte Vorstellung, dass ich tun konnte, was ich wollte, genau wie eine Erwachsene. Ich könnte an dem Archivbox-und-Kaffeedosen-Raumschiff weiterbauen, mit dem ich letzte Woche angefangen hatte, könnte Zaubertricks aus meinem Zauberkasten einüben oder chemische Experimente mit Lebensmitteln und Bastelmaterial machen. Die Möglichkeiten waren endlos, aber eigentlich war keine von ihnen ungewöhnlich genug für den ersten Tag des Acht-Jahre-alt-Seins.

Ich beugte mich vor und betrachtete mein Spiegelbild, dann öffnete ich Mommas Make-up-Kästchen und nahm blauen Lidschatten, dunkelroten Lippenstift und Rouge heraus. Ich griff nach der Wimperntusche, studierte die Tube und malte mir zwei schwarze Linien auf jede Wange und einen schwarzen Punkt auf die Nase. Lange starrte ich in den Spiegel, bewunderte mich von der einen und von der anderen Seite. Schließlich ging ich in

Mommas Schlafzimmer, schlüpfte aus meinem Nachthemd und in ein gelbes Strickkleid, das ich mit ihrem Makramee-Gürtel befestigte. Vorne stopfte ich als Brüste zwei Paar Strümpfe hinein und hängte mir ihre sämtlichen Holz- und Glasperlenketten um.

Hier stand ich, eine kriegerische Prinzessin, geliebt für meine Schönheit und Güte. Und jedes Jahr feierte das ganze Königreich meinen Geburtstag, indem alle Bewohner um unser Dorf im Kreis standen, einander an den Händen fassten und das Geburtstagslied sangen. Dann wurde ein riesiger Geburtstagskuchen herbeigerollt, der für alle reichte, roter Teig mit weißer Glasur und so hoch wie ein Baum. Ich musste auf eine Leiter steigen, um die Kerzen auszupusten, und dabei sprach ich einen Wunsch für jeden einzelnen Untertan in meinem Reich: im Lotto zu gewinnen und so reich zu werden, dass er oder sie nie mehr arbeiten musste. Und dann jubelten alle und überreichten mir meine Geburtstagsgeschenke, meist Kleinigkeiten, viele davon selbst gebastelt, aber ich nahm sie mit so dankbarer Aufmerksamkeit an, als wären es Malsets oder Roller.

Jetzt übte ich schon mal das gnädige Lächeln, schlüpfte in schwarze Pumps mit Pfennigabsätzen und humpelte zum großen Spiegel.

Dort musste ich laut lachen, weil ich die Mascara-Striche ganz vergessen hatte, mit denen ich ganz und gar nicht so aussah, wie ich es mir vorgestellt hatte. Ich drehte eine Pirouette, dann warf ich die Schuhe von mir und rannte ins Wohnzimmer, wo ich die Stereoanlage voll aufdrehte. Queen, »Bohemian Rhapsody«, ein tolles Lied. Barfuß tanzte ich durchs Zimmer, hüpfte auf die Couch, lief auf ihr entlang und sprang auf der anderen Seite wieder hinunter. Ich war eine Ballerina, eine Fee, die so schnell herumwirbelte, dass ein zufälliger Betrachter nur einen gelben verschwommenen Fleck gesehen hätte. Vielleicht konnte man so sehr verschwimmen, dass man ganz verschwand, ähnlich wie die UHF-Kanäle im Fernseher. Wenn Momma heimkam und sich fragte, wo ich war, dann hatte ich mich in die Unendlichkeit gewirbelt.

Aber dann kam das nächste Lied, »Breaking Up Is Hard to Do«, und das war blöd, darum schaltete ich die Stereoanlage aus. In diesem Moment hörte ich das Klingeln des Telefons, und ich rannte in die Küche.

Es war Angela, die in der Chester-Creek-Schule für die Anwesenheit der Schüler zuständig war. Sie wollte wissen, wo ich blieb, und so sagte ich: »Hallo, Angela. Ich bin krank.«

»Tut mir leid, das zu hören, Liebes. Kann ich mal mit deiner Mutter sprechen?«

Ich zögerte. Eigentlich konnte ich gut lügen, neben Radfahren auf dem Hinterrad und Gin Rommé war das eines meiner drei außergewöhnlichen Talente. Aber ich tat es trotzdem nicht sonderlich gern. Langsam zog ich die Busen-Strümpfe aus meinem Kleid und legte sie auf den Tisch. »Ja, aber sie ist gerade im Bad. Sie übergibt sich. Wir sind beide krank.«

»Ach je! Na gut, sagst du ihr bitte, sie soll in der Schule anrufen, sobald sie kann, ja? Und du schau, dass es dir bald besser geht!«

»Ich versuch's«, sagte ich, und dann … Dann wollte ich nicht, dass Angela auflegte. Daher fügte ich hinzu: »Ich habe Fieber, und mir geht's richtig mies. Und außerdem, ich hab Geburtstag.« Aber sie hörte mich nicht mehr. Heute war der Tag, an dem alle Leute auflegten, wenn ich etwas Wichtiges zu sagen hatte.

Zählte eine Lüge eigentlich, wenn niemand sie hörte? Wenn man herumwirbelte, bis man nicht mehr da war, und niemand merkte es, hieß das, dass es einen nie gegeben hatte?

Die Lügen, die ich Angela erzählt hatte, machten mich überall ganz kribbelig, und so galoppierte ich durchs ganze Haus, um dieses Kribbelgefühl abzuschütteln. Und als das nichts half, stieß ich meine Füße in die Sneakers, rannte hinaus, zog mein Fahrrad von der Veranda und fuhr so schnell ich konnte die Straße hinunter.

Fürs Radfahren galt die Regel, dass ich bis hinauf auf den Hügel und wieder zurück zum Haus fahren durfte. Aber sie stammte aus der Zeit, als ich erst sieben war. Jetzt war es anders. Und als ich am Ende der Straße angekommen war, konnte ich nicht anhalten. Ich konnte einfach nicht. Genau wie das Mädchen in *Die roten Schuhe,* deren Füße immer weitertanzen, bis sie fast tot ist, war ich nun das Mädchen in *Das gelbe Kleid,* deren Beine weiterfahren, bis der Henker sie abschneidet. Und dann würden sie ohne mich weiterradeln, über die Felder und in die Wälder. Ich konnte gar nichts dafür; die Beine taten das ganz ohne mich.

Über den Lasser Hill und vorbei am Garrity Pond, mein Herz raste, und meine Muskeln brannten, die Halsketten meiner Mutter schlugen schwer gegen meine Brust, und ich konnte immer weiterfahren, überallhin. Nach Washington, nach British Columbia, auf die andere Seite von British Columbia, was immer sich dort befand. Den Hügel hinunter und an der Farm vorbei, wo ich wie wild den fetten Kühen zuwinkte, die ungnädig zurückblickten.

In Redbridge gab es nicht viele Straßen. Da war die Hauptstraße, die geradewegs durch den Redwood-Wald bis hinauf nach Oregon führte, an dieser Straße wohnten wir in unserem kleinen Haus mit brauner Schindelfassade. Wenn man von unserem Haus aus in die Stadt fuhr, kam man erst noch am Blakely-Campingplatz und am Treetop-Motel vorbei, und an einem Geschenkeladen, wo selbst geschreinerte Tische aus Redwoodstämmen und Wanduhren aus Redwoodholz, Redwood-Kerzenständer und Redwood-Salatschüsseln verkauft wurden.

Die meisten Straßen, die von der 101 abgingen, waren Staubstraßen, die zu ein oder zwei versteckt liegenden Häusern führten, oft riesige Sommerhäuser von reichen Leuten, die ab und zu aus San Francisco oder L. A. rauskommen wollten. Und in den kleinsten Häusern, manchmal nur ein Raum mit einem schrägen Dach, wohnten Leute, die einfach nur aus ihrem Leben rauskommen wollten.

Ich liebte diese kleinen Straßen. Bisher hatte ich mich nur wenige Male an den »Privatbesitz – Zutritt verboten«-Schildern vorbeigewagt, meist zu Fuß statt auf dem Fahrrad, damit mich das Knacken von Zweigen nicht verriet. Es war, als würde man durch den Weltraum in eine Alien-Welt gesogen, in der nur Bäume lebten. Sie waren so hoch wie der Mond und schauten schützend auf mich herab, aber auch in den Himmel. Manchmal waren die Stämme von drei oder vier Bäumen zusammengewachsen und bildeten eine kleine Höhle, ein ideales Versteck. Ich setzte mich hinein, schlang die Arme um meine Knie und fühlte mich winzig und – wenn ich hinaufblickte in die dunklen Kronen über mir – zugleich riesig, so als wäre ich selbst zum Baum geworden. Unsichtbar und unbesiegbar.

Jetzt kam ich auf dem Fahrrad an einer Staubstraße vorbei, die ich vom Auto aus bestimmt schon tausendmal gesehen, aber bei der Geschwindigkeit nie bemerkt hatte. Anders als die meisten Stichstraßen hatte diese Straße einen richtigen Namen, Bayard Lane, und ich blieb stehen, um sie anzusehen, aber sie machte nach fünfzig Metern eine Kurve und verschwand zwischen den Bäumen. Daher stieg ich ab und ging die Straße zu Fuß entlang, lauschte auf das Rauschen des Windes und das Geräusch, das die Kiesel unter meinen Füßen machten. Nach der Kurve ging ich langsam, ehrfurchtsvoll weiter, bis ich an ein Tor kam: Das Eisen war rotbraun gestrichen, passend zu den Bäumen, und eine kleine Metallbox mit einem roten Blinklicht verdeckte das Schloss. Ich spähte durch das Gitter, aber da ich noch immer nicht erkennen konnte, was sich dahinter befand, wendete ich mein Fahrrad und schob es weiter die Straße entlang.

Und da hörte ich es. Das unmissverständliche Geräusch von spielenden Kindern.

4

»Wie tief sind wir denn schon?« Eine Mädchenstimme.

»Frag doch nicht ständig!« Ein Junge. »Das dauert mindestens eine Woche!«

»Mehr als zehn Jahre.« Ein Mädchen, das offenbar älter war. »Außer du stirbst vorher, weil Daddy dich dafür umbringen wird.«

Ich versteckte mich hinter einem Stechpalmenbusch und beobachtete die Kinder. Zwei Mädchen und ein Junge, alle so angezogen, als wollten sie in die Kirche gehen, spielten im Garten eines riesigen weißen Hauses. Das ältere Mädchen, in einem roten Kleid mit rundem Kragen, saß mit untergeschlagenen Beinen unter einem großen Ahornbaum und nähte den Kleidersaum eines Babys fest, das merkwürdig starr neben ihren Knien lag. Der Junge und das jüngere Mädchen waren etwa in meinem Alter, sie trug ein hellgrünes Kleid und er einen hellblauen Pullover und gebügelte Hosen. Die beiden standen in einem Loch, das ihnen fast bis zur Taille reichte, der Junge grub mit einer Gartenschaufel und das Mädchen mit einer großen Plastiktasse. Ich sah, wie der Junge seinen Pullover auszog, sich damit den Schweiß aus dem Gesicht wischte und ihn dann in das Loch legte. Er flüsterte dem Mädchen etwas ins Ohr, worauf es große Augen machte und mit einem so breiten Grinsen antwortete, dass eine Zahnlücke sichtbar wurde.

Sie waren alle drei so hübsch mit ihren glänzenden kastanienbraunen Haaren und der Alabasterhaut, geradezu unwirklich. Sogar das Haus hinter ihnen mit der umlaufenden Veranda, den hohen Fenstern und den Rankgerüsten mit Rosen und Zaunwinden sah unwirklich aus. Nur das jüngere Mädchen schien nicht unmittelbar einem Gemälde entstiegen. Sie war schön, vielleicht die Schönste von ihnen, aber ihr lockiges Haar hing ihr aus dem Pferdeschwanz, ihr Kleid hatte Schlammflecken, und auf ihren beiden Knien war Schorf. Doch selbst sie schien einer anderen Existenzform anzugehören als ich, und ich war auf einmal davon überzeugt, dass ich hinter dem Busch hervortreten und in das Loch springen könnte, ohne dass sie mich wahrnahmen.

Das jüngere Mädchen hüpfte auf das Mädchen mit dem Baby zu und kniete sich neben sie. »Ich will lernen, wie das geht«, sagte sie.

»Nein, wirklich nicht, Cecilia, du bist dreckig. Du ruinierst das Kleid.«

»Bestimmt nicht, schau!« Sie spuckte auf ihre Handflächen und wischte sie am Gras ab.

»Das ist so eklig!«, sagte die Ältere, aber sie reichte Cecilia das Baby.

Oder nein, es war gar kein Baby, sondern eine Puppe. Eine so echt aussehende Puppe hatte ich noch nie gesehen, mit goldblonden Haaren, Augen, die auf und zu gingen, winzigen Fäusten und einem weißen Taufkleid aus Spitze. Und ich hätte sie gern besessen.

Ich wünschte sie mir so sehr wie noch nie etwas in meinem Leben. In gewisser Weise war es, als wäre das schon immer meines gewesen, die Puppe, das Haus, die Kinder, und plötzlich wusste ich, dass ich nie mehr glücklich sein würde, ehe das alles nicht mir gehörte.

»Schau, es ist ganz einfach, immer nur rauf und wieder runter, und wenn du wieder oben bist, musst du die Nadel durch den letzten Stich schieben.« Sie klang jetzt freundlicher, mütterlich, während sie sich über Cecilias Schoß beugte und ihr half, die Nadel zu führen.

Cecilia warf einen Blick auf den Jungen, der ihr jetzt mit verschränkten Armen zusah. Dann biss sie sich innen in die Wange und wandte sich wieder an ihre Schwester. »Ich glaube, ich weiß, wie man das viel besser reparieren kann«, sagte sie langsam, sprang dann ohne Vorwarnung auf und rannte zum Loch.

»Cecilia?« Das ältere Mädchen versuchte sie zu erwischen und fiel flach auf den Bauch. »Cecilia!«

Cecilia beugte sich hinab, um die Puppe ins Loch zu legen, und unter meinen entsetzten Blicken hob der Junge seine Schaufel.

»Nate, wag das bloß nicht!«, schrie das Mädchen, und mir blieb das Herz stehen. Wie konnten sie nur so grausam sein, so schön, aber so *böse?* Die Babypuppe in ihrem sauberen weißen Kleidchen einzugraben, das war eigentlich, als würden sie einen echten Säugling begraben. Und als der Junge eine Schaufel voll Erde auf die Puppe warf, konnte ich mich nicht mehr zurückhalten. Ich schrie.

Alle drei Kinder fuhren herum und starrten mich an. Ich drückte meine Hände auf den Mund. Eine geschlagene Minute lang sagte keiner etwas, dann fragte Cecilia: »Wer bist du?«

Ich schüttelte den Kopf, ohne die Hände vom Mund zu nehmen. Der Junge sah hinab in das Loch und lächelte dann ein wenig. »Ist schon gut, wir haben sie nicht richtig begraben. Komm, schau.«

Langsam trat ich an das Loch, etwas erstaunt, dass sie mich tatsächlich sehen und hören konnten. Es fühlte sich an, als würde ich ein Märchen betreten, und ich hatte irgendwie Angst, es schmutzig zu machen.

»Schau her, ihr ist nichts passiert«, sagte Nate. Die Puppe lag auf dem Pullover, den er zuvor ausgezogen hatte, und die Erde von der Schaufel bildete daneben einen kleinen Haufen.

»Ihr seid beide so blöd!«, sagte das ältere Mädchen. Sie sprang in das Loch, um die Puppe zu retten, ehe sie sich an mich wandte. »Aber ernsthaft, wer bist du? Und warum spionierst du uns nach?«

»Ich bin niemand«, sagte ich. »Ich meine, ich bin Chloe Louise Tyler. Ich bin Chloe.«

»Ich bin Grace, und das sind Nate und Cecilia. Ich habe noch nie jemanden kennengelernt, der Chloe heißt. Warum bist du nicht in der Schule?«

»Weil …« Ich straffte die Schultern. »Weil ich heute Geburtstag habe. Und warum seid ihr nicht in der Schule?«

»Wir gehen nicht in die Schule, deswegen. Nicht in eine richtige Schule.« Sie zuckte die Achseln, als wäre das etwas ganz Offensichtliches, was man nicht näher erklären musste. »Toll, dass heute dein Geburtstag ist. Wie alt wirst du?«

»Acht.« Rund und schwer fühlte ich die Zahl auf meiner Zunge. Sie schien noch nicht vollständig zu mir zu gehören. »Ich bin acht.«

»Genau wie ich!« Cecilia klatschte in die Hände. »Oder wenigstens im nächsten Monat. Ich bin sieben und elf Zwölftel. Nate ist neuneinhalb, und Grace ist elf. Was sollst du denn sein? Ein Indianer? Ein Zulu?«

»Sie ist eine Katze«, sagte Nate. »Du bist eine Katze, stimmt's?«

Ich berührte meine Wangen. Erst jetzt fielen mir die Striche wieder ein, die ich mir ins Gesicht gemalt hatte.

»*Warum* bist du denn eine Katze?«, wollte Cecilia wissen.

Ich suchte noch nach einer Antwort, aber mir fiel nichts ein. Nate legte den Kopf schräg und sah mich abwartend an, aber als klar wurde, dass ich keine Antwort wusste, sagte er: »Warum denn nicht? Katzen sind klasse.«

»Das stimmt«, sagte Cecilia. »Weißt du, dass sie siebenmal so hoch springen können, wie sie groß sind? Bei mir wäre das, als könnte ich achteinhalb Meter hoch springen, bis hinauf aufs Dach. Das wäre wie Fliegen, oder?« Sie lächelte. »Redest du gar nicht?«

»Ihr macht sie ganz panisch«, sagte das ältere Mädchen. »Sie fürchtet sich.«

Nate betrachtete mich aufmerksam. Er hatte etwas an sich, was mich nervös werden ließ, es lag etwas in seinen Augen, wie er mir so prüfend ins Gesicht sah, als wäre ich ein Gemälde und er müsste die Sommersprossen auf meinen Wangen oder die Haarsträhnen meines Ponys zählen, damit er sie später genau wiedergeben konnte. »Du brauchst keine Angst zu haben«, sagte er. »Magst du uns helfen? Mit drei Leuten würde es schneller gehen. Grace will nicht, weil sie Angst vor Würmern hat.«

»Hab ich nicht! Ich bin bloß nicht so blöd, mir den Rücken zu verrenken für ein Loch, bei dem nichts herauskommt außer Schlamm.«

»Angst vor Würmern und vor Schlamm.« Er wandte sich wieder an mich. »Wir graben einen Tunnel nach London, damit wir mit einem Hovercraft fahren und hoffentlich mit C. S. Lewis reden können. Wir haben ein paar Fragen an ihn.«

London. Ich wusste gar nichts über London, außer dass es

dort eine Königin gab. Oft träumte ich, sie kennenzulernen und vielleicht von ihr adoptiert zu werden.

»Wie ich gesagt habe, sie sind beide blöd«, erklärte Grace. Dann beugte sie sich zu mir, um in mein Ohr zu flüstern: »In Wirklichkeit ist er längst tot, aber unsere Mom traut sich nicht, es ihnen zu sagen.«

»Wer ist C. S. Lewis?«, fragte ich.

»Du weißt schon, die Narnia-Bücher«, sagte Nate. »Ich muss ihn fragen, wo die ganzen Kinder hingegangen sind, als Narnia zerstört wurde, und wie es wirklich war. Mom sagt, wie im Himmel, aber stimmt das auch? Er hätte noch ein weiteres Buch darüber schreiben sollen, finde ich. Und Cecilia möchte wissen, was Lokum ist.«

»Grace glaubt, es ist so eine Art Bonbon«, sagte Cecilia, »aber das kann nicht alles sein.«

»Genug geredet, okay?«, sagte Nate. »Hilfst du uns jetzt, oder was? Du könntest das Tablett nehmen, das dort am Baum lehnt.«

Ich griff nach dem Silbertablett. »Ich helfe euch«, sagte ich.

»Gut. Wenn wir jemals hinkommen, dann darfst du ihm auch eine Frage stellen. Also solltest du dir besser jetzt schon eine ausdenken.«

Ich sprang in das Loch und grub mit einer Ecke des Tabletts in der Erde. Sie war härter, als ich erwartet hatte, steinig und so fest wie Lehm. Mühsam hob ich das Tablett hoch, dann sagte ich: »Eigentlich weiß ich gar nicht genau, was die Narnia-Bücher sind.«

Es wurde still. Sie starrten mich alle an. Dann sagte Nate: »Im Ernst?«

»Ist schon okay, setzt ihr deswegen doch nicht so zu«, sagte Grace langsam in einem Tonfall, der mir tatsächlich zusetzte. »Wir können dir die Geschichte erzählen, wenn du willst.«

»Mom hat uns die Bücher ich weiß nicht wie oft vorgelesen«, sagte Nate. »Meistens, weil sie mit Gott zu tun haben. Aber keine Sorge, wenn du Gott-Geschichten nicht so magst, denn wenn man es nicht weiß, merkt man es gar nicht.«

Grace erklärte: »Es gibt sieben Bücher, und sie sind alle gut, aber das erste ist das beste.« Mit gekreuzten Beinen setzte sie sich ins Gras und zog ihren Rock über die Knie. Sie lächelte mir zu, und dann lächelte sie auch Nate und Cecilia an, auf eine Weise, als wollte sie uns allen ein Geheimnis verraten. »Es fängt an mit vier Kindern, Peter, Susan und Lucy, und dann noch Edmund. Er ist derjenige, auf den du achten musst.«

»Erst wirst du ihn hassen«, sagte Cecilia, »aber am Ende findest du ihn ganz in Ordnung.«

Und so erzählte Grace die Geschichte, die tollste Geschichte, die ich je gehört hatte. Damit verbrachte ich den Rest des Vormittags: Ich grub in Richtung London und lauschte Grace, die von den anderen immer wieder unterbrochen wurde, weil sie Kleinigkeiten vergessen hatte. Ein geheimnisvoller Onkel, ein Schrank, durch den man in die Wälder kam, die weiße Hexe und der sprechende Biber, der Löwe, der über alle herrschte. Bald vergaß ich das Schaufeln ganz, so sehr nahm mich diese andere Welt gefangen. Ich blickte ab und zu scheu auf Grace, Nate und Cecilia, deren Blicke auf mir ruhten, während sie mir die Geschichte erzählten. Dabei waren ihre Mienen so aufgeregt und voller Vorfreude wie die Gesichter von Erwachsenen, wenn sie Geschenke verteilten.

Und plötzlich war es vorbei. Grace erzählte gerade, wie der winterliche Schnee in Narnia zu schmelzen begann, als vorne am Haus eine Glocke läutete.

»Duck dich!«, flüsterte Nate laut und zog mich in das Loch.

Er und Cecilia kletterten hinaus, und Grace stand auf und rief: »Wir kommen!«

»Du darfst niemandem etwas von diesem Loch erzählen«, schäfte Nate mir ein, »sonst kriegen wir ernsthafte Schwierigkeiten. Aber du kannst weiterarbeiten, wenn du möchtest. Mom lässt uns wahrscheinlich so gegen fünf wieder raus.«

Ich verkniff mir ein Lächeln, in meiner Brust glühte etwas. Den ganzen Vormittag schon veränderte sich etwas in mir, ich konnte es genau spüren. Bis zu diesem Augenblick war mein Leben formlos gewesen, ich trieb lediglich von Tag zu Tag. Doch auf einmal hatte ich meinen Ort in dieser Welt gefunden, der Nebel klarte auf. Als wüsste ich endlich, wo ich hingehörte. Ich spähte über den Rand des Loches und sah zu, wie Nate und Cecilia sich an den Händen fassten und mit Grace zum Haus rannten. Und dann griff ich nach der Schaufel, die Nate fallen gelassen hatte, und grub weiter. Durch meinen Kopf schwirrten Faune, die Tee servierten, eine Hexe, die Leute in Stein verwandelte, und Tore in eine andere, bessere Welt.

5

Bis weit in den Nachmittag arbeitete ich an dem Loch. Meine Handflächen waren aufgerissen, meine Schultern schmerzten und das Loch füllte sich allmählich mit Wasser. Ich sah hinunter auf meine kaputten, völlig durchweichten Sneakers. Wenn wir es wirklich bis London schaffen wollten, mussten wir vermutlich schwimmen.

Wenn ich ehrlich war, stand ich dieser ganzen London-Sache mit einer gewissen Skepsis gegenüber. In Anwesenheit von Grace, Nate und Cecilia wäre ich bereit gewesen, fast alles zu glauben, was sie mir erzählten; ihre Ausstrahlung ließ alles möglich erscheinen. Aber jetzt, nachdem sie verschwunden waren, meldete sich mein wirkliches Leben wieder – und mein Magen.

Ich hievte mich aus dem Loch und rannte in den Wald, wo ich mein Fahrrad versteckt hatte. Schnell schwang ich mich hinauf und machte mich auf den Heimweg. Nate hatte gesagt, sie würden vielleicht um fünf Uhr zurückkommen, und ich würde alles versuchen, um dann ebenfalls wieder da zu sein. Aber Tante Eva erwartete mich zu Hause, und sie zu verärgern war nicht empfehlenswert.

Tante Eva war nicht meine richtige Tante, nur eine Babysitterin, die so tat, als wäre sie meine Tante, damit sie irgendeinen Anspruch anmelden konnte, oder vielleicht, damit es mir leichter fiel, sie zu lieben.

Ich liebte sie nicht.

Nicht nur das, ich mochte sie nicht einmal besonders. Für mich hatte sie immer zum Inventar gehört, sie war wie der Backofen oder der Küchenwasserhahn, die nur dann Aufmerksamkeit verlangten, wenn sie nicht funktionierten. Und sie schien mich auch nicht besonders zu mögen. Jahrelang hatte sie jede sich bietende Gelegenheit genutzt, mich mit ihren Enkelkindern zu vergleichen, zu meinem Nachteil. *Meine Isabella räumt nicht nur selbst ihr Zimmer auf, sie macht auch den Abwasch!* oder *Als mein Bobby im Kindergarten war, konnte er schon Schach spielen!* Und diese Vergleiche gaben mir – besonders seit dem Eingeständnis meiner Mutter, dass sie Tante Eva nur genommen hatte, weil sie für zwei fünfzig die Stunde der billigste Babysitter in der Gegend war – das Gefühl, absolut ungenügend zu sein. Als wäre ich ein Kind, das nicht mehr wert war als zwei fünfzig die Stunde.

Ich lehnte mein Fahrrad an die Veranda und ging ins Haus. Der Fernseher lief, gerade fing *General Hospital* an, daher wusste ich, dass Tante Eva mindestens die nächste Stunde wie festgenagelt auf der Couch sitzen bleiben würde. »Ich bin da!«, rief ich und hechtete in die Küche, wo ich mir einen Beutel Oreos griff. Während ich zur Treppe ging, stopfte ich sie mir schon in den Mund.

»Ach du meine Güte!«, sagte Tante Eva.

Den Mund voller Kekse drehte ich mich langsam zum Wohnzimmer um. Tante Evas Augen wurden groß, sie schlug sich mit einer Hand auf den Busen und schlug gleich noch einmal, als müsste sie ihr Herz wieder in Gang bringen.

Schnell schluckte ich hinunter, wischte mir über den Mund und sagte: »Ich bin hingefallen. In den Schlamm.«

»Was ist das für ein Kleid? Und die Halsketten? Dein Gesicht!«

Ich sah sie an, und etwas in mir verknotete sich. Den ganzen Vormittag lang hatten mich Grace, Nate und Cecilia wie eine interessante, lustige Person behandelt; sie hatten den wertvollen Menschen erkannt, der ich unter meiner seltsamen Verkleidung und dem Make-up wirklich war. Aber Tante Eva war wie die Kinder in der Schule, die nur sahen, dass ich anders war. Beim Anblick ihrer angewiderten Miene wurde ich ärgerlich. »Kümmer dich doch um deinen eigenen Kram«, rief ich und rannte nach oben. Und, um das Maß vollzumachen: »Du gehst mir auf den Geist!«

Ich eilte ins Badezimmer und versperrte die Tür hinter mir. In meiner Brust brannte es heiß. Ich legte meine Handflächen und ein Ohr an die Tür und lauschte auf Schritte, weil ich annahm, dass Tante Eva heraufkommen würde, aber die einzigen Geräusche waren der Fernsehton und mein Keuchen. Ich steckte mir einen weiteren Keks in den Mund und drehte die Dusche auf, dann ging ich zum Spiegel. Langsam kauend betrachtete ich mein Spiegelbild, das wirre Haar, die Mascarastriche und Schlammspuren auf meinen Wangen. Und ich lächelte.

Ich saß in meinem Zimmer und versuchte, meine nassen Haare mit einem Kamm zu entwirren, als Tante Eva an die Tür klopfte und sie öffnete. »Hast du mir etwas zu sagen?«, fragte sie.

Ich sah sie verständnislos an.

»Ich meine, ob du dich nicht entschuldigen willst?«

Die Antwort darauf war nein. Aber ich hob das Kinn. »Es tut mir leid, dass ich gesagt habe, du sollst dich um deinen eigenen Kram kümmern und dass du mir auf den Geist gehst.«

Tante Eva sah mich mit schmalen Augen und hochgerecktem Kinn aufmerksam an, als wollte sie feststellen, ob ich ins Töpfchen gemacht hatte, und nickte dann kurz. »Ich nehme deine Entschuldigung an. Und ich habe etwas für dich.« Sie verschwand im Flur und kehrte dann mit einem khakigrünen Pullover zurück, den sie mir reichte. »Alles Gute zum Geburtstag«, sagte sie in einem eher ungehaltenen als beleidigten Tonfall.

Zögernd nahm ich den Pullover an mich. Ich erkannte die Wolle; Tante Eva hatte in den letzten zwei Wochen damit gestrickt, ohne mir zu verraten, was das werden sollte. Ich zog den Pullover über den Kopf, ging zum Spiegel und runzelte die Stirn.

Der Pullover war in jeder Hinsicht falsch. Die Farbe ließ mich an Hundekacke denken, er kratzte, war zu eng und warf unter meinen Armen Falten, und die Ärmel waren mir an den Handgelenken mindestens zwei Zentimeter zu kurz. Aber mir gefiel er sehr. »Er ist toll«, sagte ich, »danke!« Ich drehte mich zu Tante Eva um und umarmte sie. Erst eher ungelenk, aber als ich ihren weichen, breiten Körper spürte und ihr viel zu süßliches Parfüm roch, drückte ich mich fester an sie und presste mein Gesicht an ihre Brüste. »Er gefällt mir sehr!«

»Na ja.« Tante Eva versteifte sich. »Leider sieht er an dir nicht so gut aus, wie ich gehofft habe. Das macht deine Hautfarbe.«

Und der Augenblick war vorbei.

Ich löste mich von ihr. »Darf ich gehen und mit ein paar Freunden spielen? Sie haben mich für fünf Uhr zu sich eingeladen.«

»Kennt deine Mutter sie denn?«

»Na klar!« Ich zeigte ihr ein strahlendes, unschuldiges Lächeln. »Sie heißen Grace und Nate und Cecilia, und sie leben gleich hinter der Farm.«

Sie sah mich erstaunt an. »Die Sinclairs?«

»Vielleicht«, erwiderte ich, aber als ich in ihren Augen so etwas wie Ehrfurcht entdeckte, sagte ich: »Ja, genau die.«

»Nanu, wie hast du sie denn kennengelernt?«

Ich wollte ihr gerade erklären, wie einfach es gewesen war, am Tor vorbeizugehen, aber dann begriff ich, dass sie etwas anderes meinte. »Du kennst sie?«

Ihre Gesichtszüge entspannten sich, sie blickte einen Augenblick in sich hinein und sagte dann: »Eigentlich kennt sie niemand wirklich. Außer diesen verrückten Kirchenleuten, und selbst die wissen nicht sonderlich viel.« Was nur wenig Sinn ergab.

»Sie sind richtig nett«, sagte ich. »Und hübsch.«

»Nur weil eine Familie über hübsche Gesichter verfügt, heißt das nicht, dass diese Familie auch ganz richtig im Kopf ist«, erwiderte sie geheimnisvoll. Sie kniff die Augen zusammen, und einen schrecklichen Moment lang war ich mir sicher, sie würde mir verbieten, hinzugehen. Aber dann sagte sie: »Bevor es dunkel wird, bist du wieder da, hörst du?«

»Na klar!« Kurz war ich versucht, sie erneut zu umarmen, aber ich besann mich. »Bevor es dunkel wird, komme ich zurück.«

Sie waren nicht im Garten. Erschrocken betrachtete ich die schlammigen Fußabdrücke, die ich zuvor auf dem herrlichen grünen Rasen hinterlassen hatte, und versuchte, sie mit dem Fuß zu entfernen, aber meine Sneakers waren noch immer so dreckig, dass es nur schlimmer wurde. Schließlich kniete ich mich hin und rieb jede einzelne Trittspur mit den Fingern ab.

Als ich fertig war, ging ich zum Haus und setzte mich auf die unterste Eingangsstufe. Ich wartete, schaute auf die Uhr, fuhr mit dem Daumen über meine Handfläche und probierte an den von der Schaufel aufgeriebenen Stellen, wie sehr sie mir wehtun konnten. Als sie nach zehn Minuten immer noch nicht aufgetaucht waren, stand ich auf und schlich vorsichtig zu einem Fenster auf der Vorderseite des Hauses.

Drinnen stand ein langer, dunkler Holztisch, und darüber befand sich ein Kronleuchter, so riesig, dass man darin eine Limonadenbude eröffnen konnte. Die Wände waren von einem tiefen Rot, etwa so wie eine einen Tag alte Schürfwunde, und voll mit Gemälden von Engeln und Heiligen mit Heiligenscheinen. An der gegenüberliegenden Wand hing ein Kruzifix aus dickem Holz, an dem Jesus den Kopf tief hängen ließ und stille hölzerne Tränen weinte.

Das Fenster auf der anderen Seite der Eingangstür war noch viel größer, und ich schlich hinüber und spähte hinein. Da waren sie. Nate und Cecilia saßen links und rechts von einer Frau in einem kornblumenblauen langen Kleid mit Stehkragen und hatten die Köpfe auf ihre Schultern gelegt. Zu ihren Füßen auf einem roten Perserteppich kauerte Grace, die in Gedanken versunken eine Haarsträhne um ihren Finger zwirbelte.

Der Raum war sehr groß und erfüllt von den spätnachmittäglichen Schatten der Bücherregale, die überall an den Wänden standen. Tonnenweise Rosen, vielleicht aus dem Garten, waren in große, farbenfrohe Vasen gestopft. Und die Bücher erst! Hunderte von ihnen, braune, blaue und schwarze, kleine und große und dicke und dünne, waren dicht an dicht in die Regalfächer gepackt. Normalerweise hätten sie mich kaltgelassen, aber jetzt fragte ich mich, in welchen der Bücher die Geschichten über Narnia standen.

»Und bald traf das Telegramm ein«, sagte die Frau, »mit der Ankündigung, dass Pollyanna am folgenden Tag, dem fünfundzwanzigsten Juni um vier Uhr in Beldingsville ankommen würde.« Sie las aus einem kleinen goldenen Buch mit festem Einband vor, wobei sie mit dem Finger über die Seite fuhr, um die Stelle, an der sie gerade war, zu markieren. »Miss Polly las das Telegramm, runzelte die Stirn und stieg dann die Treppe hinauf in die Dachkammer.«

Ich schob mich näher heran und presste beide Hände auf die Scheibe. Atemlos lauschte ich der Geschichte, wie das Mädchen in einem roten Baumwollkleid an der Bahnstation ankam und von ihrer kratzbürstigen Tante Polly empfangen wurde, die weder Eiscreme noch Gespräche schätzte. Wie sie in der staubigen, muffigen Dachkammer untergebracht wurde, wo es keine Teppiche auf dem Boden und keine Bilder an den Wänden gab, aber einen herrlichen Blick aus dem Fenster; wie sie mit einer Mahlzeit bestraft wurde, die nur aus Brot und Milch bestand, aber trotzdem bester Laune blieb, weil sie Brot und Milch zufällig mochte. Ich wäre so gern wie Pollyanna gewesen, die noch der scheußlichsten Sache etwas abgewinnen konnte. Es machte mir Hoffnung, dass sich auch an meinen eigenen Scheußlichkeiten noch ein bisher nicht bemerkter Vorteil entdecken ließ, und ich verlor mich in ihrer Geschichte. Ihr Leben war so viel schlimmer, aber zugleich auch so viel besser als meines.

Bis eine Katastrophe geschah. In dem einen Moment stand

ich noch da und hörte zu, und im nächsten sank ich schon hinein in die Geschichte, als wäre sie ein weiches, warmes Bett, und ich vergaß völlig, dass ich auch einen Körper hatte, der sich auf den Beinen halten musste. Mit lautem Krachen stolperte ich gegen das Fenster.

Alle Gesichter wandten sich mir zu, und ich ließ mich schnell auf die Knie sinken. Geduckt saß ich da, heftig atmend und mit rasendem Herzschlag, der in meinen Ohren pochte. Dann hob ich langsam den Kopf und musste feststellen, dass sie alle am Fenster standen und erstaunt auf mich herabsahen, als wäre ich etwas mit zwei Köpfen und sechs Beinen, das sie gerade in ihren Schuhen entdeckt hatten. Ich starrte sie ebenfalls an und krabbelte dann auf meinem Hinterteil rückwärts.

Im nächsten Moment wurde die Eingangstür aufgerissen. »Sinnlos, dich jetzt noch zu verstecken«, sagte die Frau mit einem Lächeln, »wir haben dich schon gesehen. Wer bist du? Komm her und stell dich vor.«

Nate trat neben sie und lehnte sich an ihren Arm. Er sah mir in die Augen, sagte aber nichts, während ich mich langsam aufrappelte. »Ich bin Chloe«, sagte ich, den Blick auf meine Turnschuhe gerichtet. »Ich wohne weiter unten an der Straße.«

»Freut mich, dich kennenzulernen, Chloe. Ich bin Mrs. Sinclair, und das ist mein Nathaniel.«

Nate hob grüßend die Hand und verriet mit keiner Miene, dass wir uns längst kannten.

Mrs. Sinclair warf einen Blick in den Garten hinter mir. »Wo sind deine Eltern? Wissen sie, dass du uns besuchst?«

»Ja … Ich meine, meine Tante weiß Bescheid. Und sie hat gesagt, es wäre in Ordnung.«

Sie legte den Kopf schräg, als würde sie über meine Antwort

nachdenken, dann sagte sie: »Also, Miss Chloe, lauschst du oft an den Fenstern anderer Leute?«

Mein Herz klopfte noch immer heftig, und auf meiner Oberlippe hatte sich ein Schnurrbart aus Schweiß angesammelt. Schweigend schüttelte ich den Kopf, und Mrs. Sinclair lächelte. »Schau nicht so erschrocken, ich verspreche dir, nicht die Polizei zu rufen. Willst du uns etwas verkaufen, oder hast du dir nur die Geschichte angehört?«

Ich zögerte. Was davon war weniger schlimm? »Die Geschichte«, erwiderte ich schließlich.

Mrs. Sinclair hob erstaunt die Augenbrauen. »Ach, so ist das! Na, dann kommst du wohl besser herein und hörst dir den Rest an.«

Meine Augen wurden groß, und Mrs. Sinclair lächelte erneut. »Komm schon, wir haben noch etwa eine Stunde Zeit, bis du wieder gehen musst.« Sie trat von der Schwelle zurück in den Vorraum. »Würdest du bitte die Schuhe ausziehen? Mr. Sinclair wird wütend, wenn er Fußspuren sieht.«

Ich sah auf den glänzenden Dielenboden und dachte an den abgetretenen bohnengrünen Teppich in unserem Haus. Wie herrlich wäre es, ein Haus zu haben, wo man vor dem Betreten die Schuhe ausziehen musste. Wie in einem Antiquitätengeschäft, in dem man die glitzernden Kristallvasen und die mit Edelsteinen besetzten Musiktruhen nur betrachten und ersehnen, aber nicht anfassen darf. Schnell schlüpfte ich aus den Schuhen, und als ich sah, wie grau meine Socken waren, zog ich auch sie noch aus. Dann folgte ich Mrs. Sinclair und Nate in die Bibliothek. Der dicke Teppich fühlte sich unter meinen nackten Füßen so weich an wie Puderzucker.

Bei meinem Eintreten kam Grace vom Fenster her grinsend

auf mich zu und streckte mir die Hand hin. »Ich bin Grace Sinclair«, sagte sie, »und das ist meine Schwester Cecilia. Freut mich, dich kennenzulernen.«

Ich warf einen Blick auf Nate und gab ihr dann die Hand. Hatte ich diesen ganzen Vormittag doch nur geträumt? Warum taten sie alle so, als würden sie mich nicht kennen? Vielleicht hatte ich sie doch erschaffen, indem ich sie mir vorgestellt hatte, wie in einer Geschichte in einem der Bücher auf den Regalen, ein Mädchen, das sich so sehr nach Freunden sehnt, dass ihre Traumgefährten Wirklichkeit werden. Aber dann zwinkerte Cecilia mir zu, und ich beruhigte mich. »Freut mich, euch kennenzulernen«, sagte ich leise und gab das Zwinkern zurück.

»Genug angegafft.« Mrs. Sinclair ließ sich auf dem Sofa nieder. »Chloe ist hier, um sich die Geschichte anzuhören, also setzt ihr euch besser wieder, sonst wird die Zeit knapp.«

Nate setzte sich ganz außen auf das Sofa und deutete auf den Platz zwischen ihm und seiner Mutter. »Du kannst dich hierher setzen«, sagte er.

Ich tappte über den Teppich und ließ mich steif neben ihm nieder. Er beugte sich vor und flüsterte mir ins Ohr: »Du verrätst nichts, oder?«

Er roch nach süßer Lakritze, ein beruhigender Geruch. Mit weit aufgerissenen Augen schüttelte ich den Kopf.

Wenn ich später an diesen Nachmittag zurückdachte, konnte ich mich nur an den Druck von Nates Arm gegen meinen erinnern, an den schweren Duft der Rosen, das Gefühl, an Mrs. Sinclair gepresst zu sein und den beruhigenden Tonfall ihrer Stimme. In mir tobte die Aufregung wie ein Trommelwirbel und hinderte mich daran, wirklich zu verstehen, was Mrs. Sinclair eigentlich vorlas. Ich war vor allem mit der Geschichte beschäftigt, die sich um mich herum abspielte. Durch einen Schrank war ich in eine Welt getreten, die nicht die geringste Ähnlichkeit mit der meinen hatte.

Bis schließlich irgendwo im Haus eine Uhr zu schlagen begann und Mrs. Sinclair den Kopf schräg legte, um die Schläge zu zählen. Dann sprang sie auf. »Ach du liebe Güte, ich habe noch nicht mit dem Kochen angefangen. Und Cecilia, wie sehen denn deine Haare aus! Grace, kämmst du sie bitte? Und dann kommt ihr beide mit und helft mir in der Küche. Nate, du kümmerst dich besser ums Auswendiglernen, dein Vater will die Verse heute Abend hören.« Sie klatschte in die Hände und verließ mit großen Schritten das Zimmer. »Beeilt euch!«

»Nach oben mit dir«, sagte Grace zu Cecilia, und die beiden verschwanden ebenfalls. Ohne mich auch nur anzusehen, zog Nate einen dicken Lederband aus dem Regal und trug ihn zu einem Rollschreibtisch, setzte sich hin und begann zu lesen. Und auf einmal war ich unsichtbar geworden.

Ich sah ihm eine Weile lang zu, dann sagte ich: »Ich gehe dann wohl besser.«

Er drehte sich zu mir um und schien erstaunt, dass ich noch immer da war, dachte einen Moment nach und antwortete dann: »Komm morgen wieder.«

»Morgen?«, sagte ich und dann: »Gut. Das könnte ich machen.« Ich verkniff mir ein Lächeln, während ich auf die Veranda hinausging, wo ich mir die Socken und die Schuhe wieder anzog. Dann warf ich noch einen letzten Blick durchs Fenster auf Nate, der über den Schreibtisch gebeugt saß und Worte murmelte.

Wie war Mr. Sinclair bloß, wenn sie alle solche Angst vor ihm hatten? Ich kannte kaum Väter und meinen eigenen gar nicht, auch wenn ich ihn mir wie eine Mischung aus Mike Brady und Hawkeye aus M*A*S*H vorstellte, aber mit meinen schnurgeraden rotblonden Haaren und meiner zu kurzen Nase. Mir war auf jeden Fall noch nie der Gedanke gekommen, dass man sich vor einem Vater fürchten könnte.

Ich schwang mich auf mein Fahrrad und fuhr durch die schneidende Abendkälte nach Hause. Mommas Wagen stand in der Einfahrt, und plötzlich hatte ich überhaupt keine Lust mehr, das Haus zu betreten. Mir graute vor den unaufgeräumten Tischen, den schmutzigen Böden, den Möbeln aus Holzimitat. Und vor Momma mit den dicken Tränensäcken unter den Augen, als lasteten die Augäpfel zu schwer auf den Wangen, und der Haut, die schon wieder abstoßend nach Bier roch. Fühlten sich die Kinder von Narnia so, wenn sie wieder nach Hause zurückkehrten und an einem Ort festsaßen, an den sie, wie sie wussten, nicht hingehörten?

Im Haus war es sehr still. Es gab zwei Sorten von Stille, die gute und die schlechte. Manchmal war Momma mit dem beschäftigt, was sie ihre »Selbstverbesserungsprojekte« nannte: Tagebuchschreiben, Malen und das Lesen von Büchern mit Titeln wie *Hebe dich hinweg, unglückliches Geschick*. Aber was jetzt herrschte, war die schlechte Sorte von Stille.

»Ma?«, rief ich leise und warf einen Blick ins Wohnzimmer.

Mit rot geränderten Augen und aufgelöstem Pferdeschwanz kauerte Momma auf dem Sofa und hielt meine Marshmallow-Geburtstagskarte in der Hand. Als ich ins Zimmer kam, sprang sie auf. »Ach meine Süße, es tut mir so leid, so schrecklich leid!«

Steif blieb ich stehen und wusste nicht, wie ich reagieren sollte. Offenbar war Momma noch viel bestürzter darüber, dass sie meinen Geburtstag vergessen hatte, als ich es gewesen war, nachdem ich es gemerkt hatte. »Ist schon in Ordnung«, sagte ich vorsichtig. »Es hat mir nichts ausgemacht.«

Aber gerade diese Bemerkung ließ Momma aufschreien, als hätte ihr jemand einen Magenschwinger versetzt. »Es ist gar nicht in Ordnung! Das weiß ich genau.« Sie kniete sich vor mich und legte mir beide Hände auf die Schultern. »Ich war diese Woche nur so schrecklich beschäftigt, und meine Gedanken waren ständig bei nicht so wichtigen Dingen. Aber ich habe ein Geschenk für dich, schau!« Sie zog die Ohrringe aus ihren Ohren, große silberne Ringe.

Ich starrte die Ringe an, dann nahm ich sie und drehte sie nach allen Seiten. »Aber meine Ohren sind gar nicht durchstochen.«

»Ja, stimmt, natürlich, ich weiß. Das ist nämlich mein eigentliches Geschenk. Ich gehe mit dir zum Ohrendurchstechen. Wir könnten irgendwo abendessen, vielleicht Burger im Chelsie's? Und dann lassen wir dir beim Gold Palace die Ohren durchstechen, und wenn dir diese Ohrringe nicht gefallen, dann kaufe ich dir genau die Ohrringe, die du gern haben möchtest. Vielleicht Perlen? Du würdest mit kleinen Perlohrringen so süß aussehen.«

Mit gerunzelter Stirn dachte ich über diesen Vorschlag nach. Es war mir fast peinlich zu sagen, was ich mir wirklich wünschte, weil ich den Gesichtsausdruck, den Momma dann aufsetzen würde, nur zu gut kannte: *Ich habe keine Ahnung, woher du in Wirklichkeit stammst.* Sie sah mich jeden Tag mindestens einmal so an. Ich und Momma waren völlig gegensätzlich, und je älter ich wurde, desto weniger erzählte ich ihr von den Dingen, die mir wirklich wichtig waren. Aber ich straffte die Schultern und sprach es dennoch aus. »Weißt du«, sagte ich, »eigentlich … Hast du schon mal von den Narnia-Büchern gehört?«

Wie lange war ich in dieser Nacht wach? Auf jeden Fall bis weit nach Mitternacht, bis nicht nur die Wörter, sondern auch die Bögen und Ecken der Buchstaben vor meinen Augen verschwammen. Es war genau die Geschichte, die Grace mir erzählt hatte, aber so lebendig, dass ich den Wald riechen und die Stimmen der Kinder hören konnte. Dass ich sie gefunden hatte, kam mir wie eine schicksalshafte Fügung vor.

Einmal in der Woche ging unsere ganze Klasse in die Schulbibliothek, und wir durften uns jedes Buch ausleihen, das wir haben wollten. Sie taten so, als wäre das ein Privileg, als bekämen wir zehn Cent und dürften zwischen Lakritze und Brausepulver-Strohhalmen wählen. Aber ich griff mir immer irgendein zufälliges Buch vom Regal – Dick spielt Ball mit Spot, während Jane mit ihren Puppen spielt, so öde und reizlos wie Einmaleinstafeln. Das schob ich in meinen Ranzen, und dort blieb es, bis ich es beim nächsten Bibliotheksbesuch wieder abgab.

Aber dieses Buch war ganz anders. Ich erinnerte mich, wie sich damals, als ich lesen lernte, die gedruckten Schnörkel langsam und mühselig zu Wörtern zusammensetzten, aus denen irgendwann aussagekräftige Sätze wurden. Jetzt enthielten die Schnörkel zum ersten Mal richtige Welten! Eine Frau im weißen Pelzmantel und mit einer goldenen Krone tauchte neben mir auf und der Weihnachtsmann auf einem Schlitten, der wie eine Kutsche aussah. Alle traten so lebendig aus den Seiten heraus, dass ich mich, als ich endlich die Augen zumachte, wunderte, sie nicht mehr um mich herum weiterleben zu sehen. Eine ganze Welt war wieder ins Buch zurückgepackt worden und wartete darauf, dass ich sie erneut freiließ.

Es war schon spät, als ich aufwachte; zwanzig Minuten, ehe

der Bus kam, scheuchte mich Momma aus dem Bett. Ich setzte mich auf, und mein Blick fiel auf die drei Bücher der Serie, die ich auf meinem Schreibtisch gestapelt hatte, jedes von ihnen so verlockend wie ein bunt verpacktes Geschenk. Wie sollte ich heute nur so etwas Farbloses wie die Schule ertragen, wenn ich doch neue Welten entdecken konnte?

Schließlich nahm ich ein Buch mit ins Badezimmer und saß lesend auf dem Toilettendeckel, während im Hintergrund die Dusche rauschte. Beim Frühstück las ich weiter, löffelte und kaute meine Frühstücksflocken so automatisch wie ein Roboter. In Wirklichkeit war ich ganz woanders: Ich rettete gerade Edmund, der jetzt in einem Kerker angekettet war.

Ich las im Bus und während der Schulstunden, wann immer es mir gelang, das aufgeschlagene Buch heimlich auf meinen Schoß zu schieben. In die vorgegebenen Lücken der Rechenaufgaben kritzelte ich Zufallszahlen, damit ich mein Testblatt abgeben und weiterlesen konnte. In der Pause saß ich auf der Bank, und zum ersten Mal war es mir völlig egal, dass ich nicht zum Gummihüpfen aufgefordert wurde, oder dass Mr. Shane meine Matheprobe mit dem in Rot gemalten traurigen Smiley vor mir auf den Tisch klatschte. All das war nur eine Illusion, hinter der die wirkliche Geschichte weiterging, zwei Mädchen, ein Junge und Chloe Louise Tyler, die durch die Wälder wanderten, um ihren Bruder zu finden.

Am selben Nachmittag ging ich wieder zu den Sinclairs in der Hoffnung, mehr über Pollyanna zu hören oder an unserem Tunnel weiterzugraben. Aber als ich zum Haus kam und durch das Fenster spähte, sah ich Mrs. Sinclair mit geschlossenen Augen auf der Couch liegen, eine Wärmflasche auf den Bauch gedrückt. Grace saß neben ihr. Sie hatte eine Hand auf das Bein ihrer Mutter gelegt, ihr Gesicht war blass und ihr Mund angespannt.

Ich überlegte noch, ob es falsch wäre, an der Tür zu läuten, als Grace zum Fenster blickte und mich entdeckte. Sie erschrak nicht, sondern stand nur auf und ging zur Tür, streckte den Kopf heraus und sagte: »Du musst leise sein.«

Ich presste die Lippen aufeinander und nickte, und Grace machte mir Platz. »Nate und Cecilia sind im Obergeschoss, ich bringe dich hinauf.« Damit schloss sie die Tür hinter mir und deutete auf meine Schuhe. Ich zog sie aus und folgte ihr.

Der Flur im ersten Stock war breit und erstreckte sich in beide Richtungen. Eiserne Wandleuchter hingen an den Wänden, und auf verschiedenen kleinen Tischchen standen anmutige Statuetten in fließenden Gewändern und Vasen voll mit bunten Blumen. Grace deutete auf eine Leiter, die aus einem Loch in der Decke ragte. »Du hast keine Angst, da hinaufzuklettern, oder? Sie sind auf dem Dachboden.«

Ich versuchte mir vorzustellen, wie es auf dem Dachboden wohl aussah. So etwas kannte ich nur aus zwei Spätfilmen, in denen Gespenster vorgekommen waren. Aber ich sagte: »Nein, ich habe keine Angst«, und um es zu beweisen, krabbelte ich die Leiter hinauf. Oben drehte ich mich zu Grace um. »Kommst du?«

»Ich kann nicht. Ich muss …« Sie wedelte mit den Armen hinüber zur Treppe und verschwand ohne ein weiteres Wort. Grace benahm sich wirklich nicht wie eine Elfjährige, dachte ich. Sie tat eher so, als wäre sie vierzig.

Dann drehte ich mich wieder zum Dachboden um und schob meinen Kopf hinein. Der Raum roch unangenehm süßlich nach

Malzbonbons. Er war düster, nur erhellt von kleinen Fenstern an jedem Ende, durch die von Staubflocken durchtanzte Lichtstrahlen fielen.

»Ich wusste doch, dass du wiederkommst.« Das war Nates Stimme.

Mit zusammengekniffenen Augen spähte ich in die Dunkelheit, endlich sah ich ihn mit Cecilia neben einer Kiste kauern, die größer als sie beide war. Oder nein, es war keine Kiste, es war ein Haus, ein Puppenhaus, riesig und im viktorianischen Stil, mit kanariengelben Schindeln und roten Fensterläden. Es zog mich unwillkürlich an, während ich überlegte, was ich sagen sollte. Schließlich stieß ich aus: »O Mann!«

»Es gehört unserer Großmutter«, sagte Cecilia. »Aber sie ist jetzt bei Gott und kann nicht mehr damit spielen. Uns ist auch nicht erlaubt, damit zu spielen, weil das kein nützlicher Zeitvertreib ist, aber wir tun es trotzdem.«

Ich schob mich vollständig in den Raum, hockte mich neben Cecilia und schaute ins Innere des Puppenhauses. Ich konnte die Augen nicht abwenden.

Jedes Zimmer war mit genau nachgebildeten Tischen, Stühlen, Schränken und Betten möbliert. Es gab ein Wohnzimmer mit roten Samtsofas, Tiffanylampen und einem kleinen Grammofon, eine Küche, wo in offenen Regalen winzige Brotlaibe, Obstschüsseln und Käseräder lagen, und ein Kinderzimmer mit einer Wiege, einem Schaukelpferd, einer Spielzeugtruhe und einem Springteufel so klein wie mein Daumennagel. In der Wiege lag eine weiße Maus.

Als ich genauer hinsah, waren tatsächlich überall Mäuse. Sie lehnten an den Küchenregalen, saßen am Esstisch und in den Lehnstühlen, rauchten kleine Pfeifen oder lasen kleine Zeitungen.

Ich griff nach einer von ihnen, einer hellgrauen Maus in einem grünen Samtkleid, und streichelte sie vorsichtig mit dem Zeigefinger.

»Das ist Dorian«, sagte Cecilia und beugte sich so vor, dass ich den Rand ihrer Unterhose, grau mit einem gekräuselten Gummiband, über ihrem Rockbund sehen konnte. Bei dem Anblick fiel mir ein, dass ich einmal beobachtet hatte, wie der Nikolaus bei McDonald's einen Cheeseburger aß.

Cecilia nahm eine andere Maus in die Hand, die eine dünne blaue Krawatte trug. »Sie ist mit Spencer verheiratet. Du darfst mit ihnen spielen, wenn du vorsichtig bist.« Sie reichte mir Spencer und sah Nate an. »Darf ich es ihr erzählen?«

Nate betrachtete mich mit ausdruckslosem Gesicht, dann spannte er die Lippen an und nickte Cecilia kurz zu. Cecilia beugte sich zu mir. »Weißt du, was? Sie sind lebendig.«

Ich blickte auf die Maus in meiner Hand und wartete auf die Pointe. Als keine kam, beschloss ich, dennoch zu lachen. »Lebendig!«

»Das meine ich ernst, Chloe, es ist ein Wunder. Sie bewegen sich, wenn wir nicht da sind. Das passiert ständig, wir setzen sie in eines der Zimmer, und dann sind sie *jedes Mal* anderswo.«

»Das stimmt nicht«, sagte ich, aber ich betrachtete die Maus mit ihren glänzend-starren schwarzen Glasaugen und spürte einen Schauder. Vorsichtig setzte ich sie wieder dorthin, wo sie zuvor gewesen war.

Aber dann sagte Nate: »Das ist die Wahrheit!« und starrte mich so eindringlich an, dass ich wusste, er oder er und Grace waren für die Ortswechsel der Mäuse verantwortlich. »Letzte Woche haben wir Anabella mit ihren Bauklötzen auf den Wohnzimmerteppich gesetzt, und schau, wo sie war, als wir heute wieder heraufkamen.« Er deutete auf die allerkleinste Maus, die in der Wiege lag. »Und wir haben Dorian beim Kochen in der Küche zurückgelassen, aber als wir zurückkamen, hat sie gelesen.«

Aus seiner übermäßigen Begeisterung erkannte ich, dass er sich nicht über Cecilia lustig machte, sondern dafür sorgen wollte, dass sie so lange wie möglich an Zauberei glauben durfte. Vielleicht war das der Grund für die gestrige Grabung in Richtung London: Er selbst glaubte nicht daran, dass wir es schaffen konnten, aber er wollte, dass Cecilia es glaubte.

Darum nahm ich eines der Bücher aus dem Puppenhaus-Wohnzimmer zwischen die Finger, schlug es auf – es hatte richtige Seiten – und schaute auf das Gekritzel, das echte Schrift darstellen sollte. »Offenbar schreiben Spielzeugmäuse anders als Menschen, wenn Dorian das hier lesen kann«, stellte ich fest.

Cecilia nahm mir das Buch aus der Hand und betrachtete die Seiten. Ich sah ihr zu und überlegte, wie es wohl kam, dass man aufhörte, an Zahnfeen und gute Feen und lebendig werdende Puppen zu glauben. Geschah das ganz plötzlich, wusste man auf einmal, dass das alles nicht stimmte? Oder hörte man ganz langsam, eins nach dem anderen, auf, an so etwas zu glauben? Ich habe wohl nie an Zauberei geglaubt, dachte ich bei mir.

Aber als wir mit dem Puppenhaus zu spielen begannen, uns Geschichten ausdachten, die die Mausfamilie erlebte – ein verschwundenes Mäusebaby, eine Maus mit Herzinfarkt und, meine Idee, eine Invasion mordlustiger Maus-Aliens –, fiel mir auf, wie selbstverständlich Nate und Cecilia mich in ihr Leben gelassen hatten. Es fühlte sich fast an, als hätte ich schon immer zu ihnen gehört. Und mir wurde klar, dass ich mir beinahe selbst vorstellen konnte, an Magie zu glauben.

Von da an besuchte ich die Sinclairs jeden Tag nach der Schule. Ich rannte nur nach Hause, um mir in aller Eile etwas zu essen zu holen, dann packte ich mir mein Fahrrad und fuhr so schnell wie möglich zu ihnen. Tante Eva, die vielleicht ein schlechtes Gewissen hatte, wenn sie in unserer leeren Wohnung saß und dafür Geld bekam, fing mich schon bald an der Tür ab und zog mich in zufällige Gespräche über ihren wehen Rücken oder Leute, die in dieser Woche gestorben waren, geheiratet hatten oder – »Gott helfe ihnen!« – sich hatten scheiden lassen. Und ich stand da, trat unruhig von einem Fuß auf den anderen, zeigte die Miene, die sie vermutlich gerade von mir erwartete, und nutzte die kleinste Pause, um mich zu entschuldigen und davonzusausen.

Weil meine wertvolle Zeit mit den Sinclairs so knapp bemessen war, mussten wir so viel wie möglich in die wenigen gemeinsamen Stunden packen. Manchmal nahm ich an ihren häuslichen Schulstunden teil, und wir alle lauschten Mrs. Sinclair, die uns Bibelverse, Geschichte, ägyptische Rituale, römische Kaiser oder die Kreuzzüge erklärte. Das alles war dem normalen Leben in Redbridge, Kalifornien – wo es schon ein Drama war, wenn sich Nachbarinnen wegen eines überfahrenen Tieres stritten – so fern, dass es unmöglich Wirklichkeit sein konnte. Und darum fand ich es großartig.

Jeden Abend sah ich mit Momma die Fernsehnachrichten, und sie sprach mit mir über die wichtigen Berichte, damit ich sie verstand. »Das eigene Leben ist nicht so schrecklich, wie man oft glaubt – das ist die wichtigste Lektion, die man aus den Nachrichten lernen kann«, sagte sie oft. Aber Mrs. Sinclair sprach nie über Watergate, den »Blutigen Sonntag« in Irland oder den Flugzeugabsturz in den Anden, wo die Menschen einander aufaßen, um zu überleben. Das waren die Geschichten, die gezeigt hatten, dass die Welt, die Leute, denen wir vertrauen sollten, ja, unsere Grundfesten verrottet waren. Aber wenn Mrs. Sinclair ein Paket mit Lehrbüchern für ihre Schulstunden bekam, dann ging sie die Bücher erst einmal gründlich durch und riss alle Abschnitte heraus, die sie nicht unterrichten wollte. Mir kam das falsch vor, beinahe illegal. Aber die Kinder bestanden ohne Probleme die standardisierten Tests, mit denen ihre Lernfortschritte gemessen wurden, und es schien niemanden zu stören, dass sie nie etwas vom Vietnamkrieg erfuhren.

Ich erzählte ihnen auch nichts darüber.

Das hatte ich schon früh beschlossen, nach einem besonders schlimmen Tag in der Schule, einem Tag, an dem ich nachsitzen musste. Schuld daran war Ashley Lane. »Das ist meine Bluse!«, rief sie, als ich am Morgen das Klassenzimmer betrat. »Das ist eine meiner alten Lacoste-Blusen, die wir in die Kleidersammlung gegeben haben!« Sie zeigte auf einen kleinen beigefarbenen Fleck an meiner Manschette und wandte sich an die Mädchen an ihrem Tisch. »Diesen Fleck habe ich gemacht!«, erklärte sie, und schon begannen die anderen, meine sämtlichen Kleidungsstücke durchzugehen und sogar die Teile, von denen ich genau wusste, dass sie neu gekauft waren, als die ihren zu bezeichnen. Schließlich gab ich Ashley einen festen Tritt in die Leistengegend. Einen Augenblick lang war es großartig, die eigene Macht zu spüren, aber nur, bis ein Lehrer gerufen wurde.

Ich hatte das dringende Bedürfnis, den Sinclairs davon zu erzählen, die Last meiner Welt mit ihnen zu teilen. Aber als ich mich am Nachmittag ihrem Haus näherte, sah ich Nate und Grace im Garten, wie sie vor Cecilia gerade ein Puppentheaterstück aufführten: die Lumpenpuppen Ann und Andy, die in der Speisekammer ihrer Herrin Unfug treiben. (»Unfug«, »Herrin«, »Speisekammer« – schon ihre Wörter hörten sich hochtrabend an!) Während ich zusah, wie die Puppen Kekstöpfe und Sirupkrüge umwarfen, und Cecilias glucksendes Lachen hörte, wusste ich, dass ich diese Welt, meine einzige sichere Zuflucht, beschützen musste. Und so tat ich, während ich dort war, immer so, als gäbe es keinen Kummer und keine Tragödien, die nicht schon vor vielen Hundert Jahren geschehen waren.

Allerdings wusste ich, dass es auch unter der Oberfläche ihres Lebens dunklere Schatten gab, Dinge, die ich sah, aber nicht ganz verstand. Wie etwa dann, wenn ich eines der Kinder kniend auf der gekiesten Einfahrt vorfand, den Kopf gebeugt. Von den anderen wurde es nicht beachtet, bis es nach einer Stunde oder länger aufstand, mit Abdrücken der Steine auf den Knien und Schienbeinen. Alle meine Fragen dazu überhörten sie einfach. Oder an dem Tag, an dem Grace, Cecilia und ich Haferkekse backten. Nate war den ganzen Nachmittag oben geblieben, und als ich vorschlug, ihm ein paar frisch gebackene Kekse zu bringen, legte mir Grace die Hand auf die Schulter und sagte in beinahe verschwörerischem Tonfall zu mir, heute sei ein Fastentag für ihn, er dürfe nichts essen.

Und dann war da dieser Nachmittag, an dem Nate und ich am Bach hockten und mit großen Gläsern Kaulquappen fingen.

Er hob sein Glas gegen den Himmel, um das Licht zu betrachten, das durch das grünliche Wasser fiel, und ich bemerkte zwei dunkel verkrustete Schnitte, die sich auf seinem linken Arm kreuzten. »Was ist denn da passiert?«, fragte ich.

Nate zog seinen Ärmel darüber. »Nichts. Das ist gar nichts.«

Eine grausige Überzeugung erfasste mich, und ich berührte seinen Arm. »Das war dein Vater«, sagte ich.

»Das stimmt nicht! Er tut uns nicht weh, Chloe. Da habe ich nur etwas probiert, ein Experiment.«

»Du warst das? Aber warum verletzt du dich selbst am Arm? Und was heißt das, ein Experiment?«

»Es ging bloß darum, gestern Abend beim Göttlichen zu bleiben, und es funktioniert, Chloe, besser als ich es erwartet habe. Ich weiß, das kannst du nicht verstehen, aber Satan nimmt Besitz von meinem Geist, und dann …« Er warf einen Arm in die Luft, so heftig, als wollte er eine Fliege erschlagen oder eine Handvoll Schlamm von sich schleudern. »… dann denke ich Dinge, die ich nicht denken sollte. Und das hier vertreibt solche Gedanken, das ist alles. ›Ärgert dich dein rechtes Auge, so reiß es aus und wirf's von dir. Es ist dir besser, dass eins deiner Glieder verderbe, und nicht der ganze Leib in die Hölle geworfen werde.‹«

»Sich ein *Auge* herausreißen?«

»Na ja, ich reiße mir nicht gleich ein Auge aus. Ich meine, wenn es sein müsste, dann schon, aber das ist ja nur ein Schnitt mit einem Messer, und es tut nicht einmal mehr weh. Auf diese Weise kann ich Christus und seinem Leiden näherkommen, Chloe. Er hat das schlimmste Leiden auf sich genommen, um uns zu erlösen, und das ist, nun ja, vielleicht ein Krümel des Leids, von dem er einen ganzen Brotlaib durchlebt hat.«

Ich sah ihn entsetzt an. Mein Mund war wie ausgetrocknet. Nate schüttete sein Glas mit Kaulquappen in den Bach und stand auf. »Deine Welt ist völlig anders als meine.« Seine Stimme klang gereizt und ausdruckslos. »Vergiss einfach, was ich gesagt habe. Ich habe dir ja prophezeit, dass du es nicht verstehen kannst.« Damit ging er davon, ohne sich noch einmal umzusehen.

Ich schlang die Arme um meinen Oberkörper, blieb am Bach sitzen und starrte ins Wasser. Die freigelassenen Kaulquappen schlängelten sich eiligst davon. Ich hatte mir den Glauben der Sinclairs bisher als klar und rein vorgestellt, ein Teil ihres märchenhaften Lebens. Und ich war neidisch gewesen, weil sie etwas hatten, worauf sie sich stützen konnten, Bibelgeschichten, die ihnen den Weg wiesen, und einen Vater, der sie zu Gott führte. Aber jedes Märchen hatte eine düstere Seite, es gab Hexen und böse Stiefmütter, Wölfe oder Trolle. Und mein Wunschbild von den Sinclairs hatte mich so blind gemacht, dass ich nicht in der Lage gewesen war zu sehen, was darunterlag.

Natürlich hatte ich von Anfang an gewusst, dass sie voller Geheimnisse steckten. Es fühlte sich großartig an, zu ihrer engen Gemeinschaft zu gehören, mit ständigen Berührungen, spontanen Umarmungen und zutraulichen Gesten. Wie wir, einander an den Händen haltend, losrannten und uns dann auf einen Haufen fallen ließen, einer auf dem anderen. Und ich war jeden Abend wieder überrascht, wenn ich gebeten wurde zu gehen, ehe ihr Vater nach Hause kam. Ihr Vater, das wusste ich, war eines der Geheimnisse, das sie nicht mit mir teilen wollten. Etwas in mir hätte immer noch gern geglaubt, dass sie wie eine Geschichte in einem Buch waren, dass sie an Ort und Stelle erstarrten, wenn ich sie verließ, und wieder zum Leben erwachten, wenn ich zurückkehrte. Aber ich konnte nicht umhin zu bemerken, dass sie noch ein anderes Leben führten. Ich sah die kurzen Blicke, die sie einander zuwarfen, nahm manchmal ganz plötzlich aufgeregtes Geflüster und Furchtsamkeit wahr.

Ich wusste, eigentlich gab es keinen Grund, verletzt zu sein, denn in gewisser Weise machte das Geheimnisvolle sie erst zu dem, was sie waren. Dennoch beunruhigte es mich, ausgeschlossen zu werden, weil ich um die Wankelmütigkeit von Freundschaft wusste. Und so tat ich, was ich konnte, um ihr Interesse an mir wachzuhalten. Bei den Sinclairs war ich ich selbst, aber noch viel mehr als sonst. Denn ich hatte den Eindruck, dass sie gerade das an mir anzog, was die Mädchen in der Schule so abstoßend fanden: Die Art, wie mir gelegentlich Worte entkamen, weil mein Hirn so voll davon war und ich nur versuchte, meine Gedanken zu ordnen, oder dass ich gelegentlich zwanghafte, überschwängliche Lachanfälle bekam, die minutenlang anhielten (ein Zettel, den mir Mara Shockley im letzten Frühjahr zusteckte, endete mit den Worten: »… und außerdem lachst du wie Betty Feuerstein!«, daneben war ein unfreundliches Smiley gekritzelt), oder dass ich viel zu schnell zu weinen begann, und zwar nicht nur, wenn ich mir wehgetan hatte, sondern auch, wenn eines der Sinclair-Kinder hinfiel, sich stieß oder einen Fuß vertrat. Ich war mir sicher, es war der erste Eindruck von mir, mein wildes, katzenhaftes Aussehen, was sie veranlasst hatte, mich in ihre Welt hineinzulassen, und so kultivierte ich mein wahres Ich, meine Lust an rücksichtslosem, dramatischem Verhalten und meine aufgeregte Spontaneität.

Tage, Wochen vergingen, es wurde April, Mai und schließlich Juni. In diesem Frühjahr vollführte die Zeit für mich einen seltsamen Tanz, die Tage verschwammen einerseits zu einer immer gleichen wilden Tarantella, und andererseits erinnerte ich mich an eine faszinierende Abfolge einzelner Augenblicke. Bis die Sommerferien begannen, die mich von dem befreiten, was ich inzwischen als die kaputten Teile meines Lebens ansah. Die Sommerferien, in denen ich endlich ihren Vater kennenlernte.

6

»Mir ist langweilig«, sagte Nate. Es war elf Uhr morgens, die Zeit, zu der sie gewöhnlich Pause hatten. Jeden Morgen durften die Kinder allein spielen, während Mrs. Sinclair mit ihrer Stickerei beschäftigt war oder sich ausruhte. Und während die Tage wärmer wurden, dehnte sich die Pause immer mehr aus. Oft dauerte es Stunden, bis uns Mrs. Sinclair spät am Tag zum Mittagessen rief.

Erst dachte ich, sie wollte den Kindern auf diese Weise eine Art Sommerferien schenken, aber bald ahnte ich, dass mehr dahintersteckte. Im Lauf der Zeit sah sie immer kränker aus, an schlechten Tagen hatte sie graue Ränder um die Augen, und ihr Gesicht war eingesunken und blass. Ich fragte nicht nach, weil die Kinder offenbar nicht darüber sprechen wollten – eigentlich wirkte es, als hätten sie noch gar nicht bemerkt, dass etwas nicht stimmte, und daher tat auch ich, als würde ich nichts sehen. Ich liebte Mrs. Sinclair, weil sie mit ihrer sanften und freundlichen Art, ihren Umarmungen und Ermutigungen so ganz anders war als meine eigene Mutter. Sie war eine Mutter, wie ich sie mir immer gewünscht hätte. Und etwas in mir wusste, dass es wohl am besten war, mich auch selbst zu belügen.

Wenn es ihr nicht gut ging, fiel der Unterricht aus. Stattdessen bauten wir Wolkenkratzer aus abgebrochenen Zweigen oder Roboter aus kaputten Haushaltsgeräten und verfolgten ähnliche

Projekte, von deren historischer Einmaligkeit und Wichtigkeit wir überzeugt waren. Und genau wie der Tunnel nach London wurden sie aufgegeben, sobald sie unseren Erwartungen nicht entsprachen. An diesem Vormittag vergnügten wir uns damit, Steine und Eicheln auf die offenen Münder der orangefarbenen Blüten von Mrs. Sinclairs Hibiskusstrauch zu werfen, wobei wir so taten, als wären es die Gesichter der von uns gerade bevorzugten Bösewichter Maximilien de Robespierre und Vlad dem Pfähler. Cecilia traf am besten, sie war die Beste bei fast allem, was wir taten, obwohl sie die Jüngste war. Den anderen ging das auf die Nerven, es machte sie wütend.

Plötzlich zog sich Nate hinauf auf einen Ast und lächelte auf uns herab wie jemand, der etwas verkünden wollte. Wie Robespierre. »Ich habe eine Idee«, sagte er. »Wir werden ein Theaterstück aufführen. Wir schreiben es, entwerfen die Kostüme und das Bühnenbild.«

Cecilia sammelte die Blüten ein, die sie heruntergeschossen hatte, und steckte sie sich ins Haar. »Und was für eine Geschichte sollen wir schreiben?«

»Ich weiß es«, sagte ich, und vor Aufregung krampfte sich mein Herz zusammen. »Wir sollten die Narnia-Bücher aufführen.« Ich hatte sämtliche Bücher bereits zwei Mal gelesen, und die Geschichte war mir so vertraut wie mein eigenes Zimmer. Mit aller Kraft versuchte ich, daran zu glauben, mit fest geschlossenen Augen stand ich vor meinem Schrank, öffnete die Tür und trat hinein, voll von diesem Glauben. Dort fand ich jedoch nur meine Kleider und die feste Rückwand vor. Wenn die Wand in dem Theaterstück dann verschwunden war, wäre das sicher fast genauso gut wie in Wirklichkeit.

Die anderen sahen das offenbar genauso, denn sie machten

sofort Vorschläge, welche Teile wir verwenden sollten und welche nicht. Wir würden die Geschichte stark kürzen, damit wir Szenen aus allen Büchern aufnehmen konnten (nur nicht aus *Der letzte Kampf*, dem Buch, das – da waren wir uns einig – besser nicht geschrieben worden wäre). Das Stück sollte sechs Akte umfassen, und jeder würde mit einem Cliffhanger aufhören. Die kleineren Wesen wurden von Stofftieren und Puppen dargestellt, alle anderen Figuren spielten wir selbst, wobei wir Mrs. Sinclair bitten würden, die Weiße Hexe zu geben.

Wir entwarfen die Geschichte, notierten sie mit Filzstift auf einem Zeichenblock, und dann vergaben wir die Rollen und teilten jedem die Szenen zu, die er oder sie schreiben sollte. Mein Teil war der Band *Das Wunder von Narnia,* in dem die Vorgeschichte erzählt wurde. Ich fand es toll, vom Entstehen der Welt, dem Beginn des Zaubers, berichten zu dürfen, davon, wie Polly mit Digory über die Dächer schleicht, das geheime Arbeitszimmer ihres Onkels entdeckt und die glänzenden gelben Ringe, die sie in andere Welten bringen.

Erst nachdem wir uns Notizhefte aus dem Haus geholt hatten, um mit dem Schreiben zu beginnen, stellte Cecilia eine schwierige Frage. »Wer soll denn eigentlich unser Publikum sein?«, wollte sie wissen. »Habt ihr jemals von einem Theaterstück gehört, das ohne Zuschauer aufgeführt wird?«

Nate überlegte einen Moment, dann sagte er: »Deine Mutter, Chloe, sie kann kommen und uns zuschauen.«

Mir stieg etwas Saures aus dem Magen in die Kehle. Ich wollte nicht, dass Momma herkam. So viele Wochen lang hatte ich die beiden Welten sauber getrennt gehalten und ihr fast nichts von den Sinclairs erzählt. Solange ich hier war, konnte ich mein Leben zu Hause in einer düsteren Ecke meines Hirns verstauen und so tun, als wäre es das eines ganz anderen Mädchens. »Meine Mutter kann nicht kommen«, erklärte ich. »Sie arbeitet fast die ganze Zeit. Aber was ist mit eurem Vater?«

Sie sahen einander an, dann sagte Grace: »Ihm würde es nicht gefallen. Wir verraten ihm nichts davon. Aber das ist kein Problem, wir brauchen gar kein Publikum. Das Wichtige an einem Theaterstück ist doch, dass man es spielt, und nicht, dass jemand zuschaut.«

Ich wandte mich zu ihr um und betrachtete den Ausdruck angespannter Lässigkeit in ihrem Gesicht. Zum ersten Mal wurde mir klar, dass ihr Vater für sie das bedeutete, was für mich die Schule und meine Mutter waren; beide gehörten zu einer anderen Welt. Ein Teil unseres Lebens, den wir für ein paar Stunden ausblenden konnten, als gäbe es ihn gar nicht.

POLLY: Wir gehen besser, sonst erwischt uns doch noch dein Onkel.

DIGORY: Warte mal, Polly, hörst du das? Dieses komische Geräusch? Es ist eine Art Summen, und es kommt aus dieser Kiste mit den gelben und grünen Ringen. [Lauscht hinüber zu der offenen Kiste.]

POLLY: O ja, ich höre es genau. Und schau doch, Digory, dort in der Ecke. [Deutet auf die Schatten.] Ich glaube, das ist ein Geist! Ich kann seinen weißen Kopf sehen.

Jeden Tag arbeiteten wir an dem Theaterstück, eine Beschäftigung, bei der uns Mrs. Sinclair von ganzem Herzen unterstützte. Sie sorgte dafür, dass außerhalb der Schulstunden Zeit dafür blieb, las unsere Texte auf Fehler durch und machte Verbesserungsvorschläge. Sie kaufte sogar Material für unsere

Requisiten und Kostüme: Glitter und Perlen, Watte und Goldpapier und eine weihnachtliche Eiszapfen-Lichterkette für Narnias nicht enden wollenden Winter. Wenn das Wetter schön war, arbeiteten wir im Garten, sonst gingen wir in den Keller, einen feuchten, staubigen Raum mit Möbeln, die mit Laken verhüllt waren, und alten Holztruhen, die, wie ich mir vorstellte, lange Perlenketten und Kleider aus dem 18. Jahrhundert enthielten.

Mit der Zeit wuchs unsere Vorfreude, eine unausgesprochene Aufregung, die unsere Gespräche beschleunigte und uns in Mrs. Sinclairs Schulstunden zucken und zappeln ließ, als hätten wir das Tourettesyndrom. Wir setzten die Aufführung für den zweiten Donnerstag im Juli an, und als der Termin feststand, begannen wir, unseren Text zu lernen. Neben einigen Nebenrollen spielte ich Polly, Susan, Jill Pole, Aravis und den Zwerg Doktor Cornelius. Eine gelungene Auswahl an Charakteren, wie ich fand, aber angesichts der großen Anzahl war die Textmenge überwältigend.

Zu Hause flüsterte ich meine Textzeilen vor mich hin, während ich von Zimmer zu Zimmer ging, das Geschirr abspülte oder nachts im Bett lag, und auf dem Fahrrad auf dem Hin- und Rückweg zu den Sinclairs schrie ich sie laut hinaus, bis ich sie endlich so sicher aufsagen konnte wie das Alphabet. Wir fingen mit Proben an, die Textbücher erst in der Hand und später unters Hemd geschoben, damit wir sie im Notfall herausziehen konnten. Selbst Mrs. Sinclair lernte ihre Textzeilen auswendig, sie sprach sie mit sehr viel Gefühl und ausladenden Gesten, was uns zum Lächeln brachte, auch wenn wir es insgeheim peinlich fanden.

Und endlich kam der Tag der Aufführung. Bei den Proben

hatten wir niemals alle Szenen ohne Unterbrechung durchgespielt, das war erst für die Aufführung vorgesehen. Da wir kein Publikum haben würden, wollten wir uns für diesen Tag etwas Besonderes aufheben. Aber ich machte mir deshalb Sorgen, denn ich wusste, es konnte durchaus sein, dass wir vergaßen, wo wir stehen sollten, oder sogar, welche Figur wir gerade verkörperten. In der Nacht davor schlief ich kaum, weil ich noch einmal sämtliche Szenen mit den Auf- und Abtritten durchging. Ich platzte beinahe vor Erwartung.

Am nächsten Morgen war ich so nervös, dass ich keinen Bissen hinunterbrachte. Ich kippte meine Frühstücksflocken in den Müll, während Momma sich anzog, und rannte aus der Tür, ohne Auf Wiedersehen zu sagen. Aber als ich zu meinem Fahrrad lief, ging ein Fenster auf, und Momma rief mir aus dem Schlafzimmer heraus zu: »Fährst du heute schon so früh zu den Sinclairs?«

Momma hatte keine Ahnung, wie oft ich hinfuhr und wie lange ich blieb. Tante Eva hatte ihr nichts erzählt, das wusste ich genau, vermutlich, damit meine Mutter nicht merkte, dass sie ihr fürs Fernsehen in unserer Wohnung zwei Dollar fünfzig die Stunde zahlte. Einmal hatte Momma den Vorschlag gemacht, die Sinclairs zum Essen einzuladen, um sich für ihre Gastfreundschaft zu bedanken. Aber sie war nie wieder darauf zurückgekommen, und ich verließ mich allmählich darauf, dass sie es vergessen hatte.

»Bloß zum Spielen«, sagte ich, »aus keinem anderen Grund.«

Momma schwieg einen Moment, dann sagte sie: »Gibt es da etwas, was du mir verschweigst?«

»Wieso? Nein! Wir arbeiten da nur an etwas, einer Art Projekt, und heute wollen wir es fertig machen.«

Das kam der Wahrheit gefährlich nahe, möglicherweise würde sie mich genauer ausfragen, um dann darauf zu bestehen, mich zu den Sinclairs zu begleiten und unser Theaterstück anzuschauen. Und dann? Sie würde vermutlich lachen und uns »putzig« nennen, und unter uns würde sie Mrs. Sinclair als hochnäsig beschreiben, ihr Lieblingswort, wenn es um Erwachsene ging, deren Arbeit kein greifbares Ergebnis hervorbrachte. Und das würde alles verderben.

Aber sie sagte lediglich »Ein Projekt!«, in einem gutmütigen, nachsichtigen Ton. Und dann: »Na, dann fahr mal zu, wir sehen uns heute Abend. Ich wollte zum Abendessen vielleicht Schweinebraten machen.« Das Fenster wurde zugeschoben, und das war alles.

Langsam ging ich zu meinem Fahrrad, schwang mich auf den Sattel und warf einen letzten Blick zum Fenster hinauf. Ich wollte ihr nichts von dem Theaterstück erzählen, ich hätte es todpeinlich gefunden, wenn sie mitgekommen wäre, aber dennoch … Irgendwie wünschte ich mir doch, sie wüsste davon. Das war das Problem, wenn man zwei parallele Leben führte und eines vor dem anderen geheim hielt. Je mehr man sich bemühte, sie auseinanderzuhalten, desto mehr wurde man selbst entzweigerissen.

Als ich zu den Sinclairs kam, war der halbe Garten bereits umdekoriert. Ich stand in der Einfahrt und betrachtete ihn fasziniert. Es sah toll aus: Die Äste der großen Eiche waren mit Eiszapfen-Lichterketten behängt, und auf den Wurzeln lagen Wattebäusche. Neben dem Baum stand die Papptafel, die wir in Form einer Kutsche ausgeschnitten und bemalt hatten, dahinter befand sich das Schloss, das wir aus drei alten Türen gebaut und mit glitzernden Schaumstoffkegeln versehen hatten. Zumindest aus der Ferne und etwas verschwommen, weil man es von der Seite und mit zusammengekniffenen Augen betrachtete, sah es genauso aus, wie ich es mir vorstellte. Narnia.

»Da bist du ja schon«, sagte Nate. Er trug die Rupfensäcke, die wir für die Wüste von Kalormen vorgesehen hatten, und legte sie einen neben den anderen auf den Boden. »Du kannst uns helfen, die Sachen aus dem Keller hochzubringen. Dort ist Mom.«

Aber als ich das Haus betrat, saß Mrs. Sinclair auf der untersten Treppenstufe. Sie hielt sich ein feuchtes Geschirrtuch ans Gesicht. Als sie mich sah, erschrak sie, hob aber schnell den Kopf und ließ das Geschirrtuch sinken. »Das muss der heißeste Winter sein, den es je gab!«, sagte sie.

Schweigend setzte ich mich neben sie, und nach einer Weile lehnte ich meinen Kopf gegen ihren Arm. Wir sagten kein Wort, aber etwas geschah zwischen uns, wie ein geheimes Einverständnis. Wie ich war sie zwei Menschen, die in völlig getrennten Welten lebten.

Schließlich sagte sie: »Ich bin so froh, dass ich das mit ihnen machen kann.« Ganz leise, als redete sie mit sich selbst. Und obwohl ich die unausgesprochene Bedeutung dieser Worte nicht völlig verstand, spürte ich es doch. Die Ahnung, dass etwas zu Ende ging.

Ich kauerte hinter den Büschen, genau an der Stelle, von der aus ich die Sinclairs beim ersten Mal beobachtet hatte, sah Nate mit schmutzigen Wangen auf mich zukommen und wartete auf meinen Auftritt. Aber statt seinen Text zu sprechen, warf Nate einen kurzen Blick hinüber zu den anderen, dann duckte er sich zu mir hinter den Busch. Er gab mir einen schnellen Kuss auf die Wange. »Viel Glück«, flüsterte er, dann wurde er rot und drehte sich schnell um. Ich sah ihn einen Moment lang an, dann lächelte ich und berührte meine Wange. Plötzlich verspürte ich einen heftigen Anflug von aufgeregtem Lampenfieber.

Gleich darauf streckte Nate seinen Kopf seitlich um den Busch. »Hallo, ich bin Digory«, sagte er. »Wer bist denn du?«

Ich lächelte ihn an, und ganz kurz war mein Hirn vollkommen leer, ehe mir der Text wieder einfiel. »Ich bin Polly, und dein Gesicht ist schmutzig. Hast du geweint?«

»Und wenn schon? Du würdest auch weinen, wenn du auf dem Land lebst und ein Pony hast, und auf einmal musst du zu einer Tante und einem verrückten Onkel ziehen!«

Und so begann sie, die Geschichte von Polly und Digory. Bis zu Charn und dem schlafenden Königreich, der Hexe Jadis und Aslan und einem magischen Apfel, der Digorys Mutter von einer namenlosen, aber tödlichen Krankheit heilen konnte. In dem Aktende, das ich geschrieben hatte, brachten sie den Apfel mit nach Hause. Nachdem wir die Szene bei den Proben zum ersten Mal durchgelesen hatten, saßen wir alle einige Minuten lang schweigend da und starrten vor uns ins Gras. Dann war Grace aufgestanden und weggegangen.

Ich trug ein Kleid von Cecilia, das mir zu eng, aber trotzdem viel schöner war als jedes Kleid, das ich je besessen hatte. Cecilia als Frank, der Kutscher, hatte eine Hose von Nate an, die an den Knöcheln hochgerollt war, und mit Ölkreide einen Schnurrbart ins Gesicht gemalt. Mrs. Sinclair als Jadis trug eine goldene Krone auf dem Kopf und hatte ein weißes Laken wie eine Toga um den Körper geschlungen. Grace, als der Löwe Aslan, hatte sich die Hälfte einer Pelzstola um den Kopf gebunden, die andere Hälfte war als Schwanz hinten in ihre Hose gestopft. Dazu trug sie ein Hemd, das Mrs. Sinclair aus einem flauschigen gelben Badezimmerteppich genäht hatte.

Bei ihnen zu sein und mit ihnen gemeinsam diese Szenen zu spielen, fühlte sich für mich wie Liebe an. Liebe zu den Sinclairs, zu dieser Geschichte und zu dem Stück, das wir geschrieben, jedem Glitzerstein, den wir aufgeklebt, und jedem Pinselstrich, den wir gemalt hatten. Am liebsten hätte ich getanzt, so glücklich war ich. Der Akt gelang recht gut, auch wenn Cecilia über ein paar ihrer Textzeilen stolperte, und Nate kicherte, weil Grace beinahe über ihren Schwanz gefallen wäre, aber ich bemerkte das alles kaum. Ich war viel zu sehr damit beschäftigt, eine Geschichte zu durchleben, die sich bisher nur in meinem Kopf befunden hatte. Die Requisiten, die wir gebastelt hatten, wurden zur Wirklichkeit; fünf Kreise aus Zellophanfolie und eine Reihe von Klappstühlen verwandelten sich in die Teiche im Wald zwischen den Welten und in einen Palastsaal voll mit schlafenden, wachsähnlichen Menschen. Cecilias altem hölzernen Schaukelpferd wuchsen Flügel, und es wurde zu Goldapfel, dem fliegenden Pferd, und aus einer Pappkartonrolle, die wir mit Bonbons besteckt hatten, wurde ein Karamellbaum.

Und als Grace über die Anfänge von Narnia zu singen begann, konnte ich frisches Gras und Blumen unter ihren Füßen sprießen sehen, und aus der Erde erschienen Tiere, die paarweise über die Wiese spazierten. »Wesen«, sagte sie, »ich gebe euch euch selbst, ich gebe euch für immer dieses Land Narnia.« Mit ernstem Gesicht legte sie die Hand auf einen Stoffbären. »Ich gebe euch die Wälder, die Früchte, die Flüsse, ich gebe euch die Sterne, und ich gebe euch mich selbst.«

Ich kreuzte die Arme vor meiner Brust, und die Freude brannte in mir wie ein Feuerball, während ich zusah, wie die neuen Sterne zu singen begannen, wie die neue Sonne aufging. Und dann …

»Wie ungewöhnlich.« Am Rand der Wiese stand ein dunkelhaariger Mann mit einem eckigen Kinn und vollen Lippen. Er hatte die hübschesten grauen Augen, die ich je gesehen hatte, sie glichen Katzenaugen-Murmeln. Sein Anzug war weiß und cremefarben, eine Kombination, bei der man erwartet hätte, dass die cremefarbenen Teile schmutzig wirkten, aber an ihm sah er elegant und praktisch aus.

»Joel …«, sagte Mrs. Sinclair.

»Habt ihr wirklich geglaubt, ich würde nichts merken?«, fragte er. »Ich bin doch nicht blind. Ich sehe sehr wohl, was in meinem eigenen Haus vor sich geht.« Während er redete, drehte er sich zu Grace um, die ihre Arme um den Körper geschlungen hatte. Mit ausdruckslosem Gesicht trat er auf sie zu, und seine Blicke wanderten über ihre bloßen Schultern. »Wie alt bist du, Gracie?«

Sie sah ihre Mutter an, als müsste sie sich dessen erst versichern, und flüsterte dann: »Elf.«

»Elf. Und du findest, so ein Aufzug ist passend für eine Elfjährige?«

Mrs. Sinclair streckte den Arm nach Grace aus, und Grace drängte sich an sie. »Es ist meine Schuld, Joel«, sagte Mrs. Sinclair. »Das habe ich so entschieden, nicht sie.«

»Ja natürlich, das ist mir klar. Ich kenne Grace, von sich aus hätte sie sich niemals so angezogen.«

»Das stimmt, Daddy, das hätte ich nicht getan.«

Nate sah sie böse an. »Die arme Grace, sie wurde mit vorgehaltener Pistole dazu gezwungen.«

Mr. Sinclair achtete nicht auf ihn. »Aber sie alle sind alt genug, um für ihr Aussehen und Verhalten verantwortlich zu sein. Was würde wohl die Gemeinde denken, wenn sie das hier sehen würde? Und du in diesem … diesem Laken!«

»Die Leute würde denken, dass uns das Spaß macht.« Mrs. Sinclairs Stimme klang besänftigend, versöhnlich, aber sie hatte auch einen ärgerlichen Unterton. »Sie würden sehen, dass wir Theater spielen. Kinder machen so etwas.«

Ein undurchdringlicher Ausdruck spielte über sein Gesicht, es konnte Mitleid sein oder vielleicht Freundlichkeit, aber dann sagte er: »Und du hältst dieses Theaterspielen für einen hilfreichen Teil ihrer Erziehung? Trägt es zu ihrer moralischen Entwicklung bei? Oder zu ihrer geistigen?«

Er sprach sehr seltsam, in gewählten Worten, nicht besonders laut, aber doch durchdringend. Und auch wenn ich nicht alles verstand, so fühlte ich mich doch zu ihm hingezogen, als zerrten seine Worte an mir und entfalteten mich gleichsam.

Und als hätte ich mich aufgerichtet und dadurch die Aufmerksamkeit auf mich gezogen, fiel sein Blick zum ersten Mal auf mich. »Wer ist das?«

Nate, der neben mir gestanden hatte, machte einen kleinen Schritt zur Seite. Mr. Sinclair streckte mir die Hand hin, ich zögerte erst, dann ergriff ich sie. Seine Finger waren warm, ich spürte Schwielen, und seine Hand umfasste die meine vollständig. Er schüttelte mir die Hand nicht, drückte sie nicht einmal, hielt sie nur sanft. »Hast du denn einen Namen?«

»Chloe«, antwortete ich leise. »Chloe Louise Tyler.«

»Hallo, Chloe Louise Tyler«, sagte er, ohne meine Hand loszulassen.

»Sie ist eine Freundin der Kinder«, erklärte Mrs. Sinclair.

»Eine Freundin.« Sein Lächeln wurde breiter, aber ich hatte keine Ahnung, was dieser Gesichtsausdruck besagen sollte. Vielleicht Erheiterung, vielleicht auch das Gegenteil. »Und warum wusste ich nichts von der Existenz dieser Freundin?«

Sein Blick traf meine Augen, als erwartete er eine Antwort von mir, aber ich hatte bei diesem Gespräch den Anschluss verloren, es war, als würde es in einer geheimen Sprache geführt. Ich öffnete den Mund, aber da ich nicht wusste, was ich sagen sollte, schloss ich ihn wieder.

»Warum gehst du nicht nach Hause, Chloe Louise Tyler.« Er drückte meine Hand und ließ sie dann fallen. »Soll ich dich fahren?«

Ich schluckte und schüttelte den Kopf. »Fahrrad. Ich habe ein Fahrrad.«

»Das ist gut, du bist ein patentes Mädchen. Dann fahr jetzt.«

Ich warf noch einen Blick zurück auf das Bühnenbild, an dem wir so hart gearbeitet hatten. Aber jetzt sah es genauso aus wie das, was es war: schlampig bemalte Pappe, Bruchstücke von Abfallholz und alte, verschlissene Stofftiere. Grace, Nate und Cecilia sahen mich unverwandt an. Sie wirkten nicht furchtsam, sondern eher voller Scham und Resignation.

Ich ging zu meinem Fahrrad und war mir auf einmal sehr bewusst, wie eng Cecilias Kleid war, dass es unter den Armen Falten warf und der Reißverschluss nicht ganz zuging. Als ich neben dem Fahrrad stand, drehte ich mich noch einmal um und sah, dass die Kinder schweigend unsere Requisiten einsammelten, während Mrs. Sinclair mit ihrem Ehemann zum Haus ging.

In der Erinnerung hatte dieser Augenblick eine merkwürdige Schönheit, das Schweigen und wie sie sich hinabbeugten und die Dinge davontrugen. Schön auf eine Art, wie es ein Beerdigungszug sein kann, oder vielleicht das Ende eines Begräbnisses, wenn der Sarg zurückgelassen wird. Ich sah noch eine Weile zu, dann stieg ich auf mein Fahrrad und fuhr davon.

Es sollte viele Monate dauern, bis ich sie alle wiedersah.

Teil III

Durch Zeit und Raum

7

Wir glauben immer, wir würden unsere Freunde und Partner kennen, aber in Wirklichkeit kennen wir sie stets nur teilweise. Was wir von ihnen wissen, sind Fragmente, die wir entdecken, indem wir sie beobachten, miteinander Zeit verbringen, uns am selben Ort befinden und ihren Erzählungen lauschen. Im Lauf der Jahre werden diese Fragmente immer zahlreicher, und wir können sie verbinden und die Leerstellen dazwischen ausfüllen mit dem, was wir für die Wahrheit halten. Aber natürlich wissen wir nur, was unsere Lieben uns zeigen; Linien, die wir für gezackt halten, könnten aus einer anderen Perspektive eine vollständige Schleife bilden. Die Verbindungen, die wir zu erkennen glauben, entsprechen nicht immer der Realität, und oft haben sie vor allem mit uns selbst zu tun.

Selbst nach vielen Monaten waren die Fragmente, die mir die Sinclairs zeigten, so kompliziert und lückenhaft, dass es mir nicht gelang, sie zu einem Gesamtbild zu verbinden. Ich versuchte es durchaus, und je mehr ich über ihr Privatleben erfuhr, desto besser verstand ich sie. Aber ich wusste, dass es große Bereiche gab, die ich nie zu sehen bekam.

Möglicherweise könnte ich über die fast vier Jahrzehnte mit Nate genau das Gleiche sagen. Ich habe mir oft vorgestellt, wie es sich anfühlen musste, wenn man eine Kindheit wie die seine durchlebt hatte. Welche Folgen hätte das wohl für mich gehabt? Welche Linien hätten sich bei mir gebildet? Aber eigentlich haben mir diese Überlegungen vor allem geholfen, mich selbst besser zu verstehen.

Ich holte den zerknüllten Zeitungsartikel mit dem Foto von Joel Sinclair wieder aus dem Abfall und betrachtete sein Gesicht, dessen Oberfläche jetzt einem verrosteten Rohr glich. Vielleicht ist es ein natürlicher Wunsch, die Gedanken und Überlegungen von Selbstmordattentätern und Serienkillern verstehen zu wollen, zu versuchen, sich in sie hineinzuversetzen, um dem Warum auf die Spur zu kommen. Und wenn man endlich begreift, dass es unmöglich nachzuvollziehen ist, dann will man sich davon überzeugen, dass da überhaupt nichts zu finden ist. Dass diese Menschen eher wie Reptilien funktionieren, dass sie nie im Leben eine Frau, ihre Eltern, ein Kind geliebt haben. Dass sie unfähig sind, Mitleid zu empfinden, und keinerlei Bedürfnisse haben außer den allerniedrigsten. Dass sie kein Leben haben außerhalb dessen, was sie verbrochen haben.

Aber so einfach sind Menschen nicht, das ist mir inzwischen klar geworden. Und es war schon immer unmöglich, Joel Sinclair zu verstehen, auch ehe er den Verstand verloren hatte. Er hatte eine Seele, das stand fest. Es gab durchaus eine gute Seite in ihm. Mit aller Kraft setzte er sich für die Mitglieder seiner Gemeinde ein, er liebte seine Kinder trotz dem, wie er sie manchmal behandelte, und sie alle liebten ihn. Zwar hatten sie offensichtlich Angst vor ihm, das war es, was ich mir als Kind erschließen konnte, aber später begriff ich, dass diese Angst von dem Wunsch überschattet wurde, ihm zu gefallen, ihm zu zeigen, dass sie seine Wertschätzung verdienten.

Natürlich hatte er sich nach Sophias Tod verändert, und es war die Person, die er damals geworden war, die ich hasste. Er war stecken geblieben in der Trauerphase, in der die Wut aufsteigt, und diese Wut wurde immer stärker. Sie fraß ihn innerlich auf wie ein Bandwurm und vernichtete alles, was noch menschlich an ihm war.

Aber wer war er jetzt, geschwächt von so vielen Jahren im Gefängnis und von der Krankheit, die sein Gehirn befallen hatte? Hatten sich die Neuronen, deren Aktivität zu seinen verhängnisvollen Entscheidungen geführt hatte, erst nach Sophias Tod gebildet? Und gab es sie noch oder waren sie durch die Krankheit abgetötet worden? Das spielte natürlich keine Rolle. Ich würde ihn immer hassen. Aber vielleicht könnte ich, wenn ich Joel besser verstand, Nate verzeihen, dass er jetzt bei ihm war.

In diesem Narnia-Sommer hatte ich gerade genug verstanden, um Angst zu bekommen. Am Tag nach dem Theaterstück war ich wieder zu den Sinclairs gefahren, Cecilias Kleid um den Hals geschlungen. Aber als ich an der Tür läutete, öffnete mir Sophia und schob mich vom Haus weg. Dann legte sie mir die Hände auf die Schultern, sah mir ins Gesicht und zog mich dann an sich. »Ach, Chloe«, sagte sie.

Ich spürte tiefe Beklemmung und ließ die Augen fest geschlossen, den Kopf an ihren Körper gedrückt. Es war ein seltsam erwachsenes Gefühl, so als wäre ich diejenige, die ihr Trost spendete. Und ich hoffte sehnlichst, dass es nur ihr Bedauern wegen des unglückseligen Theaterstücks war.

»Es tut mir sehr leid, mein Liebes.« Sie löste sich von mir und legte mir wieder die Hände auf die Schultern. »Aber ich glaube, es wäre besser, wenn du nicht mehr kommst. Hast du denn in der Schule keine Freundinnen, die du in letzter Zeit vernachlässigt hast? Die gibt es doch bestimmt, und es wäre schön, wenn du stattdessen etwas mehr Zeit mit ihnen verbringen würdest.«

Ihre Worte waren für mich wie ein Schlag ins Gesicht. Oder nein, eher wie ein Seil, eine Schlinge, die mir den Atem abdrückte. »Nein!« Mir standen plötzlich Tränen in den Augen. »Ich habe keine anderen Freunde!«

»Aber natürlich hast du welche.« Sie strich mir den Pony aus der Stirn. »Es tut mir leid, Chloe, aber du kannst nicht mehr hierherkommen.« Sie betrachtete Cecilias Kleid, das noch immer um meinen Hals hing, und sagte dann: »Das kannst du behalten, wenn du möchtest.«

Diese Worte zogen das Seil nur noch fester. Inzwischen glaube ich, sie wollte mir das Kleid schenken, weil sie ahnte, wie wertvoll es für mich werden würde. Dass ich es Tag für Tag aus dem Schrank holen und seine Spitzenmanschetten und die säuberlich genähten Säume betrachten würde, weil es der einzige Beweis dafür war, dass die letzten Monate nicht nur ein Traum gewesen waren. Aber damals war ich mir sicher, das Kleid wäre in ihren Augen nun in irgendeiner Weise beschmutzt. *Ich* wäre beschmutzt.

Ich trat einen Schritt zurück und sagte: »Und ich habe doch Freunde.« Damit drehte ich mich um und stapfte mit festen Schritten über die Wiese zu meinem Fahrrad, um eine Wut zu zeigen, die ich doch gar nicht empfand.

Aber ich fuhr nicht nach Hause. Stattdessen schob ich mein Fahrrad die Einfahrt hinunter und in den Wald, wo ich es hinter einer Baumgruppe versteckte. Und als Stunden später Mr. Sinclairs Auto vorbeikam, folgte ich ihm und hielt mich vorsichtig außer Sichtweite. Ich beobachtete ihn, wie er ausstieg und beide Hände gegen den unteren Rücken stützte, wie er sich streckte und dabei über die Wiese blickte. Sein Gesichtsausdruck verriet pure Zufriedenheit, vielleicht Selbstgefälligkeit angesichts des Lebens, das er sich aufgebaut hatte. Die Miene eines Mannes, der eine schwere Schlacht gefochten und gewonnen hat.

An den restlichen Sommer und den Herbst kann ich mich kaum noch erinnern. Was tat ich, nachdem ich nun nicht mehr mit den Sinclairs spielen konnte? Ich war nie eines der Kinder, die herumjammerten, ihnen sei so »langweilig«, es gab immer genügend Dinge, die mich interessierten, genügend Abenteuer zu erträumen, genügend Bilder zu malen oder Legotürme zu bauen und zu zerstören. Aber in diesem Sommer schien das alles sinnlos zu sein.

Keine Beschäftigung machte mir damals Spaß, außer dem Lesen. Ich werde vielleicht nie wieder so sehr in Bücher abtauchen, so verzweifelt lesen, Geschichten und Charaktere so heftig lieben wie damals in diesem Sommer. Wenn ich jetzt lese, versuche ich immer wieder, diese Versenkung zu erreichen, diese Liebe zu der Geschichte, und ich messe jedes Buch daran, ob es dieses Ideal erfüllen kann. Die Bücher, die mir jetzt gefallen, zeichnen sich nicht unbedingt durch ihre literarische Qualität aus, es sind eher Bücher, die mich dem damaligen Zauber nahebringen – beispielsweise *Die Dornenvögel* oder *Ayla und der Clan des Bären*.

Jeden Samstag drängte ich meine Mutter, mich zur Bibliothek zu fahren, und etwas erstaunt erfüllte sie meinen Wunsch. Die Bibliothekarin in der Kinderbuchabteilung kannte mich inzwischen mit Namen und schien begeistert, mich jede Woche wiederzusehen, denn sie legte mir Bücher beiseite, die mich vielleicht interessieren könnten. Ich liebte Roald Dahl und Laura Ingalls Wilder, die Autorin von *Unsere kleine Farm*. Das Nimmerland, »die Insel, auf der alles möglich ist«, und seine düsteren Andeutungen. »Kinder sind fröhlich, unschuldig und herzlos«, las ich und wurde sofort ganz aufgeregt. Jede dieser Geschichten sprach einen anderen Teil von mir an und lehrte mich etwas Neues über mich selbst.

Nach jedem Buch verspürte ich den unbändigen Drang, den Sinclairs davon zu erzählen. Es entdeckt zu haben, machte mich beinahe so stolz, als hätte ich es selbst geschrieben, und es verursachte mir fast körperlichen Schmerz, die Geschichten in mir behalten zu müssen. Tag und Nacht lebte ich in diesen Welten, und ich verlor beinahe die Orientierung, wenn ich schließlich herausgerissen wurde und nicht darüber reden durfte – die wirkliche Welt war auf einmal viel weniger wirklich. Wie konnte meine Umgebung nicht merken, dass ich meine Tage im Kansas des 19. Jahrhunderts oder im Inneren eines Riesenpfirsichs verbrachte? Ich fühlte mich, als wäre ich der einzige Mensch, der in der Wirklichkeit lebte. Alle anderen liefen über mir, auf einer undurchsichtigen Eisfläche, auf Schlittschuhen dahin.

Es war ein Buch von Madeleine L'Engle, das mich schließlich auftauchen ließ. Ich hatte *Die Zeitfalte* in nur zwei Tagen verschlungen, und das Buch verzauberte mich, entsetzte mich, verwirrte mich – es war ein solches Durcheinander von Gefühlen, dass ich allein nicht wieder herausfand. Meg Murry mit ihrer Vaterlosigkeit, ihrem Alleinsein, ihrer Unfähigkeit, sich anzupassen, und wie sie geärgert wird, weil sie so anders ist, das war ich selbst. Das Schwarze Ding und die Reise zum Planeten Camazotz, um ihren Vater zu retten, das böse ES, das Megs Geist anlocken und einsperren will. Auf Camazotz konnten, genau wie in Narnia, die Kinder etwas ausrichten, sie galten etwas, sie mussten Proben bestehen und siegten, sie waren bedeutsam in dieser Welt.

Diese Erkenntnis und der köstliche Schrecken der Geschichte lärmten verzweifelt in mir und sehnten sich nach einem Echo von außen. Und als ich in der Nacht, in der ich das Buch ausgelesen hatte, im Bett saß, fiel mir Mrs. Wasdenns Bemerkung wieder ein, wie sie das Leben mit einem Sonett vergleicht. »Die Form ist euch vorgegeben, aber das eigentliche Sonett müsst ihr selbst schreiben. Jeder von euch. Was ihr zu sagen habt, bleibt ganz eure Sache.«

Und so schrieb ich am folgenden Nachmittag die nächste Zeile meines persönlichen Sonetts und fuhr zu den Sinclairs.

Nate, Grace und Cecilia waren draußen auf der Wiese, vor sich drei große Plakattafeln, die nebeneinanderlagen. Grace tunkte soeben einen großen Zweig in einen Topf mit grüner Farbe und führte ihn in einer Spiralbewegung über die Tafeln, Nate und Cecilia knieten ihr gegenüber und hatten die Arme voll mit Fichtenzapfen, Zweigen und Herbstblättern. Die verteilten sie neben Graces Farbstriche über die Plakattafeln, standen auf, um die Wirkung zu begutachten, und gingen wieder in die Knie, um sie anders anzuordnen.

Das Bild, das sie schufen, war seltsam und von beinahe magischer Anziehungskraft. Ich ging zum Holunderbusch, an dem mein Fahrrad lehnte, und zupfte eine Handvoll Beeren. Und dann trat ich näher und legte eine Beere an den Rand von Graces Gemälde.

Nate sah mich als Erster. Einen Augenblick lang starrte er mich verständnislos an, dann begann er zu lächeln.

Ich lächelte ebenfalls, und so standen wir da und grinsten dümmlich, bis Grace den Kopf hob und Nates Blick folgte. Ihre Augen wurden groß. »Was tust *du* denn hier?«

»Chloe!«, rief Cecilia und kam auf mich zugehüpft. Sie warf

die Arme um mich, und ich ließ die Beeren fallen, lachte und umarmte sie ebenfalls.

»Du darfst nicht hierbleiben«, sagte Grace. »Du bringst uns alle in Schwierigkeiten, sogar Mom.«

Mein Magen verkrampfte sich. »Aber warum denn?« Cecilia hielt mich immer noch fest, ihre Schulter stieß gegen mein Kinn, wenn ich sprach. Ich entzog mich ihr. »Warum, Grace? Ich habe doch gar nichts getan!«

»Daddy hält dich für einen schlechten Einfluss«, sagte Cecilia. »Aber ich nicht!«

»Du darfst dir nichts dabei denken«, bemerkte Nate, »er mag nur keine Kinder, die nicht zur Gemeinde gehören. Das hat nichts mit dir zu tun.«

Meine Handflächen waren feucht, vielleicht aus Nervosität oder nur durch den Saft der Beeren. Ich wischte sie an meiner Jeans ab und wünschte mir, wütend zu sein. Aber ich fühlte mich lediglich hilflos, und mir war ein bisschen schwindlig. »Das ist mir egal«, sagte ich und klang dabei auch hilflos und unsicher. »Es ist mir egal, denn ich bin nicht gekommen, um mit euch zu spielen. Ich wollte euch nur etwas geben.« Ich griff in meine hintere Hosentasche und zog das Taschenbuch heraus, das durch die Fahrradfahrt etwas verbogen war. Ich wusste nicht, was ich sonst noch sagen sollte, daher erklärte ich das Offensichtliche: »Es ist ein Buch.«

Nate nahm es und las die Rückseite. Ich trat näher, damit ich den Klappentext mit ihm lesen konnte, und spürte sofort, wie mir Tränen in die Augen traten. Genau wie früher roch er nach Nelkenseife und Jungsschweiß, und der Geruch ließ mich sehnsüchtig werden. Ich hätte mich gern zu seinem Hals hinübergebeugt, möglicherweise sogar hineingebissen. »Es ist viel besser, als es da steht«, sagte ich. »Ich meine, man kann die Geschichte nicht erklären, man muss sie einfach lesen.«

»Wir müssen erst Vater fragen«, bemerkte Grace.

Aber Nate sah mir in die Augen, und seine Miene drückte stille Entschlossenheit aus. »Es war lustiger, als du noch bei uns warst«, sagte er. Zum ersten Mal – vermutlich in meinem ganzen Leben – ließ jemand durchblicken, dass man mich während meiner Abwesenheit vermisst hatte.

Danach radelte ich nach Hause. Ich hatte beschlossen, mindestens eine Woche verstreichen zu lassen, ehe ich wieder hinfuhr; Nate sollte genug Zeit haben, das Buch zu lesen. Aber als ich nur fünf Tage später mit einer Schüssel Käseflips in der Küche saß, blickte ich aus dem Fenster und sah Nate vor der Tür stehen. Er klopfte nicht, sondern wartete nur. Ich riss die Tür auf. »Hast du es gelesen?«, fragte ich.

Sein Haar war vom Wind zerzaust, sein Gesicht gerötet und feucht von der Anstrengung, denn er war die zwei Meilen bis zu unserem Haus durchgerannt. »Wir haben es alle gelesen.« Er hielt mir das Buch hin, und ich wischte mir den Käsestaub von den Händen, ehe ich danach griff. »Wir müssen darüber reden, und du sollst dabei sein. Außerdem steht da, dass es noch zwei weitere Bände gibt?«

»Das stimmt«, sagte ich. »Ich lese sie gerade!«

»Na, dann musst du sie mitbringen, wenn du sie ausgelesen hast. Aber sag niemandem, dass du kommst, ja? Wir haben dir mitgeteilt, wo und wann.« Mit einem Nicken wies er auf das Buch in meiner Hand. »Letzten Monat haben wir uns einen Code ausgedacht, und den benutzen wir von nun an. Wenn du die Worte aus dem Buch streichst, dann verstehst du die Nachricht.« Und er drehte sich um und rannte die Straße wieder hinauf.

Ich sah ihm nach und frage mich, was er damit wohl meinte, bis ich das Buch durchblätterte und einen gefalteten Zettel fand.

Admi enaf reicht watagr dum undre ikel unamd stübarch misch.

Ich starrte den Text an, drehte den Zettel um, sah wieder auf die Vorderseite und betrachtete sie erneut. »Wenn du die Worte aus dem Buch streichst«, hatte Nate gesagt, und plötzlich begriff ich. Ich holte einen Stift aus der Kramschublade, legte das Buch neben den Zettel und strich die Buchstaben der ersten Zeilen weg.

A~~d~~m~~i~~ ~~ena~~f rei~~cht~~ ~~wa~~tag~~r~~ ~~d~~um ~~un~~dre i~~kel~~ ~~un~~am~~d~~ ~~stü~~ba~~r~~ch ~~misch~~.

Am Freitag um drei am Bach. Ich grinste und drückte Stift und Zettel an meine Brust.

Von da an benutzten wir diesen Code, um heimliche Treffen zu vereinbaren. Wir hinterließen Nachrichten in einer alten Werkzeugkiste, die wir unter dem Holunderbusch versteckten, und mischten die Buchstaben einer Mitteilung mit Worten aus einem Buch. Das Gemeinte war unmöglich zu entziffern, wenn man das benutzte Buch nicht kannte, sodass Mr. oder Mrs. Sinclair, falls sie überhaupt herausfanden, wie es funktionierte, nicht wissen konnten, wo sie ansetzen sollten.

Der Trick erwies sich als weitgehend überflüssig, denn Mrs. Sinclair wusste, wie wir bald erfuhren, über meine Besuche ohnehin Bescheid. Anfangs hatte sie sich nichts anmerken lassen, weil sie keine Einwände hatte. Aber als wir dann unvorsichtiger wurden, rief sie ihre Kinder zu sich, um sie zu ermahnen –

aber nicht, weil ich wieder zu Besuch kam, sondern weil wir nicht aufpassten. Von da an sorgte sie selbst dafür, dass wir sicher waren und Mr. Sinclair nichts merkte. Sie verriet uns seinen Stundenplan und fand abgeschiedene Plätze für uns, wo wir spielen konnten. Eigentlich hätten wir den Code nicht mehr gebraucht, aber ihn zu nutzen, verlieh unseren Treffen einen unwiderstehlichen Anflug von ständiger Gefahr. Wir waren Geheimagenten, Spione des KGB und kindliche Helden, die, wie in so vielen Kinderbüchern, die Regeln der Erwachsenen brachen, um die Welt zu retten.

Der Code.

Ich saß in unserem Leseraum und betrachtete das Moleskine-Notizbuch, das Nate versteckt hatte. War es das, was er hier gemacht hatte, hatte er den Code unserer längst vergangenen Kindheit verwendet in der Annahme, ich könnte mich nicht mehr daran erinnern? Dabei war es doch so offensichtlich. Warum sah ich den Zusammenhang erst jetzt? Es war, als hätte ich mich so sehr bemüht, die schrecklichen Ereignisse von damals zu vergessen, dass mir die Erinnerungen an die Zeit vor Gabriel nicht mehr ohne Weiteres zugänglich waren. Mein Hirn hatte wohl eine Art Schutzschild aufgebaut, den ich bewusst umschiffen musste.

Langsam erhob ich mich und spürte, wie sich die Angst wie ein Korkenzieher in meine Brust schraubte. Dann ging ich hinüber in den Hauptraum der Buchhandlung.

Nate hatte ein einzigartiges Ordnungssystem, das nur selten den üblichen Kategorien und der alphabetischen Ordnung entsprach, wonach Literatur nicht neben Liebesromanen, und Detektivbücher nicht bei Esoterik oder wahren Verbrechen standen. Im Gegenteil, denn er wollte, dass die Kunden zu stöbern begannen und bei der Jagd nach Unterhaltung oder Wissen neue Autoren und Interessensgebiete entdeckten, auf die sie sonst nie gestoßen wären. Wenn man *Bittersüße Schokolade* neben die Kochbücher stellte, fand jemand, der Rezeptbücher durchstöberte, vielleicht eine Autorin, die auch vom Kochen besessen war. Nach diesem Prinzip befand sich *Sophies Entscheidung* bei der Geschichte des Zweiten Weltkriegs, James Michener stand inmitten von Reisebüchern, und naturwissenschaftliche Werke mischten sich mit Science-Fiction. Das war für jeden neuen Kunden verwirrend und frustrierend, obwohl Nate jedes Buch, nach dem sie sich erkundigten, innerhalb von Sekunden finden konnte. Aber die Leser, die den Laden kannten, schienen das System zu genießen. Sie verbrachten oft Stunden damit, herumzuwandern und zu lauschen, wo die Buchrücken besonders verführerisch riefen. *Werden Sie Mohikaner, Musketier oder Mafioso!*, versprachen sie. *Oder ein Junge, der mit einem Floß den Mississippi hinabpaddelt, oder der Kapitän einer Fähre, die den Kongo entlangtuckert!*

Jetzt suchte ich nach *The Lion, the Witch and the Wardrobe – Der König von Narnia* – erst im Regal bei den Detektivromanen, dann in der britischen Geschichte, ehe ich in der Reiseabteilung schließlich ein Exemplar entdeckte. Es stand zwischen *Off the Beaten Path*, einem Führer zu außergewöhnlichen, wenig besuchten Orten, und *Dove*, der Geschichte eines Sechzehnjährigen, der die Welt umsegelt. Mit einem Finger zog ich es Zentimeter um Zentimeter zwischen den anderen Büchern hervor und legte es quer. Dann betrachtete ich es eine Weile, ehe ich es schließlich aus dem Regal nahm.

Ich trug das Buch zu dem Mahagonitisch, auf dem Nates

Notizbuch lag, und legte beide Bücher aufgeschlagen nebeneinander. Dann kopierte ich die ersten Wörter des verschlüsselten Textes auf meinen Notizblock, zögerte und strich schließlich die ersten Buchstaben weg: E-s-w-a-r-e-n.

~~Es~~li~~w~~eb ~~ar~~er~~en~~

Lieber. »Gut«, flüsterte ich. »Sehr gut.«

Wie lang hatte es wohl gedauert, das ganze Notizbuch zu verschlüsseln? Es brauchte viel Zeit, weil man herausfinden musste, wie die Buchstaben ineinandergeschachtelt werden mussten, damit der codierte Text Wörtern glich, die ohne Ballungen von Konsonanten oder Vokalen ausgesprochen werden konnten. Dafür musste er Tage, vielleicht Wochen gebraucht haben, aber warum? Warum zum Teufel benutzte er eine so lächerlich verdrehte Art und Weise, um zu notieren, was er zu sagen hatte?

Geinab marilel

Ich legte einen Finger auf das Exemplar von *Der König von Narnia* und strich langsam die nächsten Buchstaben auf meinem Notizblock aus: e-i-n-m-a-l. Dann fiel mir der Stift aus der Hand. Das zweite Wort im Notizbuch war »Gabriel«.

Mein Mund füllte sich mit dem eisenartigen Geschmack von Blut, und ich berührte meine Lippe, wo ich mich gebissen hatte. Entsetzt und ohne zu begreifen schaute ich auf den tiefroten Fleck auf meinem Finger. Ich sollte das nicht lesen, ich durfte das nicht lesen. Und so steckte ich das Notizbuch schnell wieder in seine aufgeschnittene Hülle, klappte den Einband zu und stieg die Treppe hinauf. Dort schlüpfte ich ins Bett, ohne mir auch nur die Schuhe auszuziehen. Zitternd zog ich die Decken fest um mich, als könnten sie mich davor bewahren, innerlich zu zerbrechen.

In dieser Nacht schlief ich nicht, sondern lag nur da, gewürgt von der Dunkelheit. Meine Gedanken verliefen nicht in geordneten Bahnen, sondern waren eher wie epileptische Ausbrüche, ein Platzregen unzusammenhängender Bilder und Stimmen: meine Kindheit, die Schwangerschaft, Gabriel in der Babybadewanne über dem Küchenspülbecken bei meiner Mutter. Das leere Kinderbett, das noch monatelang in seinem Zimmer stand, weil ich nicht glauben konnte, dass er nicht mehr zurückkommen würde.

Endlich stand ich auf und ging in die Küche. Ich füllte ein großes Glas mit Leitungswasser, trank in hektischen Schlucken. Und dann begann in der Tasche meiner Jeans, die ich noch immer trug, das Handy zu klingeln. Erschrocken zog ich das Telefon heraus. Die Nummer des Anrufers wurde nicht angezeigt, und eine Weile lang starrte ich verwirrt auf die Tasten, bis mir einfiel, welche ich drücken musste. Ich hielt mir das Handy ans Ohr. »Hallo?«

»Chloe, es tut mir leid, dass ich so früh anrufe.« Es war Nate. »Aber ich dachte, dass du vielleicht schon aufgestanden bist, und wollte dich unbedingt erwischen, ehe du den Laden aufsperrst.«

»Kein Problem, ich bin schon auf.« Meine Stimme bebte, und ich schluckte schnell, um mich zu beruhigen. »Meine Güte, Nate, weißt du eigentlich, was für Sorgen ich mir gemacht habe? Wie kannst du wegfahren, ohne mir zu sagen, was los ist?«

»Ich weiß, es tut mir leid. Es tut mir wirklich leid, ich wusste einfach nicht mehr, wo mir der Kopf steht. Cecilia hat mich schon vor Wochen angerufen und mir gesagt, wie krank Joel ist, und dann hat sie sich vor ein paar Tagen gemeldet und darauf bestanden, dass ich hierherfahre, ohne mir zu sagen, warum. Ich habe das Schlimmste vermutet. Vermutlich bin ich einfach ein bisschen durchgedreht.«

Ich wusste nicht genau, wie er sich anhörte. Entschuldigend? Abwehrend? Dazu hätte ich einen Gesichtsausdruck vor mir sehen müssen.

»Ich hätte mir überlegen sollen, wie das für dich sein muss, das weiß ich. Es ist nur so viel los, und ich kann nicht klar denken …« Seine Stimme verklang, und ich hörte das seltsame heisere Summen, das er manchmal von sich gab, wenn er mit den Gedanken anderswo und für mich unerreichbar war. Als bräuchte er etwas Körperliches, eine Art Bewegung, um sich vor mir zurückzuziehen. Dann fuhr er leiser fort: »Es fühlt sich so absurd an, hier zu sein. Sobald ich zur Tür hereinkam, war alles wieder da, das Schöne, das Schreckliche … Mom. Vielleicht glauben die Leute deshalb an Gespenster. Das Haus sieht jetzt völlig anders aus, es ist heruntergekommen, genau wie mein Vater und Cecilia. Ich kann die Veränderungen sehen, aber ich habe sie nicht so deutlich vor Augen wie das damalige Haus und die Menschen, die früher hier lebten. Mein Gott, ich wünschte, du wärst hier.«

»Das wäre ich ja auch.« Ich umfasste das Telefon fester. »Aber du hast mich ausgeschlossen, du hast mir nicht erzählt, dass Joel krank ist, obwohl du es schon wochenlang wusstest.«

Eine ganze Weile lang sagte er nichts, und als er endlich antwortete, klang seine Stimme belegt. »Hätte dich das denn überhaupt interessiert? Ich meine, nicht einmal ich konnte mir vorstellen, dass ich das wissen will. Erst als ich ihn gesehen habe, wurde mir klar, dass irgendetwas Verkorkstes in mir es doch wissen wollte. Und egal, wie du reagiert hättest, selbst wenn es nach außen hin richtig gewesen wäre, dann wäre bei dir im Hintergrund doch etwas völlig anderes abgelaufen, das wusste ich genau. Was hättest du denn gesagt, wenn ich dir erzählt hätte, dass ich wegen ihm nach Redbridge fahre?«

»Darum geht es doch gar nicht!« Meine Stimme versagte, und ich drückte mir die Faust gegen den Mund, bis ich die Fassung wiedererlangt hatte. »Wenn es dich innerlich schier zerreißt, dann solltest du instinktiv zu mir kommen. Ich sollte für dich – ich weiß nicht – eine Kraftquelle sein, die dich in deinem Schmerz auffangen kann, jemand, an dem du dich festhalten kannst. Aber du hast alles vor mir verborgen!«

Er schnaufte verärgert. Ich lehnte mich an die Wand und machte die Augen fest zu, während er weitersprach: »Ich bin erschöpft, Chloe, nicht nur körperlich, sondern vor allem emotional ausgelaugt. Du hast jedes Recht, wütend zu sein, und ich sage auch nichts dagegen, aber in mir ist einfach nichts mehr, ich kann mit dieser Wut nicht umgehen. Wenn das alles vorbei ist, und ich das, was da gerade passiert, verarbeitet habe, dann kann ich es wieder ertragen, dass du mich angreifst. Aber könntest du jetzt bitte einfach nur versuchen, Verständnis zu haben?«

Es war schon immer Nates Stärke gewesen, mir das Gefühl zu geben, dass ich überreagierte. Angesichts seiner Gelassenheit und Ruhe kam ich mir vor wie eine verzweifelte Fliege, die durch ein Fenster wollte. Ich hätte ihm gerne von dem Notizbuch erzählt, hätte es ihm am liebsten um die Ohren geschlagen, aber ich konnte nicht. Der Brief, den er offensichtlich an Gabriel geschrieben hatte, und alles, was sonst noch darin stand –

vermutlich ein Tagebuch – gehörte in Nates allerprivatesten Bereich. Dass ich dort herumschnüffelte, obwohl er einen solchen Aufwand betrieben hatte, um mich davon fernzuhalten, war ein unverzeihlicher Übergriff. Einen Moment lang begann sich alles um mich zu drehen, und ich bemühte mich, die Orientierung wiederzufinden. Schließlich sagte ich: »Na gut, dann sag mir wenigstens, hast du vor Kurzem Bücher für Lester Jarvis bestellt? Er hat sich nach einer Werkausgabe von Victor Hugo erkundigt.«

»Ach.«

»Was heißt ›Ach‹? Wir haben nur noch dreitausend Dollar auf dem Konto, und er hat uns schon eine Vorauszahlung überwiesen. Wie kann das sein? Wo zum Teufel ist unser ganzes Geld geblieben?«

»Ich hatte vor, mich darum zu kümmern, Chloe.«

»Du hattest es vor? Er dachte, dass die Bücher schon längst gekommen sind!« Ich gab mir Mühe, empört zu klingen, aber in Wirklichkeit hörte ich mich nur müde an.

»Ich mache es, wenn ich zurückkomme. Oder du versuchst selbst, etwas Passendes zu finden. Aber zahl nicht mehr als sechstausend dafür. Du weißt ja, wo du nachschauen musst.«

»Wir haben aber keine sechstausend Dollar, Nate! Hatten wir im letzten Monat nicht sogar noch mehr? Wo ist das Geld hingekommen?«

»Ich hatte unerwartete Ausgaben, das ist alles. Falls nötig, können wir unseren Hauskredit aufstocken und mit den Ausgaben ein bisschen vorsichtiger sein. Hör zu, es ist noch früh, und vermutlich hast du auch nicht besonders gut geschlafen. Außerdem sollten wir so ein Gespräch nicht am Telefon führen. Ich verspreche dir, ich kümmere mich um das alles, wenn ich wieder zurück bin, aber sag Lester, dass ich schon ein Exemplar bestellt habe und dass es unterwegs ist, ja? Ich liebe dich, Chloe.«

Und dann legte er auf, ohne auf meine Antwort zu warten. Zwischen uns hingen schwer die Dinge, die ungesagt blieben.

Ich ging nach unten und schickte E-Mails an die Verkäufer der Hugo-Ausgaben, bat um Fotos der vorderen Ecken, der Innenseiten der Buchdeckel und möglicherweise beschädigter Seiten. Dann blieb ich am Computer sitzen und blickte unverwandt auf den leeren Bildschirm. Nach einer Weile nahm ich ein Staubtuch aus der Schreibtischschublade, ging langsam durch den Laden, wischte alle Oberflächen sauber und schüttelte die Teppiche aus. Aber die hektische Aktivität half nichts. Etwas hatte mich im Griff, eine Art Verzweiflung, so als hätte Nates Notizbuch Arme, die sich um meine Beine und meinen Rumpf schlangen und an mir zerrten.

Ich putzte mir die Hände an den Jeans ab. Eigentlich hätte ich duschen, mich umziehen, mir die Zähne putzen und den Laden aufsperren sollen. Aber die Bänder um meine Lungen zogen sich fester, und ich sah das Staubtuch nachdenklich an. Dann ließ ich es fallen und ging in den Leseraum.

Ich schlug *Der König von Narnia* auf und holte das Notizbuch heraus. Einen Augenblick lang hielt ich es auf dem Schoß, dann schlug ich es auf und machte mich daran, den Text abzuschreiben und die Buchstaben wegzustreichen.

~~Es~~li~~w~~eb ~~ar~~er~~en~~ G~~ein~~ab ~~ma~~ritel de~~v~~in~~i~~ ~~er~~gebu ~~ki~~r~~nd~~t s~~er~~tags ~~die~~fe~~h~~ si~~eß~~t w~~en~~ar~~p~~ w~~eter~~un ~~sus~~der s~~ane~~chön ~~d~~ich ~~mun~~wü ~~dun~~nsch te~~dlue~~ ~~y~~du~~di~~ ~~ese~~wär ~~ge~~st~~schich~~ ~~te~~scho n~~erzä~~ ~~h~~alt ge~~l~~nug~~tvo~~ fü~~ner~~ ~~inem~~er

in~~erl~~ n~~eb~~eru~~nisd~~ n~~as~~gens~~i~~ ~~e~~dan ~~ha~~n~~t~~kön ~~tena~~ntest du~~ls~~ ~~siew~~es d~~ähr~~iral s~~end~~ ~~des~~erwa~~k~~ ~~rie~~chs ~~ges~~eneri ~~we~~ns ge~~gen~~dä ~~der~~cht ~~lu~~ni~~ft~~ s~~angrif~~ ru~~fe~~fen!

Lieber Gabriel,
dein Geburtstagsfest war wunderschön. Ich wünschte, du wärst schon alt genug für Erinnerungen, dann könntest du es dir als Erwachsener ins Gedächtnis rufen! An diesem wie hingetuschten himmelblauen Tag warst du mit deiner Mom im Park und hast dir etwas von den Gänseblümchenfeen gewünscht (ja, das sind echte Feen!). Du hast Kieselsteinmauern um Ameisenhaufen gebaut, um die Ameisen vor Eindringlingen zu schützen. Dabei war ich mir allerdings nicht sicher, ob du immer so ganz genau wusstest, was wir da taten. Aber du bist so ein kluger, einfühlsamer kleiner Kerl, wahrscheinlich hast du es begriffen und richtig gefunden.

Ich wollte, wir könnten mehr solche Tage miteinander verbringen. Aber auch wenn ich nicht oft genug mit dir zusammen bin, dass du weißt, wie sehr ich die wenigen Stunden mit dir genieße, so überschüttet dich deine Mutter doch mit so viel Aufmerksamkeit und gleicht das aus, was dir von mir fehlt.

Das ist einer der Gründe, weshalb ich diesen Brief schreibe: Ich weiß, du wirst dich, wenn du später auf deine ersten Lebensjahre zurückblickst, betrogen fühlen, weil ich darin kaum eine Rolle gespielt habe. Und ich will dir verständlich machen, dass das auch für mich sehr schwer war.

Es tut mir leid, dass dein Leben auf diese Weise

anfangen musste, in diesem trostlosen Haus, mit so vielen Geheimnissen. Aber das geschah alles nur deinetwegen, und ich hoffe, du wirst das eines Tages verstehen.

Ich verspreche dir, wir werden dich bald von dort wegholen. Deine Mama und ich haben uns überlegt, was für ein Haus wir gern haben würden, mit Holzfeuern im Winter und einem Gemüsegarten im Sommer, ein Heim wie das von Goldlöckchen und den drei Bären, in dem die Betten und die Stühle und der Haferbrei einfach genau richtig sind. Wenn ich meine Augen schließe, kann ich es schon vor mir sehen. Ganz klar. So klar wie die Hoffnung.

In Liebe
Dad

Mit zusammengebissenen Lippen beugte ich mich vor und bemühte mich, ein Schluchzen zu unterdrücken, aber es entkam mir dennoch, ein klagender Ton wie von einem rostigen Scharnier. *Ach, Nate!* Das musste er vor siebenundzwanzig Jahren geschrieben haben, als Gabriel ein oder zwei Jahre alt war, in der Erwartung, dass Gabriel es eines Tages lesen würde. Und bald danach wurde Nate klar, dass dies niemals geschehen würde.

Aber er hatte das Notizbuch aufbewahrt, weiterhin hineingeschrieben und es hier versteckt, in einem Buch aus seiner eigenen Kindheit. Wie konnte er nur ertragen, es zu behalten und jeden Tag neben diesem hoffnungsvollen Brief zu arbeiten? Aber es wegzuwerfen wäre natürlich noch viel schlimmer gewesen.

War etwa das ganze Moleskine-Heft voll mit solchen Briefen? Was verbarg sich noch darin?

Ich klappte es zu und wollte es gerade in seine *König von*

Narnia-Hülle zurücklegen, als mir plötzlich etwas klar wurde. Ich zog die Haarsträhne heraus, die Nate dort versteckt hatte, eine rotbraune Locke, von einem blauen Band zusammengehalten. Das Haar stammte von Gabriel.

Sein Haar war so üppig gewesen, dass es seinen Kopf umgab wie ein dunkler Heiligenschein. Den Gedanken, es abschneiden zu lassen, konnte ich kaum ertragen, denn das hätte in gewisser Weise das Ende seiner Babyzeit bedeutet. Aber meine Mutter machte bereits Bemerkungen, man müsse ihm bald Haarspangen kaufen, und so gab ich kurz vor seinem zweiten Geburtstag endlich nach. Fast in Tränen aufgelöst sammelte ich die abgeschnittenen Haare auf einem Blatt Küchenpapier, aber bald wurde mir klar, wie lächerlich das war, und ich warf den größten Teil weg. Abgesehen von einer Locke, die ich sorgfältig kämmte, mit einem Band zusammenfasste und in ein Fotoalbum steckte.

Nachdem wir erfahren hatten, was mit Gabriel geschehen war, saß ich mit dem Album auf dem Schoß da und betrachtete jede Einzelheit auf jedem Bild, jeden blauen Fleck in seinen Augen, jedes Grübchen auf seinen Fäusten. Da tanzte er auf einem Folk-Konzert, die Arme weit ausgebreitet, während er sich im Kreis drehte; dort kuschelte er sich auf meinen Schoß und spielte mit meinem Gesicht, berührte die Nase, den Mund, als wollte er sich meine Züge einprägen – auf dieselbe Weise, wie ich nun durch das Album blätterte – in dem Bewusstsein, dass er irgendwann nicht mehr da sein würde, um sie zu betrachten. Wie er Seifenblasen hinterherlief, wie er sich Sand in den Mund stopfte – es waren nicht genug Fotos, und ich verfluchte mich dafür, dass ich nicht häufiger fotografiert hatte. Am liebsten hätte ich ein Foto für jeden Tag, jede Minute gehabt, als könnte das die Zeit ausgleichen, die ich ohne ihn verbringen musste.

Schließlich kam ich zur letzten Seite, zu der Tasche, in der auch noch einige unsortierte Fotos steckten, und da bemerkte ich, dass die Haarlocke, die ich aufgehoben hatte, verschwunden war.

Ich suchte auf dem Regal, wo das Album gestanden hatte, zog alle Bücher heraus, schaute sogar hinter dem Bücherschrank nach, panisch und in Tränen aufgelöst. Bestimmt fragte ich auch Nate. Warum also hatte er mir nicht erzählt, dass er sie genommen hatte? Warum hatte er sie überhaupt genommen?

Jetzt strich ich mir mit der Locke über die Handfläche und dann über meine Lippen, ich atmete tief ein, falls doch noch irgendwelche Duftspuren von Gabriel daran hafteten. Das Haar war spröde geworden, die Farbe im Lauf der Jahre verblasst. Eigentlich war es nicht mehr Gabriels Haar.

Ich erinnerte mich an den Abend, als man uns zum ersten Mal zur Befragung abholte. Mit Nate und meiner Mutter saß ich in der Küche, und uns allen war so übel, dass wir nur in unsere Kaffeetassen starren konnten. »Das ist wie bei Kafka«, hatte Nate gesagt. Wenn ich jetzt so zurückdenke, weiß ich nicht mehr, ob und wie er diese Bemerkung erläutert hat. War es wie in *Der Prozess,* wird über uns Gericht gehalten, ohne dass wir wissen, was wir verbrochen haben? Oder wie in *Die Verwandlung,* wo wir eines Morgens auf unerklärliche Weise transformiert erwachen? In Gedanken spielte ich das damalige Gespräch durch, aber mein Hirn blieb immer bei dem einen Satz hängen: *Das ist wie bei Kafka. Das ist wie bei Kafka.* Wie bei einem Lied, das man nicht richtig kennt und bei dem man immer in derselben Refrainzeile stecken bleibt. Vielleicht meinte er nur, alles fühle sich unerträglich surreal an.

Warum saß das immer noch so dicht unter der Oberfläche, direkt unter meiner Haut? Manchmal konnte ich mich davon ablenken, vielleicht sogar den größten Teil der Zeit, so wie man einen leichten Kopfschmerz ab und zu vergisst. Aber dann geschah irgendetwas: Ich sah eine Frau, die ihr kleines Kind an der Hand hielt, oder ich kam, wenn ich im Supermarkt die Tampons suchte, an den dicken Windelpaketen vorbei, und *Wumm!*, traf ein Vorschlaghammer auf meine Schädeldecke, und ich merkte, dass ich die Trauer immer noch in mir trug. Genauso stark wie in den ersten Tagen nach Gabriels Verschwinden, als aus ungläubiger Panik schließlich verzweifelte Panik wurde.

An die Monate danach, als wir bereits wussten, dass er nicht mehr zurückkommen würde, konnte ich mich kaum erinnern. Ich wusste nur noch, wie die anderen Leute reagiert hatten. Erst zögerlich, so als überlegten sie, ob es noch immer nötig war, Gespräche mit »Wie geht es dir denn?« zu eröffnen, oder ob man bereits lächeln und über Alltagsdinge reden durfte. Aber im Lauf der Wochen übte die Außenwelt immer mehr Druck aus, ich bekam zunehmend Hinweise, dass es nun an der Zeit sei, weiterzumachen, sich wieder auf die Arbeit zu konzentrieren, triviale Fernsehserien anzusehen, Einladungen und Gefallen zu erwidern. Tragödien macht jeder mal durch, und das Leben muss doch weitergehen.

Irgendwann in diesen Monaten musste Nate mit diesem Buch angefangen haben. Wir beide verbargen unsere Trauer vor jedem, der sich erkundigte, aber auch voreinander und sogar vor uns selbst. Wie viele Jahre versteckte ich sie schon?

Schnell stand ich auf und ging wieder zur Verkaufstheke, wo ich mich an den Computer setzte. Einen Augenblick lang starrte ich auf den wirbelnden Bildschirmschoner, dann rief ich die E-Mails auf. Daniel hatte geschrieben, in der Betreffzeile lediglich ein Wort: *Abbitte.* Hieß das, er wollte sich entschuldigen, oder erwartete er von mir eine Entschuldigung? Ich betrachtete das Wort, als enthielten die Bögen und Striche der Buchstaben eine tiefere Bedeutung, dann klickte ich auf die Antwort-E-Mail des Hugo-Verkäufers.

Nachdem ich mir die beigefügten Fotos angesehen hatte, leitete ich sie an Lester Jarvis weiter mit dem Hinweis, das sei die Werkausgabe, die Nate bestellt habe, und einer Zusammenfassung dessen, was auf den Fotos zu sehen war. Ich hatte das nicht wie sonst üblich gemacht; Nate dachte manchmal tagelang über die verschiedenen Angebote nach, verglich und verhandelte. Aber die Ausgabe war in gutem Zustand, der Preis – soweit ich das einschätzen konnte – vernünftig. Und Lester stand unter Druck.

Ich stand auf und ging zur Tür, trat hinaus in den dichten Morgennebel, in dem die Luft so schwer wie nasse Laken war. Gemächlich stieg ich die Vordertreppe hinab und begann dann zu laufen. Laufen war die einzige Droge, von der ich je abhängig gewesen war, weil man, wenn man nur noch aus krampfenden Muskeln und keuchenden Lungen bestand, den emotionalen Schmerz durch einen körperlichen verdrängen konnte. Ich trug alte Sneakers und den Pullover und die Jeans, die ich schon seit zwei Tagen anhatte, und schon nach drei Querstraßen waren meine Haare und Kleider klatschnass und meine Haut klamm, und ich genoss das Derbe, Natürliche daran.

Der alte Teil von Truckee stand immer mehr unter dem Einfluss des Großraums San Francisco und war in den letzten Jahren renoviert worden: neue Läden und Galerien, alte Häuser so umgestaltet, dass sie wie neu aussahen, und neue Häuser auf alt getrimmt. Aber unser Viertel wirkte noch immer etwas verschlafen und schäbig, mit vielen Läden, die während der Wirtschaftskrise aufgegeben worden waren. Die einzige ernsthafte Unterhaltung boten die zahlreichen Kirchen und die beiden Diners, wo alte Männer den ganzen Vormittag lang bei klassischer Rockmusik und einer einzigen kalt werdenden Tasse Kaffee an der Bar hockten.

Ich lief meine übliche Strecke. Sie endete mit einem steilen Anstieg, der mich an klaren Tagen mit einem Blick über den Donner Lake belohnte. Heute allerdings konnte ich kaum die Häuser auf der anderen Straßenseite erkennen. Während ich wieder zu Atem kam, stand ich eine Weile lang vornübergebeugt da, die Hände auf den Knien, und schaute ins Nichts. Und ich hätte nichts lieber getan, als einfach in den Nebel hineinzuwandern und mich in den winzigen Wassertröpfchen aufzulösen. Ich löste das Band um meine Haare, sodass sie mir übers Gesicht fielen. Mein Atem wurde langsamer. Und dann hörte er ganz auf.

Gleich darauf kämpfte ich gegen meine angespannten Lungen und hielt mir mit den Händen Nase und Mund zu, bis meine Kehle nach Luft schnappte. Ich atmete aus und kauerte mit geschlossenen Augen am Boden, die Handflächen auf dem feuchten Kies, bis ich wieder aufrecht stehen konnte. Dann drehte ich mich um und lief nach Hause, um ausgiebig zu duschen.

Ich fühlte mich, als hätte ich eine Woche lang nicht mehr unter der Dusche gestanden, und drehte das Wasser sehr heiß auf, als wollte ich mich desinfizieren. Mit prickelnder Haut und so rosafarben wie Pökelfleisch trat ich hinaus, trocknete mich energisch ab, zog mich an und ging wieder ins Erdgeschoss, zurück in den Leseraum. Dieser Widerhaken der Verzweiflung – je heftiger man zappelte, um ihn loszuwerden, desto tiefer grub er sich ein.

Eine ganze Minute lang sah ich das Notizbuch an, schaute darauf, als könnte ich es auf diese Weise vertreiben, dann schlug ich es dort auf, wo ich zuletzt gewesen war.

Lie~~sob~~ berg~~al~~ ~~d~~abrie~~s~~ l~~ie~~h~~am~~e ~~erst~~ute bis~~entab~~ du~~end~~ ~~de~~z wei~~m~~ ~~pro~~ge ~~fe~~wor~~s~~ ~~sor~~denich kom~~gut~~ meger~~e~~ ade~~nacht~~ ~~ge~~von ~~s~~eine r~~agt~~ kle~~ha~~ in~~t~~ ~~ten~~en ~~un~~part y~~dn~~ ~~ach~~mi t~~obe~~d erwir~~n~~ das~~ge~~ge fei~~ganeg~~ ~~en~~rt ha~~wa~~ben ~~ren~~

Lieber Gabriel,
heute bist du zwei geworden. Ich komme gerade von der kleinen Party, mit der wir das gefeiert haben, ich, deine Mom und deine Großmutter. Die einzigen Menschen, die wissen, wer du wirklich bist.

Ich frage mich, ob du wohl die Geschenke, die ich dir mitgebracht habe, noch irgendwo aufbewahrst? Es waren sämtliche Bände von Pu der Bär (die Erstausgabe) und eine winzige Baseballkappe. Deine Mom hat mir einen mitleidigen und zugleich zornigen Blick zugeworfen, in dem deutlich stand: »Du hast keine Ahnung von Zweijährigen« und »Wie kann es sein, dass du deinen eigenen Sohn nicht kennst?« Aber du bist ein Sinclair, du wirst bestimmt verstehen, wie wertvoll die Pu-Bände sind. Und was die Kappe angeht, so wünsche ich mir vermutlich, dass du ein Junge wirst, wie ich es nie sein durfte, einer, der Kaugummibildchen sammelt und weiß, was gerade angesagt ist.
Ich glaube, das würde dir das Leben leichter machen.

Bald wird sich dein ganzes Leben völlig verändern.
In gewisser Weise wird es schwieriger, das weiß ich.
Aber ich glaube, auch besser.

Deiner Mom würde es wohl nicht gefallen, dass ich mit dir so offen spreche. Sie hat alles dafür getan, um dir einen sicheren Hafen zu bieten und dich zu beschützen. Aber wenn ich mir ansehe, wie ich aufgewachsen bin – war das wirklich gut für mich? Die Konfrontation mit der wirklichen Welt war ein Schock für mich, ich war überhaupt nicht darauf vorbereitet. Warum glauben wir beim Rückblick auf die Kindheit bloß immer, sie wäre unschuldig? Ich glaube, Kinderbuchautoren sind viel klüger als Eltern, sie wissen genau, dass Kinder es schätzen, wenn man ihnen die Wahrheit erzählt. Selbst bei Pu der Bär ahnt man einiges über die Grausamkeit des Lebens, obwohl den Tieren nichts Schlimmeres zustößt, als dass sie mit dem Hinterteil in der Eingangstür stecken bleiben. I-Aah, sein Jammern und seine Verzweiflung sind ein Symbol dafür. Wir lachen über ihn, weil es so übertrieben scheint, aber tief in unserem Inneren können wir ihn gut verstehen.

Ich will ehrlich sein, eigentlich weiß ich gar nicht so genau, warum ich dir diese Briefe schreibe. Jede Nacht liege ich im Bett und denke darüber nach, welche väterlichen Ratschläge ich dir mitgeben möchte, und wenn die Sonne aufgeht, wird mir klar, dass der große Zusammenhang fehlt. Was ich dir für die Zukunft anbieten kann, sind lose Fäden, aber ich würde sie so gerne zusammenbinden und dir wie einen fertig gewebten Teppich überreichen.

Dieser Teppich hier gleicht hingegen eher einem schlecht vernähten Quilt aus lauter Einzelteilen, aber wenn ich dir immer nur am Geburtstag schreibe, habe ich jeweils ein ganzes Jahr Zeit, die wichtigsten Fäden zu sammeln und zu einem Zopf zu flechten. Das wird unser Geheimnis, eine Sache zwischen Vater und Sohn. Wenn ich heute Abend fertig bin, dann werde ich den Brief verschlüsseln, damit niemand sonst ihn lesen kann, und ihn an einem Ort verstecken, wo nur du ihn entdeckst. (Findest du Geheimsprachen auch so spannend wie ich damals? Sie verleihen den Worten doch so viel mehr Gewicht und eine gewisse Magie.)

Ich werde dir dieses Notizbuch zeigen, sobald du alt genug bist, es zu entschlüsseln und zu verstehen. Darin erzähle ich dir alles, von dem ich wünschte, mein eigener Vater hätte es mir nahegebracht.

Aber du bist erst zwei Jahre alt, und die einzige Weisheit, die ich dir mitgeben kann, ist: Versuche die Welt immer so zu sehen, wie du sie jetzt siehst. Die Welt dreht sich um dich, Gabriel. Du bist ihr Mittelpunkt.

In Liebe
Dad

Ich schloss das Notizbuch und biss mich hart in die Innenseite meiner Wange, um mich daran zu hindern, loszuheulen oder mir gleich die Augen auszustechen. Dann schlug ich es wieder auf und las den Brief nach einmal, langsam, sehr langsam. Mein Inneres fühlte sich so zäh und klebrig an, als hätte ich eine Portion Dichtungsmasse gegessen. Wie wütend war ich Gabriels ganzes Leben lang auf Nate gewesen, wie sehr hatte ich ihm die Schuld an allem gegeben. Dabei wäre er ein wunderbarer Vater gewesen, wenn man ihn nur gelassen hätte.

Hatte ich anfangs große Angst gehabt, was er wohl vor mir verbarg, so wollte ich auf einmal unbedingt alles wissen. Alles, was ich bisher nur ahnte, die Bereiche seines Lebens, die er nicht mit mir geteilt hatte. Es fühlte sich an wie eine offene Wunde, so als wäre vor langer Zeit etwas aus unserer Ehe herausgerissen worden und hätte nicht aufgehört zu bluten. Ich hatte geglaubt, mich an diese Löcher gewöhnt zu haben, um sie herum zu leben, ohne sie ständig wahrzunehmen – so wie ich das auch von meiner Trauer geglaubt hatte. Aber wenn man zu viele Seiten aus einem Buch herausreißt, dann wird die Bindung lose, die Fäden verlieren den Halt, und alles fällt auseinander. Und plötzlich schienen mir die fehlenden Seiten unverzichtbar zu sein.

Ich zögerte, dann blätterte ich um. Und sah nur eine einzige Zeile, die nicht verschlüsselt war:

Heute wirst du drei.

Ich konnte den Blick nicht davon lösen, jedes einzelne Wort ein Hieb mit ausgefahrenen Krallen. *Heute. Wirst. Du. Drei.* Natürlich war Gabriel niemals drei Jahre alt geworden.

Ich fuhr mit dem Finger über die Buchstaben im Notizbuch, über Nates runde H's und J's und E's. Ich vermisste Nate, ich vermisste ihn. Ich vermisste ihn. Aber warum wurde mir das jetzt erst klar?

Langsam griff ich in meine Tasche, um mein Handy herauszuholen. *Ich wollte nur deine Stimme hören!*, würde ich sagen, ein Satz, der die Welt unter meinen Füßen in Bewegung gebracht hätte, wäre er Nate jemals eingefallen.

Aber so etwas sagten wir nicht zueinander. Und jetzt stand auch noch *das* zwischen uns, meine Entdeckung seines Geheimnisses. Ich hätte wirklich liebend gern seine Stimme gehört, aber eher um mich seiner zu versichern als aus grenzenloser Liebe. Ich wollte sichergehen, dass er es versteckt hatte, um mich liebevoll zu beschützen, und nicht, weil wir uns so fern waren. Und das würde er meinem verzweifelten Tonfall, der meine Worte leblos machte, vermutlich anhören, daher legte ich das Telefon wieder beiseite und blätterte um zur nächsten Seite des Heftes.

Der erste Satz des verschlüsselten Textes enthielt sowohl Buchstaben als auch Ziffern:

Kanich binnst gedu bomir revern zuze yorih kenimjah re1 06 der 32ah aslskist dunda ming esechfii hierdas newar sichleu tegeta din haebe?

Ich legte den Finger unter den nächsten Satz von *Der König von Narnia,* kämpfte einen Moment lang damit und zog dann meinen Finger weg.

Da stimmte etwas nicht. Wenn ich die Buchstaben des nächsten Satzes strich, hatte ich noch immer eine unverständliche Buchstabenfolge. Ich blätterte zum nächsten Kapitel, um herauszufinden, ob er vielleicht einen Sprung gemacht hatte. Voller Panik, als würde ich die Fetzen von etwas festhalten, was mir schnell zu entgleiten drohte, probierte ich auch den Anfang des Vorworts und jedes weiteren Kapitels.

Aber nichts davon funktionierte. Offensichtlich hatte er für die Verschlüsselung ein anderes Buch verwendet.

8

Den ganzen Nachmittag lang versuchte ich, die Lösung zu finden. Ich tat so, als wäre die neue Seite ein Buchstabenrätsel, suchte nach typischen Buchstabenkombinationen wie *der* und *war, en* und *sch*. Rätsel mochte ich noch nie. Nate konnte ganze Sonntage mit dem Kreuzworträtsel der *New York Times* verbringen, vielleicht, um für seine Mühen ein Ergebnis zu erhalten, oder um sich daran zu hindern, an etwas anderes zu denken als an ein Wort für »Vorschlaghammer« mit sieben Buchstaben. Aber ich habe nie verstanden, wie jemand die Geduld aufbringen kann, stundenlang Buchstaben und Zahlen in kleine Kästchen zu schreiben, nur damit er danach die Lösung hat. Und jetzt wusste ich nicht mehr weiter. Vielleicht handelte es sich um einen ganz anderen Code? Ich malte Kreise um die Ziffern 1-6-3-2. War das möglicherweise ein Schlüssel? Ein Hinweis, wie man Buchstaben im Alphabet verschieben und einen durch den anderen ersetzen musste?

Um sechs Uhr abends war mir schwindlig von der komplizierten, beinahe chirurgischen Aufspaltung der Buchstaben, von der Enttäuschung und weil ich seit dem Frühstück nichts gegessen hatte. Ich gab auf. Ich warf meinen Stift quer über den Tisch, stand auf und setzte eine enttäuschte Miene auf in dem Versuch, irgendetwas zu empfinden. Aber in Wirklichkeit war ich einfach nur erledigt.

Oben in der Wohnung schob ich eine CD mit *La Bohème* ein

und drehte so laut auf, wie es ging. Dann spritzte ich Tubenkäse auf Kräcker und stopfte sie mir in den Mund. Ich befand mich nicht ganz in mir, sondern blickte von oben auf diese Frau, die eine künstliche Paste verschlang. So ein Mensch wurde ich ohne Nate, jemand, der einen Käse aß, der wie Flüssigseife schmeckte.

Nate und ich hatten *La Bohème* vor zehn Jahren im Opernhaus von San Francisco gesehen und uns während der gesamten Aufführung an den Händen gehalten. Mehrmals hatte ich mit einem Seitenblick bemerkt, wie er die Augen starr nach vorn gerichtet hielt, das Programm an seine Brust gedrückt. Er hatte den gleichen Gesichtsausdruck wie damals als Kind, wenn er mit seiner Mutter betete. Als würde Gott tatsächlich mit ihm sprechen.

Jetzt schloss ich die Augen und stellte mir vor, er säße neben mir. Der Druck seiner Finger, die Musik, die uns umgab und erfüllte. Beim Anblick seines Gesichts damals in der Oper hatte ich mich wieder in ihn verliebt. Die Bühnenscheinwerfer ließen seine Augen strahlen und warfen Schatten auf seine Wangen. Und gegen Ende des vierten Aktes lehnte Nate seinen Kopf seitlich gegen meinen, und so saßen wir da, bis der Vorhang fiel. Als er sich von mir löste, aufstand und applaudierte, fühlte ich den Verlust wie einen heftigen Schlag.

Die Kräcker mit dem Tubenkäse verursachten mir Übelkeit, und ich warf die Schachtel und die Tube in den Abfall. Dann saß ich am Küchentisch, drückte meine Hände gegen die Augen, als würde das in irgendeiner Weise helfen. Ich nahm sie wieder weg, und die fehlende Ablenkung machte alles nur noch schlimmer. Ohne genauer darüber nachzudenken, schaltete ich den CD-Player aus, zog mein Handy hervor und wählte die Nummer der Sinclairs. Cecilia hob ab. »Hier ist Chloe«, sagte ich.

»Oh! Ach – vermutlich wunderst du dich, warum Nate noch nicht angerufen hat«, sagte sie.

»Doch, er hat angerufen. Heute Morgen.« War das wirklich erst heute Morgen gewesen? »Hat er dir das nicht gesagt?«

»Er hat dich tatsächlich angerufen! Ach, das ist ja prima. Nein, wir haben heute kaum miteinander geredet. Er ist so beschäftigt, weißt du, mit dem Katalogisieren der Bücher.«

Bei der seltsam gezwungenen Fröhlichkeit in ihrer Stimme runzelte ich die Stirn. »Ist er damit noch immer nicht fertig?«

»Na ja, weißt du, es sind ja so viele. Du erinnerst dich doch an Moms Bibliothek. Dafür braucht er vermutlich noch eine Woche.«

Mein Blick war auf den Küchentisch gerichtet, auf dem sich ein getrockneter ringförmiger Kaffeefleck befand, bestimmt schon eine Woche alt. Vielleicht von Nate. »Geht da noch etwas anderes vor sich, Cecilia? Du erzählst mir doch nicht alles.«

»Was? Nein, da ist gar nichts. Ich meine, ich bin ein bisschen neben der Spur, wir hatten so einen Vorfall heute, weil Daddy sich in der Kirche in die Hose gemacht und angefangen hat, sich auszuziehen, na ja, und den Anblick seines Körpers sollte man eigentlich wirklich niemandem mehr zumuten. Der Kirchgang ist derzeit ohnehin sehr schwierig, alle starren uns an, voller Hass und Entsetzen. Niemand will mit uns in einer Reihe sitzen, und dieser großartige Moment war natürlich das Sahnehäubchen. Vielleicht hast du das gespürt.«

Ich gab mir alle Mühe, mir die Szene nicht vorzustellen, denn insgeheim verspürte ich Scham, Abscheu und tiefes Mitleid, mit uns allen. »Kann ich Nate sprechen?«, fragte ich.

Schweigen am anderen Ende. »Mein Gott, Chloe, das tut mir

leid, er ist schon ins Bett gegangen. Und er war so müde, dass ich ihn jetzt wirklich nicht wecken möchte.«

»Es ist doch noch nicht einmal sieben Uhr abends!«

»Ich weiß, aber ich vermute, er schläft nicht gut. Und er arbeitet so viel, dass er wirklich völlig erschöpft ist.«

»Ja, natürlich, das viele Katalogisieren der Bücher. Hör zu, ich muss mit ihm reden. Sag ihm, dass ich darauf bestehe, es ist ein Notfall.« Eigentlich wusste ich gar nicht, was ich ihm sagen wollte. Ich hatte nur die vage Vorstellung, dass sich meine Gedanken entwirren würden, sobald ich seine Stimme hörte, und dass ich anhand seiner Wortwahl in der Lage wäre zu erraten, welches Buch er für die Verschlüsselung verwendet hatte. Als könnte ein solches Gespräch der Schlüssel zum Schlüssel sein.

Aber nach einer langen Pause sagte Cecilia: »Ach zum Teufel.«

Mich überkam einen Anflug von Furcht. »Was meinst du?«

»Es tut mir leid, bitte hasse mich jetzt nicht.«

Ich ließ mich auf den Stuhl neben dem Kaffeefleck sinken und gab mir Mühe, mich nur darauf zu konzentrieren, auf seine Alltäglichkeit, so als wäre er ein Totem, ein Mantra, das mich erdete.

»Ich muss dir etwas gestehen, Chloe. Ich habe gelogen. Gott möge mir verzeihen, ich habe dich die ganze Zeit angelogen, und darin bin ich ganz miserabel, das hätte Nate eigentlich wissen können. Es tut mir wirklich leid, Chloe, aber die Wahrheit ist, dass er gar nicht hier ist. Er ist vor drei Tagen weggefahren.«

»Was? Wie meinst du das, verdammt?«

»Er war nicht da, als wir gestern miteinander telefoniert haben, und als er dich heute Morgen anrief, war er irgendwo anders.«

»Aber wo ist er denn hingefahren? Wenn er dir nicht hilft, warum kommt er dann nicht nach Hause?«

»Ich weiß es nicht. Er ist einfach plötzlich weggefahren, ohne mir zu sagen, wohin er will. Er sagte bloß, er müsse unbedingt etwas erledigen und bat mich, dir etwas vorzulügen, wenn du anrufst. Ich sollte dir sagen, er wäre gerade weggegangen oder zu beschäftigt, um ans Telefon zu kommen.« Ihre Stimme wurde immer leiser und verklang. Als sie endlich weitersprach, hörte sie sich belegt an, voll Tränen oder Wut oder vielleicht sogar beidem. »Das ist alles, was ich weiß, außer dass er gesagt hat, er käme in einer Woche zurück, das wäre an diesem Donnerstag. Ich werde dafür sorgen, dass er dich dann anruft.«

Es gab noch etwas, was sie mir nicht erzählte, das wusste ich genau, etwas, das ich wie ein Stakkato hinter ihren Worten zu hören glaubte. Sie war wirklich eine schlechte Lügnerin, aber aus dem mühsam gezügelten Zorn in ihrem Tonfall, einem Zorn, der sich, warum auch immer, offenbar gegen mich richtete, erkannte ich, dass sie mir die Wahrheit nicht verraten wollte. »Ich komme zu euch«, sagte ich.

Schweigen. Dann sagte sie einfach: »Du willst bestimmt nicht hier sein, Chloe.«

»Morgen fahre ich los. Um eins oder zwei bin ich da.« Damit klappte ich das Handy zu.

Nate war gar nicht in Redbridge? Wo, zum Teufel, war er denn dann? Hatte ihn die Begegnung mit seinem Vater vielleicht so aufgeregt, dass er es nicht mehr aushalten konnte? Fand er die Vorstellung unerträglich, zu einer Frau zurückzukehren, die den nun so gebrochenen Mann, den er einst geliebt hatte, bis aufs Blut hasste?

Aber nein, Cecilia hatte gesagt, es wäre etwas, was er »unbedingt erledigen müsse«. Was konnte das sein?

Unruhig wanderte ich durchs Haus, wich getragenen und

einfach auf den Boden geworfenen Kleidern und Schuhen aus, tappte durch die Blätter, die ein kaum gegossener Ficus abgeworfen hatte. Und währenddessen spürte ich die scharfen Kanten in Nates Innerem, scharfe Kanten, die er vor der Außenwelt verbarg und die er schon in seiner Kindheit in sich getragen hatte. Aber seit Gabriels Tod nahmen sie viel mehr Platz ein. Wenn ich ihm eine Frage stellte, folgte erst einmal ein typisches Schweigen und dann ein seltsames Flackern in seinen Augen, eine Art von Kristallisation, als machte es ihm Mühe, in sein eigenes Inneres zu blicken, in die unsichtbare Welt direkt unter seiner Haut.

Ich ging durch den Flur und hinunter in den dunklen Laden. Ohne das Licht anzuschalten, betrat ich den Hauptraum, den wir »Großtante Ednas Bibliothek« nannten, weil er an die Bibliothek einer ältlichen Großtante denken ließ, die gerne Tee mit Sahne trank. Dort blieb ich stehen, die Arme in die Seiten gestützt, und spürte das Gewicht der Bücher auf mir lasten.

Diese Bücher als meine Freunde zu bezeichnen ist ein Klischee, aber manchmal, wenn ich mich einsam fühlte, dann waren sie genau das, meine einzigen und besten Freunde. Sie waren meine Zuflucht, zu ihnen konnte ich jederzeit kommen, mich in ihnen vergraben und meine Einsamkeit vergessen. Das galt für jedes von ihnen, von den Memoiren bis zu den Büchern über Metaphysik, aber insbesondere für die Bücher, mit denen ich bestimmte Ereignisse in meinem Leben verband. Bücher, die ich sehr gemocht und mit Nate geteilt hatte, Bücher, die er sehr gemocht und mir nahegebracht hatte. Hier bei diesen Büchern war mir jeder einzelne Tag unserer gemeinsam verbrachten siebenunddreißig Jahre gegenwärtig. Jedes Buch war das Echo eines bestimmten Teils meiner Vergangenheit, jedes eine

Landmarke in unserer gemeinsamen Geschichte, so greifbar wie die Fotos in einem Album.

Besessenheit von A. S. Byatt, das ich vor zehn Jahren in tagelanger Verzückung gelesen, an Nate weitergegeben und dann gleich noch einmal gelesen hatte, neben ihm im Bett, während er die Seiten umblätterte. Dabei warf ich immer wieder einen Blick auf sein Gesicht, um seine Reaktionen auf meine Lieblingspassagen und die spannenden Stellen abzulesen. Updikes Rabbit-Romane, die wir beim Erscheinen von *Rabbit in Ruhe* vor über zwanzig Jahren noch einmal gelesen hatten. Wir folgten Rabbit durch all die Jahrzehnte seines Lebens, durch Liebe, Verlust und Resignation. *Kaltblütig*, dessen kargen Stil und dessen Handlung ich kaum ertragen konnte, und das ich erst in dem Jahr, als meine Mutter starb, zu Ende las, weil mir das Entsetzen wenigstens zeitweise Zuflucht vor dem Schmerz bot.

Und dann das Buch, das Nate geschrieben hatte, sein Märchen für Gabriel, das er sich ausgedacht hatte in den Monaten, die er getrennt von uns lebte. Nachdem wir erfahren hatten, dass Gabriel tot war, überarbeitete er es und bereitete es für die Veröffentlichung vor in dem Versuch, damit über den Verlust hinwegzukommen. Das Buch hielt sich jahrelang auf der Bestsellerliste, aber immer wenn ihn der Verleger zu überreden versuchte, eine Fortsetzung zu schreiben, wehrte Nate ab. Er behauptete, es sei das einzige Buch, das er in sich getragen habe.

Die Jahre, in denen sich sein Roman gut verkaufte, waren die besten unserer Ehe. Das Antiquariat lief ausgezeichnet, wir machten Themenabende, veranstalteten Feste zu Weihnachten und anderen Anlässen und boten Lesegruppen an, wir hatten genug Geld, um Werbung zu schalten, und gingen Risiken ein, weil die Leute damals tatsächlich noch Bücher lasen. Wir konnten die Renovierungen, die wir fünf Jahre zuvor selbst gemacht hatten, von Handwerkern ausbessern lassen, konnten die Fichtenregale und die alten Eichendielen durch Kirschholz ersetzen, alte Kamine wieder anschließen und uns antike Wandleuchter leisten. Wir machten Reisen nach New York und nach Vancouver, und dann überraschte mich Nate mit einer literarischen Tour durch England, zu den Hochmooren der Pennines, wo die Brontës gelebt hatten, zum Windermere, dem See von Beatrix Potter, vorbei an Jane Austens Mansfield Park und Northanger Abbey.

Es war eine aufregende Zeit, wir hatten das Gefühl, das Leben noch vor uns zu haben. Wir fanden, dieses herrliche Leben stünde uns zu, es sei unser Schicksal. Ich konnte mich an ein Thanksgiving-Fest erinnern, als wir gerade die festliche Dekoration aufgehängt hatten und Nate Hand in Hand mit mir unter dem Baum lag. Wir blickten hinauf in die Lichterketten, und Nate sagte zu mir: »Sie sind wie Sterne. Du musst dir etwas wünschen.«

»Was denn?«

»Ich muss dir sagen, was du dir wünschen sollst? Das ist aber schon traurig.«

»Wieso? Es bedeutet nur, dass ich zufrieden bin.«

»Bist du das?« Er hielt inne, dann sagte er: »Weißt du, was ich mir überlegt habe? Was wäre, wenn wir wirklich reich würden? Wenn der Laden auf einmal so gut läuft, dass wir Filialen eröffnen können? Oder wenn aus dem Buch so etwas wird wie *Die unendliche Geschichte?* Als ich noch ein Kind war, hatte unsere Familie ziemlich viel Geld. Mom hat niemals darüber gesprochen, aber ich glaube, sie hat mindestens eine Million geerbt und dazu noch das Haus. Ich weiß also, wie es ist, wenn man sich Extravaganzen leisten kann. Aber damals waren es niemals *meine* Extravaganzen.«

»Wenn wir reich wären, würden wir vermutlich gar nicht so viel anders leben als jetzt«, sagte ich. »Meinst du nicht auch?«

»So wie jetzt, abgesehen von den Diamantarmbändern und den Ferienhäusern auf Capri.« Er hielt meine Hand an seinen Mund und sprach weiter: »Aber es stimmt schon, vermutlich kommt man an einen Punkt, an dem man so viel besitzt, dass einem schwindlig wird. Man steht auf einem hohen Turm aus wertvollen Gegenständen, einem Bestsellerroman, einem erfolgreichen Laden, einem schönen Haus und einer wunderschönen Frau, und stellt sich vor, wie es wäre, das alles zu verlieren. Genau wie bei einem Jenga-Spiel, man zieht einen Stein aus einem Stapel, und alles fällt in sich zusammen.«

Was hatte ich darauf geantwortet? Hatte ich zu ihm gesagt, er – ob reich oder arm – sei alles, was ich bräuchte, eine dieser klischeehaften Bemerkungen, die einen aufstöhnen lassen, insgeheim aber beruhigend wirken? Möglicherweise nicht, denn das hätte sich angefühlt wie ein Betrug an Gabriel, der in Wirklichkeit derjenige war, den ich immer bei mir haben wollte, den ich brauchte. Aber ich hätte es sagen sollen. Denn damals begann ich endlich, wenn schon kein reines Glück, so doch eine Art Erfüllung zu verspüren. Und Nate hätte es verdient, das zu wissen.

Von draußen ertönte jetzt ein Geräusch, das Knacken eines abbrechenden Zweiges. Ich sah näher kommende Scheinwerfer größer werden, sah die Rücklichter verschwinden. Dann ging ich wieder in den Leseraum.

Ich nahm Nates Notizheft und fuhr mit dem Finger über die Seite, betrachtete die Buchstaben so prüfend, als hätte die Zeit –

oder inzwischen erworbenes Wissen – einen Schlüssel dort hinterlegt, der mir erlaubte, sie mit neuen Augen zu sehen. Was natürlich nicht der Fall war. Der Mann, der diesen Text geschrieben hatte, war selbst so wenig zu entziffern wie Arabisch oder Chinesisch – wie also konnte ich je hoffen, all das zu verstehen?

Vielleicht dachte ich zu kompliziert. Vielleicht waren die Ziffern nur ein Datum, das in einem Buch vorkam, ein Teil des Codetextes, der durchgestrichen wurde. Vielleicht war im Jahr 1632 etwas Wichtiges geschehen, eine Schlacht, von der ich nichts wusste, beschrieben in einem Buch, das ich nicht kannte. Nach der Mayflower, vor der Großen Pest …

Ach, das war doch lächerlich, viel zu schwierig für mich. Ich sollte mich mit einem Roman ins Bett legen, einem dümmlichen Chick-Lit-Roman über starke alleinstehende Mädels, die in der großen Stadt Erfolg und Liebe finden. Oder nein, mit einem alten Lieblingsbuch, mit dem ich mich trösten konnte – *Sara, die kleine Prinzessin*. Ein Buch wie eine feste Umarmung. Ja, ich sollte, ich sollte – aber stattdessen ging ich so langsam, als bewegte ich mich auf unsicherem Boden oder müsste einen Teller auf dem Kopf balancieren, zur Kassentheke. Ich setzte mich und schaltete den Computer an.

Das Erste, was ich fand, war ein Roman von Eric Flint, der tatsächlich *1632* hieß, Teil einer Zeitreise-Serie, in der eine Gemeinde aus West Virginia ins 17. Jahrhundert reist. Aber das Buch war erst vor ein paar Jahren veröffentlicht worden, und wenn Nate jedes Jahr an Gabriels Geburtstag etwas geschrieben hatte, musste der Text weit vorher entstanden sein. Ich suchte also etwas, was noch vor den Neunzigerjahren erschienen war.

Im Jahr 1632 hatten eine ganze Reihe von Schlachten stattgefunden, bei Wiesloch, Rain, Lech und Lützen, alle im Dreißigjährigen Krieg, aber keine von ihnen besonders wichtig. Es gab eine Bundesvorschrift Nummer 1632, die Standards über die Brennbarkeit von Matratzen festlegte, Vermeer und John Locke waren in diesem Jahr geboren und der Staat Maryland gegründet worden … Ach, das war doch alles sinnlos. Ich wusste doch nicht einmal, ob die Ziffern wirklich zum Verschlüsselungstext oder nicht doch zu seinem Brief an Gabriel gehörten. Ich stützte die Ellbogen auf den Tisch, legte meine Handballen an die Augen und atmete tief durch. Na gut, dachte ich, na gut.

Ich öffnete ein anderes Fenster, damit ich meine E-Mails lesen konnte, und als ich die ungelesene Nachricht von Daniel sah, hielt ich eine Weile lang den Blick darauf gerichtet und griff dann zum Telefon.

»Bookdrop, was kann ich für Sie tun?« Seine Stimme war brüsk und sehr sachlich, einer seiner Charakterzüge, die mich am meisten anzogen. Daniel stand mit beiden Beinen mitten im Alltag, er war praktisch, und sein Leben wurde von To-do-Listen regiert. Genau das Gegenteil von Nate, und das war so beruhigend, als würde ich Daniel in- und auswendig kennen.

»Hallo«, sagte ich. »Ich bin's. Und ich vermisse dich.«

»Chloe.« Seine Stimme wurde sanft. »Du hast meine E-Mail gelesen.«

Ich zögerte, dann sagte ich: »Danke, dass du sie mir geschickt hast.«

»Ich meine es ganz und gar so, wie ich es sage. Heute früh beim Aufwachen bin ich mir so sehr wie ein absolut eifersüchtiger Scheißkerl vorgekommen, dass ich mir am liebsten selbst auf den Kopf gehauen hätte. Du machst gerade eine schwere Zeit durch, das weiß ich genau, und ich wollte nur, dass du weißt, ich bin in erster Linie dein Freund und sonst nichts. Alles andere ist nur das Sahnehäubchen. Oder nicht mal das, sondern bloß die Zuckerstreusel oben auf dem Sahnehäubchen.«

»Danke, Daniel. Und ich versichere dir, es ist mehr als bloß Streusel. Mindestens die Funken sprühenden Kerzen auf der Geburtstagstorte.«

»Ha, das macht mich ja richtig an. Wie geht es dir denn? Hast du mit Cecilia geredet?«

»Ja, schon zwei Mal.« Ich berührte den Bildschirm vor mir und wischte einen Staubrand weg. »Und Nate hat heute früh angerufen. Sie haben mir mehr oder weniger erzählt, was eigentlich los ist.«

Er wartete einen Moment, dann sagte er: »Und?«

»Es lohnt sich eigentlich gar nicht, darüber zu reden … Die ganze Sache ist so lächerlich. Warum haben sie mir das bloß nicht erzählt? Haben sie geglaubt, ich würde kommen und mich auf ihn stürzen oder so?« Ich sah Daniel vor mir, wie er jetzt in seiner hell erleuchteten Buchhandlung saß, bei leiser Hintergrundmusik, dem freundlichen Jazz, den er so mochte. Alle Bücher lagen mit dem Cover nach oben auf rechteckigen Tischen, angeordnet nach Kategorien und Preisen, und ich wäre gern bei ihm gewesen, um mit ihm zu stapeln und zu sortieren, wie kleine Kinder, die Vater und Mutter spielten. Könnte ich alles andere vergessen, solange ich dort war? Was, wenn ich für immer von hier fortgehen würde? Wenn ich zu Daniel ziehen würde, einem Mann, der mich so liebte, wie Nate es offenbar nicht mehr konnte. Könnte ich dann die siebenunddreißig vergangenen Jahre verdrängen, so wie ich einen großen Teil unserer Kindheit verdrängte?

Als könnte er meine Gedanken lesen, sagte Daniel: »Hör

mal, ich schließe gleich den Laden. Soll ich bei dir vorbeikommen? Oder würdest du lieber zu mir kommen, damit du mal rauskommst?«

Einen kurzen Moment dachte ich darüber nach, stellte mir vor, ihm das Notizbuch zu zeigen, dachte an die Erleichterung, mit jemandem darüber reden zu können. Aber ich wusste genau, ich würde ihn auf diese Weise nur benutzen, um meine Enttäuschung loszuwerden. Wenn Daniel jetzt käme, wäre er ein Eindringling, und ihn mit in diesen ganzen Sumpf zu ziehen, hieße, ihn zu beschmutzen. Für mich war es wichtig, ihn von all dem fernzuhalten, genau wie ich in meiner Kindheit mein Leben daheim von dem bei den Sinclairs ferngehalten hatte. Möglicherweise wäre es für uns das Beste, wenn ich ihn nicht mehr traf, bis das, was mir mit Nate bevorstand, endlich eingetreten war, bis ich wusste, was ich mit dem Rest meines Lebens anfangen wollte. »Es tut mir leid«, sagte ich, »aber ich bin völlig erschossen und sehe vermutlich aus wie eine Hexe. Ich habe nur angerufen, weil ich deine Stimme hören wollte.« Diese Worte hätte ich gern zu Nate gesagt, aber da hätten sie, wie ich wusste, falsch geklungen. Daniel gegenüber hörten sie sich nicht nur wahr an, sondern auch wohlwollend, so als würde ich ihm ein Geschenk überreichen.

»Na gut, das ist fast ein Ausgleich dafür, dass du mich nicht sehen willst.«

»Red einfach weiter, ja? Mein Hirn ist völlig hinüber, und ich brauche Ablenkung. Erzähl mir einfach – von deinem Tag oder was du heute Nacht geträumt hast, oder gib mir dein Rezept für Sangria, ganz egal was. Hauptsache, du sprichst weiter.«

Daniel begann mir von dem Buch zu erzählen, das er gerade las, einer Sammlung mit Interviews von Überläufern aus Nordkorea. Ich versuchte, mich in diesen Geschichten zu verlieren, in der Kraft dieser Menschen, dem eindringlichen Ton in seiner Stimme. Aber während er sprach, ertappte ich mich dabei, dass ich wie zufällig durch Suchseiten scrollte, wo ich die Titel beiläufig überflog, ohne mehr auf sie zu achten als auf Artikel, an denen ich im Supermarkt vorüberging. Bis ich es sah.

Ich bin geboren zu York im Jahre 1632 …

»Das ist es!«, sagte ich und tauchte ein in die Erinnerung an einen Strand, einen fast vollen Mond, ein Geständnis. Natürlich.

»Das ist was?«

»*Robinson Crusoe*. Ich meine, das liegt doch auf der Hand«, fuhr ich fort und dann: »Es tut mir leid, ich muss aufhören.«

»Was ist denn los, Chloe?«

»Es tut mir leid, Daniel, ich ruf dich wieder an.« Ich legte auf und erhob mich.

Es war eines der ersten Erwachsenenbücher, das wir gelesen hatten. Als wir älter wurden, fanden wir immer weniger Bücher, die uns begeisterten. Stundenlang streifte ich in der Bibliothek durch die Kinderabteilung, aber ich entdeckte nur Leute, die ich bereits kannte, Länder, die ich bereits besucht hatte. Ich hungerte nach weiterem Wissen, wollte besser verstehen, wie die Welt funktionierte. Und nachdem ich es einst genossen hatte, dass die Kinderbücher nur eindeutig »Gutes« und »Böses« zeigten, wollte ich jetzt mehr, wollte Motive hinter den Handlungen, wollte komplexe Zusammenhänge, die diese Kinderbücher nicht einmal im Entferntesten darzustellen versuchten. Die Bücher in der übrigen Bibliothek kamen mir auf einmal vor wie Geheimnisse, die man mir absichtlich vorenthielt.

Mrs. Webb, die Bibliothekarin in der Kinderbuchabteilung,

bemerkte meine Verzweiflung und führte mich in die Klassikabteilung der Erwachsenenliteratur, weil sie annahm, dass diese Bücher für junge Leser am sichersten waren. Wobei es natürlich darauf ankam, wie man »sicher« definierte. Eine verrückte Tante, die auf dem Dachboden eingesperrt war, eine alte Jungfer im Hochzeitkleid und mit nur einem Schuh, deren Uhren alle um zwanzig vor neun stehen geblieben waren, eine Gouvernante in einem düsteren englischen Gutshaus, die sich um einen Jungen und ein Mädchen kümmerte, die immer seltsamer wurden – das waren die Welten, nach denen ich mich sehnte, mit merkwürdigen Leuten, die merkwürdige Abenteuer erlebten. Solche Abenteuer hätte ich selbst gern erlebt, auch wenn ich diese Sehnsucht nie hätte beschreiben können. Im Vergleich dazu war Robinson Crusoe zahm, aber wir liebten das Buch trotz seiner Gesetztheit. Das Abenteuer eines Mannes, der sich die Natur untertan machte. Stoff für Tagträume.

Jetzt schlenderte ich suchend durch den Laden, schaute bei der Literatur und unter den Naturführern, und fand das Buch schließlich in der Geschichtsabteilung, zwischen *Walden* und einem Sachbuch über den Bürgerkrieg. Ich zog es heraus und trug es in den Leseraum. Mein Herz pochte so heftig, als wollte es sich durch die Rippen arbeiten.

Warum hatte er an dieser Stelle das Code-Buch gewechselt? Meine Vermutung war, dass sich der Tonfall seiner Briefe änderte, weil er nach Gabriels Tod keine Briefe mehr an Gabriel schrieb, sondern Briefe an sich selbst. *Der König von Narnia,* das Buch, das wir im Jahr unseres Kennenlernens als Theaterstück aufführten, und *Robinson Crusoe,* eine Geschichte, die wir nachspielten in der Nacht, in der wir uns zum ersten Mal küssten.

Hatte es ihn irgendwie getröstet, dieses Buch zu verwenden? Der Roman hatte uns inmitten einer der dunkelsten Phasen seiner Jugend eine wunderschöne Nacht beschert, eine Rose, die aus einem Abflussrohr wuchs, kaum beschmutzt dadurch, dass die Blume sich vom Abwasser nährte. Aber vielleicht können die meisten Erinnerungen an Kindheit und Jugend Trost schenken, selbst wenn sie schmerzlich sind. Und das ist keineswegs nur Nostalgie, sondern liegt daran, dass sie einen Teil dessen ausmachen, was wir geworden sind. Und diesen Teil können wir besser verstehen – so glauben wir zumindest –, als wir unser erwachsenes Ich jemals begreifen werden. Vielleicht sehnen wir uns voller Nostalgie nach diesem Verstehen.

Es war zugleich die beste und die schlimmste Zeit, die schönste und die scheußlichste. Meistens bemühte ich mich, nicht mehr an dieses Frühjahr zu denken, aber wenn die Erinnerung dennoch in mir aufstieg, schmeckte sie vor allem nach Angst.

Wir waren vierzehn, als Mrs. Sinclair mit der Dialyse anfangen musste. Ich hatte gewusst, dass sie krank war, aber irgendwie hatte ich mir eine altertümliche Krankheit vorgestellt, die etwas Romantisches an sich hatte, so wie Auszehrung oder Diphterie. Aber nein, Sophia litt schon ihr ganzes Erwachsenenleben lang an Lupus, einer garstigen Krankheit, die den garstigsten aller Namen trug. Und als wir vierzehn waren, begann die Garstigkeit das gesamte Leben der Sinclairs zu überwuchern.

Teil IV

Es tobt ein fürchterlicher Sturm

9

Mitansehen zu müssen, wie jemand immer kränker wird, ist, als schaute man einen Videoclip über einen todgeweihten Menschen, der hilflos im Meer um sich schlägt, während er langsam hinausgezogen wird, immer weiter weg vom Ufer, bis er schließlich verschwunden ist. Man will diesen Menschen unbedingt retten, aber man kann lediglich zusehen.

Seit ich Mrs. Sinclair kannte, war sie kränklich gewesen. Sie litt unter starken Kopf- und Muskelschmerzen und schlief täglich mehrere Stunden. Die meisten schmerzfreien Stunden verbrachte sie mit uns, sie unterrichtete uns, las uns vor und bastelte mit uns. Aber im Lauf der Jahre wurden diese Zeiträume immer kürzer, sie konnte sich nicht mehr lange konzentrieren, schaffte es nicht mehr, mit uns im Wald spazieren zu gehen oder sich überhaupt auf den Beinen zu halten.

Jeden Nachmittag, wenn ich mit dem Fahrrad zu den Sinclairs fuhr, sprach ich das Heilungsgebet, das Grace mir beigebracht hatte, immer und immer wieder vor mich hin wie eine Beschwörung: »Heile in Jesu Namen alle Seuche, alle Krankheit in ihrem Körper, verwandle die Schwäche in Stärke und den Schmerz in Freude!« Und manchmal schien es auch zu wirken, dann traf ich sie auf dem Rasen an, wo sie mit ihren Kindern Gartenarbeit machte, sie unterrichtete oder ihnen lächelnd beim Spielen zusah. Aber bei anderen Gelegenheiten war der Rasen leer. Und weil ich ohne ein Familienmitglied das Haus auf keinen

Fall betreten durfte, falls Mr. Sinclair unerwartet daheim war, sah ich sie an solchen Tagen überhaupt nicht.

Die Dialyse hatte zur Folge, dass Mrs. Sinclair an drei Tagen in der Woche ins Krankenhaus musste. War sie zu Hause, dann war sie müde und musste sich oft übergeben, und so war sie eigentlich auch dann nicht da. Von der angesammelten Flüssigkeit wurde ihr Bauch so dick wie der einer Schwangeren, unter ihrem Rock sah er aus wie ein aufgespannter Regenschirm. Sie machte Witze darüber, die aber nicht lustig waren.

Selbst wenn sie sich vor Schmerzen wand, schien eher qualvolles Bedauern ihr Gesicht zu verzerren als die Qual ihrer Beschwerden. Grace, Nate und Cecilia reagierten darauf, indem sie ihrer Mutter zu Hause nicht von der Seite wichen. Es war, als wollten sie sie vor etwas beschützen – vermutlich vor dem Tod. Man konnte das feuchte Fortschreiten der sich einschleichenden Entzündung geradezu hören, und darunter tönte im gesamten Haus der Sinclairs das leise Summen der Angst.

Anfangs gelang es ihnen noch, die Hausarbeit, die Mrs. Sinclair nicht mehr machen konnte, halbwegs zu erledigen, aber nach einer Weile schien das sinnlos zu werden. Auf den Oberflächen sammelte sich der Staub, und wenn wir auf Socken durchs Haus tappten, färbten sich unsere Sohlen in einem immer dunkleren Grau. Mr. Sinclair füllte den Kühlschrank mit großen Mengen Aufschnitt, Sandwich-Brot und halb reifen Tomaten, das aßen sie zum Mittag- und zum Abendessen. Die Wurst wurde mit den Tagen immer schleimiger und grauer, landete aber fast nie im Abfall.

Sogar unsere Spiele wurden düsterer. Beim »Würdest-du-lieber-Spiel« diskutierten wir Hypothetisches: Würdest du lieber deinen eigenen Augapfel hinunterwürgen oder dir selbst die Beine abschneiden? Von einem Bären zerfleischt werden und mit einem zerstörten Gesicht weiterleben oder schnell von einem Krokodil gefressen werden? Eine Wasserleiche finden oder die Leiche eines gerade Enthaupteten? Wir debattierten darüber, was für oder gegen die eine oder andere Variante sprach, und halfen einander durch komplizierte, groteske Detailschilderungen, uns vorzustellen, wie das wohl aussehen oder sich anfühlen würde. Wir waren gut darin, uns das Unvorstellbare vorzustellen.

Und dann war da das Theater. Schon seit Jahren, seit dem abgebrochenen Narnia-Stück, führten wir die Bücher, die wir lasen, gemeinsam auf. Diese Stücke waren längst nicht so ausgefeilt wie unsere Narnia-Produktion. Wir kürzten die Handlung, verzichteten auf ein Bühnenbild und verwendeten nur die allernötigsten Kostümteile (Brombeerzweige in Nates Haaren, wenn er den jungen Heathcliff spielte, ein Band um Graces Hals, wenn sie die todkranke Beth March darstellte). Ob bewusst oder unbewusst, immer gab es in diesen Geschichten eine Figur, die jung sterben musste. Und stets wurde diese Figur von Grace gespielt.

Manchmal schrieben wir die Stücke auf, aber in der Regel improvisierten wir. Das fühlte sich natürlicher an, und wir konnten tiefer in die Geschichte eintauchen. Wenn wir die Figuren gut kannten und ihre Motive nachvollziehen konnten, dann sprachen wir den Text so, als wären es unsere eigenen Worte. Ohne jede Mühe konnten wir uns zum Weinen bringen.

Bald spielten wir allerdings nicht mehr die gesamte Handlung durch, sondern konzentrierten uns auf die besten Stellen. Wir forderten einander zu Duellen mit langen, gebogenen Messern heraus oder entzündeten wie in *Herr der Fliegen* große

Signalfeuer, die wir nur mit Mühe unter Kontrolle halten konnten. Wir waren Finny und Gene aus *Ein anderer Frieden,* stiegen neben der tiefsten Stelle des Briar Creek auf einen Baum und sprangen in den Bach. Es war zwar die tiefste Stelle, aber es handelte sich keineswegs um einen Fluss. Aber natürlich war es das, was uns daran reizte. Der Sprung erforderte große Genauigkeit, wären wir einen Meter weiter rechts oder links gelandet, dann hätten wir uns wie Finny ein Bein gebrochen, wären gleich tot gewesen oder hätten uns erst das Bein gebrochen und wären dann gestorben.

Als ich elf oder zwölf war, hatte ich als Erste die Idee, Mutproben zu machen, für die wir einander Abzeichen verliehen, so wie die Pfadfinderinnen fürs Nähen oder für sportliche Leistungen im Gelände Abzeichen sammelten. Damit hätten wir etwas, womit wir unsere Tapferkeit beweisen konnten. Für die Abzeichen schnitten wir Kreise aus festem Papier und zeichneten uns mit Farbstiften in gefährlichen Situationen. Ich sammelte meine Abzeichen im Innern meiner alten Babypuppe, jeden Tag zog ich ihr den Kopf ab, um meine Ehrenmedaillen herauszuholen und zu bewundern.

Diese Spiele betrieben wir jahrelang, viel länger, als es gut für uns war. Längst waren wir alt genug, um es besser zu wissen, und viel zu alt für selbst gemachte Abzeichen, aber wir hörten nicht auf damit, aus Langeweile vielleicht und weil wir uns ablenken wollten. Oder wir wollten uns den Rausch und die Magie unseres Kinderlebens erhalten, denn wir spürten, wie beides allmählich verschwand. Oder waren solche Gefühle für uns schon längst verloren?

Das Gefährlichste dieser Spiele war das auf den Eisenbahngleisen, unsere Anna-Karenina-Mutprobe. Die Abzeichen zeigten gewundene Zugschienen in Orange, auf schwarzes Papier geklebt. In einen kleinen Kreis darüber waren mit dickem Filzstift weit aufgerissene, angstvolle Augen gemalt. Die Abzeichen verrieten den Schrecken, die außerordentliche Angst in dieser Situation, und manchmal legte ich sie alle nebeneinander und fragte mich, wie oft ein Mädchen wohl dem Tod entkommen konnte, ehe Gott resignierend die Hände hob und ihr gab, wonach sie offenbar verlangte.

Der Zug fuhr fahrplanmäßig um zehn nach fünf durch, und etwa um fünf Uhr fünf legten wir uns auf die Gleise, fassten uns an den Händen und warteten. Manchmal hörten wir die Lokomotive irgendwo hinter den Bäumen pfeifen, manchmal war die einzige Warnung ein Rumpeln in den Schienen. Etwa fünfzig Meter vor der Stelle, wo wir lagen, befand sich ein Übergang, und den benutzten wir als Markierung. Wenn die Spitze des Zuges dort durchschoss, dann packten wir einander und krabbelten davon, gerade noch rechtzeitig.

Ich sage »wir«, aber eigentlich waren es nach einiger Zeit nur noch ich und Nate, die diese gefährlichen Spiele betrieben. Cecilia war zu waghalsig, fanden wir, und Nate hatte entschieden, dass Grace zu alt dafür sei, denn sie antwortete auf unsere Vorschläge stets mit misstrauischen Blicken und eindringlichen Warnungen.

Ich und Nate. Davor hatte ich niemals so viel Zeit mit ihm allein verbracht. Eigentlich fühlte ich mich Cecilia am engsten verbunden, weil wir gleichaltrig waren und uns vom Charakter her ähnelten. Und abgesehen von der Tatsache, dass Nate ein Junge war, machte er mir ein bisschen Angst. Gleichzeitig allerdings zogen mich seine Charakterzüge auch an, seine innere Anspannung, die fragenden Blicke, die er mir, ohne zu zwinkern, gelegentlich zuwarf, ohne dass ich wusste, was er mich fragen wollte und ob er auf diese Fragen irgendeine Antwort erwartete.

Aber in den Stunden, die wir, als wir vierzehn waren, allein verbrachten, sprachen wir über Gott, über Träume und Bücher – natürlich über Bücher – und tasteten dabei die Form und Bedeutung des Lebens ab, ohne uns dessen vollständig bewusst zu sein. Und ich lernte ihn kennen.

Und dann sagte Nate, während wir an einem verregneten Frühlingsnachmittag durch patschnassen Farn zu den Gleisen stapften, tropfend wie gerade gefangene Fische: »Ich glaube nicht mehr.«

Ich wartete, dass er weitersprach, aber er schob nur seine Hände in die Hosentaschen und ging schneller, als wollte er den gerade gesagten Worten entkommen.

»Du glaubst nicht mehr …«

»An Gott oder zumindest an die Bibel. Vielleicht habe ich niemals wirklich daran geglaubt.«

In all den Jahren, die ich bei den Sinclairs war, hatte ich niemals über meinen eigenen Glauben gesprochen, aus dem irgendwann ein Unglaube geworden war. Das war nicht immer so gewesen; Mrs. Sinclair hatte sich sehr bemüht, mir in ihren Bibelstunden den Glauben nahezubringen, und ich hatte mich daran festgeklammert wie eine Ertrinkende. Alle Kinder glauben an Magie, und ich war vielleicht tiefer in Fantasiewelten eingetaucht als die meisten von ihnen, immer auf der Suche nach der allmächtigen Kraft, die Wunder wirken, die Trostlosigkeit mit Musik und Farbe füllen und uns retten konnte.

Aber das änderte sich alles in dem Herbst, als ich zehn wurde, und Mrs. Sinclair mich beiseitenahm und auf die Couch zog. »Ich wollte schon so lange mit dir sprechen«, sagte sie, »aber ich wusste nicht genau, ob mir das zusteht. Ich meine, ich *weiß*, dass es eigentlich nicht meine Sache ist, aber ich spreche es doch an, weil ich wenigstens das Gefühl haben möchte, ich habe es versucht.« Mit dieser merkwürdigen Vorrede kniete sie sich vor mich hin und nahm meine Hände. »Ich weiß, du bist nicht im Glauben erzogen worden, Chloe, und hast vielleicht in deinem ganzen Leben noch nie eine Kirche betreten.«

Im Jahr zuvor hatte ich sehr wohl eine Kirche betreten, und zwar die First Lutheran Church, als ich mit meiner Mutter in der Innenstadt war. Mom musste pinkeln, und dort war die einzige Toilette, die man benutzen konnte, ohne Kunde zu sein. Während ich auf sie wartete, spähte ich hinauf zu dem hohen, farbigen Glasfenster. Christus, nackt bis auf ein blaues Lendentuch, blickte ungerührt zurück. Ich fragte mich, ob er sich, wo immer er jetzt auch war, nicht schämte, dass man ihn in seiner Unterwäsche abgebildet hatte. Gerne hätte ich Mrs. Sinclair davon erzählt, aber ich wusste, dass dieser Besuch im Zusammenhang mit dem jetzigen Gespräch nicht von Bedeutung war.

Sie fuhr fort: »Ich hoffe, du hast einmal Lust, am Sonntag in unsere Kirche zu kommen. Vielleicht nicht gleich jede Woche, aber doch oft genug, um festzustellen, ob du dich dazu hingezogen fühlst. Deine Mom kann ebenfalls kommen, wir würden uns sehr freuen, sie bei uns zu haben!«

Ich erinnerte mich daran, wie meine Mutter auf die erste Begegnung mit Mrs. Sinclair reagiert hatte. »Dieses Kleid!«, sagte sie. »Sie will jede Andeutung vermeiden, dass sie vielleicht einen Busen haben könnte. Das Kleid, die Schuhe und diese Frisur … Damit könnte sie in *Das kleine Haus in der Prärie* auftreten!«

Bei einer anderen als Mrs. Sinclair hätte Mom den Stil wohl

etwas merkwürdig, aber doch amüsant gefunden. Aber in ihrem Ton schwang noch etwas anderes mit, etwas wie Hohn. Möglicherweise war sie eifersüchtig und – ich spürte es selbst damals schon – verbittert, weil ich mehr Zeit mit Mrs. Sinclair verbrachte als mit ihr.

Ich stellte mir vor, wie meine Mom in der Kirche die Art nachmachte, wie die Sinclairs beteten, wie sie bestimmte Worte wie *Herrr* oder *Jeeesus* oder *Feueeer* laut aussprachen. Ich sah sie, wie sie ihre Hände in die Luft und den Kopf nach hinten warf und dabei schrie und mit den Hüften wackelte, als käme der Heilige Geist über sie, und diese Vorstellung ließ mich knallrot anlaufen. »Meine Mom kann nicht«, sagte ich, »sie ist an den Sonntagen beschäftigt. Aber vielleicht könnte ich es versuchen.«

»Umgeben von so vielen betenden Menschen, das ist für mich die schnellste und einfachste Art, Gott wirklich zu spüren. Er ist wie eine Decke, die sich um deine Schultern legt.«

Das versuchte ich mir vorzustellen, Gott als Decke. Es kam mir fast beleidigend vor, so als würde man sagen, Gott wäre eine Heftmaschine.

»Weißt du, ich dachte mir immer, es muss einen Grund geben, dass du zu uns gekommen bist. Vermutlich ist dir klar, dass ich Mr. Sinclair nie von deinen Besuchen erzählt habe?«

Natürlich wusste ich das, schließlich unternahmen wir große Anstrengungen, jeden Hinweis auf meine Existenz zu vermeiden. Alles, was ich gebastelt hatte und nicht mit nach Hause nehmen wollte, wurden ganz zuunterst in die Abfalltonnen vor dem Haus gestopft, von mir verwendete Teller wurden sofort gewaschen, abgetrocknet und wieder in den Schrank gestellt, und unter dem Vorwand, den Zeitpunkt des Abendessens planen zu müssen, rief Grace jeden Abend im Kirchenbüro an, um abschätzen zu können, wann Mr. Sinclair nach Hause kam. Daher wusste ich, dass sie sich für mich schämten, dass ich, wie Cecilia vor Jahren gesagt hatte, »ein schlechter Einfluss« war.

»Es kommt dir möglicherweise nicht richtig vor, so etwas geheim zu halten, schließlich lüge ich meinen Ehemann regelrecht an. Und ja, natürlich wäre das normalerweise falsch, aber ich wollte dich hier haben, weil ich dachte, Gott muss seine Gründe haben, dich zu uns zu schicken. Auf diese Weise will er uns helfen, dich zu finden und dir beizubringen, Jesus zu lieben. Kannst du das in irgendeiner Weise verstehen?«

Ich nickte schweigend. Ich hatte angenommen, sie hätte mich ins Haus gelassen, weil sie mich gern hatte.

Ich erinnerte mich, dass mir Grace in den letzten zwei Jahren mehrmals auf die Schulter geklopft und gesagt hatte, wie gut es sei, mich zur Freundin zu haben. Und plötzlich bekam das alles eine neue Bedeutung. »Wenn ich in die Kirche gehen würde«, fragte ich, »wenn ich jede Woche gehen würde, würde das heißen, Mr. Sinclair hätte dann nichts mehr dagegen, dass ich zu Besuch komme?«

Mrs. Sinclair senkte den Blick, betrachtete meine Hand, die in der ihren lag, und sah mir dann wieder in die Augen. »Chloe«, sagte sie leise, »es geht um etwas sehr viel Wichtiges als Mr. Sinclair, verstehst du denn nicht? Wenn du den Glauben an Christus nicht findest, solange du lebst, dann darfst du nach deinem Tod auch nicht zu ihm in den Himmel kommen.«

Als ich an diesem Abend im Bett lag und über all das nachdachte, öffnete sich in meinem Inneren ein Loch, aus dem Gott hinausfloss. Auch wenn die mysteriöse Gläubigkeit der Sinclairs zu dem gehörte, was mich an ihnen anzog, war mir doch auf einmal klar geworden, dass es sich dabei um den Kern unserer Verschiedenheit handelte. Sie trugen den Glauben in ihren Herzen, er war schon fest in ihnen verwurzelt gewesen, als sie auf die Welt kamen, während ich nach so vielen Jahren, die ich nun versuchte, ihn zu umarmen und in mich zu ziehen, doch immer nur den äußersten Rand zu fassen bekam. Später sagte ich zu Mrs. Sinclair, Momma hätte mir verboten, in die Kirche zu gehen, aber ich würde dennoch weiterlernen. Zum einen, um Mrs. Sinclair glücklich zu machen, ihr das Gefühl zu geben, dass sie nicht versagt hatte, aber auch, weil ich ihr nicht mehr ganz vertraute. Ich hatte Angst, sie würde mich wegschicken und mir sagen, ich dürfte nie wieder kommen.

»Du bist der einzige Mensch, dem ich verrate, dass ich nicht glaube«, sagte Nate jetzt. »Du darfst es niemandem erzählen.«

Ich wusste, welche Ungeheuerlichkeit dieses Geständnis für ihn bedeutete. Sein ganzes Leben lang hatte Nate jedes vergangene und gegenwärtige Ereignis, jede Zukunftsplanung nur durch die Brille der Religion betrachtet. Für ihn hieß das, alles würde sich nun verändern, alles, worauf seine Welt bisher geruht hatte. Und es hieß auch, ich war der einzige Mensch, dem er vertraute.

»Überleg doch mal«, sagte er, »vermutlich hat jeder Mensch das Gefühl, dass ihm sein Leben nicht genug ist. So als gäbe es Dinge, die er gern haben würde, die er aber nicht einmal benennen kann. Denk an die Bücher, die uns am besten gefallen haben. Sie handeln von Menschen, die einen Weg in eine andere Welt entdeckt haben, wo man mit Tieren reden oder Einhörnern begegnen kann. Du liest diese Bücher, und dein Leben erweitert sich, aber dir wird klar, dass dieses Buch einmal zu Ende sein wird, und dann steckst du immer noch in der wirklichen Welt fest. Darum haben sich die Menschen den Himmel ausgedacht. Um sich davon zu überzeugen, dass sie nicht immer in dieser Welt feststecken werden, die einfach nicht genug ist.«

»Die Menschen wollen außerdem glauben, dass die Bösen am Ende doch noch bestraft werden«, sagte ich.

»Ganz genau! Die Geschichten in der Bibel sind auch nichts anderes als die griechischen Sagen oder die Märchen. Meinetwegen, das kann ich ja verstehen. Die Leute hören sich gern Geschichten an, aber wenn man erwachsen wird, stellt man fest, dass Geschichten nur Wörter sind. Wenn du nicht verrückt bist, dann glaubst du nicht an Geschichten, und genau das ist Religion, etwas Verrücktes.«

Ich nahm Nate an der Hand und hielt sie, während wir weitergingen. Um ihm zu zeigen, dass ich wusste, wie schwer ihm dieses Geständnis gefallen war. Und ich konnte diese neue Gemeinsamkeit zwischen uns spüren wie ein Band, das an uns beiden zog.

»Das Leben von echten Menschen hat kein glückliches Ende.« Nates Stimme klang tonlos und wie von fern. »Dad tut so, als hätte alles eine Bedeutung, und ich tue auch so, weil ich weiß, es würde ihn umbringen, wenn ich alles infrage stelle, worauf sein Leben fußt, aber ich bin mir nicht einmal sicher, ob er selbst noch daran glaubt. Er kann gerne das Buch Hiob anführen und sagen, das wäre nur so, weil Gott uns prüft, damit er uns im Himmel belohnen kann. Aber warum sollte er das meiner Mom antun, die von ganzem Herzen glaubt und Mitleid mit jedem hat, außer mit sich selbst? Diese ›Prüfung‹ ist nur ein anderes Wort für sinnlose Grausamkeit. Und ich kann nur sagen, ich hoffe, dass es keinen Gott gibt, denn wenn es ihn gäbe, dann würde ich ihn hassen. Wenn er mich jetzt zu sich rufen und fragen würde, ob ich des Himmels würdig sei, dann würde ich ihm einen Tritt zwischen die Beine versetzen.«

Ich drückte seine Hand. Was ich fühlte, war eine völlig unpassende Woge von Glück. Es war falsch, und ich verstand es eigentlich nicht, aber sie war da.

Bis er weitersprach. Und etwas sagte, was mir noch tagelang nachgehen sollte. »Da fragt man sich, was überhaupt der Sinn davon ist.«

»Der Sinn?«

»Davon, dass man sich mit diesem Mist abgibt. Man fragt sich, ob es überhaupt Sinn hat, weiterzuleben. Und Grace, Grace …« Dann blieb er stehen und entzog mir seine Hand, weil wir an der Lichtung waren und uns den Gleisen näherten. Er legte mir seinen Arm vor die Brust und hinderte mich daran, weiterzugehen. »Ich habe herausgefunden«, sagte er, »warum wir das alles machen, diese ganzen Mutproben.«

Ich fuhr mir mit dem Finger über die Handfläche und spürte den warmen Schweiß, den er hinterlassen hatte. Ich glaubte zu wissen, warum wir es taten: wegen des Kicks, des rauschhaften Gefühls, wenn mein Herz raste und mir in den letzten Sekunden buchstäblich durch die Füße sackte. Dann lebte ich nicht nur, sondern war lebendig bis in die letzte Zelle und fühlte etwas Rot glühendes, Schartiges, Scharfes, das Freude glich.

Aber Nate sagte: »Es ist wie Krafttraining vor einem Kampf. Unser Geist ist jetzt viel stärker als der der meisten Menschen.«

Was für ein Kampf, hätte ich gern gefragt, aber ich schwieg.

»So wie das jetzt.« Er fasste wieder meine Hand und blickte mit mir auf die hohen Grasbüschel und die rosafarbenen Blüten der Seidenpflanzen am Rand des Bahnübergangs. Eine ganze Minute lang standen wir so da, dann sagte er: »Tu einfach das, was ich dir sage, ja? Tu es und stell keine Fragen.« Mit einem Nicken wies er auf die Schienen. »Ich will, dass du den Blick auf die Stelle an den Gleisen richtest, wo wir normalerweise liegen, und daran denkst, wie ein Zug darüberfährt. Stell dir alles genau vor, die vielen Leute, die im Zug sitzen und hinausschauen, mit Aktentaschen und Schulranzen auf dem Schoß, wie schwer die Waggonwände sind, die Sitze, die Böden, das wiegt alles zusammen garantiert Tausende von Tonnen. Und der Zug fährt genau über die Stelle, wo unsere Köpfe gelegen haben.« Er drehte sich zu mir. »Also dann frage ich dich jetzt: Auf einer Skala von ein bis zehn, wenn zehn die schlimmste Angst ist, die du jemals hattest – wie viel Angst hast du?«

»Ernsthaft?« Auf dieser Skala befanden sich zu viele mögliche Zahlen. Ich fand, Angst hatte nicht so viele Abstufungen. Aber ich zuckte mit den Schultern und sagte: »Vier«, eine mehr oder weniger zufällige Wahl.

»Vier«, wiederholte er und ging mit mir bis an den Rand der Gleise, sodass unsere Zehen das Ende der Schwellen berührten. »Gut, jetzt stell dir zwei Menschen vor, aber nicht wir, die hier liegen. Und der Zug kommt immer näher, sie schreien, aber sie rühren sich nicht, und dann hören die Schreie auf.« Er sah mich an. »Wie sehr fürchtest du dich jetzt?«

»Das ist makaber, Nate.«

»Es passiert ja nicht wirklich, nur in der Vorstellung. Wie die ausgedachten Leute beim Würdest-du-lieber-Spiel.«

»Würdest du lieber einen Tritt kriegen oder Kotze auf den Schoß?«, fragte ich, aber ich verdrehte die Augen in Richtung Himmel, scheinbar ärgerlich, aber in Wirklichkeit bereit, mitzuspielen. »Na gut, sieben.«

Er nickte knapp und sagte: »Ausgezeichnet.« Als gäbe es darauf tatsächlich eine richtige Antwort. »Jetzt denk noch einmal an deine Vorstellung vom Gewicht des Zuges. Fühlt sich das immer noch an wie Stufe vier?«

Ich betrachtete seine Miene und begriff, worauf er hinauswollte. Er dachte, man könnte die Angst trainieren wie beim Bankdrücken, den Angstmuskel aufbauen, sodass man, wenn man sich genug schrecklichen Situationen ausgesetzt hat, eine Hornhaut hat, eine Art Schutzschicht. Die Angst schlägt eine kurze rechte Gerade, einen linken Haken, stößt einem unerwartet das Knie zwischen die Beine, und obwohl man sich nicht wehren kann, gewinnt man trotzdem.

»Komm.« Er kniete sich auf die Gleise und wies mich an, mich so neben ihn zu legen, dass unsere Köpfe auf einer hölzernen Schwelle lagen. Dann drehte er sich leicht, um mich anzusehen, zögerte und sagte schließlich: »Ich möchte etwas ausprobieren, Chloe. Ich verspreche dir, ich ziehe uns beide weg, wenn du versprichst, dich nicht zu bewegen.«

Die Luft um uns war erfüllt von schwerem Nebel, der das Paukengerassel der Zikaden dämpfte. Wir würden möglicherweise dabei umkommen, aber alles fühlte sich so unwirklich an, dass das kaum eine Rolle spielte. Ich hielt den Atem an, spürte seinen Arm unter mir, den festen Muskel. Nate legte unsere verschränkten Hände auf meinen Bauch, und ich kam mir plötzlich vor, als würde ich zum Tanz geführt, für eine Rumba vielleicht, und machte mich darauf gefasst, bei der Rückwärtsbeuge durch den Erdboden gedrückt zu werden.

»Auf der Skala von eins bis zehn?«, fragte er.

»Acht«, flüsterte ich, und er drückte meine Hand fester.

»Du wirst Folgendes tun«, erklärte er. »Konzentriere dich auf die Angst, mach sie auf und wickle sie von Kopf bis Fuß um dich herum wie eine Decke. Lass sie dort, wenn der Zug kommt, und dann wirst du erleben, wie sich alles andere auflöst. Dein Herz hört auf zu schlagen, dein Hirn denkt nicht mehr, und du bestehst nur noch aus Angst. Du bist stark.«

Nate hatte es schon ausprobiert, das konnte ich hören. Hatte allein hier auf den Gleisen gelegen, hatte den Zug jedes Mal näher kommen lassen, spielerisch. Voller Angst vor den Schmerzen, dem plötzlichen Aufprall, aber vielleicht nicht vor dem Tod. Und jetzt hatte er mich mitgenommen, weil er ahnte, dass auch mir der Tod keine Angst machte.

Ich starrte unbewegt hinauf in den weißen Himmel, überzogen mit grauen Flecken, die wie Schimmel aussahen. Vielleicht befand sich dort oben wirklich ein Himmel, vielleicht waren dort aber auch nur Planeten und Galaxien und schwarze Löcher. Oder dort oben war gar nichts. »Sechs«, sagte ich, und ich glaubte sein Lächeln zu spüren.

Der Zug. Ich fühlte ihn, ehe wir ihn sahen, ein erwartungsvolles Summen, während ich noch in den Himmel starrte. Das, und nicht die Angst, war es, worin ich mich einzuwickeln versuchte, dieses tiefe Summen, während Nates Arm meinen Rumpf fester umfasste, entweder in Vorbereitung darauf, mich zu retten, oder um mich daran zu hindern, mich selbst zu retten.

»Ja«, flüsterte er. Aus dem Rumpeln wurde ein Rattern, erst schoben sich die Lichter des Zugs und dann die Lokomotive durch den Schatten des Übergangs. »Ja, ja, ja«, sagte er, und sein Körper neben meinem spannte sich an. Ich glaubte zu spüren, wie die Luft zwischen uns und dem Zug zusammengepresst wurde, die Luft und die Zeit und seine Arme drückten mich zusammen, der Doppler-Effekt, Moleküle wurden so fest wie Eis, und ich merkte plötzlich, dass ich mich nicht bewegen konnte.

Für diese Erkenntnis blieben mir nur ein paar komprimierte Sekunden, aber ich fand sie seltsam tröstlich. Vielleicht war das das Gefühl, das jeder ganz kurz vor dem Tod empfand, ein Loslassen.

Wie nah kam uns der Zug? Bestimmt bis auf fünfzehn, vielleicht sogar fünf Meter. Ich wusste nur noch, dass ich die Lokomotive aus einem erstaunlichen Winkel sehen konnte, die fleckige gelbe Farbe auf der Vorderseite, das rostige graue Fahrwerk unter ihr. Mir wurde klar, es saß so hoch, dass wir, wenn wir parallel zu den Schienen lagen, unter ihm hindurchgepasst und möglicherweise nur ein vorstehendes Körperteil verloren hätten. Gerade als mir dieser Gedanke kam, warf Nate sich auf mich, und ich war mir sicher, er wollte mich nach unten drücken, gegen die Gleise. Unsere Körper würden gemeinsam zermalmt, bei der Beerdigung würde man nicht mehr entscheiden können, welches Bein, welcher Finger zu wem gehörte. Sie würden raten müssen und sich womöglich irren, dann würden unsere jeweiligen Familien an unsere Gräber treten und meine Arme und seine Beine, meine Ohren und sein Kinn beweinen.

Dieser Gedanke beschäftigte mich gerade, ohne mich sonderlich zu beunruhigen, als Nate ein lautes Gebrüll ausstieß, meinen Oberkörper zum Sitzen hochzerrte und sprang.

Wir stürzten über die andere Seite der Gleise, rollten einen Damm hinunter durch nasses Gras, der Zug quietschte, als wüsste er, dass er verloren hatte, er raste über die Schienen, auf denen wir gerade noch gelegen hatten, so laut, dass es in meinem Kopf ratterte, bis er langsam leiser wurde. Schließlich herrschte Stille.

Nate lag heftig atmend auf mir. Ich spähte durch die Zotteln meiner nassen Haare nach oben und wusste nicht, ob ich weinen oder lachen oder beides tun sollte. Nates Körper fühlte sich fest und stabil an, stabiler als der Erdboden unter mir. Er drückte seine Wange auf meine, hielt sie dort, atmete mir mit schweren Stößen ins Ohr und hob dann langsam den Kopf.

Eine volle Minute lang rührte er sich nicht, schaute mir tief und unbeweglich in die Augen. Dann strich er mir mit dem Daumen über die Wange, seine Gesichtszüge wurden weich, seine Miene fragend.

Ich schaute ihm ebenfalls in die Augen, mein Atem stockte. *Ja,* wollte ich wohl sagen, aber stattdessen sprach ich seinen Namen aus, »*Nate*«, womöglich etwas zu laut, sodass es wie eine Warnung klang.

Er wurde rot, spannte den Körper an und ließ sich auf den Rücken rollen. Nur noch die Rückseiten unserer Hände berührten einander, bis er seine Hand wegzog und die Arme auf seiner Brust verschränkte. So lagen wir beide da, blickten hinauf in den Himmel und sagten nichts.

Auf einer Skala von eins bis zehn – eine glatte Hundert.

10

Über eine Woche lang ließ ich mich nicht mehr bei den Sinclairs blicken. Ich redete mir ein, ich müsste für die Prüfungen lernen, Hausarbeiten schreiben. Doch in Wirklichkeit verbrachte ich meine Zeit hauptsächlich damit, kitschige Serien im Fernsehen anzuschauen. Anfangs amüsierte ich mich darüber, wie lächerlich die Handlung war, aber bald nahmen mich das Tragische und das Romantische daran gefangen. Und ich begegnete Holden Caulfield.

Es war ein Zufall, das Buch stand mit zwanzig anderen auf einer Leseliste meines Englischkurses als Wahlmöglichkeit für das Thema der letzten Hausarbeit. Ich hatte es nur ausgesucht, weil es kürzer war als die anderen Bücher, und angesichts dessen, was uns Mr. Perry in diesem Semester sonst so vorgesetzt hatte – er hatte eine tiefe Hochachtung vor dem moorbraunen Sumpf von Melville und Milton –, rechnete ich nicht mit wirklich lesbaren Büchern in dieser Auswahl. Aber wie alle Teenager verfiel ich dem Zauber von Holden ganz und gar. Denn Holden, das war ich selbst, allein, nach irgendetwas auf der Suche, aber in meinen eigenen verschlungenen Gedanken feststeckend, mir der Verlogenheit der Welt nur allzu bewusst. Zum ersten Mal sah ich, wie ein Autor – mit den gleichen schwarzen Druckbuchstaben und Wörtern, die man in Zeitungen und auf Straßenschildern fand – die Mysterien des Geistes und des Herzens ausdrücken konnte, indem er diese Buchstaben einfach anders kombinierte. Und wie alle Teenager glaubte ich, mein Verhältnis zu diesem Mysterium wäre vollkommen einzigartig. Die Sinclairs lebten die Art von Kindheit, von der Holden träumte, in reiner Unschuld, ohne jede Veränderung, eine Kindheit, die ewig weiterging. Und mir wurde klar, dass ich mich auch aus diesem Grund so sehr zu ihnen hingezogen fühlte.

Als ich das begriff, wusste ich, dass ich Nate mit Holden bekannt machen musste. Aber je länger ich den Sinclairs fernblieb, desto peinlicher wurde es mir. Was sollte ich sagen, wenn ich Nate wiedersah? Würde ich ihm offen in die Augen sehen oder lieber nur mit seinem Kinn reden? Konnte ich wirklich so tun, als wäre alles noch wie zuvor? Mir war, als befände sich das Gewebe meiner Gefühle außen auf meiner Haut. Alles, was ich sah – ein altes Ehepaar, das Hand in Hand die Straße entlangging, eine verwilderte Katze, die verzweifelt um unsere Abfalltonnen strich –, rieb daran und scheuerte es auf.

Ich dachte daran, wie Nate meine Wange berührt hatte, dachte an seinen forschenden Blick, und ich wollte wieder zurück, dorthin neben die Gleise, wollte mit der Hand sein Gesicht umfassen, mit den Fingern in seinen Haaren wühlen und mich entschuldigen für das, was er jetzt vermutlich von mir dachte, ihm erklären, dass ich bloß Angst gehabt hatte.

Vor diesem Tag hatte ich, wenn ich mit ihm allein war und mir den Gedanken gestattete, wie es wohl wäre, ihn zu küssen, sofort Panik verspürt. Darum erlaubte ich mir nur noch ganz analytisch darüber nachzudenken, ohne jede Einfühlung, so als spekulierte ich darüber, wie es wohl wäre, in einer Rakete die Erde zu umkreisen. Aber jetzt träumte ich nachts davon, jede Nacht, denn das war die einzige Zeit, in der ich nicht ganz so aufpasste.

Eine Woche später sah ich ihn im Sandler Park, ein purer Zufall, der mir wie eine schicksalhafte Fügung vorkam, weil ich dort noch nie einen der Sinclairs getroffen hatte. Ich war mit dem Fahrrad unterwegs und hatte ein Sandwich dabei, das ich auf einem Spaziergang um den See essen wollte. Aber als ich das Fahrrad abstellte, sah ich sie sofort: Nate mit Cecilia und den Eltern, kaum hundert Meter entfernt auf dem Weg. Verblüfft setzte ich mich auf eine Bank und beobachtete sie, so gefesselt wie von einer Fernsehsendung. Ich aß, ohne etwas zu schmecken.

Sie waren unverwechselbar. Mr. Sinclair, wie er sowohl Cecilia als auch seiner Frau über eine große Pfütze half, wie er Nates und Cecilias angeregtes Gespräch nachsichtig belächelte. Cecilia beugte sich, um einen Stein über den Teich hüpfen zu lassen, und Mr. Sinclair runzelte die Stirn, griff ebenfalls nach einem Stein und warf ihn, und dann hob er einen weiteren Stein auf und reichte ihn Nate, wobei er etwas sagte, worüber Nate lachen musste. Damit machten sie weiter, während sie um den See gingen, als hätten sie einen familieninternen Wettbewerb. Ich war beinahe enttäuscht darüber, wie normal sie waren, enttäuscht, dass Mr. Sinclair ganz gewöhnliche Kleidung und Wanderschuhe trug, dass er, nachdem kaltes Teichwasser auf Cecilias Kleid gespritzt war, ihr seine Wolljacke über die Schultern legte, so wie das jeder Vater für jedes Kind tun würde. Dass sie überhaupt miteinander durch einen öffentlichen Park gingen und ein ganz gewöhnliches Spiel spielten!

Wo war bloß der Mann, vor dem sich alle so fürchteten? Der Mann, den ich an dem Nachmittag des Narnia-Theaterstücks gesehen hatte, der mich fasziniert und in Bann geschlagen hatte. Ich war davon überzeugt, dass er Dinge wusste, von denen ich nicht einmal träumte, aber hatte ich mir diesen Menschen nicht vielleicht nur erfunden aufgrund des Wenigen, was man mir über ihn erzählt hatte, und des Mysteriums, das ihn umgab, weil ich nicht mehr erfuhr? Hatte ich seine Macht überschätzt oder sie mir vielleicht sogar ausgedacht, so wie ich meine eigenen Versionen von Jadis, Mrs. Danvers und Captain Hook entwarf? Der Mann, den ich da vor mir sah, glich in allem meiner Vorstellung von meinem eigenen Vater.

Ich beobachtete Nate dabei, wie er leichtfüßig nach vorn stürmte und den Stein warf, und spürte in meinem Inneren etwas wie geschmolzenen Stahl. Worüber hatte er mit Cecilia gesprochen? Hatten sie und Grace sich gewundert, warum ich die ganze Woche nicht gekommen war? Und wenn sie sich bei Nate nach mir erkundigten, was hatte er ihnen wohl gesagt? Vor seinem Vater würde er bestimmt nicht über mich sprechen, aber ich stellte mir vor, wie er Cecilia flüsternd um ihren Rat bat. In verschlüsselter Form vielleicht. Und in der Hoffnung, dass sie mich inzwischen gut genug kannte, um mich zu verstehen und mein Verhalten erklären zu können.

Als sie den Teich umrundet hatten und näher kamen, stand ich schnell auf und warf den Gänsen die Kruste meines Sandwiches zu. Aber als ich mich umdrehte und auf mein Fahrrad steigen wollte, sah ich, dass Nate mich mit unbewegtem Gesicht betrachtete. Unsere Blicke trafen sich, und ich erstarrte, dann hob ich die Hand zu einem schnellen, kindischen Winken, schwang mich aufs Rad und fuhr davon. Ich bewegte meine Beine so schnell es nur ging, raste über den Parkplatz und die Straße hinab, und wünschte mir, ich könnte rennen oder auf eine Wand einschlagen, irgendetwas tun, damit es mich nicht zerriss. Ich wusste, wie albern das war, es war doch schließlich nur Nate!

Ich kannte ihn seit einer Ewigkeit, und nichts hatte sich seither verändert. Außer dass die Beziehung zwischen zwei Menschen natürlich ein ganz eigenständiges Wesen ist, und diesem Nate-Chloe-Wesen waren gerade zusätzliche Beine gewachsen, Tentakel, die alles um uns zusammenpressten und in eine neue Form brachten. Und ich wusste nicht, ob uns die zusätzlichen Beine kraftvoller machten oder etwas Wesentliches davontrugen.

Am nächsten Morgen stand er vor unserer Tür. Meine Mutter öffnete ihm in ihrem ausgebleichten Hello-Kitty-Morgenrock, den Abdruck ihrer Schlafmaske wie Waschbäraugen im Gesicht. Vom Küchentisch aus konnte ich sehen, wie Nate rot wurde, was ich so deutete, dass er sich eher ihretwegen als seinetwegen schämte. Am liebsten hätte ich sie am Arm gepackt und wäre mit ihr davongelaufen.

»Nate, stimmt's?«, sagte sie. »Meine Güte, du bist aber gewachsen, seit ich dich das letzte Mal gesehen habe. Komm rein, willst du etwas frühstücken? Wir haben Cheerios oder …« Sie sah zum Tisch. »Na ja, eigentlich haben wir bloß Cheerios, ich muss noch einkaufen gehen. Aber du kannst gern welche haben.«

»Das ist schon in Ordnung, danke. Ich habe schon gefrühstückt.« Er trat ins Haus, sah mich und machte sofort wieder einen Schritt zurück. »Kann ich reinkommen?«

Ich war mir fast sicher, dass diese Frage an mich gerichtet war. Und dass er nicht *Ist es in Ordnung, wenn ich reinkomme?* meinte, sondern *Ist alles in Ordnung mit uns?* Aber meine Mutter antwortete: »Natürlich!« und wies mit großer Geste zum Tisch.

Zögernd und ohne mich anzusehen ließ sich Nate mir gegenüber nieder. Stattdessen betrachtete er die Küche: schmutzige Risse im Linoleum, das Spülbecken halb voll mit abgestandenem gräulichem Wasser, auf dem Tisch dunkle Krümel wie eine Art Ausschlag. Jetzt hätte ich am liebsten das ganze Haus gepackt und wäre damit davongelaufen.

Aber ich zerbrach mir den Kopf, bis mir endlich eine mehr oder weniger sichere Bemerkung einfiel. »Wieso bist du denn nicht in der Kirche?«

Er zuckte mit einer Schulter. »Die anderen sind dort, aber ich habe behauptet, ich hätte Bauchweh.«

»Sich vor der Kirche drücken, indem man lügt und behauptet, man wäre krank?« Meine Mutter fand das offenbar amüsant. Eigentlich fand sie Religion überhaupt amüsant. Sie verglich Kirchgänger mit Lotteriespielern: *Die Wahrscheinlichkeit, dass die Gebete ihnen zum Hauptgewinn verhelfen, ist eins zu eine Million, aber sie vertrauen ihrem Aberglauben mehr als der Wissenschaft und der Statistik.* »Du lieber Himmel«, sagte sie, »was würde bloß Jesus dazu sagen!«

Nate sah sofort betroffen aus, und ich warf ihr einen wütenden Blick zu. »Sie hält sich für witzig.«

»Ach, Chloe, was ziehst du bloß für ein Gesicht! Ich weiß, mit vierzehn ist jeder peinlich, der nicht vierzehn ist. Tut mir leid, tut mir leid, ich merke schon, wenn ich nicht erwünscht bin, darum lasse ich euch zwei jetzt allein.« Beim Weggehen drückte sie meine Schulter und beugte sich zu mir herab, um mir »Er ist so hübsch geworden!« ins Ohr zu flüstern.

Ich wollte ihr einen Klaps versetzen, aber sie hatte sich schon weggedreht, sodass mein Arm lächerlich herumflatterte. Damit Nate es nicht merkte, hob ich den Arm und schob mir die Haare hinters Ohr. War Nate hübsch? Ich hatte ihn in einem Alter kennengelernt, in dem alle Jungen fremde Wesen sind, durchaus interessant, aber eher so wie Marsmenschen. Doch jetzt versuchte ich ihn so anzusehen, als wäre er ein Fremder, so wie ich gelegentlich mein eigenes Spiegelbild betrachtete, jede Partie für sich – mein eckiger Kiefer, die hohe Stirn, der breite Mund – um festzustellen, wie sie einzeln und miteinander wirkten. Und zum ersten Mal entdeckte ich die Stoppeln an Nates Kinn (Nate musste sich rasieren!), seine geröteten Wangen und die dichten dunklen Haare, die grünen Augen mit den geradezu lächerlich langen Wimpern. Ja, das war tatsächlich genau die richtige Bezeichnung für Nate: *hübsch*. Ich wurde rot und wandte den Kopf ab, damit er es nicht bemerkte.

»Ich habe dich gestern im Park gesehen«, sagte er.

»Ja«, erwiderte ich zögernd. »Ich bin dort herumgefahren.«

»Ich habe dich vermisst.«

Ich wusste nicht, was ich darauf sagen sollte. Natürlich hatte ich ihn ebenfalls vermisst, aber das auszusprechen wäre gewesen, als würde man ein eindimensionales Faksimile anfertigen von einer Sache, die Hunderte von Dimensionen hatte. Das Einzige, was mir einfiel, war: »Tut mir leid.«

»Nein, mir tut es leid. Ich meine, es tut mir wirklich leid. Ich bin hergekommen, um dir das zu sagen. Das quält mich schon die ganze Woche, Chloe. Manchmal kann ich mich selbst nicht leiden.«

Erst dachte ich, er meinte die Augenblicke, die er auf mir gelegen und mein Gesicht betrachtet hatte, als wollte er mich küssen. Aber dann wurde mir klar, dass er sich entschuldigte, weil er mich beinahe umgebracht hätte. »Das ist schon okay«, sagte ich. »Ich fand es irgendwie toll.«

Er sah mir prüfend in die Augen, und dann lächelte er plötzlich. »So nah bin ich dem Tod noch nie gewesen«, sagte er.

Ich griff nach meinem Löffel und ließ ihn am Rand meiner leeren Müslischüssel balancieren und nach oben und unten wippen. »Willst du das noch einmal machen?«

Er überlegte einen Moment, dann antwortete er: »Nein, damit bin ich fertig.«

»Aha.« Ich wusste nicht, ob ich erleichtert oder enttäuscht war. Eigentlich beides.

»Und noch etwas wollte ich dir sagen. Was ich dir erzählt habe darüber, dass ich nicht mehr glaube, das hätte ich nicht sagen sollen. Ich habe die Dinge aus zu großer Nähe betrachtet. Ich wollte wohl einfach alles selbst herausfinden, und dabei bin ich zu weit gegangen.«

Hatte er Angst vor göttlicher Bestrafung? Waren solche Gedankenspiele so fürchterlich, dass er sich zwingen musste, sie zu unterdrücken? »Du bist nicht zu weit gegangen. Und es war nichts Falsches daran, dass du mir das erzählt hast.«

»Nein, ich hätte es anders sagen sollen, und das hört sich schlimm an, ich weiß. Aber ich bin mir nicht sicher, ob ich an den Gott meines Vaters glaube. Manches, was er sagt, ist schon wahr, da bin ich sicher, aber ich glaube – manchmal geraten die Gedanken in seinem Kopf durcheinander.«

Ich dachte an den Mann, den ich gestern beim Spaziergang mit seiner Familie gesehen hatte, und ertappte mich dabei, wie ich ihn mir vorstellte, wenn er alltägliche, menschliche Dinge tat, sich die Nase putzte, die Zehennägel schnitt, pinkelte. Dieser Mann, der vielleicht doch nur ein ganz normaler Mensch war. »Wie meinst du das, durcheinandergeraten?«

»Es gibt so vieles, dessen ich mir nicht mehr sicher bin. Was sich für mich falsch anfühlt oder zumindest so, als könnte das einfach nicht alles sein. Ich glaube nicht, dass Moms Krankheit etwas mit ihrem Glauben oder mit nicht gebeichteten Sünden zu tun hat, und ich glaube auch nicht, dass neunundneunzig Prozent aller Menschen direkt in die Hölle fahren werden. Das Handauflegen und sogar die Offenbarung – und du … Ich glaube nicht, dass du vom Satan geschickt wurdest, um mich zu prüfen.«

»Oh!« Meine Lungen waren wie zusammengepresst. Er schüttelte ganz leicht den Kopf und sagte: »Ich meine, uns allen geschickt. Ich glaube eher, du und deine ganzen Bücher, ihr wurdet von Gott geschickt, um uns zu zeigen, wie man denkt. Eigene Gedanken zu entwickeln, das ist normal, wenn man ein Gehirn hat. Sie wurden nicht vom Teufel da hineingesetzt.«

»Das Gleiche empfinde ich auch euch gegenüber«, erwiderte ich.

Wir sahen einander eine Weile lang verlegen an, dann stand er auf. »Ich sollte wieder gehen.«

»Nein, noch nicht. Ich meine, warte noch einen Moment, ich will dir erst noch etwas zeigen. Darf ich dir etwas zeigen?« Ich sprang auf und rannte hinauf in mein Zimmer, um *Der Fänger im Roggen* zu holen. Zurück in der Küche drückte ich es Nate in die Hand. »Das musst du lesen«, sagte ich. »Noch heute Abend.«

Von außen sah das Buch nicht gerade vielversprechend aus. Kein Bild auf dem Umschlag, die Seiten abgegriffen und zu Eselsohren geknickt. Aber Nate schlug es auf und las den ersten Satz, zuerst leise für sich und danach laut. Dann sah er mich an, fing meinen Blick auf und lächelte langsam.

»Der Junge in dieser Geschichte«, erklärte ich eifrig, »der ist so absolut echt. Er versteht selbst nicht, wer er ist und was er braucht. Aber wenn du liest, was er denkt, dann weißt du es sofort.«

Und dann erzählte ich ihm von Holdens Fantasie, Kinder einzufangen, die durch ein Roggenfeld laufen, und sie vor dem Erwachsenwerden zu schützen. »Das ist so ungefähr das, was ich für euch alle tue!« Ich unterbrach mich. Das hatte ich nicht sagen wollen. Am meisten berührt hatte mich bei der Lektüre des Buches, dass ich mich auf einmal selbst verstand. Aber wenn ich ihm das sagte, dann würde er wissen wollen, wovor er beschützt wurde, und dann würde der Schutz enden. »Ich weiß nicht, warum ich das gerade gesagt habe«, sagte ich.

Nate sah mich an, ohne zu blinzeln. »Nein, sprich weiter. Wie meinst du das?«

»Ich weiß nicht«, wiederholte ich und schüttelte den Kopf. »Ihr seid einfach genau wie die Kinder, die er beschützt, weil ihr von so vielem keine Ahnung habt.«

Wovon sollte ich ihm erzählen? Von Massenmördern? Vom Hunger in Afrika? Der Neutronenbombe? Vermutlich wussten sie nicht einmal, woher die Babys kamen, und dachten, Gott würde mit dem Finger auf eine verheiratete Frau deuten und – bumm! – schon kam ein Baby. Nach meiner dritten Stunde Sexualerziehung in der 6. Klasse hatte ich herauszufinden versucht, wie viel sie wussten. Aber die Sinclairs hatten keinen Fernseher, gingen nicht ins Kino und lasen keine normalen Zeitungen oder Zeitschriften. Sie waren den schmutzigen Witzen und Beleidigungen, die ich überall und immer mitbekam, überhaupt nicht ausgesetzt. Sie schienen nichts zu wissen, und ich hatte es ihnen nicht erzählen wollen: der Fänger in ihrem Roggen.

»Es ist nur so, dass die Welt kaputt ist, Nate, die Leute sind kaputt. Was sie anderen Menschen antun … ach, das könntest du gar nicht verstehen. Euer Leben – ich finde es toll, wie ihr lebt, aber es hat mit der Wirklichkeit nichts zu tun.«

Nate verzog den Mund zu einer Grimasse, die kein Lächeln war, aber wohl eines sein sollte. »Glaubst du, ich wüsste das nicht?«, sagte er. »Ich bin nicht blöd, ich weiß, wovor wir beschützt werden; es ist ja nicht so, dass wir nie das Haus verlassen. Wir gehen in die Kirche und reden mit den anderen Kindern. Ab und zu erhaschen wir sogar einen Blick auf die Schlagzeilen der Zeitungen.«

Natürlich. Irgendwie hatte ich mir vorgestellt, sie würden in einer undurchsichtigen Blase leben, einer Art Schoß. Als könnte ich zu ihnen hineinsehen und so tun, als wäre ich eine von ihnen, aber sie würden meine Welt niemals sehen und auch nicht außerhalb des Rahmens der Geschichte, die ich geschaffen hatte, leben und denken. Vielleicht war das auch das Bild, das ihr Vater von ihnen hatte. »Natürlich weißt du das«, sagte ich.

Nate ging zur Tür und blieb davor stehen. Mit dem Rücken zu mir sagte er: »Du musst mich nicht beschützen, ich bin nicht unschuldig.« Dann drehte er sich um, sah mir in die Augen und schob sich das Buch unter den Arm. »Komm morgen zu uns, dann reden wir weiter.« Damit ging er. Die Tür schloss sich hinter ihm mit einem Geräusch, das zwar kein Zuschlagen war, aber dennoch plötzlich und unerwartet kam. Wie eine Beleidigung, mit der die Offenbarung eines nur halb mitgeteilten Geheimnisses auf einmal beendet wird.

Als ich am nächsten Nachmittag mit dem Rad zu den Sinclairs fuhr, nieselte es so, als würde ich ständig angeniest. Bei der Ankunft war ich patschnass. Ich konnte sie in der Bibliothek sitzen sehen, alle miteinander, Mrs. Sinclair auf dem Sofa beim Flicken eines Männerhemds, die anderen um sie geschart ganz wie damals bei unserer ersten Begegnung. Ich stand da und schaute sie an, als wären sie eines dieser animierten und beleuchteten Weihnachtsschaufenster von Macy's, die ich im Fernsehen gesehen hatte. Dabei fühlte ich die gleiche warme, angenehm nostalgische Sehnsucht in meiner Brust. Und dann klopfte ich ans Fenster. Alle gleichzeitig wandten sie mir das Gesicht zu, gleichzeitig lächelten sie. »Ach je, hol doch mal einer das Kind herein, ehe es da draußen ertrinkt«, sagte Mrs. Sinclair.

Grace stand auf, öffnete die Tür, sah mich einen Augenblick lang an und klopfte mir dann besorgt auf die Schulter. »Komm mit mir nach oben, ich gebe dir was Trockenes zum Anziehen«, sagte sie. Meine feuchten Socken quietschten auf den Hartholzdielen, als ich hinter ihr die Treppe hinaufstieg.

Anders als das übrige Haus wirkte das Zimmer von Grace karg und unbelebt: eine cremefarbene Tapete mit winzigen gelben Rosenblüten, ein farblich passender ovaler Teppich, ein Bett mit blauem Cordüberwurf und einem hohen Kopfbrett aus Mahagoni, ein Kleiderschrank aus dem gleichen Holz, ein Schreibtisch, auf dem sich nur ein goldenes Schreibset befand, und ein Bücherregal voll mit Büchern ohne Einband. Auf dem Regal thronte wie ein Sahnehäubchen eine Porzellanpuppe mit hängendem Kopf und geblümtem Rock.

Grace zog eine dicke Baumwollbluse und einen Rock aus ihrem Schrank und drehte mir, während ich mich umzog, den Rücken zu. »Wir beschäftigen uns gerade mit dem Turm von Babel«, sagte sie. »Wusstest du, dass es tatsächlich archäologische

Beweise für seine Existenz gibt? Die Dinger in Mesopotamien heißen Zikkurat, und der Turm von Babel war eine Zikkurat, die man ›Etemenanki‹ nannte, das heißt: das Fundament von Himmel und Erde. Ist das nicht sagenhaft, dass man nur in ein Flugzeug springen müsste, um eine der berühmtesten Bibelgeschichten tatsächlich anfassen zu können?«

Von uns allen hatte Grace den stärksten Glauben. Wenn in der Bibel gestanden hätte, Moses wäre auf den Berg Sinai gestiegen, um dort den Hokey Pokey zu tanzen, hätte sie das auch geglaubt. Von der Offenbarung war sie geradezu besessen, sie war fest entschlossen, niemals zu heiraten und Kinder zu bekommen, weil die Welt mit dem Jahrtausend enden würde, und es ihr falsch vorkam, ein Kind der damit verbundenen Angst auszusetzen. Nate hatte mir erzählt, sie habe die Zahl der noch verbleibenden Tage ausgerechnet, und jeden Abend streiche sie im Geist einen davon ab, so als wäre das Leben ein Adventskalender.

Ich überlegte, ob Grace wohl ahnte, dass ich nicht mehr an die Bibel glaubte. Nicht zum ersten Mal warf sie mir eine Tatsache hin, die das Unbeweisbare beweisen sollte. Vielleicht war es wie bei den Leuten, die vor so langer Zeit den Turm von Babel erbaut hatten, um Gott nahezukommen. Grace versuchte jeden Zweifel in sich selbst zu ersticken, indem sie Türme aus Beweisen baute, um der Wahrheit nahezukommen. »Das ist echt Wahnsinn«, sagte ich, weil ich sie sehr gern hatte.

Als ich mir gerade die Strumpfhose anzog, klopfte es an der Tür. Grace wartete, bis ich fertig war, dann öffnete sie. »Nate«, sagte sie.

»Ich muss mit Chloe reden, nur für ein paar Minuten. Könntest du Mom sagen, dass wir gleich runterkommen?«

Ihr Mund zuckte, ein kurzes Stirnrunzeln, dann erwiderte

sie: »Klar«, und ging hinaus in den Flur. Draußen vor dem Fenster donnerte es, es klang, als würden Steine in einen Lehmeimer geschüttet. Plötzlich wurde es sehr dunkel im Zimmer, und ich streckte die Hand nach der Nachttischlampe aus. Nate hinderte mich daran. »Das Buch«, sagte er.

»Hast du es gelesen?«

»Fast, noch nicht ganz.« Er setzte sich aufs Bett, die Hände vor sich gefaltet, die Ellbogen auf die Knie gestützt. »Bringt er sich am Schluss um?«

»Was? Nein! Es geht gut aus, oder zumindest so mehr oder weniger.«

»Ich dachte, er würde Selbstmord begehen.« Er hob das Kinn und sah mir in die Augen. »Also hast du Angst, wir drehen so durch wie Holden, nachdem seine Schwester gestorben ist, stimmt's? Darum wolltest du, dass ich das lese.«

In der wachsenden Dunkelheit sah Nates Gesicht grau aus und so flach wie Pappkarton. Auf einmal wäre ich am liebsten davongerannt, die Treppe hinunter und in das warme Licht der Bibliothek, wo ich wenigstens so tun könnte, als wüsste ich nicht, was er meinte. Noch nie zuvor hatte einer von ihnen so unverblümt über das Sterben ihrer Mutter gesprochen. Sie hatten überhaupt noch nie angedeutet, dass sie eines Tages sterben würde. Und nun glaubte er, ich hätte das Buch benutzt, um dieses Thema endlich anzusprechen.

»Das war nicht der Grund«, sagte ich. »Das spielte überhaupt keine Rolle. Es war, weil ich es so toll fand, in Holdens Kopf zu schauen, weil er so echt und so durcheinander ist, aber auch so *gut*. Und ich weiß nicht, irgendwie dachte ich auch, du würdest ihn gern kennenlernen. Ich schwöre, mehr war es nicht.«

»Okay«, sagte er, und dann noch einmal: »Okay.« Und dann

legte er sich rücklings aufs Bett und schaute das dunkle Holzkruzifix an der Wand an. »Ich denke, wir sollten daraus unsere nächste Mutprobe machen.«

War irgendetwas von dem, was Holden getan hatte, so richtig gefährlich gewesen? »Wie sollen wir das machen?«

»Davonlaufen, Chloe. Wir könnten nach New York fahren und alles tun, was er getan hat, in den Central Park gehen und ins Naturhistorische Museum, Schlittschuhfahren im Rockefeller Center und am Broadway ins Theater gehen …«

»Es ist Juni. Im Juni gibt es keine Eisbahn.«

»Ja, stimmt schon, aber darum geht es doch nicht. Hast du denn nicht manchmal Lust, du weißt schon, einfach abzuhauen? So wie Holden das versucht hat. Einfach aufzustehen und zu gehen, ohne jemandem ein Wort davon zu sagen? Wir könnten verschwinden und nie mehr wiederkommen, wenn wir wollten. Was hältst du davon, in einer kleinen Stadt in der Toskana zu leben, in einem kleinen Häuschen mit einem steingepflasterten Weg und Blumen vor den Fenstern? Dort würden wir den Tag damit verbringen, Romane zu schreiben, und am Nachmittag würden wir dann einen Spaziergang machen und im Käseladen Gorgonzola kaufen.«

Es hätte mich überhaupt nicht überrascht, wenn dieser Traum vom Abhauen schon in Nates Kopf herumspukte, als ich ihn zum ersten Mal traf. »Das hört sich an wie ein Kapitel aus *Zimmer mit Aussicht*«, sagte ich. Aber hatte ich mir nicht oft genug vorgestellt, Hemingways Spanien zu besuchen oder das England von Jane Austen, Lewis' Narnia, Tolkiens Mittelerde? Auch in mir hatte es das Bestreben nach einem besseren Leben anderswo immer schon gegeben. Die besten Geschichten der Welt handelten vom Davonlaufen.

Letztendlich brannten wir natürlich doch nicht nach New York durch. Nein, unsere Flucht war viel weniger dramatisch, und es ging mehr um das Entkommen selbst als um das Ziel unserer Reise.

Wir lagen bäuchlings auf der Wiese, Grace, Nate und Cecilia hatten Lehrbücher vor sich, und ich schrieb eine Abschlussarbeit für meinen Erdkundekurs (wobei ich die bösartig-poetischen Begriffe vor mich hin murmelte: Känozoikum, Mesozoikum, Paläozoikum – Namen wie Würmer mit scharfen Zähnen). Da klappte Cecilia plötzlich ihr Buch zu und sagte: »Das nervt. Warum muss ich etwas über die Aboriginekultur wissen? Ich werde doch eh nie einem Aborigine begegnen. Kommt, wir gehen schwimmen.«

Nate nahm Cecilias Zopf, zog ihn nach vorne und kitzelte sie damit an der Nase. »Du weißt es noch nicht, aber sie schicken dich nach Australien, sobald du sechzehn wirst. Wir haben abgestimmt und beschlossen, dass sich ab diesem Zeitpunkt mal die andere Seite der Erde mit dir herumärgern soll.«

»Ha, ha, wirklich sagenhaft witzig.« Sie warf sich auf den Rücken. »Dagegen hätte ich übrigens gar nichts, solange ich nur von hier wegkomme. Es ist zurzeit wirklich richtig deprimierend.«

»Darüber haben wir kürzlich geredet, ich und Nate«, sagte ich. »Ich fände es toll, wie Robinson Crusoe irgendwo zu stranden, wo niemand außer uns ist.« Das Bild in meinem Kopf entsprach, um ehrlich zu sein, Robinson nur zum Teil, der Rest war eher *Gilligans Insel*. Ich stellte mir vor, wie wir aus Kokosnüssen einen Phonographen bauten.

Grace hob den Kopf und lächelte verträumt. »Wir würden alle in einem kleinen Haus aus Palmblättern leben, Teppiche aus Farnwedeln weben und Muscheln an die Wand hängen.«

»Und fischen gehen und am Abend ein Feuer machen, um unseren Fang zu kochen«, sagte ich.

Nate drehte sich zu mir um und lächelte nachdenklich. »Das sollten wir machen«, sagte er. »Für unsere nächsten Abzeichen. Wir radeln an den Strand, bauen uns einen Wetterschutz und angeln Fische. Jeden Abend gibt es Fisch und Meeresfrüchte, und dann sehen wir mal, wie lange wir aushalten. Jeder, der es eine Woche lang schafft, kriegt ein Abzeichen.«

»Avonlea«, warf Grace ein.

»Ach ja, *Anne auf Green Gables.* Ich hatte ganz vergessen, wie besessen du von diesen Büchern warst«, sagte ich. »Du hast mich sogar gebeten herauszufinden, wie du dich adoptieren lassen kannst, um den Rest deines Lebens am Meer zu verbringen.«

»Ja, klasse!«, sagte Nate. »Wir fahren alle miteinander in eine fiktionale Stadt.«

»Das ist ungefähr so realistisch wie eine Woche am Strand«, stellte Grace fest.«

»Der Strand ist gerade mal eine halbe Stunde entfernt. Aber wie willst du nach Prince Edward Island kommen?«

»Du meinst das ernst? Daran solltest du noch nicht einmal *denken,* Nate. Was glaubst du, was Daddy dann mit dir machen würde?«

»Ach, Grace, warum musst du immer das sagen, womit man rechnet?«

Grace riss die Blüte von einem Gänseblümchen ab und bewarf ihn damit. »*Du* sagst doch immer das, womit man rechnet«, erwiderte sie eher verletzt als verärgert.

Und das war das Ende des Gesprächs, außer dass Cecilia noch darüber nachdachte, wie man wohl an ein Schiff kam, mit dem man stranden konnte. Nate warf Grace immer wieder verächtliche Blicke zu, und Grace rächte sich, indem sie ihm Gänseblümchen an die Nase warf.

Am nächsten Tag sprang Nate von der Veranda, sobald er mich kommen sah, als hätte er mich schon erwartet. Er packte mich am Handgelenk und zog mich zum Wäldchen. »Ich habe darüber nachgedacht«, sagte er.

Ich zog mein Handgelenk weg und massierte es. Misstrauisch sah ich ihn an: »Worüber?«

»Die ganze Nacht habe ich nachgedacht, und ich finde, wir sollten es tun, du und ich.«

»Was tun? Du meinst aber nicht das mit dem Schiffbruch!«

»Jetzt sei doch du nicht auch noch so herablassend! Ich hatte gehofft, wenigstens du zeigst ein bisschen Schneid.«

Ich? Er hielt mich für mutig? Ich empfand eine Spur von Stolz.

»Ich sage ja nicht, dass wir tatsächlich wochenlang am Strand campieren sollen, nur vielleicht einen Tag und eine Nacht, bis zum nächsten Morgen.«

»Ernsthaft? Und was würde dein Dad dazu sagen?«

»Er würde es nie erfahren.« Ein düsterer Schatten flog über sein Gesicht, ehe er sagte: »Unsere Jugendgruppe macht nächste Woche ihren Campingausflug, lauter Jungs, die gemeinsam beten und singen in Gottes großer Natur, Halleluja, gib mal einer die Hotdogs rüber. Und ich hab mir überlegt, ich könnte doch sagen, dass ich mitfahre, aber ich tue es gar nicht.«

»Aber dein Vater leitet die Jugendgruppe!«

»Was ist, wenn ich unterwegs eine schreckliche Migräne kriege? Ich fasse mir an den Kopf und stöhne und sage Dad, dass mir richtig schlecht ist. Und dann fragt Daddy mich, ob er wenden und mich wieder nach Hause bringen soll, und ich sage Nein. Es wäre doch gemein, allen anderen die Freizeit zu verderben, er solle mir einfach ein bisschen Geld geben und mich an einer Telefonzelle rauslassen, dann würde ich ein Taxi rufen und mich heimfahren lassen. Was ich auch tun werde – ich lasse mich von dem Taxi zu deinem Haus bringen und dann weiter zum Strand.« Er strahlte mich mit einem triumphierenden, selbstzufriedenen Lächeln an. »Und wenn ich dann tatsächlich wieder heimkomme, sage ich zu Mom, ich hätte ein bisschen Zeit für mich allein gebraucht, um nachzudenken oder so. Sie wird es schrecklich finden, dass ich gelogen habe, aber so, wie sie zurzeit ist, wird sie alles tun, um zu verhindern, dass Daddy wütend wird. Ich bin mir sicher, sie wird ihm nichts davon erzählen.«

Ich biss in die Innenseite meiner Wange und sah Nate nachdenklich an. Furcht und Begeisterung, das stammt beides aus derselben Quelle, und ich spürte beides, im Widerstreit miteinander. Aber Nate hatte offenbar gar keine Angst, er schien gar nicht zu realisieren, was für riesige Lügen er da erzählen musste. Wie Soldaten, die vor dem Krieg durch ein Ausbildungslager abgehärtet wurden, war es Nate offensichtlich gelungen, sich durch sein Training unempfindlich zu machen. »Dein Dad bringt dich um, wenn er das jemals herausfindet«, sagte ich leise.

»Dann bist du einverstanden? Du machst mit?« Und dann bemerkte er offenbar die Anspannung in meinem Gesicht, denn seine Miene wurde plötzlich düster. »Ja, er würde mich wahrscheinlich umbringen. Das ist mir klar. Verglichen mit anderen verbotenen Sachen, die ich schon gemacht habe, wäre das eine ganz andere Nummer. Und wenn man das hochrechnet – wenn man die Bestrafung in anderen Fällen auf die Bestrafung für eine so schlimme Lüge hochrechnet –, dann ist eine tödliche Tracht Prügel sehr wohl im Bereich des Wahrscheinlichen.« Er sah mir in die Augen und lächelte. »Aber wenigstens habe ich dann vor dem Tod ein bisschen gelebt.«

Und so fuhr eine Woche später ein Taxi vor unserem Haus vor. Ich hatte meiner Mutter erzählt, Cecilia habe mich eingeladen, bei ihr zu übernachten, und Momma hatte mir einen sehr erwachsenen Seidenpyjama gekauft, das schönste Kleidungsstück, das ich je besessen hatte. Sie hatte auch einen pinkfarbenen ovalen Handspiegel und eine künstliche Orchidee in einem Terrakotta-Topf erstanden, als Dankeschön-Geschenke für Cecilia beziehungsweise Mrs. Sinclair, und ich packte alles pflichtschuldig in meine Büchertasche, zusammen mit dem Pyjama, einer Zahnbürste und Shampoo.

Nate grinste mich an, als ich ins Taxi stieg. Sofort spürte ich eine geradezu elektrisierte Aufregung von ihm ausgehen. Es war ein Vibrieren unter der Oberfläche, wie etwas, wovon ich im Erdkundekurs gehört hatte, eine unsichtbare Kraft, die alles in ihrer Umgebung mitschwingen ließ.

Während der Fahrt erzählte mir Nate, was er in der Zwischenzeit herausgefunden hatte: wie man ein Feuer ohne Streichhölzer entzündete und welche Beeren und Wurzeln man bedenkenlos essen konnte. Und dann zog er den Reißverschluss seines Rucksacks auf und zog einen Hammer und Nägel heraus (um unseren Unterstand zu bauen), ein Taschenmesser (für die Jagd) sowie Schinkensandwiches und vier Dosen Cola, die er aus den Kühltaschen der Jugendgruppe entwendet hatte. »Stimmt schon, das ist nicht ganz fair«, sagte er, »aber sogar

Robinson hat ein paar Tage lang Nahrungsmittel aus dem Schiff geholt.«

»Außerdem brauchen wir die Energie für die anstrengende Arbeit«, stellte ich fest. Ich nahm mir eine Dose Cola und stieß mit der seinen an. »Prost!«

Der Strand war nicht ganz so, wie man sich eine unbewohnte Insel vorstellte. Wenn man genau hinsah, konnte man oben an den Klippen eine Pension erkennen, und bei der Ködersuche entdeckte ich vier Zigarettenkippen, die Umhüllung eines Schokoriegels und den Rumpf einer kopflosen Barbiepuppe. Ich war entsetzt, dieser Müll kam mir vor wie ein Tumor, hässlich und fehl am Platz. Aber wenn man nur aufs Meer hinaussah und tief hineinblickte in die Wälder neben der Sandbank, dann konnte man sich vorstellen, dass Rettung Hunderte von Meilen weit entfernt war.

Nate, der weiter unten am Strand am Wasser gekauert hatte, kam jetzt rufend auf mich zugerannt. Sobald er näher kam, sah ich, dass er eine mehr als handtellergroße Muschel trug. »Wo ist der Eimer, haben wir einen Eimer?«, fragte er aufgeregt. Dann griff er nach seinem Rucksack, leerte den Inhalt in den Sand und ließ die Muschel hineinfallen. »Jetzt bei Ebbe kann man überall die Atemlöcher sehen. Hast du gesehen, wie riesig dieses Ding ist? Sie sind ziemlich tief eingegraben, aber zu zweit sollte es nicht so lang dauern, sie herauszuholen.« Er schulterte den Rucksack, zögerte einen Moment und nahm mich dann an der Hand. Eine Weile lang standen wir Hand in Hand und schauten über den Sand, dann fasste er mich fester. Wir gingen am Meer entlang, barfuß, die Hosen bis unter die Knie aufgerollt.

Als Nate wortlos auf ein kleines Loch im Sand deutete, knieten wir uns beide hin und begannen zu graben. Unsere Ärmel und Knie wurden nass, der Wind blies kalt übers Meer heran, aber mir stand vor Anstrengung der Schweiß auf dem Gesicht. Mit einem gleichzeitigen »Da!« fanden wir beide im selben Moment den harten oberen Rand der Muschel. Nate zog sie aus dem Sand, wischte sie ab und dann ließen wir uns triumphierend auf die Fersen zurücksinken. »Noch zwanzig Stück von denen, und wir können eine ganze Woche lang jeden Abend Meeresfrüchte essen«, sagte er und warf die Muschel in den Rucksack. Wir machten uns wieder auf den Weg den Strand entlang, und nach einer kurzen Weile nahm er meine Hand.

Letztendlich gruben wir nur fünf Muscheln aus, weil uns die Arme wehtaten und unsere Finger zu bluten anfingen. Aber wir wussten, für heute Abend war das genug, eine Vorspeise zu unseren Sandwiches, und morgen, wenn wir ausgeruht waren, würden wir noch mehr von ihnen ausgraben.

Zurück beim Lager zeigte mir Nate, wie man mit angespitzten Stöcken ein Feuer macht. Ich mühte mich mit dem Aneinanderreiben der Stöcke ab, während er die Muscheln mit seinem Taschenmesser öffnete. Danach löste er mich beim Feuermachen ab, aber als nach einer halben Stunde noch immer nichts als Rauch zu sehen war, sagte er: »Im Buch klang das so einfach. Vielleicht hätte ich vorher üben sollen.«

»Oder Streichhölzer mitbringen.«

»Haha!« Er betrachtete das sandige, schleimige Fleisch der Muscheln, das er ausgelöst hatte. »So.«

Er stupste es mit dem Zeigefinger an, dann wischte er sich die Hände an der Hose ab und legte die Muschel auf die Seite. »Vielleicht sollten wir lieber Beeren suchen.«

»Im Innern von Pinienzapfen sind doch Nüsse, oder? Wir könnten die Nüsse herauspulen.«

»Womit denn, mit unseren Eichhörnchenzähnen? Ich hätte da noch die hier.« Er zog ein paar Kräuter aus seiner Hosentasche. »Und Farnspitzen. Die gibt es da drüben im Wald tonnenweise. Angeblich kann man sie essen.«

Ich nahm mir eine, steckte sie in den Mund und kaute sie langsam. Dann verzog ich das Gesicht und spuckte sie aus. »Das schmeckt wie Ohrenschmalz.«

»Ja, man soll sie auch eigentlich hinunterschlucken, ohne zu kauen.« Er zerdrückte das Kraut mit den Fingern und schluckte es hinunter wie eine Tablette. Dann schwieg er einen Moment und sagte dann: »Füllt den Magen.«

Ich lächelte. »Komm, wir essen jetzt die Sandwiches, und dann bauen wir einen Unterstand.«

Aber nachdem wir eine Stunde lang gearbeitet hatten, hatten wir lediglich schmerzende Muskeln und vier gebogene Äste, die im Boden steckten. Es hatte sich als unmöglich erwiesen, weitere Äste zu befestigen, um eine Wand zu bauen – entweder waren die Nägel nicht spitz genug oder das Holz zu hart. Und so stellte ich die künstliche Orchidee zwischen unsere vier Äste und ließ mich mit geschlossenen Augen von der Sonne wärmen.

»Crusoe hat ein Tagebuch geführt«, sagte Nate. »Wir hätten auch eins mitbringen sollen, dann könnten wir jetzt schreiben: ›Wir haben es versucht.‹« Er wirkte müde, aber nicht sonderlich enttäuscht.

»Es zu versuchen ist das Wichtigste.« So ganz glaubte ich nicht daran, aber ich sagte es, weil es irgendwie richtig klang. »Außerdem, wir sind immer noch am Leben. Jetzt haben wir schon …«, ich sah auf meine Armbanduhr, »… sechs Stunden lang überlebt. Wir sollten eine Markierung an einen Baum machen.«

Nate lächelte. »Wir haben sogar Schnabelattacken der tödlichen Regenpfeifer überstanden.«

»Und wir wurden nicht von den menschenfressenden Köderfischen zerfleischt. Das nenne ich einen Quasi-Erfolg.« Das Wort »quasi« befriedigte mich so, dass ich es noch einmal sagte. »Ein halber Quasi-Erfolg.« Ich hob die künstliche Orchidee auf Brusthöhe an und lächelte, während ich das Knurren meines Magens zu ignorieren versuchte. »Erst vierzehn Jahre alt, und schon haben wir die Wildnis quasi halb gezähmt.«

Eindrucksvolle Sonnenuntergänge, wie sie für den Schluss von Filmen gern genommen werden, waren im Humboldt County selten. Selbst an schönen Tagen senkte sich am späten Nachmittag gewöhnlich der Nebel über den Horizont. Aber an diesem Tag war der Himmel so blau wie gemalt, und als er sich am frühen Abend rot färbte, saßen Nate und ich Seite an Seite, blickten übers Meer und genossen das Schauspiel.

Seltsam, wie sich der Geist anpassen kann. Ich vergaß völlig, wo ich war, die etwas heikle Situation, in der wir uns befanden, die Tatsache, dass wir, bis uns der Taxifahrer am nächsten Tag um drei Uhr nachmittags wieder abholte, nichts mehr zu trinken und zu essen hatten – abgesehen von Ohrenschmalz-Farn. Ich hätte genauso gut über den zinnoberroten Himmel schweben können, ohne Gedanken, ohne Sorgen. Selbst mein Hunger schien nur ein Element des leeren Universums über uns zu sein, beides ein Teil von mir und doch wieder nicht.

Bis Nate sagte: »Grace hat versucht, sich das Leben zu nehmen.«

Es dauerte einen Augenblick, bis mein Hirn aus dem Himmel zurückgekehrt war und die Bedeutung seiner Worte enträtselt hatte. Doch obwohl ich jedes von ihnen entziffern konnte, ergaben sie alle zusammen keinen Sinn. »Was?«, fragte ich.

»Vor einem Monat. Sie saß da, sie saß da mit Moms Herztabletten und der Bibel, es war spät in der Nacht, und ich konnte nicht schlafen, und ich habe noch Licht unter ihrer Tür gesehen und bin in ihr Zimmer gegangen. Die Bibel, Moms Herztabletten und ein Glas Saft, und dann dreht sie sich zu mir um – und der Ausdruck auf ihrem Gesicht, ich weiß nicht, wie ich ihn beschreiben soll. Fast wie ein Kind, das etwas verloren hat, einen Hund oder ein Spielzeug, das ich für sie finden soll.«

Grace, dachte ich, Grace – und wiederholte den Namen, bis er seine Bedeutung verlor. Ich versuchte, diese Szene in Einklang zu bringen mit dem Mädchen, das ich kannte, dem Mädchen, das stets wild entschlossen war, uns über unsere Schwächen aufzuklären. Das tat sie nicht deshalb, weil sie uns an ihre eigene Überlegenheit erinnern wollte, sondern weil sie es als ihre Pflicht ansah, uns beizubringen, was richtig und was falsch war.

Im Sommer zuvor hatte Grace bemerkt, dass ich in meinen viel zu kleinen Sneakern humpelte. Ich hatte einen Wachstumsschub gehabt, und es war bereits das zweite Paar in diesem Jahr. Ich brachte es nicht über mich, meiner Mutter von den aufgeriebenen Stellen an meinen Fersen zu erzählen, denn ich kannte ihren schmerzlichen Gesichtsausdruck, wenn sie überlegte, worauf wir dafür verzichten mussten.

Grace wies mich an, mich hinzusetzen und mir die Schuhe auszuziehen. Ohne ein Wort zu sagen, inspizierte sie meine Füße. Und dann stand sie auf, ging ins Haus und kam kurz darauf mit zwei Zwanzigdollarnoten zurück, die sie mir in die Hand drückte. »Für Schuhe«, sagte sie, »und was du sonst noch so brauchst. Es ist von meiner Mom, aber wir müssen ihr das nicht erzählen, weil ich weiß, dass sie einverstanden wäre.«

Zunächst hatte ich mich gewundert, warum sie nicht um das Geld gebeten hatte, wenn sie sicher war, dass Mrs. Sinclair nichts dagegen hatte. Aber später begriff ich, dass sie mir die Peinlichkeit ersparen wollte. An diesem Tag begriff ich: Richtig oder falsch konnte nicht erklärt werden, man musste es einfach fühlen.

»Ich habe sie gefragt, was sie getan hat«, erzählte Nate weiter. »Sie wusste, ich hatte die Tabletten gesehen, und sie sprang auf, nahm die Tabletten und den Saft und sagte, sie bringe jetzt beides zu Mom. Also ging sie an mir vorbei, aber dann drehte sie sich plötzlich um und ging zurück zum Schreibtisch, um etwas aus ihrem Notizheft zu reißen und in die Tasche zu stecken. Ich nehme an, sie hatte etwas geschrieben, von dem sie nicht wollte, dass ich es las.«

»Einen Abschiedsbrief?«

Nate traten Tränen in die Augen, und ich nahm seine Hand. »Was hast du dann gemacht?«

Er presste die Lippen fest zusammen und schüttelte den Kopf. Ich ließ seine Hand los, und mit einem Gefühl der Hilflosigkeit legte ich beide Arme um ihn. »Ich habe mich in ihr Bett gelegt«, sagte er gegen meine Schulter. »Ich habe mich in ihr Bett gelegt, unter die Bettdecke, und ein paar Minuten später kam sie wieder herein und blieb einfach stehen. Ich hielt die Augen geschlossen und konnte nicht sehen, wie sie aussah, aber nach einer Weile kroch sie zu mir ins Bett, und wir lagen nebeneinander. Ich vermute, dass sie irgendwann eingeschlafen ist, aber ich nicht. Ich lag die ganze Nacht wach, weil ich sichergehen musste.«

Ich legte eine Hand an seinen Hinterkopf, sowohl, um mich zu stützen, als auch, um ihn zu trösten. »Du glaubst doch nicht, dass sie es wieder versuchen wird, oder?«

»Ich weiß nicht mal, ob sie es überhaupt versucht hat. Vielleicht wollte sie bloß die Möglichkeit dazu haben oder auch nur ausprobieren, wie sich das anfühlt, so wie wir bei unseren Mutproben – es *fast* tun, es sich vorstellen. Aber als ich in der nächsten Nacht nach ihr schauen wollte – ich hatte vor, möglichst wieder die ganze Nacht wachzubleiben –, da kam sie auf einmal zu mir ins Zimmer und stieg, ohne zu fragen, in mein Bett. Seitdem kommt sie jede Nacht. Vielleicht, um mir zu zeigen, dass sie es nicht mehr tun wird, dass alles in Ordnung ist. Aber vielleicht auch, um sich daran zu hindern, es zu tun.«

Ich stellte mir Grace vor, die von irgendetwas gequält wurde, aber jetzt auf sich aufpasste. Die ihrem Körper Anweisungen gab, was er zu tun hatte und wohin er gehen sollte, so als gehörte er gar nicht zu ihr, wäre ein eigenwilliges Kind. Die sich – das vermutete ich zumindest – ein hochgeschlossenes weißes Baumwollnachthemd anzog und vielleicht sogar eine Haube, ehe sie in das Bett ihres jüngeren Bruders stieg.

Vor einem Monat, da hatte Nate das Spiel mit dem Zug angefangen. Und plötzlich begriff ich. »Das war der Grund, warum du Grace nichts mehr von unseren Mutproben erzählt hast. Nicht nur, weil du dachtest, sie würde uns verraten.«

Ohne zu antworten, hielt er die Augen auf den Horizont gerichtet. Die Sonne war bereits untergegangen, ich hatte den Moment wohl verpasst. Aber sie färbte noch immer den Himmel, ein Blutfleck in einem blauen Gewebe.

Ich dachte daran, wie Nate und Grace sich sonst verhielten. Grace überwachte uns mit der leisen Verzweiflung und Resignation einer Mutter, während Nate ihr gegenüber eine Geringschätzung an den Tag legte, die mir jetzt künstlich vorkam. Tagsüber spielten beide die Rollen, die von ihnen erwartet wurden, aber nachts zeigte sich die Wahrheit.

Er sagte: »Kürzlich hast du mir gesagt, du würdest versuchen, uns vor den Tatsachen des Lebens zu beschützen. Aber wir wissen Bescheid, Chloe. Wir wissen mehr als du.«

Ich spürte, dass er mir noch etwas anderes erzählen wollte. Er hielt Teile seines Lebens vor mir verborgen, das wusste ich. Wie ihr Tagesablauf aussah, wenn ich nach Hause gegangen war, davon hatte ich keine Ahnung. Und ich spürte, dass das, was er mir schließlich enthüllen würde, etwas Wichtiges sein musste, ein Geheimnis wie ein Schlüssel, der alle Fragen beantwortete, die ich mir über ihre Familie stellte. Seine Schultern spannten sich an, und ich wartete, aber er vergrub sein Gesicht nur noch tiefer an meinem Hals.

»Es tut mir leid«, sagte ich leise. Noch immer hielt ich ihn im Arm und fühlte, wie sich seine Brust beim Atmen hob und senkte, hob und senkte. Als Antwort strich er mit dem Finger langsam über meinen nackten Unterarm, hinauf und wieder hinunter.

Ich nahm seine Hand, und er verschränkte seine Finger mit meinen und führte meine Hand an seinen Mund. »Chloe«, flüsterte er in sie hinein. In seiner Stimme schwang Angst mit, und ich hörte die Tränen. »Ich will«, sagte er, »ich will …«

Völlig erstarrt saß ich da, unter dem Brustbein einen eigroßen, steinharten Knoten. Alice, wie sie durch das Kaninchenloch nach unten fliegt, auf dem Weg von der Welt, die sie kennt, in eine Welt, die viel seltsamer ist als alles, was sie sich je vorstellen konnte. Aber ich entzog ihm meine Hand, richtete mich auf und kniete nun zwischen Nates gespreizten Beinen. Dann legte ich ihm beide Hände auf die Haare und beugte mich vor, um ihm einen Kuss zu geben.

Nate stieß einen erstickten Ton aus, schlang seine Arme um meine Taille und zog mich zu sich auf den Sand. Und ich küsste ihn noch einmal, fester jetzt, und blieb dann liegen. Mein Gesicht schwebte ganz nah über seinem, ohne es zu berühren. Sein Atem wurde heftiger, strömte warm über meine Lippen, ich fühlte seine Bewegungen unter meinem Bauch, die Erregung, die sie auslösten, und um uns das Plätschern der Wellen, das Licht des aufgehenden Mondes, den Sand zwischen meinen nackten Zehen und den Blick, der uns verband.

Teil V

Im Bauch des Wals

11

Küssen, das war alles, was wir in dieser Nacht taten, obwohl ich möglicherweise mehr zugelassen hätte – viel mehr –, hätte er es nur versucht. Nate erzählte mir sehr viel später, dass er damals nicht mehr über Sex wusste als das, was ihm sein Körper während bestimmter lebhafter Träume unwillkürlich verriet. Ich hingegen hatte natürlich Kitschfilme gesehen und die Junior Highschool besucht, daher hatte ich eine gewisse Ahnung, wie Sex idealerweise sein sollte, und einen Abscheu dagegen, wie er vermutlich tatsächlich war. Aber dieser erste Kuss war wohl der süßeste Augenblick meines ganzen Lebens, vorher und nachher.

Wie komisch, dass ich nicht häufiger an diese Nacht dachte. Reden nicht die meisten Paare immer wieder über ihre Anfänge, die Zeit, als der Samen gelegt wurde, um darüber lachen zu können, wie unsicher sie gewesen waren und wie wenig sie einander wirklich gekannt hatten, und dann zu staunen, was für eine Blume aus diesem Samen gewachsen ist? Warum dachte ich eigentlich nie an unsere Kindheit? Aber Nate hatte sich daran erinnert. Zum Verschlüsseln hatte er zwei Bücher ausgewählt, die unsere Anfänge symbolisierten.

Jetzt brachte ich *Robinson Crusoe* in den Leseraum, setzte mich mit untergeschlagenen Beinen hin und begann, Buchstaben aus Nates Notizbuch abzuschreiben und wegzustreichen. Ich machte die Bewegungen völlig mechanisch, eine so eintönige und stumpfsinnige Aufgabe wie Unkrautjäten. Ich zwang mich, das Ergebnis nicht zu lesen, ehe ich fertig war.

Kan~~ich~~ ~~bin~~nst ~~ge~~du ~~bo~~mir ~~re~~ver~~n~~ ~~zu~~ze ~~yor~~ih ~~k~~en~~imjah~~ ~~rer~~ o~~6~~ der ~~32a~~h as~~lski~~st du~~nda~~ mi~~ng ese~~chfü ~~he~~rdas ~~ne~~wa~~r~~ sich~~leu~~ ~~te~~geta ~~di~~n ha~~e~~be?

Kannst du mir verzeihen, oder hasst du mich für das, was ich getan habe?

Ich starrte den Satz an. Wovon sprach er nur? Und an wen schrieb er?

Gabriel. Er schrieb noch immer an Gabriel.

Habe ich einen Fehler begangen? Ich habe versucht, die Kontrolle über das Schicksal zu behalten. Vermutlich dreht sich dieser ganze Brief darum, wie falsch es ist, Gott spielen zu wollen.

Ich möchte glauben, dass du dort bist und dass du verstehst. Mein Vater hat versucht, mir einen reinen, fraglosen Glauben mitzugeben, aber du ahnst sicher, wie sehr ich immer damit gekämpft habe. Glaubenszweifel oder der Glaube an einen ungerechten Gott – ich weiß nicht genau, was schlimmer ist.

Und so schreibe ich einen weiteren Brief, auch wenn du, falls du ihn tatsächlich lesen kannst, als spirituelles Wesen ohnehin viel weiser bist als ich. Doch was auch immer du bist oder nicht bist – mir wird klar, dass ich vor allem an mich selbst schreibe. Die Vorstellung, deinen Geburtstag nicht zu feiern, käme mir vor, als bräche ich ein Versprechen.

Und es hat etwas merkwürdig Beruhigendes, diese Worte mit den Buchstaben eines Buches zu verweben, das deiner Mutter und mir so viel bedeutet.

Sie geht unter. Anders kann ich es nicht beschreiben. In den letzten paar Monaten dachte ich, sie würde zu mir zurückkommen, aber jetzt begreife ich allmählich, dass das möglicherweise nie mehr ganz geschehen wird. Ein Mann zu sein bedeutet auch, dass man glaubt, alles reparieren zu können, aber nun stellt sich heraus, dass man Trauer nicht reparieren kann.

Ich habe dieses Haus für sie gekauft in der Vorstellung, es könnte ein erster Schritt hin zu einer Heilung sein. Nach vorne schauen anstatt immer nur zurück. Als wir letzten Monat das kleine Zimmer renovierten, mit Joni Mitchell aus dem Ghettoblaster und Farbe im Haar, sagte sie: »Wir machen uns so viel Arbeit, aber eigentlich wissen wir gar nicht, was wir hier reinstellen sollen. Was soll das werden?«

Und ich sah die Röte auf ihren Wangen, hörte, wie Joni von einer Frau sang, die darauf wartete, von ihrem Mann zu hören, und sagte: »Wir könnten eine Wiege aufstellen.«

Deine Mom, sie erstarrte regelrecht. Und dann wurde ihr ganzes Gesicht feuerrot, sie warf mir die nasse Farbbürste an den Kopf und rannte aus dem Zimmer.

Was habe ich mir nur dabei gedacht? Ich finde die Vorstellung selbst unerträglich, also was hat mich darauf gebracht, sie würde mir die Andeutung dieser Möglichkeit nicht zutiefst übelnehmen?

Dieses Buch, Robinson Crusoe, *war ein Abenteuer, das uns begeisterte, aber wenn man es genauer liest, dann ist es ein Buch über Sklaverei, über den Irrtum eines Mannes, der sich anderen überlegen glaubt. Crusoe wird mit der Natur und den schwierigen Bedingungen fertig, er meistert sein Schicksal in einer höchst feindseligen Umwelt, aber dann will er sich auch noch aufschwingen zum Herrn über die Menschen in seiner Umgebung. Es ist ein Buch über die richtige oder falsche Art, sein Leben zu führen. Ist es nicht ironisch, dass ich vorhatte,* Robinson Crusoe *als letzte Stufe zu benutzen, um ihre Liebe zu erringen? Als gäbe es Stufen bei so etwas wie der Liebe.*

Seit ich ganz klein war, etwa in deinem Alter, war ich davon überzeugt, diese Art von Macht zu besitzen. Fast so wie mein eigener Vater, und schon der Gedanke daran stößt mich ab. Deine Tanten taten mehr oder weniger das, was ich von ihnen verlangte, sogar Grace, und sie glaubten die Lügen, die ich ihnen erzählte. Und deine Mom, sie war so beherzt und so eigenständig, dass es mir wie der höchste Triumph erschien, sie zu »beherrschen«. Aber natürlich weiß ich jetzt, dass sie – verzeih mir – in vieler Hinsicht bedürftig war. Und so war es letztendlich überhaupt kein Triumph.

Als ich meine Mutter verlor, musste ich feststellen, dass meine Macht bei allem, was wirklich zählte, begrenzt war. Und als ich dich verlor, begriff ich, dass ich überhaupt keine Macht besaß. Aber ich versuche es noch immer, ich kaufe ein Haus, ich renoviere es, bis es wieder wie neu ist, ich deute an, wir sollten dich in anderer Gestalt zu uns zurückbringen. Und all das entfernt uns nur noch weiter von dem, was wir einst hatten, bohrt den Schmerz unausweichlich noch tiefer in uns hinein, bis auf die Knochen.

Ich legte den Stift auf den Tisch und den Notizblock darauf, mit der Oberseite nach unten.

Dieser Tag, der Tag, an dem er vorschlug, wir sollten ein weiteres Kind bekommen … Damals hasste ich Nate dafür, tat es teilweise immer noch. Für mich war diese Frage der Beweis, dass er Gabriel nicht einmal annähernd genug geliebt hatte. Und sie brachte die Wut auf Nate zurück, die ich Gabriels ganzes Leben lang empfunden hatte – weil er nicht bei uns gewesen war.

Als Gabriel verschwand, gab ich Nate die Schuld dafür.

Kannst du mir verzeihen, oder hasst du mich für das, was ich getan habe? Meinte er das damit, dass er sich vorwarf, uns im Stich gelassen zu haben? Aber nein, *was ich getan habe* deutete ein Geschehen an, eine Tat. *Ich habe versucht, die Kontrolle über das Schicksal zu behalten,* hatte er geschrieben.

Das war das Leitmotiv von Nates ganzem Leben. Sein Vater hatte versucht, noch die kleinste Kleinigkeit zu kontrollieren, die Kleider, die Nate trug, die Bücher, die er las, die Spiele, die er spielen durfte. Während Mr. Sinclair den Mädchen etwas Freiheit zugestand, wenn er zu Hause war – auch wenn es nur darum ging, Sophie im Haushalt zu helfen –, blieb er Nate gegenüber unerträglich streng. Er zwang Nate, stundenlang in der Kirche zu sitzen, an vier oder fünf Tagen die Woche und sogar dann, wenn er krank war. Er weckte ihn jeden Morgen vor Tagesanbruch, um mit ihm zu beten, und ließ ihn ganze Vormittage lang schrecklich öde Passagen aus der Bibel auswendig lernen. Er versuchte sogar, Nates Gefühle zu kontrollieren, indem er behauptete, wenn Nate nicht glücklich sei, wäre das ein Zeichen von Sünde, eine Unreinheit in seinem Verhältnis zu Gott. Und so vergoss Nate in Anwesenheit seines Vaters keine einzige

Träne, nicht einmal, als Sophia starb. Er hatte gelernt, alles zu unterdrücken und zu verstecken, sogar vor sich selbst.

Im Lauf der Jahre sah er diese strikte Selbstbeherrschung als ein Element von Männlichkeit, aber seine Mutter milderte diese Haltung ab. Sie brachte ihm bei, rebellisch zu sein, tat, was sie konnte, um Joels strenge Vorschriften zu umgehen. Sie zeigte ihren Kinder, dass diese Regeln keineswegs eisern waren, sondern allenfalls aus Plastik bestanden. Rebellion und Selbstbeherrschung, das waren die beiden Elemente, die uns in dieser Nacht am Strand zueinandergeführt hatten.

In meinem Kopf drehte sich alles, ich legte mich über zwei Polsterstühle und schloss die Augen. Wo hielt sich Nate gerade auf? Was musste er so Wichtiges erledigen, dass er mich deshalb anlog und so tat, als würde er noch immer Cecilia helfen?

Wer bist du, dachte ich, aber die Frage tat so weh, dass ich den Gedanken gewaltsam beiseiteschob. Ich zog meine Beine ebenfalls hoch und vergrub das Gesicht im Samtpolster des Stuhls. Nates Jackett lag noch immer zusammengeknäult auf dem Tisch, wo ich es hingeworfen hatte, nachdem ich das Handy aus der Tasche geholt hatte. Als ich es jetzt herunterzog, um mich darin einzuwickeln, fiel der Schlüssel zum Glaskasten vom Tisch. Ich griff danach und erstarrte. Setzte mich auf.

Er hatte den Schlüssel auf dem Tisch und den Glaskasten einen Spaltbreit offen gelassen. Hatte er, ehe er ging, etwas mit dem Kasten gemacht? War in dem ausgehöhlten C.-S.-Lewis-Band noch etwas anderes versteckt gewesen als das Notizbuch, Gabriels Locke und die Zeitungsartikel? Cecilia hatte angerufen, er war in den Leseraum gegangen, hatte – *etwas* herausgeholt, so aufgeregt, dass er vergaß, den Kasten wieder abzusperren und sein Jackett und das Handy mitzunehmen. Und dieses

Ding hatte er eingesteckt, um es Cecilia zu zeigen. Was, wenn es denn stimmte, bedeutete, dass Cecilia sehr viel mehr wusste, als sie mir sagen wollte.

Das Notizbuch, die Artikel, die Haarlocke und dazu das, was auch immer er aus dem Kasten geholt hatte, um es Cecilia zu zeigen – alles Teile eines Puzzles.

Oder auch nicht. Vielleicht war das nur meine Vorliebe für epische Romane – scheinbar unzusammenhängende Handlungsfäden, die am Ende wundersam verknüpft sind –, und die einzige wirkliche Gemeinsamkeit war, dass er mir verschweigen wollte, was er da aufgehoben hatte.

Ich betrachtete Nates Notizbuch, den nächsten verschlüsselten Abschnitt, dann schob ich es über den Tisch und ging hinaus zum Auto.

Schemenhaft und noch nicht vollständig durchdacht schwebte mir vor, geradewegs zu Cecilia zu fahren, dort am frühen Morgen einzutreffen und sie aufzuwecken und zur Rede zu stellen, ohne mich zu rechtfertigen. Aber noch auf dem Weg zur Hauptstraße schien der Wagen ganz von selbst langsamer zu werden und mitten auf der Straße stehen zu bleiben. Und dann wendete ich.

Vor der Stadt, wo die Gegend bereits ländlicher wurde, wo die Häuser kleiner und flacher waren und weiter voneinander entfernt lagen, hielt ich vor einer kleinen weißen Ranch. Ich parkte und ging zur Eingangstür.

Daniel trug eine blaue Pyjamahose ohne Oberteil, und seine Haare waren vom Schlaf zerzaust. Er blinzelte dreimal schnell, dann wurde seine Miene freundlich, und er streckte mir die Hand hin. Ich fasste sie. »Halt mich fest, ja?«, bat ich ihn. »Sonst will ich nichts, nur bei dir liegen und gehalten werden.«

Er sah mir schweigend ins Gesicht, dann nahm er auch meine andere Hand, drückte sie, ohne ein Wort zu sagen, und zog mich ins Haus.

Spät am nächsten Morgen erwachte ich von den blendenden Sonnenstrahlen, die durch die Schlitze in den Jalousien drangen. Mich verwirrten ein irgendwo klappernder Topfdeckel und die zerknitterte Bettwäsche unter meiner Wange, die in etwa die Farbe und Steifheit einer Papiereinkaufstüte hatte. Einen Moment lang versuchte ich, mich zu orientieren, dann hörte ich Schritte im Flur und sprang aus dem Bett, um meine Jeans anzuziehen. Schnell schlüpfte ich wieder unter die Decke und zog sie mir über den Kopf.

Ich hörte, wie er etwas auf dem Nachttisch abstellte, dann legte er mir eine Hand auf die Schulter. Ich schloss die Augen.

»Liebes?«, sagte er. »Es ist fast zehn Uhr.«

Liebes. Das klang so besitzergreifend. Und außerdem viel zu intim, doch das war angesichts unserer Affäre eigentlich ein absurdes Gefühl. Ich schlug die Bettdecke zurück und blinzelte. Meine Hoffnung war, wie jemand auszusehen, der gerade erwacht, aber vermutlich wirkte es eher wie ein nervöser Tick. »Daniel«, sagte ich.

Er lächelte. »Gerade wollte ich eine abgedroschene Bemerkung machen, was ein so tiefer Schlaf verrät. Aber ich wusste nicht, wie ich es ausdrücken sollte, ohne dass ich mich hinterher am liebsten ohrfeigen würde.«

»Musst du nicht arbeiten?«

Sein Lächeln verschwand. Er betrachtete mich einen Moment, dann sagte er: »Dafür gibt es keine Vorschriften, wenn man selbst der Chef ist. Ich wollte zu Hause sein, wenn du aufwachst, alles andere wäre doch sehr unhöflich gewesen. Und ich wollte dir ein Frühstück machen.«

Ich blickte auf den Nachttisch, wo er eine dampfende Tasse Kaffee abgestellt hatte und einen Pfannkuchen, der größer als der Teller war. Am liebsten hätte ich mich sofort verabschiedet, ihm gesagt, ich sollte schon längst unterwegs sein. Aber ich wollte seine Gefühle nicht verletzen und auch nicht darüber reden, was mein nächtlicher Besuch zu bedeuten hatte. Zumal ich das selbst nicht wusste. »Das ist ja ein riesiger Pfannkuchen«, sagte ich.

»Ein Pfannkuchen für Faule. Genug Teig für fünf Pfannkuchen, aber man muss ihn nur einmal wenden. Obwohl das Wenden wirklich einiges Geschick erfordert.« Er setzte sich auf den Bettrand und fragte: »Geht es dir gut?«

Was sollte ich darauf antworten? Seine Frage hatte einen gewichtigen Unterton, er wollte herausfinden, ob ich etwas bedauerte. Ich antwortete, als hätte ich das nicht verstanden: »Ich bin nur noch ein bisschen schlapp, weil ich zu lange geschlafen habe. Außerdem habe ich heute eine längere Fahrt vor mir, und darauf freue ich mich nicht.«

Er runzelte die Stirn, fragte aber nicht nach. Plötzlich wünschte ich mir, er täte es. Ich hätte ihm gern alles erzählt, von Nates Notizbuch, seinem Verschwinden, den Worten »was ich getan habe« – das alles lag mir auf einmal viel zu schwer auf der Seele.

»Na schön.« Er massierte sich den Nacken. »Du musst dich nicht entschuldigen, Chloe.«

»Mich entschuldigen?«

»Dass du dir wünschst, die letzte Nacht wäre nicht geschehen, und dass du mich benutzt hast. Ich hatte auch etwas davon, das war doch offensichtlich, oder? Aber du weißt, dass es nicht noch einmal vorkommen wird, oder?«

»Daniel ...« Ich schlang einen Arm um seinen Rücken, aber seine Schultern waren so steif und unnachgiebig, dass mein Arm wieder aufs Bett glitt. »Hör doch auf«, sagte ich. »Glaubst du wirklich, dass es nur darum ging?«

Er zögerte, dann nahm er meine Hand, und ich umarmte ihn und barg mein Gesicht an seinem Hals. Er roch wie irischer Frühling, grün und klar, und ich schob meine Beine auf seinen Schoß und ließ mich von ihm halten.

Eigentlich hatte ich, nachdem ich Daniel verlassen hatte, vorgehabt, zu packen und mich sofort auf den Weg nach Redbridge zu machen. Doch zu Hause wurde mir klar, dass ich Cecilia nach dieser Nacht, nach dem, was ich gerade getan hatte, nicht entgegentreten konnte. Ich stieg unter die Dusche und schrubbte mich gründlich unter glühend heißem Wasser, das Gesicht, die Brüste, zwischen den Beinen. Dann trocknete ich mich mit heftigen Bewegungen ab, zog mich an und ging hinunter in den Laden, wo ich die Tür aufsperrte und das Schild auf »geöffnet« drehte.

Ich hoffte auf Ablenkung, auf Kunden, die mich in Gespräche verwickelten über die Bücher, die sie kaufen wollten, über ihre Kinder, meinetwegen auch über das Wetter – Hauptsache, es hielt mich vom Grübeln ab. Aber die wenigen Leute, die hereinkamen, wanderten geistesabwesend durch den Laden, eine Frau unterbrach dafür nicht einmal ihr Handygespräch. Das war natürlich nicht ungewöhnlich, die meisten Besucher wollten sich nur umsehen, der Hitze oder Kälte draußen entkommen, die Atmosphäre genießen und mit den Fingern über die Buchrücken streifen. Dann verließen sie den Laden mit dem

Gefühl, ein kultivierter Mensch zu sein. Und mir kam es jedes Mal vor wie eine Zurückweisung.

Am späten Nachmittag ging ich ins Obergeschoss und schaufelte eine Schüssel voll Frühstücksflocken in mich hinein. Genau wie damals, als wir Gabriel verloren hatten, war ich verblüfft, dass mein Herz noch immer darauf bestand, weiterzuschlagen, dass mein Magen knurrte und meine Kehle nach Wasser verlangte. Dass man so sehr am Leben und doch gleichzeitig tot sein konnte.

Schließlich holte ich Nates Notizbuch und *Robinson Crusoe* aus dem Leseraum, setzte mich an die Ladentheke und verbrachte den Rest des Tages damit, den codierten Text zu entschlüsseln, Buchstabe für Buchstabe. Ich unterbrach nur, um auf die Toilette zu gehen und meine vom Abschreiben verkrampfte Hand zu lockern. Um zehn Uhr abends nickte ich ein und erwachte Stunden später ohne jede Erinnerung an den Schlaf oder gar an Träume – ich hatte geschlafen wie ein Stein. Ich spritzte mir kaltes Wasser ins Gesicht, suchte mir einen Sender mit schlechter Achtzigerjahre-Musik und joggte zwanzig Minuten lang auf der Stelle in dem Versuch, den Kopf klar zu bekommen. Dann ging ich zurück in den Laden und machte mit dem Entschlüsseln weiter.

Nate hatte jedes Jahr seit Gabriels Geburt einen Brief verfasst, jeder einzelne von ihnen wunderschön. Sie alle zusammen ergaben ein anhaltendes schmerzliches Liebeslied für unseren Sohn, aber auch eine Studie in klassischer Literatur. Briefe eines Vaters, der die Bedeutsamkeit und Herrlichkeit des Lesens vermitteln möchte, das er für eines der wichtigsten Handwerkszeuge zur Aneignung von Weisheit, Einfühlungsvermögen und Weltverständnis hielt.

So viele Jahre lang hatte ich mit Nate im Wäldchen, im Haus der Sinclairs oder in unserem Wohnzimmer über das gesprochen, was wir gerade lasen, und dabei versucht, die Erzählfäden zu entwirren und zu verstehen, was der Text uns über uns selbst verriet. Das, was ein Mensch geschrieben hatte in dem Versuch, die Welt zu erfassen, verwandelte sich durch unsere Gespräche und wurde zu etwas Neuem. Aus den Figuren wurden alternative Entwürfe unserer selbst, die Schauplätze erschufen wir neu aus Orten, die wir bereits kannten, die Themen interpretierten wir nach unseren eigenen Erfahrungen.

In den Monaten nach Gabriels Geburt hatte Nate sich ganz offensichtlich eine Zukunft erträumt, in der er all diese Gedanken mit jemandem teilen konnte. Er hatte von dem Tag geträumt, an dem Gabriel selbst zu Büchern griff und so unersättlich las, wie wir damals als Kinder.

Nate beschrieb die Bücher, die sein Leben verändert hatten, als wollte er Empfehlungen geben:

> Fahrenheit 451 *brachte mir bei, alles infrage zu stellen.*
> *Es lehrte mich, meine eigenen Werte zu definieren,*
> *anstatt mir von anderen vorschreiben zu lassen,*
> *was ich empfinden sollte. Ich erzähle dir davon, weil ich*
> *mir wünschte, jemand hätte mich dazu gezwungen,*
> *es zu lesen, als ich noch jünger war.*

Über *Als ich im Sterben lag*:

> *Faulkner ist nicht leicht zu lesen, aber ich empfehle dir,*
> *dich zunächst mit ihm hinzusetzen und seine Worte*
> *durch dich hindurchfließen zu lassen, ohne im Mindesten*

begreifen zu wollen, wie er diesen Effekt eigentlich erreicht. Lass dir von jeder seiner Figuren ihre eigene Geschichte erzählen, dann wirst du ihre Isolierung spüren, sowohl gegenüber sich selbst als auch gegenüber der äußeren Welt. Mehr als jedes andere hat dieses Buch mir meine eigene Isolierung vor Augen geführt, die ich selbst dann empfinde, wenn ich umgeben bin von Menschen, die ich liebe. Es hat in mir den Wunsch geweckt, mich zu ändern.

Und dann, in seiner Besprechung von *Schlachthof 5:*

Alles, was wir einst geteilt haben, teilen wir noch immer, losgelöst von der Zeit. Du bist hier und schläfst in meiner Armbeuge, du schiebst bei deinem Spielzeug die passenden Teile in die richtigen Kammern, du rennst am See hinter den Gänsen her und tatscht auf die Haare deiner Mutter. Ja, du bist nicht mehr da, aber du bist bei mir, während ich fünfundzwanzig, dreißig, vierzig Jahre alt werde. Und nur, weil ich das weiß, kann ich dem Ganzen irgendeinen Sinn abgewinnen.

Eingestreut in diese Briefe fanden sich Erinnerungen an seine Kindheit, so als versuchte er, mit allem, was er damals durchgemacht hatte, Frieden zu schließen. Diese Rückblicke verrieten viel mehr über seine Qualen, als er mir gegenüber je eingestanden hatte, und auch über die sich nach und nach auflösende Bindung an seinen Vater. Nate hatte immer sehr stabil gewirkt, denn Joel hatte ihm erfolgreich eine stoische Haltung antrainiert, und so zeigte er bei all dem Auf und Ab nur wenig Gefühle. Aber in diesen Briefen, in den Berichten über die letzten Lebensmonate seiner Mutter, über die er mir nie etwas erzählt hatte, waren sein Schmerz und seine Angst offensichtlich.

Erinnerungen an meinen Vater. Die Zärtlichkeit, mit der er mein aufgeschürftes Knie mit Desinfektionsmittel reinigte und mir das tränenverschmierte Gesicht abwischte. Oder wie er den Kopf meiner Mutter hielt, wenn sie sich erbrochen hatte, wie er ihr das Haar zurückstrich, und ihrer beider Mienen, in denen sich die gleiche Qual abzeichnete.
Wie er Cecilia beibrachte, sich die Schuhe zu binden, wie er geduldig neben ihr saß, während sie mit ungeschickten Fingern mit den Schnürsenkeln kämpfte. So möchte ich ihn im Gedächtnis behalten.

Aber je kränker Mom wurde, desto mehr wurde seine Menschlichkeit von dieser anderen Seite überschattet, jener Seite, die wir bis dahin nur in kleinen Dosen zu spüren bekommen hatten. Er zwang uns zu inbrünstigen Gebeten, ließ uns stundenlang hüpfen, uns verrenken und um uns selbst drehen, bis wir zu Boden fielen und begannen, in Zungen zu reden, gefolgt von stundenlangen Bibellesungen, bis wir die Augen nicht mehr offen halten konnten. In dieser dunklen Zeit verloren wir ihn, und im Lauf der Monate wurde es natürlich nur noch schlimmer, aber ich konnte nicht aufhören, nach dem Mann Ausschau zu halten, der sich noch irgendwo dahinter befinden musste. Ich vermute, wir erduldeten so viel von ihm, weil wir uns alle noch so eifrig bemühten, den Vater wiederzufinden, den wir einst zu lieben glaubten. Angeblich lebt die Seele weiter, nachdem der Mensch schon lange dahingeschwunden ist.

Warum hat eigentlich kein Außenstehender je bemerkt, was in ihrem Haus vor sich ging? Ich hatte mich oft gefragt, was die Gemeindemitglieder eigentlich über die Familie ihres Pastors dachten, ob sie tatsächlich glaubten, seine Kinder, seine Ehe und sein Heim wären so perfekt, so unübertrefflich, wie er es mit aller Kraft nach außen hin erscheinen lassen wollte. Aber vielleicht war ihr eigenes Leben ja genauso merkwürdig. Die meisten Kinder der Gemeinde wurden zu Hause unterrichtet, sie waren an den altertümlichen Kleidern und Frisuren und an ihren klaren, ahnungslosen Blicken erkennbar. Wenn sie durch die Stadt gingen, warfen ihnen die Passanten Seitenblicke zu, und die Schulkinder nannten sie »heilige Strohsäcke«, aber davon abgesehen beachtete sie niemand sonderlich. Vielleicht hat jede Kleinstadt ihre komischen Gruppen und Grüppchen, die allen etwas unangenehm sind, sodass niemand genauer hinschauen möchte, oder vielleicht fürchteten die Leute, dieses seltsame Verhalten könnte ansteckend sein. Was wäre wohl geschehen, wenn die anderen Leute nachgefragt hätten? Unsere persönliche Geschichte wäre anders verlaufen, Mr. Sinclair wäre in Schimpf und Schande aus dem Amt gejagt und seine Kinder wären womöglich ins Heim gekommen.

Aber nein, darauf wollte ich mich jetzt nicht einlassen.

Nach Sophias Tod verlor Joel unaufhaltsam die Kontrolle über sich. Er beschuldigte seine Kinder, das Gebet habe nicht gewirkt, weil ihr Glaube nicht stark genug gewesen sei. Joel gab ihnen die Schuld daran, dass Sophias Krankheit sich verschlimmert hatte, und – das war das Schrecklichste – er gab Sophia selbst die Schuld daran.

Ich bemühte mich, sie zu verteidigen. Natürlich wusste ich, wie er darauf reagieren würde, aber ich musste es tun. Zum ersten Mal in meinem Leben widersprach ich ihm, und danach wurde unser bis dahin schlechtes Verhältnis geradezu katastrophal. Seine erste Reaktion war der offensichtliche Versuch, meine Liebe zu ihr zu zerstören, indem er mir von Gesprächen erzählte, die sie über die Jahre geführt hatten: Wie sehr sie sich meinetwegen geschämt habe, wie entsetzt sie über mein Verhalten gewesen sei. Und auch wenn ich, selbst damals schon, genau wusste, dass es sich um Lügen handelte, gab es doch einen Teil in mir, der ihm glaubte und verletzt war. Ich denke, etwas davon steckt noch immer in mir.

Und dann ging es los. Am nächsten Morgen wollte ich nach dem Duschen das Bad verlassen, aber es ging nicht. Er hatte die Tür verrammelt. Fast eine Woche lang saß ich allein im Bad und konnte nichts tun, außer allmählich durchzudrehen. Er hatte Cecilia und Grace verboten, mit mir zu sprechen, und nahm sie jeden Morgen mit in die Kirche, obwohl eine von ihnen – ich weiß nicht, welche – mir Kräcker und aus Gedichtbänden gerissene Seiten unter der Tür durchschob, alle paar Stunden ein neues Blatt. Als hofften sie, die tiefen Gedanken eines anderen Menschen, die in diesen Gedichten steckten, könnten mich davor bewahren, den Verstand zu verlieren.

Am ersten Tag war ich noch fest entschlossen, nicht zu schreien, ich erlaubte mir nicht einmal, still vor mich hinzuweinen. Aber als die Tür am nächsten Morgen immer noch verschlossen war, stieg Panik in mir auf. In meinem Hirn liefen Ratten stetig im Kreis, ich konnte das Krabbeln ihrer kleinen Krallen fühlen, während ich, den Kopf zwischen den Knien wie in einem Schraubstock, dasaß und leise das Vaterunser aufsagte und dann das Lied, das Grace immer unserer Mutter vorgelesen hatte, Charles William Everests »Nimm dein Kreuz«, wieder und wieder, milliardenmal, als könnten mich diese Texte bei geistiger Gesundheit halten. Über die nächsten Tage kann ich nicht viel sagen, außer dass sie mich verändert haben. Später habe ich einmal von einer Studie gelesen, die an isoliert gehaltenen Affen gemacht worden war. Irgendwann begannen sie im Sitzen hin und her zu schaukeln, sie rannten im Kreis und verletzten sich dabei selbst. Ja, das alles habe ich auch gemacht. Wenn man völlig allein ist, ohne jede Berührung, ohne jemanden, der dir bestätigen kann, dass du existierst, dann schalten sich deine Gefühle ab. Du löst dich von dir selbst und von der Welt.

Als er mich endlich herausgelassen hatte, ging er mir zu Hause konsequent aus dem Weg. Er sah mich nicht an, und bei den wenigen Annäherungsversuchen, die ich machte, tat er so, als wäre ich nicht anwesend. In der Kirche benahm er sich natürlich anders, ein Außenstehender wäre nie darauf gekommen, was zwischen uns los war. Aber hinter geschlossenen Türen zerfiel unsere Familie.

Jeder von uns ging anders damit um. Ich zog mich einfach zurück. So selten wie möglich war ich zu Hause, meist war ich mit deiner Mutter zusammen. Teilweise war das wegen ihm und teilweise, weil ich dann vergessen konnte, dass Mom bei meiner Rückkehr nicht mehr da sein würde. Über diese Tatsache bin ich eigentlich nie ganz hinweggekommen. Cecilia konzentrierte sich ausschließlich aufs

Lernen. Sie hatte beschlossen, entweder Archäologin oder Paläontologin zu werden, jedenfalls einen Beruf zu ergreifen, bei dem man in ferne Länder reisen und Dinge entdecken konnte, die nicht schon seit tausend oder hundert Millionen Jahren bekannt sind. Leute, die sich mit alter Geschichte auskennen, sagen, die Vergangenheit trage zum Verständnis der Gegenwart bei, aber zumindest in Cecilias Fall ging es wohl eher darum, die Gegenwart völlig zu vermeiden. Und so zog sich jeder auf seine eigene Weise zurück, auch Grace. Grace. Ich hätte für sie da sein sollen. Das ist etwas, was ich mir wohl nie verzeihen kann.

Ich schloss die Augen und versuchte aufzunehmen, was ich gerade gelesen hatte. Während ich die Wörter entschlüsselte, eins nach dem anderen, stachen sie mich wie spitze Messer, während mein Entsetzen wuchs. Damals hatte er mir nur erzählt, er habe einige Tage allein verbracht, und ich hatte als Grund die Trauer vermutet. Irgendwann hatte er mir sogar gestanden, was sein Vater getan hatte, aber nie hatte ich mir vorgestellt, welche Ängste Nate dabei ausstand – warum bloß nicht? Doch kaum zu entschuldigen war, dass meine wesentliche Reaktion auf das Gelesene nicht der Schmerz über das war, was er durchmachen musste, sondern eher Schmerz über die Erkenntnis, dass dies ein weiterer Teil seines Lebens war, den er vor mir verborgen hatte.

Und dann war da Grace. In den Monaten nach Sophias Tod war etwas mit ihr geschehen. Sie hatte sich verliebt, das war bestimmt ein Teil davon. Damit es dazu kommen konnte, hatte ich mich mit Nate verbündet, weil wir hofften, es würde ihr helfen, über die Trauer hinwegzukommen. Ich war so naiv gewesen und hatte so kurz nach Sophias Tod versucht, Graces Gefühle einfach umzudrehen. Als wäre sie ein Magnet, den man um 180 Grad drehen konnte, um sie geradewegs aus der Trauer in die Liebe zu schicken. Aber in den nächsten paar Monaten wirkte sie beinahe selig, sie tanzte – ich glaube mich zu erinnern, dass sie barfuß über die Wiese tanzte –, lachte gelegentlich auf, manchmal auch in unpassenden Momenten, und trug Blumen im Haar. Aber im Rückblick hatte ihr Verhalten etwas Verzweifeltes, und als die Beziehung plötzlich und ohne Vorwarnung zu Ende ging, versank sie in sich selbst und sperrte sich ein in die Schutzhülle ihres Glaubens. Ich hatte sie für stärker als uns alle gehalten, aber nun musste ich feststellen, dass sie in der Trauer völlig untergegangen war.

Vielleicht wurde ihr auf einmal die Endgültigkeit des Todes ihrer Mutter klar, obwohl mir diese Erklärung zu einfach erscheint. Gegen Ende bekam ich sie kaum noch zu Gesicht, sie verbrachte die Tage meist in ihrem Zimmer oder arbeitete im Gemeindegarten, und einige Wochen später zog sie dann ins Kloster. Das hätte ich immer über Grace wissen können, dass für sie nämlich trotz ihrer Oberflächlichkeit, trotz ihrer rechthaberischen und herablassenden Art alles schwerer war, denn sie fühlte tiefer als die anderen. Dieses selbstgerechte, manchmal tyrannische Gehabe war nur eine Fassade, hinter der sie ihre Angst versteckte, Angst um uns und um das Wohl der ganzen Welt; auf diese Weise hinderte sie sich daran, zu viel zu grübeln. Zum ersten Mal wurde mir klar, wie sehr ich sie vermisste.

Ich gebe mir die Schuld an all dem, was sie durchstehen musste. Ich kannte Joel viel besser als sie, ich hätte sie warnen müssen. Ihr gegenüber hatte er sich nie grausam gezeigt, und sie vertraute ihm, glaubte an ihn und ging davon aus, dass er auch an sie glaubte. Daher war es umso verheerender für sie, als sich das änderte.

Ich las diese Passage noch einmal und dachte darüber nach. Dann blätterte ich um, schrieb das nächste Stück des Textes ab und versuchte die Buchstaben wegzustreichen. Fünf Minuten lang probierte ich herum, bis mir klar wurde, dass es nicht mehr funktionierte.

Ich legte meinen Stift beiseite und schaute auf den Text. Es war wohl besser, wenn ich jetzt aufhörte. Ich hatte bereits mehr, als ich jemals wissen wollte, darüber erfahren, was Nate, Grace und Cecilia durchgemacht hatten, und verachtete mich selbst dafür, weil ich damals nicht begriffen hatte, was sie mir verschwiegen. Wie gerne hätte ich die Zeit zurückgedreht, um diese Kinder zu trösten, ihnen zu sagen, dass am Ende alles gut werden würde, obwohl ich wusste, dass dies keineswegs der Fall war, es würde jeden von ihnen auf unterschiedliche Weise treffen. Auf den Seiten, die ich noch vor mir hatte, würde noch viel Schlimmeres zu lesen sein, das wusste ich genau. Am liebsten hätte ich mir das alles gar nicht mehr angesehen, nachdem ich jetzt nichts mehr dagegen tun konnte.

Daher hätte ich das Buch dorthin zurücklegen sollen, wo ich es gefunden hatte, hätte den Laden öffnen und mich in der Arbeit verlieren sollen, bis ich nichts mehr sah außer Einnahmen und Schulden, schwarze und rote Ziffern, Zukunft anstelle der Vergangenheit. Aber Nate war verschwunden, und die Vergangenheit lag in Trümmern, und mir war, als wäre die Zukunft unsicherer denn je. Alles, was ich in mir hatte, waren Fragen, die Nate mir beantworten musste. Und so stützte ich die Hände auf den Tisch, schob mich hoch und stand auf. Mein Gesicht fühlte sich so taub an, wie mit Wachs überzogen. Ich ging nach oben, um zu packen.

Es dauerte über sieben Stunden, bis ich Redbridge erreichte; als ich über die Stadtgrenze fuhr, wurde es bereits dunkel. Ich sah sofort, dass sich hier einiges geändert hatte, selbst in den zehn Jahren, die vergangen waren, seit ich zur Beerdigung meiner Mutter zum letzten Mal hergekommen war. Es gab ein neues Einkaufscenter und ein weiteres Kino, die Fassaden der Gebäude waren entweder bis zur Unkenntlichkeit verblasst oder viel zu bunt gestrichen worden, um das Verblassen zu übertünchen, und die verschiedenen modernen Skulpturen, die an jeder Ecke zu sehen waren, wirkten irgendwie pornografisch.

Außerhalb der Stadt fiel mir erst auf, wie ländlich diese Gegend eigentlich war – die abendlichen Herbstfarben, das leere, stille Land zwischen den Gebäuden. Auf den heruntergekommenen Ranches hausten Leute, die allmählich begriffen, dass sie vom Leben nichts mehr zu erwarten hatten.

Hier stand die Schule, in der ich als Kind Qualen durchlitten hatte. Die Ziegelfassade war babyrosa gestrichen, die Fenster zugepflastert mit durchgepausten Herbstblättern und Kürbissen aus Papptellern. Auf dem Spielplatz, wo man mich entweder geärgert oder ignoriert hatte, was beides gleich schlimm war, waren die Aluminiumgeräte durch solche aus Plastik ersetzt worden. An diese Phase meiner Kindheit dachte ich so gut wie nie zurück, ich hatte mir erfolgreich eingeredet, sie wäre Teil einer folgenlosen Vorgeschichte. Aber natürlich wirkte die gesamte Vergangenheit in der einen oder anderen Weise weiter. Das Mädchen, das allein auf diesem Spielplatz gestanden hatte, war dasselbe Mädchen, das von seinem Ehemann verlassen worden war, dasselbe, das sich von einem anderen Mann trösten ließ. Das die Liebe zu einem anderen Mann zugelassen hatte. Weil sie ihr half.

Nach einer weiteren Meile kam ich zur Bayard Lane. Die Zufahrt, deren braunes Pflaster einst sauber und gepflegt gewesen war, wies jetzt Risse auf, in denen Grasbüschel wucherten. Ich bremste mit einem Anflug von Panik. Als Kind war ich diese Straße beinahe jeden Tag mit dem Fahrrad entlanggefahren, hatte kaltem Nieselregen oder schwerer, schwüler Sommerhitze getrotzt, erwartungsvoll, hoffnungsvoll, verliebt. Drei pastellfarben gekleidete Kinder, ihre hellen, von Locken umrahmten Gesichter, Cecilia, die auf mich zurannte, um mich zu begrüßen, mich umarmte und am Arm packte, um mich zu einer Geschichte, einem Projekt, einem Spiel zu führen. Es war eine ganz normale Straße, und das, was sie damals für mich bedeutet hatte, lag nun ein Vierteljahrhundert zurück. Aber diesem Abschnitt meiner Vergangenheit verdankte ich meinen Ehemann, meinen Sohn, mein Heim, meine Schwestern und meine Bücher, ich verdankte ihm alles, was mir auf dieser Welt wichtig war. Ich bog in die Einfahrt zum Haus und stieg schnell aus dem Wagen. Und konnte das, was ich da sah, nur anstarren.

Das Haus war fast nicht mehr wiederzuerkennen. Teile des Verandageländers waren schief und verzogen, genau wie das Dach des Vorbaus. Wie bei einer Hautkrankheit blätterte grau gewordene Farbe von der Fassade, ein Fenster war zerbrochen und mit durchsichtiger Selbstklebefolie repariert worden. Der einst so sorgfältig gepflegte Garten war völlig verwahrlost, die herrlichen Rosenstöcke, der Lavendel und die blauen Lupinen erstickten unter Disteln, Sauerklee und Gänseblümchen. Seit

Mrs. Sinclairs Krankheit waren Schmutz und Unordnung immer schlimmer geworden, und jetzt konnte ich sehen, wie das Krebsgeschwür im Endstadium aussah. Es hatte, wie das bei Krebs zu sein pflegt, alles überwuchert.

Ich blickte hinauf zu Nates Schlafzimmerfenster und zu dem von Joel und Sophia und fragte mich, ob sich dort oben jemand befand, ob sie mich sehen würden, wenn sie sich zufällig umwandten. Ich sah Joel vor mir, in dem Bett, in dem Sophia ihre letzten Lebenstage verbracht hatte, unter derselben marineblauen Überdecke und mit einem so eingefallenen Gesicht wie das ihre zum Schluss. Ich sah mich, wie ich das Haus betrat und die Treppe zum ersten Stock hinaufstieg, wie ich neben ihn trat und auf ihn hinabblickte, ihm in die Augen sah, ihn zwang, mich zur Kenntnis zu nehmen und sich an mich zu erinnern. Und wie ich dann das Kissen unter seinem Kopf hervorzog, dieses Kissen, auf dem Sophia gestorben war, und es ihm auf Mund und Nase drückte.

Meine Haut prickelte wie nach einem elektrischen Schlag, und ich begab mich schnell zur Rückseite des Hauses. Beinahe blind ging ich auf das Wäldchen zu, dessen Dunkelheit so tief war, dass ich sie fast körperlich spüren konnte. Wo einst zwischen Farn und gelben Astern ein deutlich sichtbarer Trampelpfad zum Fluss hinuntergeführt hatte, war nun nichts mehr zu erkennen, der Boden sah überall gleich aus. Hier zog sich der Wald meilenweit hin, ich hätte Spuren hinterlassen sollen, eingeritzte Markierungen an den Bäumen, von meinen Kleidern abgerissene Stoffstücke oder ausgerissene Haare, denn wenn ich mich hier verirrte – wie lange würde es wohl dauern, bis man mich fand?

Aber dann hörte ich in der Ferne ein Rauschen. Erst glaubte

ich, es wäre der Wind in den Kiefern oder vielleicht das Rauschen in meinen Ohren, ehe ich ohnmächtig wurde. Aber das Rauschen hörte nicht auf, ich ging darauf zu und stand am Wasser.

Ich hatte das Flüsschen breiter in Erinnerung. Vielleicht war es mit dem Alter geschrumpft, wie das bei Menschen der Fall war, oder es lag an der Perspektive, weil für ein Kind alles größer aussah. Hier war der Fluss nur eineinhalb Meter breit und flach, floss aber schnell dahin, und ich folgte ihm abwärts, um die Stelle zu entdecken, wo wir meistens gespielt hatten. Fast erwartete ich Nate dort zu finden, im Alter von acht oder zwölf oder siebzehn, wie er mit untergeschlagenen Beinen am Ufer saß und auf mich wartete.

Und plötzlich bedrängte mich alles, die Erinnerungen flogen mich an wie Habichte mit großen Flügeln und nahmen mir die Sicht auf alles andere: die Dörfchen aus Moos und Zweigen, die wir gebaut und mit den Haarbändern der Mädchen geschmückt hatten, die Bäume, von denen wir hinuntergesprungen waren und die jetzt so gefährlich schräg über dem Wasser lehnten, dass die Äste, auf die wir einst geklettert waren, hineinhingen. Hier hatten Nate und ich an dem Tag, an dem er Redbridge verließ, in der frühmorgendlichen Dunkelheit gesessen, voller Angst, aber dennoch so hoffnungsvoll, an diesem ersten Tag unseres neuen Lebens.

Und plötzlich wusste ich es.

Obwohl ich es unterbewusst natürlich längst begriffen haben musste, denn warum sonst hatten mich meine Schritte zuerst hierher geführt und nicht zur Eingangstür? Wie in Trance kniete ich mich neben den großen Stein, den wir vor so langer Zeit neben den Wasserlauf gerollt hatten, und machte mich daran, mit den Fingern den Boden aufzugraben. Dann entdeckte ich einen spitzen Stein, nahm ihn in beide Hände und hämmerte damit auf die Erde ein. Das Haar hing mir übers Gesicht, meine Augen tränten vor Anstrengung und durch den aufgewirbelten Staub. Bis der Stein schließlich in zehn Zentimeter Tiefe auf Metall traf.

Ich grub weiter, wühlte nach den Kanten, und als ich sie gefunden hatte, nahm ich wieder die Finger zu Hilfe, ohne Rücksicht auf meine Nägel. Als Erstes fand ich ein Stück blauen Stoff, das ich einen Moment lang nachdenklich ansah, dann warf ich es beiseite und fuhr fort zu graben. Endlich konnte ich eine graue Plastikkiste herausziehen, jene Kiste, in der wir vor vielen Jahren Bücher und unsere verschlüsselten Notizen unter dem Holunderbusch vergraben hatten.

Ich wischte sie sorgfältig sauber, tastete sie ab, fühlte ihre Form und den glatten Deckel. Unsere Vergangenheit. Und dann öffnete ich sie.

Darin lag, in eine Plastiktüte gewickelt, ein Buch.

Danach konnte ich mich nicht mehr an den Rückweg durch das Wäldchen erinnern, mein Hirn schaltete sich erst wieder ein, als ich, das Buch in der Hand, im Garten der Sinclairs stand. Nates Notizbuch befand sich in meinem Gepäck, und ich war schon halb entschlossen, mich einfach ins Auto zu setzen und mich durch den verschlüsselten Text zu arbeiten. Doch da wurde im Obergeschoss ein Fenster aufgerissen. »Ich habe ein Gewehr!« Eine Männerstimme. »Nehmen Sie die Hände hoch!«

Ich sah zu dem Fenster hinauf, konnte aber hinter dem Fliegengitter nur eine dunkle Silhouette ausmachen. Der Druck in meiner Brust war zu wild und zu formlos, um nur bloße Wut zu sein. Er war es, Joel, und ich wusste, wenn ich mich jetzt in dieses schwarze Loch hineinziehen ließ, würde ich nie wieder herausfinden. Ich biss die Zähne zusammen und zwang mich, alle Gedanken bis auf die in diesem Moment entscheidenden stillzustellen, die rasenden Synapsen in meinem Hirn abzuschalten bis auf die, die für die Bewegung der Arme und der Zunge notwendig waren. Langsam hob ich die Hände. »Bitte, ich bin …« Was bin ich? Deine Schwiegertochter? »… eine Freundin von Cecilia.«

»Cecilia hat keine Freundinnen. Ich rufe die Polizei. Sie bleiben hier stehen, mit erhobenen Händen, und rühren sich nicht vom Fleck. Ich habe Sie genau im Visier!«

»Chloe?« Das war Cecilias Stimme. »Ach, Chloe, du bist doch gekommen! Das hättest du nicht tun sollen.«

»Du lässt zu, dass dein Vater ein Gewehr hat?«

»Nein, natürlich nicht! Keine Sorge. Daddy, bitte setz dich hin, und ich mache Chloe auf. Komm zur Tür, Chloe.«

Aus dem Fenster hörte ich schlurfende Schritte und Cecilias Stimme, die beruhigend auf jemanden einsprach. Ich sah das Buch an, das Nate und ich vor so langer Zeit vergraben hatten, dann schob ich es unter meinen Pullover, machte die Augen zu und bemühte mich, ganz ruhig zu atmen.

Ich hatte Cecilia seit zehn Jahren nicht mehr gesehen. Nach der Beerdigung meiner Mutter hatten wir sie besucht und zwei Mal mit ihr zu Abend gegessen. Schon damals war ich über ihr Aussehen entsetzt gewesen. Ihre einst so atemberaubende Schönheit war verschwunden, unter den Augen lagen graue Schatten, und ihr Gesicht war bleich und aufgedunsen. Es war, als versteckte sie ihr wahres Selbst unter einer teigigen Hülle. Doch so, wie sie jetzt aussah, hätte man sie ohne Weiteres auf sechzig geschätzt. Ihre langen, glänzenden braunen Locken waren fast weiß, die Augen und die Mundpartie so angeschwollen, als hätte sie eine bizarre Schönheitsoperation oder zu viele Silikoninjektionen hinter sich. Beim Anblick des ausgebrannten Mädchens, das ich so geliebt hatte, hier in dem zerfallenden, einst so geliebten Haus, erfasste mich eine Mischung aus Nostalgie und Grauen.

Unbeweglich stand sie da und sah mich an, dann stiegen ihr plötzlich Tränen in die Augen. Sie lächelte, und die geröteten Wangen, das etwas schiefe Lächeln ließen etwas von der früheren Cecilia aufblitzen, dem Mädchen, das so schnell rennen und so weit werfen konnte wie ein Junge, das sich mit den Knien an den höchsten Ästen festhielt und nach unten baumeln ließ, das Kleid über dem Gesicht, sodass ihr Bauch zu sehen war. Ich trat auf sie zu und umarmte sie. »Ich habe dich so vermisst.«

Erst wurde ihr Körper steif, dann schlang sie langsam die Arme um mich. Ich stand da, schloss die Augen, fühlte sie, nahm sie in mich auf, bis sie sich von mir löste. »Gott schütze dich, Chloe«, sagte sie heiser und lächelte dann. »Komm doch herein. Ich war gerade dabei, das Abendessen zu servieren, Makkaroni mit Käse. Daddys Zähne sind nicht mehr so toll, darum essen wir immer etwas, was man gut zerdrücken kann. Aber es sind gute Makkaroni mit Käse, nicht das Zeug aus der Fertigpackung.« Es klang gezwungen, ein Tonfall, in dem man üblicherweise mit einem Kind sprach oder mit einer entfernten, ungeliebten Verwandten, von der man hoffte, sie würde bald wieder gehen. Nach eine kurzen Pause fügte sie hinzu: »Du kannst gerne mit uns essen.«

Und am selben Tisch sitzen wie Joel? Mich bemühen, mit ihm zu reden? »Das meinst du nicht ernst.«

»Natürlich. Das geht natürlich nicht. Aber vielleicht kommst du rein und setzt dich in die Bibliothek, bis Daddy nach oben ins Bett geht? Er wird vermutlich gar nicht mitbekommen, dass du im Haus bist, und wenn er schläft, können wir uns unterhalten.«

Ich warf einen Blick über ihre Schulter hinweg in den Flur, dann nickte ich knapp. »Na gut. Danke.«

Sie ließ mich eintreten. Wie früher zog ich die Sneakers aus und folgte ihr in die Bibliothek. Wenigstens im Innern des Hauses hatte sich nicht viel geändert, nur dass die Dielen abgetreten und die Teppiche verschlissen waren. An der Decke war ein großer Wasserfleck zu sehen, und viele der schönen antiken Möbel und Gemälde waren verschwunden. Verkauft, vermutete ich.

Aber das rote Brokatsofa stand noch da, und als sie darauf deutete, setzte ich mich. Sie blieb einen Augenblick stehen und betrachtete mich, lächelte versonnen in sich hinein, vielleicht in Gedanken an eine Erinnerung, und schob mir dann, noch immer dieses Lächeln im Gesicht, eine lose Haarsträhne hinters Ohr. »Ich bin bald wieder da«, sagte sie.

Ich lauschte, wie sie die Treppe hinaufstieg und gleich darauf in Begleitung ihres Vaters wieder herunterkam. Eigentlich wollte ich nicht hinsehen, schon der Gedanke, dass er sich nur wenige Meter von mir entfernt befand, verursachte mir Übelkeit. Aber als sie unten an der Treppe waren, zwang mich ein verdrehter Masochismus dazu, den Kopf zum Flur zu wenden.

Er trug ein gebügeltes Baumwollhemd und eine Pyjamahose. Seine Haut war so durchsichtig und bleich wie zerknittertes Wachspapier, doch er hatte noch immer dichte Haare, die jetzt allerdings die Beschaffenheit und Farbe von Fusseln hatten, die man in einer Hosentasche findet.

Ich drehte mich rasch wieder weg und versuchte, das Bild zu verdrängen, aber es hatte sich eingebrannt. Um mich abzulenken, sprang ich auf und sah mir die Bücher in den Schränken an.

Glänzende Glasscheiben vor ledernen Buchumschlägen übten auf mich einen unwiderstehlichen Zauber aus, sie verhießen unendliche Möglichkeiten. Als Kind war mir nicht klar gewesen, was für eine enorme Sammlung hier stand, Bücher, die Generationen von Sophias Vorfahren zusammengetragen hatten. Wenn Nate Nachlassverkäufe durchstöberte, träumte er immer davon, auf eine solche Kollektion zu stoßen. Die Bibliothek der Sinclairs enthielt jahrhundertealte Exemplare, Bücher, gefertigt aus handgeschöpftem Papier, dessen Farbe von zerfetzten Lumpen bestimmt wurde und das auf Holzrahmen getrocknet worden war. Diese Bücher waren schon vor fünfhundert Jahren von Gelehrten gelesen worden, und wenn wir alle tot waren, würden sie noch immer lesbar sein, anders als die heute gedruckten Bücher, die bis dahin vergilbt und weitgehend zu Staub zerfallen sein würden.

Ich öffnete einen Bücherschrank und nahm einen Band von Gallands Übersetzung von *Tausendundeine Nacht* heraus, *Les Mille et Une Nuits,* betrachtete die Seiten, den französischen Text, den ich nicht verstand. Mit dem Finger fuhr ich über das Papier, hielt mir das Buch vor die Nase, schloss die Augen und atmete tief den süßsauren Geruch von altem Papier und Buchbinderleim ein. Tat das eigentlich jeder Bücherliebhaber, wenn er ein neues Exemplar in die Hand bekam? Aussehen und Form eines Buches, wie sich die Seiten unter meinen Fingern anfühlten, die Feinheiten des klassischen Druckbildes, waren mir fast so wichtig wie die Geschichten, die es enthielt. Oft brachten uns Kunden gebrauchte Bücher, um sie mit künftigen Käufen verrechnen zu lassen. Wenn ich sah, in welchem Zustand diese Exemplare oft waren, mit gebrochenen Rücken, Randbemerkungen, geknickten Ecken, die als Lesezeichen gedient hatten, dann verursachte mir das selbst bei neueren Taschenbüchern geradezu körperliche Pein. Diese Bücher kamen mir vor wie gequälte Kinder.

Ich stellte das Buch zurück und strich mit dem Finger über die Ledereinbände. In meinen Augen standen Tränen, ohne dass ich wusste, wieso. Vielleicht war es die Schönheit dieser vielen braunen, blauen und tannengrünen geprägten Rücken. Vielleicht aber auch die Vorstellung, wie lange diese Bücher, die so viele Jahre durchgehalten hatten, die mit so viel Sorgfalt und Hingabe geschrieben und gedruckt worden waren, nun schon ungelesen hier standen. Und bald würden sie in andere Hände übergehen und auf anderen Regalen stehen. Ich projizierte meine eigene Einsamkeit auf sie, überwältigt von all dem, was verloren gegangen war. Ich wünschte mir mein früheres Leben zurück, nicht das Leben im Antiquariat, sondern das Leben, das ich hier gehabt hatte. Damals hatte ich mich möglicherweise zum letzten Mal vollkommen geliebt und versorgt gefühlt.

Grace, Nate, Cecilia und ich, wie wir an einem Winternachmittag eng nebeneinander auf Kissen neben diesem Kamin saßen und flüsterten, um Sophia nicht zu wecken, die auf dem Sofa schlief. »Jeder hat einen einzigen Wunsch frei«, sagte Nate. »Wenn du wüsstest, dass nichts in deinem Leben so eintreffen wird, wie du es erwartest oder dir wünschst, abgesehen von einer einzigen Sache – was würdest du dir dann aussuchen?«

Nate hatte sich gewünscht, Schriftsteller zu werden, Cecilia hatte sich übernatürliche Kräfte gewünscht und Grace wäre gern Ehefrau und Mutter geworden. Ich hatte mir Geld gewünscht, ich wollte reich sein und in einem Haus mit Swimmingpool leben, aber eigentlich hatte ich nur den einen starken Wunsch, nämlich niemals von hier fortzugehen, auf immer und ewig hier bei den Sinclairs bleiben zu dürfen. Welche Ironie, dass ich mir weniger als zehn Jahre später nichts dringender wünschte, als von hier fortzukommen und vergessen zu können, dass dieses Haus jemals existiert hatte.

Ich zog das Buch unter meinem Pullover hervor und setzte mich damit neben den leeren Kamin. Dann blätterte ich es durch und suchte nach den Zeilen, die Nate vor Jahrzehnten für mich angestrichen hatte, seiner geheimen Nachricht. Aber die Seiten waren voller Wasserflecken, seine dünnen Bleistiftstriche waren wohl schon sehr lange nicht mehr zu erkennen. Ich blätterte zu den letzten Seiten und erinnerte mich an den frühen Morgen, an dem ich das Buch gefunden, die Botschaft entschlüsselt und ihre Bedeutung begriffen hatte. Damals waren wir siebzehn und achtzehn gewesen, es war wenige Tage vor Nates Abschiedsbrief, wenige Tage vor den Entscheidungen, die alles Darauffolgende verändern sollten. »Sie sind wir beide, nicht wahr?«, hatte ich gesagt. »Darum wolltest du, dass ich es lese.«

»Ist schon gut«, hatte er erwidert und meine Hand genommen. Seine Miene war grimmig, aber entschlossen. »Hör mir jetzt zu, dann sage ich dir genau, wie wir es machen werden.«

Teil VI

Ich biet euch Trotz, ihr Sterne!

12

Passenderweise regnete es am Tag von Sophias Beerdigung. Ein feiner Niesel fiel lautlos auf das Dach aus aufgespannten Regenschirmen. Die gesamte Gemeinde von Mr. Sinclair war auf dem Friedhof erschienen, die Frauen und Mädchen in langen dunklen Kleidern, die Männer und Jungen in schlecht geschnittenen Anzügen. Mr. Sinclair stand am Kopfende des Grabes und sprach mit ausdrucksloser Stimme den Segen, neben ihm aufgereiht Grace, Nate und Cecilia, alle drei mit der gleichen grimmig-entschlossenen Miene.

Ich konnte nicht hören, was Joel sagte. Ich stand im Schatten verborgen hinter einer großen Eiche, hielt den Blick auf den Sarg gerichtet und stellte mir vor, wie Sophia von innen an den dunklen Deckel blickte. Welches Kleid sie wohl trug? Ich hätte Nate fragen sollen, dann hätte ich sie wahrhaftig vor mir gesehen. Ihre normalen Kleider passten ihr nicht mehr, die Arme und Beine waren zu mager geworden, die Brüste flach und der Bauch zu groß. Eine Frau aus der Gemeinde hatte ihr einige farb- und formlose Kittel genäht. Aber ich wollte nicht, dass sie die Ewigkeit in einem Kleidungsstück verbringen musste, das eigentlich ein Totenhemd war, und so stellte ich sie mir jetzt in dem langen kornblumenblauen Kleid vor, das sie am Tag unserer ersten Begegnung getragen hatte. Sie lag im Sarg in diesem Kleid und ihren blauen Hausschuhen, die Hände vor der Brust gefaltet.

Warum dachte ich eigentlich über so etwas nach?

Plötzlich fiel Grace nach vorn auf die Knie und dann auf alle viere. Ihr Rücken bebte. Mit gefurchter Stirn drehte sich Mr. Sinclair zu ihr um, hörte dann auf zu reden, sank neben ihr nieder und drückte ihren Kopf gegen seine Schulter. Mir traten Tränen in die Augen, ich wandte mich ab und ging schnell durch den Friedhof zurück zu meinem Fahrrad.

Wusste Mrs. Sinclair, wo immer sie jetzt war – falls sie irgendwo war –, wie gern ich während ihrer letzten Tage bei ihr gewesen wäre? Ihr beim Sterben die Hand gehalten hätte? Wie sehr ich mir wünschte, ich könnte zu ihr hinuntersteigen ins Grab und in den Sarg schlüpfen, um sie warm zu halten, bis – ja, vermutlich bis zum Jüngsten Tag? Daran hatte sie geglaubt, dass sie da unten wartete, bis über sie gerichtet wurde. Was sich schrecklich anhörte. Aber selbst wenn es wirklich so war, dann würde sie nicht lange warten müssen. Eine Drittelsekunde, länger würde Gott nicht brauchen, um zu entscheiden, wohin sie gehörte.

Gib mir ein Zeichen, dachte ich. Nur ein ganz kleines, einen Regenbogen, einen Schmetterling. Ich muss wissen, dass sie irgendwo ist. Nate muss es sehen. Ich stand neben meinem Fahrrad und machte die Augen zu, versuchte, Gott zu fühlen, aber ich fühlte nichts. Ich hätte so gerne geglaubt, immer schon, doch wie konnten sich Menschen auf etwas stützen, was schwerelos war? »Du brauchst keinen Beweis, du weißt es einfach«, hatte mir Grace unendlich oft erklärt. Jeder, der dort am Grab stand, hatte dieses Gewicht in sich gefunden, aber alles, was ich in mir zu haben schien, war meine Einsamkeit.

»Du bist ein kluges Mädchen.« Das war das Letzte, was Mrs. Sinclair zu mir gesagt hatte, eine Woche, ehe sie zum letzten

Mal ins Krankenhaus kam. »Ein aufgewecktes Mädchen, und du verstehst sicher, was ich dir jetzt sage. Du solltest nicht traurig sein, denn in Wahrheit bin ich längst gestorben. Mein Körper hat viel länger am Leben festgehalten, als er es eigentlich wollte. Das an mir, worum du trauerst, gibt es schon lange nicht mehr. Erst wenn mein Körper dahingeschieden ist, werde ich wieder ganz und gar ich selbst sein.«

Und das war natürlich die Wahrheit, denn die Krankheit hatte sie schon vor Monaten aufgefressen. Sie hatte sich oben in ihrem Zimmer verkrochen und uns kommen und gehen sehen, ohne uns wirklich wahrzunehmen, und in ihren Augen stand das Nichts. Das war die Wahrheit, aber um die ging es nicht. Denn etwas in mir hatte die Hoffnung, dass sie irgendwann zurückkommen würde, niemals aufgegeben.

Nach diesen Worten hatte sie die Augen geschlossen, und ich saß bei ihr, leer und ohne weinen zu können, bis ich sicher war, dass sie eingeschlafen war. Aber als ich aufstand, packte sie mich am Handgelenk, hielt mich kraftvoller, als ich es ihr noch zugetraut hätte, und sah hinauf in mein Gesicht. Leise sagte sie: »Ich weiß es. Du solltest wissen, dass ich es weiß und dass ich glücklich darüber bin.« Mehr sagte sie nicht, und sie erklärte nie, was sie eigentlich meinte. Hatte sie das mit Nate und mir irgendwie herausgefunden?

Vielleicht ahnte es auch Cecilia. Ihre Persönlichkeit hatte sich verändert, ihre kühne Offenheit war einem verzweifelten Drängen gewichen. Es schien, als wäre ihr Geist umnebelt von unsagbarem Schrecken (»Wo gehst du hin? Was tust du? Kann ich mitkommen?«) und als spürte sie, dass nicht nur ihre Mutter, sondern auch Nate und ich ihr entglitten. Aber wir hatten nicht viel getan, was uns hätte verraten können, nicht einmal dann, wenn wir allein waren. Wir hatten die Nachmittage weiterhin zu viert verbracht, hatten uns über Bücher und Ideen unterhalten, uns um Mrs. Sinclair gekümmert oder die Unterrichtseinheiten bearbeitet, die sie noch bis vor wenigen Monaten mit ihrer letzten verbliebenen Kraft vorbereitet hatte. Wenn niemand hinschaute, legten Nate und ich die Fingerspitzen aneinander oder warfen uns Blicke zu, und bei Spaziergängen ließen wir uns zurückfallen, um kurze, fiebrige Küsse zu tauschen – aber das war schon sehr riskant. Mehr geschah nicht. Die Umarmungen und die Fummelei vor drei Jahren am Strand waren das Äußerste, was wir bisher gewagt hatten.

Selbst in den letzten Wochen, die Grace weitgehend mit der Pflege ihrer Mutter oder in stillem Gebet verbracht hatte, während Cecilia mit der Lektüre von Geschichtsbüchern und Enzyklopädien beschäftigt war, die ich ihr auf ihren Wunsch aus der Bücherei mitgebracht hatte, hatten Nate und ich, wenn wir allein waren, meist nur geredet, statt einander zu berühren. Aber vielleicht hatte Mrs. Sinclair unsere Gefühle füreinander bemerkt, und ihre Liebe zu mir war so groß, dass sie Nate nicht daran hinderte, eine Beziehung außerhalb der Kirche einzugehen. Oder sie hing einem anderen Glauben an als Mr. Sinclair, einem, der Zugeständnisse machte, wenn es um das persönliche Glück ging.

Aber es war auch möglich, dass sie unser zweites, ebenso monumentales Geheimnis gemeint hatte: Nate und ich hatten uns fürs College beworben.

Mrs. Sinclair hatte mit dem Unterricht in diesem Frühjahr aufgehört. Cecilia war sechzehn, Nate achtzehn und Grace schon beinahe zwanzig, und Sophia war zu erschöpft, um viel mehr zu tun als zu atmen. Ich hatte Nate meine Schulbücher gegeben, damit er den Stoff über die Evolutionstheorie, den Urknall und einige der historischen Grausamkeiten, vor denen Mrs. Sinclair ihre Kinder bewahrt hatte, nachlernen konnte. Nate sog den Lernstoff geradezu auf; es gab so viel im Universum, von dem er nichts wusste. Ich glaube, Zugang zu diesem Wissen zu erhalten war für ihn so überwältigend wie für mich die Entdeckung von Erwachsenenbüchern. Es gab so viel zu lesen und so wenig Zeit dafür! Allmählich wurde uns klar, wie klein unsere eigene Welt war und was für ein unendlich großer Raum sich dahinter erstreckte.

Wir hatten uns bereits früh für Berkeley entschieden und die Antragsformulare ausgefüllt. Natürlich hatte Nate seiner Familie nichts davon erzählt. Und auch ich hatte es meiner Mutter verschwiegen, denn für sie war das College etwas, womit die andere Hälfte der Menschheit der Wirklichkeit aus dem Weg ging. Und so bewarben wir uns ganz im Geheimen, verwandten große Mühe auf unsere Bewerbungsaufsätze, schrieben sie wieder und wieder um. Und eines frühen Morgens im April schlichen wir uns davon zu einem Testcenter und absolvierten die Prüfung zur Studierfähigkeit. Wir schnitten beide gut ab, Nate schaffte bei den verbalen Fähigkeiten sogar ausgezeichnete 800 Punkte. Das musste genügen. Erst das College und dann das Graduiertenstudium im Hauptfach Englisch. Und danach … nun, so weit konnten wir noch nicht planen. Noch eine weitere Ausbildung vielleicht. Lernen war alles, was wir wirklich wollten. Bestimmt wäre Mrs. Sinclair auch damit vollkommen einverstanden gewesen.

Mit dem Rad fuhr ich den langen Weg vom Friedhof nach Hause, über die Hügel, damit ich auf der anderen Seite hinunterrasen konnte, ganz flach über dem Lenker, die Füße angehoben und die Beine parallel zum Boden. Ich fegte um Kurven, wich Schlaglöchern und herumliegenden Ästen aus, fuhr durch spritzende Pfützen. Der Regen hatte aufgehört, das nasse Haar schlug mir ins Gesicht und trocknete zu schlaffen, schmierigen Strähnen. Das Hemd klebte mir an der Brust, und als ich zu Hause rasend schnell um die letzte Kurve bog, warf ich den Kopf in den Nacken und schrie.

Ich wollte Nate. Ich wollte ihn umarmen und halten. Plötzlich war ich merkwürdig eifersüchtig auf die anderen, weil sie mit ihrem Kummer nicht allein waren. Wie gern hätte ich neben ihnen am Grab gestanden, wäre mit ihnen auf dem Rücksitz des Leichenwagens nach Hause gefahren, um dann wortlos, Schulter an Schulter, Hand in Hand zusammenzusitzen, als würde das die scharfen Kanten brechen, die mein Inneres durchschnitten. Vor unserem Haus stand ich eine Weile lang da und betrachtete es, als gehörte es uns nicht. Ich starrte auf die dunkle Holzverkleidung, die Aluminium-Fliegentür, die so verzogen war, dass sie nicht mehr richtig schloss. Ich sah meine Mutter vor mir, wie sie da drin auf dem Sofa saß und hektisch Buchstaben in ihren Wörterrätseln einkreiste oder sich neue Frisuren in Zeitschriften ansah. Und plötzlich durchfuhr es mich wie ein Schlag: *Sie hätte nicht diejenige sein sollen, die gestorben ist,* und ich betrachtete diesen Gedanken, versuchte zu verdauen, dass ich ihn gehabt hatte. Dann drehte ich mein Fahrrad um und fuhr langsam wieder die Straße hinab.

Als ich zur Bayard Lane kam, traf die Beerdigungsgesellschaft gerade ein. Ich schob mein Fahrrad hinter einen Baum und ging durch das Wäldchen bis zum Garten.

Gäste holten große Platten mit Essen aus ihren Autos und stellten sie auf die im Garten aufgestellten Tische. Nate und Cecilia sah ich nicht, aber ich entdeckte Grace hinter einem der Tische neben Cesar, dem Gärtner, den die Sinclairs eingestellt hatten, als Mrs. Sinclair zu krank wurde, um sich noch selbst um die Blumenbeete zu kümmern. Er hatte ihr eine Hand an den Rücken gelegt und sprach mit zu ihr gewandtem Kopf auf sie ein, und sie starrte mit eingezogenen Schultern unverwandt auf eine Käseplatte.

Joel Sinclair stand, die Hände vor dem Bauch verschränkt, neben der Tür zum Garten und schaukelte von einem Fuß auf den anderen. Offenbar fand das niemand seltsam, obwohl die Gäste sich große Mühe zu geben schienen, ihn nicht anzusehen. Sie unterhielten sich in kleinen Gruppen, und wenn sie Mineralwasserflaschen aus dem großen, eisgefüllten Aluminiumeimer neben ihm angelten, wandten sie das Gesicht ab. Um ihn in seiner Trauer nicht zu stören.

Auf einmal tippte mir jemand auf die Schulter. »Ich habe dich auf dem Friedhof gesehen«, sagte Cecilia.

Erschrocken fuhr ich herum.

»Das war völlig in Ordnung, Mom hätte sich darüber gefreut. Ich bin mir sogar sicher, dass sie dort oben sitzt und darüber lächelt.«

Ohne Vorwarnung stiegen mir Tränen in die Augen. »Ich hätte sie so gern im Krankenhaus besucht«, sagte ich. »Wenn ich es nur gedurft hätte.«

»Sie hätte es nicht einmal mitbekommen. Im Krankenhaus hat sie nur vor sich hingedämmert, sie haben ihr Morphium gegeben.«

Cecilia wirkte eher distanziert als traurig, fast wie im Halbschlaf und mit den Gedanken ganz woanders. Ich wollte ihr eine Hand auf die Schulter legen, aber sie schüttelte mich ab.

»Du suchst vermutlich Nate, aber er ist gleich zum Fluss hinuntergegangen. Er findet das alles hier schrecklich.« Sie warf einen Seitenblick auf die angeregt plaudernden Leute auf dem Rasen. »Ich auch. Ich meine, sie lachen sogar. Kaum zu glauben.« Gedankenverloren und mit glasigen Augen sah sie ihnen einen Moment lang zu. »Komm, wir suchen ihn.« Sie zog mich am Arm zum Rand der Wiese, blieb in Deckung, bis wir bei Grace waren. Cesars Hand lag noch immer auf ihrem Rücken. Cecilia stellte sich auf die Zehenspitzen und flüsterte ihr etwas ins Ohr, und Grace warf Cesar einen Blick zu, nickte dann und schloss sich uns an, ohne ein Wort zu sagen.

Zu dritt gingen wir schweigend durch das Wäldchen zum Fluss. Grace und Cecilia waren in Gedanken versunken. Und ich? Ich gab mir alle Mühe, überhaupt nicht zu denken. Denn ganz allmählich begriff ich, dass jemand tatsächlich auf einmal nicht mehr da sein konnte. Wohin war das alles verschwunden? Die Berührung ihrer Finger, wenn sie mir die Haare zu einem breiten Zopf flocht, ihre samtige Stimme, wenn sie eine Geschichte erzählte, der Vanilleduft, den sie anstelle von Parfüm an ihren Hals tupfte. Der Gedanke, dass sich so etwas einfach in Nichts auflösen konnte, riss mir das Innerste auf, ein Schmerz wie von Schlägen und Tatzenhieben. Es war so unglaublich wie Science-Fiction, wie die Zeitmaschine von H. G. Wells.

Nate saß mit hochgerollten Hosenbeinen am Flüsschen, die Füße im Wasser, und starrte auf das andere Ufer. Als wir kamen, rührte er sich nicht. Erst als Cecilia sich neben ihm niederließ und den Kopf auf seine Schulter legte, drückte er die Wange gegen ihr Haar. Gleich darauf setzte sich Grace auf die andere Seite und fasste seine Hand.

Wie benommen beobachtete ich die drei. Es war *ihre* Trauer, das wusste ich, ihnen gehörte sie, während ich nur danebenstand. Ich durfte nicht so tun, als hätte ich ebenfalls ein Recht darauf, wenn ich nicht hier wäre, würden sie keinen Gedanken an mich verschwenden.

Aber dann flüsterte Grace Nate etwas ins Ohr. Er drehte sich um und sah mich, küsste Cecilia auf den Scheitel und stand auf. Als er neben mir stand, fragte er leise: »Schaffst du es einigermaßen?« Und die Tatsache, dass er *mich* gefragt hatte, als hätte ich die Erlaubnis, mich nicht gut zu fühlen, ließ etwas in mir aufbrechen. Erst nickte ich, dann schüttelte ich den Kopf, und als er mich in den Arm nehmen wollte, entschlüpfte mir ein heiseres, gepresstes Geräusch. Das war mir so peinlich, dass ich eine Hand auf den Mund drückte und mir fest in die Finger biss. Nate rieb mir über den Rücken, aber ich schluckte schnell und entzog mich ihm, setzte mich neben Cecilia an den Fluss und schlang meine Arme um die Knie. Nach einer Weile ließ sich Nate wieder zwischen Cecilia und Grace nieder, und wir schauten alle gemeinsam aufs Wasser, ein wortloses Gespräch.

Schließlich sagte Grace: »Ihr wisst schon, dass sie hier ist, oder?« Sie sah hinüber ans andere Ufer. »Könnt ihr sie spüren?«

Meine Augen folgten ihrem Blick. »Du meinst, wie ein Geist?«

»So ähnlich. Ihre Seele ist bei uns.« Grace machte die Augen zu und saß vielleicht eine Minute lang so da, ehe sie sie wieder aufschlug. »Sie sagt, es ist gut, dass wir uns umeinander kümmern.«

»Das ist gruselig, Grace«, sagte Cecilia. »Willst du behaupten, du hättest gerade mit ihr geredet?«

»Sei doch nicht albern! Nicht geredet, nicht wie mit einem Ouija-Brett. Ich kann aber spüren, was sie sagen will. Das war auch im Krankenhaus so, die ganze Zeit; sie hat mir alles Mögliche erzählt. Ich weiß schon, ihr habt gedacht, sie wäre total weggetreten, aber das war vielleicht die beste Zeit, die ich je mit ihr hatte.«

»Alles Mögliche? Was denn?«, fragte Nate.

Grace fuhr mit den Händen über den Boden und häufte Laub und Kiefernnadeln zwischen ihren Beinen zu einem Wall auf. »Beispielsweise, dass ich eine Berufung habe. Sie sagt, ich würde bald herausfinden, was für eine, und dann sollte ich nicht zögern, sondern sie einfach annehmen.«

Nate zog skeptisch eine Braue hoch, und Graces Miene wurde undurchdringlich. »Ach, vergesst es. Ich weiß schon, ich hätte euch das gar nicht erzählen sollen.«

»Weißt du, ich spüre sie wirklich nicht«, sagte Cecilia leise. »Überhaupt nicht. Ich habe sie nicht einmal gespürt, als sie noch da war, zumindest nicht in letzter Zeit. Und jetzt wird sich nicht viel ändern, oder? Ich meine, wir werden merken, dass sie weg ist, wir wissen, dass wir nicht mehr nach oben gehen und ihr die Hand halten können. Wir werden sie noch mehr vermissen, aber in Wahrheit wird es doch eher …« Sie warf Grace einen Blick zu. »Ich weiß, das hört sich schlimm an, aber der Alltag? Der wird doch eher leichter.«

»Wie kannst du das so sagen?« Graces Stimme wurde eisig.

»Nein, ich weiß schon, was sie meint«, sagte Nate. »Bloß nicht mit Joel. Habt ihr gemerkt, wie er in den letzten Tagen war? Sie hat ihn gezügelt, aber ohne sie? Entweder bringe ich ihn um oder er mich.«

»Hör auf, ihn Joel zu nennen«, sagte Grace. »Warum nennst du ihn so?«

»Findest du es etwa nicht lächerlich, ihn Daddy zu nennen? Ich weiß schon, ihr beide vergöttert einander, also kommt dir das wahrscheinlich richtig vor. Aber ›Daddy‹, das zeigt doch irgendeine Form von Zuneigung.«

Aus dem Augenwinkel beobachtete ich Grace, die jetzt mehrmals den Stoff ihres Kleides mit beiden Händen packte und wieder losließ. »Grace?«, sprach ich sie an.

Verblüfft wandte sie sich mit ausdrucksloser Miene zu mir um, dann schaute sie wieder auf den Fluss und flüsterte: »Was sollen wir nur machen?«

Natürlich würde sich Graces Leben nun am stärksten verändern. Sie hatte ihre Mutter immer ins Krankenhaus gefahren, ihr beim Baden und Anziehen geholfen, ihr aus der Bibel vorgelesen und sie zum Essen überredet. Das hatte sie fast vollständig ausgefüllt. Was sollte sie jetzt, nachdem Mrs. Sinclair gestorben war, mit ihrem Leben anfangen? Sie war neunzehn, und mir gegenüber hatte sie noch nie das College oder einen Berufswunsch erwähnt. Zwar hegte sie reich ausgeschmückte Fantasien über Ehe und Mutterschaft, aber ich ahnte immer schon, dass sie eigentlich nicht an eine Verwirklichung dieser Träume glaubte. So wenig wie daran, dass eine Figur aus den Büchern, die sie las, herausspringen und sie in ihre romantische Welt entführen würde; die Fantasien dienten ihr nur zur Unterhaltung und als Ablenkung. Ich erinnerte mich an Nates Beschreibung der Nacht, als er sie mit einem Fläschchen Pillen entdeckt hatte, und plötzlich bekam ich Angst um sie.

Und dann fiel mir Cesar ein, der Gärtner, der mit einer ehrlich besorgten Miene neben ihr gestanden hatte, die Hand auf ihrem Rücken. Er war vielleicht ein oder zwei Jahre älter als Grace und sah so gut aus mit seiner dunklen Haut, den dunklen Haaren und Augen. Während ich Grace ansah, dachte ich bei mir: Hm!

Vielleicht hatte Mrs. Sinclairs Tod doch wenigstens ein Gutes, nämlich Graces neu gewonnene Freiheit. Und vielleicht konnte auch ich in diesem Zusammenhang etwas Gutes tun. *Ich weiß es, und ich bin glücklich darüber,* hatte Mrs. Sinclair zu mir gesagt und mir ihre Erlaubnis gegeben. Und ich konnte mir nicht vorstellen, dass sie nicht auch das glücklich machen würde.

Einige Tage später erzählte ich Nate von meinen Überlegungen. Ich hatte genug Zeit gehabt, mir einen regelrechten Schlachtplan zu überlegen, die Woche war entsetzlich gewesen. Jeden Morgen war ich zu den Sinclairs gefahren, weil ich das Bedürfnis hatte, bei ihnen zu sein, aber ich konnte Grace und Cecilia nur einmal durchs Fenster in der Bibliothek und einmal auf der Veranda beobachten, von Nate war überhaupt nichts zu sehen. Weil ihr Vater ständig zu Hause war, konnte ich das Haus lediglich vom Wald aus beobachten, und so hatte ich gewartet und in die Fenster gespäht.

Am Samstagmorgen entdeckte ich hinter dem Holunderbusch am Rand der Wiese die alte Werkzeugkiste, in der wir unsere verschlüsselten Nachrichten versteckten. Ich kauerte mich neben den Busch und öffnete die Kiste. Darin lag *Die Geliebte des französischen Leutnants,* ein Buch, das ich Nate vor einem Monat geliehen hatte. Ich blätterte darin in der Hoffnung, einen Zettel zu finden, und bemerkte zarte Bleistiftmarkierungen auf der Titelseite. Mit zusammengekniffenen Augen sah ich mir die Buchstaben genau an und lächelte dann. Unser alter Code. Ich schlug die erste Seite auf und entschlüsselte die Nachricht.

G~~in~~eh~~der~~ e~~l~~am~~ym~~ son~~eb~~ n~~uch~~ta~~t~~ ~~je~~g~~nem~~f rü~~ti~~h~~efs~~ ni~~ten~~ ~~e~~ch~~in~~t ~~schni~~zur ki~~tta~~rch e~~nde~~kom mu~~rs~~ m~~üd~~9 hi~~küs~~er her~~te~~

Ich schob mir das Buch unter die Bluse und drückte es an mich. Es war mindestens sieben Jahre her, seit wir zum letzten Mal solche Nachrichten geschrieben hatten. Und wenn ich jetzt an diese Zeit zurückdachte, hätte ich am liebsten geweint. Denn in dieser Woche trauerte ich nicht nur um Mrs. Sinclair, sondern auch um die vergleichsweise einfachen Jahre, als ich acht, neun oder zehn gewesen war. So sehr ich Nate liebte, so sehr ich jede Sekunde mit ihm genoss – ich hatte doch etwas verloren, indem ich ihn den anderen vorzog. Mir fehlte das Gefühl, zur Familie zu gehören.

Am nächsten Morgen kam ich rechtzeitig, um Grace und Cecilia mit stoischen Mienen zu Mr. Sinclair ins Auto steigen und wegfahren zu sehen. Zur Sicherheit wartete ich noch eine Viertelstunde, dann ging ich zur Tür.

Nate zog mich wortlos ins Haus, schloss die Tür und küsste mich so begierig, dass es wehtat. Dann stieß er ein schnaubendes Geräusch aus und barg sein Gesicht an meinem Hals. Ich streichelte mit einer Hand seinen Hinterkopf und hielt den Blick auf die Wand gerichtet. Es war unser erstes Wiedersehen seit dem Tag der Beerdigung, und es gab fast zu viel, womit wir fertig werden mussten: sein Schmerz, die Ungeheuerlichkeit des Geschehenen, die Angst, was sich deshalb ändern würde. Und mir fiel nichts ein, was ich sagen konnte. »Wie war es denn hier so?«, brachte ich schließlich dümmlich heraus.

Ohne etwas zu sagen, löste er sich von mir und schnitt eine Grimasse. Ich war mir nicht sicher, ob sie seine wahren Gefühle verriet.

»Tut mir leid«, sagte ich leise.

»Ja.« Er straffte die Schultern. »Cecilia kommt zurecht, glaube ich. Sie hat sich mehr als je zuvor aufs Lernen gestürzt, macht sich ständig Notizen und so. Das ist wohl gut so, denn damit ist sie wenigstens abgelenkt und grübelt nicht dauernd über Schlimmes nach. Aber Grace? Eigentlich habe ich sie seit ein paar Tagen kaum gesehen; ich habe mir, so könnte man vielleicht sagen, eine Auszeit genommen, um nachzudenken. Aber soweit ich es mitbekommen habe, sitzt sie die meiste Zeit bei geschlossener Tür in ihrem Zimmer. Wenn ich klopfe und reinkommen will, fährt sie mich an. Darum habe ich ihr ... Ich weiß, das hört sich albern an ... Ich habe ihr durch die Tür hindurch vorgelesen. Nur damit sie merkt, dass ich bei ihr bin. Ich weiß nicht, ob sie zugehört hat, sie könnte sich ja auch die Ohren verstopft haben, aber zumindest hat sie mich nicht daran gehindert.«

Ich betrachtete sein Gesicht, sah die dunklen Ringe unter seinen Augen. Er war so dünn, seine Hosenbeine schlotterten um die Beine, er musste in der letzten Woche bestimmt zehn Pfund abgenommen haben. »Und was ist mit dir?«

Er drehte sich weg von mir, zuckte die Achseln, zuckte sie noch einmal. »Seit du hier bist, geht es mir um hundert Prozent besser.« Aber das war eigentlich keine Antwort.

Ich berührte eine feuchte Haarsträhne an seiner Schläfe. Erst wischte er meinen Finger beiseite, dann hob er, als würde er die Reaktion bedauern, meine Hand an die Lippen und küsste sie. »Ich hol uns etwas zu trinken. Setzt du dich schon mal ins Wohnzimmer? Bin gleich wieder da.«

»Danke.« Ich drückte seine Hand. »Hör mal, ich habe da eine Idee, was wir für Grace tun könnten.« Vielleicht würden der Plan und seine Ausführung ihn ablenken, ihm helfen. Vielleicht war Ablenkung überhaupt die beste Art, mit Trauer umzugehen, so wie es Cecilia tat. Und wie es Grace offenbar noch nicht gelang. »Ich erzähle dir davon, wenn du zurückkommst«, sagte ich und ging ins Wohnzimmer.

Der Tisch war voll mit schmutzigem Geschirr, dazwischen drei Vasen mit welken Blumen. Da stand ein Korb mit Äpfeln und Pfirsichen, über dem Fruchtfliegen schwärmten, in einem weiteren Korb lagen Brötchen, die bereits schimmelten. Aus der verzierten Vitrine an der gegenüberliegenden Wand war das Geschirr herausgeräumt worden, sodass sich nur noch das Hochzeitsfoto von Mr. und Mrs. Sinclair darin befand. Die beiden standen mit ernstem Blick nebeneinander, ohne sich zu berühren, Sophia in einem altmodischen weißen Satinkleid mit Stehkragen. Ich betrachtete das Foto ausgiebig. Sie sah nicht viel älter aus als ich. Wer hatte es in die Vitrine gestellt?

Bisher hatte ich kaum darüber nachgedacht, wie leer ihnen das Haus ohne Sophia vorkommen musste, selbst wenn sie alle zu Hause waren. Vielleicht sah Nate deshalb so eingefallen aus und hatte so viel Gewicht verloren, weil er ohne den Raum, den sie eingenommen hatte, in sich zusammensank.

Gleich darauf kam er mit zwei Gläsern zurück, eine Flasche unter den Arm geklemmt. Ginger Ale, dachte ich zunächst, ehe ich das Etikett sah. »Whiskey? Wo hast du denn Whiskey her? Ich dachte, dein Dad erlaubt keinen Alkohol.«

»Das war auch so«, erwiderte Nate und füllte die beiden Gläser bis zur Hälfte. »Er hat immer gesagt, auf diese Weise würde Satan unser Bekenntnis zu Christus abstumpfen, damit er uns nach seinen Wünschen verändern könne.« Er stieß mit mir an. »Offenbar hat er seine Meinung geändert.«

Ich hob mein Glas, roch daran, sah, wie Nate einen Schluck trank, und stellte es dann ab, ohne probiert zu haben. »Wird er denn nicht merken, dass du etwas davon genommen hast?«

»Er weiß es, da bin ich mir sicher.«

Ich starrte ihn an. Das war nicht das erste Mal? Er trank öfter Alkohol?

»Aber er hat nichts gesagt, denn sonst müsste er ja zugeben, dass er selbst trinkt.« Nates Miene war merkwürdig, ich konnte sie nicht deuten. Vielleicht war es Abscheu oder Schmerz, als Sarkasmus getarnt. »Und er weiß genau, dass ich vor Grace und Cecilia, vielleicht sogar vor dem Rest der Gemeinde, erklären würde, dass er ein Heuchler ist. Daher schauen wir beide nicht so genau hin.«

»Wie lange geht das schon?«

»Erst ein paar Tage. Sieh mich nicht so an, Chloe, ich lasse nicht zu, dass der Teufel mein Bekenntnis zu Christus abstumpft. Ich mag lediglich den Geschmack. Einen Moment lang hat man das Gefühl, dass man keine Luft mehr bekommt, und dann geht die Hitze weg, und man fühlt sich einfach stärker.« Er lächelte erneut und ließ das Glas auf dem Tisch hin und her schaukeln, *tapp-tapp-tapp,* sodass die Flüssigkeit gegen die Glaswände schwappte. »Also, was hast du dir ausgedacht?«

»Ich finde, du solltest das nicht tun«, sagte ich. »Trinken, meine ich. Meine Mom war so alt wie du, als sie mit dem Trinken angefangen hat, und sie sagt, das hat ihre Gehirnzellen zerstört. Es ist ihr sehr schwergefallen, damit aufzuhören, und sie hat es nur getan, weil sie mit mir schwanger war.«

»Würdest du bitte aufhören, dich wie meine Mutter zu benehmen, Chloe? Ich bin nicht auf der Suche nach einem Ersatz für sie.« Er richtete sich auf und fasste das Glas fester. »Erzähl mir von deiner Idee.«

Also erklärte ich ihm ausführlich, was ich mir ausgedacht hatte, und sah ihm dabei ins Gesicht. Ich hoffte, den Nate, den ich kannte, wiederzuentdecken, den Jungen, der so gerne Pläne schmiedete. Dieser Junge würde es eine tolle Idee finden, Grace in etwas hineinzusteuern, was völlig gegen ihre Natur war, gegen alles, woran sie glaubte. In etwas, was sie retten könnte.

Aber als ich fertig war, verzog er keine Miene. Dann trank er den letzten Schluck Whiskey aus seinem Glas, behielt ihn im Mund und sah mich versonnen an, ehe er schluckte. »Joel würde der Schlag treffen«, sagte er. Und lächelte.

Nate redete als Erster mit Grace. Er erzählte ihr, er habe ihre Mutter etwa einen Monat vor ihrem Tod ganz betrübt inmitten der Rosen sitzen sehen. »Sie hat gesagt, fast am traurigsten sei sie darüber, die Rosen verlassen zu müssen«, erzählte er. »Es käme ihr vor wie Verrat, wenn sie von nun an von jemandem versorgt würden, der nicht zur Familie gehöre.«

Erschüttert erwiderte Grace: »Warum hat sie mir das denn nicht gesagt? Dann hätte ich doch gelernt, wie man einen Garten pflegt.«

Nate sah sie unschuldig an. »Das könnte dir Cesar bestimmt beibringen. Du weißt ja, er mag dich.«

Mit beinahe entsetzter Miene antwortete sie: »Wie meinst du das?«

»Ich meine, dass er dich wirklich mag. Er erkundigt sich immer nach dir, fragt, was du gerne tust, was du in den nächsten Jahren so vorhast, so etwas halt.« Er hob lässig eine Schulter und fügte, ehe er das Zimmer verließ, hinzu: »Du solltest ihn mit den Rosen wirklich um Hilfe bitten. Mom zuliebe.«

Und damit war die Saat gesetzt. Ich war als Nächste an der Reihe, und meine Rolle war sehr einfach. Nachdem ich Cesar erzählt hatte, dass Grace sich um Sophias Rosen kümmern wolle, hatte er seine Hilfe zugesagt. Dann warf ich ihm einen Seitenblick zu und bemerkte: »Sie ist wirklich sehr hübsch, nicht wahr? Ich meine, man könnte sie fast eine Schönheit nennen.«

Er sah erstaunt aus und wurde rot, dann lächelte er etwas mühsam. »Ja, ja, das könnte man bestimmt so sagen«, erwiderte er.

Ich zwinkerte ihm zu und hoffte, dass es nicht so aufgesetzt wirkte, wie es sich anfühlte. »Sie hat mal gesagt, sie fände, Sie würden auch gut aussehen.« Und damit war mein Job erledigt.

Von da an sahen wir, sehr zufrieden mit uns selbst, nur noch zu, wie Grace ein bisher ungekanntes Interesse an der Gartenarbeit entwickelte. Natürlich hatten wir keine Beweise dafür, dass die beiden sich mit etwas anderem beschäftigten oder über etwas anderes sprachen als den Garten. Grace wusste genau, wie ihr Vater reagieren würde, wenn er davon auch nur im Mindesten Wind bekam. Sie war sein Liebling, von ihr erwartete er jederzeit korrektes Verhalten, und diese Erwartung schien sie auch zu brauchen, sie definierte sich darüber. In der Öffentlichkeit war daher nichts zu erkennen, aber in ihrer Beziehung zueinander war eine deutliche Veränderung zu spüren. In ihrer Anwesenheit veränderte sich Cesars Körperhaltung, er sah zugleich größer und entspannter aus, fast wie ein Vater mit seinem Kind. Und Grace sang nun oft, wenn sie ihren häuslichen Verpflichtungen nachging. Außerdem trug sie jetzt Haarbänder und lief barfuß durch Haus und Garten anstatt in den klobigen braunen Schuhen, die sie alle immer getragen hatten, seit ich sie kannte.

Und sie lächelte. Grace, bei der man immer den Eindruck gehabt hatte, Lächeln wäre unter ihrer Würde oder grundsätzlich unpassend, lächelte jetzt ständig über so banale Dinge wie Glühwürmchen oder Oldies im Radio.

Aber so herzerfrischend das auf den ersten Blick war, dahinter glaubte ich etwas Ungesundes zu spüren. Das war alles viel zu schnell gegangen, so als versuchte sie, ein sehr tiefes Gefühl durch ein anderes zu überdecken. Ich konnte nur hoffen, dass die Ablenkung ihr unterbewusst doch bei der Heilung half, so wie ein gebrochener Knochen heilt, wenn er durch einen Gipsverband entlastet wird.

Etwa fünf Monate nach dem Beginn dessen, was da auch immer begonnen hatte, veränderte sich Grace. Sie wurde still, beteiligte sich nicht am Gespräch, wenn sie bei uns saß, und starrte mit grimmigen Blicken und auf dem Schoß verschränkten Händen hinaus in den Garten. Wenn wir sie direkt ansprachen, dauerte es ein wenig, ehe sie antwortete. Es war wie bei den Interviews mit Fernsehreportern irgendwo in der Welt, bei denen die Stimme erst Tausende von Meilen zurücklegen muss.

Und dann saß ich an einem ungewöhnlich warmen Nachmittag mit ihr und Cecilia auf der Wiese. Nate hielt neben uns ein Nickerchen, den Arm über die Augen gelegt – ein Kater nach zu viel Alkohol, da war ich mir fast sicher. Auf einmal sagte Grace: »Überlegt ihr euch manchmal, wie wenig im Leben man unter Kontrolle hat? Dinge geschehen, ohne dass man sich bewusst für sie entschieden hätte, und plötzlich dreht sich alles rückwärts und man ist in eine völlig andere Richtung unterwegs. Und es gibt keine Möglichkeit, jemals wieder vorwärtszugehen.«

»Du meinst, dass wir Mom verloren haben«, sagte Cecilia.

»Nun ja, natürlich, aber auch andere Dinge.« Grace stützte die Hände aufs Gras. »Ich wünschte nur, irgendetwas würde einen vor so einer Entwicklung warnen, bevor es einen trifft wie ein Schlag ins Gesicht.«

Ich sah hinab auf ihre Hände. Ihre sonst so gepflegten Fingernägel waren brüchig und hatten Schmutzränder, einer sogar schorfig und bis unter den Rand abgerissen. Mehr als alles wünschte ich mir, ihr sagen zu können, dass Nate und ich von allem wussten und uns für sie freuten. Und mehr als das: dass wir sehr gut nachvollziehen konnten, wenn man seine Gefühle für jemanden, den man nicht lieben durfte, verstecken musste. Wir hatten die Geheimhaltung unserer Beziehung nie infrage gestellt, es hatte sich einfach so entwickelt. Anfangs war alles noch so neu und ein bisschen peinlich gewesen, und dann wurde es uns unangenehm, dass wir ihnen noch nicht davon erzählt hatten. Aber natürlich würden sie es irgendwann herausfinden. Durfte ich ihr jetzt von uns erzählen, ohne zuvor mit Nate darüber zu sprechen?

Aber dann fuhr Grace fort: »Und wenn etwas passiert, bei dem es keinen vernünftigen Ausweg gibt? Du denkst nicht richtig nach, und Satan ergreift einen Moment lang Besitz von dir. Und auch wenn du glaubst, du kennst das Ausmaß deiner Sünde, gehst du auf einmal Hand in Hand mit Satan und kannst ihn nicht mehr loslassen.«

»Wovon redest du eigentlich?«, wollte Cecilia wissen.

»Von allem«, erwiderte Grace. Dann schloss sie die Augen, und ihr Gesicht wurde vollkommen unbewegt. »Ich weiß nicht, über alles und nichts. Keine Sorge, das war völlig hypothetisch.« Ohne weitere Erklärung stand sie auf und ging ins Haus. Wir sahen ihr beide nach, Cecilia mit zusammengebissenen Zähnen, ehe sie das Buch, das neben ihr lag, wieder aufschlug und weiterlas.

»Cecilia?«, fragte ich.

»Das ist ihre Sache. Sie wird es uns erzählen, wenn sie so weit ist.«

Wusste Cecilia von Cesar? Oder ging da noch etwas vor sich, von dem wir alle keine Ahnung hatten? Hand in Hand mit Satan, ohne loslassen zu können – sprach sie wirklich nur darüber, dass sie sich verliebt hatte? Ich wäre Grace gern nachgelaufen und hätte versucht, ihr die Angst auszureden, auch wenn ich gar nicht wusste, wie. Die Markierungen, die Graces Vater auf dem Weg in den Himmel angebracht hatte, waren so fest verankert, dass sie wohl nur Gottes eigene Stimme hätte verrücken können. Aber ich musste etwas sagen, und sei es nur, um ihr das Gefühl zu geben, dass sie nicht allein war.

Wie konnte Cecilia nur so ungerührt weiterlesen? Warum schien ihr das Ganze nichts auszumachen? »Geht es dir gut?«, fragte ich.

Sie hielt die Seite mit einem Finger fest und sah mich verdutzt an, dann lächelte sie und küsste mich auf die Wange. »Natürlich«, erwiderte sie. »Aber ich finde es schön, dass du dir solche Sorgen um uns machst.« Und schon versenkte sie sich wieder in ihre Lektüre.

Aber es ging ihr überhaupt nicht gut, das wusste ich. Nicht nur Grace hatte sich in jemanden verwandelt, den ich nicht mehr wiedererkannte, auch Cecilia war ein anderer Mensch geworden. Ich hatte den Eindruck, dass sie nicht mehr duschte, sie trug immer das gleiche lange grüne Kleid, und die Haare klebten ihr strähnig am Kopf. Früher hatte sie mich, wenn ich in den Garten kam, stets als Erste begrüßt, mich an sich gezogen und mit Geschichten und Plänen überschüttet. Wenn ich sie jetzt ansprach, lauschte sie mit schräg gelegtem Kopf, den Blick auf eine Stelle irgendwo über meinem Kopf gerichtet, als wollte sie zeigen, dass sie zwar ganz genau zuhörte, aber bei einem solchen Lärm absolut nichts verstehen könnte.

Etwas an ihnen allen jagte mir Angst ein. Ich ahnte, dass sich die Familie aufzulösen begann, seit Sophia sie nicht mehr zusammenhielt und Joel jeden Tag bis spätabends in der Kirche war. Grace hatte sich in einer anderen Welt verloren und Cecilia in ihren eigenen Gedanken. Und Nate trank fast jeden Tag zu viel und litt ganz offensichtlich, weigerte sich aber, darüber zu sprechen. Dennoch tat ich so, als würde das alles irgendwann wieder vorbeigehen. Eines Tages würde, wenn ich den Garten betrat, Cecilia wieder auf mich zugelaufen kommen, um mich von hinten zu umarmen, Grace würde an mir herumzupfen, mir den Kragen richten und mir erzählen, was sie heute schon getan hatten, und dann würden wir alle zum Spielen in den Wald schlendern. Über den Auseinandersetzungen, wer einen Kampf zwischen Frankensteins Monster und einem Sandwurm gewinnen würde, würde die Welt um uns versinken, und wir wären in unserer eigenen zeitlosen Zeit. Ich tat so, als würde alles wieder gut werden.

Und dann sprang eines Tages, als ich zu den Sinclairs kam, Grace von der Veranda und zog mich in den Wald. Ihr seltsamer, hektischer Blick machte mir Angst.

Sie setzte ein breites künstliches Lächeln auf und stützte sich mit einer Hand an einem Baum ab. »Ich hätte da mal eine Frage«, sagte sie, »und ich dachte, ich frage dich, weil du dich besser als wir damit auskennst, wie es da draußen zugeht.« Sie nickte über meine Schulter hinweg, eine Geste, die vermutlich den Rest der Welt meinte. »Sagen wir mal, jemand ist nicht in einer Kirche, möchte aber heiraten. Wie würde er das anstellen? Ich meine, ohne einen Pfarrer? Da gibt es doch einen Richter oder so, nicht wahr? Geht man da einfach hin und spricht das Ehegelöbnis, und er unterschreibt ein Papier, und dann ist man – bumm! – verheiratet?«

Meine Gedanken rasten im Zickzack durch mein Hirn, und ich gab mir alle Mühe, sie wieder einzufangen. Dann antwortete ich ihr, als hätte sie gefragt, wie man eigentlich einen Fischereischein bekommt. »Nun, ganz sicher bin ich mir nicht, aber ich glaube, dass *man* …«, ich zog die Augenbrauen in die Höhe, »… das beim Friedensrichter machen kann. Da ist vor ein paar Jahren ein Roman erschienen … Kennst du *Unten am Fluss?* Das ist von demselben Autor. In dem Buch will die Frau nicht kirchlich heiraten. Ich kann mich nicht mehr an die Einzelheiten erinnern, wie sie es genau gemacht haben, aber das finde ich schnell heraus.«

Grace hatte wohl etwas in meiner Stimme gehört, denn sie lief tiefrot an. »Na egal, mach dir keine Mühe, ich war bloß neugierig.« Ihre Miene war ganz und gar unpassend, sie hätte den Ausdruck vor dem Spiegel üben sollen. »Ich wusste gar nicht, dass er ein neues Buch geschrieben hat.«

»Es würde dir bestimmt nicht gefallen.« Das sagte ich, weil es stimmte, denn das Buch war schrecklich, aber auch deshalb, weil die Ehe ein sehr, sehr schlimmes Ende nahm. »Manche Autoren haben einfach nur Material für ein einziges Buch in sich, und das, was sie danach schreiben, besteht nur noch aus Resten und Überbleibseln.«

»Interessant«, sagte sie völlig uninteressiert. Sie legte den Kopf in den Nacken und spähte eine Weile lang hinauf in die Baumkrone, ehe sie ergänzte: »Mit Beziehungen ist es ganz genauso, weißt du. So war es bei meinem Vater; er hat alle Liebe, die er in sich trug, für meine Mutter verbraucht und vermutlich für Gott, und für alle anderen blieben nur noch die Reste. Aber ich werfe ihm das inzwischen nicht mehr vor.«

Ich sah sie nachdenklich an, dann sagte ich: »Ich weiß von Cesar.«

Sie machte einen Schritt zurück.

»Das ist doch einen gute Sache, Grace«, sagte ich leise. Ich hätte sie so gern umarmt, aber sie schien kurz davor, entweder davonzulaufen oder auf mich einzuschlagen. »Ich bin mir sicher, du hältst es für eine Sünde oder so etwas, ich habe ja keine Ahnung, was dein Vater alles unter Sünde versteht. Aber es ist keine, es ist nicht im Mindesten falsch.«

»Bitte sei still, Chloe. Du hast keine Ahnung, was du da sagst.«

»Du bist doch alt genug, von hier wegzugehen, und du bist auch alt genug, selbst über dein Leben zu entscheiden. Du solltest dich niemals schuldig fühlen, nur weil du tust, was für dich das Beste ist. Du tust doch niemandem weh damit.«

»Hör auf, ja? Weißt du eigentlich, wie lächerlich klischeehaft du dich anhörst? Also ernsthaft, du und Nate, ihr seid in gewisser Weise wie mein Vater. Ihr teilt alles in Schwarz oder Weiß ein, richtig oder falsch.«

»Es tut mir leid, ich wollte nicht so tun, als wäre es einfach. Ich weiß, dass es das nicht ist.«

»Ach, du musst dich nicht entschuldigen.« Eine Haarlocke hatte sich aus ihrem Zopf gelöst, und sie schob sie zurück. Dann ließ sie die Hand seitlich an ihrem Kopf liegen und verdeckte das Gesicht mit dem Unterarm. »Ich wünsche mir ja, dass es einfach ist, weißt du? Mein ganzes Leben wollte ich nur, dass Gott mich leitet, damit ich an die richtige Stelle gelange. Wenn es so weit wäre, würde ich es sofort wissen, so als hätte ich ein Puzzle richtig zusammengesetzt. Aber woran erkennt man, wenn man jemandem so nahe ist, ob es sich um ein Zeichen Gottes handelt oder nur um etwas ganz Normales? Und ob das, was aus dieser Nähe entsteht, schicksalhaft ist? Vielleicht ist ja dein Geist von dem, was da passiert, so überflutet, dass man es einfach als Schicksal annehmen muss?«

Ich wusste nicht, was ich dazu sagen sollte, jede mögliche Antwort wäre doch nur wieder ein Klischee, eine bedeutungslose Plattitüde gewesen. Außerdem wollte sie gar keine Antwort hören, sie redete eher mit sich selbst als mit mir. Ich hätte sie gern auf irgendeine Weise gestützt, und so griff ich mit meinen beiden Händen nach ihrer Hand. Sofort fuhr sie zusammen, als hätte ich zugestochen. »Sag niemandem etwas davon, Chloe, versprich mir das!« Und damit drehte sie sich um und ging zurück zum Haus.

Ich sah ihr nach, wie sie die Stufen zur Veranda hinaufstieg, und meine Gedanken jagten sich. Hatte sie ernsthaft vor, Cesar zu heiraten? In meiner Vorstellung waren wir immer noch acht, neun und elf Jahre alt, die Ehe war so weit von uns entfernt wie der Tod. Aber natürlich war Grace inzwischen zwanzig und erwachsen. Drei Jahre älter, als meine Mom bei meiner Geburt gewesen war. Das einzig Ungewöhnliche war eigentlich, dass sie darüber nachdachte, nicht kirchlich zu heiraten.

Ich erinnerte mich, wie Grace in einem Sommer, als ich neun oder zehn war, abgehetzt, schweißnass und mit rotem Gesicht vor unserer Tür stand. Sie trug ein Laken wie einen Vagabundensack über einer Schulter. Ihr Kleidersaum war grau vom Straßenstaub, und lose, wirre Haarsträhnen umrahmten ihr Gesicht. Niemals hatte ich Grace anders als akkurat gekleidet gesehen, daher war ich erst einmal entsetzt.

»Was ist los?«, fragte ich. »Was ist passiert?«

Grace ließ das Lakenbündel auf den Boden fallen und breitete seinen Inhalt aus, ohne den Blick von mir zu lösen. Darin befanden sich die kleinen Mäuse und die Puppenhausmöbel, mit denen wir so oft auf dem Speicher gespielt hatten, und die blonde Babypuppe, die Grace an dem Tag, an dem ich sie kennenlernte, im Arm gehalten hatte. Ich schaute erst auf das Spielzeug und dann zu Grace.

»Da kommt noch mehr«, sagte sie, »mehr Puppen und ihre Kleider und das Puppenhaus, aber das ist so groß, dass ich mir erst überlegen muss, wie ich es herbringe. Und einige unserer Bücher …« Sie ließ sich aufs Sofa sinken und betrachtete die Spielsachen traurig. »Es ist so viel.«

Fassungslos griff ich nach der Puppe. »Aber warum?«

»Cecilia verbringt zu viel Zeit damit. Wenn mein Dad das herausfindet, verbrennt er alles, oder er zwingt uns, es selbst zu verbrennen. Darum rette ich sie, indem ich sie zu dir bringe.«

Ich legte ganz entsetzt eine Hand um die Wange der Puppe. »Sie verbrennen?«

Sie sah mich einen Moment lang regungslos an, dann zitierte sie: »1. Mose 6, Vers 5: ›Alles Dichten und Trachten ihres Herzens war nur böse immerdar.‹ Und in 1. Mose 8, Vers 20 heißt es: ›… denn das Dichten des menschlichen Herzens ist böse von Jugend auf.‹« Sie hob das Kinn. »Das Dichten, also sich etwas ausdenken, lenkt ab von der Wahrheit und führt zu Sünde und Täuschung. Gott und sein Wort sind keine Erfindung.«

»Das hat dein Vater gesagt?«

»Er musste es nicht sagen, die Warnungen stehen überall in der Bibel.« Ihr Blick wurde plötzlich wild und leidenschaftlich, und zum ersten Mal bemerkte ich, wie sehr sie ihrem Vater ähnelte. »Wenn er ahnen würde, wie viel Zeit Cecilia mit ihren Spielsachen verbringt, würde er sogar *sie* zerstören. Du willst sie doch haben, oder?«

Ich dachte daran, als ich die Babypuppe in ihrem Taufkleid zum ersten Mal gesehen hatte, an das Puppenhaus mit seinen elegant geschwungenen Holzmöbeln, den Polstersofas, den winzigen Büchern und Küchenutensilien, jedes einzelne Stück so perfekt gestaltet, dass man sich ohne Weiteres vorstellen konnte, zu schrumpfen und gemütlich in diesen Räumen zu leben. Und ich dachte an die Gier, die ich jedes Mal empfand, wenn ich damit spielte. »Aber was ist mit Cecilia?«

»Ich werde ihr sagen, Daddy hätte sie genommen. Und dass sie Mom nichts davon sagen soll, um sie nicht aufzuregen. Sie wird traurig sein, aber sie wird darüber hinwegkommen. Es wäre besser für uns alle.«

Und so gehörten mir endlich die Spielsachen, die ich so lange heiß begehrt hatte. Aber in der Woche darauf, nur zwei Tage, nachdem Grace eine Reihe ihrer Bücher, darunter auch die Narnia-Serie, vorbeigebracht hatte, kam sie wieder und bat mich um Rückgabe der Bücher, weil ihr Vater die Lücken in der Bibliothek bemerkt hatte.

Wenn ich jetzt, zehn Jahre später, daran zurückdachte, wurde mir klar, wie wenig ich Grace verstand. Hätte ihr Vater das

Spielen mit Puppen wirklich als Sünde betrachtet, oder war ihre Furcht vor ihm völlig unbegründet? Hatte er gegen die Narnia-Bücher etwas einzuwenden? Oder glaubte nur sie das?

Vermutlich lebte Grace mehr als wir alle in einer inneren Fantasiewelt. Noch Tage, ja Wochen, nachdem sie die Bücher ausgelesen hatte, redete sie davon, als fiele es ihr schwer, sich aus diesen Welten wieder zu verabschieden. Sie dachte endlos über die Zukunft nach, über ihre Träume von einem Ehemann und vier Kindern, denen sie bereits Namen gegeben hatte (Thomas, Sarah, Eli und Katherine), von einem kleinen Haus auf Prince Edward Island – wo Anne auf Green Gables wohnte – mit Blick aufs Meer und einem Garten voller Gemüse, das sie und die Kinder jeden Nachmittag körbeweise fürs Abendessen ernten würden. Diese lebhafte Fantasie beeinflusste sogar ihren Glauben, das verriet ihre Überzeugung, Gott spreche im Gebet in vernehmlichen Worten mit ihr.

Und jetzt das. Die Schnelligkeit, mit der sie sich in Cesar verliebt und sich eine Zukunft mit ihm erdacht hatte, zeigte, wie leicht sie in Fantasiewelten abglitt. Vielleicht war das die Art von »Sünde und Täuschung«, vor der sie Angst hatte, vielleicht kämpfte sie schon ihr Leben lang gegen ihre überbordenden Vorstellungswelten an und suchte nun nach einem Weg, sie in ihren Alltag zu integrieren.

In mir begann es zu zwitschern, als hätte ich einen kleinen Vogel verschluckt. Wenn Grace jemanden heiraten konnte, der nicht zur Gemeinde gehörte, ausgerechnet Grace, die immer so tat, als hätte sie einen direkten Draht zu Gott und seiner endlosen Liste an Verboten, warum konnte das dann nicht auch Nate? Nate weigerte sich, über seinen Vater zu reden, aber ich sah die widerstreitenden Gefühle in seinen Augen, wann immer

Grace oder Cecilia ihn erwähnten. Es war Wut, aber – sosehr er vorgab, völlig gleichgültig zu sein – auch etwas, was einer Sehnsucht glich. Die Vorstellung, wie sein Vater reagieren würde, wenn er von unserer Beziehung erfuhr, versetzte Nate in Panik, aber wenn Grace ihm zuvorkam, dann hatte Mr. Sinclair für uns vielleicht keinen Zorn mehr übrig.

Ich hätte Nate gern von diesem Gespräch erzählt, weil er mich bei der Ausführung des Plans unterstützt hatte und natürlich wissen wollte, ob wir Erfolg gehabt hatten. Aber vor allem deshalb, weil er sich in den letzten Jahren für Grace verantwortlich gefühlt hatte, versucht hatte, sie zu beschützen. Ich wusste, dass eine große Last von seinen Schultern fallen würde, wenn jemand anderer sich um sie kümmerte.

Aber Grace hatte mich gebeten, niemandem davon zu erzählen. Nate würde früh genug davon erfahren, wenn sie das Haus verließ. So sammelte ich stattdessen Informationen über Ziviltrauungen, suchte den Namen eines Friedensrichters heraus und die Adresse des örtlichen Amtsgerichts. Ich schrieb alles auf ein Blatt Papier und wartete auf eine Chance, es Grace zustecken zu können.

Aber das gelang mir nicht mehr. Denn nur zwei Wochen später kam es zur Explosion.

13

Ich fand nie heraus, was eigentlich genau passiert war, aber über Nacht wurde ich von ihrem Leben abgeschnitten. Weiterhin ging ich jeden Tag nach der Schule zu den Sinclairs, aber niemand öffnete. Warum kam Nate nie zu mir nach Hause? Er musste doch wissen, dass ich nach ihm Ausschau hielt, dass ich Angst hatte – wieso fand er keinen Weg, mir zu erzählen, was los war? War wirklich keiner zu Hause, oder machten sie nur nicht auf? Es war nicht herauszufinden. Die einzigen Anzeichen, dass noch jemand in dem Haus wohnte, waren unbelebt – Bücher, die aufgeschlagen in der Bibliothek lagen, ein neues Muster von Krümeln auf dem Esstisch –, aber im Haus selbst war es still.

Schließlich schwänzte ich an einem eisigen Apriltag die Schule und fuhr gleich am Morgen hinaus zu den Sinclairs. Ich wollte herausfinden, ob sie tatsächlich jeden Vormittag das Haus verließen oder die Tage zu Hause verbrachten und so taten, als würden sie die Türklingel nicht hören. Ich kauerte mich ins Wäldchen, die Hände in die Ärmel gesteckt, und sah Silhouetten am Fenster und Lichter, die an- und ausgeschaltet wurden. Um halb neun verließen sie schließlich alle das Haus und gingen schweigend hintereinander zum Auto. Erst konzentrierte ich mich auf Nate und versuchte ihn dazu zu zwingen, zu mir herüberzusehen. Aber dann bemerkte ich Grace, die hinter Mr. Sinclair ging. Und ich war entsetzt.

Grace war fast nicht wiederzuerkennen, sie glich einer entfernten, todkranken Cousine der Frau, die sie früher gewesen war. Ihr Rock war zu lang und hatte Flecken an den Knien und am Po, ihre Haare waren ungewaschen und verfilzt, ihre Haut grau und ohne die Bräune, die sie durch die Arbeit im Garten angenommen hatte. Ich sah ihnen nach, wie sie davonfuhren. In meiner Brust hing eine schwere Angst wie kalter, nasser Lehm.

Was war passiert? Wohin wollten sie alle? Ich stieg auf mein Fahrrad und fuhr die Stichstraße hinab, gerade noch rechtzeitig, um den Wagen auf der Hauptstraße in Richtung Innenstadt einbiegen zu sehen.

Dann fuhr ich die große Straße entlang bis zur Kirche. Ich sah Mr. Sinclairs Wagen in der Einfahrt und schaute dann hinauf zu den Türen der Kirche. Einen Moment lang blieb ich stehen und überlegte mir, was ich tun konnte, dann stellte ich mein Fahrrad ab, umrundete die Kirche und spähte in ein Fenster auf der Rückseite des Gebäudes.

Durch das Fenster konnte man in Mr. Sinclairs Büro blicken. Auf unfertigen Kieferregalen stapelten sich Bücher, sein Messgewand hing an einem Nagel an der Wand, und an einem großen weißen Schreibtisch saßen Mr. Sinclair und Nate mit Notizblöcken und Stiften. Mr. Sinclair hielt eine Hand über seine Augen und redete, und Nate schrieb blindwütig, mit angespannter, grimmiger Miene.

Ich drückte meine Fingerspitzen gegen die Scheibe, in mir wühlte die Sehnsucht. Seit zwei Wochen hatte ich ihn nicht mehr gesehen, ohne ihn fühlte ich mich so hohl wie eine dieser aufblasbaren Puppen, die an den Füßen beschwert sind und sich immer wieder aufrichten, wenn die Kinder sie zu Boden stoßen.

Ich hoffte so sehr, dass er zum Fenster blickte und mich ansah, aber er war derart auf das, was er da schrieb, konzentriert, dass er nicht einmal von seinem Blatt aufschaute. Schließlich wandte ich mich ab und hielt Ausschau nach Grace und Cecilia.

Cecilia war mit Besen und Schaufel in der Kirche und fegte den Boden zwischen den Bankreihen. Wieso machte sie in der Kirche sauber? Zwang Mr. Sinclair sie alle zur Arbeit? Vielleicht, weil sie sich nun nicht mehr den ganzen Tag um ihre Mutter kümmern mussten und keinen Unterricht mehr hatten? Eigentlich hatte ich schon früher mit so etwas gerechnet, ich war überrascht gewesen, dass er ihnen Zeit zum Trauern gegeben hatte. Aber hieß das, sie mussten nun jeden Tag hier sein? Wann würde ich sie dann noch sehen können? Sollte die Arbeit in der Kirche auf Dauer sein, und wenn ja, was wurde dann aus Cecilias Träumen von einem Geschichtsstudium und von Graces Plan, Cesar zu heiraten? Und warum hatten sie nicht versucht, mir irgendwie mitzuteilen, was geschehen war und wann ich sie wiedersehen konnte?

Ich klopfte vorsichtig ans Fenster, um Cecilia auf mich aufmerksam zu machen, aber die Scheibe war zu dick, sie konnte mich nicht hören. Sie beugte sich vor, um Schmutz auf die Kehrschaufel zu schieben, warf einen verstohlenen Blick über die Schulter und leerte die Schaufel dann in den Fußraum des Kirchengestühls. Ich lächelte.

»Chloe? Was machst du denn hier?«

Ich fuhr herum. Da stand Grace mit Hacke und Schaufel und einer Tüte voll Blumenzwiebeln. »Du hast uns gefunden«, sagte sie und verzog die Lippen zu einem schiefen Lächeln wie bei einem schlechten Scherz. Dann warf sie einen Blick zur Kirche hinüber und deutete mit dem Ellbogen auf einen großen Müllcontainer.

Ich folgte ihr hinter den Container und blieb neben ihr stehen, obwohl ich sie gern umarmt hätte. Zum ersten Mal fiel mir auf, dass ich größer war als sie. Wann war das passiert? Sie war so klein und zart wie eine alte Frau. »Was ist denn los?«, fragte ich. »Wo wart ihr denn alle?«

Sie zuckte die Achseln. »Hier, sonst nirgendwo.«

»Dein Dad hat das mit Cesar herausgefunden, das ist es, stimmt's? Oder ist es, weil Nate trinkt?«

»Ach, Chloe …« Ihr Gesicht verzog sich auf einmal wie bei einem Kleinkind kurz vor einem Brüllanfall, und sie ließ sich gegen die Wand des Containers fallen und glitt daran hinab auf den schmutzigen Boden.

»Grace!« Ich kniete mich neben sie und legte ihr die Hand auf die Schulter, aber mit rotem Gesicht entzog sie sich mir.

»Tu doch nicht so, als wüsstest du auch nur im Mindesten, was vor sich geht. Du hast nämlich keine Ahnung, Chloe, wirklich nicht! Es ist millionenmal schlimmer als alles, was du dir vorstellen kannst.« Sie presste eine Faust gegen die Stirn und schlug mit der anderen auf den Boden. »Verdammte Scheiße!«

Ich starrte sie an. Dass Grace so einen Ausdruck benutzte, dass sie ihn überhaupt kannte, war allein schon verblüffend. Und auch sie schien erschrocken über sich selbst, presste die Hand auf den Mund und begann zu weinen.

»Grace?« Wie sollte ich darauf reagieren? Ich hatte keine Ahnung. Ich berührte ihr Bein, zog die Hand weg, berührte es erneut. Sie sah erst meine Hand an und dann mich.

»Ich muss einen Ausweg finden«, sagte sie. »Ich halte es nicht mehr aus. Ich kann nicht mit ihm zusammenleben. Du musst mir helfen, von hier fortzukommen.«

»Zu Cesar? Ich weiß jetzt einen Friedensrichter und was

man alles ausfüllen muss. Es dauert ein bisschen, aber so besonders schwierig ist es nicht.«

Sie stützte die Hand auf den Boden. »Die Schwesternschaft«, sagte sie. »Ich gehe zu den Schwestern.« Ich verstand nicht gleich, was sie meinte, aber dann fügte sie hinzu: »In Santa Barbara gibt es ein Kloster der Klarissenschwestern.«

Ein taubes Gefühl erfasste mein Inneres. »Ein Kloster? Du meinst, für Katholiken?«

»Ich werde konvertieren, das kann man. Mein Vater ist verrückt. Das habe ich vielleicht schon immer gewusst, aber jetzt ist mir klar geworden, dass auch alle anderen in unserer Gemeinde verrückt sind. Ich meine, in Zungen sprechen? Ich habe immer nur so getan als ob, Chloe. Das habe ich nie jemandem erzählt, aber der Heilige Geist hat niemals von mir Besitz ergriffen. Und ich habe immer gedacht, mit mir stimmt etwas nicht, dass ich nicht genug glaube oder dass Gott mich nicht genug liebt. Aber jetzt weiß ich, das sind sinnlose Laute und nicht die Sprache Gottes. *Allaya mushumbi alacha malissti, baba-mama-dada,* so redet allenfalls ein Baby!«

Wie schwer musste es ihr fallen, so etwas zuzugeben? Religion, die Kirche, das war immer das Wichtigste in ihrem Leben gewesen. So unverzichtbar wie Wasser, oder wie es Bücher für mich waren, etwas, woran man sich festhalten, worin man sich verstecken konnte. Oder das, was Mrs. Sinclair, als sie noch gesund genug war, für uns alle dargestellt hatte: Jemand, der immer da war, der einen immer liebte, aber nicht immer über einen wachte und daher vollkommenes Vertrauen verdiente. Und jetzt behauptete Grace, sie hätte die ganze Zeit nur so getan als ob?

»Ich liebe Gott noch immer, ich kann es nur nicht ertragen, was sie mit ihm gemacht haben. Kurz bevor Mom starb, hat mir ihr Geist zu sagen versucht, ich hätte eine Berufung. Und nun weiß ich endlich, was sie gemeint hat. In diesem Kloster tut man nichts anderes, als Gott zu dienen und für die eigenen Sünden und die der übrigen Menschen zu büßen. Das ist es, was ich will, Chloe.«

»Was ist zwischen dir und Cesar vorgefallen?«

Ein Gefühlsblitz, der eher Grauen als Schmerz verriet, riss einen kurzen Moment ihr Gesicht auf, ehe es wieder ganz verschlossen aussah. Sie tat so, als hätte sie mich nicht gehört. »Ich brauche dich, damit du ihnen einen Brief schickst«, sagte sie. »Das Risiko, ihn bei uns in den Briefkasten zu stecken, kann ich nicht eingehen. Außerdem weiß ich die Adresse nicht, die müsstest du für mich herausfinden. Sag ihnen, wie sie dich erreichen können, dann können sie dir sagen, ob man dort einfach so auftauchen darf. Falls ein Antwortbrief kommt, dann leg ihn einfach unter den Busch, wo wir unsere Nachrichten hinterlassen haben, und dann … dann musst du mir helfen zu fliehen.«

Ich sah Grace vor mir, wie sie in einem Habit Hunderte von Meilen entfernt in einer von Kerzen erleuchteten Kapelle kniete. Bei dieser Vorstellung verspürte ich einen tiefen Schmerz, eine Art Heimweh, und mir wurde etwas bewusst: Ich brauchte die Sinclairs mehr denn je, und nachdem ich bereits Mrs. Sinclair verloren hatte und nun auch Grace, war von der Familie nichts mehr übrig. Wenn wir, Nate, ich und Cecilia, allein zurückblieben, dann würden wir ständig die Leerstellen spüren. »Ich will mit Nate sprechen«, sagte ich. »Kannst du Nate sagen, dass ich ihn sprechen muss?«

Ihr Gesicht wurde einen Moment lang ganz leer, dann sagte sie: »Ich bitte ihn, dir den Brief zu bringen.«

»Was? Du meinst, er weiß, dass du weggehst?«

»Natürlich weiß er das, es war ja seine Idee. Er war derjenige, der begriffen hat, was Mom wohl gemeint haben könnte, was sie sich für mich wünscht.«

Mir brach kalter Schweiß aus. Nate *wollte,* dass sie fortging?

»Morgen Abend, wenn Dad ins Bett gegangen ist. Ich sage Nate, er soll sich am Busch mit dir treffen, ja?« Sie stand auf, warf noch einen Blick hinüber zur Kirche und ging dann wieder in den Garten.

Ich sah ihr bei der Arbeit zu, wie sie sich beim Graben in der Erde abmühte. Ihre Augen waren seltsam ausdruckslos, etwas Nebelhaftes schien sich in ihnen zu bewegen. Und während ich sie beobachtete, glaubte ich plötzlich zu verstehen. Nate tat das Einzige, was ihm einfiel, um sie zu beschützen.

Grace hatte mir nicht gesagt, um welche Uhrzeit ich am nächsten Abend kommen sollte, daher verließ ich unser Haus um sieben, gleich nach Einbruch der Dunkelheit. Meine Mutter wollte nicht wissen, wo ich hinging, wir führten schon lange getrennte Leben. Ich war jetzt schon älter als sie zu der Zeit, als sie von zu Hause fortgegangen war. Die Fehler, die sie damals machte, hatte sie wohl vergessen, sie hielt mich für fähig, mein Leben zu bewältigen. Dazu kam, dass sie seit ein paar Monaten mit einem Holzarbeiter namens Brad ausging, der zehn Jahre jünger war als sie. Mich erwähnte sie nur gelegentlich und nannte mich dabei »meine kleine Tochter«, ohne mehr über mich zu sagen.

»Er hält mich für fünfundzwanzig!«, hatte sie mir erzählt. »Ich musste ihn gar nicht anlügen. Er hat mich so jung geschätzt, und ich habe ihm nicht widersprochen. Aber ihm zu verraten, dass ich eine siebzehnjährige Tochter habe, nun, da würden sich wohl ein paar technische Schwierigkeiten offenbaren, oder?« Sie lächelte so strahlend, als erwartete sie, dass ich mich über diese Klemme genauso amüsierte wie sie.

Daher war es ihr wohl lieber, wenn ich nicht zu Hause war, denn dann konnte sie so tun, als wäre sie tatsächlich noch fünfundzwanzig. Und als ich ihr beim Abendessen sagte, ich ginge weg und wüsste noch nicht, wann ich wiederkäme, da winkte sie nur geistesabwesend mit dem Stück Fleisch auf ihrer Gabel und sagte, sie würde mich demnächst zur Familienplanungsstelle mitnehmen und mir ein Diaphragma anpassen lassen.

Um halb acht stand ich hinter dem Busch und sah hinüber zum Haus. Der Garten, den Cesar wie ein geliebtes Haustier versorgt hatte, war mit Klee und Unkraut überwuchert, Hundsrosen und Glyzinien bedrängten die zarten Staudengewächse, die Sophia so mühsam aufgepäppelt hatte. Und bei genauerem Hinschauen bemerkte ich, dass auch das Haus ungepflegt wirkte. Die Farbe auf den Schindeln war ausgebleicht und blätterte ab, auf dem Dach fehlten einige der roten Ziegel. Wann war das passiert? Warum war mir das nicht schon vorher aufgefallen?

Die Sinclairs saßen im Esszimmer, von meinem Standort aus konnte ich ihre Schultern und Köpfe sehen. Mr. Sinclair befand sich am Kopfende der Tafel, die anderen um ihn herum, und alle aßen ernst und schweigend. Fast wie Nonnen im Kloster, dachte ich.

Dann standen sie alle gleichzeitig auf. Grace und Cecilia deckten den Tisch ab, Nate verließ hinter seinem Vater das Zimmer. Eine Viertelstunde später gesellten sich Grace und Cecilia zu ihnen in die Bibliothek, Mr. Sinclair schlug ein großes Buch auf und begann laut vorzulesen. Dabei blickte er ab und zu auf, mit gerunzelter Stirn, so als wollte er sicherstellen, dass er auch wirklich verstanden wurde.

Die Szene erinnerte mich sehr an die Nachmittage mit Mrs. Sinclair, als wir alle um sie herumgesessen und uns von den Worten hatten bezaubern lassen. Fast war ich versucht, unangekündigt hineinzugehen, wie ich das damals so oft getan hatte, mich an Graces Arm zu schmiegen und ein Teil ihrer Gemeinschaft zu werden. Der Gedanke an das, was ich verloren hatte, traf mich schockartig. So musste sich wohl eine Scheidung anfühlen, die plötzliche Amputation eines Teils, der wie ein Körperglied zu einem gehört hatte. Meine Einsamkeit betrachtete ich manchmal wie eine Art Verdauungsstörung, die mich gelegentlich überfiel. Aber während ich dort stand, wurde mir klar, dass sie eher einer Haut glich, die nur ab und zu bedeckt, aber immer vorhanden war.

Eine Stunde lang stand ich hinter dem Busch und beobachtete die Sinclairs, bis sie schließlich aufstanden und den Raum verließen. Dann sah ich, wie im Obergeschoss die Schlafzimmerlichter angingen und eines nach dem anderen wieder verlöschte. Und ich wartete.

Zehn Minuten später trat Nate hinter dem Haus hervor. Er ging schnell, seine Miene war düster und angespannt. Als er hinter den Busch sprang, wäre er beinahe mit mir zusammengestoßen. Erschrocken zuckte er zurück, dann lächelte er. »Chloe!«

In diesem Moment brach etwas in mir auf, und ich begann zu weinen, ohne genau zu wissen weshalb. Er nahm mich in die Arme, stieß leise, beruhigende Töne aus, die ich in meinen Haaren fühlen konnte. Aber das machte es nur noch schlimmer, die Trauer bohrte sich wie ein eiserner Stachel in mich.

Ich sank gegen Nate, und er ließ mich langsam auf den Boden hinabgleiten, setzte sich, sodass ich zwischen seinen Beinen saß und er mich von hinten umfassen konnte. Seine Wange lag auf meiner Schulter, und er schaukelte mich hin und her.

Nach einer Weile wischte ich mir mit beiden Handballen die Tränen ab und rückte ein Stück von ihm weg. »Tut mir leid.« Ich schluckte. »Entschuldige, ich bin dumm, aber ich hab dich so vermisst. Ich habe nach dir gesucht, und so habe ich euch in der Kirche entdeckt.«

»Joel lässt uns arbeiten. Ein träger Geist ist ein Spielzeug des Satans, und seit er begriffen hat, wie unser Leben aussah, seit Mama krank wurde, glaubt er, Satan würde uns kneten und formen wie Plastilin.« Sein singender Tonfall jagte mir Angst ein. »Und darum gibt er sich alle Mühe, uns nach seinem eigenen Bild zu formen, oder eher, uns ganz und gar formlos zu machen.«

»Ich habe dich in seinem Büro gesehen.«

Er lächelte amüsiert. »Du hast mir hinterherspioniert?« Doch dann verschwand sein Lächeln. »Er will mich zum Diakon ausbilden, kannst du dir das vorstellen? Mein Job wäre es, die Gemeinde zusammenzuhalten und jedem, der in seinem Glauben wankend wird, eine Gehirnwäsche zu verpassen. Das ist wirklich ironisch. Ich bin mir sicher, er traut mir nicht über den Weg, vermutlich genießt er es lediglich, mich zu seinem Diener zu machen. Mehr ist ein Diakon nämlich nicht.«

»Ich wünschte, du hättest einen Weg gefunden, zu mir zu kommen und mir das alles zu erzählen. Warum hast du das nicht schon früher versucht?«

»Tut mir leid, ich weiß schon ...« Sein Blick ging über meinen Kopf hinweg. »Es ist nur so, dass eine Menge los ist. Und ich wollte dich da nicht hineinziehen.«

»Eine Menge? Was zum Beispiel?«

»Ich kann nicht darüber reden, Chloe. Bitte versteh doch, es geht da nicht um mich, darum kann ich es dir auch nicht einfach so erzählen. Abgesehen davon waren das die schlimmsten Tage unseres ganzen Lebens, und ich kann nicht darüber reden, ich kann nicht einmal darüber nachdenken.«

Ich sah ihn an und bemühte mich, in seinem Gesicht zu lesen, aber es war vollkommen verschlossen, eine Maske. Selbst seine Augen waren kalte Murmeln aus Glas. »Du willst, dass Grace fortgeht«, sagte ich. »Du hast ihr die Idee eingeflüstert.«

Einen ganz kurzen Augenblick trafen sich unsere Augen, dann wandte er den Kopf ab. »Sie muss fort. Sie kann hier nicht bleiben.«

»Du willst, dass sie Nonne wird? Gibt es bei so etwas nicht gewisse Regeln? Man wird nicht zur Nonne, weil der Bruder es gesagt hat. Muss man nicht von Gott dazu aufgefordert werden oder so?«

»Wenn Gott irgendjemanden in seinen Dienst ruft, glaubst du nicht, dass er dann Grace rufen würde? Und selbst wenn Gott nicht damit einverstanden wäre, was kann er schon dagegen tun?«

»Aber warum ausgerechnet ein Kloster? Weißt du, ich habe mich über die Klarissen erkundigt, und sie sind schlimmer als andere Nonnen, ich meine unheimlicher, strenger. Sie dürfen das Kloster niemals verlassen, sie müssen jede Nacht um halb eins aufstehen, um eine Stunde lang zu beten, und dann stehen sie vor dem Morgengrauen schon wieder auf, um zu arbeiten. Sie essen so gut wie nichts, nur Brot und Suppe, und sie dürfen fast gar nicht sprechen, bloß eine Stunde pro Tag, dann reden sie miteinander über das Leben der Heiligen. Das ist wie in einer Sekte!«

»Ich weiß.« Ganz plötzlich wirkte Nates Gesicht eingefallen, er sah verloren aus. »Ich weiß nicht, was ich mir vorgestellt habe. Die Klöster, von denen man so liest, liegen irgendwo auf dem Land, mit Blick auf die Berge, und die Nonnen pflanzen Blumen, malen Gebetskärtchen und singen Kirchenlieder und plaudern über … ich weiß nicht, vermutlich über die Priester. Und sie müssen sich über nichts Sorgen machen, außer darum, Gott zu verstehen, und genau das hat Grace immer geliebt. Aber das jetzt, das ist, als würde sie sich selbst bestrafen.« Er zog einen Briefumschlag aus seiner hinteren Hosentasche, warf einen Blick darauf und reichte ihn mir. »Du weißt vermutlich, sie möchte, dass du ihn aufgibst. Wenn du eine Antwort von ihnen bekommst, dann leg sie einfach hier unter den Busch, ja?«

Ich zog den Brief aus dem Umschlag und las ihn. Sie versicherte, schon als kleines Mädchen habe sie Gottes Ruf vernommen, ihre Liebe zu ihm überstrahle alles andere in ihrem Leben. An den Klarissen ziehe sie besonders das Versprechen der völligen Abkehr von der Welt an, damit sie »ganz in Gott ruhen« könne. Das hörte sich nicht an wie Grace. Es klang mehr so, wie Grace dachte, dass man als Nonne empfinden müsste. »Glaubst du, irgendetwas davon ist wahr?«, wollte ich wissen.

Nate zuckte abschätzig die Schultern. »Ich denke, sie möchte, dass es wahr ist. Aber ich habe keine Ahnung, ob sie überhaupt noch weiß, woran sie glaubt. Das ist wohl einer der Gründe, weshalb sie sich bestraft. Vielleicht findet sie das heraus und kommt wieder zurück.«

Er sah auf einmal völlig hilflos aus. Ich strich ihm eine Locke aus den Augen. »Sie wird bestimmt wieder zurückkommen.«

»Sie muss einfach.« Seine Augen füllten sich mit Tränen, er wischte sie ab. »Tut mir leid.«

Ich berührte ihn an der Wange, und er beugte sich vor, um mir einen Kuss zu geben, ganz sanft, nur eine leichte, fast bedauernde Berührung der Lippen. Ich lehnte mich nach hinten, um ihm in die Augen sehen zu können, aber ehe ich einen Blick auf sein Gesicht werfen konnte, legte er es an meines, Wange an Wange, und flüsterte: »Du fehlst mir.«

»Du mir auch«, sagte ich und legte ihm zögernd die Hände auf den Rücken. Ich versuchte zu begreifen, weshalb er in der Gegenwartsform sprach, was er damit sagen wollte. Da knackste ein Zweig hinter ihm, wir fuhren beide zusammen und sahen Mr. Sinclair neben dem Busch stehen. Er blickte uns an, aber nicht erschrocken oder wütend, sondern mit purem Entsetzen.

Ich ließ mich nach hinten sinken, Nate wischte unauffällig über den Boden und schob Graces Brief unter sein Bein. »Dad«, sagte er schnell.

Aber Mr. Sinclairs Blick war auf mein Gesicht gerichtet, und ich fühlte mich genauso seltsam wie damals, als ich ihm vor Jahren zum ersten Mal begegnet war. Als wäre mein Körper elastisch und würde nach oben gezogen. »Du«, sagte er. »Das Mädchen mit dem Fahrrad.«

Erstaunlich, dass er sich an mich erinnern konnte. Aber ebenso erstaunlich, dass er mich nur das eine Mal gesehen hatte, als wir vor fast einem Jahrzehnt das Narnia-Theaterstück aufführten. Seitdem waren wir sehr vorsichtig gewesen, hatten uns nur getroffen, wenn er nicht zu Hause war, und dann möglichst im Schutz des Wäldchens. Die einzigen Anzeichen, die ich hinterließ, waren die Bücher, die ich mitbrachte. Er hätte wohl kaum wissen können, dass ich hier war, wenn ihm nicht jemand davon erzählt hatte. Aber ich konnte kaum glauben, dass er meine Anwesenheit nicht irgendwie spüren konnte. Schließlich war ich mir sicher, dass ein Teil von mir immer hier war, auch wenn ich mich eigentlich in der Schule oder daheim im Bett befand. Plötzlich wurde ich so verlegen, als hätte es die dazwischenliegenden Jahre gar nicht gegeben, als wäre die Rolle, die ich in ihrem Leben spielte, noch immer so simpel wie in dem Sommer, als ich acht Jahre alt war.

»Ich bin Chloe«, sagte ich und stand auf. Als er bei unserem ersten Treffen von meinem Fahrrad erfuhr, hatte er mich »patent« genannt, ein Wort, das ich später nachschlagen musste. Daran hatte ich all die Jahre immer wieder gedacht, auch wenn es vielleicht nur eine gedankenlose Bezeichnung gewesen war. Aber das Wort gab mir das Gefühl, alles würde gut werden. »Ich bin die Freundin von Nate, Cecilia und Grace.«

»*Freun…din*«, sagte er und dehnte das Wort so lang, dass es viel mehr Silben bekam, als es eigentlich hatte. Seine Brauen waren zusammengezogen, als wollte er es übersetzen und verstehen. »Wie lange genau geht diese *Freundschaft* mit Nate denn schon?«

Nate stand auf, den Brief von Grace hinter seinem Rücken verborgen. »Da geht gar nichts! Chloe war nur durcheinander, sie hat sogar geweint.« Er warf mir einen Blick zu. »Wegen eines Mädchens, das sie kennt und das von zu Hause fortgeht. Und ich habe hier draußen Geräusche gehört, bin rausgegangen und habe sie entdeckt. Ich wollte sie nur trösten, das war alles.«

»Das genügt. Hör auf zu reden, Nathaniel, das ist nicht hilfreich. Auch wenn du es nicht glauben magst, ich weiß genau, wie man sich als junger Mann fühlt. Aber ich weiß auch, dass Satan in den verschiedensten Gestalten auftritt, sogar in der Gestalt einer schönen jungen Frau.«

Er hatte mich gerade schön genannt. Aber er hatte mich auch als Satan bezeichnet, was das Kompliment eigentlich wieder zunichtemachte. Ich fand, ich sollte darauf antworten, aber ich wusste wirklich nicht, was ich sagen sollte. Verwirrt schob ich meine Hände in die Hosentaschen, spielte mit dem Futter und einem Kaugummipapier. »Ich bin nicht Satan«, sagte ich.

»Miss Chloe, es wird jetzt Zeit, dass Sie gehen. Und Sie werden nicht wiederkommen.«

Beim letzten Wort zitterte seine Stimme ein wenig, und mir ging plötzlich auf, dass er Angst hatte. Wovor fürchtete er sich? Vor mir? »Ist schon gut«, sagte ich.

»Das meine ich ernst. Wenn Sie noch ein einziges Mal kommen, dann ist Nate nicht mehr da.« Er wandte sich an Nate. »Hast du verstanden?«

Ich für meinen Teil hatte keine Ahnung, was er sagen wollte. Mein erster Gedanke war, Nate wäre dann tot. Aber Nate nickte und ging rückwärts auf mich zu. »Sie kommt nicht mehr. Sie hat gar keinen Grund, noch einmal zu kommen.« Hinter seinem Rücken winkte er mit Graces Brief, den er zwischen zwei Fingern hielt. Und als ich die Hand danach ausstreckte, drückte er ihn mir gegen die Handfläche. Ich ließ ihn in meinen Ärmel gleiten, und Nate blieb noch einen Augenblick stehen, verstellte Mr. Sinclair den Blick, ehe er an ihm vorbei aufs Haus zuging, ohne sich noch einmal umzudrehen.

Mr. Sinclair sah ihm nach, und als Nate im Haus war, atmete er tief aus, ohne den Blick von der Tür zu lösen.

»Ich bin ein guter Mensch«, sagte ich leise.

Sehr lange schwieg er, dann drehte er sich schließlich zu mir um. »Vielleicht sind Sie das. Aber das gibt Ihnen nicht das Recht, hier zu sein, als Teil unseres Lebens. Ich weiß, Sie können das nicht verstehen, aber ich schütze meinen Sohn, und wenn ich Sie hier noch einmal sehe, dann wird das Folgen haben.« Damit drehte er sich um und ließ mich stehen.

Ich schrieb meine Adresse und Telefonnummer in die Lücken, die Grace in ihrem Brief dafür freigelassen hatte, dann ging ich vor die Tür, um ihn in den Briefkasten zu legen. Aber die Post war bereits gekommen, im Kasten lagen zwei Briefe aus Berkeley, ein dicker und ein dünner. Ich legte den Brief, auf dem mein Name stand, auf meinen Schoß, drehte ihn hin und her, ehe ich ihn öffnete. Ich warf einen Blick hinein, dann öffnete ich den Brief an Nate und las ihn.

Vielleicht wäre das eine Lösung gewesen. Wie hätte sein Vater uns auf dem College voneinander fernhalten können? Allerdings war ich mir nicht sicher, was Nate getan hätte, wenn man ihn aufgenommen hätte. Seit unserem seltsamen Gespräch in der Nacht zuvor dachte ich über Nate nach, weil mir klar geworden war, wie sehr sich seine Persönlichkeit seit dem Tod seiner Mutter verändert hatte. Teilweise war es das Trinken, denn auch wenn ich ihn nur ein paarmal dabei erwischt hatte, wusste ich doch, dass er sich mehrmals in der Woche betrank. Danach war er tagelang schweigsamer, grüblerischer und launischer. Aber selbst an den Tagen, an denen er vollständig nüchtern blieb, wirkte er angestrengt und erbittert, und seine Laune konnte sich von einer Sekunde auf die andere ändern.

Ich hatte in den letzten Monaten mehrmals mit ihm über ein Studium gesprochen, weil ich wollte, dass er nach vorne sah und nicht zurück. Dann würde er vielleicht einsehen, dass das Leben nicht mehr so schwierig wäre, wenn wir dem Haus, dieser Stadt, den Erinnerungen einmal entkommen waren. Aber jetzt konnte ich mich nicht erinnern, was er darauf geantwortet hatte, ob er überhaupt etwas gesagt oder nur sehnsüchtig oder nachsichtig gelächelt und dann das Thema gewechselt hatte.

Was sollte ich nun machen? Das Studium ohne ihn beginnen? Hunderte von Meilen entfernt von ihm leben und nur während der Ferien nach Hause kommen, wo ich ihn dann sehen konnte oder vielleicht nicht? Wie sollte ich mich auf die Kurse konzentrieren, wenn ich an nichts anderes denken konnte als daran, wie es ihm zu Hause wohl erging?

Ich nahm die Briefe und drückte sie mir gegen die Stirn. Unsere Zukunft. Dann stand ich auf und warf sie beide in den Mülleimer.

Ich ging erst wieder zu den Sinclairs, als eine Nachricht von den Nonnen kam. Eine Schwester Marguerite hatte geschrieben und Grace zu einem Besuch eingeladen. Sie könne eine Woche bleiben und das Leben im Kloster kennenlernen. Während der letzten vierzehn Tage hatte ich immer wieder Geld aus dem Portemonnaie meiner Mutter gestohlen, jedes Mal nur ganz wenig, aber inzwischen reichte es bereits für eine Busfahrkarte hin und zurück. Und an diesem Nachmittag machte ich mich nach der Schule auf den Weg zu den Sinclairs.

Der Wagen stand nicht in der Einfahrt. Ich nahm an, dass sie alle in der Kirche waren, aber trotzdem behielt ich den Brief der Klarissen unter meinem Hemd, während ich am Rand des Wäldchens zum Holunderbusch schlich. Dort lag, halb versteckt im hohen Gras, die Werkzeugkiste, in der wir früher unsere verschlüsselten Nachrichten abgelegt hatten. Ich kauerte mich daneben, öffnete sie und legte den Brief und das Geld hinein. Und fand ein Buch.

Es war eine ledergebundene Ausgabe von *Romeo und Julia*. Ich blätterte sie eilig durch, ob sich vielleicht ein Zettel darin befand, aber ich fand nichts zwischen den Seiten. Es war auch nichts hineingeschrieben außer ein paar zarten Bleistiftmarkierungen am Rand. Ich las einige der markierten Stellen genau und suchte nach einer Bedeutung, aber sie wirkten völlig beliebig. *Sollt hoch willkommen sein, wenn Ihr die Zahl vermehret; Nehmt meine Meinung nach dem guten Sinn; In so bedrängter Zeit kommt Freude recht.* Hatte jemand lediglich die Stellen markiert?

Ich kannte die Handlung von *Romeo und Julia* nicht so genau, wusste nur, dass es eine Liebesgeschichte gab, eine Balkonszene und einen tragischen Schluss. Also war das Stück selbst die Botschaft? Ging es nur darum, dass auch ihre Liebe verboten gewesen war?

Ich betrachtete das Buch und tastete den Einband ab, als könnten mir die Rillen im Leder irgendeinen Hinweis geben. Und dann ging ich nach Hause, um es zu lesen.

14

Ich las das muffige Exemplar von *Romeo und Julia* und verliebte mich erst in die Sprache und den Rhythmus jeder Zeile und dann auch in das Stück selbst. Anfangs hatte ich Probleme mit den Ausdrücken, aber nach ein paar Seiten war es, als hätte sich mein Geist den Kurven und Windungen des Textes angepasst. Ich ließ mich von der Handlung tragen, folgte der alles verzehrenden Liebe und Verzweiflung, der Hoffnung und dem Tod, und am Schluss war ich fast in Tränen aufgelöst.

Nate brachte die Geschichte mit unserer in Verbindung, das war offensichtlich, aber wie viel davon? Ich las das Ende noch zwei Mal, ein drittes Mal, dann blätterte ich es voller Verzweiflung erneut durch und versuchte, irgendeine Bedeutung hinter den markierten Zeilen zu entdecken. Ich schrieb sie auf einen Notizblock und las sie prüfend, um herauszufinden, ob es etwas gab, was sie gemeinsam hatten. Aber sie schienen völlig zufällig ausgewählt, stammten irgendwo aus dem Buch, einige von ihnen waren sogar ganz besonders unwichtig.

Erst als ich den Notizblock weglegte und vom Schreibtisch aufstehen wollte, sah ich es. Ich griff nach einem Stift und umringelte langsam die Buchstaben.

Mir gilt ihr Reiz wie eine Weisung nur
Und Jammer ists um euren langen Zwiespalt
Sie hat kaum vierzehn Jahre wechseln sehn

Sollt hoch willkommen sein, wenn Ihr die Zahl vermehret
Wie muntre Jünglinge mit neuem Mut sich freuen
Ein Schmerz kann eines andern Qualen mindern
Gesperrt in einen Kerker, ausgehungert
Krach! sagt der Taubenschlag
Ach ja, 'ne Blume! Gelt, 'ne rechte Blume!
Nehmt meine Meinung nach dem guten Sinn
Nicht halb so groß als wie ein kleines Würmchen
Nun trommelts ihm ins Ohr: da fährt er auf
Ich weiß die Zeit, da ich 'ne Larve trug
Capulets holdsel'ge Tochter
Hat Lieb um Liebe mir und Gunst um Gunst gewährt
Träg, unbehilflich und wie Blei so schwer
Beruhige mich! Ists Gutes oder Böses?
Er schlägt, als wollt er gleich in Stücke springen!
Ich will zur Mahlzeit erst: eilt ihr zur Zelle hin!
Doch meine treue Liebe stieg so hoch
Ich rede wahr, sonst führt zum Tode mich!
Ruft »Tybalt!« aus, schreit dann nach Romeo
Beherbergt dies Gerippe meinen Namen?
Leb wohl! Kein Mittel lass ich aus den Händen
Er und ein Schurk sind himmelweit entfernt
In so bedrängter Zeit kommt Freude recht.
Bekennen will ich Euch, ich liebe ihn.
Ehrwürd'ger Vater, habt Ihr Muße jetzt?
Nimm dieses Fläschchen dann mit dir zu Bett

Also das wollte Nate mir sagen – verschlüsselt, damit nicht einmal Grace und Cecilia es lesen konnten. Dass er mich verlassen würde.

In dieser Nacht schlief ich überhaupt nicht. Warum ging Nate fort? Und wann? Wie lange lag das Buch schon unter dem Busch? Konnte es sein, dass er bereits weg war?

Gleich morgen früh würde ich zu den Sinclairs gehen und sie beobachten, bis sie zur Kirche fuhren. Und wenn Nate noch da war – Oh, bitte, lieber Gott, mach, dass er noch da ist! –, dann würde ich den ganzen Tag an der Kirche verbringen und mich, falls nötig, ins Herrenklo schleichen, in einer Kabine verstecken und ihn dort abpassen.

Das musste etwas mit seinem Vater zu tun haben; Nate wäre es nie in den Sinn gekommen, Cecilia alleinzulassen. Hatte ihm Mr. Sinclair mit etwas gedroht, was den Entschluss zur Flucht ausgelöst hatte? So etwas musste es wohl sein; je länger ich darüber nachdachte, desto sicherer wurde ich mir. Bald war ich am Rande der Panik, weil ich mir die wildesten Szenarien vorstellte: Nate, der als Missionar nach Kenia geschickt wird, der wegen einer falschen Beschuldigung ins Gefängnis wandert, der mit zugeklebtem Mund im Speicher eingeschlossen wird. Und während die Nacht in den frühen Morgen überging, sah ich mich – halb Traum, halb fester Entschluss –, wie ich Mr. Sinclair ein Messer an die Kehle hielt und von ihm verlangte, dass er es mir sagte. Und wenn er sich weigerte, würde ich ihm die Finger abschneiden, einen nach dem anderen, und dann die Zehen, eine nach der anderen. »Wo ist er!« – ein Zeigefinger – »Was haben Sie mit ihm gemacht!« – ein Daumen. Ich sah die Szene in allen Einzelheiten vor mir, die scharfe Klinge, Knorpel und Knochen, seine Tränen, meine Tränen, als plötzlich …

Plopp.

Ich setzte mich im Bett auf, schaute mich vergeblich im halbdunklen Zimmer um, und dann wieder: *Plopp.* Ich stand auf und ging zum Fenster.

Da stand Nate, die Haare nass vom feinen Nieselregen, einen Kiefernzapfen in der erhobenen Hand. Ich schob das Fenster nach oben, mit einem schweren Gefühl im Körper, als müsste ich sofort losbrüllen, eher aus Angst als aus Freude.

Er ließ den Kiefernzapfen fallen und lächelte, winkte mit dem Arm. Ich rannte die Treppe hinab und aus dem Haus.

»Ich dachte …«, sagte ich, »ach, ich weiß nicht, was ich dachte! Ich wollte deinem Vater die Finger abschneiden!« Ich barg mein Gesicht an seinem feuchten, klammen Pullover und zog ihn dann ins Wohnzimmer. Dort wickelte ich ihn in die Sofadecke und steckte sie hinter seinem Rücken fest. Dann saß ich neben ihm, die Arme um ihn gelegt, die Beine in seinem Schoß und den Kopf an seiner Schulter. »Ich dachte, du würdest von zu Hause weglaufen. Das wolltest du mir doch mitteilen, oder?«

Nate saß bewegungslos da und umarmte mich nicht. »Nächste Woche«, sagte er. »Ich habe es noch nicht einmal Cecilia erzählt. Ich will nicht, dass sie es erfährt, ehe ich einen Weg gefunden habe, sie in Sicherheit zu bringen. Joel will, dass ich das Bibelcollege in Missouri besuche. Er hat mich schon für Sommerkurse eingeschrieben, und bis dahin hat er mir einen Job in der Bibliothek besorgt, damit ich keine Schwierigkeiten machen kann.«

»Missouri? So wie der Staat Missouri?«

»Ist schon gut, ich gehe ja nicht hin.« Er sah zufrieden aus. »Ich habe andere Pläne.«

»Wie meinst du das?«

Er nahm meine Hand und hielt sie zwischen seinen Händen. »Hast du *Romeo und Julia* gelesen? Das ganze Stück?«

Ich hob meine Beine von seinem Schoß, weil es mir eiskalt den Rücken hinunterlief. »Sie sind wie wir, nicht wahr? Darum wolltest du, dass ich das Stück lese.«

»Ist schon gut«, sagte er und sah mir tief in die Augen. »Hör mir zu, dann sage ich dir genau, was wir tun werden.«

Hätte er mich in diesem Moment gebeten zu raten, was er vorschlagen würde, hätte ich auf einen dramatischen, leidenschaftlichen Doppelselbstmord getippt. Damit könnte er sowohl seinen Vater zerstören als auch sicherstellen, dass wir niemals mehr getrennt sein würden. Und in diesem Moment hätte ich der Idee vielleicht sogar zugestimmt. Als ich zuvor im Dunkeln lag und mir die schlimmsten Dinge vorstellte, hatten in den versteckten Ecken meines Geistes viel düsterere Schatten gelauert.

Daher war sein tatsächlicher Plan eine solche Erleichterung und so viel weniger verrückt, dass mir das Vorhaben sowohl vernünftig als auch unausweichlich vorkam. Natürlich war die Annahme, es könnte funktionieren, ein bisschen lächerlich, denn so etwas versuchten gewöhnlich nur Romanfiguren, denen es dann auch gelang, alle Widerstände bis zum glücklichen Ende zu überwinden. Es war dumm, nicht mit möglichen Hindernissen zu rechnen, aber ich ließ mich überzeugen, weil der Plan so romantisch war. Es passte zu der romantischen Geschichte, die ich gestern gelesen hatte. Und mögliche Hindernisse erschienen da einfach unerheblich zu sein.

»Den Gedanken, dass Cecilia mit Joel allein zurückbleibt, kann ich einfach nicht ertragen. Darum frage ich dich, ob sie vielleicht hier unterkommen kann. Ich hätte Grace niemals überzeugt, fortzugehen, wenn ich gewusst hätte, dass Joel mich wegschicken will.«

»Kannst du sie nicht mitnehmen?«

»Das habe ich auch vor, sobald ich mich halbwegs zurechtgefunden habe. Aber anfangs wird es schon für mich allein nicht leicht werden. Ich weiß nicht, ob ich etwas zu essen und einen Platz zum Schlafen finde. Ich habe schon überlegt, Grace zu überreden, sie ins Kloster mitzunehmen, aber eigentlich weiß ich genau, dass Cecilia dieses Eingesperrtsein nicht ertragen kann. Außerdem denkt Grace vielleicht, Cecilias Anwesenheit würde das entwerten, was sie inzwischen ihre Berufung nennt. Darum brauche ich deine Hilfe, bis ich euch beide zu mir holen kann. Was da in letzter Zeit passiert ist – das war viel schlimmer, als du überhaupt ahnst.«

Ein angstvoller Stich durchfuhr mich. »Was genau meinst du? Was ist mit Cecilia passiert?«

»Es geht gegen beide. Wenn ich ihm widerspreche oder mich weigere, zur Arbeit zu gehen – kurz, irgendetwas, was er für einen Einfluss des Teufels hält –, dann bestraft er eine von *ihnen*. Er weiß genau, dass es mir besonders wehtut, wenn ich das mit ansehen muss. Zum Beispiel, als er in der Bibel auf meinem Schoß ein Buch von Thoreau entdeckt hat, da hat er Grace sechs Stunden lang im Keller eingesperrt, obwohl er weiß, dass es dort unten Mäuse und Spinnen gibt und was das mit ihr macht. Sie wurde bisher noch nie richtig bestraft, er hat ihr immer alles durchgehen lassen. Mir kam das immer so vor, als würde er sie verehren. Als würde er sie für eine Art Heilige halten oder zumindest annehmen, ihr Glaube wäre so stark, dass sie nicht diszipliniert werden muss. Aber es geht nicht um sie, sondern um mich. Als würde er denken, wenn ich sehe, wie sie leidet, würde ich bereuen und meinen unreinen Geist austreiben lassen oder so. Aber wenn ich sie dort unten schreien höre …«

Seine Stimme brach, er presste die Lippen aufeinander und schluckte. Dann hob er das Kinn. » … sie hat geschrien, und ich habe versucht, die Tür aufzubrechen. Am Ende habe ich stattdessen ein Kellerfenster zerbrochen, aber ich konnte nicht zu ihr, das Fenster war zu schmal. Das war dumm von mir, denn wegen des zerbrochenen Fensters saß dann auch Cecilia dort unten.«

Ich schüttelte verständnislos den Kopf. »Wie lange geht das denn schon, diese Art der Bestrafung?«

»Immer schon, jedenfalls bei mir. Ich meine, nicht so, er war niemals grausam. Aber eine meiner ersten Erinnerungen, da war ich vier oder fünf, ist, wie er mich mitten in der Nacht aufweckt und mich auf die Knie zwingt, um für Vergebung zu beten. Ich wusste nicht mal, wieso. Damals habe ich mich für das schlimmste Kind der Welt gehalten, aber ich glaube, inzwischen verstehe ich es. Bei meiner Geburt hatte er eine Vision, was aus seinem Sohn werden sollte, und er wollte mich zwingen, dieser Vision zu entsprechen. Daher bin ich in gewisser Weise an so etwas gewöhnt, aber mit Grace und Cecilia hat er das niemals gemacht.«

»Hättest du mir doch früher davon erzählt! Ihr redet alle kaum über ihn, es ist, als wäre er ein großes Geheimnis, das ihr gemeinsam bewahren müsst. Aber warum bloß? Schämt ihr euch dafür, wie er euch behandelt? Oder habt ihr Angst vor ihm?«

»Nein, Chloe, es ist viel komplizierter. Sagen wir es einfach so, wir verstehen ihn, wie ihn sonst niemand verstehen kann. Wir wissen, wie er früher war, und wir haben miterlebt, wie er sich verändert hat. Und man kann niemandem, der das nicht selbst erlebt hat, erklären, wer er heute ist. Ich weiß nur, dass ich vor dem jetzigen Menschen Angst habe, vor seiner Vergeltung, wenn ich offen Widerstand leiste. Er verliert die Kontrolle über sich, jeden Tag ein Stück mehr. Ich muss einfach glauben, dass er, wenn wir alle verschwinden, endlich begreifen wird, was er mir und unserer Familie antut.« Eine bittere Woge der Trauer überschwemmte sein Gesicht. »Ich weiß nicht, wann ich Grace wiedersehen werde. Daran habe ich bis gerade eben noch gar gedacht.«

Ich schmiegte mich an seinen Arm. »Was ist mit mir, Nate? Wie lange wird es dauern, bis Cecilia und ich dich wiedersehen?«

Er blickte vor sich hin, immer noch mit demselben schmerzlichen Gesichtsausdruck, und ich glaubte schon, er hätte mich nicht gehört. Aber schließlich wandte er sich doch zu mir um. »Ich weiß es nicht. Vielleicht einen Monat, bestimmt nicht viel länger. Ich sage euch Bescheid, wenn ich weiß, wo ich unterkommen kann, und schreibe euch, sobald ich genug Geld habe, dass wir davon leben können.«

»Und bis dahin würde Cecilia bei Mom und mir wohnen.«

»Bitte, Chloe … Ich weiß keinen anderen Weg, um sie in Sicherheit zu bringen.«

»Kannst du dir vorstellen, dass dein Vater kommt und uns bedroht?«

»Was kann er schon machen? Dich wegen Entführung anzeigen? Und in so kurzer Zeit findet er vielleicht nicht mal heraus, wo sie steckt. Mir ist schon klar, dass deine Mom noch zustimmen muss.«

»Ich frage sie heute Abend und erzähle ihr, was er dir angetan hat. Der Zeitplan ist eigentlich ideal, Cecilia und ich könnten aufbrechen, sobald ich mit der Highschool fertig bin.« Ich fand mich bereits damit ab. Es war, als wäre alles schon beschlossene Sache. »Ich könnte sogar nach Berkeley gehen! Eigentlich dachte ich, ich würde mir dort nur einen Job suchen und so viel Geld sparen, dass ich dich retten und mit dir davonlaufen kann. Aber wenn du in der Gegend um San Francisco Arbeit findest, dann könnte ich studieren und wir könnten zu dritt in einer Wohnung leben.«

»Berkeley?« Seine Stimme klang beinahe ehrfürchtig. »Weißt du denn, ob wir es geschafft haben?«

Ich zögerte, dann sagte ich: »Ich bin aufgenommen worden.«

Er sah mich an, wartete einen Moment, dann sagte er: »Na gut. Ich wusste schon, dass es eher unwahrscheinlich ist, nachdem ich nicht einmal irgendwelche Schulnoten vorweisen kann.« Er zog die Decke fester um seine Schultern und sah vor sich ins Leere. »Du bringst mir alles bei, was du dort lernst, ja? Ich kann deine Notizen und deine Bücher lesen.«

Ich nahm seine Hand. »Wenn du nicht arbeiten musst, kannst du dich vielleicht sogar hineinschleichen, wenn der Kurs größer ist. Du setzt dich in die letzte Reihe, und niemand ahnt, dass du gar nicht dazugehörst.«

»Und beim Abendessen unterhalten wir uns darüber, wie der Tag war und was wir gelernt haben …«

»Und wir lernen gemeinsam! Die ganze Nacht hindurch, du kannst mir bei den Essays oder bei Seminararbeiten und Hausaufgaben helfen.«

Er hob meine Hand an seinen Mund und küsste sie, dann ließ er sie dort. »Gemeinsam davonlaufen, dem Ganzen hier entkommen, das ist wie ein Märchen«, sagte er. Ich fand den Vergleich merkwürdig, zu viel Magisches und zu wenig von dem Entsetzlichen, dem wir uns gegenübersahen. Bis mir das Buch mit den ursprünglichen, noch nicht kindgerecht bearbeiteten *Grimms Märchen* einfiel, das mir meine Mutter in bester Absicht, aber völlig unpassend, zum zehnten Geburtstag geschenkt hatte. Ein Prinz, der beim Hinaufklettern in Rapunzels Turm von Dornen geblendet wird, eine Frau, die ihre Schwester tötet, um einen Grafen heiraten zu können, der sie später auffrisst. Gutes und Böses, Albtraum und Herzeleid, Lektionen, die auf die harte Tour gelehrt werden. Aber am Schluss wurde das Böse besiegt, es gab die gerechte Strafe, und für diejenigen, die es verdient hatten, endete es in der Regel glücklich.

Obwohl, wenn ich an die schrecklichen Lügen dachte, die wir erzählen mussten, dann war ich mir nicht mehr sicher, ob wir ein glückliches Ende verdienten.

»Ich muss dich um einen Gefallen bitten.« Es war am folgenden Abend, ich saß meiner Mutter am Esstisch gegenüber und überlegte mir, wie ich es formulieren konnte, ohne zu viel zu verraten. »Weißt du, meine Freundin Cecilia durchlebt gerade eine sehr schwierige Zeit.«

Momma gelang es, ein angemessen besorgtes Gesicht aufzusetzen. »Du meinst, wegen dem, was mit ihrer Mutter war.«

»Ja, das, und wegen ihrem Dad. Er behandelt sie nicht gut. Wenn sie nicht von ihm wegkommt, dann weiß ich nicht, was er ihr noch antun wird.«

»Du meinst, er misshandelt sie?«

»Ich glaube nicht, dass er sie tatsächlich schlägt oder so, er würde wohl nichts tun, wofür er ins Gefängnis wandern könnte. Aber er tut ihr sehr weh, er verletzt sie alle auf andere Weise. Und jetzt …« Ich zog meine Gabel durch den Reis auf meinem Teller, erst rechtsherum, dann linksherum. »Grace geht fort.

Ich weiß nicht, wo sie hingeht, aber sie sagt, es ist so schlimm geworden, dass sie nicht mehr bleiben kann. Und Nate muss auch weg, sein Vater schickt ihn in ein Bibelcollege in Missouri. Dann bleibt Cecilia mit ihrem Vater allein zurück, und sie hat Angst.«

»Nein, wirklich! Und ich dachte immer, sie wären so großartig.«

»Mom!«

»Entschuldige, ich habe sie angeschaut und uns angeschaut und mir gedacht ... Na ja, sie sind einfach so makellos, oder? Aber vieles ist ja außen hübsch und innen hässlich, wie fauliges Obst. Es ist nur interessant zu erfahren, dass die Sinclairs verrottet sind.« Sie legte ihre Gabel hin und schob den Teller beiseite. »Und jetzt muss ich mich schon wieder entschuldigen. Ich weiß, sie sind deine Freunde, und mir tun die Kinder wirklich leid. Na gut, sprich weiter, was für einen Gefallen?«

Ich lehnte mich in meinem Stuhl zurück und sah ihr ins Gesicht. »Könnte Cecilia hier wohnen? Nur für kurze Zeit?«

»Was? Was würde ihr Vater dazu sagen?«

»Sie ist fast so alt wie ich und damit alt genug, um zu entscheiden, wo sie leben will. Eigentlich muss er auch gar nicht wissen, wo sie sich aufhält.«

»Aber sie ist noch immer minderjährig! Wenn du sie ohne Erlaubnis ihres Vaters hierher bringst, könnte er uns jede Menge Schwierigkeiten machen. Warum erzählt Nate nicht mal der Polizei, was da vor sich geht? Oder sogar der Kirchengemeinde? Ich wette, der Gemeinde müsste er es gar nicht wirklich erzählen, schon die Drohung würde wahrscheinlich genügen.«

»Ihr Vater peitscht sie nicht aus, und der Polizei ist es bestimmt egal, dass er sie mitten in der Nacht zum Beten zwingt.

Und in der Gemeinde, da würden das einige Leute wohl nicht so gut finden, aber die meisten machen vermutlich mit ihren Kindern genau das Gleiche, oder würden es tun, wenn er ihnen erzählt, so müsse man ein gottesfürchtiges Kind erziehen. Daher würde eine Anzeige von Nate möglicherweise gar nichts bringen, außer dass für Cecilia alles noch schlimmer wird. Bitte, Mom, Nate wird sie zu sich holen, sobald er dort Fuß gefasst hat, sie kann mit ihm in Missouri leben. Es ist doch nur für die nächsten paar Wochen, damit sie in Sicherheit ist.«

Momma schaute ausdruckslos auf ihren Teller, dann hob sie den Blick. »Na gut, in Ordnung.«

Ich sah ihr ins Gesicht und suchte nach Anzeichen für Ironie oder Sarkasmus. »Wie meinst du das, in Ordnung?«

»Hat der Ausdruck mehrere Bedeutungen?« Sie verschränkte die Arme. »Schau, du weißt doch, dass ich von zu Hause weggelaufen bin, als ich so alt war wie du, sogar noch ein bisschen jünger.«

»Dabei hast du dann meinen Dad kennengelernt.« Sie war in Armut aufgewachsen, ihre Mutter war Säuferin, und er war der erste reiche Mensch, den sie kennenlernte. Ein Geschäftsmann namens Gary Groves, den sie bediente, als sie in einem Vier-Sterne-Restaurant als Kellnerin arbeitete. Er hatte Mitleid mit ihr gehabt und ihr im Gästehaus am Rand seines Besitzes eine Unterkunft gegeben. Gegen leichte Hausarbeiten hat er ihre Lebensmittel bezahlt und sie eingeladen zum Schachspielen oder zum Abendessen, das seine Köchin zubereitete. Im Lauf der Monate verliebten sie sich ineinander, bis sie in einer schwachen Stunde miteinander ins Bett gingen und ich gezeugt wurde. Nach dem ersten Schock war er begeistert, weil er sich immer Kinder gewünscht hatte. Er war sogar im Krankenhaus, als ich zur Welt kam, war der Erste, der mich im Arm hielt. Die eine Woche, die sie gemeinsam als Familie verbrachten, war die glücklichste Woche im Leben meiner Mutter. Aber manchmal kann einem zu viel Glück das Herz brechen. Acht Tage nach meiner Geburt starb mein Vater im Schlaf.

»Ich weiß nicht, wer dein Vater war«, sagte sie jetzt.

Alles in mir erstarrte. »Was?«

»Tut mir leid, das hätte ich dir schon viel früher sagen sollen, ich wusste nur nicht, wie. Aber eine richtige Form dafür gibt es ohnehin nicht. Mein Gott, am liebsten würde ich dir das erzählen, während ich dich auf dem Schoß halte und dir die Haare streichle.«

»Mein Vater war Gary Groves«, sagte ich langsam, als müsste ich sie daran erinnern.

Sie faltete die Hände unter ihrem Kinn, mit verschränkten Fingern, als würde sie beten oder bitten, und ich spürte ein furchtsames Flattern in meiner Brust. »Ich erzähle dir von diesem Typen, den ich damals kennengelernt habe«, sagte sie. »Big G.«

Big G stellte ich mir vor wie den Riesen aus meinem alten Bilderbuch *Hans und die Bohnenranke,* mit einem breiten, stoppeligen Kinn und Beinen wie Schweinehachsen, und aus dem Flattern in meiner Brust wurde ein Knoten.

»Eigentlich ist die Geschichte ein einziges Klischee und eher peinlich als tragisch. Ich habe in einem Diner gearbeitet, mein Job war das Abräumen der Teller und das Auffüllen der Wassergläser, und dieser Mann hat mich ständig angestarrt. Ich wollte ihm schon Eiswasser in den Schoß kippen, da fragt er mich, ob ich gern eine Stelle hätte, bei der man mehr verdient. Ein paar Hunderter die Nacht hat er mir versprochen, und ich war natürlich sehr interessiert, ging mit ihm aus dem Diner und die Straße entlang. Ich war noch ein Kind, und er erzählte mir ständig, wie schön ich sei, und dass er nur Mädchen ansprechen würde, die diese ganz besondere, sehr seltene Art von Schönheit hätten. Und ich wurde ganz aufgeregt, weil ich glaubte, er will mich zu einem Mannequin machen, zur neuen Veruschka. Bis er mich in einen Laden führte, der ›Gefährliche Kurven‹ hieß.«

»Gefährliche Kurven«, wiederholte ich. »Das hört sich eher nach Achterbahn an.«

Sie lächelte merkwürdig. »Ein Striptease-Club, Chloe. Ich war Stripperin.«

Ich sah meine Mutter an mit ihrem Kräuselhaar und den schweren, müden Augen. Aber ich wusste, was geschah, wenn sie sich schminkte und die Röcke anzog, die sie zu Verabredungen trug, was für eine Transformation. »Nein«, sagte ich.

»Und das war noch nicht alles, denn einige von uns taten noch mehr. Für Männer, darunter auch Big G, für noch mehr Geld. Ich hatte Träume, und für große Träume braucht man Kohle …«

Ich verzog keine Miene, ich hätte gern geglaubt, sie spräche nur davon, dass sie den Männern die Schuhe oder die Böden putzte, etwas Ähnliches, aber längst nicht so vollständig Demütigendes. »Aha.« Ich sah ihr in die Augen. »Also einer von denen ist mein Vater.«

»Ich sehe das eigentlich als eine unbefleckte Empfängnis. Für mich war keiner von denen wirklich vorhanden. Selbst wenn sie das Übliche taten, um dich zu mir zu bringen, hast du doch keinen Vater. Du gehörst mir allein.«

Das hätte ich mir natürlich denken können, denn warum sonst hatte sie kein Geld aus dem Vermögen meines angeblichen

Vaters verlangt? Warum hatte sie alle meine Fragen abgewehrt, wenn ich wissen wollte, wie er ausgesehen hatte, oder sie anflehte, wir sollten zu dem Haus fahren, in dem sie gelebt hatten? Unterbewusst hatte ich so etwas wohl längst vermutet, denn nach dem anfänglichen Schock glitten alle losen Teile des Puzzles an ihren Platz, und die Wahrheit schien völlig unausweichlich. »Tut mir leid«, sagte ich. »Es tut mir leid, dass du das alles durchmachen musstest.«

Sie griff nach meinen Händen und drückte sie. »Ich will nur sagen, ich weiß, wie es da draußen zugeht und was es mit mir gemacht hat. Ich fühlte mich wie Müll, wie ein dreckiges Tempotaschentuch, in das sich die Männer immer wieder schnäuzten, bis es völlig zerfleddert war. Dieses Gefühl wünsche ich wirklich niemandem, und ich glaube, es hat therapeutische Wirkung, einem anderen Mädchen zu helfen, das es nötig hat.«

Und damit hatte sich für mich der Kreis geschlossen. Unsere Lügen retteten Nate, Cecilia und jetzt vielleicht auch meine Mom. Besonders, wenn man ängstlich und unsicher ist, kann man sich so leicht einreden, dass die Dinge einfach so sein müssen, pure Vorsehung, und daher außerhalb jeder Kontrolle.

Zwei Tage, nachdem Grace nach Santa Barbara aufgebrochen war, schrieben Nate und ich den Brief. So hatte er es geplant, als Doppelschlag. Grace, die sich ganz plötzlich ohne Erklärung davonstiehlt, und gleich darauf sein Selbstmord und Cecilias Verschwinden. Nachdem Mr. Sinclair entdeckt hatte, dass Grace nicht mehr da war, hatte er einen Tobsuchtsanfall bekommen. Er hatte das Haus auf den Kopf gestellt, Antworten verlangt, und Nate stand am Freitagabend vor meiner Tür, unrasiert und mit Panik in den Augen. Wir dürften nicht mehr warten, sagte er. »Sonst bringt er vielleicht Cesar um, bringt ihn einfach um. Ich habe ihm immer wieder gesagt, dass Grace sich von Cesar getrennt und ihn schon seit Wochen nicht mehr gesehen hat. Aber er glaubt mir nicht, er ist davon überzeugt, dass Grace sich bei ihm versteckt.«

Schweigend und mit großen Augen sah ich Nate an.

»Es wird aufhören, wenn wir weg sind. Dann begreift er, dass er vollkommen versagt hat bei allem, was er mit uns vorhatte. Aber im Moment ist er vollkommen durchgedreht. Cecilia und ich müssen fort sein, ehe er morgen früh aufwacht.«

Daher schrieben wir den Brief noch am selben Abend.

Wenn du diesen Brief erhältst, wird es bereits zu spät sein. Heute Abend noch fahre ich mit dem Taxi zum Harris Beach. Ich werde nicht mehr zurückkommen.

Virginia Woolf hat ihre Taschen mit Steinen beschwert, um zu verhindern, dass ihr Körper, bereits bleischwer vor Traurigkeit, wieder auftaucht. So werde ich es auch machen, Vater, obwohl auch mein Körper schon von dir, der Angst vor dir, dem Entsetzen und der Abscheu vor dir niedergedrückt wird. Von dem, was wie Gift alle unsere Körper erfüllt. Und was am schlimmsten war, auch den von Mom, denn sie hat dich geliebt und doch gleichzeitig gehasst. Das Gift hat sie krank gemacht, und am Ende wurde sie davon zerstört.

Wie kannst du nach allem, was du getan hast, für deine Gemeinde noch ein Vorbild sein? Manchmal frage ich mich, ob du wirklich an Gott glaubst. Ich weiß jedenfalls, dass Er nicht an dich glaubt, nicht mehr. Und jetzt hast du noch jemanden auf dem Gewissen.

Nate

Der Brief las sich beinahe wie eine melodramatische Parodie. Dafür hatte Nate immer schon eine Vorliebe – deshalb auch der vorgetäuschte Selbstmord, wo einfaches Verschwinden ohne Abschiedsbrief denselben Effekt erzielt hätte –, wäre ihm die Idee gekommen, dann hätte er den Brief wohl auch mit Blut geschrieben. Aber gleichzeitig erschien uns der Tonfall ganz richtig, denn er hatte die gleiche herzzerreißende Bedeutsamkeit wie unser Plan abzuhauen. Nachdem wir den Umschlag zugeklebt hatten, hielten wir einander fest und besiegelten den Wunsch, dass alles gut gehen möge, mit einem Kuss. Nate zitterte, das konnte ich spüren, als seine Lippen die meinen berührten, und so legte ich die Arme um ihn, vergrub mein Gesicht an seinem Hals und flüsterte: »Das Schwierigste liegt hinter dir, Nate. In ein paar Stunden, wenn du wegfährst, wirst du es vergessen können.«

Er nickte, nickte noch einmal, dann löste er sich von mir. »Gehen wir.«

Mit meinem Fahrrad fuhren wir zu ihm, Nate stehend auf den Pedalen, ich auf dem Sitz, die Beine nach hinten weggestreckt. Er brachte den Brief ins Haus und kam eine halbe Stunde später wieder heraus. In der Hand hielt er eine Plastiktüte mit zwei Schinken-Sandwiches, verpackt in der Werkzeugkiste, in der wir sonst unsere Bücher und die verschlüsselten Nachrichten versteckten. Außerdem trug er eine Flasche Whiskey, drei Garnituren Unterwäsche und einen kleinen Stapel Bücher bei sich sowie achtzig Dollar, die er vom Kollektenteller in der Kirche gestohlen hatte. Ich hatte den Inhalt unserer Küchenschränke in einen Rucksack geleert: Maischips und süße Cornflakes, Schmelzkäsescheiben und drei Sorten Kräcker. Es war nicht viel, aber für ein paar Tage würde es reichen.

Er wirkte fahrig und völlig überspannt. Wie jemand, der in der Falle sitzt, aber zugleich voller Entschlossenheit, ein Houdini, der mit Handschellen in ein Becken gesteckt wird. »Das Taxi kommt in drei Stunden, und in dreieinhalb Stunden erwartet dich Cecilia«, sagte er. Er blickte hinüber zum Haus, und eine weitere Woge des Kummers zeigte sich auf seinem Gesicht. Ich nahm ihn an der Hand, und er wandte sich ab. »Wir warten unten am Fluss«, sagte er.

Hand in Hand gingen wir durchs Wäldchen. Der Weg wurde nur von den halbdunklen Flecken des Mondlichts erhellt, das durch die Äste fiel. Als wir in der Dunkelheit zum Fluss kamen und von nichts mehr gestört wurden, begriff ich erst, was wir Ungeheuerliches getan hatten.

Wir hatten beide unser bisheriges Leben in dieser Stadt verbracht. All die anderen Städte, von denen ich gelesen und mir vorgestellt hatte, in ihnen zu wohnen, waren im Vergleich dazu zweidimensional, skizzenhafte Bilder hinter den dort lebenden Romanfiguren. Nachdem Nate, Cecilia, Grace und Sophia fort waren, hielt mich außer meiner Mutter und unserem Haus nichts mehr hier. Aber die Stadt war noch immer ein Teil von mir, gehörte zu mir wie meine zu großen Ohren. Beides wünschte ich mir anders, aber das änderte nichts daran, dass beides wesentlich war. »Es kommt mir vor, wie von einem hohen Felsen zu springen«, sagte ich leise. »Wenn man es getan hat, gibt es kein Zurück mehr, selbst wenn es ein Fehler war.«

»Sag nicht …« Nate starrte ausdruckslos auf das dunkle Wasser. »Sag nicht …« Ich streckte die Arme nach ihm aus, und er presste sein Gesicht an meinen Nacken. »Ich liebe dich«, sagte er, oder vielleicht auch *Ich brauche dich,* denn seine Worte wurden von meiner Schulter gedämpft.

Ich hielt ihn fest und atmete im Rhythmus seiner Atemzüge. Es fühlte sich an, als wären wir an der Brust verbunden, ein gleichmäßiges Heben und Senken, so als trieben wir auf den Wellen oder im Wind. Vermutlich sah ich ihn heute zum letzten Mal für viele Wochen oder Monate, und das war unbegreiflich. Ich wollte ihn nicht loslassen. Und ohne wirklich darüber nachzudenken, was ich da tat, löste ich seinen Gürtel und den Reißverschluss seiner Hose. In mir herrschte eine Mischung aus Furcht, Verlustangst und einem Begehren, das sich in meinem Herzen und meinem Unterleib ballte. »Ich liebe dich auch«, erwiderte ich mit heiserer Stimme und schob die Hand in seine Unterhose.

Er stieß ein kurzes, hohes Stöhnen aus und drückte sich an mich, bis ich mich löste und Pullover und Jeans auszog. Mit geröteten Wangen sah er mich eindringlich an, dann berührte er meinen Oberschenkel, streichelte mir mit fragendem Blick über die Hüfte. Und ich streckte wieder die Hand nach ihm aus, zog ihn zwischen meine Beine und tastete nach der richtigen Stelle. Dann machte ich fest die Augen zu und bog mich ihm entgegen.

Es tat nicht weh. Oder zumindest längst nicht so sehr, wie ich erwartet hatte, wobei diese Erwartungen natürlich aus Büchern stammten. Die Töne, die er ausstieß, während er sich auf mir bewegte, hörten sich an wie schmerzliches Schluchzen, und ich fühlte etwas lustvoll erglühen, ein tiefes Pochen zwischen meinen Beinen. Das Bewusstsein, ihn ganz in mir zu haben, ihn zu umhüllen und zu schützen, seine rasenden Gedanken zu ersticken, erfasste mich, während er sich schneller bewegte und sein Gesicht angespannt wurde. Ich drückte meine Handflächen auf seinen Rücken, seine Muskelstränge schoben sich gegen meine

Finger, bis alles in ihm erstarrte und er aufschrie, erbebte und dann auf mich fiel.

Danach begrub er sein Gesicht an meiner Brust, und sein gehetzter Atem flüsterte an meiner Haut. »Chloe«, sagte er heiser, dann brach seine Stimme, und er begann zu weinen.

Beruhigend strich ich ihm mit der Hand über den Hinterkopf, wieder und wieder, spürte seine Nässe an meinen Beinen. Am liebsten wäre ich geblieben, so wie in diesem Moment, hier im dunklen Wald mit Nate, bis wir … vermutlich, bis wir verhungert wären. Romeo und Julia.

Aber er rollte sich von mir herunter auf den Rücken und sah hinauf in den Himmel. Nach einer Weile flüsterte er: »Tut mir leid, Chloe.«

Ich legte die Hände flach auf den Boden, schob sie schweigend hin und her, hin und her. Kleine Steine und Kiefernnadeln bohrten sich in meine Haut. »Warum?«

»Das hätte ich nicht tun sollen. Wir hätten es nicht tun sollen.«

»Weil wir noch nicht verheiratet sind?«

»Teilweise, ja, ich meine, es ist ganz eindeutig eine Sünde, aber da ist noch mehr.« Ich drehte mich zu ihm um, sah von seinem Gesicht nur die geschwungene Stirn und die langen Wimpern. »Weil du mich niemals heiraten kannst, Chloe, nie. Ich bin viel zu kaputt, es ist zu viel geschehen, und ich verstehe mich selbst nicht mehr.«

Ich schlang die Arme um meinen Leib, konzentrierte mich auf den Rhythmus meines Atems. »Auch wenn ich dir das Schlimmste nicht zeige, Nate, aber ich bin genauso kaputt wie du. Wir werden einander helfen, weniger kaputt zu werden.« Ich zwang mich, meine Stimme etwas fröhlich klingen zu lassen. »Wir sind die einzige Hoffnung füreinander.«

Er richtete sich langsam auf und sah auf mich herab, streichelte meine Wange und legte die Hand um meinen Busen. »Du bist so schön, Chloe. Du könntest aufs College gehen und jemand ganz Tollen kennenlernen, jemanden, der einen Abschluss macht und eine richtige Stelle bekommt. Aus mir wird vielleicht bloß ein Feldarbeiter, oder ich lande in der Fabrik, am Abend bin ich dann völlig erschöpft, und wenn ich bei dir bin, dann fange ich an, mit dir zu streiten, weil du so lebst, wie ich es gern tun würde. Und wenn du fertig bist, verdienst du zehn Mal so viel wie ich und überlegst, dich scheiden zu lassen, hast aber Schuldgefühle, weil du diejenige warst, die mich davon überzeugt hat, dass es funktionieren könnte.«

»Hör auf! Einer der Gründe, weshalb ich dich liebe, Nate, ist deine irrsinnige Vorstellungskraft, aber das geht zu weit.« Ich zog mir Pullover und Jeans an, dann holte ich aus der Plastiktüte das Exemplar von *Romeo und Julia* und hielt es ihm vors Gesicht. »Ich habe eine Idee«, sagte ich. »Wir werden dieses Buch irgendwo sicher verstecken, wo niemand es finden kann. Und in fünfzig Jahren, wenn wir alt sind und Kinder und vielleicht schon Enkel haben und eine der erfolgreichsten Buchhandlungen der Welt, wenn wir die Bedeutung des Lebens begriffen haben, dann kommen wir zurück, graben es aus und lesen es noch einmal. Und dann werden wir daran denken, wie schrecklich alles einst war und wie wunderbar es sich am Ende gefügt hat. Und wir werden uns wünschen, wir könnten zurückgehen in der Zeit und zu unseren heutigen Ichs sagen, sie sollten sich keine Sorgen machen.«

Er nahm mir das Buch aus der Hand und hielt es mit beiden Händen fest. Dann sah er es eine Weile lang an und nickte. »Hier«, sagte er, »wir verstecken es hier.« Er leerte die Plastiktüte aus, wickelte sie um das Buch, holte dann die Sandwiches aus der Werkzeugkiste und legte stattdessen das Buch hinein. Suchend krabbelte er zum Fluss, fand schließlich einen breiten Ast und begann zu graben. »Hilf mir«, sagte er. »Ich habe nicht mehr viel Zeit.«

Mit einem weiteren Stock beteiligte ich mich am Schaufeln. Ich musste an den Tag unseres Kennenlernens denken, als wir uns nach London durchgraben wollten, in eine andere Welt. Und jetzt gruben wir den Weg in unsere Zukunft, was mir poetisch und schicksalhaft vorkam.

Als das Loch etwa dreißig Zentimeter tief war, versenkte Nate die Werkzeugkiste darin, und wir füllten wieder Erde darüber. Dann rollten wir einen großen Stein auf die Stelle, um sie zu markieren, und bedeckten den Boden mit Kiefernnadeln, bis nichts mehr von dem Loch zu sehen war. Einen Augenblick saßen wir noch da, dann nahm Nate meine Hände. »Bete mit mir, Chloe, bitte. Ich weiß, du bist nicht gläubig, und es scheint offensichtlich zu sein, dass Gott uns verlassen hat.«

»Ich werde beten«, sagte ich, küsste seine Hände und faltete meine im Schoß. »Lass uns beten.«

Einen langen, stillen Moment schloss Nate die Augen, dann hob er das Kinn. »Herr, bitte sei unser Führer und unser Beschützer auf der Reise, die wir jetzt antreten werden. Wache über uns und bewahre uns vor Schaden an Körper und Seele. Und schenke uns deine Gnade, wenn wir müde sind, sodass wir, wenn diese Reise vorüber ist, wissen, dass du immer da sein und uns sicher führen wirst. Amen.«

Bewahre uns vor Schaden an Körper und Seele. Bemerkte er die Ironie dessen, was er da erbat?

»Amen«, sagte ich.

Nate schaute auf seine Armbanduhr und sagte zu mir: »Ich muss gehen.«

Wie eine Ladung kalter Schlamm traf mich plötzlich die Furcht. Ich blickte zu ihm auf, mit Augen, die mir vor Tränen ganz geschwollen schienen, aber ich weinte nicht, sondern schlang nur die Arme um meine Taille. »Na gut«, sagte ich. »Na gut.«

Er legte mir eine Hand auf die Wange, ließ sie einen Moment dort liegen und sah mir tief in die Augen. Dann stand er auf und machte sich auf den Rückweg durch den Wald. Er drehte sich zum Abschied nur noch einmal kurz um und hob die Hand.

15

Der ganze Plan war natürlich völlig verrückt. Joel rief weder die Polizei noch zeigte er irgendjemandem Nates Brief. Seinen Gemeindemitgliedern erzählte er, Grace und Cecilia seien zu kürzeren Missionarstätigkeiten ins Ausland gereist, und Nate studiere am Bibelcollege in Missouri, um nach seinem Abschluss als Joels Nachfolger die Gemeinde zu übernehmen. Von dem angeblichen Selbstmord verriet er nichts. Er wollte wohl verbergen, was mit seiner perfekten Familie geschehen war, und außerdem enthielt der Brief harte und beschämende Beschuldigungen gegen ihn. Aber Cecilia berichtete uns Jahre später, er habe ohnehin nie ganz daran geglaubt. Der Brief war zu pathetisch, der Schmerz zu aufgesetzt, es war genau das romantische Geschwafel, das man in so einer Situation erwarten würde, wohingegen echte Abschiedsbriefe oft mühsam und gestelzt klangen.

Warum wollten die Gemeindemitglieder nicht wissen, warum Joel zuvor nie von den geplanten Missionarstätigkeiten gesprochen hatte? Fanden sie es nicht seltsam, dass er seine Kinder nicht als beispielhaft für festen Glauben und Dienst an der Kirche darstellte, was er doch sonst immer tat? Aber vielleicht war Evangelikalismus wie Totalitarismus. Man durfte seinen Führer nicht infrage stellen, sonst stellte man bald alles infrage, und diese Ungeheuerlichkeit wäre einfach unerträglich gewesen.

Cecilia zog bei uns ein. Anfangs schlief sie auf dem Sofa und später, nachdem ich sie eines Nachts weinend vorgefunden hatte, in meinem Bett, wo wir uns an den Händen hielten und zu schlafen versuchten. Wir fühlten uns beide wie im Limbus. Während ich die letzten Highschool-Tage hinter mich brachte und Cecilia Bücher über die Bay Area las und Coffeeshops, Museen, Bibliotheken und Buchhandlungen markierte, die sie besuchen wollte, warteten wir auf Nachricht aus der Zukunft.

Vier Tage nach ihrer Ankunft erhielten wir einen Brief von Nate, in dem so gut wie gar nichts stand.

Ich will euch nur wissen lassen, dass es mir gut geht und dass ihr euch keine Sorgen zu machen braucht. Ich bin herumgefahren und habe Arbeit gesucht. Zwar habe ich eine Stelle gefunden, aber dort konnte ich leider nicht bleiben. Es ist ein bisschen schwieriger, als ich erwartet habe, darum könnte es etwas länger dauern, ehe ihr zu mir kommen könnt, vielleicht drei oder vier Monate. Aber eins muss ich euch erzählen: Heute saß ich im Greyhound-Bus, und da war ein kleines Mädchen auf der anderen Seite des Ganges, das mich ungeniert ansah und mir Fragen stellte, wie Kinder das so tun. Ich lächelte sie an und fragte sie nach ihrem Namen, und sie sagte, sie heiße Cecilia Grace. Das ist doch ein Zeichen, oder? Gerade, als ich anfing zu zweifeln. Ich finde es toll, dass mir Gott genau in dem Moment, als ich besonders verunsichert war, auf diese Weise gezeigt hat, dass er auf unserer Seite ist.

In Liebe
Nate

Am nächsten Abend kam meine Mutter mit einer großen Einkaufstüte nach Hause, in der sich Jeans, T-Shirts und ein paar Sneakers befanden. »Wenn du schon eine Weile hier wohnen wirst, dann solltest du nicht wie eine Hinterwäldlerin herumlaufen.« Sie sah Cecilia an. »Mit deiner Figur könntest du auch etwas Gewagteres tragen, aber ich hatte Bedenken, dass du dann in eine Schockstarre fällst.«

Als ich etwas später ins Schlafzimmer ging, hatte Cecilia die neuen Kleider angezogen. Sie stand vor dem großen Spiegel, die Beine ungelenk gespreizt und die Arme steif zur Seite weggestreckt. »Eine Schere«, sagte sie. »Hast du eine Schere?«

Ich brachte ihr eine, und sie schnitt ihren Zopf, ohne ihn zu lösen, auf Schulterhöhe ab. Dann fuhr sie sich mit den Fingern durch die neuen Locken, lächelte und sagte: »Du wirst schon sehen.« Nun bemerkte ich erst, dass ihre Hände zitterten.

»Das sieht schön aus«, sagte ich, und es stimmte. Die Locken umrahmten ihr Gesicht bis zum Kinn und betonten die weit auseinanderstehenden Augen.

Sie warf mir ein nervöses Lächeln zu. »Ich sehe aus wie ein normaler Mensch. Wie du.«

»Absolut«, erwiderte ich. Aber in Wirklichkeit sah sie keineswegs »normal« aus, dazu war ihr Gesicht viel zu strahlend. Ihre Augen schienen von innen zu leuchten. Mir kam plötzlich der Gedanke, dass sie, wenn die Umstände anders und sie keine Sinclair wäre, in der Schule von allen bewundert und nachgeahmt würde. Und zwar nicht nur wegen ihres Aussehens, sondern auch wegen ihres freundlichen Lächelns und ihrer Lebendigkeit. Wahrscheinlich würde sie mich dann gar nicht beachten.

Der Plan sah vor, dass sie sich während der paar Wochen, bis Nate Arbeit und eine Wohnung für uns gefunden hatte, im Haus verstecken sollte. Aber als sie in der Nacht, nachdem sie sich die Haare abgeschnitten hatte, neben mir im Bett lag, sagte sie: »Ich werde morgen meinen Vater besuchen.«

»Was? Warum?«

»Ich weiß, das kannst du nur schwer verstehen, aber ich mache mir Sorgen um ihn. Mamas Tod hat ihn gebrochen, das konnte ich nicht übersehen, und jetzt haben wir ihn alle verlassen …« Ihre Stimme verklang, und ich drehte mich zu ihr um. Im Dunkeln konnte ich ihr Gesicht nicht erkennen, ich sah nur den Arm, den sie über die Augen gelegt hatte. »Ich hätte nie gedacht, dass ich mich so fühlen würde, aber ich habe Angst um ihn und bin traurig. Er ist ganz allein, bestimmt geht es ihm sehr schlecht.«

Ihre Stimme war so zart wie die eines kleinen Mädchens oder die einer alten, kummervollen Frau. So kannte ich sie gar nicht. Leise sagte ich: »Meinst du das ernst? Wie kannst du Mitleid mit ihm haben nach all dem, was er deiner Familie angetan hat?«

Sie nahm den Arm vom Gesicht. »Er *ist* meine Familie, Chloe, die einzige, die mir hier noch geblieben ist. Ich erkundige mich nur, wie es ihm geht, dann komme ich wieder.«

Tatsächlich hatte Cecilia offenbar nie Hass empfunden wie Nate, oder Angst wie Grace. Aber sie war auch immer die Fröhlichste gewesen und hatte gewirkt, als beträfe sie das alles nicht. Ich hatte geglaubt, ihr würde es leicht fallen fortzugehen. Vielleicht hing der Wunsch, ihren Vater zu besuchen, auch mit dem Haarschnitt und den neuen Kleidern zusammen und mit der Tatsache, dass es lange dauern würde, ehe sie Nate wiedersah.

Das war zusammen mit dem, was sonst noch geschehen war, einfach zu viel geworden.

Ich spürte ihren angespannten Körper neben mir. Das war das Mädchen, das die schnellsten Räder durch den ganzen Garten geschlagen und die schwersten Hindernis-Kletterkurse erfunden hatte, mit Baumschaukeln und Schwebebalken, die einen Meter fünfzig über dem Boden hingen und die sie als Einzige bewältigen konnte. Das Mädchen, das so oft lachte, dass ich sie schon hören konnte, wenn ich mit dem Fahrrad die Einfahrt heraufkam. Dann fuhr ich schneller, um bei ihr sein zu können. Natürlich hatte sie sich im letzten Jahr verändert. Aber irgendwie hatte ich mir vorgestellt, sie würde wieder wie früher, wenn ich sie von ihrem Vater wegholte und sie vor ihm beschützte.

Ich nahm ihre Hand, hielt sie eine Weile fest und sagte dann: »Na gut. Aber ich komme mit.«

Erst war ich froh, dass sie nicht widersprach. Doch dann wurde mir klar, dass sie ebenfalls Angst hatte.

Wenn ich Cecilia begleitete, würde das alles verändern. Damit verrieten wir Joel, wo sie sich aufhielt, und ich wusste, dass Mom das nicht gefallen würde. Und so sagten wir ihr nichts davon, sondern brachen erst auf, nachdem sie schon in die Arbeit gegangen war. Cecilia nahm das Fahrrad meiner Mutter und fuhr vor mir her zur Kirche. Sie trug eines ihrer alten Kleider und hatte den abgeschnittenen Zopf mit Klammern an ihrem Kopf befestigt. Er hing etwas merkwürdig an ihr herunter, und von hinten sah man deutlich, dass er nicht mehr festgewachsen war.

Mr. Sinclair befand sich in seinem Büro. Durchs Fenster konnten wir ihn sehen, wie er, umgeben von Papieren, am Boden kniete. Überall lagen die Blätter, sie waren über den Schreibtisch und den Boden verteilt und hingen sogar wie steife Flaggen von den Brettern seiner Bücherregale. Während wir ihm zusahen, hob er zwei der Seiten hoch, eine zu seiner Linken und eine vor ihm, und vertauschte ihre Plätze. Anfangs glaubte ich, das Papier wäre unbeschrieben, und ich war schon beruhigt, bis ich genauer hinsah und bemerkte, dass jedes Blatt mit einer winzigen Bleistiftschrift bedeckt war. Schweigend fasste mich Cecilia an der Hand und klopfte ans Fenster.

Mr. Sinclair schaute auf, sah ihr mit ausdruckslosem Blick lange und unverwandt ins Gesicht und stand dann auf, um die Hintertür zu öffnen. Er spähte über Cecilias Schulter, möglicherweise, weil er nach Grace Ausschau hielt, und als er mich erkannte, gefror seine Miene. Ich betrachtete ihn ebenfalls und bemerkte die neuen Falten auf seiner Stirn und den zusammengepressten ältlichen Mund. Eigentlich hatte ich erwartet, tiefen Hass zu empfinden, doch stattdessen fiel mir zum ersten Mal auf, wie menschlich seine Augen blickten, und ich fragte mich, wie er so geworden war. War er so erzogen worden, wie er seine eigenen Kinder erzog? In der gleichen Überzeugung, dass es nur einen schmalen, steinigen Pfad zum Himmel gab, und mit der unerbittlichen Entschlossenheit, seine Kinder auf diesen Weg zu führen? Welche Werte hatte man ihm eingedrillt? Was für eine Erziehung rief so etwas hervor, die vibrierende Anziehungskraft, die auch in Cecilia zu spüren war, die Vehemenz, die ich bei Nate wiederfand, und Graces brennender Glaube?

Aber dann veränderte sich sein Gesichtsausdruck und wurde so starr, als hätte er eine Maske darübergezogen. »Was immer du zu sagen hast, ich will es nicht hören. Ihr habt euch alle an die Seite von Satan gestellt und euch dort ein hübsches und faulig stinkendes Nest gebaut. Das ist jetzt euer Heim, also genießt es, aber ich will damit nichts zu tun haben.«

»Daddy!« Cecilias Stimme zitterte. Ich griff nach ihrer Hand, aber sie stieß mich weg. »Bitte, nur einen Augenblick. Lass es mich erklären.«

Schweigend betrachtete er sie, dann trat er beiseite und winkte sie mit übertriebener Geste ins Haus. Ich wollte ihr folgen, doch er legte die Hand auf meine Brust und ließ sie dort. »Nate hat mir alles über dich erzählt. Vielleicht wollte er mich durch die Enthüllung, was da in den letzten Jahren hinter meinem Rücken vor sich gegangen ist, schockieren und mir das Gefühl geben, ich wäre dumm, aber stattdessen hat er jede Entscheidung bestätigt, die ich für ihn getroffen habe. Es ist dir gelungen, dich in das Leben meiner Kinder einzuschleichen, dir dank des weichen Herzens meiner Frau einen Vorteil zu verschaffen. Ich hätte bloß wissen müssen, dass du hinter all dem steckst. Sonst nichts.« Und dann ließ er mich los und schloss die Tür.

Eine ganze Weile stand ich da und starrte die geschlossene Tür an. Halb erwartete ich, Cecilia würde sie wieder aufmachen und herausgerannt kommen oder mich hineinbitten. Als nichts geschah, schob ich mit schwerem Herzen die Hände in die Hosentaschen, wartete noch einen Moment und ging dann wieder zum Fenster.

Cecilia stand mit gesenktem Kopf im Zimmer, die Hände hinter dem Rücken und die Augenbrauen zusammengezogen. Auch Mr. Sinclair hatte die Hände hinten zusammengelegt, während er durchs Zimmer ging und beim Reden auf seine Papiere trat. Plötzlich erstarrte er, streckte die Hand aus, riss an Cecilias Zopf und zog ihn ihr vom Kopf. Ich schlug mir die Hand vor den Mund, um nicht laut aufzuschreien.

Schlaff hingen die Haare in seiner Hand, dann ließ er sie fallen. Und während ich erschrocken zusah, sank er zu Boden, beugte sich nach vorn und begann zu weinen. Cecilia zögerte, dann legte sie ihm eine Hand auf die Schulter. *Es tut mir leid, es tut mir leid,* konnte ich von ihren Lippen ablesen, und er schaute zu ihr auf, mit glänzenden Tränen auf den Wangen. Sie kniete sich neben ihn, fasste seine Hand und gemeinsam beugten sie die Köpfe zum Gebet. Und da wusste ich, dass Cecilia nicht mit mir zurückfahren würde.

Der Gedanke, Cecilia allein in diesem Haus zu wissen mit einem Mann, der so offensichtlich die Kontrolle über sich verloren hatte, versetzte mich in Angst und Schrecken. Mom wollte schon die Polizei rufen, aber ich flehte sie an, damit noch zu warten. Der einzige Beweis für irgendwelche Misshandlungen war Cecilias Behauptung, und ich war mir inzwischen nicht mehr sicher, ob sie bereit wäre, gegen ihn auszusagen. Da ich nicht wusste, wie ich Nate erreichen sollte, schrieb ich in meiner Verzweiflung an Grace. Zwei Tage später stand sie vor unserer Tür. »Ich war bereits zu Hause«, sagte sie, »und ich werde bei ihr bleiben.«

»Geht es ihr gut?«

Grace blickte über meine Schulter hinweg an mir vorbei. Sie hatte Gewicht verloren oder wirkte zumindest zerbrechlicher, ihr Gesicht war eingesunken und sah aus, als hätte man Seidenpapier auf Pfeifenreiniger gespannt. »Das wird es. Gut, dass ich gekommen bin.«

»Es tut mir leid, Grace. Wenn du Cecilia überzeugen kannst, dass sie fort muss, entweder jetzt oder in ein paar Monaten, wenn Nate so weit ist, dann kannst du zurück ins Kloster.«

»Das stimmt.« Sie sah mich immer noch nicht an. »Aber vielleicht bleibe ich auch. Die Klarissen … Na ja, das Kloster war in mancher Beziehung ideal für mich, ich habe mich noch nie so eins mit mir gefühlt wie beim Gebet mit den Nonnen, beim Singen, bei der Arbeit … Es war, als wäre das meine Bestimmung. Aber in der Nacht … In der Nacht stellte ich mir vor, ich müsste tagaus, tagein so leben, für den Rest meines Lebens. Es hätte erfüllend sein sollen, und in gewisser Weise war es das auch. Aber dahinter war es auch leer. Wie konnte ich mich so einsam fühlen, wenn ich doch von Gott umgeben war?«

»Du hattest einfach Heimweh. Vermutlich geht es allen am Anfang so.«

»Vielleicht.« Sie hielt sich am Türrahmen fest. »Aber vielleicht war dein Brief wegen Cecilia auch ein Zeichen Gottes, dass ich stattdessen besser hier sein sollte. Zumindest hat er mir so geholfen, auf vernünftige Weise zu entscheiden, was das Beste ist.« Endlich sah sie mir ins Gesicht, mit angstvollen, blutunterlaufenen Augen. »Danke, dass du mir geschrieben hast.« Damit drehte sie sich um und verschwand in der Nacht.

Das waren die letzten Worte, die sie in den folgenden drei Jahren zu mir sagen sollte.

16

Später erfuhr ich, dass das Leben daheim für Cecilia und Grace in den nächsten Monaten unerträglich wurde. Joel erwartete von ihnen, in der Kirche so zu tun, als wäre alles wie immer. Sie sollten lächeln, singen und intelligente Gespräche führen, aber zugleich hinderte er sie daran, mehr als zwei Stunden auf einmal zu schlafen. Dann weckte er sie, zwang sie, mit ihm in den Innenhof zu gehen und dort auf dem kalten Pflaster um Vergebung zu beten. Cecilia erzählte mir, sie habe Halluzinationen bekommen. Sie glaubte, ihre Mutter in den Bäumen zu sehen, die sie auslachte und mit Steinen nach ihnen warf. Grace betete oft schon, wenn ihr Vater zum Wecken kam, und Cecilia fragte sich, ob sie überhaupt noch schlief. Sie bekam immer wieder plötzliches Nasenbluten.

Die beiden wurden so sehr abgeschirmt, dass ich sie in diesen Monaten nur zwei Mal zu Gesicht bekam. Beim ersten Mal war es eine kurze, zufällige Begegnung, ich sah sie in der Innenstadt auf der anderen Straßenseite, alle drei schweigend nebeneinander. Mein Herz machte einen Satz, und ich stand wie erstarrt, mit herabhängenden Armen, während sie die Straße hinunter verschwanden.

Am nächsten Tag ging ich am frühen Morgen zur Kirche, so dass ich sie dabei beobachten konnte, wie sie aus Joels Wagen stiegen. Cecilia hatte sehr zugenommen, ihre Wangen waren rund, und unter dem Hängekleid hatte sie einen dicken Bauch.

Erst beruhigte mich das, doch dann sah ich, dass sie beim Gehen den Blick auf die Füße gerichtet hielt und schnelle, schlurfende Schritte machte, als ginge sie auf unsicherem Grund. Grace hinter ihr hatte die Arme um die Taille geschlungen, und ihre Hände klammerten so fest, dass die Knöchel weiß waren.

Was für eine Macht übte Joel über sie aus, dass sie bei ihm blieben? Wirkte da eine sektenartige Gehirnwäsche nach einer unterjochenden Kindheit? Redete ihr Glaube ihnen ein, es sei Sünde, den Vater zu verlassen? Oder liebten und respektierten sie ihn aus dem einfachen, unausweichlichen Grund, weil er ihr Vater war? Ihre Beziehung zu ihm kam mir so kompliziert vor, ich konnte diese Mischung aus Angst und Zuneigung, die ich von ihnen allen kannte, nicht im Mindesten begreifen.

Auch wenn ich nicht genau wusste, was hinter den Türen ihres Hauses geschah, bekam ich beim Anblick von Grace und Cecilia doch eine Ahnung davon. Mir wurde klar, dass Nate unbedingt davon erfahren musste. Ich musste ihm sagen, dass sein Plan ins Gegenteil umgeschlagen war, aber ich hatte immer noch keine Ahnung, wie ich ihn finden sollte.

Während er fort war, schrieb er mir nur zwei Briefe. Der erste war optimistisch und erzählte davon, dass er Arbeit auf den Erdbeerfeldern gefunden habe und es ihm Freude mache, im Sonnenschein die herzförmigen leuchtenden Früchte zu ernten. Sein nächster Brief klang weit weniger fröhlich, obwohl er mir das Härteste immer noch verschwieg. Später fand ich heraus, dass er diese Monate zusammen mit den anderen Arbeitern in Lagerbaracken verbrachte, wo Feldbetten mit kratzigen Decken und ohne Kissen auf dem bloßen Zementboden standen. Die Hälfte seines Lohns wurde für die Miete einbehalten, einen großen Teil der anderen Hälfte zahlte er für das Essen in der Kantine und für Getränke. Er trank inzwischen mehr denn je, billige, saure Biere und eine üble Mixtur, die von den Arbeitern »Wein« genannt und aus vergorenen Erdbeeren hergestellt wurde.

Von all dem wusste ich nichts. Ich stellte mir immer noch das hübsche Drei-Zimmer-Häuschen vor, mit einer Veranda, auf der wir jeden Abend lesen, lernen und über die Zukunft sprechen würden. Wie konnte Nate nur glauben, er könnte von einer Arbeit, die er ohne jede Ausbildung bekam, ein Haus mieten und uns alle versorgen? Vermutlich lag es daran, dass er sich um so etwas zuvor nie Gedanken machen musste. Für die Dinge des Alltags und für die nächste Mahlzeit war immer gesorgt worden, und er hatte stets alles gehabt, was er wollte. Und genau wie Nate hatte auch ich keine Ahnung vom Geld, ich wusste nicht einmal, ob eine durchschnittliche Miete zwanzig oder zweitausend Dollar betrug.

Ich schickte einen Bestätigungsbrief nach Berkeley und schrieb mich für den Herbst dort ein. Lange betrachtete ich den Prospekt voll mit Fotos von weiß gestrichenen Steingebäuden mit ziegelroten Dächern, weiten Rasenflächen und Studenten, die mit übergeschlagenen Beinen auf Steinbänken lasen. Natürlich gehörten auch Grace und Cecilia in meine Fantasie. Ich stellte mir vor, wir würden sie vor ihrem Vater retten, damit sie mit uns in dem Häuschen lebten. Mir fiele die Rolle zu, die einst Sophia innehatte, wie eine Alleinunterhalterin würde ich sie alle um mich scharen und ihnen beibringen, was ich gelernt hatte.

Von diesem Traum und der Vorstellung, ihre Retterin zu sein, war ich so entzückt, dass mir erst nach fast einem Monat dämmerte, dass meine Periode überfällig war.

Teil VII

Schuld und Sühne

17

Langsam, fast feierlich betrat Cecilia die Bibliothek. Sie trug eine Teekanne und dazu passende, leicht abgeschlagene Tassen, die ich von früher kannte, und stellte beides auf das Beistelltischchen. Dann ließ sie sich neben mir auf der Couch nieder und widmete ihre gesamte Aufmerksamkeit dem Einschenken des Tees, ehe sie sich zu mir umdrehte und mir eine der Tassen reichte. »Das ist Oolong. Ich hoffe, du magst Oolong? Auf dem Päckchen stand, er ist mit dem Aroma von Rosenblättern versetzt, aber das ist offenbar nur ein Marketingtrick. Aber er schmeckt gut.«

Ich nahm die Tasse und dankte ihr. Schweigend saßen wir eine Weile lang da und blickten beide in unsere Teetassen, ehe wir gleichzeitig zu reden begannen und sofort wieder innehielten. Cecilia stieß ein gezwungenes Lachen aus und erklärte: »Ich wollte gerade sagen, wie herzzerreißend ich es finde, mit dir hier zu sitzen. Zurzeit fühle ich mich so alt, als ob mein Leben vorüber wäre und ich nur noch darauf warten würde, dass es zu Ende geht. Selbstverständlich gibt es vieles aus meiner Vergangenheit, was ich kein zweites Mal erleben möchte, aber ich muss trotzdem zugeben, wenn ich könnte, würde ich alles noch einmal machen. Ich erinnere mich gern daran, wie es war, jung zu sein.«

»Ich vermisse unser früheres Leben«, sagte ich. »Gerade in den letzten paar Tagen ist mir klar geworden, wie sehr.«

»O ja«, erwiderte Cecilia, »mir auch.« Ihre Miene war verschlossen und ernst.

»Das alles muss doch fürchterlich sein. Du bist wirklich eine Heilige, dass du dich so um Joel kümmerst. Nach allem, was er getan hat, schuldest du ihm gar nichts.«

»Er ist mein Vater.« Ihre Stimme klang plötzlich scharf. »Im Ersten Korintherbrief steht, die Liebe verträgt alles, sie glaubt alles, sie hofft alles, und sie duldet alles. Ich verdanke ihm mein Leben, Chloe, das musst du verstehen.«

»Er hat dein Leben zerstört, als er dich zu dieser Heirat gezwungen hat. Du warst so klug, aus dir hätte wirklich etwas werden können. Eigentlich hat er unser aller Leben zerstört. Ich verstehe nicht, wie du dich ihm noch verpflichtet fühlen kannst.«

»Schau, Chloe, ich kann nur sagen, dass er uns trotz allem, was er getan hat, immer geliebt hat. Du hast das nie verstanden, das ist mir klar. Aber wenn dein Vater dich nicht im Stich gelassen hätte, dann hättest du vielleicht eine Ahnung davon, warum ich ihn *nicht* im Stich lassen werde.«

Das klang so grausam, so untypisch für Cecilia. Am liebsten hätte ich zurückgeschlagen oder zumindest gesagt, mein Vater, wer auch immer er war, habe nie von meiner Existenz erfahren. Aber darum ging es natürlich nicht. Stattdessen erwiderte ich: »Inzwischen weiß ich vieles von dem, was damals vorgefallen ist, und das war so eine verdrehte Liebe, dass sie meines Erachtens keine Rolle spielt. Ich weiß auch gar nicht, ob ich das alles nachvollziehen kann. Ist Nate eigentlich wegen dir hergekommen oder wegen deines Vaters? Oder ging es um etwas völlig anderes? Nein, ich begreife es wirklich nicht. Wie kann er es nach dem, was in diesem Haus vorgefallen sein muss, überhaupt ertragen, hier zu sein?«

Mit leblosem Gesicht schaute Cecilia aus dem Fenster, dann drehte sie sich zu mir um. »Wir haben über Gabriel geredet, als Nate hier war. Sehr viel sogar. Es war so schrecklich für ihn, dieses Schuldgefühl, dass er ihm nie ein richtiger Vater war. Er hatte nie die Möglichkeit, ihn wirklich kennenzulernen, und das konnte er kaum ertragen. Und er macht sich Vorwürfe, ihn nicht beschützt zu haben. Wenn du über Nate sprichst, hörst du dich immer so wütend an, als fändest du, dass er sich nicht genug gekümmert hat. Aber es hat ihn innerlich zerfressen, Chloe.«

»Das weiß ich.« Wie sie blickte ich hinaus auf die Wiese. »Bis vor Kurzem war mir gar nicht klar, wie sehr er gelitten hat. Ich meine, natürlich wusste ich von seiner Traurigkeit, aber er hat nie darüber gesprochen. Und ich glaube, ich habe mir diese Traurigkeit eher oberflächlich vorgestellt, so wie das Gefühl, wenn Prominente sterben, vielleicht ein Nachrichtensprecher, den man jeden Abend gesehen hat. Man vermisst sie, vergießt vielleicht sogar ein paar Tränen, man ist traurig über das, was sie nicht mehr vollbringen können, aber dann sieht man ein Jahr später eine Retrospektive und stellt fest, man hat vollkommen vergessen, dass sie nicht mehr leben. Ich dachte, dieser Tod wäre einfach kein Teil von ihm.«

»Wie konntest du das übersehen? Das war alles, was ihn in den letzten Jahren erfüllt hat, diese Schuld und der Schmerz.«

»Weil er mit mir nie darüber geredet hat. Ich weiß nicht, ob er mich schützen oder es einfach mit sich allein ausmachen wollte. Aber deshalb, und weil er gar nicht viel Zeit mit Gabriel verbracht hat, dachte ich, er würde nicht die Liebe verspüren, die ein Vater sonst empfindet.«

Wenn ich eine Ahnung von seinem Schmerz gehabt hätte, wären dann die kleinen Verstimmungen zwischen uns, die Streitereien und Enttäuschungen so tief in mich eingedrungen? Wäre unser Leben ein Roman, so würde ich jetzt auf unsere Ehejahre zurückblicken in dem Bewusstsein, dass Nate so sehr geliebt und getrauert hatte, dass er sich für alles, was ich ihm vorwarf, die Schuld gab, und erkennen, dass all die Verwerfungen und Risse ein Ergebnis dieses Missverständnisses waren. Schicht für Schicht würden die Wunden nun heilen, und wir würden unser Leben wieder aufbauen, so wie in diesen Trickfilmen, in denen der Abriss eines Hauses rückwärtsläuft. Ich würde mich daran erinnern, wie sehr ich ihn liebte und brauchte, er würde mich um Verzeihung bitten, und ich würde sagen, nein, ich wäre diejenige, die um Verzeihung bitten müsse. Und wir würden auf dem Fundament, das sich noch immer als stark erwies, etwas Neues errichten.

Aber unser gemeinsames Leben war so voller Vergangenheit, dass ich gar nicht wusste, wo sich die Wunden verbargen.

»Er verschweigt mir vieles«, sagte ich. »Das hat er von Anfang an getan und noch viel mehr seit dem Tod von Gabriel. Als wollte er mich schützen oder vielleicht auch sich selbst.« Ich zögerte einen Moment, dann stellte ich meine Tasse ab und stand auf. »Warte kurz, ich will dir etwas zeigen.«

Ich ging hinaus zum Auto, nahm das ausgehöhlte Buch heraus und brachte es ins Haus, wo ich Cecilia den Inhalt zeigte. »Zeitungsartikel über die Verhaftung und Entlassung deines Vaters. Eine Locke von Gabriels Haaren und das hier.« Ich reichte ihr das Notizbuch. »Er hat Briefe an Gabriel geschrieben.«

Cecilia schlug das Heft auf und blickte verständnislos auf die Seiten. »An Gabriel?«

»Es fing weit vor seinem Tod an. Ich vermute, er wollte die Erinnerungen an Gabriels Kindheit bewahren. Sie hatten so wenig

Zeit miteinander, dass er davon wohl so wenig wie möglich vergessen wollte. Außerdem hat er versucht, Gabriel seine Lebensphilosophie ein wenig nahezubringen, wenn er die Briefe später las. Aber nachdem Gabriel gestorben war, hat Nate weitergeschrieben, erst noch mehr Briefe, und dann wurde daraus immer mehr ein Text, in dem er verarbeitet hat, was passiert ist. Und das alles in dem Code, den ihr euch damals ausgedacht habt. Er hat Bücher aus unserer Kindheit benutzt und über die Zeit erzählt, als wir sie gelesen haben. So viele Seiten hat er mühevoll verschlüsselt, und das Ganze dann in diesem Buch versteckt, wie in einer Muschel. Das ist so symbolisch, wie ich es von ihm kenne, verborgen und nach außen hin etwas ganz anderes.«

Sie blätterte in den Seiten und legte dann die Hand flach auf das Geschriebene, als wollte sie Trost spenden. Mit verzerrter Miene blickte sie mich an. »Und die Haare von Gabriel. Er hat seine Haare gerettet.«

»Offenbar hat er sie nach Gabriels Tod, ehe wir aus Redbridge fortgingen, aus meiner Schublade genommen. Der Verlust hat mir fast das Herz gebrochen, das wusste er genau, also warum hat er mir dann nicht erzählt, dass er die Locke genommen hat?«

»Bestimmt hatte er seine Gründe dafür. Vielleicht waren die Haare mehr als bloß Haare.«

»Verdammt, wie meinst du das?«

»Ach, vergiss es, ich habe nur laut nachgedacht.«

Ich hielt den Blick auf sie gerichtet, abwartend und ohne etwas zu sagen. Sie wandte sich ab, aber ich fasste sie am Kinn und zwang sie, mich anzusehen. »Ich glaube dir nicht, Cecilia. Du weißt etwas, was du mir nicht erzählst. Da war nämlich noch etwas in diesem Buch versteckt, außer den Artikeln und den Haaren. Ich weiß, dass da noch etwas war. Das hat er mitgenommen, um es dir zu zeigen.«

»Nein, das stimmt nicht. Er hat nichts mitgebracht, und ich weiß nicht mehr, als ich dir erzählt habe, Chloe. Nate kam, um mir zu helfen und sicherzustellen, dass ich mit Dad allein klarkomme. Und dann wurde ihm alles zu viel, darum ist er weggefahren. Ich bin mir sicher, er wird bald zurückkehren, dann kann er dir alles erzählen, was es zu erzählen gibt. Aber du kannst von mir nicht erwarten, dass ich dir Antworten gebe.«

»Weil du sie nicht kennst oder weil du mir nichts davon erzählen willst?«

Sie antwortete nicht, sondern blätterte weiter in dem Heft. »Hast du es ganz gelesen?«

»Nicht ganz. Es besteht offenbar aus einzelnen Abschnitten, und jeden Abschnitt hat er mit einem anderen Buch verschlüsselt. Darum wusste ich nicht weiter, bis mir das hier eingefallen ist.« Ich nahm das Exemplar von *Romeo und Julia* in die Hand, das ich auf einen Beistelltisch gelegt hatte, und erzählte ihr, wie wir es im Wäldchen vergraben hatten, um es herauszuholen, wenn wir alt waren. »Ich habe es noch nicht überprüft, aber ich vermute, er hat das Buch für die Codierung des nächsten Abschnittes benutzt.«

»Nate und seine Spielchen«, sagte sie mit abwesendem Blick. Und dann: »Vielleicht wollte etwas in ihm sogar, dass du das Notizheft irgendwann findest?«

»Wie meinst du das?«

»Vielleicht nur unbewusst, aber er hätte für die Verschlüsselung ja auch völlig unbekannte Bücher benutzen können, die du nie gefunden hättest. Oder er hätte einen ganz anderen Code verwenden oder das Buch in einem Schließfach aufbewahren können. Ist das bei Geheimnissen nicht immer so? Man will sie eigentlich nicht weitererzählen, aber irgendwann sind sie viel zu groß für einen allein, daher wünscht man sich unbewusst, dass sie entdeckt werden. Du musst zugeben, er hätte seine Geheimnisse besser verstecken können.«

»Was sind denn seine Geheimnisse, Cecilia?«, fragte ich stockend. »Wenn sie da drinstehen, werde ich sie ohnehin erfahren, also kannst du sie mir auch erzählen.«

»Ich bin ehrlich zu dir, ich bin genauso neugierig wie du, was in dem Notizbuch steht.« Sie schwieg und lehnte sich mit geschlossenen Augen zurück. »O mein Gott, ich bin so müde. Zurzeit bin ich fast immer müde, ich kann gar nicht richtig denken. Dad wacht jeden Morgen um fünf Uhr auf, manchmal sogar noch früher. Es ist, als müsste man ein Neugeborenes versorgen.«

»Cecilia.«

»Und du musst doch auch erschöpft sein. Du übernachtest hier, ja? Du könntest in Nates Zimmer schlafen, und wenn du vorsichtig bist, kann ich dir versprechen, dass du Dad gar nicht zu Gesicht bekommst. Er ist immer bei mir, außer wenn er schläft, und du kannst oben im Zimmer bleiben und nur herunterkommen, wenn wir nicht zu Hause sind. Es wäre sehr viel angenehmer als in einem Motel, und du könntest an Nates Notizbuch arbeiten oder dich auch ausschlafen, wenn du willst. Morgen sind wir sowieso fast den ganzen Tag nicht da, bis zum Nachmittag hast du das Haus für dich.« Sie stand auf und streckte mir den Arm hin. Als ich ihre Hand nicht ergriff, ließ sie ihn wieder sinken. »Daddy hält um vier Uhr nachmittags ein Nickerchen, so pünktlich wie ein Uhrwerk. Dann reden wir weiter, ja?«

Sie wusste ganz offensichtlich etwas, aber was sollte ich machen? Sie würgen, bis sie es mir verriet? Und natürlich war ich erschöpft, viel zu erschöpft, um zu kämpfen um etwas, was sie mir nicht geben wollte. »Na gut«, sagte ich. »Gut, wir reden morgen weiter.«

Ich holte meine Tasche aus dem Auto und ging mit Cecilia hinauf in Nates altes Zimmer. Auf der Schwelle fasste sie mich an beiden Schultern und küsste mich links und rechts auf die Wange, wie es in Europa üblich war. »Ich wollte, du wärst nicht gekommen, aber ich bin froh, dass du da bist«, sagte sie. Dann wandte sie sich um und ging zu ihrem Schlafzimmer.

Nates Zimmer war unverändert. Sein Himmelbett aus Kirschholz mit dem grün gestreiften Bettüberwurf und den dazu passenden grünen Vorhängen, davor der ovale Teppich. Der Kirschholzschrank war noch immer voll mit seinen Kleidern, den Hosen, den Pullovern und den einfarbigen Baumwollhemden, die ich aus seiner Kindheit kannte.

Ich zog eines der Hemden vom Bügel, fuhr über den fleckigen Kragen und hielt es mir vors Gesicht. Es roch alt, staubig und etwas säuerlich, so wie jemand, der im Sterben lag.

Ich hängte es zurück und zog seine Kommodenschubladen eine nach der anderen auf. Darin befanden sich T-Shirts, Unterwäsche, Socken, eine Bibel und ein leerer Notizblock, beide sehr vergilbt, ein alter Rasierer mit Rasiercreme und zwei gerahmte Fotos von Sophia. Sie sah so viel jünger aus, als ich sie in Erinnerung hatte. Als sie starb, war sie fast zehn Jahre jünger gewesen als ich jetzt, so hübsch, so zart, so gebrechlich. Beide Bilder hatten mit der Vorderseite nach unten in der Schublade gelegen, als hätte er sie aufheben wollen, aber den Anblick nicht ertragen.

Ich nahm die Bibel in die Hand und schlug die verschiedenen Seiten auf, die er mit schmalen Papierstreifen markiert hatte, wie er das heute noch bei Romanen tat, die er noch einmal lesen wollte. Sein ganzes Leben lang hatte Nate in diesem Buch nach Antworten gesucht, hatte sich bemüht, Gottes Wort so zu verstehen, dass es ihm wahr erschien. Gleichzeitig hatte er sich stets schuldig gefühlt, weil er es überhaupt infrage stellte. Welches Gefühl mir gegenüber hatte ihm eigentlich sein Glaube vermittelt? Was sagte seine Kirche zu vorehelichem Sex und einem unehelichen Kind? Ich hatte mich immer gefragt, ob seine ungeheure Schuld angesichts von Gabriels Existenz nicht die Schuld in den Schatten stellte, die er empfand, weil er nach seiner Geburt nicht bei uns sein konnte. Ob diese erste Schuld wohl der eigentliche Grund dafür war, dass er getan hatte, was Joel von ihm verlangte, dass er uns ohne Protest verlassen hatte, um aufs Bibelcollege zu gehen? Schließlich war Joel einst sein direkter Draht zu Gott gewesen. Vielleicht hatte es sich für Nate wie eine Buße angefühlt.

Wie konnte er noch glauben, nach all dem, was der Mann, auf den das Fundament dieses Glaubens zurückging, getan hatte? Warum war dieses Fundament nicht unter ihm zerbröselt? Vielleicht war es die Sehnsucht nach einem Ersatzvater, nach jemandem, der für die Welt, die um ihn herum zerbrach, verantwortlich war? Möglicherweise wollte er aber auch nur einen Sinn hinter all dem Leiden finden.

Ich legte die Bibel wieder neben die Fotos von Sophia und zog die letzte Schublade auf. Dort lag unter einem Stapel alter Schulbücher ein großer brauner Umschlag. Er war vollgestopft, und ich wusste sofort, was sich darin befand. Hier verwahrte Nate die Abzeichen, die er bei unseren Mutproben gewonnen hatte, wie Orden nach einer Schlacht. Ob Joel die Schubladen wohl durchsucht hatte, nachdem Nate fortgegangen war? Und falls ja, was hatte er wohl hinter diesen Abzeichen vermutet? Ich öffnete den Umschlag und leerte ihn auf dem Bett aus. Dann durchwühlte ich den Haufen.

Wie naiv und rücksichtslos waren wir doch gewesen! Hatten wir uns wirklich für unbesiegbar gehalten? Oder nein, vielleicht war es uns einfach egal gewesen. Wenn man vierzehn ist, hält man den Tod für etwas Romantisches. Wie bei Beth in *Little Women,* die bewundert und tief betrauert wurde, beweint von Millionen von Mädchen. Wenn man vierzehn ist, stellt man sich seine eigene Beerdigung vor, um sich besonders geliebt zu fühlen.

Mir fiel auf, dass auf der Rückseite einiger Abzeichen etwas stand, und als ich die anderen umdrehte, sah ich auf fast jeder Plakette ein Wort: *vernünftig, Zeit, Rand, Flucht*. Hatten die Begriffe etwas mit den entsprechenden Mutproben zu tun?

Und dann entdeckte ich auf einem der Abzeichen meinen Namen, *Chloe*. Ich drückte die Plakette flach auf meine Handfläche und begann, die anderen zu sortieren. Als ich dann auf zwei Abzeichen das Wort *Wahnsinn* las, begriff ich, was ich zu tun hatte.

Ich nahm einzelne Wörter heraus. Sie ergaben ein Zitat von Françoise Sagan, das mir Nate in einem seiner Briefe aus dem College geschickt hatte. Später wählte er das zutiefst romantische Zitat als Teil seines Ehegelübdes.

Ich habe geliebt bis an den Rand des Wahnsinns,
oder was man so Wahnsinn nennt.
Für mich ist das die einzig vernünftige Art der Liebe.

Ich legte diese Wörter beiseite und musste an seinen eindringlichen Blick denken, als er sie auf unserer Hochzeit sprach. Sogar damals spürte ich, dass in einer solchen Liebe etwas Fanatisches und Unbeständiges steckte. Und ich verachtete ihn beinahe dafür, weil ich in dieser Zeit nach Gabriels Tod nichts anderes empfinden konnte als einen tiefen Verlust.

Ohne diese Wörter lagen immer noch zahlreiche Abzeichen da, und ich begann geistesabwesend, mit ihnen zu spielen. Ich schob sie hin und her, vertauschte sie immer wieder, bis endlich die Botschaft vor mir lag, die er nur für meine Augen bestimmt hatte.

Ich schaffe das nicht mehr, Chloe. Ohne euch beide sterbe ich jede Nacht, ich werde regelrecht verrückt. Es ist einfach an der Zeit. Wir werden arm, aber glücklich sein. Heirate mich, und wir verlassen dieses Haus noch heute Nacht. Wir werden niemandem von unserer Flucht erzählen und einen Wahnsinn gegen einen anderen eintauschen.

Ich liebe dich.

Nate

Wann hatte er das geschrieben?

O Gott, ich wusste es, ich wusste, wann er das geschrieben hatte. In den Tagen davor hatte mich alles, was er tat und sagte, zornig gemacht. Ich war erschöpft von der vielen Arbeit in der Fabrik, vom Leben mit einem Kleinkind und von den Träumen, die immer ferner rückten. Aber wenn ich damals die Plaketten genommen hätte, wenn ich sein lächerliches, herzzerreißendes Rätsel gelöst hätte, dann hätte unsere gemeinsame Geschichte wohl ein ganz anderes Ende gefunden.

Ich drückte meine Handflächen gegen die Abzeichen und verspürte ein nagendes Gefühl im Bauch. Und dann packte ich sie, schloss die Finger um die Wörter und warf eine Handvoll nach der andern quer durchs Zimmer.

Ich hatte nicht erwartet, in dieser Nacht Schlaf zu finden, in einem Bett, das noch immer nach Nate roch, auf einem Kissen, wo sein Kopf noch vor einigen Nächten gelegen hatte. Wo er darüber nachgedacht hatte, wie er mich auf die beste, am wenigsten schmerzhafte Weise anlügen konnte. Zehn Minuten lang wühlte ich mich in die Laken, drehte mich hin und her, versuchte, die unzusammenhängenden Gedanken und Erinnerungen, die mir wie Feuerwerksraketen durch den Kopf schossen, mit der Wurzel auszureißen. Aber dann schlug ich, scheinbar nur Sekunden später, die Augen auf, und der Raum wurde von der Morgensonne durchflutet. An einen Traum konnte ich mich nicht erinnern, und der Schlaf schien mich nur noch mehr erschöpft zu haben. Mein Hirn fühlte sich an, als läge es unter einer Daunendecke.

Langsam stand ich auf, steckte die Glieder, lauschte auf Geräusche im Haus. Nachdem ich nichts hörte, ging ich ins Badezimmer, um zu duschen und mir die Zähne zu putzen, zog einen Jogginganzug an und begab mich vorsichtig nach unten. Im Esszimmer fand ich einen gedeckten Tisch, auf dem ein Zettel lag:

Bin mit Daddy in der Kirche, dann beim Arzt und um drei Uhr wieder zurück. Nimm dir, was du brauchst.

Alles Liebe

C.

Ich hob die Abdeckung von dem Teller, auf dem geronnenes Rührei und weißes Toastbrot lagen, und nahm ihn mit ins Schlafzimmer. Abwesend aß ich davon, während ich mich an die Arbeit machte – das Notizheft auf der einen Seite, *Romeo und Julia* auf der anderen.

~~Auf~~ich~~me~~ ~~in~~verwe ~~wo~~nde ~~r~~eint ~~gr~~ete~~gor~~ ~~i~~ra ~~o~~gö ~~wi~~di~~r~~ ~~wol~~eu~~-lennich~~ ~~t~~md~~si~~ ~~nidi-etas~~ e~~ches~~ wah~~te~~ re~~cken~~ ~~fre~~tra~~i~~ ~~lichni~~ gö~~ch~~d ~~t-~~iezu ~~so~~verb e~~nst~~ ~~wä~~rg ~~ren~~ena ~~wi~~lswär esi~~rte~~ ~~as~~auf di~~ch-~~eseweis~~en~~ eweni~~s~~ ger~~pi~~sch ~~eler~~ limm

Ich verwende eine Tragödie, um die wahre Tragödie zu verbergen, als wäre sie auf diese Weise weniger schlimm. Jahrelang hat mich verfolgt, was er mit Grace gemacht hat, es war wie ein Echo dessen, was er dir angetan hat. Und mein Hass und meine Wut sind die Eisenhämmer, mit denen ich versuche, mein Entsetzen, die Abscheu und das absurde Bedürfnis, das Unverständliche zu verstehen, zurechtzubiegen.

Ich habe mich bemüht, mich in seine Gedankenwelt zu versetzen. Natürlich habe ich das versucht, er ist schließlich mein Vater. Gern hätte ich der Kirche die Schuld an allem gegeben, denn sonst hätte ich einsehen müssen, dass er es ganz allein getan hat, dass er zutiefst böse war. So versuchte ich mir einzureden, er habe in Wirklichkeit versucht, uns alle zu retten. Als er herausfand, was mit Grace los war, hatte er Angst, ihre Sünden würden Satan die Tür öffnen, und zwar nicht nur zu unserer Familie, sondern zur ganzen Gemeinde. Das hier ist mein Versuch, das Unbegreifliche zu begreifen und zu erklären, warum er so heftig reagierte, als er mich zum ersten Mal mit deiner Mutter sah, und später, als er herausfand, dass du unterwegs warst, Gabriel.

An diese Erklärung wollte ich wirklich glauben, aber eigentlich ist sie unlogisch, denn er konnte doch wohl nicht annehmen, dass er damit die Sünde rückgängig machte? Dass er Satan aus unserer Familie vertrieb? Bestimmt nicht. Und so scheint mir der einzig sinnvolle Grund für das, was er Grace und dir angetan hat, dass er seinen Namen der Gemeinde gegenüber sauber halten wollte.

Dass Grace, sein vollkommenes Kind, eine Beziehung außerhalb einer Ehe, außerhalb ihres Glaubens einging! Er hatte sich solche Mühe gegeben, uns der Außenwelt gegenüber als makellos erscheinen zu lassen. Wäre das herausgekommen, hätte es die Illusion zerstört, und damit jegliche Hoffnung auf eine Fortsetzung seiner Karriere, auf eine größere Anhängerschaft. Wohl unser ganzes Leben lang haben wir ihn enttäuscht; Grace war die Einzige von uns, die seinen Anforderungen entsprach, und jetzt versuchte er verzweifelt, jede Spur dessen, was sie getan hatte, zu tilgen.

Ich sah nur die Nachwirkung davon, das Blut. Es hatte die Strümpfe durchweicht, die sie sich zwischen die Beine gestopft hatte, ihren Rock und die Matratze, auf der sie zusammengekrümmt lag. Sie gab keinen Ton von sich, und das ist es, was mich bis heute verfolgt. Ihr Gesicht war weiß vor Schmerzen, aber ihre Augen starrten ausdruckslos, während sich ihr Körper unter Krämpfen bemühte, die Reste auszustoßen. Ich weiß nicht, ob sie es gesehen hat, ob sie wusste, wie groß es war und wie es aussah, weil ich nicht weiß, in welchem Monat sie sich befand. Ich weiß nur, dass sie so viel wie möglich davon in einer Schuhschachtel aufbewahrt hat, einschließlich der Stricknadel. Was sie mit der Schachtel tat, als es vorbei war, weiß ich nicht.

Vielleicht hätte ich es der Polizei melden sollen. Aber ich wusste, wenn Grace überhaupt bereit gewesen wäre, ihren Schmerz und ihre Scham mit einem anderen Menschen zu teilen, dann wäre ich das *gewesen. Das hat sie zerstört, Gabriel, es hat ihr Vertrauen zu meinem Vater zerstört und damit ihren Glauben. Und der war doch alles, was sie hatte. Vielleicht hat es auch mich zerstört.*

Ich gebe mir Mühe, dieses Buch mit Weisheiten zu füllen, dir beizubringen, was ich gelernt habe, aber meine Geschichten fließen über, sie sind schließlich der größte Teil von mir. Ich schreibe sie auf und lasse mich von meinen Erinnerungen leiten, als könnte ich so viele Jahre später alles aus einer neuen Perspektive sehen. Aber wenn man älter wird, versteht man nichts besser. Aus diesen Geschichten kann man nichts lernen, sie haben keine weitere Bedeutung, und das ist vielleicht das Allerschlimmste. In Romanen gibt es Moral und einheitliche Themen und Schlussfolgerungen, sie werden geschrieben in der Absicht, uns etwas über das Leben zu lehren, und damit wir uns weniger allein fühlen. Aber die wichtigste Moral, die am Ende bleibt, ist die, dass das wirkliche Leben oft bedeutungslos ist.

Ich schlug das Notizbuch zu und betrachtete es eine Weile lang. Dann schob ich es zur Seite und rollte mich auf dem Bett zusammen.

Ich hätte es mir denken müssen, als ich die Leere in Graces Gesicht sah und merkte, wie eilig sie es hatte, fortzukommen und sich den Klarissenschwestern mit ihrer klaren Einfachheit anzuschließen. Nate hatte zu mir gesagt, sie bestrafe sich selbst, und ich konnte nie verstehen, weshalb. Kein Wunder, dass sie nicht für uns da sein konnte, als wir Gabriel verloren. Kein Wunder.

Und plötzlich dachte ich, zum ersten Mal seit Jahren, an die Verbindung, die Nate zu seinen Schwestern hatte, eine Verbindung, die mich ausschloss. So lange Zeit hatte Nate mir das alles verschwiegen. Natürlich war es nicht seine eigene Geschichte, aber sie erklärte so viel von unserer Vergangenheit. Deshalb hatte er wohl vorgeschlagen, Grace sollte sich in eine klösterliche Gemeinschaft zurückziehen, und es erklärte auch, warum Joel den Kindern ihre Freiheit genommen und sie zur Arbeit in der Gemeinde gezwungen hatte. Aber es machte auch begreiflich, warum Nate sich so verändert hatte, und erklärte die Leblosigkeit, die ich an ihnen allen wahrgenommen hatte. Die Tatsache, dass ich überhaupt nichts davon gewusst hatte, war schmerzlich, auch wenn das eigentlich ein völlig falsches Gefühl war. Doch sie bedeutete wohl, er hatte mir nur bis zu einem gewissen Punkt vertraut.

Ich lag noch immer auf dem Bett, als das Telefon klingelte. Bei dem Geräusch überfiel mich ein kleiner Funke Hoffnung, vielleicht hatte Nate, wo immer er auch war, irgendwie gespürt, wie sehr ich ihn brauchte. Ich sehnte mich nach Nate, wollte mir sicher sein, dass ich, auch wenn er mir so viel verschwiegen hatte, auch wenn er um seinen Besuch hier ein solches Geheimnis gemacht hatte und ohne jede Erklärung Gott weiß wohin verschwunden war, noch immer der wichtigste Mensch in seinem Leben war.

Ich wühlte in meiner Tasche nach dem Telefon. Es war Daniel. Einen Moment lang dachte ich daran, nicht abzuheben, dann tat ich es doch. »Daniel.«

»Hallo, wie geht's dir? Wo *steckst* du denn? Ich habe gestern bei dir geklingelt und heute Morgen wieder. Da liegt schon ein ganzer Stapel Zeitungen.«

Hatte ich ihm nicht erzählt, wohin ich fuhr? Nein, natürlich nicht. Ich hielt diesen Bereich so streng wie möglich getrennt von meinem sonstigen Leben, und ich wusste, ich hatte ihm bereits zu viel verraten. So albern das auch sein mochte, die Stunden mit Daniel waren für mich wie ein interessanter Film oder ein Buch, eine einfache, dicht konstruierte Geschichte, ein Roman ohne Nebenhandlungen, mit wenig Spannung und einem netten Schluss. »Ich habe dir doch gesagt, dass ich wegfahre«, sagte ich.

»Ich dachte, du fährst nur kurz weg, vielleicht zu einem Arzttermin. Ich habe nicht nachgefragt, weil du so ein Gesicht gemacht hast, dass ich an etwas Peinliches dachte, so etwas wie ein – Proktologe. Du hättest wenigstens andeuten können, wie lange du weg sein wirst.«

Nichts war jemals so simpel wie ein Liebesroman. Nicht einmal Liebesromane waren so simpel. »Ich bin in Redbridge«, sagte ich. »Auf der Suche nach Nate.«

»Ach ja, stimmt.« Daniel schwieg einen Moment. »Ist er dort?«

»Nein. Er war hier, ist aber vor meiner Ankunft wieder gefahren. Ich bin bei Cecilia und ihrem Vater.«

»Ihrem Vater?« Daniel klang entsetzt.

»Daniel, bitte nicht … Ich kann jetzt nicht darüber reden. Hier ist so viel passiert, ich stecke da zu tief drin und versuche bloß, es irgendwie zu überstehen.«

»Na gut. Wahrscheinlich hättest du mir davon erzählt, wenn du gern darüber gesprochen hättest.«

»Du hörst dich zornig an.«

»Das bin ich nicht. Mir wird nur klar, dass das wieder eine dieser Myriaden von Sachen zwischen dir und Nate ist.«

»Bitte sei nicht so. Mein Gott, Daniel, ich wünschte, du wärst hier, wirklich, dann würde ich mich viel stabiler fühlen.« Ich stellte mir vor, wie er mir bei dem restlichen Notizbuch half, wie er mich im Arm hielt, wenn Joel durch den Flur ging. Ich stellte mir vor, ihm von dem Baby zu erzählen, dessen Stücke

Grace in einer Schuhschachtel gesammelt hatte, und dabei seine Lippen auf meinem Haar zu spüren, als wäre das Grauen so leichter zu ertragen. »Ich muss nur mit Cecilia sprechen, ich bin mir sicher, sie weiß mehr, als sie mir jetzt erzählen will, mehr darüber, wo er hingefahren ist und warum. Und sobald ich das herausgefunden habe, kann ich wieder heimfahren.«

»Und was ist dann? Wenn du ihn gefunden hast?«

Ich schaute auf den Notizblock, auf den ich Nates Worte gekritzelt hatte, und begann, eine Reihe von X an den Rand zu malen. »Ich weiß nicht, ich muss nur mit ihm über alles reden.«

»Gut. Das ist sehr gut, Chloe. Es wird auch Zeit.«

Er klang erleichtert. Und ich begriff, dass er mich missverstanden hatte. Ich zog meine Beine auf dem Bett an und überlegte, was ich antworten sollte, aber mir fiel nichts ein. Es war natürlich höchste Zeit, ich hätte Nate schon vor Monaten davon erzählen sollen. Ich hätte, sobald ich meine Gefühle für Daniel entdeckte, entscheiden sollen, in welche Richtung ich gehen wollte. Stattdessen wartete ich, ob sich die Gefühle als beständig erwiesen, und selbst als ich das wusste, versuchte ich noch, eine Liebe gegen die andere abzuwägen. Ich wollte einen Fuß auf jeder Seite haben, damit ich sicher war, wo ich landen würde.

Und die Wahrheit war, dass ich es immer noch nicht wusste. Die Nacht mit Daniel kürzlich war schön gewesen, seine Umarmungen, seine Worte und das gemeinsame Frühstück, die Tatsache, dass er eigens zu Hause geblieben war, um da zu sein, wenn ich aufwachte. Das alles war schön gewesen, aber ich konnte nicht behaupten, dass es richtig war. Und ich wusste nicht, ob das falsche Gefühl meinem Schuldgefühl entsprang, oder ob ich es auch empfunden hätte, wenn es Nate gar nicht geben würde. Weil es einfach in sich falsch war. Diese Frage hatten sich schon Millionen Menschen gestellt, seit der Ausdruck »sich verlieben« erfunden worden war: Ich war in Daniel verliebt, aber ich wusste nicht, ob mehr dahintersteckte. Leider gab es keine Tests zum Ankreuzen, mithilfe derer man eine Sorte von Liebe von der anderen unterscheiden konnte, so wie in den Zeitschriften – wenn Sie 18 Punkte oder mehr haben, dann dürfen wir Ihnen gratulieren, Sie haben sich verliebt! Bei Nate hatte sich diese Frage nie gestellt. Ich hatte gewusst, dass ich verliebt war, und bei der Lektüre seines Notizbuchs wusste ich, dass ich es noch immer war. Aber ich wusste auch, dass Verliebtsein allein manchmal nicht ausreichte.

»Ich kann nicht sagen, dass ich mich darauf freue«, sagte Daniel, »aber was immer dann passiert – du kannst dir sicher sein, dass du das Richtige getan hast. Wenn alles endlich mal ausgesprochen ist, wird es dir leichter fallen, dich zu entscheiden.«

War das der Grund, weshalb in meinem Hirn alles so verheddert war? Dass der Betrug eine drückende Faust war, ohne die sich alles entwirren und klären würde? Das schien viel zu einfach, aber ich konnte mir vorstellen, dass es vielleicht doch zutraf.

»Hör zu, ich habe etwas für dich. Wann kommst du denn wieder nach Hause? Ich habe bisher auf den richtigen Zeitpunkt gewartet – und das könnte durchaus ein passender Moment sein.«

Mein Magen krampfte sich plötzlich zusammen. Aber nein, er sprach wohl kaum über einen Ring; Daniel war ein Romantiker, aber er war auch pragmatisch.

»Ich habe es seit der Highschool, und es ist eines meiner liebsten Besitztümer, ein signiertes Exemplar von *Weg in die Wildnis*. Das war mal mein Lieblingsbuch, ist es vielleicht noch immer. Weißt du, manche Männer bewahren, ich weiß nicht, eine

Perlenkette auf, die seit Generationen weitervererbt wird, um sie der richtigen Frau zu schenken. Und das ist eben meine Perlenkette.«

»Wahnsinn«, sagte ich. Ich ahnte, was ihm das Buch bedeutete, er liebt Bücher so sehr wie Nate und ich, und mir das wichtigste Buch seiner Jugend zu schenken, war fast ebenso bedeutsam wie ein Verlobungsring. »Wahnsinn«, sagte ich noch einmal.

»Als ich damals zu der Lesung von Larry McMurtry ging, war ich sehr nervös. Er unterschrieb Exemplare von *Texasville,* und ich reichte ihm ein Buch, das ich schon vor einem Jahr gekauft und bereits drei Mal gelesen hatte, und ich plapperte irgendetwas wie: Das bedeutet ›Ich liebe Sie‹. Nicht genau mit diesen Worten, aber das war die Kernaussage. Er schaut mich mit so einem seltsamen Lächeln an, und ich werde knallrot und überlege, wie ich möglichst unauffällig unter den Tisch kriechen kann. Aber da schüttelt er mir die Hand, dankt mir und sagt, ich solle weiterhin so begeistert lesen.« Er hielt inne. »Es fühlte sich bedeutsamer an, als es sich jetzt anhört.«

»Nein«, sagte ich leise, »ich verstehe schon.«

»Natürlich verstehst du es. Genau deshalb bist du ja der erste Mensch, dem ich das Buch jemals schenken wollte.«

Ich nickte, ohne etwas zu sagen. Aber was hätte ich sagen können? Durch *Weg in die Wildnis* hatte ich mich gequält, es hatte Monate gedauert. Ich wusste, dass es ein gutes Buch war, sogar ein großartiges Buch, es passte nur nicht zu mir. Vielleicht könnte man statt dem »Verliebt«-Fragebogen einen Test auf der Basis von Lieblingsbüchern machen? Konnte sich ein Anaïs-Nin-Fan in einen Dean-Koontz-Fan verlieben? Eine Alice-Munro-Frau in einen James-Joyce-Mann?

»Danke«, sagte ich schließlich in dem Bewusstsein, dass ich das Buch von ihm nicht annehmen konnte. Doch das konnte ich ihm nicht am Telefon erklären. Es war albern von mir, und ich sah da womöglich etwas Symbolisches, das gar nicht vorhanden war, aber das Gespräch machte mir Angst. Und nicht zuletzt deshalb, weil die Vorstellung, er würde mir als Zeichen seiner Liebe ein geliebtes Buch schenken, eigentlich unwiderstehlich war. »Tut mir leid, aber ich höre gerade Cecilias Wagen«, log ich. »Ich sollte jetzt besser aufhören.«

»Also, wann kommst du zurück?«

»Ich werde dich von unterwegs anrufen. Es sollte nicht mehr lange dauern, vielleicht noch ein, zwei Tage. Sobald ich kann.«

»Bald«, sagte er. »Dann kommst du gleich zu mir, ja? Ich vermisse dich ständig.«

Ich legte auf und setzte mich zurück aufs Bett, meine Handflächen umschlossen das Handy. War es vielleicht das, was ich mir am Ende immer gewünscht hatte, was sich jede Frau insgeheim wünscht? Ein Mann, der die Worte »Ich vermisse dich ständig« sagt, ohne jede Ironie.

Ich machte mit Nates Notizbuch weiter, mit der kurzen Zusammenfassung der Wochen von dem Zeitpunkt an, als Grace ihr Baby verloren hatte, bis sie ins Kloster aufbrach. Er berichtete, wie er sie morgens nach stundenlangem Gebet mit zerkratzten, aufgeschürften Knien antraf. In diesen Passagen tat er nicht mehr so, als würde er an Gabriel schreiben, oder vielleicht schrieb er an Gabriel, den Schutzengel, anstatt an Gabriel, seinen Sohn. Das war ein Tagebuch, eine Beichte, raue Worte, die aus der Tiefe seines Herzens stammten.

Bald schlief ich jede Nacht in Graces Zimmer, und sie ließ es zu. Kann sein, dass sie Trost brauchte oder Schutz vor Joel oder vielleicht sogar vor sich selbst. Sie hatte Albträume, die mich weckten. Wenn sie sich auf dem Bett krümmte, nahm ich sie in den Arm, ohne sie im Schlaf zu stören. Ich versuchte ihrem träumenden Ich ein Gefühl der Sicherheit zu geben. Eines Nachts rollte sie sich schluchzend, stöhnend auf mich und drückte sich an mich. Dann presste sie ihr Gesicht an meinen Hals und nannte mich Cesar.

Und da war noch mehr.

Ich versuchte nicht, sie aufzuwecken, aber am nächsten Tag sprach ich über das Kloster. Ich wusste, dass sie Ruhe brauchte.

Was sie in diesem Jahr durchgemacht hatten! Dabei waren sie noch so jung, erst achtzehn und zwanzig. Wir hatten uns damals alle für erwachsen gehalten; Nate und ich hatten ohne jede Beratung bereits den Rest unseres Lebens geplant. Doch wenn ich heute junge Leute dieses Alters sah, die in den Laden kamen, normalerweise auf der Suche nach billigen Exemplaren der *Bis(s)*-Reihe, dann war es so offensichtlich, wie kindlich sie noch waren. Ich konnte mir nicht vorstellen, dass sie bereits allein lebten, einen Job annahmen, eine Wohnung mieteten. Einen Elternteil verloren. Sich verliebten. Mit jemandem schliefen oder eine Abtreibung hatten. Dass sie überhaupt in der Lage waren, vernünftig mit solchen Situationen umzugehen.

Ich las weiter, allerdings ohne mir noch die Mühe zu machen, seine Worte abzuschreiben. Ich strich die Buchstaben gleich im Notizheft aus. Irgendwann an diesem Vormittag war mir klar geworden, dass ich Nate das Ganze nicht verschweigen konnte. Ich musste ihm erzählen, was ich erfahren hatte. So zu tun, als hätte ich das Notizbuch gar nicht gefunden, wäre ein noch schlimmerer Vertrauensbruch als die eigentliche Lektüre.

Wie konnte eine Ehe durch so viele Täler gehen wie die unsere, und dennoch überleben? Ich hatte Daniel in dem Glauben gelassen, ich würde alles gestehen. Es stimmte, dass ich es wohl irgendwann tun musste. Vielleicht würde ich sämtliche Geständnisse zusammenwerfen, als wäre dann die Verletzung weniger tief. Als würde die Last der Geheimnisse insgesamt leichter, wenn sowohl Nate als auch ich unsere sämtlichen Geheimnisse offenlegten. Aber so naiv war ich keineswegs. Wenn er nach Hause kam – falls er nach Hause kam –, würde ich mich dem Umstand stellen müssen, dass unsere Ehe das möglicherweise nicht überleben würde.

Auf der nächsten Seite erzählte Nate von den Nächten, die er wach gelegen hatte, um eine Lösung zu finden, die sie alle retten konnte, und dann von seinem Abschiedsbrief. Er war wütend, so wütend auf seinen Vater und auch auf sich selbst, weil er sich so lange von der Furcht hatte lähmen lassen.

Über seine letzte Nacht, die Nacht, in der wir zum ersten Mal miteinander schliefen, schrieb er nur:

Samuel R. Delany hat einmal gesagt: »Es ist vermutlich ganz normal, dass man mehr zu sagen hat, als Vokabeln und Grammatik tragen können.« Das gilt für fast jedes große Gefühl, das man schriftlich festhalten will, für Verlust und Freude, Zorn und Neid. Und für die Liebe, über die so viel geschrieben wurde, dass man sich ihr nicht nähern kann, ohne dass die Worte klischeehaft klingen. Dennoch sage ich es einfach so: Mit der richtigen Frau zusammen zu sein fühlt sich so rein, so selbstverständlich, so lebendig an wie Chorgesang. Auf einmal verstand ich alles, was jemals darüber geschrieben wurde, von den Andeutungen in der klassischen Literatur über die atemlosen Gedichte bis hin zu den umständlichen Schwärmereien in den Frauenromanen. Und zum ersten Mal wurde mir klar, dass sie alle nur an der Oberfläche kratzten. Ich hatte geglaubt, das längst verstanden zu haben, aber das war, als hätte ich zu verstehen geglaubt, wie es ist, ein Kind zu haben. Man kann es einfach nicht beschreiben.

Als ich das las, gab ich mir alle Mühe, mich nicht an das Gefühl von damals zu erinnern. Ich betrachtete meine Gedanken aus der Ferne, meine merkwürdige Sehnsucht, zu dieser Nacht zurückzukehren, die alberne Vorstellung, zu der Zeit wäre alles so viel einfacher gewesen. Dabei hatten wir zwar nicht so viele Lebensjahre hinter uns gebracht und noch nicht so viele Fäden geknüpft, aber die Knoten und Knäuel in diesen Fäden waren schon genauso festgezurrt. Und als Nate begann, über die Arbeit auf den Feldern zu erzählen und über das grauenvolle Lager, wo er untergebracht war, da ließ ich die Erinnerungen zu.

Teil VIII

Die Grube und das Pendel

18

Chloe, du würdest mich nicht wiedererkennen, so braun ist meine Haut und so hell sind meine Haare geworden. Ich bekomme keinen Sonnenbrand mehr, und vermutlich habe ich genug Vitamin D für die nächsten Jahrzehnte angesammelt. Und ich lerne so viel über das Leben, das ist das Beste daran. In mancher Hinsicht vermutlich mehr, als du auf der Universität lernen wirst. Bitte umarme Cecilia für mich. Ich vermisse euch alle mehr, als ich sagen kann.

Ich schob den gefalteten Brief zurück in den Umschlag. Dann legte ich ihn in meine Schreibtischschublade neben das weiße Stäbchen. Der Strich auf dem Stäbchen, letzte Woche noch so zart, dass ich mir nicht sicher war, ob mir meine Angst einen Streich spielte, hatte heute Morgen ein kräftiges, entschiedenes Blau gezeigt.

Ich legte die Hand auf den Bauch und presste die Finger dagegen, während ich mich an den Biologieunterricht in der Highschool erinnerte. Ein Zellhaufen, die Anfänge einer Wirbelsäule, ein Herz wie das einer Mücke. Ich glaubte, eine unbekannte Festigkeit zu spüren, weiter unten als die Stelle, wo ich meine Gebärmutter vermutete, und stellte mir einen Fuß vor. Eine Faust. Und ich spürte einen Schmerz in der Brust, das Brennen von Tränen hinter meiner Nase, weil ich bereits wusste, was ich tun musste.

Mom war im Badezimmer und schminkte sich für das abendliche Ausgehen mit Brad, dem Holzfäller. Ich stand auf der Schwelle und betrachtete ihren runden Mund, während sie Wimperntusche auftrug. »Ma?«, sagte ich.

Sie fuhr erschrocken zusammen und hinterließ kleine Mascara-Punkte auf ihrer rechten Wange. Auf diese konzentrierte ich mich, als ich das Stäbchen hinter dem Rücken hervorzog, mit einer nicht beabsichtigten Verbeugung wie bei einem Zaubertrick. Ich legte es auf die Ablage neben ihren Make-up-Beutel.

Sie leckte gerade über einen Finger, um die Flecken abzuwischen, als sie den Blick senkte. Die Wimperntusche fiel ins Waschbecken und hinterließ einen schwarzen Streifen. Langsam drehte sie sich zu mir um, und wir sahen einander eine Weile lang an, ehe sie sagte: »Von wem ist es?«

»Es ist – von mir«, sagte ich verlegen, dann begriff ich. »Und von Nate. Natürlich ist es von Nate.«

»O mein Gott!« Mit gesenktem Kopf setzte sie sich auf den geschlossenen Klodeckel. Schließlich sagte sie: »Ich werde dir helfen.«

Ich ließ mich auf den Badewannenrand sinken, Tränen in den Augen. »Ich habe nachgeschaut, es gibt eine Klinik in der Innenstadt von Eureka. Dort habe ich angerufen. Aber es kostet fast sechshundert Dollar.«

»Was? Was sagst du denn da?« Sie nahm das Stäbchen in die Hand. »Schau her, Chloe, das ist dein Baby, das dir zuwinkt. Als ich schwanger wurde, war ich noch jünger als du, und ich hatte keine Mutter, die mich unterstützt hätte. Wo wärst du jetzt, wenn ich damals sechshundert Dollar bezahlt hätte? Du wärst gar nicht da!«

Mir wurde übel, und ich legte eine Hand auf meinen Bauch. Ich überlegte, ob das schon Morgenübelkeit oder Panik oder einfach nur Erleichterung war. »Ich werde studieren«, sagte ich. »In Berkeley. Ich hab's dir nicht erzählt, weil ich nicht wusste, wie du reagieren wirst. Aber ich habe ein Stipendium bekommen, und den Rest finanziere ich durch Studentenjobs. Ich und Nate, wir suchen uns ein Haus, er arbeitet, und ich gehe in die Uni ...«

»Hörst du dir eigentlich selbst zu, Chloe? Hab ich dir in all den Jahren nicht beigebracht, dass du so liegen musst, wie du dich gebettet hast, ganz egal, wie miserabel das auch sein mag? Du hast keine Wahl, du musst unter diese Decke schlüpfen. Ich werde nicht zulassen, dass du in ein scheißvornehmes Hotel gehst, nur weil deine Bettwäsche stinkt.«

»Das ist noch nicht alles, Ma. Es ist echt kompliziert. Sein Vater darf niemals etwas davon erfahren.«

»Natürlich darf er das, er muss es sogar. Wenn du Angst hast vor dem, was er dazu sagt, dann begleite ich dich.« Sie setzte sich neben mich auf den Rand der Badewanne, nahm meine Hände und drückte sie. »Entweder darf Nate nach Hause kommen, um dich zu unterstützen, oder wenn sein Vater will, dass er auf dem Bibelcollege bleibt, dann soll er dir verdammt noch mal Unterhalt zahlen, meinetwegen aus Missouri. Das werde ich ihm sagen, okay? Ich rufe nur schnell bei Brad an und sage ihm ab, dann können wir gleich rübergehen, wenn du willst.« Sie wirkte seltsam fröhlich, auf verschwörerische Weise aufgeregt. Warum nur?

Aber als sie die Arme um mich schlang und mir unbeholfen den Rücken tätschelte, verstand ich auf einmal. Sie betrachtete die Gelegenheit, mir und meinem Kind zu helfen, als die unerwartete Chance, endlich einmal alles richtig zu machen.

Ich erzählte ihr dann auch den Rest, und sie lauschte mir mit großen Augen. Auf einmal kam es mir so merkwürdig vor, dass sie nichts davon wusste. Ich hatte nie etwas gesagt, weil ich nicht wusste, wie ich ihr die Wahrheit beibringen sollte. Aber als ich jetzt ihr bleiches Gesicht sah, wünschte ich mir, ich hätte ihr davon erzählt, als Nate zum ersten Mal fortging. Das alles war einfach zu viel für mich allein, es besetzte jeden Winkel meines Hirns und dehnte mein Inneres, bis es sich ganz wund und entzündet anfühlte. Nun hatte ich endlich angefangen zu reden, und es war, als wäre ein Stöpsel herausgesprungen. Die Geschichte brach aus mir hervor, die Wörter purzelten mir schneller über die Lippen, als meine Zunge sie formen konnte.

Es war demütigend.

Denn plötzlich sah ich alles aus dem Blickwinkel meiner Mutter. Von ihr aus betrachtet war es nur ein albernes Spiel trotziger Kinder, so wie die Fantasien, die ich früher hatte: einen wütenden Abschiedsbrief zu schreiben und mich mit einem Rucksack auf dem Rücken zu Fuß davonzumachen. Es war naiv und lächerlich, kindliche Impulsivität mit erwachsenen Konsequenzen, und als ich am Ende angekommen war, mit der scharfen Kralle der Reue im Leib, vergrub ich mein Gesicht an der Schulter meiner Mutter und murmelte das einzige Wort, das mir noch geblieben war: »Bitte …«

»Du musst Nate finden«, sagte sie leise. »Er muss es erfahren.«

Weil eines meiner Ohren auf ihrer Brust lag, klang ihre Stimme so tief und sicher, als wäre dies der erste Schritt bei einem Rätsel, das tatsächlich eine korrekte und vorgegebene Lösung hatte. Ich schloss die Augen und fühlte ihre weiche Brust an meiner Wange. »Aber was dann? Was können wir schon machen? Wir brauchen ein Haus, aber wie sollen wir das bezahlen? Nate arbeitet zurzeit als Erdbeerpflücker, aber ich weiß nicht, wie weit er von der Universität entfernt lebt und was geschieht, wenn die Erdbeerzeit vorbei ist. Und wie soll ich mich um ein Baby kümmern und gleichzeitig studieren und arbeiten?«

»Nun, das kannst du bestimmt nicht. Aber wenn du hier bleibst, kann ich dir helfen. Ich kann euch beiden eine Stelle in der Fabrik besorgen oder dich bei der Suche nach einem Job in der Stadt unterstützen. Und wenn das Baby auf der Welt ist, dann könnten wir alle, du, ich und Nate, in verschiedenen Schichten arbeiten, sodass sich immer jemand kümmern kann.«

»Das würdest du machen?« Ich sah einen Funken Hoffnung. »Aber Nate nicht, er könnte irgendwo anders arbeiten, bis er genug Geld gespart hat, um uns zu unterstützen, oder eine bessere Stelle findet. Aber er kann unmöglich zurückkommen, nicht, nachdem er seinen Tod vorgetäuscht hat. Sein Vater ist irrsinnig, Ma, das weißt du. Wie er sie behandelt, wie er ständig auf sie alle einschlägt, bis sie flach genug sind, dass er sich auf sie stellen und mit ihrer Hilfe größer erscheinen kann. Es war schon vorher schlimm, aber wenn Nate zurückkommt, wird es ganz bestimmt noch zehnmal schlimmer werden.«

»Du hast mir doch gesagt, dass Joel sie nicht schlägt, oder? Und ich finde, Nate könnte durchaus etwas gewaltfreie Prügel vertragen. Er wird sich mit dem, was er getan hat, auseinandersetzen und in sein eigenes miserabel gemachtes Bett schlüpfen müssen. Einfach abzuhauen, ohne an die Menschen zu denken, die er zurückgelassen hat, dem muss er sich stellen. Und dem hier.« Sie berührte meinen Bauch. »Was ist, wenn du ihm von dem Baby erzählst, und er verschwindet lieber in den

Erdbeerfeldern, weil es leichter ist, als sich wie ein erwachsener Mann zu verhalten?«

»Das wird er nicht tun«, sagte ich, »so ist er nicht.«

»Aber selbst wenn er schließlich zurückkommt, stell dir vor, wenn das Kind größer wird und erfährt, dass sein Vater die ersten wer weiß wie vielen Monate oder Jahre nicht bei ihm war? Was ich in meinem Leben am meisten bereue, ist, dass du ohne Vater aufwachsen musstest. Zum Teil, weil es für mich leichter gewesen wäre, wenn ich die Verantwortung nicht allein hätte tragen müssen, aber auch wegen dir. Es hätte dir mehr Kraft gegeben.«

Ich löste mich von ihr. »Ich habe Kraft.«

»Ach, Chloe.« Sie schob mir eine Haarsträhne hinters Ohr. »Du bist genau wie ich, hart, aber nicht stark. Kraft hat man in sich, wie eine Wurzel, die einen hält, was immer auch kommt. Härte ist nur äußerlich, wie ein Schild, hinter dem man sämtlichen Schmerz versteckt. Das weiche Innere ist immer noch da, auch wenn du es nicht sehen willst. Und die Hülle gibt dir zwar Sicherheit, aber sie verhindert auch, dass gute Dinge eindringen können: Liebe, Vertrauen und Freude. Sie kann sogar verhindern, dass du dich selbst magst. Wenn du genügend Selbstwertgefühl hättest, dann hättest du ihm gesagt, was du über diese Verrücktheit, einen Selbstmord vorzutäuschen, wirklich denkst, und wärst ihm nicht überallhin gefolgt. Und du würdest ihn jetzt nicht davonkommen lassen.«

Ich wusste, dass meine Mutter schon immer eine Abneigung gegen Männer hegte. Ihre Partner waren stets schwächer als sie, damit sie – wie bei ihrem Freund Brad, der zehn Jahre jünger war – die Kontrolle behielt. Daher hätte ich ihrer Expertise in keiner Weise vertrauen sollen. Aber wenn ich gründlich darüber nachdachte, konnte ich schon erkennen, dass ich Nate all die Jahre fraglos die Führung überlassen hatte, beginnend mit dem Zeitpunkt, als er mir mit verschlüsselten Nachrichten mitgeteilt hatte, wann und wo ich ihn, Cecilia und Grace treffen sollte. Und auch bei unseren Spielen, beim Nachspielen der Geschichten und bei den Nachmittagen an den Gleisen, bis hin zu der Nacht, die wir am Strand verbrachten. Bis dahin.

Und wenn ich jetzt an das Kind dachte, das in mir wuchs, an die Verzweiflung von Grace und Cecilia, die ich bei den zwei zufälligen Begegnungen bemerkt hatte, und an Nate, der irgendwo in der Sonne stand und keine weiteren Sorgen hatte, als Früchte von kleinen Büschen zu pflücken, dann war ich auch sehr, sehr wütend auf ihn, weil er uns nicht genug liebte.

»Ich werde ihn finden«, sagte ich. »Ich habe Briefe mit Poststempeln von ihm, darum weiß ich, dass er auf einer Farm irgendwo in Dixon ist. Ich werde ihn finden und ihm sagen, dass er nach Hause kommen muss.«

»Gut, dann fahre ich dich dorthin.«

Ich sah ihr ins Gesicht. War dort Zorn zu lesen? Mitleid? Es erschreckte mich, wie erbittert ihre Stimme klang. Wie die einer Mutter. Bisher war sie für mich immer eine seltsame Mischung aus Liebe und Leichtfertigkeit, Zuneigung und Rückzug gewesen, die unbeholfene Versuche machte, eine Freundschaft aufzubauen. Sie kümmerte sich um die Mahlzeiten und erkundigte sich beiläufig, wie mein Tag gewesen sei, versteckte ihr erschöpftes Gesicht beim Frühstück hinter der Zeitung und zeigte sich nur, um mich zu ermahnen, nicht direkt aus der Saftflasche zu trinken. Aber es gab auch die Momente, in denen sie das Visier öffnete: ihre gequälten Blicke, wenn sie aus ihrer Kindheit erzählte, um mir etwas zu erklären, von dem ich nicht wusste, ob sie selbst es verstand. Oder wenn sie sich abends, wenn ich spät nach Hause gekommen war, an mein Bett setzte, sich erkundigte, wo ich gewesen sei, und aufstand, um mir noch eine Decke zu holen und mich gut zuzudecken. Sie bemühte sich. Und als ich nun neben ihr saß, in mir ein Kind, von dem ich noch vor wenigen Minuten dachte, ich würde es nicht behalten, da wusste ich, dass ich in gewisser Weise tatsächlich so war wie sie.

»Das wäre sehr schön«, sagte ich und verspürte ein unerklärliches Gefühl des Verlustes. »Ehrlich, ich brauche dich dabei.«

Am nächsten Tag machten wir uns auf den Weg nach Dixon, sechs Stunden Fahrt ohne Pause. Die Stadt war staubig, farblos und vollkommen eben, mit einer fernen Hügelkette am Horizont, die in der Ferne grau aussah. Es gab Bürgersteige und kleine verputzte Ziegelhäuser, sehr sorgfältig gepflegte Rasenflächen und eine nichtssagende Innenstadt, ab und zu ein Baum und ansonsten reihenweise beigefarbene Schnellrestaurants, Tankstellen und Banken.

Die Nacht verbrachten wir in einem schäbigen Motel, und am nächsten Morgen fuhren wir zu der größten Farm in der Gegend. Langsam passierten wir die Erdbeerfelder, die wir voller Abscheu betrachteten. Sie waren ganz und gar nicht so, wie ich sie mir vorgestellt hatte: Die Pflanzen wuchsen aus Plastikfolien, die Furchen dazwischen waren schlammig vom Regen oder der Bewässerung. Mom hielt am Straßenrand. »Warte hier«, sagte sie, »ich packe mal mein Schulspanisch aus.« Sie stieg aus und lief aufs Feld zu der nächststehenden Gruppe gebeugter Pflücker.

Ich lehnte mich zurück, beobachtete sie, umfasste meine Taille. Und während ich wartete, brachte mich etwas, vielleicht das Schicksal oder auch bloße Physik, irgendein Gesetz der Anziehung, dazu, auf die andere Straßenseite zu schauen. Da sah ich in der Ferne eine vertraute Krümmung der Schultern, üppiges Haar, von der Sonne gebleicht. Ich sprang aus dem Auto und rannte zu ihm, ohne auch nur die Tür hinter mir zuzumachen.

Er sah mich erst, als ich nur noch drei Meter von ihm entfernt war. Ich rief nicht nach ihm, weil ich seltsam verlegen war. In den letzten zwei Monaten hatte er sich verändert, das erkannte ich schon an der Art, wie er durch die Reihen ging, in einer angespannten, bedrückten Haltung. Er erinnerte beinahe an einen alten Mann. Und als er endlich in meine Richtung schaute, da war seine Haut dunkel geworden von der Sonne und rot vor Anstrengung, Mückenstiche überzogen seine Wangen und Arme, und ich erkannte seine Augen nicht mehr. Etwas in ihnen fehlte, ein Funken, eine Wildheit, als wäre die Hoffnung aus ihm herausgeflossen.

Er starrte mich an, drückte dann Zeigefinger und Daumen auf beide Augen, hielt sie dort kurz und zog sie weg. Ich bemühte mich zu lächeln. »Ja, ich bin es wirklich«, sagte ich.

»Wie …«, setzte er an, dann wurde er plötzlich rot. Er machte ein paar Schritte nach vorn, packte mich, presste mich fest an seine Brust und begrub das Gesicht in meinen Haaren.

Ich drückte eine Hand gegen seinen Hinterkopf und bemerkte, dass er sogar anders roch, nach Schweiß, der klebrigen Süße von gärenden Erdbeeren und noch etwas Dunklerem, Erdigen, wie im Inneren einer Höhle. Er umklammerte meine Schultern ganz fest, zu fest, seine langen Fingernägel gruben sich in meine Haut. Ich löste mich von ihm.

»Du musst jetzt nach Hause kommen«, war alles, was ich sagte. Er sah mich eindringlich an, der Mund ein gerader Strich.

Erst glaubte ich schon, er würde widersprechen, aber als ich ihm die Hand hinstreckte, blickte er sie an und nahm sie. Und so wehrlos wie ein Kind, das von einem zu langen Tag ohne Mittagsschlaf völlig benommen ist, ließ er sich von mir zum Auto führen.

Er sprach nicht, außer um meiner Mutter den Weg zum Lager der Arbeiter zu weisen, saß nur auf dem Rücksitz und starrte aus dem Fenster, die Hände zwischen den Knien verschränkt. Als wir vor den niedrigen grauen Baracken anhielten, bat er uns, im Auto zu warten. Er sah so klein aus, als er darauf zuging, überragt von den hohen Stacheldrahtzäunen rings um ihn. *Hier* hatte er die ganze Zeit gelebt? Es war wie ein Gefängnis, wie auf den Fotos von den japanischen Internierungslagern, die ich gesehen hatte, und während ich ihm hinterherblickte, empfand ich ein zunehmendes Grauen. Ich stieg aus und spähte hinüber zu dem Gebäude. Vom Pflaster wurde das Sonnenlicht reflektiert, sodass es beißend auf meiner Haut brannte. Ich rannte ihm nach, fasste seine Hand. Er zuckte überrascht zusammen, ließ aber zu, dass ich mit ihm hineinging.

Wir gingen einen dunklen Korridor entlang, vorbei an nummerierten Türen. Unsere Schritte hallten, und es roch nach Feuchtigkeit. Etwa in der Mitte öffnete er eine Tür zur Rechten, auf der eine 43 stand, und trat zurück, damit ich eintreten konnte.

Der fensterlose Raum war quadratisch, etwa vier Meter lang und breit und hatte Zementboden. In jeder Ecke stand eine Metallpritsche, jede mit einem flachen Kissen und einer kratzig aussehenden beigefarbenen Decke. Neben einer der Pritschen standen Gänseblümchen und Astern in einer Zinntasse, als wollte der Bewohner dem Raum etwas Heimatliches geben.

»Willkommen«, sagte Nate. »Ich wollte, ich könnte dir etwas zu trinken anbieten.«

»Du hättest mir erzählen sollen, unter welchen Umständen du hier lebst.«

»Warum? Was hättest du dagegen unternehmen können?« Er schob die Matratze von der Pritsche, und mehrere Crackerschachteln wurden sichtbar, die er auf den Rost leerte. Sie enthielten Bücher. »Kannst du dir vorstellen, dass sie mir sechs Bücher gestohlen haben? Sechs! Dabei sprechen die meisten von ihnen gar kein Englisch, die meisten können nicht einmal *lesen,* also was wollen sie damit? Sie haben mir sogar die billige Taschenbibel gestohlen, die ich mir gekauft hatte. Wer zum Teufel stiehlt eine Bibel?« Er warf die Bücher in eine Abfalltüte, zusammen mit zwei T-Shirts, die am Bettpfosten gehangen hatten. Dann schob er die Matratze wieder zurück, band die Tüte mit einem Knoten zu und sah sie dann entgeistert an, ließ sie zu Boden fallen. »Was tue ich da eigentlich, verdammt noch mal?«, fragte er.

»Was?«

»Was zum Teufel tust *du* da eigentlich? Du kannst doch nicht ernsthaft erwarten, dass ich mit dir nach Hause gehe, und warum ist deine Mutter dabei? Wie konntest du ihr nur erzählen, dass ich noch lebe?«

»Sie wusste doch gar nicht, dass du angeblich *nicht* mehr lebst, ich hatte ihr das nie erzählt. Und dein Dad hat an deinen Brief offenbar nicht geglaubt, er hat dich nie als vermisst gemeldet. Er hat den Leuten nur erzählt, du wärst zum Studium in Missouri.«

Nates Gesicht wurde bleich trotz der Bräune, es wandelte sich von Rotbraun zur Farbe von getrocknetem Lehm. »Darum stand nie etwas über mich in der Zeitung. Verflucht, vielleicht glaubt er es doch, aber er erzählt nichts davon, weil Selbstmord etwas Peinliches ist. Er wollte nicht, dass jemand davon erfährt. Ich kann mir gut vorstellen, wie er sich einredet, ich hätte überhaupt nicht existiert. Er würde niemals um mich trauern, das wird mir jetzt klar, selbst wenn er mich mit eigenen Augen in einer Kühlzelle auf einer Leichenbahre liegen sähe.«

Er lehnte sich an die Wand, dann glitt er daran nach unten, bis er auf dem Boden saß. »Ich weiß nicht, was ich eigentlich mache, Chloe. Ich weiß nicht einmal, warum ich überhaupt hier bin, das alles hier hat schon nach der ersten Woche jegliche Bedeutung verloren. Ich tue nichts anderes, als mich möglichst gedankenlos durch die Minuten, die Tage zu quälen. Aber was geschieht, wenn ich wieder zurückgehe? Wenn er mich nicht gleich umbringt, was durchaus im Bereich des Möglichen liegt, wird er versuchen, mich fortzuschicken. Dann bin ich wieder da, wo ich vor meinem Aufbruch war.« Er legte den Kopf nach hinten an die Wand und starrte an die Decke. »Ich habe nichts außer Grace und Cecilia, und wenn ich so weit weg bin von ihnen, ist es, als hätte man mir die Arme abgehackt.«

»Du hast Grace und Cecilia und *mich*«, sagte ich und setzte mich neben ihn. »Und *mich*«, sagte ich noch einmal in scharfem Ton, und dann nahm ich seine Hand und legte sie auf meinen Bauch. »Und … Und …«

Er wandte sich mir zu und betrachtete mein Gesicht. Zog seine Hand weg, als hätte ich ihn verbrannt, und fragte: »Warum bist du hier, Chloe?«

Ich antwortete nicht, presste lediglich meine Lippen mit den Zähnen fest zusammen, und er sah mich ausdruckslos an. Bis sich seine Augen langsam röteten und mit Tränen füllten.

Schweigend gingen wir zurück zum Auto, Seite an Seite. Als ich auf den Beifahrersitz sank, warf Mom einen Blick zu Nate auf dem Rücksitz hinter ihr und drehte sich dann zu mir um. Mit den Lippen formte sie die Worte: *»Er weiß es?«*

Ich nickte kurz. Einen Moment lang sah sie mir in die Augen, dann sagte sie laut: »Ich glaube, wir könnten jetzt alle einen Cheeseburger brauchen!«, und startete den Motor.

Während der Fahrt und in der Nische in einem Schnellrestaurant sagte keiner von uns ein Wort, wir sahen einander nicht an. Nates Gesicht war ausdruckslos und starr. Wir schwiegen, bis der Kellner unsere Getränke brachte, dann zog Mom mit einer schwungvollen Geste den Überzug von ihrem Strohhalm und sagte: »Nun, dann werden wir uns jetzt etwas überlegen.«

Wir wandten uns zu ihr um. Nate griff nach seinem Colaglas und legte beide Hände darum.

»Nate, ich werde dir sagen, was ich glaube, und ich gehe davon aus, dass du mir zustimmen wirst. Denn du hast meine Tochter in diese Situation gebracht, und ich werde nicht zulassen, dass du einfach verschwindest.«

»Das würde ich nie tun«, sagte er.

»Na gut, dann sind wir uns ja einig. Also werde ich dir sagen, was ich glaube, und du kannst darüber debattieren, soviel du willst, aber an den Tatsachen wird das nichts ändern. Denn ihr beide schafft das nicht allein. Ihr schafft es nicht, aber ihr habt Glück, dass ich bereit bin, euch zu helfen. Ich gebe euch ein Dach über dem Kopf, ich helfe sogar bei der Versorgung des Babys, aber ich erwarte von euch beiden, dass ihr arbeitet, damit genug Geld ins Haus kommt. Und von dir, Nate, erwarte ich natürlich, dass du Chloe heiratest.«

Nate sah aus, als wollte er gleich zu weinen anfangen. Das

war nicht gerade die Reaktion, die ich mir auf den Vorschlag, zu heiraten, gewünscht hätte. Ich fasste unter dem Tisch nach seiner Hand, und er überließ sie mir einen Moment lang, mit schlappen Fingern, dann entzog er sie mir. »Aber dann muss ich meinem Vater davon erzählen. Und wenn die Gemeinde das herausfindet …« Er hielt inne und zwinkerte. Zwinkerte noch einmal. Dann sagte er: »Jetzt weiß ich, was wir tun werden.« Und zum ersten Mal, seit ich ihm von dem Kind erzählt hatte, lächelte er.

Unser Gespräch kam auch in der ersten halben Stunde der Rückfahrt noch nicht richtig in Gang. Die Gedanken darüber, was uns bevorstand, ließen keinen Platz für andere Themen. Aber als Nate begann, laut über die Zukunft nachzudenken, sich vorzustellen, wie ich studieren und er sich in unserer Wohnung in Berkeley um das Baby kümmern würde, und dann über das Baby selbst – wessen Haare es wohl haben würde, wessen Augen, wessen Begabungen –, da war das für mich wie eine Droge. Mit dicken, halluzinatorischen Pinselstrichen legte sich ein Schleier über all meine Ängste vor dem, was uns in den nächsten zehn Monaten, zwei Jahren, zehn Jahren bevorstand. Ein Schleier, der ein anderes, besseres Leben zeigte.

Wenn es ein Junge wurde, wollten wir ihn Gabriel nennen, Gabriella, wenn es ein Mädchen war. Als Symbol der Veränderung, deren Vorbote in unserem Leben das Baby sein sollte. Als wir endlich zu Hause ankamen, hatten wir für Gabriel oder Gabriella eine vollständige Zukunft entworfen. Wir stellten uns das Baby als Collegeprofessor vor, als Physiker, Nobelpreisträger und Philanthropen, lauter Wörter mit P, die für uns Erfolg versinnbildlichten.

Während der gesamten Fahrt ließ ich meine Hände auf dem Bauch liegen. Ich stellte mir unser Kind vor, einen vollständigen Säugling von der Größe einer Traube, wie er warm und zufrieden darinlag und beim Klang meiner Stimme lächelte. Dieses traubengroße Baby mit meinen blauen Augen und Nates dickem Haarschopf, meiner Energie und Nates Leidenschaftlichkeit. Meine Liebe zu ihm war wie ein Speer in meiner Brust, ein Schmerz in meinem Bauch. Ich war vernarrt in dieses Baby und konnte kaum abwarten zu sehen, wie es wirklich war.

Nate verbrachte die Nacht auf unserem Wohnzimmersofa, und früh am nächsten Morgen fuhr meine Mutter uns zu den Sinclairs. Nates Miene war seltsam, als er das Haus betrachtete, mit einem Blick voll Sarkasmus und Amüsement, so als freute er sich in gewisser Weise auf die Konfrontation. Er stieg aus und blieb einen Moment lang stehen, dann ging er langsam auf die Tür zu. Seine Augen waren auf das Fenster von Graces Schlafzimmer im Obergeschoss gerichtet. Er hob einen Stein neben der Vordertreppe an, unter dem sich ein Schlüssel befand, sperrte auf und trat ein.

Schweigend sahen meine Mutter und ich das Haus an. Ich hatte die Hand auf meinem Bauch, die Gegenwart des Babys sollte mich beruhigen. Ich stellte mir vor, ich könnte bereits Bewegungen spüren, ein Blubbern wie von Gasblasen, und drückte dagegen in der Hoffnung, es könnte mich ebenfalls spüren.

Zehn Minuten vergingen. Fünfzehn. Ich erwartete hinter den Mauern Geschrei zu hören, oder ein wütendes Poltern, aber es war still und unbewegt. Ich griff nach der Hand meiner Mutter.

Dann öffnete sich die Haustür, und Nate trat heraus, allein.

Ich ließ meine Mutter los, während er sich auf den Rücksitz schob. »Er trifft uns bei Ihnen zu Hause«, sagte er. »Er will mit Ihnen reden, aber Sie müssen jetzt fahren, ehe Grace und Cecilia den Wagen sehen.«

»Zu uns?« Mit angespanntem Gesicht spähte Mom über den Rückspiegel zu ihm nach hinten, dann ließ sie den Motor an. »Was ist passiert?«

»Ich weiß es nicht.« Nates Stimme war heiser. »Ehe wir herkamen, dachte ich, er wird mich bestimmt umbringen. Ich meine, ich war ernsthaft darauf gefasst, mich verteidigen zu müssen, ich wusste, wie ich ihn packen und ihm den Arm hinter den Rücken drehen würde. Aber er … er hat zu weinen angefangen. So hat er darauf reagiert, er hat zu weinen angefangen, und ich weiß wirklich nicht, was das zu bedeuten hat. Nicht einmal bei Moms Tod hat er die Fassung verloren, bisher habe ich ihn nur auf der Kanzel weinen sehen, wenn ihn der Geist Gottes erfasst hat.«

»Wird er uns Geld geben?«, erkundigte ich mich.

»Ich weiß es nicht.« Nate sah mich mit ausdruckslosem Gesicht und trüben Augen an. »Ich glaube schon, ich glaube, darüber will er mit euch reden. Aber ich vermute, dass damit einige Bedingungen verknüpft sind.«

»Wie meinst du das, Bedingungen?«, fragte Mom in scharfem Ton. »Was für Bedingungen? Zu viele Fesseln würden die Sache zu sehr einengen, und dann geht alles schief.«

»Er hat mir gar nichts verraten. Er hat …« Seine Stimme verklang. Bis wir zu Hause waren, starrte er schweigend aus dem Fenster. Dort sagte er: »Dieser Wein im Kühlschrank, könnte ich davon einen Schluck bekommen?«

»Bist du schon alt genug?«, wollte Momma wissen. »Ach,

weißt du was? Das ist mir egal. Ich glaube, wir können alle etwas Wein vertragen.«

Und so gingen wir hinein und gossen uns drei Gläser aus dem Vierliterballon ein. Nate trank seines gleich aus und schenkte sich noch eines ein und dann noch eines. Beim Eintreffen von Mr. Sinclair hatte ich einen Schwips, aber Nate, der mindestens doppelt so viel wie ich getrunken hatte, war nichts anzumerken. Er war nur noch schweigsamer und ernster geworden.

Ich war diejenige, die Joel aufmachte. Er stand so dicht an der Tür, als hätte er durch die Scheibe gespäht, und ich war ihm so nah wie noch nie. Ich konnte die Falten sehen, die seine Stirn überzogen und seinen Mund umgaben, die dunklen Flecken in seinen blauen Augen, aber was mich verblüffte, war, wie groß er war. Um ihn anzusehen, musste ich den Kopf in den Nacken legen, und der Winkel ließ ihn so unwirklich erscheinen wie ein Porträtbild an einer himmelblauen Zimmerdecke.

Ich sah, wie sein Blick kurz zu meinem Bauch wanderte. »Du hast also gewonnen«, sagte er.

»Das war kein Spiel für mich«, gab ich zurück, »ich liebe Nate«. Wäre ich nüchtern gewesen, dann hätte ich es dabei belassen, aber in meinem angetrunkenen Zustand glaubte ich, diese Bemerkung noch verstärken zu müssen und fügte hinzu: »Mehr als Sie.«

Seine Lippen zuckten. »Lass mich rein«, sagte er.

Ich trat zur Seite, und er ging an mir vorbei in die Küche, wo er erst die große Weinflasche und die drei Gläser ansah und dann meine Mutter. Seine Augen wurden schmal. »Sie sind bestimmt sehr stolz«, sagte er.

Ich dachte, er meinte den Wein, ein sarkastischer Seitenhieb, weil sie Kindern Alkohol servierte, aber sie hatte ihn schon verstanden. »Ich bin sehr stolz auf sie. Vielleicht nicht gerade darauf, aber es gibt viel, worauf ich stolz sein kann.«

Ich spürte ein Flattern in der Brust. Noch nie hatte sie mir gesagt, sie sei stolz auf mich, es noch nicht einmal angedeutet. Am liebsten hätte ich noch mehr gehört.

Aber Mr. Sinclair erwiderte: »Stimmt, Sie billigen Erpressung, dann kann ich Ihren Stolz schon verstehen.«

»Ich bitte Ihren Sohn nur, meiner Tochter zu geben, was ihr und dem Baby zusteht. Sie hat es nicht allein getan, und das Baby kann eindeutig nichts dafür, also brauchen sie einen Ehemann und Vater und eine finanzielle Unterstützung, die zum Leben reicht. Ich werde das Meine dazu beitragen, ich versorge Chloe während der Schwangerschaft, bis sie mit dem Studium beginnt. Und ich werde *Sie* schützen, indem ich Stillschweigen über die Sache wahre. Daher ist es nur fair, wenn Sie auch Ihren Teil dazu beitragen. Wenn dazu Erpressung nötig ist, dann habe ich damit kein Problem.«

Er spreizte die Finger einer Hand, sah sie an und stützte die gespreizte Hand dann langsam auf den Tisch. »Ich bin ein vernünftiger Mann, Ms. Tyler, was immer Ihnen Nate erzählt haben mag. Und auch wenn es meiner Ansicht nach der Satan war, der dieses Kind gebracht hat, so ist es doch nicht meine Absicht, ein Baby verhungern zu lassen. Aber, ich habe Bedingungen.«

Er wandte sich mir zu und ließ mich nicht aus den Augen, während er weitersprach. »Ich gebe dich nicht auf, Nathaniel. Ich weiß, dass du am liebsten so tust, als gäbe es mich gar nicht, als hätte ich keinen Anteil daran, was aus dir geworden ist. Aber Tatsache ist, dass du nur an den Leinen zerren kannst. Grace dachte auch, sie könnte weggehen, und schau, wie weit sie gekommen ist. Ich halte noch immer alle Fäden in der Hand, ihr könnt zwar daran ziehen, aber ihr landet doch immer wieder bei mir.«

Endlich sah er Nate an, blickte ihm ins Gesicht, aber nicht in die Augen. »Ich habe den Leuten erzählt, du bist auf dem Bibelcollege. Und ich erwarte von dir, dass du dort auch hingehst, bis du Entscheidungen triffst, die dein Leben auf immer verändern. Chloe kann hierbleiben oder studieren, das bleibt ihr überlassen, und du kannst dein Kind besuchen, so oft du willst. Ich werde dich nicht daran hindern. Und wenn du nach vier Jahren College noch immer nichts gelernt hast, dann kannst du meinetwegen heiraten, anstatt ins Priesterseminar zu gehen. Dann lasse ich die Leinen los, alle deine Leinen, und gehe.«

Nate warf mir einen Blick zu. »Aufs College wo?«

»In Missouri, Nate, dort bist du noch immer angemeldet. Das ist eines der besten Bibelcolleges im Land, und du kannst dich glücklich schätzen, einen Platz bekommen zu haben. Und im Gegenzug streiche ich dich nicht aus meinem Testament und gebe den Treuhandfonds frei, den Sophia dir hinterlassen hat. Das sind zweitausend Dollar, die für den Rest seines Lebens an das Kind gehen können.«

Ich erwartete, dass Nate protestieren oder seinem Vater ins Gesicht lachen würde, aber er sah Joel nur mit unbewegter Miene an.

»Meinen Sie das ernst?«, fragte ich. »Was ist denn das für ein Kompromiss? Wie soll er denn das Baby sehen, wenn er in Missouri ist?«

»Ich zahle die Flüge, er kann jeden Monat kommen, solange er seine Kurse nicht verpasst. Das können wir so vereinbaren.

Und, Nate, du kannst auch Grace und Cecilia sehen, solange du ihnen nichts von dem Kind erzählst.«

»Ich traue dir nicht, wenn du mit Grace und Cecilia allein bist«, sagte Nate. »Dass du ihnen nicht wehtust.«

Etwas in Joels Gesicht verschob sich, da war ein Riss im Eis. »Sie sind meine Töchter. Ist dir nicht klar, dass ich sie liebe?«

»Du weißt doch überhaupt nicht, was Liebe ist.«

»Mach dich nicht lächerlich. Du hast gerade zufällig ein Ei befruchtet und glaubst, das gibt dir das Recht, mich über elterliche Liebe zu belehren?«

Nate sah seinem Vater eine ganze Weile lang in die Augen, dann sagte er: »Ich werde sie möglichst jeden Tag anrufen. Und ich schwöre dir, wenn sie mir erzählen, dass du ihnen irgendetwas angetan hast, wenn du sie auch nur schräg angeschaut hast, dann komme ich nach Hause und bringe dich um.«

»Nein«, sagte ich, »daran denkst du doch nicht einmal im Traum, Nate!«

Nate fasste mich am Unterarm und drückte ihn zwei Mal leicht, als wollte er ihn melken. »Ich muss reden«, sagte er und dann, an seinen Vater gewandt: »Mit ihr.« Er zog mich durchs Wohnzimmer und durch die Tür nach draußen. Nachdem er die Haustür hinter uns geschlossen hatte, lehnte er sich dagegen, ohne ein Wort zu sagen.

»Was ist das denn?«, sagte ich. »Was soll das? Du wirst ihm doch nicht erlauben, völlig sinnlose Regeln aufzustellen! Wie kannst du ein Bibelcollege besuchen, wenn du dir gar nicht sicher bist, ob du an Gott glaubst, und wie sollst du dem Kind ein Vater sein, wenn du dort in Missouri lebst, verdammt noch mal!«

»Stimmt.« Er schob die Hände in die Hosentaschen und sah verloren aus. »Du hast völlig recht, aber er … er vergibt mir beinahe. Ich dachte, er würde mich umbringen, aber er bemüht sich, mich zurückzugewinnen.«

Ich sah ihn entgeistert an. »Willst du mich veräppeln? Nach allem, was er getan hat, ist er dir wichtiger als ich? Das kapiere ich nicht!«

»Natürlich bist du mir wichtiger. Ich lasse mich von ihm nicht an der Leine führen, was immer er auch glauben mag, aber er hat einen Kompromissvorschlag gemacht. Ich werde dich so oft wie möglich besuchen, jedes einzelne Wochenende, wenn du willst. Nachdem Grace und Cecilia so fest entschlossen sind, zu Hause zu bleiben, kann ich auf diese Weise wenigstens dafür sorgen, dass sie in Sicherheit sind. Das wäre nicht möglich, wenn wir beide nach Berkeley gingen. Und in vier Jahren komme ich endgültig nach Hause, und wir heiraten. Das ist auch die beste Rache, denn er zahlt für mein Studium und hat trotzdem nichts davon. Und das Geld hilft uns wirklich weiter, Chloe. Langfristig gesehen ist es das Beste, was wir für das Baby tun können.«

»Das Beste für das Baby wäre, ihm einen Vater zu geben! Ach, mach doch was du willst, Nate, es ist mir egal! Meinetwegen kannst du Pastor werden und ein nettes, frommes Mädchen aus der Pfingstkirche heiraten. Ist mir völlig egal!« In meiner Brust spürte ich unpassenden, völlig absurden Übermut, etwas Grobes, Kratziges, das jederzeit in einem Lachanfall zerplatzen konnte. Ich hatte heute etwas gelernt, und so sehr es auch an mir zerrte und zog, es war gut, dass ich jetzt Bescheid wusste.

Gelegentlich spielte ich in Gedanken ein böses Spiel, das die Liebe messbar machen sollte. Wenn meine Mutter und Nate ertrinken würden, und ich könnte nur einen von ihnen retten, wen von beiden würde ich wählen? Und bei meiner Mutter und Cecilia? Meiner Mutter und Grace? Grace und Cecilia? Das Ergebnis war eine schreckliche, aber eindeutige Reihenfolge:

- Nate
- Cecilia, dann
- Mom, und dann
- Grace

Nate würde immer zuerst seine Schwestern wählen, das hatte ich schon immer gewusst und auch akzeptiert. Aber wo auf der Liste stand sein Vater?

Ich ging langsam die Einfahrt hinunter, und Nate rannte mir nach, packte mich am Arm. »Chloe, halt! Ich weiß nicht, was ich tun soll, also sag du es mir. Willst du, dass ich nach Dixon zurückkehre und versuche, Geld zusammenzukratzen? Das Lager kostet mich den größten Teil meines Verdienstes, aber wenn du willst, schlafe ich auch auf der Straße. Du musst es nur sagen!«

Das meinte er nicht so, ich wusste, dass er es nicht so meinte, und ich wollte ihm das auch sagen, aber mir tat der Kopf weh, so sehr, dass ich einfach nicht die Kraft dazu hatte. Es war tatsächlich möglich, so voller Wut zu sein, dass sie einem im Hals stecken blieb und alle Worte erstickte. Davonrennen, das war das Einzige, was ich noch schaffte, und so entzog ich mich seinem Griff und rannte davon.

Ich brauchte ihn nicht. Wirklich nicht! Wenn Mr. Sinclair mir Geld gab, dann konnte ich für die Zeit, die ich an der Uni war, einen Babysitter engagieren. Und dann würde ich zu Hause lernen, mit dem Baby auf dem Schoß. Ich würde ihm aus meinen Lehrbüchern vorlesen (es wäre das gebildetste Baby auf der ganzen Welt!), es auf dem Rücken durch die Straßen von Berkeley und San Francisco tragen und ihm Kultur und gutes Essen nahebringen.

Dann würde es gar keine Rolle spielen, wenn wir Nate überhaupt nicht mehr zu Gesicht bekämen, denn in den letzten Stunden hatte sich meine Liebesreihenfolge völlig verschoben. Unser Baby, *mein* Baby, stand nun an erster und an letzter Stelle. Und sonst niemand.

19

Es stellte sich heraus, dass ich es niemals nach Berkeley schaffen sollte. Vielleicht war es eine Rebellion meines Körpers, aber eine Woche, nachdem Nate nach Missouri abgereist war, wurde meine Morgenübelkeit so schlimm, dass ich die Hälfte des Tages im Bett lag und mich zwang, Elektrolytgetränke zu mir zu nehmen, und die andere Hälfte im Badezimmer verbrachte, wo ich zusehen konnte, wie sie in festlichem Rot wieder aus mir heraussprudelten. Im Krankenhaus wurde übermäßiges Schwangerschaftserbrechen diagnostiziert, und ich wurde intravenös ernährt. Die Frage der Abreise stellte sich gar nicht mehr.

In dieser Zeit rief mich Nate jeden Tag vom College aus an. Unsere Gespräche blieben gezwungen, weil ich nicht genug Kraft hatte, meine Bitternis zu verbergen, aber auch nicht genug, um darüber zu sprechen. Dann hätte ich es nämlich aushalten müssen, dass er seine Entscheidung verteidigte. Immer wieder erkundigte er sich, ob er ins Flugzeug steigen solle, um mich zu besuchen, und ich lehnte ab – in der Erwartung, er würde verstehen, was ich in Wirklichkeit wollte.

Die Tage und Nächte schmolzen ineinander. Während der nächsten Monate lernte ich jeden einzelnen Riss an der Zimmerdecke und jeden Rostfleck in der Toilettenschüssel kennen. Ich sprach zu dem Baby, dem Jungen, dessen Bild ich inzwischen im Ultraschall gesehen hatte. Schweigend schwamm das blaugraue Geistwesen in meinem Inneren, ohne zu ahnen, was es bereits verloren hatte.

Ich erzählte ihm von meinem Leben und von meinen Zukunftsträumen, von der Buchhandlung, die ich haben würde, wobei ich mir vorstellte, wie Gabriel neben mir hertapste, während ich Neuerscheinungen in die Regale räumte, Buchinhalte zusammenfasste und die Stimmen und Ideen der Autoren beschrieb. Das Geld von den Schecks, die mir Nate jeden Monat schickte, legte ich, soweit es nicht für Arztbesuche und Medikamente gebraucht wurde, auf die Bank. Die Zinsen gab ich für Bücher aus, von denen ich wusste, dass Gabriel sie lieben würde: *Straße frei – die Enten kommen, Madeline, Die Lausebären* und Dr. Seuss' Buch über Yertle, die Schildkröte. Ich las ihm die Geschichten wieder und wieder laut vor, und irgendwann begann ich, sie ausführlich weiterzuspinnen: Die Abenteuer des Elefanten Horton mit dem Elefantenvogel, den er ausgebrütet hatte, oder die Eskapaden des sehr hungrigen Schmetterlings, der aus der Raupe Nimmersatt geworden war. Ich stellte mir vor, dass er in der Geschichte und im Rhythmus der Sprache meine Liebe spüren konnte. Wenn Mom an meinem Zimmer vorbeikam, blieb sie auf der Schwelle stehen und runzelte die Stirn. Vielleicht machte sie sich Sorgen, ich könnte allmählich verrückt werden. Aber dann trat sie schweigend ins Zimmer, schüttelte mein Kissen auf, überprüfte den intravenösen Zugang und gab mir dann einen Kuss auf die Wange. »Bring ihm doch lieber etwas Praktisches bei«, sagte sie einmal. »Das Einmaleins oder vielleicht Makroökonomie.« Sie machte nur Spaß, aber ich wusste, dass sie sich fragte, was für eine Mutter ich wohl sein würde. Oder auch, was für ein Mensch ich eigentlich war.

Mein Bauch schwoll an, genau wie meine Brüste und meine Knöchel, und mein Hirn schrumpfte allmählich auf Babygröße zusammen. Nate war nur noch eine Stimme am Telefon, jemand, den ich in Wirklichkeit niemals gekannt hatte.

Als schließlich die Wehen einsetzten, rief meine Mutter ihn an. Acht Stunden später, gerade dann, als die Schraubzwinge in mir unerträglich wurde – »*Er bringt mich um!*«, schrie ich –, stand Nate auf der Schwelle zu meinem Zimmer im Krankenhaus.

Er hatte sich verändert. Seine Haare waren glatt zur Seite gekämmt, und er schien größer geworden, als hätte er sich aufgerichtet. »Gelehrter« war das Wort, das mir in den Sinn kam, und ich hasste ihn für die Stunden, die er in Klassenzimmern verbracht hatte, während ich mit der Übelkeit kämpfte. Er lebte das Leben, das ich mir selbst erträumt hatte.

»Chloe!« Er trat ans Bett und legte eine Hand auf meinen dicken Bauch, so leicht, als fürchtete er, ich könnte kaputtgehen. »Was soll ich tun? Gibt es etwas, was ich tun kann?«

Er war den Tränen nah. Obwohl ich mir wünschte, er würde mir die Hand halten, würde *mich* halten, ärgerte ich mich doch, weil er sich diese Angst aneignete, weil er ein Recht auf diese Schwangerschaft, diese Wehen anmeldete, die mir doch ganz allein gehörten. »Raus aus meinem Zimmer!«, sagte ich.

Hilflos sah er mir ins Gesicht, dann beschloss er offenbar, meine Worte einfach zu überhören. »Ich bin gekommen, so schnell ich konnte. Du hättest mich sehen sollen, ich hätte beinahe einen Schalterangestellten niedergeschlagen. Aber ist alles in Ordnung mit dir, mit dem Baby, läuft alles so, wie es soll? Es ist so unfassbar, das da zu sehen, deinen ... deinen ...« Er deutete auf meinen Bauch. »Zu wissen, dass Gabriel da drin ist und dass wir ihn jetzt kennenlernen werden, das ist einfach überwältigend.« Er beugte sich vor, um seine Wange an meine Stirn zu drücken und flüsterte: »Ich habe dich so schrecklich vermisst.«

Ich schob ihn mit aller Kraft von mir fort. »Lass den Quatsch!«

»Oh!« Er trat zurück. »Kann ich irgendetwas tun, um dir das zu erleichtern? Du siehst so fertig aus, als hätte dich jemand verprügelt.«

»Ich kriege ein Kind. So sehen Frauen aus, wenn sie ein Kind kriegen. Was zum Teufel machst du eigentlich hier?«

»Wieso kannst du das überhaupt fragen? Es tut mir leid, ich weiß, wie schwer das alles für dich war, aber es war auch unglaublich hart für mich, nicht bei dir sein zu können, während du so viel durchgemacht hast. Ich wäre die letzten Monate so gern bei dir gewesen, jede Nacht lag ich wach und habe überlegt, ob ich das Richtige tue und ob es nicht doch eine andere Lösung gibt …«

»Hör auf damit, Nate, du hast überhaupt keine Vorstellung davon, wie es war! Du musstest nicht zehn Mal am Tag vor der Kloschüssel knien und kotzen, als wollte dein Baby gleich durch den Hals rauskommen. Ich hätte mich am liebsten umgebracht, wenn das möglich gewesen wäre, ohne Gabriel zu schaden. So habe ich mich die ganze Zeit gefühlt! Und jetzt tauchst du hier auf, damit du sagen kannst, du warst wenigstens beim wichtigsten Teil dabei, und dich besser fühlst! Verschwinde, verdammt noch mal, geh wieder zurück in dein Klassenzimmer. Raus hier!«

Mit offenem Mund starrte er mich an, dann drehte er sich um und ging fort, den Korridor hinab, während ich ihm tränenüberströmt nachsah. »Nate!«, rief ich, aber dann überfiel mich wieder eine Wehe, so heftig, dass mir das Wort im Hals stecken blieb.

Später erfuhr ich, dass er im Wartezimmer gesessen hatte, bis Gabriel auf der Welt war, dass er, die Hand an der Scheibe, mit meiner Mutter vor dem Fenster des Säuglingssaals stand und unserem Sohn beim Schlafen zusah. Aber damals wusste ich nur, dass er viel zu schnell aufgegeben hatte, als ich ihn fortschickte. Während die Fäuste zupackten, die mein Inneres fest umklammerten und auswrangen, stellte ich mir vor, wie Nate zu seiner Familie zurückging, wie er Grace und Cecilia fest umarmte, um sich von ihnen trösten zu lassen. Dabei würde er allerdings keinesfalls sein Versprechen Joel gegenüber brechen, er würde ihnen nichts von dem erzählen, was meinen Körper und mein Leben gerade vollständig umstülpte. Ich sah ihn vor mir, wie er sich an ihrem Tischgespräch beteiligte, während ich brüllte, sich in der Bibliothek ausruhte, während Gabriel brüllte, und wie er, während ich eine völlig neue Welt in den Armen hielt, über seine eigene Welt sprach, über das Leben im College, das mit mir nichts zu tun hatte. Wie er einfach vergessen konnte.

Und mit dieser Vorstellung wuchs der Samen, der mit Nates Aufbruch ins College gesetzt worden war, ein Samen, der in den Monaten, die ich mich im Bett krümmte, Wurzeln gebildet hatte und jetzt zu sprießen begann und Dornen bekam. Und selbst nachdem ich wusste, dass er in Wirklichkeit auf dem Parkplatz des Krankenhauses im Mietwagen geschlafen und am nächsten Tag wieder vor dem Säuglingszimmer gestanden hatte, konnte ich nicht mehr verhindern, dass meine Bitternis immer weiter wuchs.

Wenn ich in den Monaten nach Gabriels Geburt mit den ständig unterbrochenen Nächten kämpfte und mit den Tagen vor den heißen Öfen in der Fabrik, in der auch meine Mutter arbeitete, und dann an Nate dachte, spürte ich, wie sich die Dornen in mein Inneres gruben. Um ehrlich zu sein, waren sie auch in unserer Ehe noch präsent, sie hielten sich lediglich versteckt. Aber jedes Mal, wenn Streit oder Enttäuschung uns schwächten, brachen sie erneut durch die Oberfläche.

Es war lächerlich und ungerecht, aber das Unterbewusstsein ist nicht vernünftig. Es lauert im Verborgenen und lodert auf, sobald man sich nicht mehr dagegen wappnet. Unausweichlich wird man hineingezogen. Und aufgefressen.

Teil IX

Der unbegangene Weg

20

A~~u~~lifeb er~~ea~~ga ~~pu~~bri ~~letels~~ ~~ho~~wa~~ld sesl~~ ~~ge~~kan~~to~~ ni~~ch~~chü~~t-~~ber~~erhi~~ die~~nsi~~se ~~e~~mona~~ga~~te ~~b~~imco ~~i~~lleg ~~h~~ebe~~rga~~ ri~~nz~~ ~~e~~ch~~ts~~en ~~h~~ic~~he~~wa~~rz~~ rent~~zu~~sch ~~rü~~lo~~ckmi~~ss ~~r~~enal ~~für~~les ~~da~~gra ~~s~~ue~~meinne-vuno~~~~du~~ll~~ns~~ ~~ve~~zu ~~rei~~f~~in~~ ~~te~~nd~~n~~en

Lieber Gabriel,
was kann ich über diese Monate im College berichten? Ich war entschlossen, alles grauenvoll zu finden, und so war es auch, in vielerlei Hinsicht. Die Mitstudenten nervten mich und machten mir zugleich Angst. Ihre Augen blickten so leer wie die von Zombies oder – wenn sie Gott priesen oder die Genialität der Paulusbriefe rühmten – von Zombies in Ekstase. Daher unternahm ich nicht einmal den Versuch, Freunde zu finden. Zunächst hielten die anderen mich wohl für schüchtern, denn sie bemühten sich durchaus, mich zu einer gemeinsamen Lerngruppe zu überreden oder dazu, uns gemeinsam Essen vom Chinesen zu holen. Aber das hörte ziemlich bald auf. Oft stand ich am Fenster und sah ihnen zu, wie sie gruppenweise erschienen, wie sie auf dem Rasen Frisbee spielten, wie sie einander lauthals begrüßten. Dabei dachte ich an dich und deine Mom und auch an deine Tanten, und ich stellte mir vor, was ihr wohl gerade macht, was ihr gemacht habt, was ihr tun werdet,

und mein Heimweh war so schlimm, als würden mir die Eingeweide herausgerissen.

Vom Unterricht war ich allerdings begeistert. Natürlich, manche der Kurse trieben mich beinahe in den Wahnsinn. Beispielsweise studierten wir die Evangelien gründlich unter der Maßgabe, dass alles, was einem Individuum oder einer Gemeinde (oder sogar einem ganzen Land!) zustieß, vorbestimmt war, versteckt in den Worten, die viele Jahrhunderte zuvor geschrieben wurden. Was hätte Jesus getan, wenn man ihn gezwungen hätte, in so einem Kurs zu sitzen? Vermutlich die heiligen Augen verdreht und die Kursstunde geschwänzt, um lieber in ein Jazzkonzert oder einen guten Film zu gehen. Dort versuchte wenigstens niemand, so zu tun, als könnte er mehr bieten als eine Annäherung an die Wahrheit.

Die Kurse, die mich interessierten, beschäftigten sich mit den Texten anderer Schriftsteller (wir lasen sogar C. S. Lewis!) oder mit Bibelexegese, die Auslegung der Bibel mithilfe der Originalsprache. Ersetzt man ein »von« durch ein »für«, dann ist die Bedeutung einer Botschaft auf einmal eine vollständig andere. Das faszinierte mich nicht nur deshalb, weil es das, was Kirchen und Synagogen als Gesetze betrachteten, beinahe beliebig erscheinen ließ, sondern auch, weil es zeigte, wie machtvoll jedes einzelne Wort sein kann, das ein Schriftsteller wählt. Damals träumte ich davon, einmal selbst Schriftsteller zu werden, und ich fing an, den Text zu verfassen, aus dem später das Prinz-Gabriel-Buch werden sollte. Es machte mir großen Spaß, ich konnte es gar nicht erwarten, dir daraus vorzulesen, aber ich sehnte mich auch danach, etwas noch viel Größeres zu erschaffen.

Eben die Träume von Großartigkeit, die man mit zwanzig so hat.

Von all dem abgesehen veränderte das Studium der Worte auch meine sonstige Lektüre, insbesondere was die Belletristik betraf. Und was noch wichtiger war: Ich begann, mein eigenes Leben anders zu lesen.

Bei jedem Gespräch, bei jeder Formulierung und bei jeder Frage und jeder Antwort kann die Bedeutung kippen, alles kann in einer Weise interpretiert werden, wie du es beim Sprechen nie beabsichtigt hast. Wie ich so dasaß und mein Leben Augenblick für Augenblick gründlich durchging, wünschte ich mir vor allem, ich könnte noch einmal eine andere Wahl treffen und andere Worte wählen. Aber man kann niemals zurück. Und wenn die Wahl einmal getroffen ist, wenn die Worte ausgesprochen sind, dann sind die Menschen, die du verletzt hast, nicht mehr bereit, sich deine Erklärungen anzuhören.

Ich kam gerade von der Frühschicht in der Fabrik und war erschöpft, hoffte aber noch auf ein paar Minuten mit Gabriel vor seinem nächsten Nickerchen. Da stand Nate vor der Tür und zeigte mir den Umschlag. Ich öffnete ihn und spähte hinein. »Deine Abzeichen? Du hast sie tatsächlich aufgehoben?«

»Du etwa nicht?« Er sah verletzt aus, was ich lächerlich fand.

»Ich habe sie im Inneren einer alten Puppe aufbewahrt und hatte sie völlig vergessen«, sagte ich. »Und als ich die Puppe entsorgte, wurden sie eben auch mit weggeworfen. Sie waren dumm, Nate. Das alles war bloß ein Spiel, aber wir hätten dabei umkommen können.«

»Es war in dem Jahr, in dem wir uns ineinander verliebt haben. Darum habe ich sie aufgehoben.«

»Und schau dir an, was daraus Tolles geworden ist!«, gab ich zurück.

Seine Miene gefror. In einem seiner Augenwinkel konnte ich ein Fältchen sehen, das Erste, das ich an ihm entdeckte. »Ich gebe mir Mühe, Chloe. Es tut mir leid, wenn ich das nicht so tue, wie du es für richtig hältst, aber ich denke dabei auch an die Zukunft, nicht nur an das Heute. Einer musste es ja tun.«

»Ich gehe jetzt rein, ich muss mich nämlich um ein Baby kümmern. Und zwar heute.«

»Bitte nimm doch den Umschlag, ja? Ich möchte, dass du dir die Abzeichen noch einmal anschaust und versuchst, dich zu erinnern, wie es war. Wir haben eine gemeinsame Geschichte, und die bleibt uns für immer, und sobald wir hier wegkommen, wird sie weitergehen. Heute Abend, nachdem du Zeit hattest, sie dir anzusehen, komme ich wieder. Und dann überlegen wir uns, wie wir das alles wieder aufbauen, ja? Denn trotz all unserer Schwierigkeiten gibt es immer noch das, was wir vorher hatten, und jetzt mit Gabriel gilt das umso mehr.«

»Du willst es einfach nicht verstehen, oder? Du siehst Gabriel ein-, zweimal im Monat, du hörst ihn ›Daddy‹ sagen, und das macht dich glücklich. Aber merkst du denn nicht, dass er überhaupt nicht weiß, was das heißt? Daddy ist dein Name, du heißt so, genau wie der Metzger im Oakville-Supermarkt Scott heißt. Mehr bedeutet das für ihn nicht.«

Nate umklammerte mit beiden Händen den Umschlag und sah mich hilflos an. Dann lehnte er die Abzeichen an den Briefkasten und entfernte sich. Auf der Straße drehte er sich noch einmal zu mir um, aber ich straffte nur die Schultern und ging zum Haus. Als ich später am Nachmittag noch einmal nach draußen kam, war der Umschlag verschwunden.

Noch zwei Mal an diesem Wochenende kam er, um mit mir zu reden, aber ich machte ihm gar nicht auf. Danach gab er endlich auf.

Die Fehlinterpretation von Worten, von Entscheidungen. In Wirklichkeit wollte ich sagen: *Bitte, bitte, wir brauchen dich, verlass uns nicht! Ich bin nicht so sehr wütend als vielmehr verletzt. Sag doch einfach, dass du uns auch brauchst, sag diesen Satz durch die geschlossene Tür, dann vergebe ich dir.* Hätte er verstanden, was ich meinte, oder hätte ich seine Botschaft auf den Abzeichen entdeckt, dann wäre alles anders verlaufen. Wenn, wenn, wenn – wir hatten so viele Möglichkeiten, der Weg hierher hatte immer wieder neue Abzweigungen, die wir nicht genommen haben. Aber, wie Nate geschrieben hatte: Man kann niemals zurück.

Jetzt las ich die nächsten Seiten, auf denen Nate seine wenigen Reisen nach Hause beschrieb. Es war sehr anstrengend für ihn, sowohl Gabriel als auch unsere Beziehung vor seinen Schwestern geheim zu halten, wo er doch kaum an etwas anderes denken konnte. *Für zweitausend Dollar im Monat hatte ich mich an den Teufel verkauft,* schrieb er. *Ich hatte meinen erstgeborenen Sohn verkauft, wie in der Bibel. Natürlich wusste ich, was ich getan hatte, aber irgendwie begriff ich nicht, dass es sich um ein Opfer handelte. Bis Grace mir endlich klarmachte, was ich Chloe antat, und ich endlich tiefer hineinblickte in mich selbst. Da erst verstand ich, wie elend es mir ging, und ich suchte die Auseinandersetzung mit meinem Vater. Das war der schlimmste Fehler meines Lebens. Ich wusste, wozu er fähig war, aber ganz glauben konnte ich es dennoch nicht. Selbst nachdem Gabriel fort war, konnte ich es noch nicht glauben, bis ich schließlich erkannte, welche Gründe hinter dem, was er getan hatte, steckten.*

Etwas presste mein Herz zusammen, als ich an dieser Stelle umblätterte. Es waren nur noch drei Seiten übrig, und auch wenn ich das, was jetzt kam, nicht lesen wollte, wusste ich doch, dass ich sie mir ansehen musste. Was war nach Gabriels Verschwinden geschehen, an dem Abend, als Nate zur Kirche seines Vaters gegangen war? Was hatte er gesehen? Und warum hatte er darüber nie mit mir sprechen wollen? Das Wenige, was er über diesen Abend preisgab, hörte sich sehr befremdlich an, sogar noch bei seiner Zeugenaussage während des Prozesses gegen Joel. Nach der Auseinandersetzung mit Joel kam er mit Kratzern auf den Armen und Erde unter den Fingernägeln nach Hause, wollte aber unter keinen Umständen etwas erzählen. War an diesem Abend etwas Grauenvolles geschehen? Etwas, von dem er dachte, ich könnte es nicht ertragen?

Tatsächlich hatte sich zwischen uns vieles verändert, und vielleicht vertraute er mir nicht mehr genug. Nachdem der Schock einer unendlichen Trauer gewichen war, gingen wir zwar neben-, aber nicht mehr miteinander. Ich versuchte nicht mehr, mich mit ihm zu verabreden, möglicherweise, weil mir die Erinnerung an die Unbesonnenheit unserer ersten Jahre wie eine Verhöhnung unserer tiefen Trauer erschien. Mir wäre das vorgekommen, als würden wir die Frage, ob wir das alles überstehen könnten, wie damals mit *Natürlich! Weil wir zusammen sind!* beantworten.

Wenn er mit mir schlief, dann gab es etwas in mir, was ihn dafür hasste, denn ich war davon überzeugt, dass er in diesen Augenblicken alles vergaß. Dabei hatte er lediglich einen Weg gefunden, sowohl mit dem Schmerz umzugehen als auch mit der Notwendigkeit, dennoch weiterzumachen. Jede Faser seines Wesens war von beiden Aspekten erfüllt. In meinem nächsten Gespräch mit Nate würde ich ihm erklären, ich hätte verstanden, dass er nur sein Bestes gegeben hatte in einer Situation, in der es nichts Bestes gab. Aber zuerst musste ich alles erfahren.

Ich legte meinen Finger auf die erste Textzeile und begann, Buchstaben auszustreichen. Allerdings quälte ich mich nur eine Minute lang damit, ehe ich aufhörte.

Natürlich. Er hatte für die Verschlüsselung wieder ein neues Buch verwendet. Wie bei jedem der drei Male zuvor, wenn er das Buch wechselte, hatte der nächste Text das zuvor Geschriebene verändert und ihm neue Bedeutung verliehen. Vielleicht hatte er zwischen der Niederschrift eines jeden Teils eine Pause eingelegt, weil er erst wieder Kraft sammeln musste. Wenn er dann ein neues Buch verwendete, war das, als holte er tief Atem. Oder Cecilia hatte recht mit ihrer Vermutung, unterbewusst habe er gehofft, ich würde das Notizbuch finden, und auf diese Weise wollte er mir die Möglichkeit geben, nach den einzelnen Teilen aufzuhören und nicht mehr weiterzulesen. Tatsächlich hatte ich große Angst vor dem, was diese letzten drei Seiten beinhalten mochten. Vielleicht erzählte er davon, wie er Gabriels Leichnam ausgegraben und im Arm gehalten hatte … nun, manche Geheimnisse sollten wohl doch besser in der Vergangenheit bleiben.

Ich legte die Kappe meines Stifts in das Notizbuch und schloss es. Ohne einen klaren Gedanken fassen zu können, saß ich eine Weile lang da, dann leerte ich den Umschlag mit den Abzeichen – die Botschaft, die ich nie gelesen hatte – langsam auf dem Bett aus. Ich hob eine Handvoll der farbigen Papierscheiben hoch und ließ sie durch meine Finger gleiten, nahm andere. Ich hob sie an, ließ sie fallen, hob sie, ließ sie fallen, als wollte ich Gold schürfen.

Ich saß auf dem Sofa in der Bibliothek, als Cecilia mit Joel zurückkehrte. Sobald ich den Schlüssel im Schloss hörte, versteckte ich mich hinter einem Bücherregal, damit er mich nicht sah. Aber Cecilia brachte ihren Vater in die Bibliothek, ging mit ihm zum Sofa und sagte: »Setz dich hierhin, dann bringe ich dir deinen Tee.« Dann verließ sie den Raum, und ich saß in der Falle, vor mir seine zerbrechlichen Vogelflügel-Schultern.

Ich beugte mich vor und beobachtete, wie er mit den Fingern hektisch an seinem Hosenbein zupfte. Diese Tätigkeit schien ihn so sehr zu absorbieren, dass ich sicher war, es an der Wand entlang unbeobachtet bis zur Tür zu schaffen. Aber noch ehe ich den ersten Schritt machen konnte, drehte sich Joel plötzlich zu mir um. Er stieß einen Schrei aus und sprang auf. Drohend hob er den Arm.

Auf meine Brust legte sich etwas Hartes, schwer wie Beton. »Mr. Sinclair.«

Langsam senkte er den Arm, seine Augen waren so groß und so rund wie Porzellanteller. Dann schüttelte er kurz den Kopf und lachte selbstironisch. »Ach ja, natürlich, hallo. Tut mir leid, aber mein Gedächtnis ist in letzter Zeit nicht mehr so gut. Das Alter. Wie heißen Sie noch mal?«

Die Hände zu Klauen geformt, machte ich einen Schritt auf ihn zu. In mir herrschte eine animalische Hitze, die nichts Menschliches an sich hatte, ich war purer Instinkt. Ich hätte ihn töten können, auf ihn einprügeln, bis er zu Boden ging, ihm ins Gesicht treten, seinen Schädel zerschmettern. Ohne nachzudenken, stürzte ich auf ihn zu, aber das Sofa befand sich zwischen uns, er war zu weit weg. Außerdem war mein Hirn derart paralysiert, dass mir nicht einfiel, wie ich das Hindernis überwinden konnte. So zog ich stattdessen ein Buch vom Regal und warf es mit aller Kraft nach ihm. Es traf ihn im Gesicht. »Wie ich heiße?«, schrie ich. »Wie ich heiße!«

Im Flur waren Schritte zu hören und Cecilias Stimme: »Chloe!«

Fünfundzwanzig Jahre lang hatte mich Joel Sinclair verfolgt. Jede Faser meines Ichs, selbst meine Gefühle für Nate, waren vom Hass auf ihn durchdrungen und verzerrt. Das Einzige, was mich halbwegs bei Sinnen gehalten hatte, war die Vorstellung, dass er sich noch tausendmal mehr verfolgt fühlen musste. Und da erkannte er mich nicht einmal?

Er legte eine Hand an die Wange, wo ihn das Buch getroffen hatte, und betrachtete dann seine Finger, als erwartete er, Blut zu sehen. Als ich die Verwirrung in seinen Augen bemerkte, floss die Wut ganz plötzlich aus mir heraus, meine Knie gaben nach, und ich musste mich am Regal festhalten, um nicht hinzufallen.

Cecilia beobachtete mich von der Schwelle aus, die Augenbrauen flehend oder vielleicht entschuldigend zusammengezogen. »Alles in Ordnung mit dir, es ist schon gut«, sagte sie. Mir war nicht klar, mit wem von uns beiden sie sprach, nur dass mit mir nicht einmal annähernd alles in Ordnung war. Denn ich wünschte mir nur, Joel Sinclair zu zerstören, ihn vor mir zu sehen, wie er sich in körperlichen und emotionalen Qualen krümmte. Aber Joel Sinclair gab es nicht mehr. Meine sämtlichen Rachefantasien waren nur noch lächerlich.

Cecilia fasste ihn am Arm. »Dein Tee wird kalt, Daddy. Er

steht im Esszimmer und zieht noch, du solltest besser kommen und ihn abgießen, ehe er zu dunkel wird.«

Joel zog seinen Arm aus ihrem Griff und spähte zu mir herüber. Eine Sekunde lang glaubte ich, erschrockenes Wiedererkennen aufblitzen zu sehen, ehe seine Miene wieder ausdruckslos wurde. »Ich mag meinen Tee nicht so dunkel«, sagte er. Dann wandte er sich ab und folgte Cecilia hinaus auf den Korridor.

Ich lehnte mich mit dem Rücken an das Regal und ließ mich langsam daran hinuntergleiten. Meine Bluse schob sich hoch, die Buchrücken kratzten über meine Haut. Dann lauschte ich auf die Geräusche aus dem Esszimmer – das Klirren von Porzellan, Cecilias Stimme, die so sehr der von Sophia glich, eine Mutter, die mit ihrem Kind sprach.

Ich saß noch immer auf dem Boden der Bibliothek, als Cecilia eine Stunde später hereinkam. Sie betrachtete mich einen Moment lang, dann trat sie mit ausgestrecktem Arm auf mich zu. Ich ergriff ihre Hand und ließ mich von ihr hochziehen, erlaubte, dass sie die andere Hand auf meinen unteren Rücken legte. »Er schläft jetzt«, sagte sie. »Ich muss mich bei dir entschuldigen, Chloe. Wenn ich gewusst hätte, dass du hier bist, hätte ich ihn niemals in die Bibliothek gebracht.«

Ich warf ihr einen verständnislosen Blick zu. »Was mache ich hier eigentlich? Warum war ich bereit, mit ihm in einem Haus zu wohnen? Ich hätte doch wissen müssen, dass wir irgendwann aufeinandertreffen, das musste doch passieren. Also wollte etwas in mir ihn tatsächlich wiedersehen? So viele Jahre lang habe ich mir vorgestellt, wie ich ihm ein Messer in den Bauch ramme und es herumdrehe, wie er brüllt und um Gnade bittet, die ich ihm nicht gewähre. Jeden Tag habe ich mir das vorgestellt, zwei Jahrzehnte lang, und jetzt … Was soll ich jetzt damit machen?«

Ihre Miene verfinsterte sich, ein Anflug von Trauer war zu sehen, aber sie sagte nur: »Ich weiß, wie das ist. So viel Wut, die irgendwohin muss.«

»Aber das war so dumm! Als ob irgendetwas, was ich ihm antun kann, ihm auch nur im Entferntesten vermitteln könnte, was ich durchgemacht habe. Ich könnte genauso gut auf ein Kissen einprügeln.«

Sie begann mit ihrer flachen Hand kreisförmig über meinen Rücken zu streichen, im Uhrzeigersinn. »Die Wut, das ist auch nur ein Versuch, mit dem eigenen Schmerz umzugehen«, sagte sie. »Man muss irgendwie mit ihm fertigwerden, darum trägt man ihn nach außen. Selbstverständlich kann ich nicht behaupten, eine Ahnung davon zu haben, wie du dich fühlst, aber ich habe ihn auch viele Jahre lang gehasst.«

Ich sah ihr ins Gesicht, wo das Alter seine Abdrücke hinterlassen hatte. »Nun, wenigstens hat mir das gezeigt, was ich noch verarbeiten muss.«

»Dass er wirklich nicht mehr der Mensch ist, der unser Leben zerstört hat, nicht wahr? Ich hätte ihn nicht bei mir aufgenommen, wenn er noch derselbe wäre wie damals. Aber jetzt … ich glaube, für mich war das ein heilsamer Prozess. Ich habe ihn akzeptiert, wenn du verstehst, was ich meine.« Sie löste sich von mir. »Aber das ergibt vermutlich gar keinen Sinn.«

»Für dich war die Situation immer anders«, erwiderte ich. »Ich meine, ich hatte immer den Eindruck, du hasst ihn gar nicht. Früher dachte ich, das liegt daran, dass du einfach an der Oberfläche bleibst und dich nicht hineinziehen lässt. Dass du dich abspalten kannst, sodass dich Dinge, die dich eigentlich beunruhigen sollten, gar nicht stören. Aber nachdem Nate fort war, bist du zu ihm zurückgegangen. Und dann hast du dich von ihm überreden lassen, einen Mann zu heiraten, der sich als grausam entpuppte. Ich dachte immer, du würdest – ich weiß nicht – nach Paris abhauen oder nach Madrid, und dort in einem kleinen Apartment leben, dich in einen Dichter verlieben, bis er dir auf die Nerven geht, und dann in einen Akrobaten, und dann würdest du vielleicht in den Dschungel reisen und dort das Verhalten der Schimpansen erforschen. Aber ausgerechnet du hast genau das getan, was er von dir verlangt hat.«

Sie lächelte. »Du beschreibst mein Fantasieleben wie einen Abenteuerroman. Ist der Dichter in Paris gut aussehend? Hat er einen kurzen schwarzen Bart und eine John-Lennon-Brille?«

Ich zwang mich ebenfalls zu einem Lächeln, aber sie sah mich gar nicht an. Stattdessen schlang sie die Arme um ihren Körper. »So bin ich nicht mehr. Vielleicht war ich das auch nie, sondern wollte damit nur Aufmerksamkeit erregen. Ich weiß nicht, ich wollte …« Sie zuckte mit den Schultern, ohne die Arme vom Körper zu lösen. »Meinen Vater, vermutlich. Grace war immer die perfekte Tochter, auf die er stolz war, und Nate war sein Sohn, der vorbestimmte Thronfolger. Nur ich war eine Art Fußnote. Das bedeutete zwar, dass er mich in Ruhe ließ, also habe ich vielleicht Glück gehabt. Aber ich war mir manchmal nicht sicher, was er spontan auf die Frage, wie viele Kinder er habe, antworten würde, drei oder zwei.«

War das der Grund, weshalb sie jetzt für ihn sorgte? Damit er sie endlich anerkannte und wertschätzte? Wir hatten alle dieselbe Geschichte gelebt, nur aus unterschiedlichen Perspektiven, und wie bei jeder Geschichte spiegelte sich in dem, wie wir sie verstanden, unsere eigene Vergangenheit. Aber wie war es möglich, dass sie ausgerechnet diese Geschichte auf eine so andere Weise wahrnahm?

»An die Jahre nach Nates Weggang kann ich mich kaum noch erinnern, auch nicht an die Monate, bevor ich Samuel heiratete. Das war die Zeit, in der du dich um Gabriel gekümmert hast, da hatte vermutlich jeder Tag Bedeutung. Aber für mich ist da nur etwas völlig Verschwommenes. Ich weiß nur noch kleine Bruchstücke, braune Blätter, die am vorderen Fenster vorbeiwirbeln, dass ich eine Woche lang unter der Bettdecke gefroren habe, weil Dad vergessen hatte, die Ölrechnung zu bezahlen. Einmal bin ich in der Kirche ohnmächtig geworden, weil ich seit dem Morgen zuvor nichts gegessen hatte, und ich war überzeugt, die Ohnmacht wäre ein Zeichen, dass mich der Heilige Geist endlich getauft habe. Damals war ich schon ein bisschen verrückt.«

»Ich weiß, dass Joel dich und Grace von allen Menschen ferngehalten hat, möglicherweise hatte er Angst, ihr könntet mir und Gabriel begegnen. Und ich bin sicher, eine solche Isolation bringt einen völlig durcheinander.«

»Das war nicht nur er, ich wollte selbst nicht gerne nach draußen, und deshalb bin ich vermutlich allmählich untergegangen. Außerdem fühlte ich mich, wenn ich Daddy glücklich machte, etwas weniger wertlos, und ich hatte nicht die Kraft, mit Ablehnung umzugehen. Ja, es stimmt, ich habe Samuel geheiratet, weil Daddy es so wollte. Es gab auch gar keine anderen passenden Männer in der Gemeinde, und er hatte schon immer vor, ihn mit Grace zu verheiraten. Er hat mit ihr über Samuel geredet, seit sie zwölf oder dreizehn war. Aber nachdem das mit Cesar passiert war, hatte sich Daddys Beziehung zu Grace geändert. Und auf einmal sah ich die Chance, endlich diejenige zu werden, auf die er stolz war. Das war keine bewusste Entscheidung und bestimmt nichts, worauf ich stolz bin, aber es ist wahr – ich bin nicht der Mensch, für den du mich gehalten hast.«

»Du hattest deine Mutter verloren«, sagte ich langsam. »Du warst noch sehr jung, und er war der einzige Elternteil, den du noch hattest.«

Sie spazierte hinüber zur Couch und setzte sich, schaute nachdenklich aus dem Fenster. »Ich wüsste gern, ob Grace bei Samuel geblieben wäre. Während meiner Ehe war ich die ganze Zeit froh, dass ich es war und nicht sie, denn ich glaube, sie wäre womöglich geblieben. Sie hat sich selbst dafür gehasst, mit Cesar geschlafen zu haben, für sie war das die schlimmste Sünde überhaupt. Vielleicht hätte sie Samuel als Strafe Gottes betrachtet.«

»Sie hat nicht nur mit ihm geschlafen, da ist mehr passiert.« Ich setzte mich neben sie und zog meine Beine unter mich. »Nate hat in seinem Notizbuch darüber geschrieben, wusstest du das?«

»Du meinst die Schwangerschaft? Sagen wir so, teilweise wusste ich es, den Rest konnte ich mir denken. Ich dachte erst, Dad hätte etwas mit ihr gemacht, inzwischen glaube ich, er hat ihr lediglich die Idee einer Abtreibung nahegebracht, ob absichtlich oder nicht. Sie war auf seine Anerkennung so sehr angewiesen wie auf die Gottes, vermutlich war das für sie ohnehin ein und dasselbe. Das war die Quelle ihres Selbstwertgefühls, aber er hat uns allen seine Anerkennung nur sehr sporadisch gezeigt. Vielleicht wirkte sie daher auch so machtvoll, und vielleicht war die Abtreibung für Grace ein Versuch, sie wiederzubekommen, ich weiß nicht. Aber der Verlust ihres Kindes hat sie zerstört. Den Menschen, der sie danach geworden ist, habe ich nicht mehr wiedererkannt.«

Ich dachte an die paar Mal, die ich Grace in diesem Winter und dem darauffolgenden Frühjahr getroffen hatte, an den leeren, leblosen Ausdruck in ihren Augen. Zum letzten Mal begegnet waren wir uns in den Tagen nach Cecilias Hochzeit, als sie von Gabriel erfahren hatte. Da war aus der Leere Bitternis geworden. Was, wie ich fand, besser war. Auch nicht gerade gesund, aber doch gesünder und wenigstens ein Lebenszeichen. Ein paar Tage später war sie fort, und ich habe sie nie wiedergesehen.

»Ich wünschte, wir hätten damals alle mit Nate nach Berkeley gehen können«, sagte Cecilia. »Dann wäre alles so viel besser geworden. Wenn ich daran denke, fühlt es sich an wie das Leben, das wir hätten führen sollen.«

»Dann wäre Gabriel noch am Leben«, sagte ich. Ich versuchte, mir vorzustellen, wie Cecilia und Grace gemeinsam in unserem Gästezimmer in Truckee lebten und Gabriel in einem Kinderbett in unserem Schlafzimmer. Natürlich wäre Gabriel jetzt schon weit über zwanzig, aber dennoch ... Ach, es war dumm, an so etwas zu denken, mit solchen Was-wäre-wenn-Spielen hatte ich mich jahrelang herumgequält. Wenn ich nur dieses oder jenes getan hätte. Wenn ich in die Zukunft hätte sehen können. »Ich frage mich oft, ob Grace jemals über den Verlust ihres Babys hinweggekommen ist«, sagte ich. »Für sie habe ich mir ein normales Leben vorgestellt, weißt du? Ich meine, kein Leben als Nonne.«

Cecilias ganzer Körper erschlaffte. »Das habe ich mir auch vorgestellt.«

Ich versuchte ihre Miene zu entziffern. Da war noch etwas anderes unter der Traurigkeit. »Was?«, fragte ich.

»Was?«

»Hast du vielleicht von ihr gehört? Oder etwas über sie? Es gibt doch etwas über Grace, was du mir nicht sagst. Du siehst aus, als würde dich etwas zerreißen.«

»Chloe, hör auf.«

»Ich war seit sehr langer Zeit schon nicht mehr Teil ihres Lebens, das ist mir klar. Aber weißt du denn nicht, dass ich sie trotzdem liebe?«

Cecilia schloss die Augen, ihr Gesicht und ihr Körper waren unbewegt, sie schien kaum zu atmen. Als sie endlich wieder das Wort ergriff, war ihre Stimme verändert, sie klang beinahe roboterhaft. »Na gut. Hör zu. Die Wahrheit ist, dass ich einen Brief von ihr bekommen habe, vor ungefähr vier Monaten. Sie hat mich angefleht, niemandem davon zu erzählen, aber natürlich musste ich es Nate sagen.«

Ich dachte an die zahlreichen Anrufe, die ich auf Nates Mobiltelefon gesehen hatte, die Telefonate zwischen ihm und Cecilia. »Er hat mir gegenüber nie davon gesprochen.«

»Ich weiß, ich hatte ihn darum gebeten. Nicht nur, weil Grace nicht wollte, dass jemand davon weiß, sondern auch, weil sie nicht gewollt hätte, dass du den Brief siehst. Deine Meinung war ihr wichtiger, als dir möglicherweise klar ist – sie wollte, dass du sie respektierst, sie als eine ältere Schwester betrachtest, die dir gute Ratschläge geben kann. Und in dem Brief klang sie, ich weiß nicht, ein bisschen durchgeknallt. Sie sagte etwas über Ströme von Tränen und zitierte Bibelverse über das Ende der Welt.«

Mich erfasste ein Anflug von Traurigkeit. Also keineswegs ein normales Leben, aber wie hätte das auch sein können? Die häufigen Strafen der Klarissen, die Nächte ohne Schlaf, das karge Leben, das konnte jeden irgendwann in den Wahnsinn treiben. Ich versuchte mir Grace vorzustellen, die jetzt fast fünfzig war und das weder mit Make-up noch mit gefärbten Haaren verbergen durfte. Vielleicht war sie dick geworden, weil sie keinen Sport trieb, oder mager von der kargen Ernährung der Klarissenschwestern. Ich sah sie vor mir, wie sie im Nonnengewand beinlos und wie auf Rädern von einem Raum zum anderen glitt, mit einem leeren, bleichen Gesicht. »Hat sie geschrieben, wie es ihr geht? Wenn sie dir nach so vielen Jahren schreibt, zeigt das vielleicht, dass sie wieder Kontakt aufnehmen möchte?«

Cecilia blieb noch eine Weile lang bewegungslos sitzen, den Blick über meine Schulter irgendwohin gerichtet, dann sagte sie: »Hör zu, Chloe, sie stirbt, deshalb hat sie mir geschrieben. Vielleicht ist sie bereits tot. Und Nate ist zu ihr gefahren. Er ist hingefahren, um noch ein bisschen Zeit mit ihr zu verbringen, ehe es zu spät ist.«

ALS, Amyotrophe Lateralsklerose, erklärte mir Cecilia. Autoimmunerkrankungen kamen in der Familie häufig vor: Sophias Lupus, die Arthritis einer Tante, die juvenile Diabetes eines Neffen. Nate und Cecilia waren bisher verschont geblieben, aber Grace hatte die schlimmstmögliche Diagnose erhalten. Als sie Cecilia schrieb, hing sie schon an einem Atemgerät. Sie lebte noch immer im Kloster, wurde von den Nonnen versorgt und schrieb mit einem Computer mit Augensteuerung, aber sie konnte nicht mehr schlucken und nicht mehr reden. Es war nur noch eine Frage der Zeit.

Nate hätte mir doch davon erzählt, alles andere war undenkbar. Selbst wenn Cecilia ihn um Stillschweigen gebeten hätte, er wusste, dass Grace für mich wie eine Schwester gewesen war. Er wusste, dass ich es rechtzeitig erfahren wollte, wenn sie im

Sterben lag. Das Einzige, was ich mir vorstellen konnte, war, dass er versuchte, mich vor der Trauer um einen weiteren Menschen zu bewahren. Den Gedanken, dass er mich für so schwach hielt, fand ich unerträglich. Ich hielt Cecilia im Arm, während sie weinte. Die Verzweiflung, die ich empfand, hing aber nicht nur mit dem Verlust von Grace zusammen. Sie umfasste viel mehr. Was ich verlor, war auch das Fantasiebild, das ich offenbar noch immer tief in mir trug: dass wir eines Tages alle wieder zusammen sein würden.

Jetzt schloss ich oben im Schlafzimmer fest die Augen und betete im Stillen, dass sie, wenn Nate sie fand, noch am Leben war. Dann würde ich in ein Flugzeug springen, an ihr Bett eilen und – was denn bloß? Bedeutete ich ihr überhaupt noch etwas? Ein Besuch bei ihr wäre wohl vor allem wichtig für mich, um einer Geschichte, die in Wirklichkeit schon vor Jahrzehnten ein Ende gefunden hatte, noch ein paar letzte Worte hinzuzufügen.

Zwei Tage vor ihrem Aufbruch, am Morgen nach Cecilias Hochzeit, war Grace sehr wütend gewesen. Vor allem auf Nate, aber auch auf mich und möglicherweise sogar auf Cecilia, weil wir drei mit unserem Leben weitergemacht hatten. Offenbar hatte sie sich vorgestellt, wir alle würden so leben, wie sie selbst es sich immer erträumt hatte. Sie war immer so vorsichtig gewesen, hatte sich nach außen hin als der Mensch gezeigt, der sie glaubte sein zu müssen, aber nun schrie sie mich an und zeigte endlich ihr wahres Ich, ihre tiefe Verletzbarkeit. Ich hätte es sehen müssen. Warum hatte ich das damals nicht verstanden? Auch aus diesem Grund wünschte ich mir so sehr, sie noch einmal wiederzusehen. Ich hätte ihr kurz vor dem Ende ihres Lebens so gern klargemacht, dass sie etwas viel Besseres verdient hatte.

Sie hatte sich über Nate aufgeregt und mich gefragt, wieso er mich und Gabriel wie eine unbequeme Last behandelte. Ich wusste nicht, was ich dazu sagen sollte, weil ich ihr natürlich zustimmte. In gewisser Weise ärgerte es mich, dass sie mir meine eigene Enttäuschung entgegenschleuderte. Aber hätte ich ihr sagen sollen, jetzt sei sie an der Reihe, und dass ich Cesar als Kellner beim freitäglichen Fischessen getroffen hatte, wo ich mit Gabriel gelegentlich zum Abendessen hinging? Ich hätte mir irgendeine Geschichte ausdenken sollen über die Einsamkeit in seinen Augen.

Empfand sie, nachdem sie an diesem Tag von Gabriels Existenz erfahren hatte, ihren eigenen Verlust umso stärker? Traf sie angesichts von Nates, wie sie es sah, böswilligem Verlassen, die Verdammung ihres eigenen Kindes durch ihren Vater umso stärker? Ich hatte ihre eilige Rückkehr ins Kloster auf die Hochzeit geschoben, auf das Bewusstsein, dass Cecilia sie nun nicht mehr brauchte. Aber vielleicht war es in Wirklichkeit der Schmerz gewesen, den Gabriel bei ihr ausgelöst hatte und den sie durch Gebete ersticken wollte.

Ich versuchte mich daran zu erinnern, wie sie bei der Trauung ausgesehen hatte, aber ich sah nur noch ihr sittsames, formloses blaues Kleid vor mir und die roten Augen, während sie Joel hinter dem Rednerpult zuhörte. Melancholisch sprach er über die Liebe zu seiner Frau und dass er hoffe, Cecilia und Samuel würden die Bedeutung der Ehe im Lauf der Jahre verstehen. Und vielleicht war Grace doch abgereist, um in ihrer eigenen Ehe mit Christus diese Liebe zu finden.

Auch mich hatte die kleine Rede berührt, sie hatte mir vor Augen geführt, wie bedeutsam dieser Tag war. Daher zögerte ich, ihn Cecilia zu verderben. Anstatt Gabriel endlich der Welt vorzuführen, verließ ich eilig mit ihm die Kirche. Das wäre wieder eine Gelegenheit gewesen, unserer Lebensgeschichte eine völlig andere Wendung zu geben. In diesem Paralleluniversum wäre Nate vor die Gratulanten getreten und hätte gemeinsam mit mir den Gemeindemitgliedern erklärt, mit welchen Mitteln Joel die Enthüllung der Wahrheit zu verhindern versucht hatte. Auf diesem anderen Weg unseres Lebens würden Nate und ich vielleicht jetzt schon von Enkeln träumen, würden Andeutungen fallen lassen, die Gabriel mit einem Lachen abwehrte. »Ihr habt viel zu jung geheiratet«, würde er sagen, »so jung heiratet heute niemand mehr.«

Und darauf würden wir antworten: »Das sagst du aber zu den Falschen, Gabe. Denn wir sind immer sehr glücklich gewesen.«

Teil X

Der Untergang des Hauses Usher

21

Cecilia kniete vor dem Altar, in einem geschnürten, hochgeschlossenen Satinkleid mit Häkelpasse und spitzenbesetzten Ärmeln. Ihr Haar war zu einem lockeren Knoten hochgesteckt. Sie hielt den Blick gesenkt und die Hände vor der Taille gefaltet und sah unglaublich altmodisch und zugleich unglaublich schön aus. Der Mann im Smoking, der neben ihr kniete, war groß und knochig. Er hatte so helle Haut und so helle Haare, dass man kaum sagen konnte, wo das Gesicht aufhörte und die Haare anfingen. Das ließ seinen Kopf merkwürdig unscharf und missgestaltet wirken. Während der gesamten Zeremonie hatten sie einander noch nicht einmal in die Augen gesehen.

Die Einladung zur Hochzeit war in der Woche davor gekommen und hatte mir einen Schock versetzt. Darauf klebten drei Klebezettel mit einer Mitteilung.

Ich weiß, es ist sehr lange her, dass du einen von uns getroffen hast. Aber wir vermissen dich alle sehr, wir sprechen ständig über dich, und ich hoffe sehr, dass wir uns jetzt, nachdem ich nicht mehr bei Dad wohne, endlich wiedersehen können. Nate ist aus dem College nach Hause gekommen, und ich weiß, er würde dich auch sehr gern sehen, du fehlst ihm so.

Bitte komm zu der Hochzeit! Ich kenne Samuel nicht gut, aber ich weiß, er ist sehr gläubig, und die Ehe wird gut für mich sein. Ich werde lernen, ihn zu lieben, wie meine Mutter gelernt hat, meinen Vater zu lieben. Eines Tages, Chloe, können wir hoffentlich dort weitermachen, wo wir aufgehört haben. Und dann werden die

vergangenen paar Jahre, verursacht von einer Mischung aus Angst und ungebremster Jugendlichkeit, nur noch eine bedauerliche Erinnerung sein.

In Liebe

C.

In den letzten drei Jahren hatten Cecilia, Grace und ich mehrere Briefe gewechselt. Wir hatten sie zusammen mit Bibliotheksbüchern, die ich ihnen lieh, hinter den Busch gelegt. In diesen Briefen tauschten wir uns vor allem über die Bücher aus, die sie spätnachts gemeinsam im Bett lasen, über unsere Zuneigung zueinander und die Trauer wegen der Jahre, die wir verpassten. Von ihrem Leben hatten sie mir nur wenig verraten, von der Gleichförmigkeit ihrer Tage, die ausgefüllt waren mit dem Putzen der Kirche, Hilfe bei der Vorbereitung der Gottesdienste, abendlichen Bibelstunden und der Zubereitung des Abendessens zu Hause, das sie gemeinsam mit ihrem Vater einnahmen. Auch ich erzählte nur wenig von mir, von der Fabrik, wo ich vor den Öfen schwitzte. Wir konzentrierten uns lieber auf große Lebensthemen als auf die alltäglichen Sorgen, genau, wie wir damals als Kinder alles vermieden hatten, was nicht in unser Idealbild passte. Niemals hatten sie Samuel erwähnt, und auch ich hatte nie von meinem Sohn erzählt.

Ich fand es erstaunlich, dass Cecilia offenbar überhaupt nichts ahnte von dem, was zwischen mir und Nate vor sich ging, dass ihr nicht klar war, wie ihr Vater reagieren würde, wenn er mich beim Trauungsgottesdienst in der Kirche sah. Sie und Grace lebten, wie ich genau wusste, völlig abgeschieden von der Welt, sie verließen das Haus fast nur, um in die Kirche und zur Arbeit zu gehen. Wie oft hatte ich überlegt, sie einmal zu besuchen, aber wie hätte ich vor sie treten sollen, ohne ihnen von Gabriel zu erzählen?

Aber Nate, der die beiden seit Gabriels Geburt mehrmals im Jahr sah, hatte offenbar nichts über uns verlauten lassen, obwohl er zu solchen Anlässen auch uns immer besuchte. Ich fühlte mich so unbedeutend, als hätte er diese Erwähnung einfach vergessen. Was spielte es schon für eine Rolle, dass Joel versucht hatte, uns diese Bedingung aufzuzwingen? Nate musste doch wissen, dass sie ihrem Vater gegenüber Verschwiegenheit wahren würden! Die einzig nachvollziehbare Erklärung für seine anhaltende Heimlichtuerei war, dass er sich schämte.

Je mehr ich darüber nachdachte, desto mehr erfasste mich eine dumpfe, verzweifelte Wut. Mein ganzes Leben drehte sich um Gabriel, ich war so stolz auf ihn, in jeder Beziehung: auf seinen Sinn für Humor, sein Lachen und das breite Lächeln, mit dem er jeden willkommen hieß, auf die Art, wie er sich konzentrierte, wenn er etwas herauszufinden versuchte – wie Seilspringen ging, wie man einen Kreisel laufen ließ oder wie man das R richtig aussprach –, immer kniff er die Augen zusammen und legte die Stirn in Falten. Er war so ein lieber Junge. Ich konnte seinen freundlichen Charakter darin erkennen, wie er seine Stofftiere behandelte und wie er sich an mich kuschelte, wenn er mich weinen sah. Aber Nate war es irgendwie gelungen, so zu tun, als gäbe es Gabriel gar nicht. Er ging mit ihm um wie mit einer Geschlechtskrankheit oder einem Onkel, der Alkoholiker war. Wie mit einem Makel, von dem man wünschte, er würde heilen oder verschwinden. Die Verbitterung darüber war es, die mich dazu trieb zu tun, wonach ich mich schon seit dem Tag von Gabriels Geburt sehnte. Ich nahm ihn mit in die Kirche.

Ich setzte mich nach hinten und nahm Gabriel auf den Schoß. Auf meiner Stirn und meiner Oberlippe stand Schweiß. Mehr als zwei Jahre hatte ich gewartet. Zwei Jahre lang hatte ich meinen Sohn vor seinen eigenen Tanten versteckt, hatte jedem, der sich nach dem Vater erkundigte, erzählt, er sei ein Collegestudent aus San Francisco, mit dem ich eine kurze Affäre gehabt hätte. Aber die Decke, unter der ich Gabriel zu verstecken versucht hatte, war zu löchrig und fadenscheinig geworden. Es ging nicht mehr länger.

Ich hatte mir etwas überlegt.

Wenn die Zeremonie vorbei war, würde ich Gabriel mitnehmen nach vorne zu den Gratulanten und mich neben Nate stellen. Jeder sollte Nates blaugrüne Augen in Gabriels Gesicht erkennen. Sagen würde ich nichts, lediglich zusehen, wie Schlussfolgerungen gezogen wurden. Ich konnte mir die erschrockenen Ausrufe vorstellen, wenn sich christliche Ehefrauen zu christlichen Ehemännern umdrehten: *Könnte das sein?!* Und dann würde ich Gabriel an der Hand nehmen und die Kirche verlassen.

Wenn ich mich Joel widersetzte, würde sich alles ändern. Er würde aufhören, uns Geld zu schicken, bis Nate es mit fünfundzwanzig ausgezahlt bekam, wie Sophia es in ihrem Treuhandfonds festgelegt hatte. Damit konnte ich nichts mehr für unsere Zukunft zurücklegen. Aber was für eine Zukunft schuf ich denn überhaupt für Gabriel? Ich brauchte Joels Geld nicht. Auf der Bank lagen inzwischen mehr als zwanzigtausend Dollar, genug für viele Jahre, wenn ich sorgsam wirtschaftete. Damit konnte ich uns das Leben aufbauen, das mir vorschwebte.

Und was würde Nate machen? Ich redete mir ein, er würde einsehen, dass ich das Richtige getan hatte, würde das College verlassen und ebenfalls eine Arbeit annehmen, damit wir uns von den Ersparnissen ein Haus oder eine Wohnung kaufen konnten. Vor drei Jahren wäre das überhaupt keine Frage gewesen, aber Nate hatte sich, seit er das Studium begonnen hatte, so sehr verändert, dass ich ihn kaum mehr kannte. Ich hatte keine Ahnung, wie er reagieren würde.

Jedes Mal, wenn er uns besuchte, erzählte er von den Kursen, die er belegt hatte, in so unterschiedlichen Fächern wie Astronomie, Philosophie und amerikanischer Literatur. Von seinem Lehrer im Creative-Writing-Kurs, der ihm gesagt habe, er sei »gesegnet mit der Stimme eines Dichters«. Während er das sagte, drückte er meine Hände, als erwartete er, dass ich ihm zu seinem großen Talent gratulierte.

Er forderte mich auf, mich beim Lernen neben ihn zu setzen, die Texte mit ihm gemeinsam zu lesen, ihm bei den Aufgaben zu helfen – aber nicht, weil er Hilfe brauchte, das wusste ich. Nein, er dachte irgendwie, ich könnte dank seiner ein anderes Leben führen, weil ich doch so sehr von einem Studium geträumt hatte und von den klugen Köpfen, die alles mitteilten, was sie über die Welt wussten. Natürlich hatte auch ich das tun wollen, wenn ich nach Berkeley gegangen wäre, ich wollte ihm ein Lernen aus zweiter Hand ermöglichen. Aber das war etwas anderes, denn schließlich war das Studium ursprünglich *mein* Traum gewesen. Wieso verstand er nicht, dass seine Vorschläge auf mich wie Aufschneiderei wirkten? Warum hatte er nicht ein einziges Mal gesagt, er wünschte, ich könnte dort bei ihm sein?

So war Nate eben, und wenn ich zurückdenke, war er immer schon so gewesen, er dachte zuerst an sich selbst. Und dabei war er keineswegs egoistisch, in seiner Kindheit und Jugend *musste* er so sein, sie waren alle so. Für jemanden, der Qualen litt, hätte er alles gegeben. Nur manchmal schien er eine seltsame innere Sperre zu haben, war unfähig, sich in jemand anderen hineinzuversetzen und zu erkennen, welche Wirkung das, was er tat, auf andere hatte.

Was würde geschehen, wenn ich ihm einfach keinen Ausweg mehr ließ? Ich wusste es nicht, aber in diesem Moment war es mir auch egal. Mir war nur klar, dass ich Geld nahm für Lügen, und dass ich zunehmend das Gefühl bekam, Gabriel auf diese Weise zu verkaufen. So als wäre dieses Bestechungsgeld der einzige Grund gewesen, ihn zu bekommen. Das Ganze war von Anfang an falsch gewesen, und je älter Gabriel wurde, je mehr er sich vom hilflosen Säugling zum aufmerksamen Kleinkind wandelte, desto weniger konnte ich die Situation ertragen.

Am Rednerpult wandte sich jetzt Samuel an Cecilia, schenkte ihr ein kühles Lächeln und schloss die Augen. »Lieber Herr Jesus, wir danken dir für diesen herrlichen Tag. Du hast unseren Herzenswunsch, dieses Leben gemeinsam zu verbringen, erfüllt, und wir beten, dass dein Segen für immer auf unserem Heim liegen möge. Dass Freude, Friede und Zufriedenheit in uns wohnen, wenn wir als Einheit zusammenleben, und dass alle, die unser Heim betreten, die Kraft deiner Liebe spüren.«

Seine Rede war so übertrieben und überschwänglich wie bei einem zweitklassigen Musicaldarsteller. Und während ich ihn betrachtete, lief es mir kalt den Rücken hinunter.

Gabriel spielte auf meinem Schoß schläfrig mit den Knöpfen an meiner Jacke. Ich legte die Wange auf seinen Kopf, sog seinen süßen Apfelsaftgeruch ein, und er spähte müde zu mir hoch. »Heimgehen«, sagte er.

Ich hielt den Finger vor meine Lippen. Das Paar in der Reihe vor uns drehte sich um, und ich beugte den Kopf, zog Gabriel an mich und flüsterte: »Bald …«

»Ewiger Vater«, sagte Joel, »lass zu, dass dieses Paar sich immer an dich wendet, um Hilfe, Fürsorge und Wegweisung zu erbitten. Was sie entscheiden, was auch immer sie tun, soll zu deinem Ruhme geschehen. Nutze sie, um andere zu dir zu ziehen, und lass sie der Welt Zeugnis geben von deiner ewigen Treue. Das erbitten wir im Namen Jesu. Amen.« Er senkte den Kopf. »Lasset uns beten.«

Ich nahm Gabriels Hand in meine, damit er still blieb, rieb mit dem Daumen über seine fleischigen Fingerknöchel. Er packte meinen Finger und schüttelte ihn langsam auf und ab, als erwartete er ein Rasseln.

Als Joel den Kopf wieder hob, standen Tränen in seinen Augen. »Cecilia, ich sehe dich vor mir im Kleid deiner Mutter, und du gleichst ihr aufs Haar. Du siehst aus wie sie an dem Tag, als ich voller Panik neben ihr stand und ihr versprach, sie auf ewig zu ehren und ihr treu zu sein. Wir waren so jung, wir wussten gar nicht, was ewig bedeutete, und ich hatte Angst, auch nicht zu wissen, was eheliche Liebe bedeutete. Aber als ich dort stand, sagte ich mir, ich würde mein Bestes geben, Sophia so zu lieben, wie Christus seine Kirche liebt, mich aufopfern, um sie zu heiligen.«

Ich sah, wie Cecilia zu ihm aufsah und dann Samuel einen scheuen Blick zuwarf. Was dachte sie wohl gerade? Liebte sie diesen Mann, oder diente er ihr nur dazu, ihrem Elternhaus zu entkommen? Oder, noch schlimmer, zwang ihr Vater sie zu dieser Heirat, damit sie nicht den gleichen Fehler wie seine beiden anderen Kinder machte? Die Cecilia, die ich kannte, hätte sich nie in eine Ehe drängen lassen, die sie nicht wollte, aber diese Frau vor dem Altar – mit ihrem schwereren Körper, den langsamen, wie einstudiert wirkenden Bewegungen, dem fehlenden Glanz in ihren Augen –, das war nicht die Cecilia, die ich kannte.

Joel richtete sich auf und blickte auf die Gemeinde. »Meine Sophia war sehr leicht zu lieben. Ich muss sogar sagen, das Wort ›Liebe‹ trifft nicht annähernd die starken Gefühle, die ich immer noch für sie empfinde. Daher bete ich für euch, Samuel und Cecilia, dass ihr in eurem Leben diesen Ort findet, den Ort, den ich mit meiner Frau teilen durfte, dieses tiefe Gefühl aus ganzem Herzen. Es ist die Liebe, die noch immer wächst, selbst jetzt, nachdem Sophia dahingegangen ist.«

Es war eine ehrliche Rede, das spürte ich. Und zum ersten Mal kam mir der Gedanke, dass Joel vielleicht so machtvoll war, weil er wirklich fühlte. Er konnte grausam sein, aber hinter seinem zornigen Schimpfen steckte ein wirklicher Mensch. Er hatte seine Frau geliebt, und ich konnte die Liebe in seinen Augen erkennen, wenn er Cecilia ansah. Und vielleicht erklärte das auch die Zuneigung, die Nate noch immer zu ihm hegte, die Liebe, die mit Hass durchmischt war. Während ich Gabriel im Arm hielt und zuhörte, wie Joel über seine Frau sprach, dachte ich, dass seine Überzeugungen grausam waren, aber Joel selbst wohl nicht. Vielleicht hatte er die Beziehung zwischen Grace und Cesar beendet und versucht, Nates Beziehung zu mir zu beenden, weil er weniger sich selbst als die beiden beschützen wollte.

»In der Septuaginta, der griechischen Übersetzung des Alten Testaments, lautet das griechische Wort für Liebe *Agape,* eine weite, offene, alles umfassende Form der Liebe. Dann gibt es das hebräische Wort *Rayah,* die Liebe zu einem engen Freund, mit dem man Interessen und auch das Leben teilt. Sie beinhaltet, dass ihr beide aneinander das Gute und das Böse seht, und dass ihr dennoch beschließt, miteinander weiterzugehen, Hand in Hand.«

Ich sah zu Nate, der neben Cecilia stand. Ich hatte ihm nicht erzählt, dass ich kommen würde, und er hatte mich nicht gesehen, obwohl ich versucht hatte, seinen Blick zu erhaschen, als er Cecilia den Gang hinabführte. Ich hoffte … Was eigentlich? Ihn aufzurütteln wahrscheinlich, ihn zum Nachdenken zu bringen. Begriff er denn nicht, dass wir an ihrer Stelle dort vorne stehen sollten?

Ich stellte mir Gabriel mit einer winzigen Fliege vor, wie er unsere Ringe auf einem weißen Satinkissen trug. Ganz vorsichtig würde er gehen, in dem vollen Bewusstsein, wie wichtig dieser Anlass war. Und Nate würde ihn anlächeln, ja strahlen, wenn er erkannte, dass die Dinge nun so waren, wie sie sein sollten.

»Ich und Sophia, wir haben diese Liebe beieinander gefunden, und als wir …« Joels Stimme brach, und er schluckte, schüttelte sich kurz und fuhr dann fort: »Als wir die Tiefe der Liebe erkannten, die Jesus mit uns teilte, wurde unsere eigene Liebe noch stärker. Und das wünsche ich mir auch für euch beide, dass ihr die Tiefe von *Agape* und die Zärtlichkeit von *Rayah* miteinander teilt, gegeben von Gott und zur Vollendung gebracht durch Seine Liebe.« Er lächelte Samuel zu, mit geröteten Wangen, die ihn beinahe schüchtern wirken ließen, dann beugte er den Kopf, schlug eine eingemerkte Stelle in seiner Bibel auf und begann zu lesen.

Allumfassende Liebe, bedingungslose Liebe … Wir hatten beides, oder? War unser Problem, dass meine Liebe zu ihm nicht wirklich bedingungslos war? Oder war die allumfassende Liebe manchmal einfach nicht genug?

Ich strich Gabriel übers Haar und registrierte kaum noch die Eheschwüre und den Tausch der Ringe, einen scheuen Kuss, die Schlussgebete, denn ich dachte nur an das, was ich jetzt tun würde. Das Brautpaar kam den Gang herab, die Gemeinde griff nach Jacken und Handtaschen. Ich hielt Gabriel fest im Arm, ließ ihn meine Nase, meine Wange, meinen Kiefer berühren, wie er das in ungewöhnlichen Situationen gern tat, als müsste er sich versichern, dass ich noch da war. Und dann stand ich auf, verließ die Bank, schloss mich der Prozession zum Vorraum an.

Sie standen in einer Reihe, um die Gratulationen entgegenzunehmen, erst Samuel und Cecilia, dann Mr. Sinclair, Grace und Nate. Als ich mich näherte, sah ich, dass Cecilia endlich lächelte, sich die Hand schütteln, die Wangen küssen ließ. Mr. Sinclairs Blicke ruhten voller Anerkennung und sogar Stolz auf ihr. Und als ich daran dachte, was er über die Liebe zu seiner Frau gesagt hatte, und Cecilia inmitten all dieser Leute sah, die sich so für sie freuten, so voller Liebe waren, da wusste ich plötzlich, dass ich es heute nicht tun konnte.

Vielleicht würde ich morgen nach der Schicht in die Frühmesse gehen oder irgendwann im Lauf der Woche, aber dieser Tag gehörte Cecilia. Von diesem Tag sollte sie ihren zukünftigen Kindern erzählen können, sie sollte ihn als vollkommen in Erinnerung behalten. Ihr das zu nehmen wäre egoistisch, vor allem, da ich irgendwo in dem Gewirr aus Gründen – der Wut und der Verletzung und dem Wunsch nach Rache an Joel und

Nate – auch Neid spürte. Ich beneidete Cecilia um ihre unkomplizierte Eheschließung, um all die vor ihr liegenden Tage, an denen sie morgens neben jemandem aufwachen würde, den sie liebte. Sie würde mit ihm reisen, spielen, bis spät in die Nacht hinein über banale Alltagsdinge plaudern und Zukunftspläne schmieden können. Mir war das verwehrt, und möglicherweise würde ich es mit Nate niemals haben können. Aber das war mit Sicherheit nicht Cecilias Schuld, sie verdiente jeden Zipfel Glück, den sie erhaschen konnte.

Ich drückte Gabriels Hand. »Komm, Liebling, wir gehen jetzt nach Hause.«

»Will die Prinzessin sehen!«, sagte Gabriel, ein lautes Gejammer kündigte sich an.

»Ich weiß, aber nicht heute, ja? Nicht heute, aber ich verspreche dir, du wirst sie bald kennenlernen.«

»Ich will, ich will …«, fing er an, gab aber dann auf und drückte seinen Kopf an mich. »Saft«, sagte er.

»Gut, wir gehen heim, und dort bekommst du deinen Saft.« Ich ging an den Gratulanten vorbei auf die Tür zu und warf, als wir draußen waren, noch einen Blick zurück. Und entdeckte, dass Grace mich anstarrte.

Wie angewurzelt stand ich da und sah zu, wie sie Gabriels Profil betrachtete und ihre Gesichtszüge allmählich erschlafften. Sie machte einen Schritt auf mich zu, aber eine kleine, grauhaarige Frau fasste sie an beiden Ellbogen und redete mit einem Lächeln angeregt auf sie ein. Graces Blick ruhte noch auf mir, während sie der Frau knappe Antworten gab. Mit einem schnellen Nicken bedeutete ich ihr zu bleiben, wo sie war, und lief die Stufen der Kirche hinab zu meinem Auto.

Also war es geschehen. Sie wusste es. Sie hatte es begriffen, und in diesem Moment hätte ich mich gern als Siegerin gefühlt. Aber ich wusste überhaupt nicht, was nun folgen würde, und während ich Gabriel in seinen Kindersitz schnallte, führte ich mir die Sekunden, in denen sie mich angestarrt hatte, noch einmal vor Augen. Was hatte ihr Blick ausgedrückt? Ein Gequältsein, eine sehnsüchtige Traurigkeit, die genau meinen Gefühlen anlässlich der Hochzeit entsprach. Aber darunter hatte noch etwas Schärferes, Härteres gelegen. Etwas, was sehr wie Wut aussah.

22

Es war am nächsten Tag noch vor Sonnenaufgang, als ich aus der Arbeit nach Hause kam und Grace auf der Eingangstreppe vorfand. Sie saß zusammengekauert da, die Arme um die mit dem Rock bedeckten Knie geschlungen. Als sie mein Auto kommen sah, sprang sie auf und stand mit hängenden Armen da. Ich blieb einen Moment lang hinter dem Steuer sitzen, um Kraft zu sammeln, dann stieg ich aus.

»Deine Mom hat mir gesagt, dass du in der Arbeit bist«, sagte sie. »Du arbeitest Samstagnacht?«

»Ja, dreimal die Woche habe ich Nachtschicht. Und an zwei Tagen Nachmittagsschicht.«

»Das muss schwer sein, vor allem mit …«, sie griff nach dem eisernen Treppengeländer, legte ihre Finger darum, »… mit dem Jungen.«

Wir sahen einander eine Weile lang schweigend an, dann sagte ich: »Hast du mit meiner Mutter über ihn gesprochen?«

»Nein, ich wollte nur mit dir reden. Du bist nicht mit Nate verheiratet, oder?«

War das wirklich das Wichtigste an der Sache? »Nein«, erwiderte ich.

»Wie alt ist der Junge?«

»Er heißt Gabriel, und er ist zwei.«

»Also wurde er – geboren, nachdem Nate mit dem College angefangen hat?« Sie überlegte einen Moment lang. »Und gezeugt, nachdem er vor drei Jahren davongelaufen ist. Weiß er davon?«

»Gezeugt, kurz bevor er davonlief, und ja, er weiß davon. Als ich die Schwangerschaft bemerkte, bin ich zu seiner Unterkunft gefahren und habe ihn zurückgeholt. Und er besucht uns jeden Monat für ein oder zwei Wochenenden.«

»Jeden Monat?« Sie betrachtete mich verwirrt. »Also kommt er manchmal nach Hause, ohne uns zu besuchen? Wie kann er sich diese Besuche überhaupt leisten, er studiert doch? Welche Lügen erzählt er uns denn noch?«

»Dein Vater bezahlt die Besuche, Grace, und er gibt uns Geld aus dem Treuhandfonds deiner Mutter.«

»Also weiß es Dad?« Etwas Wildes, Ungeschlachtes lag in ihrem Blick. »Er weiß es, und er unterstützt euch?«

»Na ja, ›unterstützen‹ wäre zu viel gesagt, aber ja, finanziell hilft er uns.« Ich ließ mich auf die Treppe sinken und sah durch das Geländer zu ihr auf. »Es tut mir so leid, ich weiß, ich hätte es euch sagen sollen, und deshalb habe ich Gabriel auch zu der Hochzeit mitgebracht. Weil ich wollte, dass ihr ihn kennenlernt.« Und warum hatte ich ihnen nicht schon früher von ihm erzählt? Ja, Joel hatte unser Stillschweigen zur Bedingung für seine weitere finanzielle Hilfe gemacht, aber Grace und Cecilia hätten mich nicht verraten, wenn ich sie darum gebeten hätte. Ich hätte sie in der Kirche aufsuchen oder eine Nachricht auf Graces Fensterbrett legen können; ich hätte mir mehr Mühe geben können, das wusste ich. Aber – war es nicht in Wahrheit so, dass ich, nachdem Nate und seine Schwestern so viele Geheimnisse hatten, es durchaus genossen hatte, dieses eine Geheimnis nur mit ihm zu teilen?

»Du musst dich nicht entschuldigen, das war ganz allein

Nates Sache, er ist derjenige, der uns davon hätte erzählen sollen. Schau, was er dir jetzt antut: Er studiert, obwohl das ursprünglich deine Idee war, und lässt dich und sein Kind im Stich. Nate hätte alles haben können, ein vollkommenes Leben, eine Ehe und ein Kind. Das ist doch alles, was auf dieser Welt zählt, wieso behandelt er es dann wie eine unbequeme Last? Wie kannst du ihm das durchgehen lassen?«

Ich wusste nicht, wie ich darauf wahrheitsgemäß antworten sollte. Insbesondere, weil ich ihr in allem zustimmte. Lange blickte ich unbewegt in die Dunkelheit, dann sagte ich: »Willst du Gabriel kennenlernen? Oder möchtest du morgen wiederkommen, wenn er wach ist?«

Sie folgte meinem Blick und schwieg eine volle Minute lang. Dann fiel sie plötzlich in sich zusammen. »Ich fahre morgen schon, zurück ins Kloster. Nachdem Cecilia nicht mehr da ist, gibt es keinen Grund für mich, noch länger zu bleiben. Und mit Vater möchte ich nicht allein sein.«

»Ich habe mir schon überlegt, was du jetzt wohl tust«, sagte ich leise. »Aber du könntest überallhin gehen, warum dann das Kloster?«

»Weil sie mich aufnehmen.« Sie schob die Schultern nach hinten. »Weil sie eine Familie sind, wie die Familie, die ich früher hatte. Natürlich nicht wirklich, aber fast, was das Wichtige angeht. Es fühlt sich einfach richtig an. Ich darf mir dabei nur nicht vorstellen, wie ich vor zehn Jahren reagiert hätte, wenn ich mich jetzt hätte sehen können. Ich dachte immer, wenn es an der Zeit wäre, das Elternhaus zu verlassen, dann würde ich etwas Großes machen. Ich würde nach Prince Edward Island ziehen, wie ich mir es erträumt habe, als wir noch klein waren, vielleicht auch irgendwann ein Kind bekommen und es an der Küste aufziehen, den amerikanischen Traum leben. Man könnte das, was stattdessen geschieht, zum Brüllen komisch nennen, wenn es sich dabei nicht um mein eigenes Leben handeln würde.«

»Du könntest dorthin ziehen«, sagte ich. »Warum denn nicht?« Ich dachte an das Haus, das ich mir beim Lesen von *Anne auf Green Gables* vorgestellt hatte, mit dem grünen Satteldach und den grünen Fensterläden, in dem weiten Land, das nach Salz roch. »Wir könnten nachkommen, ich und Gabriel, und endlich von hier fortgehen. Ernsthaft, das könnten wir! Ich habe Geld gespart, und wir könnten dort Arbeit finden. Wir würden uns wechselweise um Gabriel kümmern, während die andere in der Arbeit ist, und Nate kommt nach, wenn er mit dem Studium fertig ist.«

»Hör auf, bitte!« Ihre Stimme war angespannt und von Sarkasmus durchdrungen. »Das hier ist das wahre Leben, Chloe, wo guten Menschen nicht notwendig Gutes widerfährt, und Fantasien nicht Wirklichkeit werden. Ich gehe ins Kloster, ich habe ihnen gestern Nacht schon geschrieben, dass ich komme. Dort gehöre ich jetzt hin.« Graces Miene erstarrte, als wollte sie mit aller Gewalt die Tränen zurückhalten. Dann hob sie das Kinn und sagte: »Aber ich würde Gabriel gern sehen. Ich weiß, wahrscheinlich schläft er gerade, aber ich möchte einen Blick auf ihn werfen. Ich weiß ja nicht, wann ich zurückkomme. Falls überhaupt.«

Ich stand auf und streckte ihr den Arm hin. »Dann komm.«

Sie trat auf mich zu und nahm meine Hand, und auf einmal legte sie mir den anderen Arm um die Schultern. »Ich habe dich vermisst«, sagte sie leise. »Ich vermisse alles, was wir hatten, als Mom noch gelebt hat. Sogar damals, als sie schon krank war.

Wie wir alle um sie herumsaßen, über antike Geschichte gesprochen, Scrabble gespielt oder uns Geschichten ausgedacht haben. Ein solches Leben kommt mir heute vor wie diese gepolsterten Weihnachtsschachteln für Christbaumschmuck in verschiedenen Größen, eine Zuckerstange, ein Engel, eine Schneeflocke, ein Glöckchen, die alle zusammen genau dort liegen, wo sie hingehören.«

»Wer war denn die Zuckerstange?«, fragte ich. Sie wich zurück, und ich sagte: »Entschuldige. Entschuldige, Grace, ich weiß genau, was du meinst.« Ich griff wieder nach ihrer Hand und drückte sie. Dann führte ich sie ins Haus und die Treppe hinauf.

In Gabriels Zimmer trat ich ans Kinderbett und blickte gemeinsam mit Grace auf ihn hinab.

Nach einer Weile flüsterte Grace: »Er ist so schön.«

»Ich weiß«, erwiderte ich.

»Er sieht aus – wie ich. Er sieht aus wie ich.«

»Manchmal kann ich überhaupt nichts mehr von mir in ihm erkennen. Er ist eindeutig ein Sinclair.«

Grace streckte die Hand aus und hielt sie über sein Gesicht.

»Willst du ihn mal auf den Arm nehmen?«, fragte ich.

Schnell nahm sie die Hand fort.

»Kein Problem, er schläft immer sehr tief, wahrscheinlich wacht er gar nicht auf. Und es ist mir auch egal, ob er aufwacht, er sollte dich kennenlernen, ehe du fortgehst. Er muss seine Familie kennen.«

Nur vom Flur her fiel Licht ins Zimmer, und im Halbdunkel sahen Graces Augen riesig aus. Sie schüttelte leicht den Kopf. »Bitte nein, das kann ich nicht.«

»Was meinst du? Warum denn nicht?«

»Ich muss gehen.« Sie sah Gabriel noch einmal an und flüsterte: »Tut mir leid.« Dann ging sie, ohne ihn aus den Augen zu lassen, zur Tür.

Während sie durch den Flur und die Treppe hinabging, horchte ich auf ihre Schritte, hörte, wie die Eingangstür geöffnet und wieder geschlossen wurde. Durchs Fenster sah ich ihr nach. Sie hatte die Arme um den Leib gelegt, um sich gegen die Kälte zu schützen.

Ich hätte ihr nachgehen und ihr anbieten sollen, sie nach Hause zu fahren. Aber alles, was ich wollte, war, Gabriel im Arm zu halten und mein Gesicht an ihn zu drücken. Ich hob den schweren, schlaffen Körper des schlafenden Kindes hoch und setzte mich. Sein Kopf lag an meiner Schulter, und ich dachte, wie es bloß möglich war, dass man sich gleichzeitig glücklich und völlig hilflos fühlen konnte. Monatelang hatte ich den Tag herbeigesehnt, an dem wir endlich wieder alle zusammen waren, so eng wie in der Kindheit, ob nun hier, in Berkeley oder ganz woanders. Und nun wusste ich nicht, wie lange ich darauf noch warten musste.

Nate kam am nächsten Nachmittag, als ich gerade mit Gabriel draußen war und ihm zusah, wie er mit seinem Dreirad in der Einfahrt herumfuhr. Einen Moment lang blieb Nate lächelnd am Straßenrand stehen, ehe Gabriel ihn bemerkte.

»Daddy!« Er sprang vom Dreirad, ließ sich von Nate umarmen und sagte dann: »Fahr du!«

»Ich weiß nicht, Gabe, ich bin zu groß dafür. Ich würde es vielleicht kaputt machen.«

Gabriel grinste mich schelmisch an. »Ich bin auch groß. Geht nicht kaputt.«

»Aha, eine vernünftige Überlegung. Na gut, dann probiere ich es, aber ich glaube nicht, dass ich es besonders gut kann. Du darfst nicht über mich lachen!« Er kniete sich neben das Dreirad und nahm es zwischen die Beine. Bisher hatte er mich noch nicht ein einziges Mal angesehen.

Ich sah zu, wie er fuhr, mit gebeugten Beinen schob er die Knie über den Boden, während Gabriel lauthals lachte. »Daddy, du bist viel zu langsam!« Und ich empfand eine tiefe Traurigkeit.

»Wie lange bleibst du noch?«, fragte ich.

Nate hielt inne. Einen Moment lang saß er da und sah vor sich auf den Lenker, dann stand er auf und blickte mich immer noch nicht an. Gabriel hüpfte jetzt auf den Zehen auf und ab. »Weiterfahren! Weiterfahren!« Nate hob ihn hoch, vergrub das Gesicht an seinem Hals und knurrte, was Gabriel ein Quietschen entlockte. »Ja«, sagte er, ohne sich zu mir umzudrehen, »darüber möchte ich mit dir sprechen.«

»Okay«, sagte ich, »sprich.«

»Ich glaube …«, setzte er an, dann sagte er: »Ich habe beschlossen, nicht zurückzugehen. Überhaupt nicht mehr.«

Wortlos betrachtete ich ihn und wartete.

»Grace hat mir erzählt, dass sie von Gabriel weiß, dass sie gestern Abend hier war und ihn kennengelernt hat. Endlich weiß sie es, und ich muss sagen, meine erste Reaktion war Erleichterung. Du hast keine Ahnung, wie schwer es mir fiel, ihnen nichts über ihn zu erzählen. Aber als wir darüber redeten, war sie so wütend auf mich, wie ich sie noch nie erlebt habe. Und ich weiß, sie hatte recht, alles, was sie gesagt hat, war richtig. So viele Jahre habe ich mich bemüht, von Joel wegzukommen, warum also lasse ich jetzt zu, dass er mein

Leben bestimmt? Warum opfere ich dafür das Allerwichtigste?«

Endlich sah er mich an, dann griff er zögernd in seine Hosentasche. »Den hier habe ich vor zwei Jahren gekauft, direkt vor Gabriels Geburt. Ich wollte ihn dir damals schon geben, hätte es auch fast getan, aber ich wusste nicht, wie du darauf reagieren würdest. Seitdem warte ich. Ich trage ihn ständig bei mir, im Bett lege ich ihn sogar unters Kopfkissen, weil es sich anfühlt, als würde ich unsere Zukunft herumtragen.«

Bewegungslos sah ich die Schmuckschachtel an, die er mir in die Hand gedrückt hatte, bis er schließlich meine Finger darum schloss. »Bitte mach auf«, sagte er. »Ich will dich heiraten, Chloe. Wir können noch eine Weile hier wohnen, wenn deine Mutter bereit ist, uns ein paar Monate lang zu beherbergen; ich suche mir einen Job, spare etwas, und du kannst aufhören zu arbeiten und dich um Gabriel kümmern. So, wie es sein sollte.«

Langsam öffnete ich die Schachtel und betrachtete den kleinen Diamanten. In meinem Kopf rannten die Gedanken im Kreis, laut ratternd versuchten sie, etwas anderes zu finden als bloßen Sarkasmus. »Das ist aber eine altmodische Ansicht«, sagte ich.

»Tut mir leid«, erwiderte Nate eilig, »ich meine, du kannst arbeiten oder sogar studieren, und ich kümmere mich um Gabriel. Das würde ich sogar sehr gerne tun.«

»Ich habe nur Spaß gemacht«, sagte ich. Dann nahm ich den Ring aus der Schachtel und schob ihn mir langsam über den Finger.

Ein jungenhaftes Grinsen legte sich über Nates Gesicht. »Ich dachte, das müsste ich tun!«

Ich verkniff mir ein Lächeln und zog den Ring wieder ab. Er

griff nach meiner Hand. »Ich liebe dich, Chloe. Ich glaube, ich liebe dich schon seit dem ersten Tag, an dem du auf unsere Wiese spaziert bist. Seit damals sind unsere Leben miteinander verwoben, und alles, was seitdem geschehen ist, hat das Gewebe noch dichter und fester und besonderer gemacht. Es war dumm von mir, mich so sehr auf das zu konzentrieren, was ich mir für uns erträumt habe, anstatt auf uns selbst, auf dieses Besondere.«

Diese Worte hatte er womöglich geprobt, vielleicht jahrelang daran gefeilt, denn sie waren so untypisch für Nate. Aber sie kamen von Herzen und waren einfach makellos. Ich wusste, wie schwer es ihm gefallen sein musste, sie auszusprechen. Undeutlich fühlte ich, wie mir die Tränen kamen, als er mir den Ring über den Finger schob und ihn küsste. Ich gab mir alle Mühe, den Augenblick festzuhalten, mir zu merken, was er sagte, damit ich es mir, wenn es nötig war, wieder vor Augen führen konnte. Jahrzehnte später, wenn Gabriel mir mit strahlendem Gesicht erzählen würde, dass er seiner Zukünftigen einen Heiratsantrag gemacht habe, könnte ich dann die Augen schließen und mich erinnern. »Was wird mit Gabriel?«, fragte ich. »Wenn du hierbleibst, wenn wir heiraten …«

»Jeder wird erfahren, was ich getan habe, und das ist noch zusätzlich das Gute daran. Heute Abend sage ich es Joel, Chloe. Grace hatte vor, heute früh schon zu fahren, das hat sie dir vermutlich erzählt, aber jetzt bleibt sie bis morgen, damit sie da ist, wenn ich es Joel sage, und ihn vielleicht etwas beruhigen kann. Du kannst auch dabei sein, wenn du willst. Ich habe keine Ahnung, wie er darauf reagieren wird, aber bestimmt wird es unterhaltsam.«

Wie oft hatte ich mir Mr. Sinclairs Gesicht vorgestellt, wenn er erfuhr, dass Nate sich für mich und Gabriel entschieden hatte. Er hielt mich für nicht würdig, ein Teil seiner Familie zu werden, und es war ihm auch beinahe gelungen, die Beziehung zwischen Nate und mir zu zerstören, aber am Ende war unsere Liebe doch mächtiger als sein Gott. Ich fasste nach Nate, begrub mein Gesicht an seiner Halsbeuge und legte beide Arme um seine Schultern. Gabriel war zwischen uns. »Das will ich um keinen Preis der Welt verpassen«, sagte ich.

23

Am späten Nachmittag dieses Tages standen wir auf der Wiese vor dem Anwesen der Sinclairs. Ich trug Gabriel auf dem Arm und sah zum Haus hinüber. Ehe wir aufbrachen, hatte sich Mom, vermutlich um die Stimmung aufzulockern, bei Nate erkundigt, ob wir nicht besser eine Pistole mitnehmen sollten. Ich lachte, aber Nate sagte: »Ich werde nicht zulassen, dass er Chloe oder Gabriel irgendetwas antut.« Als er meinen Gesichtsausdruck bemerkte, stieß er ein gezwungenes Lachen aus. »Vielleicht besser einen hölzernen Pfahl«, meinte er dann.

Jetzt erschauderte ich. Nate drückte mir zärtlich den Arm. »Sag am besten gar nichts, überlass das Reden mir. Ich weiß, du möchtest ihn anschreien, aber er wird niemals verstehen, wie falsch und verletzend sein Verhalten war. Du würdest alles nur noch schlimmer machen.«

Ich nickte schweigend, und er küsste Gabriel auf die Stirn und führte uns ins Haus.

Sie waren in der Bibliothek. Joel arbeitete am Rollschreibtisch, und Grace hatte sich aufs Sofa gekuschelt, eine Stickerei auf dem Schoß. Allerdings arbeitete sie nicht daran, sondern strich nur mit dem Finger über die Stickblumen. Sie sah uns zuerst, runzelte kurz die Stirn und nickte uns dann zu.

»Dad.« Nates Stimme klang tief und gepresst.

Joel wandte den Kopf und sah Gabriel in meinen Armen. An der Art, wie seine Gesichtszüge erschlafften, erkannte ich, dass er wusste, warum wir hier waren. Er erhob sich. »Grace, geh nach oben.«

»Nein, ich bleibe lieber da.« Ihre Stimme zitterte ein wenig, aber sie presste den Mund fest zusammen und beobachtete uns.

Joels Gesicht wurde rot. »Grace!«

»Ich weiß, wer er ist, Dad. Ich weiß, wer das Kind ist. Es ist also ziemlich sinnlos, wenn du mich fortschickst.«

»Willst du deinen Enkel nicht kennenlernen?« Nate nickte mir zu, ich straffte die Schultern und stellte Gabriel auf den Boden. Dann nahm ich ihn an der Hand und ging auf Joel zu.

»Sag Hallo zu deinem Großvater!« Das hörte sich völlig falsch an. Ich räusperte mich, als wäre die Brüchigkeit meiner Stimme auf Schleim zurückzuführen, und sagte: »Das ist Gabriel.«

Gabriel starrte Joel an, lächelte zögernd und vergrub sein Gesicht an meinem Bein.

Einen Moment lang wirkte Joel verblüfft, doch innerhalb weniger Sekunden wurde sein Gesicht hart, sein Blick unerbittlich. »Wir haben eine Vereinbarung, Nathaniel. Was hast du eigentlich vor?«

»Weißt du, ich glaube, ich habe damals die Bedingungen nicht ganz begriffen, nicht gewusst, was ich aufgebe.« Er wandte sich zu mir um. »Ich wollte etwas aufbauen, aber in den letzten paar Monaten ist mir klar geworden, dass ich es dabei zerstörte. Ich habe den schlimmsten Fehler meines Lebens gemacht, und nun möchte ich ihn wiedergutmachen. Daher werde ich Chloe heiraten, und wir sind gekommen, um dir das zu sagen. Ihre Mutter lässt uns in ihrem Haus wohnen, und ich werde versuchen, in der Stadt eine Stelle zu finden.«

Ich wartete auf eine Antwort von Joel, aber er stand nur da und hielt den Blick auf Nate gerichtet. Diese Reaktion war eigentlich weitaus furchterregender als ein Tobsuchtsanfall.

»Hast du wirklich geglaubt, drei Jahre Studium auf einem Bibelcollege würden mich vergessen lassen, dass ich Chloe liebe? Dass ich einen Sohn habe? Und ja, auch wenn dir das unangenehm ist, aber schau ihn dir an! Glaubst du wirklich, dass er meine Loyalität weniger verdient als du?«

»Du denkst, das hätte irgendetwas mit mir zu tun?«, sagte Joel langsam. »Ich versuche, dich zu retten, Nathaniel. Du bist noch immer ein Kind, und das ist zum Teil meine Schuld, denn es wäre besser gewesen, ich hätte dir beigebracht, die richtigen Entscheidungen zu treffen, anstatt sie dir aufzuzwingen. Aber da du noch ein Kind bist, sollte dir untersagt werden, etwas zu tun, womit du dein Leben zerstörst, womit du jede Chance auf Erlösung am Ende dieses Lebens verspielst.«

»Es sollte mir ›untersagt‹ werden? Hältst du mich für ein Baby? Ich weiß, was die richtigen Entscheidungen sind, und damals, als ich mich geweigert habe, mein Leben dir unterzuordnen, habe ich völlig richtig entschieden. Meinst du ernsthaft, ich glaube dir, die letzten Jahre wären zu meinem Wohl gewesen? Was ist mit dem, was du Grace angetan hast, als sie so alt war wie ich, war das auch zu ihrem Wohl?«

Graces Augen weiteten sich, sie wurde aschfahl.

Ich beobachtete Joel. Nate meinte offenbar das Ende von Graces Beziehung zu Cesar, und auf einmal fragte ich mich, was damals tatsächlich passiert war. Seither hatte sich Grace vollkommen verändert, ich erkannte sie kaum mehr wieder. Und Joel schien genau zu wissen, was Nate meinte, denn er trat auf Nate zu und gab ihm eine Ohrfeige.

Erschrocken und mit offenem Mund starrte Nate ihn an.

»Mommy?« Gabriels Stimme war hoch und verängstigt.

Ich zog ihn an mich. »Verdammt sollen Sie sein! Wie können Sie es wagen? Wie können Sie glauben, dass ich schlecht für Nate bin, dass die Existenz meines Sohnes etwas Schlechtes ist? Sie haben alles in Ihren Kräften Stehende getan, um das Leben Ihrer eigenen Kinder zu zerstören, aber Sie werden mit Sicherheit nicht das meines Sohnes ruinieren!«

Den Blick auf Gabriel gerichtet, drehte Joel sich langsam um, mit einem Ausdruck im Gesicht, als müsste er verdorbenes Fleisch zu sich nehmen. »Er hätte überhaupt nicht geboren werden sollen«, sagte er. »Denken Sie nach und sagen Sie mir die Wahrheit. Als Sie herausfanden, dass Sie schwanger sind, haben Sie da nicht überlegt, die Schwangerschaft zu beenden? Sie scheinen mir nicht der Typ zu sein, der über so etwas zweimal nachdenken muss, also sagen Sie mir die Wahrheit. War die Vorstellung, sich nicht um ein Kind kümmern zu müssen, für Sie nicht eine Erleichterung?«

»Halt!« Grace ging auf Gabriel zu, hob ihn hoch und drückte seinen Kopf gegen ihren Hals. »Hör auf, hör auf! Wie kannst du das sagen, wenn er dabei ist? Du bist kein menschliches Wesen, du bist wie … wie eine Klapperschlange!«

Gabriel wehrte sich und wollte losgelassen werden, aber sie hielt ihn nur noch fester. Ich sah die beiden an, ein heftiges Rauschen in den Ohren, und dachte an die Stunden, in denen ich den Streifen des Schwangerschaftstests angestarrt hatte, ohne zu begreifen.

»Nur um dich selbst zu schützen, willst du, dass andere Menschen sterben. Wie kannst du damit leben? Es geht um Babys!« Sie war in Tränen aufgelöst. Gabriel in ihren Armen begann zu kreischen, und sie rieb ihm in einem hilflosen Versuch, ihn zu beruhigen, heftig über den Rücken. »Du sollst in der Hölle schmoren!« Damit drehte sie sich um und verließ mit großen Schritten den Raum, Gabriel noch immer im Arm. Nate und ich rannten ihr beide nach, um sie aufzuhalten, und sie ließ zu, dass Nate sie umarmte.

Nate strich ihr über den Rücken, und ich nahm ihr Gabriel ab, legte den Kopf auf ihre Schulter und stieß beruhigende Laute aus, um sowohl sie als auch das Kind zu besänftigen.

»Ich bleibe heute Nacht nicht hier«, sagte Nate leise. »Du kommst mit uns, Grace. Ich übernachte bei Chloe. Wir schlafen uns aus und kommen morgen, wenn er in der Kirche ist, zurück und holen deine Sachen. Dann kannst du überlegen, wie du weitermachst. Aber komm jetzt mit.«

Ich beobachtete Joel über Graces Schulter hinweg. Seine Züge waren von widersprüchlichen Gefühlen gezeichnet, die ich nicht einordnen konnte, Wut oder Qual. Aber als er meinen Blick bemerkte, änderte sich sein Gesichtsausdruck augenblicklich. Er stieß ein trockenes Kichern aus und lachte schließlich lauthals. Meine Augen weiteten sich, ich packte Nate am Arm und zerrte ihn und Grace zur Eingangstür.

Wir gingen über die Wiese, bis wir schweigend vor meinem Auto standen. Nur Gabriel war in Tränen aufgelöst und versuchte, sich unter meiner Bluse zu verstecken. Auf einmal draußen an der frischen Luft zu sein, im hellen Licht, der Weite, war geradezu verblüffend. Wie das plötzliche Erwachen aus einem dieser Träume, in denen man als ein ganz anderer an einem unbekannten Ort war, gefangen in einer dramatischen Situation, die man nur vage begreift.

»Uns ist nichts passiert«, stellte ich fest, ohne jemanden direkt anzusprechen. Ich redete mit uns allen und mit mir selbst. »Es ist vorbei.«

»Ich hätte keine von euch mitnehmen sollen, um ihm entgegenzutreten.« Nates Stimme brach, und er griff sich mit der Hand an den Kopf, fasste erst einen Teil seines Haarschopfs und strich sich dann mit der Hand übers Gesicht. »Vielleicht hätte ich überhaupt nicht mit ihm reden, sondern ihm, ich weiß nicht, einfach eine Heiratsanzeige schicken sollen. Ich habe das nur für mich getan, habe Gabriel mitgebracht, um sein Gesicht zu sehen.«

Grace zitterte. Ich konnte mir kaum vorstellen, wie es für sie gewesen sein musste, sich endlich gegen Joel zur Wehr zu setzen. Und plötzlich streckte zu unserer Verblüffung – vielleicht weil er ihren Kummer spürte oder weil sie seinem Vater so ähnlich sah – Gabriel die Arme nach ihr aus.

Es war eine großartige Geste. Wenn Grace morgen noch immer zur Abreise entschlossen war, dann blieben ihnen nur diese wenigen Stunden, um einander näherzukommen. Zumindest wäre er ein Trost für sie. »Er will, dass du ihn nimmst«, sagte ich, und Graces Augen füllten sich mit Tränen. Ich reichte ihr Gabriel und sah zu, wie Grace ihn sanft an ihre Brust legte, ihn leicht schüttelte und von einer Seite zur anderen wiegte, als ob er viel, viel jünger wäre.

Zu Hause saßen wir, nachdem ich Gabriel ins Bett gebracht hatte, mit meiner Mutter im Wohnzimmer. Grace und ich hielten Becher mit heißem Kakao in den Händen, Nate und meine Mutter Gläser mit warmem Brandy. »Ich sollte hingehen«, sagte Momma. »Ich sollte wirklich hingehen und ihm seinen bösartigen Mund aus der Visage prügeln.«

Ich wusste, dass sie sich gerade in Rage redete und dann vielleicht wirklich losmarschieren würde, daher sagte ich: »Er ist es nicht wert, Ma, und es würde auch nichts bringen. Es ist jetzt vorbei, und wir haben gewonnen, also lass uns einfach vergessen, was er gesagt hat, und mit unserem Leben weitermachen.«

»Es ist nicht vorbei.« Graces Stimme war ausdruckslos, sie bewegte keine Miene, nur den Mund. Es wirkte, als wäre sie ganz woanders, als kämen die Worte nicht aus ihrem Körper, sondern aus dem Raum über ihrem Kopf, wie bei einer Séance. »Du kennst ihn nicht, Chloe, er ist gefährlich. Er ist gefährlicher, als ihr alle ahnt.«

»Er kann uns jetzt nichts mehr tun«, sagte Nate. »Chloe hat recht, wir haben gewonnen, und es ist nicht einmal mehr nötig, dass wir ihn irgendwann noch einmal wiedersehen.«

»Glaubst du wirklich, das lässt er zu?« Ganz plötzlich schien Grace in ihren Körper zurückgekehrt, sie war so angespannt, als wollte sie im nächsten Moment zuschlagen oder davonlaufen. »Ihr seid nicht sicher, wenn ihr hierbleibt, keiner von uns ist das! Es gibt so vieles, was ihr nicht über ihn wisst. Wie ich schon gesagt habe, als wir bei ihm waren: Er würde alles tun, um sich selbst zu schützen.«

»Was denn zum Beispiel, Grace?« Nates Stimme war ruhig, aber kraftvoll. »Was er auch versucht, in ein paar Tagen wird jeder in der Stadt wissen, dass ich Gabriels Vater bin und dass Chloe und ich verlobt sind.«

»Und du glaubst nicht, dass er sich rächen wird? Schau doch, wie er uns unser ganzes Leben lang behandelt hat!« Sie weinte jetzt heftig und kauerte sich auf dem Sofa zusammen. Dabei verschüttete sie ihren Kakao, aber sie schien den braunen Fleck, der sich auf dem Oberteil ihres Kleides ausbreitete, gar nicht zu bemerken. »Ich hätte euch alles sagen sollen, ehe ihr heute zu ihm gegangen seid, ich hätte euch sagen sollen, dass es gefährlich ist. Ihr müsst weg hier, du, Chloe und der Kleine, begreift ihr das nicht? Er ist verrückt!«

Nate nahm ihr die Kakaotasse ab und legte ihr eine Hand aufs Knie. »Lass uns ins Bett gehen, ja? Du bist erschöpft, der heutige Abend war verrückt, aber wir können über all das morgen weiterreden.«

»Erschöpft«, wiederholte Grace und drückte die Handballen gegen ihre Augen. »Das stimmt, ich bin schon mein ganzes Leben lang erschöpft … Ich weiß gar nichts mehr.«

Auf meiner Oberlippe juckte der Schweiß. So hatte ich sie noch nie gesehen, aber natürlich hatte ich sie in den letzten drei Jahren fast gar nicht gesehen. »Komm«, sagte ich und reichte ihr die Hand. »Du kannst in meinem Zimmer schlafen. Ich zeige dir, wo du dich waschen kannst, und dann bringe ich dir einen Pyjama und frische Bettwäsche. Nate, holst du dir die Sofakissen zum Schlafen?«

Grace sah meine ausgestreckte Hand an und dann mein Gesicht mit flehenden Augen. Schließlich erhob sie sich und ging nach oben, ohne mich anzufassen.

Nachdem ich mich bettfertig gemacht hatte, saß ich im Kinderzimmer, betrachtete Gabriel, der neben mir schlief, und lauschte auf den aufgeregten Tonfall der Stimmen aus dem Nebenzimmer. Trotz allem, trotz Graces Ängsten und all dem, was sie offensichtlich durchmachte, war ich insgeheim aufgeregt. Ja, der heutige Abend war schrecklich gewesen, aber wir waren zusammen: ich, Nate, Gabriel und Grace. Ich würde Grace überzeugen können, nicht fortzugehen, da war ich mir sicher. Irgendwann würde sie dann auch jemanden kennenlernen, selbst ein Kind bekommen und ihr Glück finden. Vielleicht würden wir in eine andere Stadt ziehen, irgendwo meilenweit weg, würden benachbarte Häuser mieten und uns zum Abendessen und am Wochenende treffen. Das war nicht so weit hergeholt, jetzt nicht mehr.

Als ich über eine Stunde später neben Gabriel lag und ihm mit den Fingern durch die Haare fuhr, klopfte Nate leise an die Tür. Er schob seinen Kopf herein und trat ein. »Gut, dass du noch nicht schläfst«, flüsterte er.

»Ja, es gibt so viel, über das ich nachdenken muss. Ich versuche noch, das alles zu verdauen.« Ich rutschte ein Stück zur Seite, Nate ließ sich auf dem Bett nieder und schlang die Arme um seine Knie.

»Was ist los?«, wollte ich wissen.

»Ich weiß nicht, ich mache mir Sorgen um Grace. Sie hat mir Sachen erzählt … Sachen, die ich irgendwie schon wusste, über die wir aber nie gesprochen haben. Und heute Abend hat das, was Joel gesagt hat, ihr alles wieder in Erinnerung gerufen.«

»Du meinst, was mit Cesar passiert ist? Ich weiß, dass dein Vater etwas getan hat, um die beiden auseinanderzubringen.«

»Es ist mehr als das. Sie hat Angst, Chloe, sie hat Angst um Gabriel, und nichts, was ich sage, kann daran etwas ändern. Und wer weiß, vielleicht hat sie ja recht damit.«

Ich zog die Augenbrauen hoch, aber er zuckte nur mit den Schultern und sagte: »Ich merke gerade, dass ich nicht mehr vernünftig denken kann. Das war der längste Tag meines Lebens, und das gerade eben vielleicht das beunruhigendste Gespräch, das ich jemals geführt habe. Kann ich heute Nacht hierbleiben? Ich schlafe auch auf dem Boden.«

»Natürlich«, sagte ich und wünschte mir so sehr, er würde

die Arme nach mir ausstrecken. Wenn er mich in diesem Moment auf den Boden gezogen hätte, um mit mir zu schlafen, ich hätte es getan, obwohl Gabriel im Zimmer war. So viele Monate hatte ich ihn gewaltsam von mir weggeschoben, und meine Gefühle für ihn von meinem Herzen ferngehalten. Ich hatte sie in einen Käfig gesteckt, damit ich sie nicht sah und hoffentlich vergaß, davon überzeugt, dass sie schrumpften, wenn ich sie nicht beachtete. Aber ich hatte ihn vermisst, so sehr vermisst, am liebsten hätte ich ihn verschlungen und in mir behalten. Es war dieselbe leidenschaftliche Liebe, die ich empfand, wenn Gabriel seine Arme um mich warf oder in herzhaftes Lachen ausbrach. »Du passt gerade noch hier ins Bett«, sagte ich. »Schau!« Ich hob den schlafenden Gabriel an, legte ihn mir auf die Brust und schob mich an die Wand. »Jetzt ist Platz!«

Er betrachtete uns mit einem Blick, der traurig und hungrig zugleich war. Dann zog er die Schuhe aus, schlüpfte unter die Decke, nahm meine Hand und verschränkte sie mit der seinen. Ich lag wie in einem warmen Kokon, mit Gabriels Gewicht auf meiner Brust und Nates Körper an meiner Seite. Ich presste die Lider fest zusammen, biss mir auf die Zunge und schob schließlich meine Lippen zwischen die Zähne, damit die beiden mich nicht weinen hörten.

Am nächsten Morgen erwachte ich, weil Gabriel unruhig wurde. Das Bett neben mir war leer.

Ich küsste Gabriel auf den Scheitel. »Du hast mich fast zerquetscht! Ich wusste ja, dass du schwer bist, aber Mann, du hast mir wirklich die Rippen eingedrückt.«

Er lachte, robbte davon und stellte sich im Bett auf, vermutlich, um auf mich zu springen und die Sache zu Ende zu bringen.

Daher setzte ich mich schnell auf und schlang den Arm um seine Taille. »Attacke!«, sagte ich. »Komm, wir ziehen uns schnell an, ja? Dein Dad ist hier, er ist über Nacht geblieben.«

Beim Anziehen horchte ich auf die Geräusche im Haus und hörte Graces Stimme in der Küche unter uns. Erleichtert stellte ich fest, dass der gestrige Tag kein Traum gewesen war.

Im Erdgeschoss saßen Nate und Grace einander gegenüber. Grace hatte ein Glas Wasser vor sich, Nate ein Glas mit etwas, das wie Brandy aussah. Graces Augen waren gerötet, auf ihrem Kleid prangte noch immer der Kakaofleck. Ich hob Gabriel in seinen Kindersitz. »Ich mach euch mal ein Frühstück«, sagte ich. »Wollt ihr Eier? Ich könnte auch etwas Besonderes machen, wie French Toast.«

»Toast!«, rief Gabriel.

Grace schob ihr Wasserglas von sich. »Für mich nicht, danke. Ich muss mich bald auf den Weg machen.«

»Auf den Weg?«

»Ich war heute früh schon daheim.« Ihre Stimme stockte, und sie schluckte. Dann faltete sie ihre Hände im Schoß und straffte die Schultern. »Um ein paar Sachen zu packen, alles, was ich brauche. Der Bus fährt um elf, und wenn ich ihn erwische, bin ich rechtzeitig zur Komplet dort.«

Ich sank auf einen Stuhl. »Aber ich dachte …«

»Ich kann nicht hierbleiben, nicht in derselben Stadt wie er. Die ganze Nacht habe ich darüber nachgedacht, ich habe gar nicht geschlafen, und das Gespräch mit ihm heute Morgen hat mir bestätigt, was ich eigentlich schon wusste. Er ist gefährlich, Chloe. Das versteht ihr alle nicht, aber er ist nicht wie andere Menschen. Die ganze Zeit über redet er davon, er wolle unsere Seelen retten, dabei bin ich fast sicher, dass er selbst gar keine hat.«

»French Toast?«, erkundigte sich Gabriel.

Grace lächelte ihn an. »Ich kann dir welchen machen, das geht doch, Chloe, oder? Gabriel, du darfst mir dabei helfen. Du siehst aus wie jemand, der gut Brot tunken kann.«

Schweigend stand ich auf, holte Eier, Milch und Brot und sah Grace zu, wie sie Gabriel half, ungeschickt und mit viel Geklecker die Eier zu schlagen und das Brot hineinzutunken. Dann hielt sie ihn über das Spülbecken, damit sie gemeinsam seine Hände waschen konnten. Gabriel lachte über das spritzende Wasser.

Grace konnte doch nicht für immer fortgehen! Sah sie denn nicht, was sie verlor? Ich begriff nicht, was sie dazu brachte, alles zu opfern, ihr ganzes Leben, genau in dem Moment, wo sie die Gelegenheit hatte, frei zu sein. Hatte sie nach so vielen Jahren des Eingesperrtseins etwa Angst vor zu viel Freiheit? Ja, sie schätzte die Regelmäßigkeit, mochte ihre Tage ruhig und einfach, aber wenn sie Gabriel lachen hörte, wenn sie die lebhaften Bewegungen seines kleinen Körpers spürte, fragte sie sich da nicht, ob ein einfaches Leben wirklich besser war als das?

Von der anderen Seite des Tisches schaute auch Nate ihr zu, sein Mund wie ein harter Strich. Er sah mir in die Augen. »Dann ist sie in Sicherheit«, sagte er leise. »Wenigstens ist sie in Sicherheit.«

Ich sah, wie Grace neben Gabriel in die Knie ging und ihm mit einem Geschirrtuch die Hände trocknete. Dann nahm ich meine Handtasche vom Haken neben der Tür, holte mein Scheckbuch heraus und stellte einen Scheck über zwanzigtausend Dollar aus. Das Geld stammte von Joel, es war das, was noch übrig war von der Summe, die er uns gegeben hatte, damit wir Gabriels Existenz geheim hielten. Ich wollte das Geld nicht, ich hatte es nie gewollt.

Ich faltete den Scheck, ging zum Spülbecken und reichte ihn Grace. »Stell bitte keine Fragen«, sagte ich. »Du musst nur wissen, dass mir dieses Geld nicht gehört, es ist nicht meines, und ich brauche es nicht. Es ekelt mich an, also nimm es bitte, sonst werfe ich es in den Fluss. Das ist nur für den Fall, dass du dich doch entscheidest, das Kloster wieder zu verlassen und ein neues Leben anzufangen. Vielleicht kommst du ja irgendwann sogar zurück und fängst hier neu an. Und wenn du beschließt, dass du wirklich dortbleiben willst, dann gib das Geld dem Kloster, sie sollen davon, ich weiß nicht, bessere Matratzen für euch kaufen oder gesünderes Essen, irgendetwas, um euch das Leben ein bisschen zu erleichtern.«

Sie griff langsam nach dem Scheck, sah mich fragend an und flüsterte: »Danke.« Dann ließ sie ihn in die Tasche ihres Kleides gleiten.

Ich umarmte Grace und Gabriel gemeinsam. Sie zuckte zusammen, gestattete sich dann aber, ihren Körper kurz an meinen zu drücken. »Ich werde dich vermissen«, sagte ich.

Sie stieß ein gepresstes Lachen aus. »Du hast mich doch seit Monaten nicht gesehen.«

»Aber ich wusste immer, wo du bist. Jetzt ist das anders.«

»Ich weiß. Ich werde euch auch vermissen.« Sie zögerte, und dann gab sie mir einen Kuss auf die Wange, legte ihr Gesicht daran und sagte mir ins Ohr: »Seid gut zueinander und kümmert euch umeinander, was immer auch geschieht, was immer Gott für euch vorgesehen hat. Seid einander eine Stütze, dann werdet ihr es schaffen.«

»Das werden wir«, sagte ich. »Und du pass bitte auch auf dich auf.«

Sie lächelte gezwungen und drehte sich zu Nate um, der

aufstand und die Arme um ihre Schultern schlang. Ohne ein Wort zu sagen, hielten sie einander fest, Graces Gesicht an seinem Hals. Diese Umarmung wirkte so intim, dass ich mich abwandte. Ich holte eine Grillpfanne aus der Schublade unter dem Herd und machte mich daran, den Toast zu braten. Als ich mich wieder umdrehte, um nach den Tellern zu greifen, war Grace bereits gegangen.

24

Die nächsten Wochen vergingen wie im Flug. Wir schmiedeten Pläne, bereiteten unsere Zukunft vor, fantasierten und schliefen miteinander, zum ersten Mal, seit Gabriel gezeugt worden war. Manchmal wirkte Nate abwesend, dann ahnte ich, dass er an Grace dachte, sich Sorgen machte und fragte, wann wir sie wohl wiedersehen würden. Am Tag nach ihrer Ankunft hatte sie eine Postkarte aus Santa Barbara geschickt, auf der nur stand, sie liebe uns und sei in Sicherheit. Nate hatte die Postkarte lange in den Händen gehalten, die Unterarme auf die Knie gestützt. Spätnachts sah ich dann eine Ecke der Karte unter dem Oberteil seines Pyjamas hervorlugen – vermutlich wusste er keinen anderen Weg, Grace ganz fest an sich zu drücken.

Aber ansonsten wirkte er glücklich. Er verbrachte sehr viel Zeit mit Gabriel, genoss die simplen Freuden des Lebens mit einem Kleinkind: Ball spielen und Bauch kitzeln, Bilderbücher und »Das ist der Daumen …«. Jeden Abend, wenn Gabriel beim Abendessen vor Langeweile herumzappelte, dachte er sich eine weitere Folge einer Fortsetzungsgeschichte über Prinz Gabriel aus, der Drachen besiegte und Bösewichter unschädlich machte. Gabriel lauschte ihm ehrfürchtig, voller Staunen über die Abenteuer des Jungen mit seinem Namen oder über die Fähigkeit seines Vaters, sich so lange Geschichten auszudenken. Und ich beobachtete die beiden, Vater und Sohn, und dachte an die

Jahre, in denen ich mich nach einem Mittelpunkt gesehnt hatte, nach einer wirklichen Familie. Und ich verspürte einen Wirbel der Freude.

In einem Café vier Städte entfernt fand Nate einen Job als Tischabräumer, und ich bestellte mir die Anmeldeunterlagen für die Humboldt State University. Wir vereinbarten ein Datum für unsere Hochzeit im Rathaus, ich füllte alle Anträge aus und kaufte mir ein einfaches weißes Kleid und einen Schleier. Cecilia hatten wir nicht mehr gesehen, seit sie mit Samuel zu ihrer Hochzeitsreise aufgebrochen war. Wir hatten mehrmals versucht, mit ihr Kontakt aufzunehmen, aber sie hatte nie zurückgerufen. Daher hatten wir ihr noch immer nichts von Gabriel erzählt und auch nichts von unserer Verlobung. Mit gutem Grund nahmen wir an, dass auch Joel nichts davon erzählt hatte, sondern sich bemühte, die öffentliche Demütigung so lange wie möglich aufzuschieben. Er hatte ihr gegenüber vermutlich behauptet, Nate sei nach Missouri zurückgekehrt. In Wahrheit hatten wir allerdings gar nicht so eifrig versucht, mit ihr zu sprechen. Sie war in den letzten Jahren immer religiöser geworden, und Nate war sich nicht sicher, wie sie reagieren würde. In der Woche vor der Hochzeit wollten wir ihr alles erzählen in der Annahme, sie würde unsere Sünden verzeihlicher finden, wenn sie wüsste, dass wir schon in wenigen Tagen heirateten. Wir hegten sogar die Hoffnung, sie würde sich mit uns freuen. Sie und Samuel, Gabriel und meine Mutter würden unsere einzigen Gäste sein. Ich konnte es kaum erwarten.

Und dann kam der 15. März.

Ich hatte Nachtschicht gehabt und kam um vier Uhr morgens nach Hause. Wie jedes Mal ging ich noch schnell in Gabriels

Schlafzimmer, um nach ihm zu sehen, ihm übers Haar zu streichen oder einen Kuss auf die Wange zu geben. Manchmal drückte er dann sein Gesicht an meinen Körper, meistens lächelte er nur, ohne die Augen aufzumachen. Er wachte gerade so weit auf, dass er meine Anwesenheit spürte, und das genügte mir, um mich nicht mehr so schuldig zu fühlen, weil ich nicht ständig für ihn da war. Selbst wenn er nicht aus seinem Tiefschlaf herausfand, brauchte ich die Bestätigung, das kurze Aufleuchten der Freude, das ich empfand, wenn ich ihn nach einer Zeit der Abwesenheit wiedersah.

Ich roch schon seinen Geruch nach Honig und Äpfeln, als ich ins Zimmer kam, sah seine zerwühlten Laken und Mulligan, den Hasen, mit dem er jede Nacht schlief. Aber als ich näher trat, bemerkte ich, dass das Bett leer war. Gabriel war nicht mehr da.

Zunächst dachte ich mir nicht viel dabei. Ich nahm an, dass er einen Albtraum gehabt hatte und in mein Zimmer getappt war, um Trost zu suchen. Dann war er entweder zu Nate ins Bett geschlüpft oder zu meiner Mutter gegangen. Sogar nachdem ich in unseren Schlafzimmern nachgesehen hatte, fühlte ich nur eine winzige Spur von Furcht. Bestimmt war er ins Erdgeschoss spaziert, um sich etwas zu essen zu holen oder fernzusehen, und ehe er wieder die Treppe in sein Zimmer hinaufsteigen konnte, hatte ihn die Müdigkeit übermannt. Daher rief ich unten erst leise, um niemanden zu wecken, dann lauter. Ich sah hinter und unter dem Sofa und den Tischen nach, als wäre er ein fehlendes Puzzlestück. »Gabriel!«

Auf der Treppe ertönten Schritte, und ich fuhr erleichtert herum. Doch es war nur Nate, der mit zerwühlten Haaren und fragendem Blick herunterkam. Als er meinen Gesichtsausdruck sah, fragte er erschrocken: »Was ist? Was ist passiert?«

»Wo ist Gabriel?«

Nate sah mich verblüfft an.

»Er ist nicht in seinem Bett, also wo zum Teufel kann er sein? Was, wenn er irgendwo herumgeklettert ist und sich verletzt hat? Sein Schrank, ich habe nicht im Schrank nachgesehen.« An Nate vorbei rannte ich die Treppe hinauf.

Er war nicht im Schrank, und ich starrte eine ganze Weile lang bewegungslos seine kleinen Pullover an, die OshKosh-Overalls, die Turnschuhe mit weißem Rand. In meinem Inneren saß ein feuriger Knoten der Panik. Dann sank ich auf den Boden und suchte unter der Kommode, krabbelte unter sein Bett, bis ich die Wand dahinter sehen konnte. »Gabriel!«

»Chloe?« Nates Stimme war angespannt und voller Angst. Er stand am Fenster und sah nach unten. Mein ganzer Körper wurde auf einmal taub und schwerelos, ich erhob mich und schwebte geradezu neben ihn. In mir dröhnte nur ein einziges Wort: *Nein!*

Dort auf dem Boden, sieben Meter unter uns, lag eine winzige weiße Socke.

Auf einen Schlag kehrte das Gewicht zurück in meinen Körper, so plötzlich, dass ich auf dem Weg zur Tür ins Stolpern geriet. Ich rappelte mich wieder auf, rannte die Treppe hinunter ins Freie, rief Gabriels Namen, suchte in den Büschen vor dem Haus und dem hohen Gras zwischen den Büschen, flehte Gott an in der Hoffnung, Gabriel bloß nicht hier zu finden. Inzwischen schrie ich wie am Spieß, aber ich hörte mich nicht, ich fühlte nur, dass ich keine Luft mehr bekam. Als ich in die Knie sank, um unter den Dornenbüschen zu suchen, packte mich

Nate, schlang die Arme um mich und hielt dabei den Blick aufs Küchenfenster gerichtet.

Das Fenster war geschlossen, aber im Fliegengitter befand sich ein langer, zerfetzter Riss. Meine Knie gaben nach, ich spürte, wie mir ein Feuerball aus meinem Inneren in die Kehle schoss, dann senkte sich ein grauer Vorhang schnell und lautlos vor meinen Augen. Und dann nichts mehr.

Als ich wieder erwachte, strich mir eine kühle Hand die Haare aus dem Gesicht, eine andere hielt meine Wange umfasst. In der Ferne hörte ich Nates Stimme. »Ich weiß es nicht, ich weiß es nicht!«, sagte er. »Ich bin um elf ins Bett gegangen, und er schlief tief und fest, ich ging in sein Zimmer und zog ihm die Bettdecke über die Füße, zog sie nach unten …« Ihm versagte die Stimme. »Was sollen all diese Fragen? Hören Sie auf mit diesen Fragen, das hilft doch nicht weiter!«

Ich schlug die Augen auf. Ich lag auf dem Sofa im Wohnzimmer, den Kopf im Schoß meiner Mutter. Nate stand auf der Schwelle zur Küche und telefonierte, mit rotem Kopf und wild abstehenden Haaren, und ganz plötzlich fiel mir das Fliegengitter wieder ein, Nebel senkte sich über mein Hirn und alles verschwamm.

»Alles in Ordnung mit dir?«, fragte Mom und ergänzte sofort: »Nein, wieso frage ich so blöd?« Ein Schluchzen in ihrer Stimme. Sie strich mir wieder übers Haar. »Alles wird gut, alles wird gut.«

»Sie war in der Arbeit, ihre Mutter war hier, aber sie hat geschlafen. Chloe kam heim und ging vermutlich in sein Zimmer, um nach ihm zu sehen, und er war verschwunden. Habe ich das nicht schon gesagt? Ich habe es gesagt, verdammt! Wann sind sie denn da?«

Bei diesen Worten hörte ich ein Motorengeräusch vor dem Haus und setzte mich auf. Durchs Fenster sah ich, wie ein Auto am Straßenrand hielt. Die Türen gingen auf, und zwei Polizisten stiegen aus. Ohne ein weiteres Wort legte Nate auf und ließ sie ins Haus.

An die Fragen, die sie stellten, konnte ich mich später nicht mehr erinnern, nur noch an den betroffenen Blick der Polizistin Jessica Yarrow. Als wüsste sie bereits, dass es keine Hoffnung mehr gab. Irgendwann stieß ich laute Schreie aus, immer wieder, hohe, kreischende Schreie wie Janet Leigh unter der Dusche. Meine Mutter schlang beide Arme um mich, drückte mich fest, und Nate nahm meine Hände. Aber ich konnte sie beide nicht fühlen, ich steckte in den Schreien, wirbelte ganz allein herum wie ein irrsinniger Kreisel.

Ein Arzt wurde gerufen, der mir etwas spritzte, was mich aus den Schreien herausholte, und Nate trug mich hinauf ins Bett und blieb neben mir sitzen, eine Hand auf meiner Brust. Von Ferne vernahm ich Weinen, vielleicht das meiner Mutter, vielleicht mein eigenes, und wenn ich die Augen schloss, sah ich Gabriel über mir, wie er auf mich herabblickte mit dem verwirrten Blick, den er bekam, wenn er ein neues Spielzeug oder das Gespräch der Erwachsenen zu begreifen versuchte. Und während ich ihn ansah, winkte er mir zu und verschwand.

Auch an die folgende Woche kann ich mich kaum noch erinnern. Die Tage vergingen in einem Nebel von Beruhigungsmitteln, aus dem ich gelegentlich panisch schreiend auftauchte, festgehalten von jemandem, den ich weder sehen noch hören noch fühlen konnte. Ich wusste, dass unser Haus durchsucht wurde, die Küche und das gesamte Obergeschoss waren zeitweise mit Polizeiband abgesperrt, Beutel wurden gesammelt, Polizeihunde hereingeführt, damit sie Gabriels Geruch aufnahmen. Ich wusste auch, dass Leute sogar bis aus Sausalito kamen, um beim Durchkämmen der Wälder zu helfen. Tagelang war unser Haus von fremden Stimmen erfüllt. Aber sobald ich wieder in Gabriels Zimmer durfte, verschanzte ich mich dort. Erst beseitigte ich die Spuren der Ermittlungen, faltete Kleidung und legte sie zurück in die Schubladen, wischte Fingerabdruckpulver von Türknöpfen, dem Bettgestell und den Laken, dann rollte ich mich auf seinem Bett zusammen und schloss die Augen. Um mich herum herrschte hektische Aktivität, Stimmen aus dem Erdgeschoss drangen in den Raum. Ich kann mich nicht erinnern, was ich fühlte.

Es gab Fragen über Fragen. Jeden Tag wurden Nate und meine Mutter zur Polizeistation gebracht, wo sie erst von den örtlichen Polizisten und dann vom FBI verhört wurden. Nate erzählte mir, dass unsere Geschichte in den Nachrichten kam und dass er mit Reportern gesprochen habe. Meine Mutter ergänzte, er sei in der Reportage schon nach einer Minute zusammengebrochen. Als ich das hörte, hasste ich ihn einen Moment lang dafür, weil er so tat, als würde er meinen Sohn kennen, vorgab, er habe ein Recht zu weinen. Ich hätte ihn am liebsten angeschrien. Zum ersten Mal öffnete ich mich meiner Wut, weil das leichter war, als mich anderen Gefühlen zu öffnen. Und auch, weil ich ihm die Schuld gab, ihm vorwarf, die Entführung zugelassen zu haben. Wenn er nur aufmerksam genug gewesen wäre, wenn er Gabriel genug geliebt hätte, hätte er da nicht merken müssen, was im Zimmer nebenan vor sich ging?

Cecilia kam, sobald sie davon erfuhr. Sie stellte mir keine

Fragen über Gabriel, verriet nie, wie erschrocken sie gewesen sein musste, als sie von der Existenz eines Neffen erfuhr, den sie nicht kannte. Beim Eintreten waren ihr Gesicht weiß und ihre Miene düster, wortlos nahm sie mich in den Arm und hielt mich, schaukelte mich von einer Seite zur anderen. Eine Stunde lang hielt sie mich fest, und während ich an ihrer weichen, warmen Brust lehnte, konnte ich zum ersten Mal weinen.

Von da an kam sie jeden Vormittag. Ich glaube nicht, dass sie überhaupt mit mir sprach, sie saß einfach schweigend bei mir. Vielleicht wusste sie, dass es nichts zu sagen gab. Bis ich sie am fünften Tag in meinem Schlafzimmer antraf, wie sie ein Foto von Gabriel gründlich betrachtete. Das Bild war vor über einem Jahr entstanden, Gabriel saß auf einer Spielplatzschaukel, das Lachen auf seinem Gesicht so breit, dass man den ersten Backenzahn sehen konnte. Zehn Minuten lang hielt sie es in der Hand, ehe sie es auf meinen Nachttisch zurückstellte. Dann drehte sie sich um und sah mich im Flur stehen. Sie trat einen Schritt zurück und wurde rot. »Tut mir leid, Chloe, tut mir leid, ich … Ich wollte ihn nur kennenlernen.«

Ich nickte schweigend.

»Er ist so hübsch, und er sieht Mom so ähnlich. Zwar hat er deine Nase, deine Wangenknochen, die Einkerbung am Kinn, aber er hat Moms Augen und das gleiche Lächeln wie sie, er hat sogar das gleiche einseitige Grübchen!« Sie wischte mit einem Finger über ihre rechte Wange, dann sagte sie: »Manche Menschen sind einfach zu gut für diese Welt.«

Diese Bemerkung traf mich so hart wie fester Lehm, der gegen meinen Bauch klatschte, und als sie meinen Gesichtsausdruck sah, wurden ihre Augen groß. »Ach Mist, das habe ich überhaupt nicht so gemeint, wie es klang! Ich weiß, es geht ihm gut, Chloe, du wirst ihn finden, und es ist alles in Ordnung mit ihm.«

»Du solltest jetzt gehen«, sagte ich mit tonloser Stimme, und dann ging ich zurück in Gabriels Zimmer.

Ich schlüpfte unter seine Bettdecke und starrte eine Minute lang an die Decke, dann streckte ich langsam die Hand aus und nahm das Buch vom Nachttisch, das wir gerade gelesen hatten, die *Genau-so-Geschichten*. Wir waren bei der Geschichte des Elefantenkindes mit seiner unersättlichen Neugier, und in der Nacht, ehe Gabriel verschwand, hatte ich die Illustrationen durchgeblättert. Dabei erzählte ich ihm die Geschichte in meinen eigenen, einfachen Worten, damit er Kiplings Version, wenn ich sie ihm später vorlas, verstehen konnte. Ich dachte daran, wie er sich mit großen Augen die Hand an die Nase gehalten hatte, als ich beschrieb, wie das Krokodil am Rüssel des Elefanten zog. »Ihm passiert nichts«, flüsterte ich, »ich verspreche dir, es geht gut aus, weil weder Elefanten noch Menschenkindern böse Dinge zustoßen.« Das sagte ich, obwohl ich wusste, dass ich diese Lektion im Lauf der Zeit noch würde anpassen müssen. Aber ich glaubte, seine Kindheit würde ganz anders verlaufen als die von Nate oder mir, sodass er zu dem Zeitpunkt, wenn er das lernen musste, alt genug war. Dann könnte er verstehen, dass die Grausamkeiten und Mühen, denen er sich gegenübersah, kein Zeichen seiner Minderwertigkeit waren.

Ehe ich in dieser Nacht in die Arbeit gegangen war, hatte ich ihn noch auf den Schoß genommen, wie jeden Tag vor dem Mittagsschlaf und jeden Abend vor dem Zubettgehen, und ihm »Summertime« aus *Porgy und Bess* vorgesungen. Dabei sah er mir ins Gesicht und spielte mit meinen Fingern. Bestimmt habe ich ihm, ehe ich aufbrach, gesagt, dass ich ihn liebe. Ich wünschte nur, ich könnte mich daran erinnern.

Jetzt schlug ich die Geschichte auf, die wir nicht mehr vorgelesen hatten, und umschlang das offene Buch mit den Armen, schaukelte damit vor und zurück, vor und zurück. Fünf Minuten später holte ich zwei der verschriebenen Valiumtabletten aus meiner Hosentasche, ließ sie auf meiner Zunge zergehen. Und erlaubte mir zu schlafen.

Auch am nächsten Tag befand ich mich in Gabriels Zimmer, als ich hörte, wie sich Nate und Cecilia in meinem Schlafzimmer leise unterhielten. Ich trat auf den Flur, um zu lauschen.

»Du hättest ihn in der Kirche hören sollen«, sagte Cecilia. »Er schimpfte und tobte wegen Gabriel, er schluchzte sogar, aber er erwähnte mit keinem Wort, dass es sich um seinen Enkel handelte. Glaubt er ernsthaft, die Leute wissen das nicht?«

»Er nimmt an, sie sind so sehr von der Kraft seiner Predigt überwältigt, dass sie darüber hinwegsehen.« Nates Stimme klang zu gefühlvoll, er war betrunken. Seit Gabriels Verschwinden trank er nahezu ständig, wenn auch nicht vor meinen Augen. Aber ich roch es viel zu oft in seinem Atem.

»Was wetten wir? Er wird die Sache wieder so drehen, dass er das Opfer ist. Der arme Mann mit dem verschwundenen Enkelsohn, mein Gott, am Ende ist es noch gut für seine Karriere.«

»Welche Ironie!«, erwiderte Nate bitter. Nach einer Pause fuhr er fort: »Hör mal, Cecilia, Grace glaubt – dass er es war. Gestern habe ich einen Brief von ihr bekommen, sie wünscht, sie könnte bei uns sein, sie würde weinen und für uns beten – eben alles, was man von ihr erwarten darf. Aber am Schluss hat sie noch diese Möglichkeit angesprochen. Hat gesagt, sie sei sicher, wir hätten auch schon daran gedacht, auch wenn wir es wieder verworfen hätten, und ich sollte es der Polizei gegenüber erwähnen.«

Ich hielt den Blick unbeirrt an die Wand gerichtet, auf die ich meine Handflächen drückte.

»Und was glaubst du?« Cecilia sprach mit gedämpfter Stimme.

Ein Moment Stille, ehe Nate sagte: »Na gut, tatsächlich habe ich der Polizei bereits gesagt, dass er es gewesen sein könnte. Ich habe ihnen alles über unser Gespräch letzten Monat erzählt, was Joel da zu uns gesagt hat, und ich weiß nicht, was noch. Sie haben gemeint, sie würden ihn befragen, vielleicht haben sie es schon getan, aber eigentlich hat sie das, glaube ich, mehr in dem Verdacht gegen *mich* bestärkt. Offenbar haben sie sich schon genauer mit meiner Beziehung zu ihm beschäftigt, und sie wollten, dass ich zugebe, auf Rache aus zu sein. Er ist so ein ordentlicher Bürger, weißt du, automatisch über jeden Verdacht erhaben. Und sie haben mich gefragt: ›Warum beschuldigen Sie Ihren eigenen Vater?‹ Daher habe ich ihnen genau erzählt, warum.«

»Du glaubst wirklich, er könnte so etwas tun?« Ihre Stimme klang bedrückt. »Ich meine, ich weiß, dass er schrecklicher Dinge fähig ist, aber das? Er ist grausam, aber er ist nicht bösartig.«

»Kannst du das wirklich sicher sagen? Tolkien meinte, man sollte einen Drachen nie aus dem Blick verlieren, wenn man in seiner Nähe wohnt. Weißt du denn seit Mutters Tod überhaupt noch, wer er wirklich ist?«

»Aber warum macht er dann daraus die größte Sache, die die Stadt jemals erlebt hat, wenn er niemanden wissen lassen will, dass du einen Sohn hast?«

»Joel wusste, dass es sich nicht mehr lang geheim halten ließ, die ganze Stadt würde es in Kürze ohnehin erfahren. Vielleicht wollte er mir und seiner kleinen Herde damit zeigen, dass Sünden niemals unbestraft bleiben. Vielleicht sieht er darin sogar den größeren Nutzen.«

»Es könnte sogar Rache sein.« Cecilia schwieg einen Augenblick, dann sagte sie: »Was hat er in den letzten Jahren für abstoßende Bemerkungen über dich gemacht! Ich will nicht in die Einzelheiten gehen, aber er hat dich nicht nur nach Missouri geschickt, damit du seine Hoffnungen für die Zukunft erfüllst. Mindestens genauso stark war sein Wunsch nach Rache. Er war sich sicher, dass es dir dort elend gehen wird, und das jetzt …« Ihre Stimme verklang, heiser flüsternd sprach sie weiter: »Er würde doch einem kleinen Kind nichts antun, oder? Ihn dir wegnehmen, das vielleicht, aber er würde ihn nicht verletzen.«

»Ich weiß nicht. Das war auch mein erster Gedanke, dass er ihn irgendwohin gebracht hat. Dass er jemanden hat, der sich um Gabriel kümmert. Aber wen würde er dafür finden, wer würde Gabriel nehmen, ohne gleich die Polizei zu alarmieren? Vielleicht jemand mit Beziehungen zum Babyhandel?«

»Oder jemand aus seiner Gemeinde.«

»Würde da einer ein kleines Kind einsperren und es niemanden sehen lassen? Jeder im Umkreis von vielen Meilen weiß, dass Gabriel vermisst wird, darum bin ich mir ziemlich sicher, er befindet sich nicht in der Nähe. Ich habe mir überlegt, dass er ihn in eine der abgelegeneren Gemeinden gebracht haben könnte, vielleicht zu den Leuten von Life Tabernacle, die keine Zeitungen lesen. Er könnte ihnen erzählt haben, Gabriels Eltern seien gestorben und in seiner Gemeinde sei niemand in der

Lage, ihn zu sich zu nehmen, daher suche er eine Familie aus einer anderen Pfingstgemeinde, die ihn aufziehen kann. Aber ich weiß nicht, Cecilia, ich weiß es nicht. Eigentlich ist er zu allem fähig.« Nates Stimme bebte. »Ich werde mit ihm sprechen. Ich kann es sagen, sobald ich ihn sehe.«

»Du willst ihn einfach fragen?«

»Warum nicht? Glaubst du, er wird mich zusammenschlagen oder so etwas? Das wäre doch ein interessantes Puzzlestück für die Polizei!«

Cecilia antwortete so lange nicht, dass ich ins Schlafzimmer spähte. Ihre Wangen glänzten tränenfeucht, und Nate hielt sie an beiden Händen. Ich wich zurück in den Flur, schloss die Augen und lehnte mich wieder an die Wand.

»Ich kann das nicht ertragen«, sagte sie schließlich mit belegter Stimme. »Ich glaube, Grace könnte recht haben. Ich weiß nicht, ob er Gabriel wirklich etwas angetan hat, ich würde gern glauben, dass er so etwas nicht tut, aber in Wahrheit bin auch ich davon überzeugt, dass er zu allem fähig ist. Bei der Hochzeit, als er das alles über Mom gesagt hat, da hat er mir schon leidgetan. Ich hätte ihm beinahe alles verziehen. Du weißt, wie sehr er Mom geliebt hat, und es sah wirklich so aus, als würde er sich wünschen, mich glücklich zu sehen. Und dass er uns deshalb so sehr zur Hochzeit gedrängt hat. Aber mir hätte klar sein sollen, dass nichts an ihm echt ist, alles ist Show.«

»Ich gehe zu ihm.« Ich hörte ein Scharren, als Nate sich erhob, und plötzlich stand er im Flur. Bei meinem Anblick erstarrte er, seine Augen weiteten sich.

»Dein Vater?«, fragte ich. »Dein *Vater?*«

Cecilia erschien im Türrahmen und sah mich mit rot geränderten Augen an.

»Ich weiß es nicht, Chloe«, erwiderte Nate, »ich muss mit ihm reden.«

»Aber er würde doch Gabriel nichts antun, er würde ihm nicht wehtun, oder? Ihn vielleicht entführen, ihn in eine andere Kirchengemeinde bringen, wie ihr gesagt habt. Wenn er derjenige ist, der ihn entführt hat, dann wäre ich mir sicher, dass er ihm nichts Schreckliches antut. Also wäre das doch gut!«

»Ich weiß es nicht! Lass es mich bitte herausfinden. Ich muss …« Er drückte einen Handballen gegen die Stirn, ließ ihn dort und sagte: »Ich muss ihn einfach sehen, Chloe. Wir reden weiter, wenn ich bei ihm war.« Er legte mir kurz den Arm um die Schultern, dann ging er mit schnellen Schritten die Treppe hinunter.

Spät in der Nacht kam Nate zurück. Ich hörte ihn nicht, denn nachdem ich stundenlang aufgeregt auf und ab gelaufen war, lag ich wie tot in Gabriels Zimmer und schlief einen traumlosen Beruhigungsmittelschlaf. Spät am nächsten Morgen erwachte ich, und noch ehe ich die Augen aufschlug, erfasste mich Panik, Klauen gruben in meinem Inneren. Mit fest geschlossenen Augen, die Hände auf dem Gesicht, die Fingernägel in die Wangen gegraben, beugte ich mich vor. Ich saß da und rang nach Atem, mit roten Flecken hinter den Lidern. Dann nahm ich Gabriels Kopfkissen, begrub mein Gesicht darin und schaukelte vor und zurück, vor und zurück. Nach einer Weile stand ich auf, das Kissen noch immer im Arm, und ging in mein Schlafzimmer, um mit Nate zu sprechen.

Er lag auf dem Bett, neben ihm auf dem Boden eine fast leere Flasche Smirnoff-Wodka. Was bedeutete das? Hatte er etwas erfahren? Bestimmt hätte er mir erzählt, wenn er etwas herausgefunden hätte, was uns zu unserem Sohn führen konnte. Oder falls er das Schlimmste erfahren hätte. Hieß die Tatsache, dass er sich betrunken hatte und eingeschlafen war, dass er noch immer nichts wusste?

Einen Moment lang blieb ich auf der Schwelle stehen und betrachtete ihn, dann schlüpfte ich zu ihm ins Bett. Und sah ihn entsetzt an. Seine Unterarme waren über und über mit Kratzern bedeckt, einige davon tiefe Furchen, die auf seinem Hemd Blutflecken hinterlassen hatten. Am meisten erschrak ich über die Erde unter seinen Fingernägeln. Hatte er etwas eingegraben? Oder – etwas ausgegraben? Ich war nicht in der Lage, darüber nachzudenken, es gelang mir einfach nicht. Daher grub ich mein Gesicht ins Kopfkissen. Er rutschte ein Stück weg von mir, und dabei vernahm ich das Knistern von Papier. Ich setzte mich auf und sah über seine Schulter.

Neben ihm auf dem Bett lag ein dicker, linierter Notizblock, dessen Seiten mit sauberer Handschrift gefüllt waren. Langsam zog ich ihn zu mir, damit ich lesen konnte.

Es war einmal vor langer Zeit, da lebte in einem sehr fernen Königreich ein mutiger Prinz, der den Namen Gabriel Milford McPimple trug. Er war noch sehr jung, aber schon tapferer als eine ganze Armee mit zehntausend Soldaten und so weise wie ein Geschichtenerzähler. Prinz Gabriel wurde von seiner Mutter erzogen, der bezaubernden Königin Chloe McPimple, und von seinem Vater, dem linkischen König Nathaniel, über den ich nicht viel sagen kann, außer, dass er sein Bestes gegeben hat.

Ich fuhr mit den Fingern über die Buchstaben. Wie lange schrieb er schon daran? Es waren so viele Seiten, bestimmt ein paar

Hundert, daher musste er mit dem Schreiben dieser Geschichten wohl schon lange vor seiner Heimkehr begonnen haben. Er hatte nur auf die Gelegenheit gewartet, sie zu erzählen.

Ich begann, sie zu lesen, die Geschichten über einen Jungen, der mit der fragwürdigen Hilfe seines unbeholfenen Vaters seine Freunde vor streunenden Kobolden, feigen Seeungeheuern und anderen Scheusalen rettete. Jedes Abenteuer endete damit, dass Vater und Sohn vor dem Zubettgehen gemütlich zusammensaßen und über den vergangenen Tag sprachen. Prinz Gabriel musste sich oft ein Grinsen verbeißen, wenn König Nathaniel seine Feigheit und seine Fehltritte zu verbergen suchte und versprach, den Prinzen auch am folgenden Tag zu beschützen.

Hatte Nate die Nacht mit der Geschichte verbracht, um sich einzureden, Gabriel wäre stark genug, um sicher zu sein? Vielleicht hatte er den Text auch nur noch einmal gelesen, um sich an die Zeit zu erinnern, als er ihn geschrieben und noch mehr Hoffnung als Furcht gehabt hatte. Mir tat die Brust weh, ein klopfender Schmerz, als schlage jemand mit dem Hammer von innen gegen meine angespannten Rippen. Ich legte den Block wieder neben ihn.

Die Bewegung weckte Nate auf, er wandte sich zu mir um und sah mich mit großen Augen an. Einen Moment lang ließ er den Blick auf mir ruhen, dann rollte er sich wieder auf den Rücken und sah hinauf zur Decke.

»Was?« Ich drehte mich zu ihm um, wartete, dann flüsterte ich schließlich: »Was ist geschehen? Du musst es mir erzählen.«

Sein Mund verzog sich zu einem Lächeln, was mich entsetzte, bis ich die Tränen in seinen Augen sah.

Ich richtete mich auf und zog ihm die Decke vom Körper. Alles an mir war taub und wie geschwollen. »Sag es mir!«

»Ich weiß es nicht«, erwiderte er. »Chloe, ich bin ...« Seine Stimme zitterte. Warum nur? »Ich gehe zur Polizei.«

»Was meinst du damit? Was ist mit deinem Arm geschehen? Was hat er gesagt? Wo ist Gabriel?«

»Ich weiß es nicht. Er hat mir – Verschiedenes erzählt, aber keine Einzelheiten. Ich kann es dir nicht sagen, Chloe, ich weiß nur, er hat etwas getan. Ich glaube nicht einmal, dass er es eigentlich wollte, vielleicht wollte er mir nur Angst einjagen.«

»Was hat er getan! Wohin hat Joel ihn gebracht! Du musst mir sagen, was er dir erzählt hat, alles! Und schau mich bitte nicht so an. Sag es mir!«

»Ich kann nicht, Chloe, bitte vertrau mir doch, ja? Es ist besser, wenn du es nicht weißt. Ich rufe Cecilia an, damit sie und deine Mutter heute bei dir bleiben, und dann gehe ich zur Polizei.«

Mir wich das Blut aus den Wangen, unter meinen Augen sammelte sich eiskalter Schweiß. Die ganzen Albträume der vergangenen Tage, wie Gabriel allein war und nach mir schrie, wie er barfuß durch die kalten, dunklen Wälder stolperte! »Er ...« Meine Stimme versagte, ich konnte es nicht aussprechen. »Er ...«

Nate legte die Hand auf mein Knie, und ich wischte seinen Arm weg, stieß ihn mit beiden Händen an und versetzte ihm dann einen Faustschlag. »Du hast ihn hereingelassen! Du hast zugelassen, dass er unser Kind mitnimmt! Ich kann das nicht, Nate, ich kann das nicht!«

Nate fasste mich fest an den Armen und hielt mich mit aller Kraft. Ich schrie laut und wehrte mich, aber er packte mich nur noch fester, umklammerte mit den Händen das Oberteil meines Pyjamas. »Du schaffst das, wir schaffen das, wir schaffen das«, sagte er wieder und wieder, bis die Silben ineinanderflossen und völlig bedeutungslos wurden.

25

Ich erfuhr nie, was Joel Nate erzählt hatte. Aber offensichtlich war es genug, dass die Polizei ihn zu einem weiteren Verhör holte, und während er auf der Wache war, wurde ein Durchsuchungsbefehl ausgestellt. Sie suchten im ganzen Haus und fanden sie, die schmutzige Windel, in seinem Abfalleimer. Dazu Spuren von Gabriels Haaren am Teppich und an seinen Kleidern. Eine winzige weiße Socke unter dem Sofa. Und einen Brief in Joels Handschrift, versteckt in seinem Rollschreibtisch und nicht abgeschickt.

Ich schreibe das, weil ich weiß, dass deine Mutter es von mir erwartet hätte. Sie hätte sich gewünscht, dass wir beide Frieden schließen mit dem, was geschehen ist und was wir getan haben. Ich bete nur, du begreifst, dass es nicht unserer Kontrolle unterlag, dass keiner von uns die Schuld daran trägt. Wie schwer das für dich sein muss, weiß ich, aber ich bin mir sicher, am Ende war es doch Gottes Wille. Die Existenz deines Kindes, in Sünde geboren, hätte uns alle beschmutzt, dich, mich, die Familie, die Gemeinde. Ich kann nur hoffen, dass es, da es so jung dahingegangen ist, nicht bis in alle Ewigkeit leiden muss. Dein Schmerz betrübt mich, aber ich kann das, was geschehen ist, nicht wirklich bedauern.

Joel wurde sofort verhaftet und saß ohne die Möglichkeit einer Kaution bis zum Prozess in Untersuchungshaft. Später erfuhr ich, dass er bei den Verhören nur ganz kurze Antworten gegeben hatte; er beteuerte seine Unschuld und begann dann pathetische Gebete zu sprechen. Dass er offenbar glaubte, das Beten würde ihm Absolution gewähren und ihn von dem, was auch immer er getan hatte, entlasten, brachte schließlich das Fass zum Überlaufen.

Ich war beim Prozess als Zeugin geladen. Während der Befragung hielt ich die Augen auf den Staatsanwalt gerichtet, wie Nate es mir geraten hatte, weg vom Angeklagten. Bis ich hinterher aufstand und unwillkürlich Joel Sinclair im Blickfeld hatte, der ruhig dasaß, die Hände im Schoß gefaltet. Mit einem heiseren Aufschrei, der aus den tiefsten Tiefen meines Zorns kam, stürzte ich auf ihn zu. »Wo ist er?«

Nate packte mich, aber ich riss mich los. »Du Scheißkerl, was hast du mit ihm getan? Wohin hast du mein Kind gebracht, sag es mir!«

Auf der Geschworenenbank begann eine Frau zu schluchzen, ich fühlte, wie sich von hinten Arme um mich legten und mich sanft aus dem Gerichtssaal führten, während ich mich wehrte und brüllte: »Irgendwo muss er sein, ich weiß, dass er irgendwo ist, er soll es mir sagen!« Mit aller Kraft versuchte ich, ihn anzuspringen, um ihn zu würgen, an ihm zu zerren, ihn zu zerreißen. Nate und meine Mutter folgten mir auf den Flur, hielten mich umarmt, und gemeinsam sanken wir auf den gekachelten Fußboden.

Monatelang richtete sich all meine Sehnsucht auf die Socke, die sie unter Joels Sofa gefunden hatten, das letzte Kleidungsstück, das Gabriel getragen hatte. Wenn ich ihrer nur habhaft werden könnte, dann könnte ich ihn fühlen, ihn halten, ihn verstehen.

Aber die Socke wurde in eine Beweismitteltüte gepackt und weggetragen, und so sehr ich Nate und die Polizisten auch anflehte, sie wollten sie mir nicht zeigen. Und natürlich spielte sie eigentlich auch gar keine Rolle. Nichts war wirklich wichtig, weder die Socke noch die Dauer von Joels Strafmaß oder die Tatsache, dass er nach der Freilassung jung genug sein würde, um noch jahrelang als freier Mann zu leben. Während der letzten fünfundzwanzig Jahre war in meinem Leben überhaupt nichts mehr wirklich wichtig gewesen.

Teil XI

Das verräterische Herz

26

Die Nachwirkungen müssen für Nate und Cecilia in vieler Hinsicht noch sehr viel schrecklicher gewesen sein als für mich. Zu wissen, was ihr Vater getan hatte, zu wissen, dass sie mit einem Ungeheuer verwandt waren, hat mit Sicherheit auch das Bild verändert, das sie von sich selbst hatten. Aber in den nächsten paar Monaten dachte ich kaum an sie, ich steckte viel zu tief im bodenlosen Abgrund meines eigenen Leids.

Ein Jahr nach seiner Verurteilung erklärte Joel den Behörden, Gott habe ihm nun befohlen, sich für den Mord an seinem Enkel schuldig zu bekennen. Ich kann mich noch erinnern, wie ich Nate in dieser Nacht zusammengekauert im Garten entdeckte, von Schluchzern geschüttelt. Die offensichtliche Heftigkeit seiner Gefühle verblüffte mich. Davor hatte ich lediglich seine zärtliche Unterstützung für mich wahrgenommen, er hatte mir Tee zubereitet und Schaumbäder eingelassen, meinen endlosen Erzählungen über Gabriel gelauscht und mich gehalten, wenn ich weinte. Auf einmal fragte ich mich, ob er zornig war auf mich, weil ich mich nicht auch um ihn gekümmert hatte.

Er hatte niemanden, vor allem, weil Cecilia bald danach aufhörte, uns anzurufen und zu besuchen. Damals verletzte mich ihr Schweigen zunächst, dann ärgerte ich mich, später allerdings erfuhr ich einiges über das, was sie mit Samuel durchmachen musste. Die Beschimpfungen, die Demütigungen, und schließlich, schon wenige Monate nach der Hochzeit, die blauen Flecke, das verstauchte Handgelenk, die gebrochene Nase. Sie ging selbst durch die Hölle.

Und abgesehen von dem einen Brief, in dem sie uns ihr Mitleid ausgesprochen und ihren Verdacht gegen Joel mitgeteilt hatte, ließ auch Grace nichts mehr von sich hören. Hatte sie überhaupt die Möglichkeit, den Fortgang der Geschichte zu verfolgen? Wusste sie, dass Joel verhaftet worden war? Ich konnte gut verstehen, wenn sie der Tatsache, dass sich ihr Verdacht als zutreffend erwiesen hatte, nicht offen ins Auge blicken mochte, und ich wusste, dass Nate ihr weder von dem Prozess noch von der Verurteilung berichtet hatte, weil er ihr den Schmerz darüber ersparen wollte. Aber ich hatte es immer falsch gefunden, dass sie nichts davon wusste. Inzwischen hatte ich auch begriffen, warum sie vor ihrem Vater solche Angst gehabt hatte und so sicher gewesen war, dass er einem Kind wehtun konnte. Mir drängte sich der Gedanke auf, sie hätte, wenn sie davon erfahren hätte, auch für sich einen Schlusspunkt setzen können. In dem Bewusstsein, dass er nun auch dafür büßen musste, was er ihrem eigenen Kind angetan hatte.

Falls Nate sie gefunden hatte, würde er ihr dann auch erzählen, was geschehen war? Sprachen sie über ihren eigenen Verlust? Versuchten sie, eine Art inneren Frieden zu finden? Das Schweigen hatte niemandem von uns geholfen, das wusste ich. Mit Schmerz und Leid wurde man nur fertig, wenn man sich seinen Gefühlen stellte, wenn man sie Schicht für Schicht ans Licht holte und ausbreitete, damit sie trocknen konnten.

Nate hatte das gewusst, darum hatte er wohl in seinem

Notizheft alles aufgeschrieben. Versöhnung und Verbindung zu dem, was begraben lag, das war möglicherweise auch das, wonach Schriftsteller und Dichter beim Schreiben suchten. Sie brachten ihre eigenen Ängste, Leiden und verlorene Lieben zu Papier und klopften sie Wort für Wort ab. Vielleicht hatte Nate deshalb die Geschichten für Gabriel geschrieben, während er Hunderte von Meilen entfernt lebte. Er wollte eine Verbindung mit ihm schaffen, aber auch – in der Figur König Nathaniels – mit seiner eigenen Unzulänglichkeit als Vater ins Reine kommen.

Ich saß auf dem Bett und hielt mein Telefon in der Hand. Obwohl ich wusste, dass es in unserem leeren Schlafzimmer, unserem leeren Haus klingeln würde, wählte ich die Nummer von Nates Mobiltelefon. Sobald der Anrufbeantworter ansprang, schloss ich die Augen, lauschte seiner Stimme und stellte mir vor, er wäre da. Ein Piepton, und ich saß inmitten der darauffolgenden Stille, während sich meine Gedanken beruhigten.

Und plötzlich wusste ich es.

Natürlich.

Ich ging zu dem Schreibtisch, auf dem Nates Notizbuch lag, und schlug es dort auf, wo ich zuletzt gewesen war.

Irgendwann konnte ich den ersten Absatz von Nates Buch auswendig, weil ich ihn so oft gelesen hatte. Aber es war Jahre her, seit ich das Buch zum letzten Mal in der Hand gehabt hatte. Ich musste daher einige Minuten überlegen und geriet mehrmals ins Stocken, bis ich wusste, welche Buchstaben ich wegstreichen musste.

I~~e~~ch~~s~~ ha~~war~~be m~~ein~~i ~~ma~~ch ~~l~~oftge ~~vo~~fra~~r~~ ~~la~~gtwo he~~nger~~ ~~ze~~r~~it~~i ~~da~~ch-di-~~leb~~e~~t~~ ~~e~~kra f~~ine~~t nah~~i~~m ~~ne~~zu~~m~~ jo~~seh~~el zu~~r~~r~~fe~~ ü~~rnen~~ ~~kö~~ck ~~ni~~zu~~g rei~~ke~~ch~~ hren~~ei~~ u~~nnu~~nd ~~tiger~~d ~~p~~ie~~ri~~ri~~nz~~ ~~de~~cht ~~r~~ige~~d~~ ~~enna~~n ~~men~~fra gen~~ga~~ ~~bri~~zu ~~el~~ste ~~mi~~lle~~l~~ ~~fo~~nob woh~~rd~~ li~~me~~ ~~pi~~chd ~~m~~och ~~ple~~wus steda ~~tru~~ss~~g~~mi.

Ich habe mich oft gefragt, woher ich die Kraft nahm, zu Joel zurückzukehren und die richtigen Fragen zu stellen, obwohl ich doch wusste, dass mich die Antworten zugrunde richten konnten. Aber eigentlich ging es gar nicht um Stärke, es war der Zweifel, der mich hintrieb. Ich rechnete tatsächlich damit, eine völlig andere Wahrheit zu hören. Denn normalen Leuten stößt so etwas doch nicht zu, das hört man nur in den Nachrichten – das Lindbergh-Baby, die kleine Jon Benet Ramsey, die »Schwarze Dahlie« Elizabeth Short – und in Albträumen, aus denen man benommen und erleichtert erwacht. Wochenlang wartete ich darauf, endlich aufzuwachen. Vielleicht warte ich sogar heute noch.

Das war es also, nun würde ich endlich erfahren, was in dieser Nacht geschehen war. Etwas in mir war gar nicht so erpicht darauf. Ich hatte immer angenommen, er habe mir nichts davon erzählt, weil es ihm entweder zu wehtat, sich an das, was er gesehen hatte, zu erinnern, oder weil es zu grausig war. Dennoch hatte es mich all die Jahre nicht losgelassen, es war einer der größten schwarzen Flecken in diesem Rätsel, das schon zu viele solche Stellen aufwies. Wie war Gabriel gestorben? Hatte er Angst gehabt? Sich gefürchtet? Hatte er nach mir gerufen?

Ich war mir nicht sicher, ob ich die Antworten ertragen konnte. Aber das jahrelange Unwissen hatte sich fast so angefühlt, als hätte ich meinen Sohn betrogen, weil ich diesen letzten Momenten seines Lebens so ferngeblieben war.

Ich stand auf und ging ins Erdgeschoss, um Cecilia zu suchen.

Sie stand in der Küche vor dem Spülbecken und blickte unverwandt in das laufende Wasser, während sie sich mit den Händen an der Arbeitsplatte festhielt.

»Cecilia?«

Sie fuhr herum, in ihrem Gesicht stand Panik.

»Alles in Ordnung mit dir?«, fragte ich leise.

»Was? Oh!« Ein knappes Nicken. »Klar, natürlich. Mir geht es gut, ich habe nur Geschirr gespült.« Sie drehte den Wasserhahn zu.

Ich betrachtete sie, sie winkte kurz und wandte mir wieder den Rücken zu. »Ich sollte dir sagen, dass Nate vor ein paar Minuten angerufen hat. Er ist auf dem Heimweg.«

Meine Augen weiteten sich. »Und Grace? War er bei Grace?«

»Das hat er nicht gesagt, er wollte mir gar nichts erzählen. Aber – ich schätze mal nicht. Wenn sie noch leben würde, hätte er es doch gesagt, oder? Wir hatten geplant, dass er in diesem Fall zurückkommt und sich hier ein paar Tage um Joel kümmert, damit ich hinfahren und ein bisschen Zeit mit ihr verbringen kann.«

»Vielleicht hat er das auch vor. Aber er wusste bestimmt, dass du nach ihr fragst, und wollte am Telefon nicht darüber sprechen.«

»Du meinst, er wollte mir nicht sagen, wie krank sie ist.« Sie schluckte. Einen Moment lang sah sie bestürzt aus, dann sprach sie schnell weiter, als wollte sie den Gedanken verdrängen. »Auf jeden Fall ist er jetzt unterwegs. Er hat gesagt, er fährt durch, dann sollte er mitten in der Nacht ankommen.«

Na also, dachte ich. Jetzt geht es los.

»Ich habe ihm erzählt, dass du hier bist, und er meinte, das überrasche ihn nicht. Er sei sogar froh darüber.«

»Wahrscheinlich weiß er, dass wir über viele Dinge reden müssen, die wir schon längst hätten ansprechen sollen.«

»Wie weit bist du mit seinem Notizbuch?«

»Fast fertig, ich habe nur noch ein paar Seiten. Aber er hat jetzt ein neues Buch zur Verschlüsselung verwendet.«

Irrte ich mich, oder hatte sich ihre Körperhaltung verändert? Hatten sich ihre Schultern gesenkt? »Du willst nicht, dass ich den Schluss lese«, sagte ich.

»Was? Nein, ich weiß nicht, so würde ich das nicht sagen. Mein Instinkt sagt mir nur, es gibt einige Dinge aus der Vergangenheit, die man vielleicht nicht aufrühren sollte.«

»Manchmal muss man die Vergangenheit verstehen, um weitermachen zu können«, sagte ich langsam.

»Das stimmt. Du hast recht, Chloe, das ist wahr.«

»Ich hatte eigentlich gehofft, du könntest mir helfen. Es hat sich herausgestellt, dass das letzte Buch *sein* Buch ist, und ich dachte, vielleicht hast du ein Exemplar da.«

Cecilias Miene entspannte sich. »Das Prinz-von-Poppington-Buch?« Sie blickte zur Seite. »Ich habe ein paar Exemplare, klar.« Auf dem Weg zur Tür drehte sie sich um. »Wirst du Nate erzählen, dass du das Notizbuch gefunden hast?«

»Ich glaube, jetzt muss ich es ihm sagen. Ich habe so viel erfahren, was er mir verschwiegen hat, und wenn ich ihm nicht gestehe, dass ich es weiß, was dann? Ich weiß nicht, ob unsere Ehe das überstehen könnte. Vielleicht ist er sogar froh, wenn er keine Geheimnisse mehr haben muss.«

»Ich habe dir ja schon gesagt, ich vermute, er hat unterbewusst gehofft, du würdest das Notizbuch finden, damit er sich nicht mehr verstecken muss. Also … dann mal los.« Sie deutete mit dem Kinn in Richtung Flur. »Komm mit.«

In der Bibliothek führte sie mich zu der Ecke, wo der Rollschreibtisch stand, zog mehrere Bücher heraus und hielt sie fest in den Händen, ohne sie mir zu geben. »Weißt du, Dad hatte ein Exemplar in seiner Gefängniszelle«, sagte sie. »Das hätte ich Nate erzählen sollen. Es sah aus, als wäre es wieder und wieder gelesen worden.«

Mir drehte sich der Magen um. »Das ist abstoßend.«

»Ja, vermutlich. Ich kann mir vorstellen, dass du das so sehen musst.« Sie gab mir das Buch. »Also dann. Ich bin entweder hier oder in der Küche, wenn du reden möchtest.«

Ahnte sie, was er geschrieben hatte? Wortlos sah ich ihr einen Moment lang ins Gesicht, dann sagte ich: »Danke. Es dauert vielleicht ein paar Stunden, aber ich werde dich dann schon finden.«

Ich ging mit dem Buch nach oben und strich kurz über den Einband, ehe ich es bei der Widmung aufschlug. Sie lautete: *Für meinen kleinen Prinzen, der irgendwo außerhalb meiner Reichweite steht, das Schwert noch immer siegreich gehoben.*

Natürlich hatte ich geweint, als ich das zum ersten Mal las, obwohl es mir später übertrieben und aufgesetzt vorkam, ein Versuch von Nate, poetisch zu werden. Aber als ich mich jetzt durch den verschlüsselten Text arbeitete, tat mir nicht nur Gabriel, sondern auch Nate von Herzen leid. Er hatte sich nach Gabriels Verschwinden monatelang mit den Geschichten beschäftigt, um sie zur Veröffentlichung vorzubereiten. Wie hatte er das nur ertragen? Vielleicht war es seine Art gewesen, mit seinem Sohn eine Verbindung herzustellen, genau wie damals, als er sie schrieb. Oder er wollte den Schmerz spüren, zur Strafe dafür, dass er so viel von Gabriels Leben verpasst hatte.

Ich sehe dich immer noch so vor mir wie damals in den Nächten am College, als ich allein in der Dunkelheit saß und an Geschichten schrieb, um sie dir später zu erzählen. Der unbesiegbare Prinz Gabriel, der so schlau war und sich vor den schlimmsten Monstern retten konnte. Ich hatte so viele Geschichten im Kopf, so viele Handlungsstränge, aber wie in den meisten Kinderbüchern blieb der Tod immer nur eine Möglichkeit und trat nie ein. Wie soll ich bloß begreifen, dass du nicht mehr kämpfen kannst?

Ich weiß nicht, wie ich über diesen Nachmittag schreiben soll. Nach so vielen Jahren habe ich noch immer keine Ahnung, ob ich ihn jemals verarbeiten kann. Seine Worte sind in meinem Inneren zu Eis gefroren, ich stelle mir vor, wie die Nervenzellen, die sie enthalten, in meiner Gehirnmasse beben und sich weigern, sie freizugeben. Ich kann sein Gesicht noch immer vor mir sehen.

Ich fand ihn in seinem Gemeindebüro, wo er mit der Bibel am Schreibtisch saß und vor sich hin murmelte, vielleicht las er laut. Und mitten auf der Tischplatte lag neben einem Stapel Bücher ein gefalteter Pyjama mit blauen Teddybären.

Ich starrte den Pyjama an, konnte den Blick nicht abwenden, und meine Beine gaben nach. Was ich sagte, weiß ich nicht mehr, vermutlich schrie ich laut auf. Aber ich kann mich erinnern, dass es wehtat, als ich auf dem Boden landete. Und an das schiere Entsetzen auf seinem Gesicht.

Erschrocken sprang er auf, dann bemerkte er, wohin ich blickte, und sein Kopf lief dunkelrot an. Schnell legte er eines der Bücher über den Pyjama und setzte sich wieder in seinen Schreibtischstuhl. Er sah mich an, ich schaute zu ihm auf. Mein ganzer Körper war wie taub.

»Ich weiß nicht, warum er hier liegt«, sagte er.

Ich zitterte, vor meinen Augen verschwamm alles, in meinen Ohren rauschte es. Auf der Zunge schmeckte ich Blut.

»Ist das vielleicht eine Prüfung?«, fragte er. »Ich muss den Pyjama immer wieder ansehen, ich weiß einfach nicht, was der Herr von mir will! Vielleicht versucht er mir zu sagen, dass das Kind jetzt in seinen Armen ruht, jedenfalls hoffe ich das. Aber es könnte auch das sein, wovor ich mich von Anfang an so gefürchtet habe. Denn so sehr ich auch versucht habe, mich vom Gegenteil zu überzeugen, es ist nicht zu leugnen, dass Kinder, die von nicht erlösten Eltern unrein auf die Welt gebracht werden, des Teufels sind.« Seine Hand schloss sich um den Pyjama, in seinen Augen standen echte Tränen. »Es tut mir leid, Nate, aber ich habe Angst, dass der Herr mir sagen will, sein Wille sei geschehen.«

»Unrein«, das war das Wort, das er benutzte, und dann erzählte er mir, er habe den Pyjama zusammengefaltet auf dem Altar gefunden, einen Tag, nachdem du verschwunden warst. Er sei in die Kirche gegangen, um dort zu beten, sagte er, aber als er den Pyjama erblickte, sei ihm klar geworden, dass dein Schicksal bereits besiegelt war.

An all diese Worte erinnere ich mich, aber ich weiß nicht mehr, wie ich reagiert habe. Ich höre nur noch ein Brüllen und weiß, dass ich mich auf ihn gestürzt haben muss. Eine Stunde später fand ich mich in den Straßen der Innenstadt wieder, Kratzer auf den Armen und Blut unter den Fingernägeln. Ich rannte ziellos umher und hielt mit einer Hand den Pyjama umklammert. Und in dieser Leere, dort auf der dunklen Straße, Entscheidungen.

Ich grub meine Fingernägel in die Handflächen und dachte an diese Nacht, an diese grauenvollen Tage, und daran, was Nate gewusst hatte. Er hatte mir nichts davon erzählt, vermutlich dachte er, Joels Worte wären zu viel für mich. Vielleicht wollte er mir auch so lange wie möglich die Hoffnung erhalten.

Ich konnte den Pyjama nicht zur Polizei bringen, das wusste ich. Sie verdächtigten mich bereits, und wenn ich mit diesem Beweisstück dort auftauchte, vor allem, nachdem ich meinen Vater angegriffen hatte, wer würde mir dann noch glauben?

Also ging ich stattdessen nach Hause, zu der Stelle im Wald, wo du gezeugt wurdest. Dort vergrub ich den Pyjama mit meinen bloßen Händen. Meine Nägel rissen auf, die Wunden an meinen Armen begannen wieder zu bluten. Das, was von dir übrig war, an den Ort, wo deine Existenz begonnen hatte.

Als es vollbracht war, blieb ich dort sitzen, wohl drei Stunden lang, die Hände flach auf dem Boden, die Augen geschlossen. Ich zwang mich zum Atmen, denn hätte ich die Luft nicht in meine Lungen gepresst, dann hätten sie wohl aufgehört, selbst zu pumpen. Und irgendwann stand ich schließlich auf in dem Bewusstsein, dass ich nie wieder dorthin zurückkehren würde, und ging zum Haus deiner Mutter, um dort zu schlafen.

Das blaue Stoffstück, das ich gefunden hatte, als ich das Buch ausgrub? Ich hätte es erkennen müssen, die Farbe, wie hatte ich das übersehen können? Und ich brauchte all meine Kraft, damit ich nicht zurückrannte in den Wald, das Stoffstück suchte und fand und es an mein Gesicht hielt, es einatmete, hinunterschluckte. Dieses letzte Kleidungsstück, das Gabriel getragen hatte.

Erst am nächsten Morgen ging ich zur Polizei. Beim Einschlafen war mir klar geworden, dass es ein Fehler gewesen war, das einzige Beweisstück zu vergraben. Ich hätte so tun sollen, als wüsste ich nichts von seiner Existenz, dann hätte es die Polizei bei einer Durchsuchung selbst gefunden.

Also … Eine Idee und, ich weiß nicht, vielleicht ein Fehler. Inzwischen weiß ich nicht mehr, was ich glauben soll, aber damals kam es mir vor wie die einzig richtige Reaktion.

Schuld war in meinem Leben die vorherrschende Kraft. Vielleicht sogar eine Art Schutzmechanismus, denn wenn alles, was geschah, mein eigener Fehler war, dann war ich nicht vollständig machtlos. War dem Schicksal nicht völlig ausgeliefert. Natürlich habe ich so viele Monate lang diese Briefe geschrieben, weil ich die Schuld, nicht für dich da gewesen zu sein, verarbeiten und loswerden wollte. Begonnen hatte ich damit, um eine Verbindung zu dir zu schaffen, und am Ende dienten sie vermutlich dazu, eine Verbindung zu mir selbst herzustellen, mit meinem bisherigen Leben auf irgendeine Art Frieden zu schließen. Die ganzen Einzelteile liegen vor mir, aber ich bewege mich noch immer lediglich an der Oberfläche. Die Lebensgeschichte jedes einzelnen Menschen ist trillionenmal vielschichtiger, als das mit Worten zu beschreiben ist.

Ich stelle mir vor, dass jeder Autor so fühlt in dem Moment, wenn er das Wort ENDE tippt. Er ahnt, dass das, was er geschaffen hat, nur den Rand dessen erfasst, was er sich vorstellte, als er sich zum Schreiben hingesetzt hat, und dass selbst das, was er sich vorstellte, nur den Rand der Wahrheit berührt.

Ich glaubte, die Wahrheit zu kennen, das meiste davon war aus dieser Sicherheit heraus geschrieben. Aber es hat sich herausgestellt, dass die Wahrheit immer in Bewegung ist. Selbst dann noch, wenn sie in Stein gemeißelt wurde, flackert sie und rutscht seitlich weg. Und jetzt, nachdem ich Graces Brief erhalten habe, frage ich mich, ob wohl ihre Überzeugung, dass Joel die Schuld daran trug, mehr mit ihrer Wut über das, was er uns und er ihr angetan hatte, zusammenhing als mit der Wahrheit. Ich frage mich, ob ich überhaupt etwas wusste.

Verzeih mir.

Verzeih mir. Und damit endete es. Ich las die letzte Seite noch einmal, mit wachsender Panik, einem nervösen Flattern im Magen. Er hatte einen Brief von Grace erhalten? In dem etwas über Gabriel stand? Wie konnte er mir das nur verschweigen!

Ich machte mich auf den Weg ins Erdgeschoss, um mit Cecilia zu sprechen, doch als ich sie mit Joel im Esszimmer hörte, ging ich lieber in die Bibliothek. Dort rief ich die Telefonauskunft von Santa Barbara an und fragte nach der Nummer des Klarissenkonvents.

Die Frau, die im Konvent ans Telefon ging, klang alt, ihre Stimme brüchig. Vielleicht, weil sie so selten benutzt wurde. Außerdem sprach sie harscher, als ich das von einer Frau, die ihre Tage damit zubrachte, Gott zu loben, erwartet hätte. »Entschuldigen Sie bitte«, sagte ich, »ich habe ein ungewöhnliches Anliegen. Ich suche nämlich jemanden … meine Schwester, sie ist meine Schwester, und sie ist schon seit vielen Jahren bei Ihnen. Ich würde gern mit ihr sprechen, es handelt sich um eine Art Notfall in der Familie.«

»Tut mir leid«, erwiderte die Frau. »Die Frauen hier leben in strenger Abgeschiedenheit. Sie wissen doch bestimmt, dass es ihnen nicht erlaubt ist, mit jemandem von außerhalb zu sprechen.«

»Aber verstehen Sie denn nicht …«, meine Stimme zitterte, »es geht um meinen Sohn, ich muss sie nach meinem Sohn fragen. Er war noch ein Baby, Schwester, gerade mal zwei Jahre alt, und da ist etwas Schreckliches mit ihm geschehen, und darum brauche ich sie. Ich brauche sie!«

»Ach du meine Güte …« Ihre Stimme verklang, Stille trat ein. Sie schwieg so lange, dass ich mir schon sicher war, sie würde ablehnen, aber schließlich fragte sie: »Wie heißt denn Ihre Schwester?«

»Danke.« Ich hatte Tränen in den Augen. »Sie heißt Grace, Grace Sinclair.«

»Ach … Das tut mir wirklich leid, meine Liebe.«

Eine eisige Faust umklammerte meinen Magen. »Sie ist gestorben«, sagte ich.

»Was? Nein, nein, ich weiß nicht. Es ist nur so, dass noch jemand angerufen und nach ihr gefragt hat, erst vor ein oder zwei Wochen. Aber man hat Ihnen wohl beiden das falsche Kloster genannt, denn hier bei uns ist sie nicht.«

Jemand anders hatte angerufen, um mit Grace zu sprechen? Das war bestimmt Nate gewesen, der ihr mitteilen wollte, dass er auf dem Weg zu ihr sei. »Ach ja, das war vermutlich mein Mann. Und natürlich ist sie bei Ihnen oder war es zumindest. Es ist möglich, dass sie jetzt im Krankenhaus liegt, aber ich weiß, dass sie bei den Klarissenschwestern von Santa Barbara war, fünfundzwanzig Jahre lang. Hat sie vielleicht einen anderen Namen angenommen? Nonnen tun das doch, oder? Sie wissen bestimmt, wen ich meine, sie hat ALS, schon seit einer ganzen Weile, und sie liegt im Sterben. Sie hat dunkle Locken, wirklich hübsch …

»Es tut mir so leid, meine Liebe, es tut mir leid wegen Ihres Sohnes und dass es Ihrer Schwester so schlecht geht, aber ich bin mir sehr sicher, dass sie nicht hier ist. Ich lebe hier seit über dreißig Jahren, wir sind eine kleine Gemeinschaft, und ich weiß wirklich nicht, von wem Sie sprechen. Könnte sie nicht in einem anderen Kloster sein?«

Sie war nicht dort? Verständnislos schaute ich auf das Bücherregal vor mir, dann sagte ich »Vielen Dank« und legte auf.

Grace war nicht dort. Aber hatte sie das in ihrem Brief an Cecilia nicht behauptet? Ich legte die Hand auf die Augen und bemühte mich, klar zu denken, doch mich überkam eine fiebrige Panik, und ich trat hinaus in den Vorraum.

Joel saß am Kopfende des Esstisches, die Hände auf die Knie gestützt, vor ihm die Reste seines Abendessens. Auf dem Stuhl neben ihm saß Cecilia mit einer Tablettendosierschachtel, in die sie verschiedenfarbige Tabletten aus mehreren Glasfläschchen einsortierte. Ich wartete auf der Schwelle, bis sie aufblickte, dann winkte ich sie mit aufgeregten Gesten zu mir.

Mit einem Blick auf ihren Vater stand sie auf. »Bin gleich wieder da«, sagte sie und folgte mir in die Bibliothek. »Alles in Ordnung?«, erkundigte sie sich. »Du siehst aus, als wäre dir übel.«

»Ich weiß nicht so recht.« Ich schob die geballten Fäuste unter meine Arme, sah hinauf zur Decke und sagte: »Grace ist nicht im Kloster, Cecilia, wusstest du das? Ich habe gerade dort angerufen und mit einer Nonne gesprochen, und ich bin mir nicht sicher, ob sie überhaupt jemals dort war.«

Cecilia wurde bleich. »Was?«

»In dem Brief an dich hat sie doch geschrieben, sie wäre dort, oder? In Santa Barbara? Und jemand, vermutlich Nate, hat vor ein oder zwei Wochen angerufen und nach ihr gefragt. Ich bin mir sicher, das war für ihn der Auslöser, hierher zu kommen. Er wollte herausfinden, wo sie sich stattdessen aufhält, und wo er sie treffen kann. Hat er dir davon gar nichts erzählt? Und ein Brief, er hat einen Brief von ihr bekommen, in dem etwas über deinen Vater und Gabriel stand, hat er dir den gezeigt? Ich bin mir ziemlich sicher, dass er etwas aus unserem Glaskasten zu Hause genommen hat, ehe er fuhr.«

»Chloe … Nein, Chloe. Ich meine, du hast recht, er hatte den Brief dabei, ich habe ihn gesehen. Aber ich war es, die im Konvent angerufen hat.«

»Also weißt du davon? Und wo ist sie?«

»Ich weiß nicht genau.« Sie lehnte sich mit dem Rücken gegen den Rollschreibtisch, die Arme um den Körper geschlungen. »Ich wollte mit ihr sprechen. Ich wusste, dass sie uns vor ihrem Tod nicht mehr sehen wollte, aber ich musste immer daran denken. Wochenlang habe ich nicht geschlafen, es ging mir nicht aus dem Kopf, und ich wusste, ich muss irgendeinen Weg finden, sie trotzdem zu sehen. Aber als ich letzte Woche herausfand, dass sie nicht im Kloster lebte, habe ich Nate angerufen und es ihm erzählt.«

»Und darum ist er hergekommen? Warum hast du mir das denn nicht gesagt? Warum hat *er* mir das nicht gesagt!«

»Weil … Chloe, es ist kompliziert, da steckt eine ganze Menge dahinter. Es gibt einiges, von dem er dachte, es würde dich zu sehr aufregen. Er würde mir bestimmt nie verzeihen, wenn ich dir davon erzähle. Hör zu, ich bringe Dad früh ins Bett, Nate sollte in ein oder zwei Stunden da sein, und dann können wir reden.«

»Cecilia …«

»Nur noch ein oder zwei Stunden, ja? Bitte versteh doch, ich kann ohne Nate nicht darüber sprechen.« Sanft legte sie eine Hand auf meinen Arm. »Ich habe dir dein Abendessen auf einem Teller angerichtet, du kannst es dir in der Mikrowelle warm machen. Es steht in der Küche. Also warum isst du nicht etwas, und gehst dann auf dein Zimmer und ruhst dich ein bisschen aus?« Sie hauchte einen Kuss auf ihre Hand und legte sie mir an die Wange. »Versuch dich zu entspannen, denn es könnte eine lange Nacht werden.« Damit ging sie zurück in den Vorraum.

Ich hörte, wie sie mit Joel sprach und wie sie beide die Treppe hinaufstiegen. Dann ging ich in die Küche und warf einen Blick auf das Abendessen, das sie mir hingestellt hatte: eine dicke Scheibe Hackbraten, Erbsen und einen Berg Kartoffeln, auf dem ein Stück Butter thronte. Ich stellte den Teller in den Kühlschrank und kehrte in die Bibliothek zurück. Dort stand ich am Fenster, sah hinauf in den dunklen Himmel, lauschte auf die Geräusche im Obergeschoss und gab mir Mühe, mich vom Grübeln abzuhalten.

Alles in mir fühlte sich so leer, so allein. Meine Gedanken flogen wie Mücken in endlosen Spiralen, viel zu schnell, um mehr als ein verschwommenes Abbild zu hinterlassen. Und ich sehnte mich nach Nate. Ich wünschte ihn herbei, damit ich mich auf etwas konzentrieren konnte, damit er mich erdete.

Ich legte die Stirn an die Fensterscheibe und schloss die Augen, wie ich es an verregneten Tagen, die mich mit einer unsagbaren Sehnsucht erfüllten, schon als kleines Kind getan hatte. Damals hatte ich die von meinem Atem beschlagene Scheibe angesehen, meinen Namen oder ein Herz oder ein Tic-Tac-Toe-Spiel in die Nebelwolke gemalt und gewartet, bis sie sich auflöste. Jetzt legte ich meinen Zeigefinger mitten in den Fleck und nahm ihn wieder fort, sah den klaren Punkt an, den er hinterlassen hatte. Schließlich wischte ich die beschlagene Scheibe mit dem Ärmel sauber und ging zur Eingangstür.

Es war eine klare, kalte Nacht, riesenhaft hing der bläuliche Mond knapp über dem Horizont. Ich holte eine Taschenlampe aus dem Handschuhfach meines Autos und ging wieder ins Wäldchen. Die feuchten Farnwedel durchweichten meine Turnschuhe und die Hosenbeine meiner Jeans.

Als ich am Flüsschen war, kniete ich mich neben den Erdhaufen, den ich in der Nacht zuvor hinterlassen hatte, und wühlte darin, bis ich das zerfranste blaue Stoffstück fand, kaum größer als meine Handfläche. An einer Seite war ein Gummizug, der Taillenbund. Ich säuberte es, so gut es ging, und sah es an, fuhr mit dem Finger über das Wenige, was von dem ausgebleichten Teddybärmuster noch zu erkennen war. Dann drückte ich es an meine Brust, zog die Knie an und rollte mich zusammen. Wie damals, als Gabriel klein war, schaukelte ich von einer Seite auf die andere und summte den Text von »Summertime«, dem Lied, das ich ihm seit seiner Geburt jeden Abend vorgesungen hatte, dem Lied, das von Abschied und Verlust, aber auch von Neuanfang handelte.

One of these mornings, you're going to rise up singing,
Then you'll spread your wings …

Eines Morgens wirst du dich singend erheben
und deine Flügel ausbreiten …

Gabriel war zehn Monate alt, als er mitzusummen begann. Seine leisen *Hmmms* und *Iiiihhs* mischten sich auf eine seltsame, eindringlich dissonante Art in meinen Gesang. Oft sang ich die Verse wieder und wieder, blieb vor ihm in der Dunkelheit stehen, während seine Stimme schwankte und verklang, während er die Augen schloss und sein Atem langsamer und tiefer wurde. Und auch, nachdem er schon schlief, sang ich weiter, so leise, dass die Worte unverständlich und hauchend klangen. Dabei wünschte ich mir, unser Lied, unsere Einschlafrituale, diese letzten Überreste des Säuglingsalters, könnten auf ewig weitergehen.

27

Es war fast zehn Uhr, als ich zurückkam und Nates Auto in der Einfahrt sah. Ich blieb eine Weile stehen, den Blick darauf gerichtet, dann ging ich ins Haus.

Nate und Cecilia saßen in der Bibliothek, Cecilia im Lehnstuhl, die gefalteten Hände zwischen den Knien, Nate auf dem Sofa. Er sah mitgenommen aus, seine Augen müde und das Gesicht ausgezehrt. Als ich eintrat, sprang er auf und kam auf mich zu, hielt dann aber inne und sah mich fragend an.

»Du hättest es mir sagen sollen«, erklärte ich, »du hättest mir sagen sollen, wohin du fährst und warum.«

Nate hob einen Arm, ließ ihn wieder fallen und sagte: »Ich weiß.«

An meiner Brust spürte ich die Reste der Pyjamahose, dumpfer Fäulnisgeruch stieg mir in die Nase. Zum ersten Mal, seit ich Nates Geheimnisse gelesen hatte, stand ich ihm gegenüber. Die grauen Strähnen in seinem Haar, die Furchen auf seiner Stirn kamen mir gänzlich unvertraut vor, es war, als hätten wir uns jahrelang nicht gesehen. Und vielleicht stimmte das ja auch. Jede Falte, jede graue Strähne hatte sich fern von mir entwickelt, denn er war nicht nur eine Woche lang fort gewesen. Er war fort gewesen seit jenen Nachmittagen im Wäldchen, an denen wir uns über Gott und die Welt unterhielten und Einsichten verkündeten, die eher den Berichten anderer als unseren eigenen Erfahrungen entstammten. Das waren unsere besten

Jahre gewesen, und seit damals, als er zum ersten Mal weggelaufen war, seit der Nacht, in der Gabriel gezeugt wurde, war er nie mehr vollständig zurückgekommen.

»Warum vertraust du mir denn nicht! Das war von Anfang an das Problem. Du glaubt, ich wäre zu schwach, oder du müsstest Teile deines Lebens aus unserer Ehe heraushalten, aber so funktioniert eine Ehe nicht, Nate. Diese Teile, von denen du mir nichts erzählt hast, erklären alles. Auf diese Weise hast du unsere Ehe zum Krüppel gemacht, du hast ihr die Beine weggeschlagen! Ich hätte der wichtigste Mensch in deinem Leben sein sollen, aber du hast das nie zugelassen!«

»Chloe«, sagte er hilflos, und ganz plötzlich traf mich die Trauer wie eine nasse Decke. Ich zog das blaue Stoffstück unter meiner Bluse hervor und hielt es ihm mit einem Schluchzen hin. Verständnislos sah Nate den Stoff an, dann hob er den Blick, und ganz plötzlich, als hätte man eine Reißleine gezogen, schien er zu begreifen. Er machte einige Schritte auf mich zu und legte die Arme um mich, und ich ließ mich fallen, ließ mich von ihm einhüllen, spürte sein weiches, warmes Sporthemd und seinen festen Griff an meinem Rücken.

Wann hatte er mich das letzte Mal so gehalten? Ich konnte mich nicht mehr erinnern, wann wir zuletzt miteinander geschlafen hatten, wann wir gemeinsam geweint und miteinander mehr als die üblichen Alltagssorgen geteilt hatten. Aber dennoch war da etwas, was uns verband, wie vielleicht in jeder langjährigen Ehe. Auch wenn ich Nate schon vor Jahren verloren hatte, so führte doch das, was wir gemeinsam durchlebt hatten, ein Eigenleben. Einerseits ein Teil von uns, existierte es doch zugleich unabhängig von uns, völlig losgelöst, so wie Geschichten sich von ihren Erzählern lösen. Sogar während des vergangenen

Jahres, sogar in den Stunden, die ich mit Daniel verbracht hatte, und trotz all des Ärgers, des Betrugs, der Verletzungen und dessen, was bald noch enthüllt werden würde, war unsere Geschichte doch immer noch da. Und zumindest in den Minuten, die er mich im Arm hielt, war das, was wir gemeinsam durchlebt hatten, weitaus wichtiger als das, was wir nicht miteinander geteilt hatten.

Ich saß bei Nate auf dem Sofa, die Augen noch immer rot vom Weinen, und umklammerte mit den Händen eine Tasse mit lauwarmem Tee. Nate redete mit sorgenvollem Gesicht, seine Stimme kippte am Ende jedes Satzes, als würden Splitter abspringen.

»Ich habe sie nicht gefunden«, sagte er. »Ich habe auch keine Ahnung, wo sie jetzt sein könnte, ob sie noch lebt oder ob sie über ihre Krankheit tatsächlich die Wahrheit gesagt hat. Ich weiß nur, was ihr auch herausgefunden habt, dass sie nämlich diese ganzen Jahre über nicht in diesem Konvent war. Ich weiß nicht, ob sie damals überhaupt vorhatte, wieder dorthin zu gehen, oder ob sie uns das nur erzählt hat, damit wir uns keine Sorgen um sie machen. Vielleicht ist ihr, als sie in Santa Barbara ankam, erst klar geworden, dass sie sich nach der Freiheit sehnte, die ihr in der Jugend vorenthalten worden war. Was auch immer, ich habe überall nach ihr gesucht. Nachdem Cecilia mir erzählt hatte, dass Grace nie im Kloster gewesen ist, habe ich sogar einen der besten Privatdetektive in ganz Kalifornien angeheuert, einen ehemaligen FBI-Mann mit Kontakten in verschiedenste Bundesstaaten. Aber auch er hat im ganzen Land keine Spur von ihr gefunden, es ist, als hätte es sie nie gegeben. Manchmal habe ich damit gerechnet, dass sie mir dort einfach irgendwo über den Weg läuft, oder dass jemand mich sieht und sich plötzlich umdreht und sagt: ›Mein Gott, Sie sehen genauso aus wie eine Bekannte von mir!‹ Aber es gibt keinen Hinweis darauf, dass sie jemals dort gewesen ist.«

»Hast du die Krankenhäuser überprüft?«

»Das habe ich nach dem Konvent als Allererstes getan. Sämtliche Krankenhäuser in der Gegend, bestimmt zwanzig Stück habe ich angerufen. Aber nirgendwo war eine Grace Sinclair verzeichnet, und es gab auch keine entsprechende Todesmeldung. Das bedeutet, sie hat entweder ihren Namen geändert oder war in Wirklichkeit überhaupt nicht krank.«

»Sie hat den Scheck eingelöst, den ich ihr bei ihrer Abreise gegeben habe«, sagte ich. »Ich dachte immer, sie hat das Geld dem Kloster gespendet, wie ich es vorgeschlagen hatte, und habe mir vorgestellt, dass sie nun in einer hübscheren Umgebung wohnt und vielleicht nicht ganz so hart arbeiten muss. Aber wenn sie gar nicht dort war, hat sie es vielleicht benutzt, um irgendwo ein neues Leben anzufangen.«

»Die Briefe, die sie uns geschickt hat, waren in Santa Barbara abgestempelt, und sie schreibt, sie wohne am Meer, also weiß ich nicht, wo sie sonst sein soll.«

»Was hat sie denn sonst noch geschrieben? Etwas über Gabriel, oder?«

»Wirklich, Chloe, da stand nichts weiter, was du wissen müsstest. Du kannst mir vertrauen, es war eigentlich nur weitschweifiges Zeug.«

»Dir vertrauen? Verdammt noch mal, Nate, wenn es um meinen Sohn ging, dann musst du es mir erzählen! Es ist mir egal, ob du glaubst, es würde mir wehtun, so etwas zu hören. Ab einem bestimmten Punkt spielt es keine Rolle mehr, ob man noch mehr verletzt wird, da trifft einen nichts mehr. Und diesen Punkt habe ich schon lange hinter mir. Sag es mir einfach!«

Er warf Cecilia einen Blick zu, dann presste er die Handflächen gegeneinander. »Also, es ist Folgendes: Grace hat infrage gestellt, ob es tatsächlich Joel war, der Gabriel entführt hat.«

Ich sah ihn zunächst verständnislos an, dann sagte ich: »Okay. Ich meine, das überrascht mich eigentlich nicht so sehr. Sie hat ihn ja immer verteidigt. Es hat mich mehr überrascht, dass sie ihn damals verdächtigte.«

»Hör mir erst mal zu, ja? Sie schreibt, dass sie über die Jahre mehr Distanz zu ihm bekommen hat, und besonders jetzt, wo sie nur noch im Bett liegen kann und Zeit hat, die Vergangenheit Revue passieren zu lassen und ihre Erinnerungen zu ordnen, hat sie über einiges, was in unserer Jugend passiert ist, noch einmal neu nachgedacht. Im vergangenen Jahr, berichtet sie, habe sie Joel einen Brief geschrieben. Er habe ihr geantwortet und ihr Dinge erzählt, die sie vermuten ließen, sie habe einen großen Fehler gemacht. Wir waren immer der Meinung, dass er sich missbräuchlich verhalten hat, aber jetzt, mit ein bisschen Abstand, können wir sehen, dass sein Verhalten vor allem auf Strenge und Angst beruhte. Wie etwa sein Beharren darauf, dass wir große Teile der Bibel auswendig lernen.«

»Immer, wenn wir uns schlecht benommen haben, mussten wir uns die Geschlechterfolgen einprägen!«

»Aber Grace schrieb, schließlich habe sie begriffen, dass er wirklich davon überzeugt war, alles, was er mit uns machte, würde unserem Wohl dienen. Sie meinte, deshalb habe Mom auch so getan, als würde sie mitmachen, obwohl sie zuließ, dass wir die Regeln brachen. Nicht, weil sie Angst vor ihm hatte, sondern weil sie wusste, dass er uns auf diese Weise seine Liebe zeigte, dass er als Vater alles ihm Mögliche tat, um gute Menschen aus uns zu machen. Ich glaube, damals hat ihm Grace vorgeworfen, sie könnte sich vorstellen, dass er von einem Dämon besessen ist oder so. Aber in dem Brief sagte sie, er habe sich zwar nach Moms Tod verändert, aber ihrer Meinung nach sei das nur geschehen, weil er jetzt noch viel dringlicher glaubte, unser Seelenheil bewahren zu müssen.«

»Die Strenge hatte er in erster Linie aus seinem Elternhaus«, ergänzte Cecilia. »Auch sein Vater war Pastor, und er hat Daddy sogar ausgepeitscht. Wenn ich ihm jetzt beim Anziehen helfe, kann ich die Narben sehen, ganz schrecklich und wirklich überall, kreuzweise wie ein Stacheldrahtzaun auf seinen Armen, Beinen und am Rücken. Bei allem, was er durchgemacht hat, ist es erstaunlich, dass er sich nicht noch schlimmer verhalten hat, dass er nicht grausam wurde, anstatt nur streng und fordernd zu sein. Er hat uns niemals bewusst verletzt.«

Mein Magen krampfte sich zusammen. »Meinst du das ernst? Wie kannst du so etwas sagen? Wie kann ausgerechnet Grace das glauben? Er hat sie gezwungen, ihr Baby abzutreiben!«

»Aber genau das ist es doch, Chloe«, sagte Nate, »das ist es, was ihr klar geworden ist. Er hat mitgehört, wie sie um einen Rat gebetet hat, so hat er es herausgefunden. Dann ist er explodiert, hat das Baby eine Ausgeburt des Teufels genannt, ihr gesagt, sie wäre in alle Ewigkeit verflucht. Genau, wie er es bei mir und Gabriel getan hat. Und mehr noch, er hat behauptet, wenn das Kind auf die Welt käme, würde es nicht nur sie selbst, sondern auch die ganze Familie in den Abgrund ziehen, denn auf diese Weise könne Satan in die Kirche eindringen. Stell dir vor, wenn du für so etwas verantwortlich bist.«

»Wenn ich dich recht verstehe, sagst du, er habe sie nicht

dazu gezwungen? Sie hat beschlossen, es selbst zu tun, um ihre Familie zu schützen?«

»Das sage ich nicht. Nur, dass er das nicht gemeint hat, sie hat ihn missverstanden. Tatsächlich sagte er, es wäre das Beste für alle, wenn das Baby tot zur Welt käme, auf diese Weise würde wenigstens seine Seele gerettet. Und auch das entsprang möglicherweise nur der Hitze des Gefechts; er hat versucht, ihr Angst einzujagen, weil er selbst Angst hatte. Erinnere dich, das war kurz, nachdem Mom gestorben war, in der Zeit war er dem Irrsinn nahe. Und ja, es funktionierte, sie fürchtete für uns alle. Sie war sich sicher, dass er es so meinte, dass sie keine andere Wahl hatte, und so …« Er schlug die Fäuste gegeneinander. »So.«

Ich dachte an die Vorfreude in Graces Augen, als sie sich bei mir nach einer Eheschließung außerhalb der Kirche erkundigt hatte, und dachte auch an die Leere in ihrem Gesicht, als ich sie das nächste Mal sah. »Die arme Grace«, sagte ich. »O mein Gott, Nate!«

»Ich bin sicher, er war entsetzt, als er herausfand, dass sie das Kind abgetrieben hatte. Aber als er sah, wie sehr sie das mitnahm, tat er alles in seiner Macht Stehende, Grace einzureden, dieses Kind hätte nie leben sollen, sein Tod sei nicht ihre Schuld gewesen. Und in den nächsten Wochen, als er uns viele Stunden lang zur Arbeit in der Kirche zwang, da wollte er sie vermutlich vor allem beschäftigt halten, damit sie nicht nachdenken konnte über das, was sie getan hatte. Aber Grace war davon überzeugt, er habe das von ihr verlangt. Sie war sicher, wenn sie es nicht gemacht hätte, hätte er es getan.«

»Darum hatte sie auch solche Angst, als sie von Gabriel erfuhr«, sagte Cecilia, »und darum war sie nach seiner Entführung so sicher, dass Daddy ihm etwas angetan hat. Und nun hat sie in ihrem Brief geschrieben, dass sie nach so vielen Jahren nicht mehr davon überzeugt sei.«

»Aber er war es! Wie auch immer sie jetzt darüber denkt, es hat sich herausgestellt, dass sie recht hatte. Er hat darüber geschrieben! In seinem Abfall war eine schmutzige Windel, verdammt noch mal!« Ich hielt inne und sah Nate an. »Warte mal, meinst du damit, dass sie glaubt, er habe ihm nichts angetan? Dass er ihn vielleicht nur irgendwo untergebracht hat und dass er noch immer am Leben ist?«

»Chloe!« Nate traten Tränen in die Augen. Schnell schüttelte er den Kopf. »Es gibt noch etwas anderes. Darum habe ich Cecilia erst dann von dem Brief erzählt, als es unbedingt nötig war. Ich wusste, es würde sie beinahe umbringen, so wie es mich beinahe umbringt. Denn das Beweisstück im Haus, das einzige Beweisstück, das sie gefunden haben, das haben wir dorthin getan. Ich und Cecilia.«

Mir wurde eiskalt. »Was?« Ich brachte das Wort kaum heraus, es klang wie ein affenartiges Quietschen. Als ich mich zu Cecilia umdrehte, wanderte ihr Blick schnell über meine Schulter hinweg. Ihre Miene wurde ausdruckslos und leer, als lauschte sie einem weit entfernten Gespräch zu einem völlig anderen Thema.

»Chloe … Chloe, es tut mir so leid. Ich wollte, dass du nie etwas davon erfährst, weil ich wusste, du brauchst das Gefühl, die ganze Sache wäre erledigt, der Gerechtigkeit wäre genüge getan. Aber die Notiz in seinem Schreibtisch war nicht an mich gerichtet und bezog sich nicht auf Gabriel. Das hatte er an Grace geschrieben, nachdem ihr Baby gestorben war. Sie hatte sie dem Brief, in dem sie ihn beschuldigte, beigelegt, als Beweis, wozu er fähig ist. Und ich holte eine Windel von ihm aus unserem

Abfallcontainer, nahm eine Socke aus Gabriels Schublade und Haarsträhnen, die du von seinem ersten Haarschnitt aufgehoben hattest, um sicherzustellen, dass die Beweise unwiderlegbar waren. Und während Joel in der Kirche war, haben Cecilia und ich alles im Haus deponiert.«

»Nein …« Ein Eisklumpen so schwer wie Blei rollte in meinem Inneren herum. »Nate, wie das?«

»Es war so schrecklich, etwas von Gabriel zu suchen, was ich dafür nehmen konnte.« Seine Stimme klang hohl und sehr tief. »All die Dinge wirkten so lebendig, sie waren wie ein Lied, das er mir vorsang, ein Lied darüber, wie schön und normal sein Leben bisher gewesen war. Sie zusammenzusuchen, sie im Haus zu hinterlassen, das war vielleicht das Schwerste, was ich je getan habe.«

»Das ergibt doch überhaupt keinen Sinn!«, sagte ich in dem Versuch, festen Stand zu finden. Dieses Gespräch zog mir gerade alles, dessen ich mir sicher gewesen war, unter den Füßen weg. »Wie konntest du ihm falsche Beweise unterjubeln? Und warum?«

»Weil ich von seiner Schuld felsenfest überzeugt war, seiner Schuld an Gabriels Verschwinden und am Tod von Graces Baby, und weil ich unbedingt sichergehen wollte, dass er dafür verhaftet wurde.«

»Aber …«, setzte ich an, dann atmete ich rasch aus und legte meine Hände über Nase und Mund. »Nein, kein Aber, es ist passiert. Es ist passiert, und er war dafür im Gefängnis, und eigentlich spielt es auch keine Rolle, wenn es aufgrund falscher Beweise geschah. Wichtig ist nur, dass er eingesperrt wurde.«

»Aber was, wenn er es gar nicht gewesen ist?«, fragte Cecilia.

»Was willst du denn damit sagen? Er hat doch zugegeben,

dass er es getan hat! Du hast Gabriels Pyjama bei ihm gefunden!«

Nate sagte: »An diesem Nachmittag in der Kirche hat er mir erzählt, er habe den Pyjama auf dem Altar gefunden, am Tag nach Gabriels Verschwinden. Jeder hätte ihn dort abgelegt haben können, zu diesem Zeitpunkt wusste bereits jeder, dass Gabriel sein Enkel war. Also hat vielleicht derjenige, der Gabriel entführt hat, den Pyjama dort deponiert, weil er wollte, dass Joel in Verdacht gerät.«

»Anfangs hat Daddy der Polizei erklärt, er sei unschuldig«, sagte Cecilia, »und bei seiner Entlassung hat er es noch einmal gesagt. In ihrem Brief an Nate hat Grace geschrieben, sie habe sich immer gefragt, ob er nicht irgendwann einfach resigniert habe, weil er davon überzeugt war, das Gefängnis sei Gottes Wille. Seit Moms Tod hat er die Kraft seines Glaubens immer wieder infrage gestellt, für ihn war das alles vielleicht nur eine weitere Prüfung oder sogar eine Strafe. Wenn man es genau betrachtet, dann hat er seine Schuld auch nie eingestanden, er hat nur gesagt, er nehme die Schuld auf sich, weil Gott das von ihm verlange. Er hat sich immer vorgestellt, er würde Gottes Stimme hören, er betrachtete sich als eine Art Prophet. Und nachdem er glaubte, bereits am Tod eines Babys die Schuld zu tragen, kann ich mir schon denken, dass ihn diese Stimme verfolgt hat. Das Gefängnis zu akzeptieren war die gerechte Strafe dafür.«

In meinem Kopf dröhnte es laut, ein Lärm, bei dem ich kaum noch denken konnte. »Ich kann das nicht ertragen, was soll das denn heißen? Falls ihr recht habt und er es nicht war, dann hätten sie Gabriel also vielleicht gefunden, wenn sie nach der Verhaftung deines Vaters nicht aufgehört hätten zu suchen? Was ist, wenn er damals noch am Leben war? Oder was, wenn … Nate, könnte er noch immer am Leben sein?«

Nate ergriff mit beiden Händen meine Hand und drückte sie, eine Geste, die so herablassend wirkte, dass ich ihm meine Hand sofort entzog. »Schau mich nicht so an. Das wäre möglich, oder?«

»Genau davor hatte ich Angst. O mein Gott, ich wünschte, du müsstest davon nichts erfahren. Es wurden noch andere Spuren verfolgt, ehe ich der Polizei den Tipp gab, Joels Haus zu durchsuchen. Da waren ein Pädophiler in Klamath und ein Kindermädchen in Trinidad, von dem die Polizei annahm, sie habe ein von ihr betreutes Mädchen ertränkt, die könnten es beide gewesen sein. Aber es hätte auch jemand ganz anderer gewesen sein können. Wir wissen es einfach nicht.«

»Wer auch immer ihn entführt hat«, sagte Cecilia leise, »im Fernsehen wurde so viel über sein Verschwinden berichtet, dass die Leute sofort Bescheid gewusst hätten, falls jemand ohne plausible Erklärung plötzlich mit einem Zweijährigen aufgetaucht wäre.«

»Das alles trage ich seit Graces letztem Brief mit mir herum. Der Gedanke, dass wir nie die ganze Wahrheit erfahren werden, nie sicher wissen werden, wer ihn entführt hat und wohin er gebracht wurde, ist so viel schwerer zu ertragen. Es wird dich jetzt nicht mehr loslassen, das weiß ich, fast so wie damals, als es gerade passiert war. Du wirst dich fragen, ob es ihm schlecht geht, ob er dich vermisst … Wäre es da nicht besser zu wissen, dass er seinen Frieden gefunden hat?«

»Seinen Frieden! Wie kannst du denn sicher wissen, dass er seinen Frieden gefunden hat? Gar nichts weißt du!« Ich presste die Handballen gegen die Augen, drückte die Fingernägel in meine Kopfhaut. Ich war mir immer so sicher gewesen, dass ich ihn fühlen konnte, seine Anwesenheit irgendwo da draußen in der Welt. Wäre er tot, hätte ich dann nicht mit irgendeinem archaischen Rest in mir seinen Tod spüren müssen, wie eine Art Phantomschmerz? Ich hatte zwar immer wieder versucht, mir klarzumachen, wie irrational diese Gedanken waren, aber was, wenn ich diesen Schmerz nicht gespürt hatte, weil Gabriel tatsächlich noch lebte?

»Der Brief, den dein Vater an Grace geschrieben hat«, sagte ich, ohne die Hände vom Gesicht zu nehmen. »Auch wenn ich niemals glauben kann, dass Joel nichts damit zu tun hatte – was stand denn in dem Brief, dass Grace ihre Meinung geändert hat?«

»Vielleicht war es, weil er noch immer behauptet hat, er habe mit Gabriels Verschwinden nichts zu tun. In erster Linie hat er sich aber dafür entschuldigt, wie er uns behandelt hat, und das auf eine Weise, die sehr ehrlich klang. Daraufhin sah sie unsere Kindheit in einem völlig neuen Licht. Ich kann dir zeigen, was sie mir dazu geschrieben hat, aber viel mehr war es nicht.« Er ging zu einem Rucksack, der in der Ecke stand, wühlte in der vorderen Tasche und zog einen abgegriffenen Umschlag heraus. »Das war auch einer der Gründe, weshalb ich Grace finden wollte. Ich hätte gern genau gewusst, was Joel zu ihr gesagt hat, damit ich es selbst deuten kann.«

Er gab mir Graces Brief. Der Umschlag war mit Maschinenschrift beschrieben, ohne Absender und mit einem Poststempel von Santa Barbara versehen. Einen solchen Brief hätte ich Nate gegeben, ohne groß darüber nachzudenken, weil ich ihn entweder für ein Schreiben an die Buchhandlung oder für Werbepost gehalten hätte. Ich zog drei bedruckte Seiten heraus und faltete sie auseinander, dann überflog ich den Text, bis ich zu der Stelle kam, wo sie über den Brief ihres Vaters sprach.

Ich habe ihm letztes Jahr geschrieben und dabei auch meine Wut erwähnt. Fast postwendend antwortete er mir, all die Jahre hätten ihn die Fehler, die er gemacht habe, gequält. Auch wenn das schlimm klingt, aber danach sah ich ihn zum ersten Mal als ein menschliches Wesen. Ich wünsche mir so sehr, ich hätte schon in unserer Jugend, als ich ihn zu hassen anfing, diese Seite von ihm wahrnehmen können. Es war wohl die Seite, die auch Mum kannte. Ich glaube, das hätte unser Verhalten ihm gegenüber sehr verändert, vielleicht hätten wir sogar einen Weg gefunden, ihm zu zeigen, wer wir wirklich sind. Möglicherweise hat diese Spirale aus Aktion und Reaktion, unsere und seine, uns nur immer tiefer in all das hineingetrieben. Ich denke mir oft, dass wir sonst vielleicht in der Lage gewesen wären, ihn doch irgendwie zu lieben.

Das alles schreibe ich dir, weil ich mir wünsche, du würdest das, was du glaubst, genauer prüfen. Ich habe viele Fehler gemacht, weil ich solche Angst vor ihm hatte. Jetzt aber weiß ich, es ist an der Zeit, die Teile, die von unserer Familie noch übrig sind, wieder zusammenzufügen. Dazu gehört, dir zu erklären, dass ich an das, was mir Daddy in seinem Brief mitgeteilt hat, tatsächlich glaube. Er war nicht derjenige, der deinen Sohn entführt hat.

Ich bin mir sogar sicher, dass er dazu auch nie in der Lage gewesen wäre. Natürlich, er hätte der Polizei sagen können, dass der im Haus gefundene Brief in Wahrheit an mich gerichtet war. Aber ich glaube, er wollte mich schützen und verhindern, dass der Verlust meines Babys als Geschichte der Woche durch die Medien geht. Er hat seine Gefängnisstrafe auf sich genommen als Buße für das, was er mit uns gemacht hat, für das, was er zu dir über Gabriel gesagt hat, und für die Sachen, die er mir über mein Kind gesagt und geschrieben hat. In seinem Brief steht, er wisse, wenn er anders gehandelt hätte, wenn er sowohl meine als auch Chloes Schwangerschaft als ein Gottesgeschenk angenommen hätte, dann wären beide Kinder vermutlich noch am Leben. Wegen der Fehler, die er gemacht habe, sei ihm das, was er durchleiden musste, nie ungerecht vorgekommen.

Aber ich glaube, er hat jetzt genug gelitten, Nate. Ich möchte, dass du versuchst, ihm zu verzeihen, dass du hinter der Person, an die du dich erinnerst, den Menschen siehst, der er wirklich war. Das hat natürlich ebenfalls Rückwirkungen, man fühlt sich schuldig, dass man es nicht früher sehen und andere Entscheidungen treffen konnte. Aber am Ende wird es sich auszahlen, ich hoffe, du kannst das schließlich erkennen und unternimmst den Versuch, ihn kennenzulernen, ehe nichts mehr von ihm übrig ist. Bitte geh jetzt zu ihm, hör dir an, was er zu sagen hat. Es ist so viel wichtiger, als du ahnst.

Ich wünschte, alles wäre anders. Ich wünschte, wir hätten das Leben führen können, das uns vorherbestimmt war, und hätten all die Jahre zusammen verbringen können. Manchmal stelle ich mir vor, mein Kind und deines wären Freunde geworden, Cousins, die einander so nahestehen wie Brüder. Ich lebe hier das Leben, von dem ich als Mädchen geträumt habe, am Meer, umgeben von Menschen, die ich liebe und die mich ebenfalls lieben. Aber es zeigt sich, dass es doch nicht das richtige Leben ist.

Ich liebe dich, Nate. Es tut mir so leid, dass sich alles so entwickelt hat. Und ich vermisse dich mehr, als du jemals wissen wirst.

Grace

Langsam faltete ich den Brief wieder zusammen, schob ihn zurück in den Umschlag und hielt dann den Umschlag in beiden Händen, den Blick auf die verklebte Lasche gerichtet. Etwas nagte am Rand meines Bewusstseins, ohne dass ich den Finger darauflegen konnte, weil es von zu vielen Worten und Bildern umschwirrt wurde. Wortlos hielt ich den Brief noch eine Weile, dann gab ich ihn Nate wieder zurück.

»Das ist schon komisch«, sagte Cecilia, »der Brief, den sie an mich geschrieben hat, war nicht annähernd so klar. Die ganzen Bibelzitate, die Sorgen wegen eines brennenden Sees, ich dachte schon, dass sie nicht nur ihre körperlichen, sondern zum Teil auch die geistigen Kräfte eingebüßt hat. Offenbar wollte sie Nate in ihrem Brief etwas Wichtiges übermitteln, daher hat sie das, was in ihrem Inneren tobte, mit aller Gewalt zurückgedrängt. Und als sie dann an mich schrieb, blieben ihr nur noch die Ängste.«

Mir war schwindlig, in meinem Hirn drehte sich alles so wie damals in der Zeit, nachdem wir Gabriel verloren hatten. Das war die Hölle des Nichtwissens. Nate legte seine Wange auf meine Schulter, und dieses Gefühl genügte, um mich zu beruhigen und dem endlosen Drehen Einhalt zu gebieten. Das war vielleicht der Unterschied zwischen damals und heute, ich wusste, dass ich nicht vollkommen allein war. »Ich finde, wir sollten jetzt alle ins Bett gehen«, sagte Nate leise. »Das war heute eine ganze Menge, und ich weiß, morgen wird es uns leichterfallen, alles auseinanderzusortieren.«

Ich nickte schweigend, und er nahm meine Hand und schob seine Finger zwischen meine. »Dann bis morgen früh«, sagte Cecilia, und Nate drückte meine Hand und stand auf. Zusammen gingen wir die Treppe hinauf.

Danach lag ich mit Nate auf der schmalen Doppelmatratze, kuschelte mich an ihn, während er mir beruhigend über den Rücken strich. Ich gab mir Mühe, mich ganz in dieses Gefühl hineinfallen zu lassen, in das, was wir miteinander gehabt hatten, ehe alles auseinanderfiel. Es war ein hoffnungsvoller Gedanke, dass uns das Vertrauen auf die Vergangenheit durch die Zukunft führen könnte.

»Ich habe dich vermisst«, sagte er leise. »Ich bin dort allein durch die Straßen gegangen und kam mir so verloren vor. Sehr oft habe ich nach einem öffentlichen Telefon Ausschau gehalten, um dich anzurufen, aber ich wollte dir nicht von Grace erzählen, ehe ich wusste, ob sie noch lebt. Ich wollte nicht, dass du so sehr hoffst, wie ich es tat.« Er legte zwei Finger um den oberen Nasenrücken und drückte ihn. »Es tut mir so leid, Chloe, ich hätte dir das natürlich alles schon vor sehr langer Zeit erzählen sollen. Ich wollte es auch, aber es kam mir so egoistisch vor, weil ich wusste, ich würde es nur für mich tun und nicht für dich. Aber so war es noch viel schlimmer für dich, und das hätte ich wissen müssen. Das Notizbuch zu lesen, ohne dass ich da war, um dir etwas zu erklären, und so nach all den Jahren herauszufinden, was ich getan habe …«

»Das ist nicht so schlimm«, sagte ich, »vieles von dem, was

du geschrieben hast, hat mir sehr gefallen. Es hat mir geholfen, mich an so vieles zu erinnern, was ich vergessen hatte, und jetzt weiß ich gar nicht mehr, warum ich mir solche Mühe gegeben habe, es zu vergessen.«

»Weil das Erinnern einen zwingt, über Verluste nachzudenken. Und damit meine ich nicht nur Gabriel.«

In meinem Bauch saß ein dunkler Knoten, und ich sah ihn an, während er weitersprach.

»Ich glaube, das mache ich beim Schreiben, ich zwinge die Erinnerung herbei. Aber genau deshalb habe ich den Text wohl auch weiterhin verschlüsselt, obwohl ich wusste, dass Gabriel ihn nie lesen würde. Ich wollte die Worte aus mir herausholen, aus mir heraus und in die Welt, aber ich konnte es nicht ertragen, dass sie sichtbar waren, ein ständiges Echo dessen, was wir einst zusammen hatten. Und das war natürlich eigentlich dumm, denn die Dinge verschwinden ja nicht einfach, nur weil man sie nicht anschaut.«

»Ich habe mit Daniel geschlafen«, sagte ich. Völlig übergangslos, ohne irgendeine Vorrede, um die Wirkung des Satzes abzumildern. Vielleicht war der Druck dieser Worte in meiner Kehle zu stark geworden, vielleicht waren sie auf einmal zu groß, um sie noch hinunterzuschlucken. Ich weiß nur, dass es mir absolut notwendig erschien, sie in diesem Moment auszusprechen.

Zunächst kam von Nate keinerlei Reaktion. Ich hatte noch nicht einmal ein Zucken seines Körpers gespürt, daher setzte ich mich langsam auf, um zu sehen, ob er mich überhaupt gehört hatte. Denn ich wusste, wenn das nicht der Fall war, würde ich ihm das nicht noch einmal sagen können. Seine Miene war unbewegt und ausdruckslos. Ich wickelte mich in die Bettdecke.

»Nate, mein Gott, es tut mir so leid.« Diese Worte waren völlig unzureichend, aber etwas anderes fand ich nicht.

Er richtete sich plötzlich auf, warf die Decken beiseite und erhob sich. Mit unsicheren Schritten ging er zur gegenüberliegenden Wand, wo er sich umdrehte und mich ansah. »Und? Was soll das bedeuten?«

Mir traten die Tränen in die Augen, und ich biss mir auf die Zunge.

»Wir reden nie über das, was mit uns, mit unserer Ehe geschehen ist«, sagte er. »Als könnten wir so verhindern, dass es sich manifestiert. Aber nun ist es wohl so manifest, wie das in einer Ehe nur möglich ist.« Seine Haare standen in alle Richtungen und hingen ihm in die Augen, er sah auf einmal so jung aus. Mich überschwemmte eine Woge der Nostalgie, ein fast mütterlicher Wunsch, ihn zu beschützen. Deshalb verblüffte mich der nun folgende Wutausbruch. »Herrgott, ausgerechnet mit Daniel? O ja, ich weiß von seinen Gefühlen für dich, sie waren immer offensichtlich. Aber du – von dir hätte ich wirklich etwas Besseres erwartet. Wie lange ist das her?«

Ich gab keine Antwort, und das Schweigen war natürlich lauter als alle Worte. »Also ist es nicht vorbei. Du hast neben mir geschlafen, mit mir gegessen, mir in die Augen geschaut und gelächelt, und jeder einzelne Moment davon war eine Lüge.«

»Keine Lüge, Nate, nicht so, wie du das meinst. Ich habe nicht an Daniel gedacht, wenn ich mit dir zusammen war.«

»Hast du denn an *mich* gedacht, wenn du mit *ihm* zusammen warst?«

»Nate.«

»Es spielt wohl auch keine Rolle. Also ging es nur um Sex? Oder um Rache? Oder – liebst du ihn etwa?«

Warum hatte ich dieses Gespräch bloß nicht vorhergesehen, dann hätte ich mir Antworten auf diese Fragen zurechtlegen können. Aber ich hatte ja genug Filme gesehen, genug Bücher gelesen, um zu wissen, dass es bei solchen Beichten keine guten Antworten gab. Nichts konnte die Sache erträglicher und nachvollziehbarer machen. Sollte ich behaupten, ich hätte Daniel niemals geliebt, weil das Nate gegenüber freundlicher gewesen wäre? »Ich war einsam«, erwiderte ich mit schwacher, kaum hörbarer Stimme. Und dann: »Das ist keine Entschuldigung, aber so fing es an. Und was immer ich für Daniel empfinde, es reicht nicht im Mindesten an meine Gefühle für dich heran. Ich kenne dich schon fast mein ganzes Leben lang, Nate. Ich *liebe* dich schon fast mein ganzes Leben lang, und es ist mir unmöglich, das jemals für jemand anderen zu empfinden.«

»Außer dass du mich in den letzten fünfundzwanzig Jahren gehasst hast.«

Alles in mir erstarrte, während ich ihn ansah. Seine Züge waren erschlafft, sein Gesicht im Halbdunkel verschattet und fleckig. »Glaubst du das wirklich?«

»Du schläfst mit meinem besten Freund, Chloe. Wenn das kein Hass ist, was ist es dann? Ich dachte – na ja, dass der heutige Abend der Beginn für eine Veränderung sein könnte. Aber offensichtlich reicht die Vergangenheit, die weit zurückliegende Vergangenheit, nicht aus, um uns zusammenzuhalten. Ich weiß überhaupt nicht mehr, was du für mich empfindest.«

Ich stand auf, ging auf ihn zu, zögerte. Dann nahm ich seine Hand, hob sie an und begrub mein Gesicht darin. »Es tut mir leid«, flüsterte ich, »es tut mir leid. Ich weiß wirklich nicht, ob wir das jemals überwinden können, ich weiß nur, dass ich mir wünsche, wir würden einen Weg finden.«

Die Hand noch immer auf meiner Wange blickte er in die Ferne. Dann drehte er sich um und ging zur Tür, wo er stehen blieb, ohne mich anzusehen. »Ich habe so viele Menschen verloren«, sagte er. »Den Verlust meiner Mutter konnte ich verwinden, weil ich dich, Grace und Cecilia hatte. Und jetzt kann ich es nur mit allergrößter Mühe aushalten, Grace zu verlieren. Aber der Verlust von Gabriel war unerträglich, und wie kann ich jemals darüber hinwegkommen, auch noch dich zu verlieren?«

In dieser Nacht sprachen wir nicht mehr viel. Wir gingen ins Bett und lagen dann nebeneinander in der Dunkelheit, lauschten jeder auf den Atem des anderen. Und gerade als ich dabei war einzuschlafen, sagte Nate: »Eins weiß ich, ich kann dir nicht verzeihen. Aber ich werde wohl herausfinden müssen, ob ich darüber hinwegsehen kann.«

Ich nahm seine Hand und legte sie auf meine Brust. Er erstarrte, aber er zog sie nicht fort.

28

Ich schlief schlecht, wachte ständig auf, um nachzuschauen, ob Nate noch immer neben mir lag. Immer wieder ging ich unser Gespräch durch, als könnte ich auf diese Weise erfahren, ob alles gut ausgehen würde. Und dann wachte ich irgendwann in den frühen Morgenstunden erneut auf, weil Joel schrie. Noch im Schleier des Schlafs gefangen, setzte ich mich auf, dann stieg ich aus dem Bett, schlüpfte in den Morgenmantel und ging hinaus auf den Flur. Dort war es dunkel und still. Einen Augenblick lang wartete ich, dann machte ich mich auf den Weg zu seinem Schlafzimmer, als Joel erneut aufschrie. Der Lärm kam von draußen.

Im Erdgeschoss sah ich, dass die Eingangstür weit offen stand und das Licht auf der Veranda brannte. »Mr. Sinclair?«, rief ich und trat hinaus. Die Luft war drückend, feucht und kühl, und ich schlang die Arme um meinen Körper, während ich durch den Vorgarten ging. »Mr. Sinclair!«

Ich umrundete das Haus, und dann hörte ich: »Sophia?« Die Stimme kam aus dem Wäldchen, ich folgte ihr und rief immer wieder nach ihm, spähte in das Halbdunkel der ersten Morgendämmerung. Und da saß er, kauerte in seinem Unterhemd auf dem Boden, das Gesicht voll Tränenspuren. Er blickte zu mir auf. »Offenbar habe ich meine Schuhe verloren«, sagte er.

Die Sohlen seiner nackten Füße waren schlammverkrustet und voll mit getrockneten Kiefernnadeln. An seinem rechten

Fuß klebte dunkles Blut. »Ich helfe Ihnen auf, ja?«, sagte ich. »Ich bringe Sie wieder ins Haus.«

Ich packte ihn unter den Achseln und zog ihn auf die Beine. Sein Körper war so mager und zerbrechlich, dass er sich anfühlte wie ein Ast. Dann legte ich einen Arm um ihn, ließ zu, dass er sich an mich lehnte. Während er langsam mit mir zum Haus zurückhinkte, stieß er hohe, katzenhafte Töne aus.

Ich brachte ihn die Treppe hinauf und ins Badezimmer, wo ich seinen Fuß so gut wie möglich reinigte, mit Wasserstoffperoxid, das ich nach einigem Suchen im Schrank gefunden hatte. Dann verband ich die Wunde mit einem Handtuch. Während ich arbeitete, verbot ich mir jeglichen Gedanken, jegliches Gefühl, meine Bewegungen waren so mechanisch, als würde ich einen Stuhl reparieren. Bis ich ihm schließlich ins Bett half, ihn fest zudeckte und auf der Schwelle noch stehen blieb, um sicherzugehen, dass er einschlief.

Er sah aus, als hätte man ihm eine äußere Hautschicht abgezogen, so weich und viel zu rosafarben. Beinahe obszön. Aber in seinem Gesicht erkannte ich die Umrisse des Mannes, der er einst gewesen war, in den Wangenknochen, den vollen Lippen, dem entschlossen wirkenden Unterkiefer. Ich würde gern behaupten, dass ich, während ich ihn ansah, nur Mitleid empfand, doch es war etwas sehr viel Komplizierteres. Es war viel zu viel passiert, und wie Nate richtig gesagt hatte, verschwand die Vergangenheit nicht einfach, wenn man sie nicht anschaute. Aber wenigstens überragte in diesem Gemisch aus Emotionen der Hass nicht mehr alles andere.

Plötzlich fiel mir ein Gespräch ein, das ich vor vielen Jahren mit Grace geführt hatte, kurz nach dem Tod von Sophia. »Nate glaubt nur, er würde Daddy hassen«, hatte sie gesagt, »ich denke, in Wahrheit ist er auf Gott wütend. Und weil er Gott nicht hassen darf, lenkt er seinen Zorn um.« Natürlich hatte Nate wahrlich gute Gründe, seinen Vater zu hassen, und im Lauf der Jahre wurden es immer mehr, aber was war zuerst da gewesen, die Henne oder das Ei? Als Kind war Nate wütend gewesen wegen Sophias Krankheit, und daraus resultierte sein Ärger auf den Mann, der ihm gegenüber Gottes Stellvertreter war. In dem Versuch, Nate zu disziplinieren, wurde sein Vater nur noch strenger, was Nate noch wütender machte und Joel umso härter werden ließ, und so weiter und so fort. Wie viel von dem, was Nate war und wie er mit den Ereignissen in unserem Leben umging, entsprang seinen Kämpfen mit dem Glauben?

Sehr lange stand ich auf der Schwelle zu Joels Schlafzimmer und sah ihm beim Schlafen zu, der einzigen Beschäftigung, bei der er wirklich Frieden fand. Dann legte ich mich wieder ins Bett, versuchte mich aufzuwärmen und mit dem Grübeln aufzuhören. Aber als ich merkte, dass ich nicht mehr einschlafen würde, stand ich auf, zog mich leise an und ging hinunter, um Kaffee zu kochen. Ich wollte die Milch aus dem Kühlschrank nehmen und sah, dass der Teller mit meinem Abendessen noch immer dort stand, mittlerweile mit Alufolie abgedeckt. Ich trug ihn ins Esszimmer und aß das Essen dort kalt, stillte meinen Hunger, ohne etwas zu schmecken.

Nachdem ich den Teller gespült hatte, nahm ich meinen Kaffeebecher mit in die Bibliothek und setzte mich aufs Sofa. Erst zögerte ich, dann nahm ich mein Handy aus der Tasche, um Daniel anzurufen. Ich sprach sofort alles aus. Während ich redete, kauerte ich mich nach vorne über die Knie, die Augen fest zugekniffen, und nachdem das Gespräch vorüber war, legte ich die Hände auf mein Gesicht und schaukelte krampfhaft vor und zurück, vor und zurück, als könnte ich es auf diese Weise aus meinem Gedächtnis herausschütteln. Es war längst nicht so grauenvoll gewesen, wie ich befürchtet hatte, Daniel hatte nur angespannt und bedrückt gewirkt. Manchmal hatten seine Worte schärfer geklungen, harte Kanten des Zorns, hinter denen sich alle anderen Gefühle versteckten. Und ich ahnte, dass er, seit wir das erste Mal miteinander geschlafen hatten, mit diesem Tag gerechnet hatte, ihn zumindest unbewusst als unausweichlich betrachtet hatte. Mir verschaffte das Sprechen ein bisschen Erleichterung, etwas löste sich in meiner Brust, bis er sagte: »Bei all dem schmerzt mich am meisten, das zu verlieren, was wir alle drei miteinander hatten. Unsere Freundschaft.« Und damit legte er auf. Die Bestimmtheit, das war das Härteste, noch härter als die Vorstellung, Daniel nie mehr wiederzusehen. Und vielleicht war das schon der Beweis, dass ich nur in die Verliebtheit verliebt gewesen war.

Jetzt wischte ich mir mit der Rückseite meines Unterarms die Tränen aus dem Gesicht und stand auf. Ich trat ans Fenster und sah zu, wie sich die Färbung des Himmels von hellem Rosa zu hellem Blau wandelte. Es war so schön hier, so ganz anders als in Truckee. Es gab einen Unterschied zwischen Einsamkeit und Alleinsein, hier konnte man allein sein, ohne sich einsam zu fühlen. Thomas Wolfe hat einmal gesagt, Einsamkeit sei die zentrale, unausweichliche Tatsache der menschlichen Natur, daher blieb einem wahrscheinlich nur, sie zu akzeptieren und ihre eigene Schönheit zu erkennen. Vielleicht war es wenigstens möglich, gleichzeitig einsam und vollständig zu sein, und das Gefühl der Vollständigkeit, das ich als Kind bei den Sinclairs und in den Jahren, in denen Gabriel am Leben war, empfunden hatte, lag weniger an der Rolle, die sie alle in meinem Leben gespielt hatten, als an dem Menschen, der ich in ihrer Gegenwart war.

Ich hatte immer geglaubt, das wäre es, was Grace im Kloster suchte, den Frieden im Alleinsein. Hatte sie dort, wo immer sie jetzt war, eine solche Vollständigkeit gefunden? Vielleicht hatte sie schließlich doch noch Freundschaften geschlossen, vielleicht hatte ihr das Verlassen ihrer Heimat die Freiheit geschenkt, die dafür nötig war. Hatte sie nicht geschrieben, sie wohne in der Nähe von Menschen, die sie liebte? Natürlich war es gut möglich, dass nichts von dem, was sie erzählte, der Wahrheit entsprach, dass sie uns nur versichern wollte, sie starb nicht allein. Aber ich würde so tun, als wäre es wahr. Eigentlich konnte ich mir für ihr Leben alles vorstellen und mir einreden, sie hätte Glück, Freundschaft und Familie gefunden und einen Beruf, der sie erfüllte, weil ich es wohl nie erfahren würde, wenn das Gegenteil der Fall war.

Konnte ich damit leben, es nicht zu wissen? Konnte das irgendeiner von uns? Es war genauso, wie nicht zu wissen, wo Gabriels Leiche begraben war, es blieb eine ständige Unruhe zurück. Nicht zu wissen, wie Grace die letzten fünfundzwanzig Jahre verbracht hatte, war, als würde ein Musikstück mit einem falschen Klang enden, man wartete endlos auf den erlösenden Akkord, der niemals kam. Jetzt machte ich mich auf die Suche nach dem Brief, weil ich mir sicher war, dass noch etwas zwischen den Zeilen gestanden hatte, was ich zwar gespürt, aber nicht klar erkannt hatte.

Der Brief lag noch auf dem Tischchen, wo wir ihn am Abend zuvor hingelegt hatten, und so zog ich ihn aus dem Umschlag und lehnte mich zurück, um ihn genau zu studieren. Dieses Mal las ich ihn langsam und von Anfang an, sowohl um mich davon zu überzeugen, dass Grace in ihren letzten Lebenstagen doch etwas Frieden gefunden hatte, als auch, um herauszufinden, was da an den Rändern meines Bewusstseins nagte. Bis ich das Ende erreicht hatte.

Ich lebe hier das Leben, von dem ich als Mädchen geträumt habe, am Meer, umgeben von Menschen, die ich liebe und die mich ebenfalls lieben.

Ich hielt den Blick auf diese Worte gerichtet.

An dem Morgen, an dem sie für immer fortging, hatte sie gesagt: »Ich dachte immer, wenn es an der Zeit wäre, das Elternhaus zu verlassen, dann würde ich etwas Großes machen. Ich würde nach Prince Edward Island ziehen, wie ich mir es erträumt habe, als wir noch klein waren, vielleicht auch irgendwann ein Kind bekommen und es an der Küste aufziehen, den amerikanischen Traum leben.«

Ich ging zum Telefon, um die Auskunft anzurufen. »Ich brauche die Vorwahl einer kanadischen Provinz«, sagte ich. »Prince Edward Island.«

Die *Anne auf Green Gables*-Bücher waren für Grace mehr als nur eine Phase gewesen. Damals war sie besessen von dem Wunsch, von einer Familie auf dieser Insel adoptiert zu werden, dort im Kreis von Freunden zu leben, sich dort zu verlieben. Avonlea mit seinen Kirchtürmen, den Straßen mit rotem Kopfsteinpflaster und den weißen Lattenzäunen, den Mädchen, die mit Petticoats und bebänderten Hüten barfuß über den Strand liefen – das war für sie ein irdisches Paradies. Und Anne, geistreich, feurig und voll wilder Abenteuerlust, war das Mädchen, das Grace gern gewesen wäre, hätte sie den Mut dazu gehabt, das Mädchen, das sie ganz kurz zusammen mit Cesar gewesen war.

Meine Stimme wurde unsicher, als ich fragte, ob es einen Eintrag unter dem Namen Grace Sinclair gebe. Ich schloss die Augen, ganz erfüllt von einem einzigen Wunsch. Es klickte, und eine Computerstimme sagte eine Nummer auf, die ich mir innerlich wieder und wieder vorsagte. Dabei plumpste das Gewicht, das in den letzten Tagen auf meiner Brust gelastet hatte, hinunter in meinen Bauch. Ich holte tief Luft, klemmte die Lippen zwischen die Zähne und wählte die Nummer.

Ein Mann war am Apparat. Ich atmete tief ein und sagte: »Bitte verzeihen Sie, ich hoffe, das ist die richtige Nummer. Ich bin auf der Suche nach Grace Sinclair.«

»Oh«, sagte er, und dann: »Tut mir leid, hier ist Thomas.«

»Sind Sie der Pfleger? Ist sie zu Hause? Mir ist klar, dass sie vermutlich nicht mehr reden kann, aber wenn ich nur zu ihr sprechen dürfte … Es gibt so vieles, was ich ihr gern sagen würde, und auch Fragen, die sie möglicherweise beantworten kann. Ich weiß, sie kann irgendwie tippen, vielleicht könnten Sie ihre Antworten vorlesen?« Meine Stimme klang atemlos, viel zu aufgeregt. »Aber vor allem möchte ich, dass sie weiß, wir sind für sie da, wir waren immer für sie da, und wir lieben sie alle.«

»Wer spricht denn da?« Es klang wie ein Tadel.

»Ach je, entschuldigen Sie, hier ist die Schwester von Grace, Chloe Sinclair. Oder Tyler, sie kannte mich als Chloe Tyler.«

»Was meinen Sie, ihre Schwester? Sie hatte keine Schwester.«

»Doch, das hatte sie. Ich meine, ich bin ihre Schwägerin, aber sie hat auch eine Schwester, und ich bin mit ihrem Bruder

Nate verheiratet. Wer …« Plötzlich hielt ich inne und schloss die Augen. »Sie haben gesagt, sie *hatte.*«

»Chloe und Nate«, sagte er.

»Ich bin zu spät, nicht wahr? Es ist bereits zu spät?«

»Tut mir leid … Sie wussten, dass sie krank war?« Seine Stimme hatte sich verändert, er hörte sich jetzt verwirrt an, als versuchte er etwas zu begreifen. »Vor zwei Wochen hat sie eine Lungenentzündung bekommen. Danach ging es sehr schnell.«

»Zwei Wochen? Wir sind zwei Wochen zu spät dran?« Ich biss mir auf die Zunge und bemühte mich, die Tränen zurückzuhalten. Wie sollte ich das bloß Nate und Cecilia beibringen?

»Ich habe Stofftiere, die Chloe und Nate heißen«, sagte Thomas langsam, »eine Katze und einen Bären.«

»Was?«

»Wir haben mit ihnen Theaterstücke gespielt, also eher eine Art Puppentheater, die Katze und der Bär, ein Stoffaffe und ein Löwe. Bis ich zwölf oder dreizehn war und schon viel zu alt, um mit Stofftieren zu spielen, aber ich habe es getan, um Mom glücklich zu machen. Und es machte sie wirklich glücklich.«

»Mom?«, fragte ich verdutzt.

»Und Sie sind wirklich Ihre Schwägerin, wie Sie sagen? Sie hatte einen Bruder?« Seine Stimme verklang, wurde zu einem Flüstern. »Sie hat mir von ihrem Vater erzählt, sie waren einander entfremdet, er saß im Gefängnis. Und dass ihre Mutter starb, als sie noch ziemlich jung war. Aber sonst hat sie nie jemanden erwähnt. Ich dachte mir immer schon, dass es da noch irgendwo Verwandte geben muss, ich meine, niemand hat überhaupt niemanden, aber sie hat mir nie davon erzählt, sie hat getan, als wäre sie völlig allein auf der Welt. Warum wollte sie mir das nicht sagen?«

Ich schüttelte den Kopf. Sie hatte ein Kind gehabt. Sie hatte ein Kind gehabt?

»Cecilia und Sophia?«, fragte er. »Mein Affe und mein Löwe.«

»Ihre Schwester«, antwortete ich. »Und ihre Mutter.«

»Ach, verdammt …« Lange sagte er nichts mehr, ich konnte seinen flatternden Atem hören. Dann: »Ich habe mir immer eine größere Familie gewünscht, wissen Sie. Ich meine, vielleicht hätte ich ihren Vater suchen sollen, aber sie hat mir so viele Geschichten über ihn erzählt, ich hatte einfach Angst, ihm zu begegnen. Wenn der einzige Verwandte, über den man etwas weiß, ein Mörder ist, und man sich gründlich prüft, dann findet man schnell etwas in sich, was damit zusammenhängen könnte. Und dann lässt man das Ganze besser in Ruhe.«

»Ich bin so froh, dass sie ein Kind hatte«, sagte ich leise. »War sie verheiratet? Oder …«

»Ich habe meinen Vater nie kennengelernt, er starb, als ich noch ein Baby war. Sie hat mir ein bisschen über ihn erzählt, aber ich hatte immer das Gefühl, es fiel ihr sehr schwer, über ihn zu sprechen, darum habe ich nicht häufig nach ihm gefragt.«

Also hatte sie doch ein neues Leben gefunden. Ein Leben, das noch mehr Kummer mit sich gebracht hatte, und wie viel Kummer konnte ein Mensch ertragen, bis er zerbrach? Aber vielleicht hatte es auch Glück gegeben. Wenigstens hatte sie etwas Neues anfangen können.

»Es tut mir leid«, sagte Thomas, »aber das ist so verrückt. Ich versuche das gerade alles zu verdauen. Ist ihre Mutter tatsächlich verstorben? Und war ihr Vater wirklich im Gefängnis? Vor ungefähr einem Monat hat sie mich gebeten, für sie einen Brief auf die Post zu bringen, der an das Pelican-Bay-Gefängnis adressiert war, aber er kam ein paar Tage später zurück mit der handschriftlichen Notiz ›Adressat unbekannt‹.«

»Er war im Gefängnis, aber er wurde vor ein paar Monaten entlassen. Und es stimmt, ihre Mutter ist vor fast dreißig Jahren gestorben.« Ich schwieg einen Moment, dann fragte ich: »Sie sagen, sie hat den Brief letzten Monat geschickt? Haben Sie ihn gelesen?«

»Ich wollte ihn nicht lesen. Sie hat geweint, während sie ihn schrieb, daher war ich mir sicher, dass es ein Abschiedsbrief ist. Ich habe ihr nie erzählt, dass der Brief zurückgekommen ist, weil ich wusste, das Wichtigste für sie war, ihn geschrieben zu haben. Ich kann nur hoffen, sie wollte tatsächlich Abschied nehmen.«

»Auch an Nate und Cecilia hat sie vor ein paar Monaten geschrieben, und auch diese Briefe waren eine Art Abschied. Aber die Briefe waren in Santa Barbara, Kalifornien, abgestempelt. War sie tatsächlich in Santa Barbara?«

»Sie wollte es immer«, erwiderte er langsam. »Sie hat davon gesprochen, dass sie vor ihrem Tod noch einmal nach Kalifornien will, um das Haus zu sehen, in dem sie aufgewachsen ist. Und sie wollte Santa Barbara besuchen, weil sie dort mit mir gelebt hat, bis ich ungefähr zwei Jahre alt war und wir hierher zogen. Aber sie war schon zu krank, das war kurz, bevor sie ans Beatmungsgerät musste.« Er dachte kurz nach. »Vermutlich hat sie das folgendermaßen gemacht: Sie gab mir einen dicken Umschlag, adressiert nach Santa Barbara, und ich weiß, wenn man frankierte Briefe an ein Postamt schickt, dann stempeln und schicken sie die Briefe von dort aus weiter. Sie hat das für mich gemacht, als ich noch klein war, mit Weihnachtsbriefen aus Bethlehem, Indiana. Aber das ist doch absurd. Warum hat sie sich solche Mühe gemacht?«

»Weil sie alles in ihrer Macht Stehende tat, damit wir sie nicht finden. Ich wünschte, sie hätte zugelassen, dass wir bei ihr sind, ich weiß wirklich nicht, warum es ihr so wichtig war, das zu verhindern. Vielleicht wollte sie nicht, dass wir sahen, wie krank sie war. Aber sie hat uns in dem Glauben gelassen, sie würde in einem Kloster in Santa Barbara leben. Als sie ihr Elternhaus verlassen hat, dachten wir, sie ginge dorthin. Wir haben gerade erst herausgefunden, dass sie nie dort war.«

»Ich wünschte, Sie hätten sie rechtzeitig gefunden«, erwiderte er leise. »Ich weiß, sie wollte nicht, dass jemand sie sah, wie sie gegen Ende war, aber ich glaube, es hätte ihr geholfen, ein bisschen Frieden zu finden. Die Briefe zu schreiben hat vielleicht schon geholfen, aber es war nicht genug.«

Also … Also hatte sie ein neues Leben begonnen, aber Frieden hatte sie nicht gefunden, und das ist doch das, woran man ein geglücktes Leben messen kann. Ich schloss die Augen und bemühte mich, sie zu fühlen. *Bist du da?* Nach so vielen Jahren wusste ich immer noch nicht, was ich eigentlich glaubte. Im Moment war es eine wechselnde Mischung aus Agnostizismus und Hoffnung. *Ich liebe dich,* probierte ich zu sagen, zu Grace, meiner Mutter, meinem Sohn. *Ich liebe dich, und ich wünschte, ich hätte mehr getan.*

Würde das Nate und Cecilia trösten? Ihre Liebe hinaufzusenden an jemanden, der unsichtbar blieb, und nichts zurückzubekommen außer der Leere dessen, was man nicht mehr geben kann? Ja, es würde sie trösten, und das war das Magische am Glauben. Einer der Gründe, warum ich noch immer Hoffnung hatte.

Ich hatte Nate so oft gefragt, warum er noch immer glaubte, und er antwortete mir lediglich, das gehöre einfach zu ihm, er kenne es nicht anders. Irgendwann erzählte er mir schließlich, es komme ihm vor, als würde das Leben diesen Glauben ständig stärken. In einem Buch, das er las, wurde zufällig genau das Thema erwähnt, das ihm gerade Probleme bereitete, oder ihm gelang ein guter Verkauf exakt in der Woche, in der unsere Kreditrate fällig war. Für ihn war es auch ein Wunder, dass ich die Sinclairs überhaupt entdeckt hatte, und ein noch viel größeres Wunder, dass wir uns ineinander verliebt hatten.

»Es hängt alles davon ab, wie du die Dinge betrachtest«, sagte er, »ob du dich vom Leben von Gott wegziehen oder zu ihm hinführen lässt.« Und ganz bestimmt würde er auch darin wieder Gottes Hand erkennen, die uns alle führte: dass Grace stark genug gewesen war, mit ihm Kontakt aufzunehmen, und dass wir durch ihren Brief von ihrem Sohn erfahren hatten und davon, dass sie ihrem Vater verzeihen wollte, ehe es zu spät war. Es war vielleicht nicht die perfekte Auflösung, bei der die Fäden am Ende zu einer hübschen Schleife gebunden werden, aber so war die Welt auch nicht gedacht. Es hatte dennoch etwas Magisches, dass man fähig war, sich an solchen alltäglichen, unvollkommenen Wundern festzuhalten und sich von ihnen durch Kummer und Leid tragen zu lassen, auf dem Weg zu etwas Größerem.

»Den letzten Brief, den sie an ihren Vater schrieb, habe ich noch«, sagte Thomas jetzt. »Ich könnte ihn schicken, wenn Sie seine Adresse haben, oder … ich könnte ihn auch zu ihm bringen. Ich dachte, dass ich ihn nie kennenlernen will, aber seit Mom tot ist, hat sich das gewandelt. Das Wissen, dass es da draußen noch etwas von ihr gibt. Und die anderen – ich habe eine Tante und einen Onkel.« Seine Stimme verklang. Dann bemerkte er: »Das ist nur alles so schwer zu begreifen.«

»Möchten Sie … Möchtest du uns besuchen? Das wäre wundervoll, Thomas, wirklich wundervoll. Wir sind gerade alle im Haus von Cecilia, zumindest noch für die nächsten paar Tage. Vielleicht geht das nicht so schnell, aber ich weiß, wir würden uns alle sehr freuen, wenn du kämst, ehe wir wieder fahren. Wie du gesagt hast, die Vorstellung, dass es da draußen noch etwas von ihr gibt, von dem wir bisher nichts wussten, auch dann noch, nachdem sie von uns gegangen ist, das lässt diese Tatsache weniger endgültig, weniger definitiv wirken. Vermutlich ist das zum Teil der Grund, warum die Menschen Kinder haben.«

»Ich komme«, sagte er, »ja, ganz bestimmt. Ich sitze ohnehin nur in Moms Haus herum und versuche, ihre Papiere zu ordnen. Das waren die schwersten Wochen meines Lebens. Ich war so allein damit … Und vielleicht können meine Verwandten mir mehr über sie erzählen. Es gab so viel in ihrem Leben, worüber sie nie sprach. Ich möchte einfach wissen, was sie zu dem Menschen gemacht hat, der sie war.«

»Und du kannst uns erzählen, wer dieser Mensch war«, sagte ich leise. Die Trauer saß in meiner Brust fest wie eine Pistolenkugel. Die Geschichte eines Lebens, das zerbrochen und nur mühsam wieder geflickt worden war, das an den Rändern möglicherweise bereits wieder brüchig wurde, weil die Narben noch immer existierten. In einem Roman hätten wir Grace noch rechtzeitig gefunden und es vielleicht geschafft, einige der Narben verblassen zu lassen, ehe sie uns verließ. Aber nachdem sie bereits dahingegangen war, spielten diese Brüche wohl keine Rolle mehr. Nun kam es vor allem darauf an, unsere eigenen Brüche zu heilen.

Am nächsten Tag putzten wir bis in den Abend hinein das Haus. Cecilia bereitete in der Küche aufwendige Menüs vor, sie schnitt Gemüse und kochte Soßen, mit roten Augen, weil sie um Grace trauerte, oder vielleicht auch, weil sie überwältigt war von der Vorstellung, dass Thomas uns besuchte. Dieser Neffe, den wir schon vor Jahren hätten kennenlernen sollen, stand symbolisch für alles, was wir verloren hatten, aber auch für das, was wir noch immer besaßen.

Er kam am Spätnachmittag des darauffolgenden Tages an, nachdem er drei Mal das Flugzeug gewechselt hatte. Wir saßen in der Bibliothek, ich, Nate und Cecilia, als wir einen Wagen vorfahren hörten. Schweigend standen wir auf und traten ans Fenster.

Ich legte Nate den Kopf auf die Schulter, und Tränen traten mir in die Augen, als ich seine Sinclair-Haare sah, röter als die der anderen, aber genauso dick und gewellt, seine schweren Lider, die für die Sinclairs typisch waren, und den breiten Mund. Wir beobachteten, wie er eine Tasche vom Rücksitz nahm und auf die Tür zuging, und duckten uns, damit er uns nicht beim Spähen erwischte.

Nate und Cecilia öffneten die Tür, und ich stand auf der Schwelle zur Bibliothek, als sie beide die Arme nach Thomas ausstreckten. Er schluchzte auf und legte eine Hand vor den Mund, und schweigend legten sie ihm die Arme um die Schultern und hielten ihn fest.

Als er sich von ihnen löste, war er sichtlich erschüttert. Mit bleichem Gesicht und glänzenden Augen wandte er sich erst Nate zu, dann Cecilia und wieder Nate, und dann erblickte er mich und lächelte schüchtern. Und ich sah es.

Das Grübchen in seiner rechten Wange, die Furche an seinem

Kinn, meine Himmelfahrtsnase und die hohen Wangenknochen, und ich starrte ihn an, ohne zu begreifen. Eine Taubheit wie bei einer Narkose wanderte von meinen Zehen bis hinauf zum Scheitel, und in mir dröhnte ein statisches Rauschen. Mir wich das Blut aus dem Gesicht, meine Knie gaben nach, und in meinem Kopf drehte sich alles. Dann hörte ich ein lautes Krachen, und alles wurde dunkel.

29

Lieber Daddy,
das ist möglicherweise der letzte Brief, den ich dir schreibe, denn ich spüre, dass mir nicht mehr viel Zeit bleibt. Ich war so ruhelos, vor allem nach deiner Antwort auf meinen letzten Brief. Ich habe so viele Fehler gemacht und möchte jetzt tun, was in meiner Macht steht, um alles wenn schon nicht in Ordnung zu bringen, dann aber doch besser zu machen.

Du hast mir geschrieben, du willst warten, bis ich nicht mehr da bin, ehe du es ihnen erzählst. Ein oder zwei Jahre würden für sie nun auch keinen Unterschied mehr machen, im Gegensatz zu mir, aber ich muss dir sagen, das stimmt nicht. Ich kann mir vorstellen, wie es ist, ein Kind zu verlieren. Dieser Schmerz ist immer da, jeden Tag, ein ständiges Wühlen in deinem Inneren. Dann das plötzliche Aufwallen, wenn man es am wenigsten erwartet, wenn man allein eine Straße entlangfährt, in einem Topf rührt oder Musik hört, und auf einmal ist es da, und man bekommt keine Luft mehr. Dein Kind stirbt jeden Tag aufs Neue, immer wieder, und dieser entsetzliche Schmerz reißt an deiner Seele. Und darum macht jeder einzelne Tag einen Unterschied, ganz bestimmt.

Ich habe Nate gebeten, dich zu besuchen, ohne ihm zu sagen, warum. Ich hoffe, dass er es tun wird, dass er versteht, wie wichtig es ist, dass er dich sieht und versucht, Frieden mit dir zu schließen. Aber sollte er es nicht tun, dann bitte, ich flehe dich an, sei du es, der zu ihm geht. Zeige ihm diesen Brief, denn ich bin nicht stark genug, es selbst zu tun. Er ist der Mensch, der mich auf dieser Welt am meisten geliebt hat, und zuzusehen, wie er es herausfindet, seine Verwirrung zu beobachten und dann seine Wut – nein, das kann ich nicht. Ich kann einfach nicht dabei sein.

Wie oft habe ich mir vorgestellt, was ich wohl sagen würde, jahrelang habe ich mir Sätze zurechtgelegt und immer wieder neu formuliert, und mir überlegt, wie ich es ihm erzählen würde. Zahllose Briefe habe ich geschrieben und sie ausnahmslos zerrissen. Auch wenn ich noch so sehr daran glauben wollte, dass sorgfältig gedrechselte Sätze Herz und Geist zeigen können, so ist das doch etwas, worüber man von Angesicht zu Angesicht sprechen muss. Erst muss Nate es erfahren, und dann müssen er und Chloe es Thomas beibringen.

Du hast mir geschrieben, ich sei ein Werkzeug des Satans, und das stimmt vielleicht. Aber Nate und Chloe brauchen natürlich eine andere Erklärung. Mir selbst kann ich sagen, ich wäre verrückt gewesen und zudem noch viel zu jung, und das würde ja auch durchaus stimmen, zumindest für die Zeit, als ich fortging. Aber ich weiß auch, dass ich nicht verrückt und nicht jung genug war, um nicht zu wissen, dass ich etwas Falsches tat.

Es stimmt auch, dass ich Angst vor dir hatte. Du weißt das sicherlich, ungeachtet dessen, ob diese Angst berechtigt war. Ich habe Nate und Chloe gedrängt, fortzugehen, habe versucht, ihnen die Gefahr einsichtig zu machen, aber sie haben nicht auf mich gehört, sie dachten, ich würde übertreiben. Stundenlang, bis weit in die Nacht hinein, habe ich mit Nate darüber geredet, ich gab mein Bestes, um vernünftig zu wirken, aber ich bin sicher, es hörte sich an wie das Schimpfen einer Tobsüchtigen. Und als ich dann am Morgen wieder zum Haus zurückgegangen bin, um meine Sachen zu packen, machte ich einen letzten Versuch, mich zu beruhigen. Erinnerst du dich noch, was du mir über Gabriel gesagt hast? Es war das Gleiche, was du auch über mein eigenes Kind gesagt hast, dass es dir lieber wäre, er würde sterben, denn dann könnte seine Seele noch gerettet werden. Ich weiß nicht, ob du das ernst meintest oder ob es nur so dahingesagt war, in Wut, Enttäuschung und Furcht, aber das war der Tropfen, der das Fass zum Überlaufen brachte. Ich hatte panische Angst um diesen Jungen, der mir fast schon so wie mein eigenes Kind vorkam.

Das ist meine Entschuldigung dafür, dass ich ihn mitgenommen habe, dass ich seinen Pyjama in die Kirche gelegt und dich in dem Brief an Nate verdächtigt habe, dass ich tat, was ich konnte, damit dir die Schuld zugeschoben wird. Ich tat das aus Angst, aber auch – tief in mir weiß ich das – aus Rache. Du hattest mir das Leben weggenommen, das ich hätte führen sollen, und nun nahm ich dir deines weg. Die ganze Zeit über war ich mir sicher, es wäre nur vorübergehend. Irgendwann würde ich ihn wieder zurückschicken an Nate und würde verschwinden, in ein abgelegenes Kloster, wo ich den Rest meines Lebens meine Strafe absitzen würde. Aber dann begann ich, ihn zu lieben.

Und an dieser Stelle endet meine Fähigkeit, mich zu rechtfertigen. Denn ich hätte Nate davon erzählen und den Jungen zurückgeben können. Dich hatte man für den Mord an ihm verhaftet, daher würdest du es nach einer Entlassung nicht wagen, ihm etwas anzutun. Das wusste ich, aber – er war bereits zu meinem Kind geworden, er war ganz mein Sohn. Das Wissen, dass eine andere Frau ihn geboren hatte, wurde irgendwann nebensächlich, insbesondere, weil ich fest davon überzeugt war, dass ich besser für ihn sorgen konnte. Nate und Chloe hätten ihn nicht getauft, ich wusste, sie würden ihn nicht im Glauben erziehen, und ich sagte mir, dass ich auf diese Weise meine eigene Seele opferte, um seine zu retten. Mom hat nach ihrem Tod zu mir gesprochen, das glaube ich wirklich, sie sagte, ich hätte eine Berufung, und Nate wollte mich davon überzeugen, dass es sich dabei um das Kloster handelte. Aber ich war mir sicher, mit meiner Berufung meinte sie, diesen Jungen im Glauben an Gott zu erziehen.

Und nun muss ich zugeben, dass ich zum Teil tatsächlich zu glauben begann, er wäre das Baby, das ich verloren hatte. Nicht wiedergeboren, sondern das echte Baby, das aus mir herausgekommen ist. Und meine Wut auf dich, weil du, wie ich dachte, von mir verlangt hast, das Kind abzutreiben, verschmolz mit meiner Wut auf Nate und Chloe, von denen ich annahm, sie würden ihn mir wieder wegnehmen.

Also das ist es, mein verrückter Versuch, mich vernünftig zu verteidigen. Mach damit, was du willst. Erzähl Nate so viel, wie du für nötig hältst, nimm von meinen Worten die, von denen du glaubst, sie würden helfen, damit er mich versteht. Denn ich weiß, die Frage, warum das alles geschehen ist, hat die beiden bis heute nicht losgelassen.

Ich habe mich mein ganzes Leben lang gehasst, mag sein, dass mir deshalb die Abscheu über das, was ich getan habe, ganz natürlich vorkam. Ich war in der Lage, dieses Gefühl anzunehmen. Ich habe dir schon einmal gesagt und ich sage es erneut, das bloße Kennen des göttlichen Worts ist so wertlos wie die Tinte auf diesem Papier. Es tut mir so leid, Daddy, es tut mir so leid, dass ich nicht so war, wie du glaubtest, und es tut mir noch mehr leid, dir wehgetan zu haben.

Grace

»Ich dachte, das wäre ein Traum«, sagte Thomas. Wir saßen in der Bibliothek, mein Körper fühlte sich an wie in vibrierenden Stacheldraht gehüllt, keine Gedanken, nur eine wortlose, kochende Panik. Ich wusste, dass ich geweint hatte, es vielleicht noch immer tat, aber das Einzige, was ich fühlte, war Nates Hand, die meine festhielt. Darauf konzentrierte ich mich, auf den Druck seiner Finger, die Feuchtigkeit seiner Handfläche, das Gewicht, um das ich kreisen konnte.

»Es tut mir leid«, sagte Thomas, »ich weiß einfach nicht, was ich davon halten soll. Ich wünschte, Mom wäre hier. Wenn sie es mir nicht erklären kann, weiß ich überhaupt nicht, was ich davon halten soll. Und das hier reicht nicht im Mindesten.« Er warf den Brief quer über den Tisch. »Es ist, als wäre mein Leben eine einzige Lüge.«

Meine Mom. All diese Jahre lang hatte ich Gabriel in jedem kleinen Jungen vermutet, dem ich begegnete. Ich wusste, dass er es nicht sein konnte, aber ich sah ihm dennoch nach und wäre ihm gern nachgelaufen, hätte ihn aufgefordert, stehen zu bleiben, denn was, wenn er es doch war? In meiner Fantasie würde mich der Junge erkennen, sobald er mein Gesicht sah. Er würde regungslos verharren, erst Schwermut im Blick, dann sehnsüchtiges Verlangen, ehe er in Tränen ausbrach und mich umklammerte wie ein Kind, das sich im Kaufhaus verlaufen und panische Angst bekommen hat, nie wieder nach Hause zu finden. Niemals war Gabriel in meiner Vorstellung älter als drei.

»Diese verschwommenen Bilder in meiner Erinnerung«, sagte Thomas, »wie ich auf dem Rücken von jemandem reite, durch einen Wald mit Bäumen so hoch, dass mir schwindlig wird, ein Bett mit einem grünen Cordüberwurf in einem beigefarbenen Zimmer. Ein … ein Stoffhase?«

Meine Stimme – es musste meine Stimme sein –, die sagte: »Mulligan.«

»Mulligan«, wiederholte er und blickte unverwandt in die Ferne. »Mulligan?«

»Er war eigentlich ein Peter-Rabbit-Hase, aber du hast ihn umbenannt, nach dem Bilderbuch über Mike Mulligan und seinen Dampfbagger.«

»War das mein Lieblingsbuch?«

»Du hattest eine Menge Lieblingsbücher.«

»O ja, das kann ich mir vorstellen.«

Ich biss mir auf die Zunge, bis ich Blut schmeckte, versuchte dem salzigen Aroma nachzuspüren, das so archaisch und vertraut war. Unter dem Stacheldraht tobten Wut, Entsetzen und eine rasende Sehnsucht, und Erinnerungen, die sich über zwei Jahre erstreckten, ballten sich in Sekunden zusammen. Der kleine Junge, der spontan mein Bein umarmte und das Wort »Liebe!«

krähte. Der, wenn ich ihm eine Leckerei gab, begeistert zu tanzen anfing. Der endlos Verstecken spielen konnte, indem er das Gesicht an ein Regal oder einen Vorhang drückte und sich dann mit lautem »Guck-Guck!« umdrehte. Die vielen Jahre, die wir verpasst hatten – auf Bäume klettern, Fahrrad fahren, die aufregenden Tage vor Weihnachten und Geburtstagen –, sie waren mit Gabriel verschwunden. Aber wo waren sie jetzt, nachdem er zu uns zurückgekehrt war, wo waren sie geblieben? Wo waren sie!

Ich schaute den Mann an, der mir gegenüber in einem Sessel saß, einen Mann, den ich überhaupt nicht kannte. Ich drückte Nates Hand so fest, dass er sie wegzog, und dann spannte ich die Schultern an und schrie.

Als ich am nächsten Morgen erwachte, war ich immer noch in Jeans und Pullover. In meinem Mund klebte der Geschmack des Brandys, zu dem Nate mich überredet hatte. Ich lag da, ohne mich zu rühren, mit geschlossenen Augen, und die Gedanken kamen, einer nach dem anderen, schlitzten mich auf wie Eispickel. Langsam schlug ich die Augen auf.

Die Morgendämmerung färbte das Zimmer grau. Nate war neben mir im Bett, er saß da, den Rücken an die Wand gelehnt, und betrachtete mich. »Sitzt du schon die ganze Nacht so da?«, fragte ich ihn.

»Ich wollte wach sein, wenn du aufwachst.« Er fasste meine Hand.

»Danke.« Meine Hand in seiner lag ich da und starrte an die Decke. Schließlich sagte ich: »Freude und Leid sind wie die beiden Seiten derselben Messerklinge.«

Nate hob meine Hand an seine Wange. »Unser Sohn ist heimgekehrt.«

Mir kamen die Tränen, und Nate sagte, vielleicht um mich abzulenken: »Gestern Abend, nachdem du eingeschlafen warst, haben wir mit Dad gesprochen. Ich glaube, er hat uns verstanden, wenigstens bis zu einem gewissen Grad. Wir werden Pfarrer William bitten, es der Gemeinde am Sonntag mitzuteilen, das macht es auch ihm leichter. Ich wünschte nur …« Er verzog den Mund zu einem ausdruckslosen Lächeln. »Meine Messerklinge hat wohl eher drei Seiten. Ich kann zwar sagen, dass Grace uns sein Leben genommen hat, aber ich bin ebenfalls schuld daran.«

»Du hast ihn Dad genannt«, bemerkte ich.

»Tatsächlich?« Er lehnte sich wieder an die Wand. »Ja, stimmt wohl. Ja, ich versuche mit ihm Frieden zu schließen, ehe es zu spät ist, und gebe mir Mühe, mich mit der Vergangenheit zu versöhnen. Wir können nicht mehr zurück, daher müssen wir lernen, damit zu leben; nur so können wir unsere geistige Gesundheit bewahren. Uns wurde ein unglaubliches Geschenk gemacht.«

»Ich weiß nicht … Ich glaube …«, setzte ich an, und dann stand ich kopfschüttelnd auf und ging hinaus in den Flur. Die Tür zu Graces Zimmer stand halb offen, ich trat auf die Schwelle und betrachtete den Mann, der, alle viere von sich gestreckt, auf dem Bett lag. Typisch Gabriel, die Matratze bis auf den letzten Zentimeter auszunutzen.

Im Halbdunkel sah er jünger aus als gestern Abend. Seine Haare waren vom Schlafen zerzaust, und zum ersten Mal seit seiner Ankunft verspürte ich das heftige Ziehen im Bauch, wie in jener Nacht, in der man mir den Säugling zum ersten Mal in die Arme gelegt hatte. Alles in mir sehnte sich danach, diesen Mann, den ich nicht kannte, fest zu umarmen, an mich zu drücken, ihn so umzugestalten, dass er mir vertraut war. Denn dieser Gabriel war noch immer da, irgendwo in mir, formlos wie ein Geist. Wenn ich viel Zeit mit ihm verbrachte, wenn ich bohrte und suchte, dann würde ich ihn vielleicht finden und auch die Abdrücke, die ich hinterlassen hatte. Das Fahrradfahren, die verpassten Weihnachtsfeste würden wir nicht zurückbekommen. Thomas würde mich wohl auch nie als seine Mutter ansehen, nicht auf die Weise, die wirklich zählte. Gabriel kam nie mehr nach Hause, aber diese Trauer hatte ich bereits durchlebt, die Qualen des »Wenn doch nur«. Mir blieb nur noch das, was heute war, diese rissigen Fundamente und Mauern, die ich so gut wie möglich reparieren konnte, um etwas Neues darauf zu errichten.

Nate trat hinter mich, und schweigend nahm ich seine Hand, während wir gemeinsam unseren Sohn betrachteten. Beim Anblick seines Gesichts im Schlaf erstarb auf einmal das Surren in meinem Hirn, und ich erkannte nicht nur seine Züge, sondern auch das, was an ihm Gabriel war. Die Seele.

Zwar war die Zeit unerbittlich vorangeschritten und hatte bloß Erinnerungen und Bedauern hinterlassen, aber die Gegenwart schob sich in die Vergangenheit hinein und verband sich mit ihr. Es war wie die Wellen von einem ins Wasser geworfenen Stein, das Wasser selbst veränderte sich nicht, es blieb unbewegt, aber an seiner Oberfläche trafen die Wellenkräusel meines Lebens auf die von Gabriel als kleines Kind, breiteten sich aus bis zu Thomas, dem Mann, und liefen wieder zurück, pflanzten sich fort und flossen ineinander. Mit etwas Mühe könnte ich unter der Oberfläche vielleicht nicht nur den kleinen Jungen finden, dem mein ganzes Herz gehörte, sondern auch die Jahre seines Lebens, die ich verpasst hatte. Sie warteten dort.

Und auf genau die gleiche Weise, durch Ruhigstellen der Gedanken, durch genaues Hinsehen, konnte ich möglicherweise die Ehe entdecken, die ich schon verloren geglaubt hatte und die immer noch da war, unzerstört, unten in den Tiefen des Wassers.

Epilog

»Sie hat mir erzählt, wir hätten bis zu meinem zweiten Lebensjahr in Santa Barbara gelebt«, berichtete Thomas, »aber als mein Vater starb, habe er uns etwas Geld hinterlassen, genug, dass wir nach Prince Edward Island ziehen konnten.« Cecilia war mit Joel in die Kirche gegangen, und Thomas, Nate und ich saßen in der Bibliothek bei Tee und ein paar der ungefähr zwei Milliarden Plätzchen, die Cecilia am Tag vor Thomas' Ankunft gebacken hatte. »Damit erklärte sie, warum es vor meinem zweiten Lebensjahr keine Fotos von mir gibt. Sie behauptete, sie hätte sich keine Kamera leisten können. Warum habe ich das eigentlich nie infrage gestellt?«

»Und sie hat behauptet, dein Vater wäre verstorben«, bemerkte Nate.

Thomas betrachtete ihn aufmerksam. »Es tut mir leid, ich weiß, für euch ist es fast genauso schwer. Ihr wart euch sicher, dass euer Sohn tot ist.« Er verzog das Gesicht zu einer seltsamen, angespannten Grimasse, dann fuhr er fort: »Sie hat mir nie gesagt, wie er starb, das hätte wieder so ein Warnsignal sein sollen. Als kleines Kind habe ich ständig nach meinem Vater gefragt. Aber als ich alt genug war, um zu erkennen, wie sehr sie das bedrückt hat, habe ich damit aufgehört. Daher weiß ich auch keine Einzelheiten, sie hat nur gesagt, er sei Schriftsteller gewesen. Und dass er ein guter Mann war, freundlich, immer voller Sorge um uns beide, und dass sie ihn von Herzen geliebt hat.«

Nate fragte: »Ein Schriftsteller?«

»Sie wusste, wie gern ich las, und dachte vielleicht, das würde mich stolz machen. Wir hatten so ein Kinderbuch, ziemlich bekannt, der Nachname des Autors war Sinclair, und sie hat mir erzählt, das wäre mein Vater. Wahrscheinlich sollte ich mich geehrt fühlen, mit einem berühmten Autor als Vater. Sie hat mir fast jeden Abend ein Kapitel daraus vorgelesen, und wenn wir durch waren, hat sie wieder von vorn angefangen. Ich konnte das ganze Ding auswendig, kann es vermutlich noch immer.«

Nate drehte sich zu mir um und sah mich verwirrt an, und Thomas warf ihm einen Blick zu. »Ach verdammt, ist das dein Buch? Nathaniel Sinclair, das bist ganz offensichtlich du, und Prinz Gabriel war dein Sohn.« Mit einem kurzen Kopfschütteln hielt er inne. »War ich. Mein Gott, ich bin so dumm.«

Nate kamen die Tränen, und er stand schnell auf, um sie zu verbergen. Er ging in eine Ecke der Bibliothek und zog ein Exemplar des Buches heraus, das er Thomas reichte. »Hast du meine Widmung gelesen?«

Thomas schlug das Buch auf und las laut vor: »Für meinen kleinen Prinzen, der irgendwo außerhalb meiner Reichweite steht, das Schwert noch immer siegreich gehoben.« Scheu lächelte er Nate an und blätterte langsam durch die Seiten, fuhr mit dem Finger über den Text. »Das ist, als hättest du jeden Abend zu mir gesprochen, ohne dass einer von uns beiden es wusste. Kann sein, dass es mir Mom deshalb vorgelesen hat.«

Ich strich Nate mit der Hand über den Rücken und sagte: »Nate hat dir die Geschichten früher jeden Abend erzählt, das war euer Ritual nach dem Abendessen. Du wurdest ganz ruhig und hast ganz fasziniert gelauscht, was Prinz Gabriel an diesem

Tag wieder zustande gebracht hatte. Er war so stolz auf dich, und er wollte sichergehen, dass dir das bewusst war.«

Nate lächelte, aber seine Augen wirkten trübe, so vieles lag in seinem Blick. »Nachdem du verschwunden warst, habe ich dir auch Briefe geschrieben, weil ich nie genug Zeit mit dir verbracht hatte. Mit den Briefen habe ich angefangen, als du noch sehr klein warst und ich zum Studium fort war, und ich schrieb weiter, als du weg warst. Darin standen all die Dinge, die ich dir gern erzählt hätte, und wohl auch Dinge, die ich selbst durchdenken und verarbeiten musste. Irgendwo tief in mir war ich davon überzeugt, du wüsstest schon, was ich schreibe, so als würdest du vom Himmel aus mitlesen.«

Ich zögerte, dann sagte ich: »Du solltest ihm dein Notizbuch zeigen. Er sollte es sehen.«

Nate drehte sich zu mir um und sah mich ausdruckslos an. »Darin steht aber alles.«

»Das stimmt, und du hast es für ihn geschrieben. Es wird ihm helfen, mehr über uns zu erfahren, besonders über dich. Er sollte alles wissen, was wir ihm über die Vergangenheit erzählen können. Vielleicht versteht er dann auch Grace besser, wenn er erfährt, wie seine frühe Kindheit war. Und er versteht, was geschehen ist und wie es überhaupt geschehen konnte.«

»Wir haben uns so dafür geschämt, wie wir lebten«, begann Nate langsam und blickte zu Thomas hinüber. »Zumindest galt das für mich. Ich wusste, dass wir völlig anders aufwuchsen als andere Kinder, und ich wollte, dass nie jemand davon erfährt.« Er blickte auf seine aneinandergepressten Handflächen, nickte dann kurz und stand auf. »Ich hole es.«

Thomas sah ihm nach, dann drehte er sich zu mir um und betrachtete mein Gesicht, beginnend beim Haaransatz über die

Nase bis hinunter zu meinem Kinn. »Du siehst aus wie ich«, sagte er mit einem Zögern in der Stimme. »Ich meine, ich sehe aus wie du.«

»Früher habe ich immer gedacht, du siehst aus wie ein Sinclair«, erwiderte ich. »Aber es stimmt, sogar dein Lächeln, mit nur einem Mundwinkel, das ist genau wie bei meiner Mutter. Ich kann mich erinnern, dass du schon als Baby so gelächelt hast.«

Er schüttelte leicht den Kopf. »Entschuldige, aber ich weiß gar nicht, wie ich dich ansprechen soll.«

»Sag einfach Chloe«, sagte ich leise. »Chloe und Nate. Etwas anderes würde sich bestimmt nicht richtig anfühlen.«

»Gut«, antwortete er. »Ich kann mich erinnern, weißt du. Ich weiß noch, wie ich in einem Gitterbett liege und nach oben schaue. Ein Gesicht kann ich nicht erkennen, aber da hat jemand gesungen, und ich erinnere mich, dass ich immer noch ein Lied und noch ein Lied hören wollte. ›Hush Little Baby‹ und ›Weißt du, wie viel Sternlein stehen‹ …«

»Und ›Summertime‹?«, wollte ich wissen. »Aus *Porgy und Bess?*«

»Ich glaube, daran kann ich mich erinnern!«, rief er jubelnd, als hätte er bei einer Quizshow richtig geantwortet.

Das Notizbuch gegen seine Brust gedrückt, kam Nate zurück ins Zimmer. Er setzte sich auf die Armlehne von Thomas' Sessel und reichte es ihm. »Magst du zufällig Rätsel und Geheimschriften? Oder würdest du lieber die Übersetzung lesen, die Chloe schon niedergeschrieben hat? Das wäre einfacher und viel schneller, aber es hätte auch etwas für sich, den Text Wort für Wort zu entschlüsseln, glaube ich. Auf diese Weise ist er wohl leichter – und gleichzeitig natürlich auch schwerer – aufzunehmen, wenn du weißt, was ich meine. Die Worte dringen so langsam in dich ein, dass sie dir nicht gleich ins Gesicht schlagen.«

Thomas nahm Nate das Notizbuch aus der Hand. »Ich liebe Rätsel«, sagte er.

»Oh, sehr gut.« Nate lächelte und legte ihm eine Hand auf die Schulter, zog sie aber schnell wieder weg. Dann beugten sich die beiden über das Notizbuch. »Also, du siehst, wie es funktioniert, ich habe Texte aus einigen der Bücher genommen, die mein Leben verändert haben. Hinter jedem von ihnen steckt eine Geschichte, das erste Buch hängt zusammen mit dem Tag, an dem ich Chloe kennenlernte. Grace, Cecilia und ich gruben ein Loch im Garten, wir hatten vor, London zu erreichen, weil Cecilia gern C. S. Lewis kennenlernen wollte. Während wir alle gruben, erzählte Grace Chloe die Geschichte von *Der König von Narnia,* und Chloe lauschte wie verzaubert.« Er warf mir einen Seitenblick zu. »Sie war das hübscheste Mädchen, das ich je gesehen hatte, und ich denke, an diesem Tag habe ich mich für immer in sie verliebt.«

Ich lächelte ihm zu und beobachtete, wie er die Buchstaben erklärte. Ganz plötzlich erinnerte ich mich, wie Gabriel sich beim Vorlesen der Gute-Nacht-Geschichte immer unter Nates Arm gekuschelt hatte. Aus Thomas' Sicht erzählte Nates Notizbuch möglicherweise gar keine Tragödie, sondern eher eine Liebesgeschichte, über Nates Liebe zu Gabriel, zu Grace und zu mir. Vielleicht sind die meisten Lebensgeschichten aus der Ferne betrachtet eher Liebesgeschichten als Tragödien, und der Schlüssel ist, dass man weit genug zurücktreten muss, um das zu erkennen. Nur dann ist man in der Lage, die Schwerpunkte zu verschieben und neu zu ordnen. Denn alle Erinnerungen erzählen Geschichten, die aus der Distanz, mit der Weisheit des späteren Lebens, umgeschrieben wurden, oder manchmal auch nach dem, wie wir uns die Ereignisse gewünscht hätten. Wir sind alle Schriftsteller, die ständig überarbeiten, um in unserem Leben einen Sinn zu entdecken.

Beim Erzählen dieser Geschichte habe ich die Wahrheit womöglich verzerrt, indem ich mich mehr als Opfer und Heldin dargestellt habe, als ich das rechtmäßig für mich beanspruchen kann. Aber ich glaube, so etwas tun wir immer, wenn wir unser Leben noch einmal betrachten. Von den Kämpfen, die Nate und mir bei dem Versuch, unsere Ehe wiederaufzubauen, noch bevorstehen, möchte ich nicht erzählen, denn wenn wir Erfolg haben, sind die Auseinandersetzungen unerheblich. Kann sein, dass ich den Bösewicht in dieser Geschichte böser gemacht habe, als Joel das verdient hat. Nach so langer Zeit fällt es mir schwer, ihn in einem anderen Licht zu sehen. Und ich weiß genau, dass ich den Qualitäten von Grace nicht einmal annähernd gerecht geworden bin. Allerdings habe ich auch ihre längeren Phasen der Gedankenlosigkeit nicht betont, um ihr Handeln nicht noch schwerer verständlich erscheinen zu lassen.

Meiner Geschichte kann ich nur Sinn verleihen, wenn ich diese künstlerische Freiheit in Anspruch nehme. Wie jeder gute Geschichtenerzähler habe ich rückblickend Charaktere und Probleme vereinfacht, um lose Enden verknüpfen zu können. In einem befriedigenden Epilog ist das Glück immer von Traurigkeit durchwirkt, diese Tatsache muss ich akzeptieren, um weiterzuleben und mir vielleicht viele Fehler zu verzeihen. Um eine gute Ehefrau zu werden. Um einen Weg zu finden, einem Jungen, der bereits ein Mann ist, eine gute Mutter zu werden. Und um das, wohin ich gehe und wo ich gewesen bin, aus vollem Herzen anzunehmen.

Danksagung

An erster Stelle möchte ich Kim Lionetti von BookEnds für ihre Unterstützung während meiner gesamten schriftstellerischen Karriere danken. Ein besonderes Dankeschön geht an Caitlin Alexander, die dieses Manuskript als Erste gelesen hat. Sie hat mir geholfen, den Plot zu überarbeiten und kraftvoller zu machen, und sie hat mich in den letzten sechs Jahren mit ihrer Klugheit und Einsicht bereichert. Ich danke auch Kelli Fillingim und Ratna Kamath, dass sie diesen Roman so bruchlos und voller Begeisterung übernommen und mir geholfen haben, ihm den letzten Schliff zu geben.

Danken möchte ich auch meinen lieben und treuen Freundinnen, die in der anstrengenden Zeit, in der ich schrieb, Mutter war und außerdem noch ein ganz normales Leben führte, dafür sorgten, dass ich nicht durchdrehte: Kristen, Maria, Ashley, Ellen, Maura, Megan D., Lisa, Destiny, Melanie, Steph, Andrea K., Kathi, Denise, Kathy, Lauren, Megan M., Parrish, Andi, Jenny, Andrea T., Sidse und Lesa. Manchmal wirft einem das Leben eine ganze Menge Sachen vor die Füße, und ihr wart immer da, wann immer ich Rat, Unterstützung oder einen Tritt in den Hintern brauchte. Ich liebe euch alle und bin sehr froh, euch an meiner Seite zu wissen.

Jerry ist der Mann, der sich bereiterklärt hat, sein Leben mit einer Schriftstellerin zu teilen, vielleicht ohne zu ahnen, worauf er sich da einlässt. Es ist bestimmt nicht leicht, vor allem, wenn noch ein Kind dazukommt, und mir ist bewusst, dass du auf meiner Prioritätenliste oft ganz unten standest, weil man eine Ehe allzu leicht für selbstverständlich hält. Aber ich weiß sehr gut, dass du das Wichtigste in meinem Leben bist, ohne dich würde ich das alles gar nicht schaffen. Ich danke dir sehr, dass du so viel von deiner nicht sehr umfangreichen freien Zeit geopfert hast, um dich an den Abenden und Wochenenden, während ich arbeitete, um Anna zu kümmern, und dass du meine Manuskripte gelesen und mir deine lebensnahen und äußerst hellsichtigen Erkenntnisse mitgeteilt hast. Ich liebe dich sehr und bin dir stets dankbar, auch wenn ich gelegentlich vergesse, es zu zeigen.

Am allermeisten jedoch danke ich meiner wundervollen, kreativen, knuddeligen, sagenhaft witzigen, süßen und liebevollen Tochter Anna. (Ich bin so begeistert, dass du jetzt schon ein Bücherwurm bist. Wir sitzen stundenlang aneinandergekuschelt auf dem Sofa und lesen von sprechenden Tieren, Piraten und Jungs mit roten Farbstiften. Beim Schreiben dieses Romans habe ich mir immer vorgestellt, wie herrlich es sein wird, dir meine ganzen Lieblingsbücher aus der Kindheit nahezubringen. Ich kann es gar nicht erwarten!) Anna, du bist der Mittelpunkt meines Lebens, du bringst mich jeden Tag zum Lachen und schenkst mir einen ganz neuen Blick auf die Welt. Es ist für uns beide ein großes Glück, dich in unserem Leben zu haben.